JULIET MARILLIER
A Montanha das
FERAS

JULIET MARILLIER

A Montanha das
FERAS

Do original **HEART'S BLOOD**

Tradução de **JULIA ROMEU**

WISH

TRADUÇÃO
Julia Romeu

PREPARAÇÃO
Karine Ribeiro

REVISÃO
João Rodrigues
e Bárbara Parente

CAPA
Janaina Medeiros
e Marina Avila

DIAGRAMAÇÃO
Marina Avila

1ª edição | 2024
Capa dura | Ipsis

First published 2009 by Pan Macmillan Australia Ltd
First published in Great Britain 2009 by Tor,
an imprint of Macmillan Publishers Limited
COPYRIGHT © JULIET MARILLIER 2009

DADOS INTERNACIONAIS DE CATALOGAÇÃO NA PUBLICAÇÃO (CIP)
(Eliane de Freitas Leite - Bibliotecária - CRB 8/8415, CBL, SP, Brasil)

Marillier, Juliet
A montanha das feras / Juliet Marillier ; tradução Julia Romeu.
São Caetano do Sul, SP : Editora Wish, 2024.
Título original: Heart's blood

ISBN 978-85-67566-77-1

1. Ficção neozelandesa I. Título.

24-196103   CDD-NZ823

ÍNDICE PARA CATÁLOGO SISTEMÁTICO:
1. Ficção : Literatura neozelandesa em inglês NZ823

  EDITORA WISH
www.editorawish.com.br
Redes Sociais: @editorawish
São Caetano do Sul - SP - Brasil

© Copyright 2024. Este livro possui direitos de tradução e projeto gráfico reservados e não pode ser distribuído ou reproduzido, ao todo ou parcialmente, sem prévia autorização por escrito da editora.

SUMÁRIO

CAPÍTULO 1 .... **11**
CAPÍTULO 2 .... **36**
CAPÍTULO 3 .... **75**
CAPÍTULO 4 .... **97**
CAPÍTULO 5 .... **147**
CAPÍTULO 6 .... **169**
CAPÍTULO 7 .... **199**
CAPÍTULO 8 .... **241**
CAPÍTULO 9 .... **277**
CAPÍTULO 10 .... **308**
CAPÍTULO 11 .... **337**
CAPÍTULO 12 .... **363**
CAPÍTULO 13 .... **396**
CAPÍTULO 14 .... **433**
CAPÍTULO 15 .... **458**
O VERÃO **490**

AGRADECIMENTOS

Gaye Godfrey-Nicholls, do Inklings Calligraphy Studio, me forneceu consultoria especializada sobre todos os aspectos do ofício de escriba. John Aris me ajudou com a invocação em latim. Os membros do meu grupo de escritores me ajudaram a atravessar o caminho acidentado que precisei percorrer para terminar este livro, dando-me conselhos práticos, apoio moral e café forte. Minha multitalentosa família me apoiou de todas as maneiras, de *brainstorms* à leitura de originais. Meus editores, Anne Sowards, da Penguin, Julie Crisp, da Tor UK e Mary Verney, da Pan Macmillan Australia, trabalharam em conjunto para produzir um único produto editorial, facilitando muito a minha vida. Meu agente, Russell Galen, continuou a me dar seu excelente apoio. A todos vocês, meu enorme agradecimento.

Para Saskia e Irie, com amor

1

No entroncamento de dois caminhos, o carroceiro parou o cavalo de repente.

— Você desce aqui — disse ele.

A noite caía, e a névoa se fechava sobre a paisagem, curiosamente despida de silhuetas. Além dos tufos baixos de capim, a única coisa que eu conseguia enxergar ao meu redor era a placa de pedra, muito antiga, cuja inscrição mal se divisava em meio a uma camada de musgo. Meu corpo inteiro doía, de tanto cansaço.

— Mas isto aqui não é nem ao menos uma aldeia! — protestei. — É... é como... estar no meio do nada!

— Mas o dinheiro que você deu só dá para vir até aqui — respondeu o homem calmamente. — Não foi esse o nosso acordo? Já está tarde. E eu não quero ficar nestas paragens depois que escurecer.

Continuei sentada, paralisada. Ele não ia me largar ali naquele lugar deserto, ia?

— Mas você pode vir comigo — disse ele, em outro tom. — Eu tenho um teto, comida, uma cama confortável. Para uma coisinha bonita como você, existem outras formas de pagamento.

O homem pôs aquela mão pesada em meu ombro, fazendo-me estremecer, com o coração aos pulos. Saltei correndo da carroça, agarrando minha bolsa e o estojo de escrever que estavam na parte de trás, antes que o sujeito os arrancasse e me deixasse sem nada.

— Tem certeza de que não vai mudar de ideia? — perguntou ele, olhando-me de cima a baixo como se eu fosse um pedaço de carne crua.

— Certeza absoluta — respondi, trêmula, e chocada por, em minha aflição, não ter percebido aquele olhar dele antes, quando havia outros passageiros na carroça. — Mas que lugar é este? Existe alguma aldeia aqui por perto?

— Se é que se pode chamar assim. — Ele fez um sinal com a cabeça na direção da placa de pedra. — Não sei se vai conseguir abrigo. Por aqui, de noite, o povo tem o hábito de se esconder atrás de portas trancadas, e com razão. E não estou me referindo às tropas dos normandos nas estradas, entende... estou falando de outra coisa. É muito melhor você vir para casa comigo. Eu tomo conta de você.

Joguei minha sacola sobre o ombro. Tinha na ponta da língua a resposta que ele merecia. *Não estou tão desesperada assim*, mas não fui corajosa a ponto de falar isso, ainda mais porque só me restavam quatro moedas de cobre na bolsa e, com gente em meu encalço, eu sabia que em breve talvez tivesse de acabar aceitando propostas como aquela para não morrer de fome.

Abaixei-me para examinar melhor a pedra gasta, sem deixar de vigiar o carroceiro. Ele não ia me atacar, não é? Se eu gritasse, ninguém me ouviria. A inscrição na placa dizia *Whistling Tor*. Que nome estranho. Enquanto eu examinava as letras cobertas de musgo, o homem foi embora, sem dizer mais nada. O barulho do casco do cavalo e o ranger das rodas foi diminuindo até sumir. Respirei fundo, dando a mim mesma uma ordem para ter coragem. Se havia uma placa, é porque existia uma aldeia e um abrigo.

Então segui pela trilha enevoada em direção a Whistling Tor. Esperava chegar logo à aldeia, mas o caminho se alongava, e a partir de um dado momento se tornou um aclive. À medida que eu subia, percebia, através da neblina, que estava penetrando numa floresta fechada, onde troncos escuros de carvalhos e faias se projetavam acima de uma massa sufocante de arbustos e sarças. Meu xale não parava de se prender nas coisas. Eu tentava abrir caminho com a mão livre, enquanto a outra segurava o estojo de escrever. Havia umas pedras estranhas no caminho, brancas, pontiagudas, que pareciam ter sido colocadas ali de propósito para atrapalhar o viajante desprevenido.

A escuridão caía. Ali, sob as árvores, as sombras, somadas à neblina, obrigavam o caminhante a andar devagar, com cautela, quase rastejando. Se ao menos eu não estivesse tão cansada. Tinha me levantado de madrugada, depois de uma noite péssima, passada sob o abrigo improvisado de um muro de pedra. Caminhara durante toda a manhã. Naquela hora, o carroceiro me parecera uma boa ideia.

Há passos atrás de mim. E agora? Eu me escondo atrás das árvores até que a pessoa tenha passado? Não. Eu prometera a mim mesma ao fugir de Market Cross, e precisava cumprir tal promessa: *Eu serei corajosa*. Parei e me virei.

Um homem alto emergiu do meio da neblina, de ombros largos e andar firme. Mal eu tivera tempo de observar sua roupa imponente — um manto tingido de vermelho brilhante, um cordão no pescoço que parecia de ouro — quando um segundo homem surgiu atrás dele. Fui varrida por uma onda de alívio. Esse último, mais baixo e mais magro que o outro, estava vestido com um manto marrom e as sandálias de um irmão monástico. Os dois pararam a quatro passos de mim, parecendo ligeiramente surpresos. O crepúsculo e a névoa que se adensava davam a seus rostos uma palidez fantasmagórica, e o monge era tão magro que quase parecia um esqueleto, embora tivesse um sorriso cordial.

— Ora, ora — disse ele. — A névoa nos trouxe uma bela dama, saída de um conto ancestral, meu amigo. Precisamos ser muito gentis, caso contrário, eu temo, ela nos jogará um feitiço terrível.

O homem do manto vermelho fez uma elegante mesura.

— Meu amigo tem uma queda por gracejos tolos — disse. Ele não sorri, seu rosto era sombrio, de lábios finos e olhos fundos; suas maneiras, no entanto, eram corteses. — Encontramos poucos viajantes por este caminho. Está indo para a aldeia?

— Whistling Tor? Sim. Estou em busca de abrigo por uma noite.

Eles se entreolharam.

— É fácil se perder quando a neblina cai — disse o monge. — A aldeia fica mais ou menos em nosso caminho. Se a senhorita permitir, vamos acompanhá-la e nos certificar de que chegará em segurança.

— Muito obrigada. Meu nome é Caitrin, filha de Berach.

— Rioghan — disse o mais alto, o de manto vermelho. — Meu companheiro se chama Eichri. Deixe que eu levo seu estojo.

— Não! — exclamei. Ninguém ia pôr as mãos em meu material de escrita. — Não, obrigada — acrescentei, dando-me conta de que tinha falado de forma ríspida. — Eu consigo carregar.

Fomos em frente.

— Vocês vivem aqui perto? — perguntei aos dois.

— Bem perto — respondeu Rioghan. — Mas não na aldeia. Quando chegar lá, pergunte por Tomas. Ele é o dono do albergue.

Fiz que sim, já me perguntando se quatro moedas de cobre seriam suficientes para pagar hospedagem por uma noite. Fiquei esperando que eles me perguntassem por que uma jovem estava andando sozinha numa hora tão tardia, mas nenhum dos dois falou mais nada, embora de vez em quando me dessem uma olhada enquanto andávamos. Percebi que minha presença despertara a curiosidade deles, algo além do espanto óbvio pelo meu aparecimento. Ao fugir de Market Cross, minha aparência era compatível com o que eu era, a filha de um artesão talentoso, filha de uma boa família, bem composta e respeitável. Mas agora estava exausta e desgrenhada, com a roupa amarrotada e cheia de lama. Minhas botas não tinham suportado bem a longa caminhada.

14 JULIET MARILLIER

E a maneira como fugi me deixara mal equipada para uma viagem. Do meu pequeno estoque de moedas, só o que restara eram aquelas quatro moedas de cobre, tudo o mais fora gasto para chegar até ali. Tive então uma outra ideia.

— Irmão Eichri?

— Sim, Caitrin, filha de Berach?

— Imagino que o senhor pertença a um monastério ou algo parecido, aqui por perto. Será que haveria também um lugar cristão de estudo e retiro para mulheres?

O monge sorriu. Seus dentes pareciam miniaturas de lápides, e isso fazia com que o aspecto dele fosse ainda mais esquelético.

— Sim, mas seriam muitos dias de viagem, Caitrin. Você pensa em se dedicar a uma vida de preces?

Enrubesci.

— Duvido que eu esteja apta a isso. Perdi a pouca fé que tinha. Mas pensei que um lugar assim pudesse ser um refúgio... Deixe para lá.

Tinha sido um engano fazer aquela pergunta. Quanto menos pessoas conhecessem minha situação lamentável, melhor. Fora uma estupidez dizer para eles o meu verdadeiro nome, por mais amistosos que parecessem.

— A senhorita está precisando de dinheiro, Caitrin? — perguntou Rioghan, sem rodeios.

— Não.

O carroceiro me pusera em guarda. As boas maneiras de Rioghan não eram necessariamente confiáveis.

— Eu sou uma artesã — acrescentei. — Ganho meu próprio dinheiro.

— Ah.

Foi só o que disseram, e isso me agradou. Nada de perguntas invasivas. Nada de risos ante a ideia de que uma mulher fosse capaz de sobreviver sozinha, sem precisar vender o próprio corpo. Pela primeira vez em muitos dias, eu me senti à vontade.

Seguimos em silêncio. Eu não conseguia tirar os olhos do manto vermelho de Rioghan. O tecido era sedoso e suntuoso, parecendo um manto vindo de um país distante, que tivesse custado caríssimo. Mas estava muito gasto, esgarçado em vários pontos. Será que Rioghan não tinha ninguém que pudesse consertar suas roupas? Alguém que usava um manto tão extravagante, para não falar no cordão de ouro que tinha no pescoço, deveria possuir criados sob suas ordens.

Ele percebeu que eu o observava.

— Um símbolo de autoridade — disse, e havia um tom de enorme tristeza em sua voz. — Um dia eu fui o principal conselheiro do rei.

Era difícil obter uma resposta certa sem ter feito perguntas inconvenientes. Por que ele fora "um dia" e agora não é mais? Rioghan não parecia tão velho assim, apenas triste e decrépito, impressão reforçada por sua palidez. Connacht era governada por reis do Uí Conchubhair. Ruaridh tinha sido rei supremo durante muitos anos. Devia haver muitos chefes comandando cada região daquela parte do país. Como eu viajara na direção do oeste, vira paliçadas com estacas afiadas contornando as cidades. Também vira pessoas escavando trincheiras e erguendo amuradas em torno das casamatas dos líderes locais, feitas de barro e vime. Se em algum momento um rei precisara de seu conselheiro supremo, esse momento era agora, com os invasores normandos cobiçando essa última parte intocada da terra. Será que Rioghan tinha caído em desgraça com seu líder? Teria sido derrotado por um homem mais hábil?

— Peço perdão por ter ficado observando — falei, enquanto tomávamos um desvio do caminho, que descia. Abaixo de nós, as silhuetas que surgiam em meio à névoa sugeriam que finalmente estávamos perto de Whistling Tor. — É de um vermelho tão bonito. Estava me perguntando qual seria a tintura.

— Ah — exclamou Rioghan. — Você é tecelã? É fiadeira?

— Nenhuma das duas coisas. Mas me interesso por cores. É aquela a aldeia?

Os dois homens pararam ao meu lado, e eu também sustei o passo, olhando à frente. Uma barreira enorme circundava a aldeia, uma fileira de estacas pontiagudas, barras de ferro, velhos portões com farpas e outros equipamentos e peças letais. A névoa subira um pouco, revelando aqui um arado quebrado, ali uma pedra enorme, que devia ter exigido a força de oito ou dez homens para erguê-la. Era uma fortificação que

16   JULIET MARILLIER

não seria capaz de deter os normandos por muito tempo, mas que se revelava poderosa contra viajantes. E em toda a volta havia tochas acesas sobre imensas estacas.

— Parece que as pessoas de Whistling Tor não gostam muito de visitantes — falei, com convicção. — Mas, como estou com vocês, acho que tudo bem.

Por trás do muro, via homens andando de um lado para o outro, mas a névoa tornava os detalhes obscuros. Comecei a descer a colina em direção à muralha, com meus dois companheiros atrás.

Estava a cerca de doze passos da muralha quando um objeto voou em minha direção. Eu me abaixei, protegendo a cabeça. Uma pedra de tamanho considerável atingiu o chão não muito longe de mim, seguida de uma chuva de pedras menores. Alguém gritou de trás do muro:

— Nem mais um passo! Fora daqui, filhos do demônio!

Nossa Senhora, o que era aquilo? Trêmula, espiei por entre as mãos com as quais protegia o rosto. Quatro ou cinco homens estavam de pé do outro lado da fortificação, todos com o rosto pálido e de arma em punho: um tridente, uma foice, uma barra de ferro, um porrete com espinhos.

— Fora daqui, escumalha! — gritou um deles.

— Voltem para o lugar a que pertencem, o buraco do inferno! — acrescentou outro.

Será que a névoa me transformara em um monstro? *Corra, Caitrin, corra!* Não. Preciso ter coragem. Pigarreei.

— Eu sou só... — Minha voz falhou. *Uma escriba ambulante* podia ser a verdade, mas ninguém ia acreditar nisso. — Uma viajante. Vou visitar alguns parentes. Meu nome é Caitrin, filha de Berach.

Maldição, lá ia eu de novo, usando meu nome verdadeiro. *Controle-se, Caitrin.*

— Preciso de abrigo por uma noite. Não vou fazer mal nenhum.

Olhei por cima do ombro, perguntando-me por que Rioghan e o Irmão Eichri não falavam nada, mas já não havia ninguém. Enquanto os habitantes de Whistling Tor atiravam pedras e insultos, meus dois companheiros tinham desaparecido silenciosamente.

Eu estava só. Não tinha ninguém a quem recorrer, a não ser a mim mesma. Isso não era novidade. Eu fora sozinha a Market Cross, dentro de uma casa cheia de gente. Devia sair correndo? Mas para onde? *Fale, Caitrin.* Aquilo não podia ser o que as aparências indicavam, óbvio. Só podia ser algum tipo de equívoco.

— Estou falando a verdade! — acrescentei. — Por favor, deixem-me entrar.

Então, tive uma lembrança.

— Eu poderia falar com Tomas?

Os homens da aldeia continuavam de pé, lado a lado, encarando-me. Pareciam ao mesmo tempo combativos e apavorados. Aquilo não fazia sentido. O que será que pensavam que eu era, um exército de uma mulher só? Estremeci, apertando o xale contra o corpo, enquanto eles cochichavam entre si.

— Para onde mesmo você disse que vai? — perguntou o homem que segurava o porrete, sem me olhar direito nos olhos.

— Eu não disse — respondi. — Mas um parente de minha mãe vive nesta região.

Não era exatamente uma mentira: a família de minha mãe tinha mesmo vivido no extremo oeste de Connacht, mas já não havia mais ninguém lá, pelo menos que eu soubesse.

— Mandem chamar Tomas — disse alguém.

Uma trégua. Nada de mísseis voando, só muita conversa em voz baixa, e muita agitação do lado de lá da barreira, enquanto, do lado de cá, eu continuava esperando, em pé, à medida que escurecia. Eu me perguntava por quanto tempo ainda minhas pernas conseguiriam me sustentar.

— Você é o quê? — perguntou uma nova voz. Outro homem se juntara ao grupo, um senhor mais velho, com um jeito mais educado. — Gente normal não vem para Whistling Tor. Principalmente quando já escureceu.

— Você é Tomas? — perguntei. — Meu nome é Caitrin. Passei o dia inteiro na estrada. Só preciso de um lugar para dormir. E posso pagar.

— Se você não deseja nenhum mal, tem de provar! — gritou alguém.

18   JULIET MARILLIER

— Como?

Eu me perguntei se seria submetida a uma revista ou a outras indignidades quando atravessasse a barreira. Jovens bem-nascidas não costumam viajar sozinhas. Devia estar claro para todo mundo que eu estava metida em alguma encrenca. E, depois do acontecido hoje, era fácil acreditar que os homens interpretariam isso como um convite.

— Diga uma prece cristã. — Quem falou foi o homem com o porrete, a voz grave denotando inquietação.

Eu olhei para ele. Independentemente de qual fosse a razão do medo daqueles aldeões, não eram os normandos que eles temiam, em sua grande maioria cristãos.

— Deus Todo-Poderoso, dai-me conforto em minha jornada e levai-me a um abrigo seguro. Que o bendito São Patrício me proteja. Santa Maria, intercedei por mim. Amém.

Houve uma pausa, e então o homem com o porrete baixou a arma. E o mais velho falou:

— Deixem-na passar, rapazes. Duald, faça com que a barreira seja bem fechada depois. É preciso todo o cuidado com essa neblina. Vamos, deixem-na entrar.

— Se você tem certeza, Tomas...

Barras, estacas e pedaços de metal foram retirados, e eu passei para o lado de dentro em segurança.

— Por aqui — disse Tomas, enquanto eu murmurava um agradecimento.

Ele caminhou ao meu lado através da aldeia. As casas estavam muito bem protegidas, com objetos geralmente usados por pessoas supersticiosas: triângulos feitos com pregos de metal, tigelas cheias de pedras brancas sob os degraus e outros amuletos para afastar o mal. Portas e janelas hermeticamente fechadas. Algumas tinham barras de ferro. Com o bruxulear das tochas e mais a neblina, o lugar parecia saído de um pesadelo. No centro da aldeia havia uma construção maior, solidamente construída com barro e vime, com um telhado de palha escurecido pela chuva.

— O albergue de Whistling Tor — disse meu acompanhante. — Eu sou o estalajadeiro. Meu nome é Tomas. Podemos conseguir para a senhorita uma cama por uma noite.

Meus olhos se encheram de lágrimas. Eu já começava a achar que adentrara num mundo diferente, onde tudo era pelo avesso.

— Muito obrigada — disse.

A porta do albergue estava trancada. Ante o chamado de Tomas, uma mulher abriu cautelosamente a porta, e eu fui conduzida a uma cozinha onde um fogo ardia na lareira. Assim que entramos, a mulher fechou a porta da frente com uma barra de ferro.

— Minha mulher, Orna — disse Tomas. — Tome.

Ele estava enchendo para mim uma caneca de cerveja.

— Orna, a sopa ainda está quente? Essa menina parece estar precisando de comida.

Senti o peito apertado. E me esforcei para falar.

— Eu só tenho quatro moedas de cobre. Não creio que isso seja o bastante para pagar por cama e refeição. Mas eu não preciso comer nada. Só preciso me aquecer um pouco.

Os dois ficaram me olhando. Eu podia ver as perguntas que viriam, perguntas às quais eu não ia querer responder.

— Tudo bem, menina — acalmou-me Orna, colocando uma panela no fogo. — Você está indo para onde? Não aparecem muitos viajantes por aqui.

— Eu...

Hesitei, sem encontrar uma resposta satisfatória. Eu não tinha como lhes contar a verdade: que saíra de casa sem nenhum outro plano a não ser o de me manter o mais distante possível de Cillian. Mas tampouco me sentia confortável mentindo.

— Eu tenho parentes nesta região — disse. — Um pouco mais adiante.

— Você não vai conseguir transporte tão cedo — informou o estalajadeiro.

— Whistling Tor fica tão longe assim das estradas principais? — perguntei.

20 JULIET MARILLIER

— Não tão longe que um carroceiro não possa trazer alguém para cá em pouco tempo — disse Orna, enquanto mexia a panela.

Um cheirinho bom se espalhou, fazendo minha boca se encher d'água.

— Mas eles não vêm — continuou ela. — As pessoas mantêm distância. Ninguém vem aqui. Este lugar é amaldiçoado.

— Amaldiçoado?

A coisa ficava cada vez mais estranha.

— Sim — confirmou Tomas. — Se você atravessar aquela barreira à noite, vai se ver frente a frente com um perigo mortal, montanha acima. Mesmo durante o dia, tem gente que não faz o caminho que você fez.

— O nome é esquisito. Whistling Tor, a pedra do assobio. A montanha que você menciona é a tal "pedra", imagino. Mas por que "do assobio"?

Tomas serviu cerveja para si e para a mulher, então se sentou num banco.

— Acho que um dia foi um morro comum, desses que são chamados de "pedra", mas isso deve ter sido há muito tempo. A floresta foi crescendo no morro todo, e ele está cheio de presenças. Coisas que fazem você perder o caminho, depois engolem você e cospem os pedaços.

— Como assim? — perguntei, sem ter certeza de que queria ouvir a resposta.

— Manifestações — disse Tomas, num tom pesado. — Elas estão por toda parte. Não há como nos livrarmos delas. Elas foram chamadas há muito tempo; faz mais de cem anos que elas infestam estas paragens.

— Ninguém sabe ao certo o que são — disse Orna. — Só sabemos que a montanha está coalhada delas. De todos os tipos, desde as pequeninas, que sussurram no seu ouvido, até os monstros gigantescos que nos escravizam. Aqui, tome isto.

Ela pôs uma tigela de sopa quente na minha frente, com uma fatia de pão rústico ao lado. Com ou sem monstros, comecei a tomar a sopa com entusiasmo, enquanto minha anfitriã continuava a falar.

— Whistling Tor, o nome está certo. Na montanha, o vento faz mesmo um som estranho entre as árvores. Mas Pedra do Sussurro seria mais exato. Se você sobe a montanha, começa a ouvir as vozinhas, e o que elas dizem não é nada agradável.

Era difícil saber o que perguntar.

— Como é que essas... presenças chegaram aqui?

— Elas foram chamadas, no tempo da minha bisavó. Estão por aqui desde então, e a maldição veio com elas. Recai sobre nós como uma sombra há quase quatro gerações.

— É por isso a muralha em torno da aldeia, e os guardas, então; eles não são para proteger vocês dos ataques dos normandos?

— Dizem que aquela gentinha com suas malhas de metal não vai chegar tão longe aqui no oeste — contou Tomas, bebendo um gole da cerveja e observando enquanto eu comia. — Já eu não tenho tanta certeza. Ouvi falar que alguns dos chefes estão armando seus homens, e que um ou dois trouxeram guerreiros das ilhas, uns *gallóglaigh* brutalhões com seus machados pesados. Se os normandos vierem para Whistling Tor, estamos acabados. Não há ninguém para nos proteger. Nem líderes, nem guerreiros, nem fundos para pagar por ajuda.

— E quanto ao rei supremo? Vocês não têm seu próprio chefe? Alguém que os protege?

— Ah! — exclamou Tomas, e havia um profundo desprezo no tom da voz dele. — Ruaridh Uí Conchubhair não está interessado em gente como a gente. Quanto ao chefe, o que temos é um insulto a seu próprio título. Ele é pior do que inútil. Fica escondido numa fortaleza enorme, lá no alto da montanha. — Ele fez um sinal em direção ao caminho que eu tomara para chegar até ali. — Vive cercado por criaturas maléficas. Ele manda os homens dele para cá em busca de suprimentos, paga umas míseras moedas de cobre e, muito de vez em quando, faz alguma melhoria, mas tomar uma atitude? Fazer um esforço para defender seu povo? Que nada. Ele recolhe impostos em grãos e animais, e não dá nada em troca. Não pisou os pés fora daquela montanha desde que eu consigo me lembrar, e olhe que isso faz muito tempo.

— Ele é perito em urdiduras e meneios, pior do que a linha quando escapa do fuso — acrescentou Orna. — Nele, a maldição foi uma vingança. Mas talvez não devêssemos estar falando nisso. Não gostaria de fazer você ter pesadelos.

Evitei dizer a eles que minha própria vida era fonte suficiente para noites e noites de maus sonhos. Aquelas histórias fantasiosas eram uma maneira de me afastar dos problemas que eu teria de encarar no dia seguinte. Porque, afinal, eu só tinha dinheiro para pagar por um pernoite, na segurança daquela estalagem.

— Na verdade, encontrei dois homens no caminho para cá — expliquei. — Um deles era um monge. Eles me guiaram até a aldeia, mas desapareceram de repente, assim que os amigos de vocês começaram a jogar pedras.

O efeito dessa minha frase foi surpreendente. Tanto Tomas quanto Orna fizeram um sinal para afastar o maligno, entreolhando-se.

— Um monge, é? — perguntou Tomas, perturbado. — Um sujeito assim, com uns dentes grandes?

— Isso mesmo. O nome dele era Irmão Eichri. Ele me pareceu amigável. Aliás, os dois.

— Comparsas de Anluan, todos os dois — disse Tomas. — Se foi isso que Duald e os outros viram, não me admira que tenham atirado pedras.

— Anluan?

A conversa estava ficando complicada.

— Nosso chefe. Assim chamado chefe. Não consigo pensar em uma única coisa boa para falar sobre ele, bandido, parasita miserável, é o que ele é.

— Quer mais sopa?

Ante a pergunta de Orna, o marido calou a boca, mas o ódio em sua voz continuou vibrando no ar da cozinha.

— Se você chegou até aqui atravessando a floresta — disse ele, depois de um tempo —, foi sorte não ter encontrado o cão.

— Não tenho medo de cachorro — falei, cautelosa.

Houve uma pausa significativa.

— Não estamos falando exatamente de um cachorro, mas... do *Cão* — disse Orna.

— Ele é muito grande?

— Grande? Pode-se dizer que sim. A criatura consegue engolir um carneiro inteiro com uma só dentada. De manhã, tudo o que vamos encontrar são umas felpas de lã.

Agora eles estavam mesmo querendo me assustar. Se todos os viajantes que chegavam à aldeia eram recebidos com histórias assim, não me admira que o lugar estivesse tão isolado.

— Tem uma cama feita no quarto dos fundos — disse Orna, vendo que eu terminara minha sopa. — Não tem nenhuma sofisticação, mas você vai ficar quentinha.

— Obrigada — falei, sentindo-me muito estranha.

Era novidade para mim ver-me totalmente desprovida de recursos. E sem abrigo para a noite seguinte. E estando completamente só.

— Eu agradeço sua gentileza — acrescentei.

— Está passando por momentos difíceis, não é? — perguntou Tomas.

Talvez ele tivesse boas intenções. Mas, depois do carroceiro, eu não queria mais correr riscos.

— É algo momentâneo — expliquei, então percebendo que não soava nada convincente. — Agora, preciso dormir. Vou ter de trancar a porta. Especialmente com essas coisas por aí, essas que vocês mencionaram.

Nem por um segundo eu acreditava em pequenas criaturas que sussurram em nossos ouvidos, ou em cachorros monstruosos. Mas aprendera o suficiente sobre o monstro humano, e precisava de uma tranca na porta para conseguir dormir.

— São os frios, que se arrastam, que são os piores — disse Orna. — Eles cantam para nós, nos enfeitiçam com sua voz, e no momento seguinte você descobre que está andando por um caminho desconhecido. Meu próprio tio foi uma presa deles. Se querem você, eles a pegam.

Eu começava a pensar se tudo aquilo não era um sonho maluco, que me viera em consequência da exaustão e do sofrimento.

— Se Whistling Tor está tão cheio dessas criaturas, é estranho que o vilarejo ainda exista. Quer dizer, se eu entendi direito, essas... manifestações... são uma praga na região há quase quatro gerações. Acho que os moradores já deviam ter apanhado suas coisas e ido embora daqui.

— Deixar Whistling Tor? — indagou o estalajadeiro, admirado.

Estava claro que ele jamais havia considerado essa ideia, e a achava inimaginável.

— Não poderíamos fazer isso. Whistling Tor é nosso lugar. Nosso lar.

— O quarto é por aqui — disse Orna, com certa rispidez, como se o assunto fosse doloroso demais para ela. — Passe a barra de ferro na porta e não abra até que o dia amanheça.

Não sonhei com presenças rastejantes nem com cachorros capazes de devorar um carneiro inteiro, mas sim com Market Cross e com Ita. Minha parenta tentava mandar em mim mesmo durante o sono, e sua língua era como um chicote me açoitando por minhas imperfeições. *Você não vale nada*, a voz dela me recordava em sonho. *Você não é ninguém. Seu pai não deveria ter enchido sua cabeça com ideias loucas e aspirações impossíveis. As mulheres não ganham a vida desempenhando funções de homens. Berach devia tê-la feito aprender prendas domésticas, em vez de treiná-la para se tornar uma reles cópia dele próprio, como se você fosse um menino. E sinta-se satisfeita por ter parentes para cuidar de você, Caitrin. Você demonstrou que não tem condições de cuidar si mesma depois da morte de seu pai. E agradeça pelo fato de Cillian estar apto a lhe dar seu nome...*

No sonho, eu não tinha voz. Não podia gritar nem protestar, não podia dizer que a ideia de me casar com Cillian enchia meu coração de terror. Eu não podia dizer a ela que virar as costas para meu amado ofício significava trair meu pai. Mas o fato é que, durante o longo pesadelo acordada que se seguiu à morte de meu pai, eu nunca respondera nada. Minha voz fora calada pela dor, e por uma recusa muda em aceitar que tudo o que eu mais amava tinha sido arrancado de mim. Mesmo agora, eu ainda não acreditava que, ao longo de um breve período de tempo, meu futuro brilhante e promissor se transformara em cinzas.

Agora, Ita e eu estávamos trancadas em uma pequena cela fechada a cadeado. O frio era cortante. Eu estava vestida apenas com uma combinação caseira, toda esgarçada. Ita estava raspando minha cabeça com uma faca. *Você não tem mais escolha, Caitrin, garota desobediente. Tem de ir para o convento. Lá, você vai ter tempo suficiente para analisar o resultado da sua loucura.* Um hábito de freira, de cor cinza, estava aberto sobre o estrado. *Pensando bem,* continuava a voz de Ita no sonho, *vamos fazer assim.* O chão da cela se abriu sob meus pés. Eu caí, quase nua como estava, e na queda muitas mãos ossudas se estenderam para arranhar minha pele com suas unhas enormes. Um uivo enchia o ar, um som miserável, de desespero. Bocas me cercaram, cravando seus dentes pontiagudos em meus braços e pernas, nas partes macias do meu corpo, até que senti o fluxo quente do sangue sobre mim. *Você não é nada! Nada!* Uma gargalhada aguda, de escárnio. E eu continuava caindo, caindo, sabendo que ao chegar ao fundo me despedaçaria... *Durma,* sussurrou alguém. *Um sono profundo...*

Acordei, com o coração aos pulos, a pele banhada em suor, de terror. Onde eu estava? A escuridão era completa e eu tremia de frio. Um sopro de ar gelado varreu o quarto onde eu estava, que parecia uma cela. Uma cela... o convento, ah, meu Deus, não tinha sido um sonho, era real... Não, eu estava no albergue de Whistling Tor e tinha chutado as cobertas para o chão durante o sono. Minha sacola e meu estojo de escrever estavam do meu lado, provas de que afinal eu conseguira ter controle sobre a minha vida e fugir de Market Cross. Meus olhos se encheram de lágrimas enquanto eu puxava de volta as cobertas. Estava tudo bem. Eu estava em segurança. O pesadelo tinha terminado.

Tinham sido ainda piores do que de costume, talvez por causa das histórias contadas por Tomas e Orna, e eu não tinha a menor vontade de tornar a me recostar e fechar os olhos de novo. Além disso, estava frio demais para dormir. Um arrepio viscoso me penetrava os ossos. Enrolando-me nas cobertas, pus-me a analisar a terrível situação em que me encontrava. Não tinha nenhum recurso além do meu ofício e do meu bom senso, e até eles tinham me abandonado ultimamente. Eu precisava pensar no que seria amanhã. Como conseguir transporte, se as pessoas raramente vinham a Whistling Tor. Como pagar por isso sem ter dinheiro. E o pior, a questão que me dava um frio na barriga e que fazia minha cabeça ferver em busca de uma solução: como conseguir escapar da perseguição.

Minha cabeça girava. Meu pai, lívido e imóvel, caído no chão da oficina. A voz de Ita, sempre a voz dela, estabelecendo regras, dando ordens, fazendo as coisas acontecerem cedo demais, muito cedo, enquanto o choque e a dor me impossibilitavam de ter controle sobre mim mesma. E, assim que minha irmã se foi, os golpes. Ita era mestra em bofetadas e beliscões. E Cillian... Cillian me tinha em sua mira. Os hematomas em minha pele — azuis, pretos, amarelos, formando um mosaico de horror — iriam desaparecer. Mas havia outras feridas ainda mais fundas, que seriam mais difíceis de esquecer. *Você conseguiu, Caitrin*, eu dizia a mim mesma. *Você se ergueu e fugiu.*

Finalmente amanheceu, mas eu não tirei a tranca da porta até que ouvi ruídos de pessoas se movimentando do lado de fora. Embora eu desse um desconto para as histórias de terror ouvidas durante o jantar, meu sonho me fazia relutante em me aventurar antes que a gente local me garantisse haver segurança. No instante em que eu levantava a tranca, Tomas veio bater na porta.

— Acendemos o fogo — disse ele. — Venha assim que se aprontar. Preparei um desjejum para você.

— Não posso pagar mais nada.

— Esqueça a taxa extra, garota. Você precisa botar alguma coisa no estômago.

Eu quase chorei. Fazia tanto tempo que não me via entre pessoas gentis. Logo, estava sentada à mesa, junto à janela do albergue, olhando para fora enquanto devorava um prato de pão com salsicha.

A névoa estava subindo. Eu via as casas da aldeia e, por trás delas, um pedaço da muralha. Mais além, um morro recoberto de floresta. Bem no alto, dava para ver pedaços de um imenso muro de pedra, acima das copas de carvalhos e olmos. Torres também. O lugar parecia imenso, grandioso. Sem dúvida aquela era a fortaleza a que Tomas se referira, onde vivia o chefe da aldeia, inepto e patife. Pedra. Isso era estranho. Quem construía com pedra eram os normandos. Nossos próprios chefes tinham construções feitas de barro e vime. Aquele lugar era imponente. Situado ali, estrategicamente acima do terreno ao redor, tornava-se uma base ideal para um chefe regional, e eu me perguntava se os líderes dos normandos sabiam disso. Por uma fortaleza assim, eles sem dúvida se aventurariam rumo ao oeste.

A encosta além da muralha tinha vegetação fechada. Pássaros voavam de um lado para o outro. As histórias de criaturas perigosas na floresta tinham me feito pensar em um castelo sombrio e proibido, mas a presença da vegetação suavizava essa visão. Por outro lado, a construção parecia isolada, até mesmo solitária. Mesmo que não tivesse ouvido as histórias da noite anterior, eu veria certa tristeza no lugar.

Do lado de fora, com um avental em torno da cintura, Tomas conversava com um homem que eu não vira na noite anterior, um sujeito grande, de queixo quadrado, cheio de facas no cinto e um machado pesado preso às costas. Ele usava um peitoral de couro, gasto, mas bem cuidado, sobre uma veste comum de lã. Os cabelos eram grisalhos, e caíam até os ombros em cachos bem enrolados. Quando ele e Tomas começaram uma discussão por alguma razão, Orna saiu carregando um embrulho, que jogou aos pés do homem. Não falou com ele, nem disse palavra alguma, apenas deu meia-volta e entrou em casa. Eu consegui ouvir a conversa deles através da janela aberta.

— E que tal me arranjar alguém para pelo menos me ajudar com os animais? Aquele garoto que você me mandou não ficou nem dois dias.

— Eles têm medo, Magnus. Você não pode esperar que eles queiram ficar naquele lugar de doidos, para não falar daquilo que está na floresta inteira. E não é exatamente uma fortuna que seu patrão paga para eles.

— Você sabe muito bem que um rapaz ou moça só pode esperar, pelo trabalho, um lugar para dormir e duas refeições por dia, além de, talvez, um trocado para levar para casa nos dias de festa. Nós precisamos de ajuda. E é totalmente seguro. O pessoal de Anluan não ataca sua própria gente.

— Não tenho como ajudá-lo — respondeu Tomas. — Pode dizer a seu Lorde Anluan que as pessoas comuns estão fartas de ser atacadas por essas criaturas na floresta, e estão mais cansadas ainda de ver que ele não faz nada para resolver isso, nem para acabar com tanta desgraça que recaiu sobre a região, depois que o ancestral dele fez o inferno desabar sobre Whistling Tor.

— Ora, vamos, Tomas. Você sabe como as coisas funcionam. Pergunte na vizinhança, faça isso por mim, está bem? Não posso ficar sem um rapaz para me ajudar, e também estamos precisando de uma garota para cuidar da casa. E tem outra coisa. Anluan está precisando de alguém para uma tarefa especial, no verão. Alguém que saiba ler latim e escrever. Escrever bem, veja. *Rápido e correto*, foi o que ele disse.

Meu coração se acelerou.

Tomas fez um som de descrença.

— Mas para isso você não precisaria de um sacerdote? — perguntou ele. — Por aqui por perto de Whistling Tor, do jeito que as coisas são, você não vai encontrar nenhum. Está perdendo seu tempo. Está bem, eu vou perguntar. Mas você já sabe qual vai ser a resposta.

Enquanto eu reunia meus pertences, o visitante jogou o saco sobre os ombros e saiu na direção da muralha da aldeia. Quando Tomas entrou carregando um feixe de lenha, Magnus já tinha desparecido de vista.

— Esse homem aí fora — falei. — Magnus, não é? Ele disse que está precisando de um escriba para trabalhar na fortaleza?

Eu rezava para que aquilo fosse o presente que parecia ser: uma oportunidade incrível tanto de um lugar para eu me esconder, como de ter trabalho remunerado.

— Ele falou isso, sim — respondeu Tomas, arriando a lenha e me olhando com as mãos na cintura. — Alguém que saiba ler em latim. Por que ele me perguntou, eu não sei. Já é difícil encontrar um vaqueiro, quanto mais alguém letrado. Mas, seja como for, é um ótimo posto. Parece que vai ser durante todo o verão. Vou lhe dizer a verdade, Caitrin. Não tem uma única alma na região que concorde em passar um verão inteiro naquele lugar, nem por toda a prata de Connacht. Não que isso tenha importância, afinal ninguém aqui sabe ler mesmo. Nem latim, nem irlandês, nem língua nenhuma.

— Quem é Magnus, exatamente? Um criado? Ele trabalha para o chefe, Anluan é o nome dele, não é?

— Acho que se pode dizer que Magnus é um intendente. Está aqui desde o tempo de Irial. Foi contratado como guerreiro, mas acabou ficando depois que Irial morreu. Magnus é estrangeiro, um dos *gallóglaigh*. Agora já não luta mais. É mais um fazendeiro e um faz-tudo. Não entendo por que ele continua aqui.

— Quer dizer que tem gente comum vivendo no alto da montanha, e não apenas essas... presenças?

Eu precisava correr para alcançar Magnus antes que ele desaparecesse pelo caminho da floresta.

Tomas me olhou sério.

— Magnus é o mais normal que tem por lá — disse.

— Preciso ir atrás dele — falei. — Eu posso pegar o serviço. Sei ler e escrever. Sou uma escriba experiente, e preciso de trabalho. Será que a barreira ainda está aberta?

— Você sabe ler?

A incredulidade de Tomas não me surpreendeu. As pessoas sempre reagiam assim quando ouviam falar das minhas habilidades.

— Uma garota como você? Isso é a coisa mais esquisita que eu ouvi na vida.

— O que vocês me contaram ontem à noite era muito mais estranho — retruquei. — Tomas, preciso correr, senão não vou conseguir alcançá-lo.

— Ei, ei, espere aí — disse Tomas, parecendo genuinamente alarmado. — Pode ser difícil acreditar naquela história que você ouviu ontem à noite, mas é a mais pura verdade. Com poucos dias lá, você vai descobrir isso por si mesma. Pode até ser verdade que você é letrada... você não ia mentir sobre isso, não é? Mas, como eu disse a Magnus, nenhum escriba em suas faculdades normais pegaria um emprego desses. E eu não acho que você seja boba, menina.

— Preciso lhe contar uma coisa — falei, decidida a revelar parte da verdade. — Estou sendo seguida e não quero ser encontrada. Não fiz nada de errado, mas tem uma pessoa atrás de mim e eu preciso fugir. E preciso muito de dinheiro. Você pode pedir aos homens para me deixarem cruzar a barreira, por favor?

Ele não gostou nada, tampouco os homens encarregados da barreira naquela manhã, diferentes dos da noite anterior. Mas os portões foram abertos. Eles estavam começando a repor as barras de ferro quando eu cheguei lá.

— Você estaria totalmente segura aqui na aldeia, conosco — protestou Tomas. — Já lhe disse, ninguém vem até aqui.

Pensei em Cillian e seus amigos, homens grandes, fortes, de imaginação limitada. Cillian viria atrás de mim, eu podia sentir isso em meus próprios ossos. Nem que fosse por orgulho, mas ele viria.

— Vou tentar a sorte na fortaleza — falei, sem querer pensar muito. — Mas eu lhe agradeço. Vocês foram muito gentis.

— Boa sorte, então. Siga pela trilha. Vá direto até lá em cima. Meu conselho é: tape os ouvidos e corra. Se conseguir alcançar Magnus, talvez tenha uma chance de chegar inteira lá em cima — disse Tomas, parecendo duvidar disso.

Quando começava a caminhar, ouvi um sujeito propor: apostava dez moedas de cobre que eu não chegaria à fortaleza. Ninguém pareceu se interessar.

Não havia nem sinal de Magnus. Eu seguia pelo caminho, sob as árvores. A névoa desaparecera. O sol brilhava, o ar estava frio. Passei pelo ponto em que eu e meus dois companheiros tínhamos pegado o caminho de descida na noite anterior, e subi por ali. Minhas pernas começavam a doer, porque o aclive se acentuava à medida que varava a montanha.

O caminho se estreitou. Havia outras picadas à esquerda e à direita. Junto a uma delas, vi uma pilha de pedras brancas. Perto de outra, as folhas de uma planta tinham sido amarradas, como se aquilo fosse algum sinal secreto. Não peguei nenhum dos dois caminhos, e me ative àquele que parecia ser o principal, embora houvesse entre todos uma semelhança que parecia feita para confundir. Espiando para o alto da montanha, por entre as árvores, eu tentava me convencer de que estava enxergando um pedaço do muro da fortaleza. Não podia faltar muito.

Alguma coisa roçou o lado direito do meu rosto. Eu espanei, não querendo chegar lá em cima toda picada de insetos. Senti outra, do lado esquerdo. Dei um tapa, que doeu, mas não peguei nada. Logo depois, ouvi um assobio em meu ouvido e tomei um susto, olhando em volta. Mas não havia nada ali, só a quietude da mata, um silêncio tão profundo que não se ouvia nem o barulho dos pássaros. Fosse o que fosse, parecia ter sido mesmo algum mosquito inconveniente. O som recomeçou, um sussurro sem palavras. Os cabelos da minha nuca se eriçaram de medo. Apertei o passo, seguindo em frente. Mas aquilo continuou comigo, um roçar, um tremor, a sensação de que alguma coisa fria e fluida subia por meus ombros.

— Você está imaginando coisas — murmurei para mim mesma.

E então já não tive mais dúvida, porque foram palavras, palavras doces, suaves, sussurradas bem ao pé do ouvido: *Por aqui... Pegue essa picada sinuosa...*

Não havia ninguém, apenas a voz. Algo me fez olhar para a direita, onde um caminho menor, cheio de samambaias, parecia me chamar para uma parte mais densa da floresta. De um lado e outro, os troncos das faias brilhavam de musgo verdinho, sob o sol filtrado. Estremecendo, virei-me para o outro lado, e segui na direção oposta.

Não, por aqui! Era uma voz diferente, mais baixa, mais sussurrada, num tom gentil, persuasivo. *Por aqui... Siga-me...*

Por aqui, por aquiiii... Agora era um coro, um clamor em torno de mim. A floresta estava repleta de vozes.

— Parem! — gritei, sentindo-me ao mesmo tempo alarmada e tola. — E deixem-me em paz!

Alguma coisa bateu em meu braço direito, quase abrindo meu estojo de escrita. Dedos ossudos apertaram minha carne, trazendo de imediato a lembrança do pesadelo horrível da noite anterior. Eu me desvencilhei.

Algo agarrou meu braço esquerdo, enlaçando-me pela cintura, dedos rastejantes. Corri, minha sacola balançando atrás das costas, os pés escorregando no chão limoso da floresta, a pele arrepiada de horror. Saltei poças e esbarrei em pedras, me enredei em sarças e me feri nos galhos. Minha cabeça estava vazia, só pensava em fugir dali. Meu corpo parecia ser apenas o coração que martelava.

Esbarrei num tronco de bétula e parei ali, o peito ofegante. As vozes tinham se silenciado. Por todo lado, só se via a cobertura de arbustos, samambaias e trepadeiras, além das árvores, como um exército à espera. Já não havia mais o caminho.

Deveria ser uma escolha fácil, mesmo assim. Descer a montanha, chegar à aldeia, onde me deixariam entrar, depois de admitir meu erro.

Ou continuar subindo e tentar chegar à fortaleza. Olhei em torno mais uma vez. Curiosamente, já não parecia haver em cima e embaixo na encosta. Toda vez que eu piscava, as coisas pareciam mudar de lugar. O espaço entre duas árvores, que acabara de aparecer, desaparecia. Uma pedra protuberante que poderia me servir de marco de repente se transformava numa massa de arbustos retorcidos. Naquele lugar, eu podia andar sem parar, que jamais conseguiria chegar a meu destino.

Você não escutou, sussurrou uma vozinha. *Não prestou atenção. Você não pertence a este lugar.*

— Você está perdida?

Eu dei um salto violento, virando-me na direção daquela voz potente, áspera. Entre dois gigantescos olmos, estava um homem extraordinário. Mal tive tempo de reparar em sua figura atarracada, as faces rosadas como duas maçãs maduras, a barba cinza-esverdeada, parecendo musgo. Vi de relance sua roupa esquisita, uma túnica rústica com acabamento de pele, um apanhado de folhas e gravetos amarrado em seu cabelo que parecia palha, festões de vegetação em torno do pescoço. No instante em que ele deu um passo em minha direção, vi o que estava atrás dele. Se o homem era estranho, o cachorro era monstruoso. Assim que pus os olhos nele, acreditei nas histórias, os carneiros, os fiapos de lã, tudo. Era um animal gigantesco, malhado e de pelo curto, com um focinho daqueles que os homens gostam de ver em cães ferozes, e o tipo de mandíbula que agarra com força e não solta mais se a criatura não quiser. As orelhas eram pequenas; os olhos, maus; a postura, de ataque iminente. Era quatro vezes maior do que qualquer cachorro que eu tivesse visto na vida.

— Ele não vai morder — disse o homem, de repente. — Você está indo para onde?

Engoli em seco. Não era lá uma boa escolha: botar meu destino nas mãos daquela dupla, ou me deixar levar por aquelas vozes sobrenaturais por um longo caminho, que ia dar em lugar nenhum.

— Estou tentando chegar à fortaleza — falei, lutando para manter a voz firme. Se o cachorro pressentisse meu medo, ia querer me atacar.

— Você se desviou muito da trilha. Por aqui.

O homem estranho me estendeu sua mão calosa, segurou a minha e me ajudou a saltar por cima de um tronco caído.

— Não é muito longe, se você conhece o caminho. A estrada está malcuidada. As pessoas não costumam passar por aqui. Venha atrás de mim.

Fui atrás dele, e o cachorro me seguiu, rosnando baixinho. Sem olhar para trás, eu podia sentir seus olhinhos fixos em mim.

— Quieto, Fianchu! — ordenou o homem, e o som do rosnado foi baixando, mas continuava lá, uma ameaça subterrânea. — Ele não gosta muito de estranhos — explicou meu acompanhante. — Mas, se você for uma boa alma, ele vai acabar se acostumando com você. Por que você não fala com ele?

Ele parou, e eu parei atrás, sem coragem de me virar, ante a possibilidade de que a fera atirasse seu corpanzil contra mim.

— Vamos lá, tente — insistiu o homem, em um tom gentil.

Diante das circunstâncias, eu não tinha como recusar.

— O nome dele é Fianchu? — perguntei.

— Sim. E o meu é Olcan.

— Meu nome é Caitrin — falei. — Vim me encontrar com seu chefe para tratar de um emprego de escriba.

Virei-me muito lentamente em direção ao cachorro. Estava a dois passos de mim, e agora se sentara.

— Ei, Fianchu — disse, sem a menor sinceridade.

— Isso — disse Olcan, sorrindo. — Continue. Está vendo, ele gosta.

O rabo curto de Fianchu batia no chão da floresta num compasso ritmado. A bocarra se entreabrira num esgar de sorriso, revelando uma impressionante fileira de dentes. Encorajada, fui em frente:

— Ei, rapaz, gostei de ver, sentadinho. Muito bem.

E em seguida estendi a mão, com todo cuidado.

— Cuidado! — disse Olcan. — Ele gosta de abocanhar.

Esperando sinceramente que não fosse perder a mão, deixei os dedos estendidos para que Fianchu pudesse cheirá-los. Eu olhava para ele, mas sem mirar diretamente em seus olhos.

— Muito bem. Bom rapaz.

O cachorro cheirou minha mão. Depois, botou a língua imensa para fora e começou a lambê-la.

— Acho que ele gostou de você — disse Olcan, abrindo um sorriso.

Fianchu tinha se deitado, com a cabeça enorme bem junto aos meus pés. Fiz carinho atrás de sua orelha e ele babou.

— Para dizer a verdade — continuou meu companheiro —, eu não tinha certeza se ele ia ficar amigo ou lhe dar uma dentada. Parece que você leva jeito.

— Que bom — respondi, meio trêmula. — Você mora na fortaleza, Olcan? Você trabalha para o chefe?

Olcan me lançou um olhar estranho.

— Não sou criado de ninguém — disse. — Mas pertenço ao grupo de Anluan.

Logo, estávamos de volta ao caminho, que se estendia montanha acima, sinuoso, atravessando bosques de salgueiros e sabugueiros. Whistling Tor era muito maior do que parecia, vista lá de dentro. Finalmente, por entre as árvores à nossa frente, surgiu a figura maciça da muralha da fortaleza.

— Para os portões, tem de contornar um pouco — disse Olcan, parando. — Mas não vá descer a montanha.

— Muito obrigada — falei. — Eu fico muito agradecida. Onde exatamente...

Mas, antes que eu pudesse fazer mais perguntas, ele se virou nos calcanhares e desceu montanha abaixo, com Fianchu silenciosamente atrás. Outra vez, eu estava só.

Contornei a muralha, dizendo a mim mesma que devia respirar devagar. Aquelas vozes, aquelas mãos pegajosas... Eu me precipitara ao encarar as histórias de Tomas e Orna como fantasia. E depois, tinha ficado tão apavorada com a aparição de Fianchu, que nem perguntara a Olcan o que eram aquelas presenças misteriosas. Agora eu entendia por que as pessoas não queriam subir até aqui. Se Olcan não tivesse aparecido no momento exato para me salvar, talvez eu tivesse me perdido de tal forma que jamais conseguiria sair de novo da floresta. Eu só esperava conseguir o emprego de escriba, para que não tivesse que descer a montanha de volta.

Parei para ajeitar o cabelo e alisar minha roupa. Estava ensaiando o que ia dizer para Lorde Anluan, ou para quem quer que fosse encontrar, quando cheguei ao portão principal. *Meu nome é Caitrin, filha de Berach. Meu pai me ensinou a ser escriba. Ele era conhecido em toda nossa região por sua linda caligrafia, e fazia trabalhos para todos os chefes locais. Sei ler e escrever, tanto em latim quando em irlandês, e me proponho a passar todo o verão aqui. Tenho certeza de que estou apta para o emprego.* Talvez essa última parte, não — porque exigia uma autoconfiança que eu não tinha. Ouvira tantas vezes Ita me dizer que uma mulher não tinha condições de exercer um ofício, como o de escrever, com a mesma qualidade que um homem, e que eu me iludia ao imaginar ser diferente. Eu sabia que ela estava expressando uma visão da sociedade ao dizer isso. Todas as encomendas que eu pegara eram dadas aos clientes como se tivessem sido feitas por meu pai. Papai se irritava por ter de recorrer a esse subterfúgio para obtermos um pagamento justo. As pessoas acreditavam, em geral, que eu só o ajudava misturando as tintas, preparando as penas e mantendo o estúdio arrumado.

Lorde Anluan não devia ser diferente de outros com quem tínhamos trabalhado. Talvez ele achasse difícil acreditar que uma pessoa que não fosse um monge pudesse ler e escrever, porque escribas seculares como meu pai eram coisa rara. Mas convencer aquele chefe a empregar uma jovem para tal tarefa talvez não fosse tão difícil, eu pensava, diante da dificuldade mencionada por Magnus de arranjar mão de obra que concordasse em ficar.

Contornada a muralha, havia uma abertura em arco, com resquícios de trancas de ferro dos dois lados. Se algum dia aquela entrada fora bloqueada, as trancas tinham se desfeito há muito tempo. Antes, a fortaleza devia ser um refúgio inexpugnável, local seguro para habitantes das fazendas e aldeias em tempos de guerra. Os blocos de pedra que formavam a muralha eram maciços. Não conseguia imaginar como eles tinham sido colocados ali.

Havia umidade em tudo. As pedras estavam cobertas de limo, pequenas samambaias cresciam em cada abertura e cada fresta, e sarças retorcidas se acumulavam no pé da muralha, formando uma barreira exterior intransponível. Olhei para cima, para as torres, e me senti tonta. Apesar do dia bonito, a ponta delas se escondia sob um manto de neblina.

Havia janelas estreitas nas torres, feitas para atirar flechas em ações de defesa. E, mais para baixo, aberturas mais largas. Do portão onde eu estava, vislumbrei alguém se movendo do lado de dentro, talvez uma mulher. *Magnus é o mais normal que tem por lá,* Tomas dissera.

Com cuidado, avancei através da arcada. O espaço contido pela muralha era enorme, muito maior do que parecia quando visto pelo lado de fora, e havia construções de vários tipos em torno do bastião, aqui em um patamar, ali em outro acima, com degraus externos feitos de pedra. Em um dos pontos, os degraus subiam formando uma escadaria, local onde homens armados já deviam ter se colocado em caso de um cerco. Não que isso tivesse importância agora, quando qualquer um podia entrar ali por conta própria. As torres altas, arredondadas, ficavam nos cantos da muralha e tinham suas próprias entradas.

Eu esperava que a fortaleza de um chefe tivesse um pátio interno, um lugar onde os guerreiros montados em seus cavalos e as carroças puxadas por bois pudessem ser acomodados, e onde todo o burburinho e atividade da corte se desenrolassem. Mas não havia nada parecido ali. Ao contrário, o lugar estava tomado por árvores de todos os tipos — vi uma ameixeira, um pé de avelã, um salgueiro chorão —, e debaixo deles arbustos e capim coalhados de insetos e pássaros. Segui adiante, por uma laje de pedra, a barra da minha saia roçando na vegetação fechada que a margeava, e vi que, sob aquele verde selvagem e caótico havia resquícios de uma velha horta, com pés de lavanda e alecrim, estacas já meio caídas para as mudas de feijão, e trechos em que havia sido colocada palha para abrigar algum tipo de vegetal. Num lago coberto de parasitas, dois patos nadavam em círculos irregulares.

O portão principal poderia estar em qualquer lugar. Tudo estava coberto por musgo e trepadeiras, e quando eu olhava para o prédio maior, aquele que julgava ser o ponto da entrada, este parecia estar em uma posição ligeiramente diferente. *Use seu bom senso,* disse a mim mesma, zangada, enquanto prestava atenção na posição do sol em relação às torres que acabara de ultrapassar. Torres e paredes não se movem. Esse lugar podia ser estranho, mas nada seria tão estranho assim. Passei diante de um espinheiro, sobre o qual uma saia solitária fora posta para secar. A roupa estava pesada pela chuva da noite anterior. Eu ainda não tinha encontrado o portão principal.

Havia um espantalho no meio da folhagem maltratada que ladeava o caminho, com um corvo pousado em cada ombro. Era uma figura esquisita, com seu enorme capote preto e o capuz debruado de seda. Eu me aproximei, e um raio de sol furou a névoa acima de mim, refletindo-se num objeto que estava preso ao pescoço do boneco. Deus me livre, pois, se aquelas eram joias de verdade, o que o manequim trazia era um tesouro real.

O espantalho ergueu a mão de dedos longos e a levou à boca, educadamente, e em seguida tossiu. Meu rosto ficou lívido. Dei um passo para trás e aquilo, fosse o que fosse, deu um passo à frente e saiu do jardim, fechando o manto em torno de si com um gesto imperial. Os corvos voaram assustados. Eu fiquei paralisada, sem conseguir abrir a boca. A coisa fixou em mim seus olhos pretos, perscrutadores, e sorriu sem mostrar os dentes. Sua pele tinha uma palidez esverdeada, como se tivesse ficado muito tempo ao relento, sob a chuva.

— Perdão — balbuciei, tolamente. — Eu não queria perturbá-lo. Estou à procura do chefe, Lorde Anluan. Ou de Magnus.

O ser ergueu a mão, apontando para um muro que parecia conter outro jardim. Através da arcada, na qual subia uma trepadeira de flores brancas, pude sentir o odor familiar de ervas: manjericão, tomilho e absinto. A parte interna do muro estava coberta de madressilvas.

— Ali dentro? Muito obrigada.

E então saí correndo, sem olhar para ele. *Você precisa do emprego, Caitrin. Você precisa de um lugar onde se esconder. Você prometeu que seria corajosa.*

O jardim murado estava quase tão maltratado quanto a área externa, mas dava para ver que um dia fora um lugar bonito. Havia um pé de bétula no centro e, em torno dele, os resquícios de uma aleia circular ladeada de pedras, e canteiros de plantas medicinais protegidos por muretas. As muretas estavam despencadas e as plantas, precisando de poda, mas dava para ver que aquele jardim tinha sido cuidado mais recentemente do que a vegetação do lado de fora do muro. Um antigo bebedouro de pássaros ali estava para os visitantes alados. Havia um banco de madeira sob a árvore e, nele, um livro emborcado, largado aberto. Eu gelei. Mas não havia ninguém à vista. Era como se o leitor tivesse se cansado de estudar e deixado para trás seu santuário.

Deixei minha sacola e meu estojo de escrever sobre o banco e caminhei lentamente pela aleia, apreciando a maneira metódica como o jardim fora construído. O fato de estar malcuidado não me incomodava, era apenas no cumprimento do meu ofício que minha mente exigia ordem. Quem fizera esse refúgio era um herborista experiente. Havia de tudo aqui, para uma vasta variedade de usos, tanto na culinária quanto na medicina. Beladona para febre, alazão para o fígado. Figueira, ulmária, coração-da-terra. E ali adiante...

Sangue-do-coração. Lá, num canto discreto, meio escondida por entre as folhas prateadas de um gigantesco pé de confrei, havia um volume da erva raríssima. Eu nunca a vira de perto antes, mas a conhecia de um tratado sobre tintas e tinturas...

Cheguei mais perto, abaixando-me para examinar as folhas — cresciam de forma característica, em grupos de cinco, todas bem serrilhadas em suas delicadas bordas, e com o talo exibindo seu padrão manchado, tão raro. Ainda não havia botões. Essa planta rara florescia apenas no outono, e de forma muito breve. Eram justamente as flores que a tornavam uma erva de preço incalculável, porque suas pétalas, quando maceradas e misturadas a vinagre e pó de carvalho, produziam uma tinta de raro matiz, uma cor púrpura profunda e esplêndida, muito apreciada por reis e príncipes para seus decretos reais, e por bispos, para ser usada nas capitulares ilustradas em missais e breviários. A capacidade de produzir e fornecer tinta de sangue-do-coração podia fazer a fortuna de um homem. Rocei meus dedos delicadamente pela folhagem.

— Não toque nisso! — trovejou uma voz atrás de mim.

Dei um pulo, o coração disparado de medo.

Um homem estava no meio do caminho, a menos de três metros de mim, me olhando. Tinha surgido do nada, e parecia não apenas zangado, mas também... *errado*.

— Eu não estava... eu só estava...

De repente, era como se eu estivesse de volta a Market Cross, com Cillian me agarrando pelos ombros e me sacudindo com as mãos cruéis, suas palavras abusivas soando em meu ouvido.

— Eu... eu...

Controle-se, Caitrin. Diga alguma coisa. Eu continuava paralisada, um nó apertando meu estômago.

O estranho crescia na minha frente, os punhos cerrados em fúria, os olhos cintilando.

— O que você está fazendo aqui? Este lugar é proibido!

Lutei para conseguir proferir as palavras que tinha preparado.

— Eu sou... Eu vim aqui para...

Vamos, Caitrin, você tem de se controlar. Você não vai voltar para aquele lugar de trevas.

— Eu sou... eu...

Eu empurrava minhas lembranças para o fundo, enquanto me forçava a erguer o rosto e encarar o homem. A aparência dele era inquietante porque, embora tivesse feições de uma beleza incomum, elas eram ao mesmo tempo tortas, como se um dos lados do rosto fosse diferente do outro. Observei o cabelo vermelho, tão maltratado e crescido quanto o jardim, e a tez clara, avermelhada pela raiva. Os olhos eram de um intenso azul-escuro, e tão inamistosos quanto a voz.

— Você é o quê? — rosnou ele. — Uma ladra? Se não for, por que está aqui? Aqui ninguém entra!

— Eu não estava tentando roubar a planta sangue-do-coração — consegui balbuciar. — Estou aqui por causa do trabalho. Do emprego. Ler. Escrever. Latim.

Emudeci de repente, dando um passo para trás. Podia sentir a raiva dele fazendo estremecer o ar daquele jardim silencioso.

Ele ficou ali por um instante, encarando-me como se eu fosse o corpo estranho e tudo o mais em volta fosse absolutamente normal.

Em seguida, veio em minha direção, com o braço estendido como se fosse me agarrar. Senti de novo um arrepio gelado na espinha.

— Não faz mal — exclamei. — Devo ter cometido um engano...

Recuei mais um pouco, e saí correndo em direção à arcada. Maldição! Maldito lugar, e malditos Ita e seu filho, e, pior, que os raios me partam por ter acreditado que encontrara um santuário — e por ter me enganado. E agora ia ter de atravessar aquela floresta horrível outra vez.

— Espere. — O tom de voz do homem tinha mudado.

— Você sabe ler em latim?

Estaquei, de costas para ele, o estômago dando voltas. Não conseguia respirar direito. Meus lábios se recusavam a formar uma palavra tão simples, *sim*, mas eu consegui balançar a cabeça afirmativamente.

— Magnus!

O homem gritou atrás de mim, fazendo meu coração dar um pulo de susto. Consegui respirar fundo e me virei, vendo que ele se dirigia a uma porta no outro extremo do jardim, uma entrada que dava para o prédio principal, encostado na muralha da fortaleza. Apesar de sua força e altura, o andar do homem era incerto e o ângulo de seus ombros, muito pronunciado. *Ele é perito em urdiduras e meneios, pior do que a linha quando escapa do fuso.* Se aquele era Anluan, nenhum de nós dois tinha causado uma boa impressão.

Como fora ordenada a esperar, esperei, mas não dentro da área proibida. Agarrei meus pertences e fui para o outro lado da arcada, os olhos atentos temendo mais alguma estranheza. Foi ali que Magnus me encontrou, pouco depois. Ele estava sem as armas, mas ainda assim fazia uma figura formidável, com seu cabelo encaracolado, os ombros largos e os braços musculosos. Um dos *gallóglaigh*, dissera Tomas. Eram guerreiros mercenários, ilhéus que descendiam dos nórdicos e dos dalradianos. Eu me perguntava como é que ele tinha vindo parar em Whistling Tor.

— Uma escriba — disse o grandalhão, categoricamente, fixando os olhos cinzentos em meu rosto, que sem dúvida estava muito pálido. — Como é que você ficou sabendo desse cargo?

— Sinto muito se irritei alguém — falei. — Eu me chamo Caitrin, filha de Berach. Pernoitei na vila e, sem querer, entreouvi um comentário de Tomas.

O olhar dele tinha ficado ainda mais zangado.

— Pois me disseram que você estava tentando roubar uma planta do jardim — disse. — Não é atitude de quem está procurando emprego.

— Eu falei para o homem que não estava roubando! Se você se refere à planta sangue-do-coração, a época certa para roubá-la seria no outono, quando se dá a floração. O valor está só nas flores. Para fazer a tinta, sabe?

Houve um instante de silêncio, em que o semblante bruto de Magnus se dissolveu num sorriso. Ele parecia um sujeito desacostumado a rir.

— Está bem, talvez você seja uma escriba — disse. — Mas isso não explica como conseguiu chegar aqui.

— Eu vim andando. É verdade que me perdi, mas um homem me ajudou. Um homem com um cachorro. Olcan e Fianchu.

Magnus arregalou os olhos.

— E, como você pode ver, eu cheguei em segurança.

— Hum... não tem medo de cachorro, então. Bem, eu recebi ordens de levá-la para dentro, e imagino que ele vá querer uma amostra de sua escrita. Por aqui.

— Eu não tenho certeza se quero ficar. Era ele, no jardim, não era? Lorde Anluan? Ele me assustou. Estava furioso.

— Você parece tranquila — disse Magnus. — Eu me chamo Magnus. Faço mais ou menos de tudo por aqui. Intendente, guarda, fazendeiro, cozinheiro, faxineiro... Você pode pelo menos entrar e beber alguma coisa, já que veio até tão longe. Não se impressione com Anluan. Ele não está acostumado com gente, é só isso. Nós estamos meio sem prática.

Respirei fundo, trêmula. O jeito dele era tranquilizador: rude, mas gentil. Parecia o tipo de homem que fala a verdade.

— Está bem — falei. — Se você tem certeza de que é seguro. Há pessoas muito esquisitas por aqui. Não que a aparência seja algo importante, mas...

— Deixe que eu levo isso — disse Magnus, apontando para a minha sacola. Entreguei-a para ele e nós seguimos pelo caminho. — Se você está com planos de ficar e pegar o emprego, vai precisar aprender a não se deixar impressionar com as aparências — continuou meu acompanhante. — Aqui só tem esquisitices.

— As pessoas na aldeia me disseram que você é a coisa mais normal aqui na montanha.

Magnus deu um risinho sem alegria.

— Normal, o que é isso? — perguntou, sério. — Para dizer a verdade, talvez você nem fique aqui tempo suficiente para ver todo mundo. Assim que souber qual a tarefa que ele quer de você, é provável que mude de ideia. Além do mais, talvez você não esteja à altura do que ele procura.

— Eu aprendi com o melhor de todos.

— Então não tem com o que se preocupar, tem? — disse Magnus, num tom divertido. — Mas tem uma coisa que você não pode esquecer.

— Ah, é?

Eu esperava um daqueles conselhos que as pessoas dão nos contos de terror. Whistling Tor parecia o lugar ideal para eles. *Não toque na pequena chave, a terceira a partir da direita. Não entre no quarto que fica no alto da torre.*

— E o que é?

— Fique longe do jardim de Irial — disse Magnus. — Ninguém entra lá se não for a convite de Anluan. Você quebrou uma regra. Deixou-o furioso. E ele está cansado de ver as pessoas olharem para ele e saírem correndo horrorizadas, não precisava acrescentar você na lista.

— Eu não fiquei horrorizada, só tive medo. Ele apareceu de repente e começou a gritar comigo. Eu já tinha visto Olcan e o cachorro, além de um espantalho que anda e que me mostrou o caminho. Para não falar das vozes. E das mãos. Estavam por toda parte na floresta, tentando me desviar do caminho.

— Se você se assusta tão facilmente, não vai ficar aqui nem dois dias. Talvez fosse até melhor ir embora logo para não deixar Anluan esperançoso. Não vá começar o trabalho, depois desistir porque não

44 JULIET MARILLIER

dá conta. Já fiquei muito surpreso de você ter reunido coragem para vir até aqui.

— Eu dou conta, sim — falei, sentindo-me irritada com a crítica dele. — Eu não sabia que estava entrando em local proibido. Entrei pensando em encontrar você e perguntar sobre o trabalho. O pessoal lá na aldeia tem muitas histórias sobre este lugar, e eu relevei tudo, achando exagero. Mas depois de Fianchu, e daquelas vozes, talvez estivesse enganada.

— Ah, aposto que Tomas lhe contou muitas histórias sobre o rosto desfigurado de Anluan e sobre como ele é incapaz como líder.

— Mais ou menos.

Eu agora estava envergonhada. Meus pais tinham me ensinado a não julgar ninguém pelas aparências.

— Eles deram a entender que a... condição dele era o resultado de uma maldição familiar.

— Julgue por si mesmo, esta sempre foi minha filosofia — disse Magnus, comprimindo os lábios. — Deve ser por isso que continuo aqui enquanto todos foram embora.

Será que, ao olhar para aquele rosto estranhamente torto de Anluan, eu demonstrara uma repulsa que ele estava cansado de ver? O que será que ele pensou de mim?

— Ouvi dizer que o trabalho de escriba vai durar todo o verão. Eu sei que vocês têm dificuldade em manter as pessoas aqui. E estou disposta a trabalhar até o outono, se isso me for pedido. Desde que você garanta que estarei em segurança, não vou me precipitar. Vou ficar até completar meu trabalho.

— An-ham.

Então Magnus me guiou por uma escada, até um aposento nitidamente habitado. Eu o segui por um corredor escuro, e depois através de várias câmaras de aparência austera. Não havia forro no chão e os aposentos quase não tinham mobília. As paredes de pedra pareciam úmidas. Vi um espelho comprido de bronze num canto, com a superfície parcialmente coberta por um lençol. Havia imagens se movendo nele, coisas que certamente não existiam naquela sala quase vazia. Hesitei por um instante, meu olhar atraído para lá, a pele toda arrepiada.

— Vamos para a cozinha — disse Magnus. — Você deve estar precisando se aquecer.

A cozinha ficava depois de um vestíbulo, atrás de uma pesada porta de carvalho. Havia um fogo fraco na lareira. Sobre uma mesa bem encerada estavam os suprimentos trazidos da aldeia por Magnus, ainda embrulhados. Meu companheiro pendurou uma chaleira em uma trempe de ferro e pôs mais lenha no fogo. Eu fiquei ali, observando com a cabeça cheia de perguntas.

Magnus mexeu num armário, tirou de lá uma caixinha e pôs uma colherada numa caneca de barro. Enquanto ele se movimentava, eu olhava em torno, notando que a cozinha também tinha seu espelho, de três faces, com a moldura de um metal escuro que não consegui identificar. Parecia um espelho comum, refletindo um pedaço da parede e do teto, mas a iluminação era estranha, como se a imagem mostrasse um outro momento do dia ou outra estação do ano. Era difícil tirar os olhos dele.

— É uma mistura restauradora — explicou Magnus, mexendo a caneca. — Deve lhe infundir força. Parece que você está precisando.

Quando a chaleira começou a fumegar, ele encheu a caneca e a pôs do meu lado, na mesa.

— Pode beber sem susto. Outra coisa: por enquanto é melhor você parar de olhar para os espelhos. Eles podem confundi-la. Com o tempo, você se acostuma. Quer dizer, se for continuar aqui.

— Entendi.

Era incrível como a superfície polida atraía nossos olhos, como se tivesse segredos a nos revelar. Mudei de assunto.

— É você quem cuida do jardim das ervas, Magnus? — perguntei. — O jardim de Irial, é assim que se chama? Notei que ele está bem-cuidado, em comparação com... — Minha voz baixou quando me dei conta de que minhas palavras poderiam ser um insulto.

— Aquele jardim é o reino dele — respondeu Magnus. — Mas o resto sou eu que faço.

Ele observou a cozinha em volta, como se a visse através dos meus olhos. Era limpa, embora sem nada; as prateleiras quase vazias, as panelas, os pratos e canecas muito bem enfileirados. A cozinha de minha irmã, em nossa casa em Market Cross, tinha sido um lugar de aconchego e luz, de aromas deliciosos e atividade febril. Isso foi antes de papai morrer, antes que Maraid me abandonasse nas mãos de Ita e Cillian. Entrar naquela cozinha era como ser abraçada e sentir o coração de mamãe. Aqui, a cozinha era fria, apesar do fogo. Não havia coração.

— Não era minha intenção criticar — falei, sem jeito.

— Foi sem querer, não é? Pelo menos, agora que você chegou, eu posso riscar da minha lista de tarefas a procura por um escriba. Se é que ele vai aceitá-la. Acho melhor eu ir lá falar com ele.

Fiquei sentada sozinha perto do fogo, enquanto ele ia falar com o patrão. Dei um gole no chá de ervas, que era amargo, mas não ruim. Imaginei se Maraid estivesse aqui, botando um vaso de flores em uma prateleira, pendurando uma linda tecelagem na parede nua, cantando enquanto picava cebolas e alhos-porós para fazer uma torta. Mas Maraid nunca estaria na minha situação. Ela era muito prática. O que ela fizera fora se apaixonar por um músico andante e terminar na pobreza. *Ela é igualzinha à sua mãe*, posso ouvir Ita dizendo. *Uma vagabunda, tal e qual, não tinha como escapar. E você vai pelo mesmo caminho, ouça o que lhe digo. Seu jeito atrai o tipo errado de homem, o sujeito que só pensa numa coisa.*

Já tinha bebido metade do chá quando meu olhar foi atraído outra vez pelo espelho e, nele, vi refletida a imagem de uma mulher parada no vão da porta atrás de mim. Tinha aparecido ali sem fazer nem um murmúrio. Eu dei um pulo, derramando o chá da caneca.

— Perdão — falei, olhando em torno em busca de algo para limpar o derramado. — Você me assustou.

Como ela não respondeu, acrescentei:

— Meu nome é Caitrin, filha de Berach. Vim aqui por causa de um emprego de escriba.

Ela continuou me olhando em silêncio, enquanto eu achava um pedaço de pano e enxugava a mesa. Sob seu escrutínio, eu me emperti-guei, virando-me para encará-la. Não era uma criada. Seus modos eram de realeza, e a roupa, embora simples a ponto de passar severidade, era bem cortada e feita da mais pura lã. O vestido era cinza, cor de pombo; e a sobrecapa, de um tom ligeiramente mais escuro. Os cabelos se escondiam sob um véu fino. Sob suas dobras, vi que a expressão dela era de quem me julgava. Seria a esposa de Anluan? Era bem jovem, talvez um pouco mais velha do que eu. Quantos anos teria o chefe? Entre o cabelo maltratado, a cara fechada e a estranheza de suas feições, eu só conseguia imaginar que ele estaria talvez acima dos trinta.

A mulher cruzou as mãos, mantendo em mim os olhos cinzentos. Suas feições eram harmoniosas e delicadas. Estava de pé, muito ereta. Talvez fosse a irmã de Anluan. Ou seria a filha de Magnus?

— Só estou esperando que Magnus volte — falei, tentando forçar um sorriso.

A mulher não sorriu.

— Lamento — disse, com toda a clareza. — Não vamos precisar de você.

Depois de um instante de silêncio e perplexidade, protestei:

— Magnus deu a entender que eu poderia ficar com o emprego se tivesse capacidade. Eu deveria ao menos ser submetida a um teste.

Ela deu um passo atrás, como se estivesse abrindo caminho para eu sair.

— Não vamos precisar de você. Foi um engano.

Olhei para ela. A promessa de trabalho, de sustento, de segurança contra Cillian, a esperança de um refúgio para todo o verão, tudo destruído por causa de um engano?

— Mas Magnus foi até a aldeia em busca de alguém que soubesse ler e escrever em latim — argumentei, sentindo o rosto em brasa. — E eu sei tais coisas. Eu deveria ter a chance de provar que sou capaz, minha senhora.

Cheguei a pensar em contar a ela toda a verdade, colocando-me à mercê de sua compaixão. Mas, por alguma razão, achei que isso não levaria a nada.

— Mesmo que tenha havido um engano, tenho certeza de que poderei ser útil aqui.

48 JULIET MARILLIER

Afinal, ouvira Magnus dizer que eles precisavam de um rapaz para trabalhar na fazenda e de uma moça para o serviço doméstico. Se fosse para ficar em segurança, eu poderia esfregar chão o verão inteiro, mesmo com essa mulher altiva me dando ordens.

— Por favor, minha senhora — continuei, enquanto aquele olhar intenso, de olhos muito abertos, que me examinava, ia me dando nos nervos. — Ao menos me deixe falar com Magnus outra vez.

— Não há nenhum motivo para falar com mais alguém — disse ela. E, depois de um instante, acrescentou: — Você está enganada. Entenda que é melhor que você não permaneça.

Meus olhos se encheram de lágrimas. Já ia pegando meus pertences quando Magnus entrou pela porta dos fundos, depositando um conjunto de pena, frasco de tinta e uma tira de pergaminho em cima da mesa.

— Escreva alguma coisa — ordenou. — E logo — disse —, para provar que pode trabalhar bem e rápido. Se for bom o suficiente, ele vai considerar a possibilidade de lhe dar alguns dias para ser testada.

Eu olhei para a mulher. Seus lábios estavam bem cerrados. Uma linha começara a surgir em sua testa.

— A mim foi dito que eu não era necessária — falei, mansamente.

— Está tudo certo, Muirne — disse Magnus. — Anluan quer ver como é o trabalho dela.

Respirei, trêmula.

— Você disse *Se for bom o suficiente*, bom o suficiente para quê? — perguntei, pondo meu estojo de escrever na mesa e abrindo os fechos. — Se eu não sei qual é a tarefa, como vou saber qual amostra dar? Latim ou irlandês? Que tipo de letra? De que tamanho?

Peguei uma pena de ganso, de tamanho médio e um pote de tinta preta que eu própria tinha preparado.

— Se você achar que tudo bem, vou usar meu próprio material.

Magnus esperou, com os braços cruzados, enquanto eu pegava a faca especial de meu pai e com ela afiava a pena.

— O que ele quer que eu escreva? — perguntei, olhando para ele.

— Ele não disse. Apenas mostre o que sabe fazer.

— Mas como é que...

— Melhor começar logo, senão vou ter de dizer a ele que você é lenta.

— Lenta na inteligência ou lenta em meu ofício? Não sou nenhuma das duas coisas. Mas isso equivale a costurar um casaco para um homem que você nunca viu, e que não sabe se ele vai usá-lo para ir pescar ou para desfilar pela corte e impressionar pessoas.

E minha tarefa não se tornava nem um pouco mais fácil com aquela observadora silenciosa parada na porta.

— Você quer o emprego ou não quer? — Magnus perguntou, sem rodeios.

Eu não podia dizer a eles o quão desesperadamente queria o emprego, apesar do chefe mal-humorado, da mulher que se opunha, do espantalho vivo e tudo o mais. Anluan me dera medo, é verdade. Mas nada podia ser mais apavorante do que a situação que eu deixara para trás. Um exemplo. O que ele esperava? Será que eu devia fazer uma boa citação em latim? O rascunho de uma carta? No fim, a pena começou a se mover quase à minha revelia, e o que eu escrevi foi: *Posso ler e escrever fluentemente em latim e irlandês. Lamento se o aborreci. Eu gostaria de ajudá-lo, se o senhor me permitir. Caitrin.*

O texto ficou bem escrito e limpo. Eu sabia fazer a escrita reta, mesmo quando não havia tempo de traçar linhas. No alto do texto, acrescentei *Anluan*, e decorei a capitular com uma guirlanda de madressilvas, em torno da qual voejavam algumas abelhas. O *C* de *Caitrin* eu transformei em um cão enroscado e adormecido, com o rabo entre as pernas. Peguei um punhado de areia fina da sacola, que eu guardava junto de meu equipamento, e a peça estava praticamente pronta.

— Foi rápido o suficiente? — perguntei, entregando o pergaminho a Magnus e vendo que sua boca se abria num sorriso. — Segure aberto, porque ainda não está totalmente seco. Se ele é tão exigente, imagino que qualquer mancha de tinta vá mostrar que não estou apta.

Ele levou o trabalho e eu fiquei novamente esperando, sentindo-me desconfortável ante o olhar da mulher na porta. Não conseguia pensar em nada apropriado para falar, por isso fiquei um tempo calada, e ela também. Então, ela entrou na cozinha, remexeu em algumas canecas na prateleira e falou, de costas para mim:

— Você não vai ficar. Ninguém fica. Você vai desapontá-lo no fim.

O tom dela era estranho, constrangido. Magnus dissera algo parecido, que seria melhor eu ir embora logo para não despertar as esperanças de Anluan, e depois decepcioná-lo. Eu não queria a inimizade de Muirne, nem de Magnus. Se conseguisse o emprego, nós viveríamos sob o mesmo teto durante todo o verão.

— Se ele quiser, eu ficarei — falei.

Mas, com o passar do tempo, comecei a me perguntar se não seria melhor que Anluan mandasse de volta uma mensagem dizendo que eu não estava apta para o emprego. Magnus provavelmente me acompanharia montanha abaixo se eu pedisse. Tomas dissera que eu podia me refugiar na aldeia. O quão provável era, de verdade, que Cillian viajasse até tão longe no oeste em seu esforço para me descobrir?

Tentei fazer um balanço do que era Whistling Tor, com todas as suas peculiaridades, inclusive a maldição mencionada por Tomas e Orna, em comparação com o que eu deixara para trás. As pessoas em Market Cross achavam uma sorte que Ita e Cillian estivessem dispostos a cuidar de mim, em meio à névoa do meu luto com a morte de papai. Ita se esforçava para que as pessoas compreendessem. Alguém fora lá em casa perguntar por mim; talvez várias pessoas. Eu não tinha condições de responder por mim mesma na época, nem sequer me lembrava direito do período. Mas lembro-me de ter ouvido a voz de Ita, clara e confiante. *Você não pode vê-la. Ela não pode ver ninguém. Você sabe como Caitrin sempre foi muito fechada. Perder o pai mexeu muito com ela. Ela não está em condições de tomar decisões, nem estará tão cedo. Vou cuidar dela e sustentá-la, claro. Meu filho e eu ficaremos aqui na casa, para ter certeza de que Caitrin está sendo bem-cuidada. E vou apor meu selo em qualquer papel, em nome dela. Pobre Caitrin! Era uma menina tão prendada.* Se as pessoas não podiam me ver, tampouco veriam os hematomas. Se não podiam me ouvir, não importava se o que eu diria faria sentido ou não. De qualquer forma, eu não teria coragem de falar nada. Porque o pior não eram os punhos de Cillian ou as palavras cruéis de Ita. Era eu. A maneira como os dois tinham me transformado em uma criança indefesa, cheia de timidez e desprezo por mim mesma. Seria um engano pensar que eu estaria em segurança na aldeia, com Tomas e Orna. Cillian viria atrás de mim. Estava determinado que ele e eu nos casaríamos. É o melhor para você, Caitrin, ela dissera, e eu estava triste demais, confusa demais para buscar a verdadeira explicação. Não se tratava de bens materiais. Papai deixara a mim e a Maraid praticamente sem nada.

— Uma escriba — disse Muirne, fixando em mim seus olhos enormes. — Como foi que você se tornou uma escriba?

— Meu pai me ensinou — respondi, sem a menor intenção de confiar nela, não sem antes saber se ficaria mesmo ou não. — Ele era um mestre no ofício, muito procurado na região em torno de Market Cross.

— São muitos papéis. Estão empoeirados. Sujos. É um trabalho duro. Não é tarefa para uma mulher.

Meu sorriso foi mais provavelmente um esgar.

— Particularmente nesse campo, sou uma trabalhadora incansável. Espero conseguir ter a oportunidade de provar para vocês.

A testa dela se desanuviou, e ela deu um sorrisinho. No instante seguinte, saiu em silêncio, como tinha entrado.

— Venha comigo. Vou mostrar onde você pode pôr suas coisas — falou Magnus, da outra porta.

Fiquei em pé de um pulo.

— Isso significa que consegui o emprego?

— É um período de teste. Vou mostrar o que precisa ser feito, e é capaz que mude de ideia quando vir, e então você poderá trabalhar por alguns dias. Ele verá seu trabalho e decidirá se você tem condições de terminar tudo até o final do verão. Há um quarto no andar de cima onde você poderá dormir.

Corri atrás dele, as perguntas pululando na minha cabeça.

— Em que exatamente eu vou ter de trabalhar? — perguntei.

— Registros. História da família. Todos eles foram estudiosos à sua maneira, do trisavô de Anluan até ele próprio. Há lá todo tipo de documento, alguns em más condições. É preciso selecionar, botar em ordem. Está uma bagunça, vou lhe dizendo. O bastante para desanimar o mais organizado dos escribas, na minha opinião. Mas o que é que eu entendo do assunto?

Enquanto falava, Magnus ia me guiando por um corredor e por uma escada íngreme, de degraus gastos, até o andar de cima, onde vários quartos davam para um corredor. Havia enormes aranhas nos cantos, assim como fendas nas paredes de pedra. Por entre essas fendas, nas paredes que davam para o jardim, crescia vegetação. E um odor de abandono, o cheiro da decomposição.

— Aqui — disse Magnus, entrando por uma porta.

O quarto estava vazio, frio e inóspito, assim como os aposentos que eu vira no andar de baixo. Como mobília, havia uma cama estreita presa à parede e uma cômoda antiga. Pareceu-me que ninguém tinha dormido ali em muito tempo.

— Vou trazer umas cobertas — disse meu acompanhante. — À noite faz muito frio. Do lado de fora da cozinha tem uma bomba, que usamos para nos lavar. E você vai precisar de uma vela.

— Essa porta tem tranca?

— As instalações podem parecer medíocres — disse Magnus —, mas você estará segura aqui. Anluan cuida dos seus.

Nessa questão, eu precisava me garantir.

— Mas Anluan dificilmente vai poder ficar andando pelos corredores para se assegurar de que ninguém nos perturbe.

— Não — retrucou Magnus. — Quem faz isso é Rioghan.

— Rioghan! — falei, surpresa em ouvir um nome conhecido. — Eu me encontrei com ele ontem. Bem, acho que é o mesmo homem. Um sujeito de aspecto triste, com um manto vermelho. Não me dei conta de que ele vivia aqui na fortaleza.

— Ele é um dos que vivem aqui — disse Magnus. — Vou apresentar você para todos eles no jantar, quando, em geral, nos reunimos. Muitos outros vivem na floresta, mas esses você quase não verá.

— Você estava falando sério, Rioghan fica mesmo andando para cima e para baixo nos corredores de noite? Não tenho certeza se vou gostar muito disso, mesmo sabendo que assim há mais segurança.

— Rioghan não dorme. Ele fica de vigília. Pode não estar no corredor... ele prefere o jardim... mas vai ficar alerta para qualquer coisa fora do comum. Como eu falei, Whistling Tor é um lugar seguro, desde que você faça parte dele.

— Mas eu não faço parte, ainda não.

— Se Anluan quer você aqui, você faz parte, Caitrin.

— Mesmo assim, quero uma tranca na porta.

— Vou pôr isso na minha lista de coisas por fazer.

— Hoje, Magnus, por favor. Entendo que você é muito ocupado, mas isso é... um pedido que lhe faço. Não posso ficar sem. Talvez eu possa lhe retribuir esse favor de algum modo.

Assim que acabei de falar, lembrei-me das palavras do carroceiro: *Há outras formas de pagamento.*

— Por exemplo, eu posso picar vegetais e varrer o chão — acrescentei.

— Terei isso em mente. Bem, fique à vontade. Há um banheiro lá fora, depois da cozinha. Quando estiver pronta, desça que vou lhe mostrar a biblioteca. Você vai querer começar logo.

Pouco depois, com o vestido extra que tinha trazido comigo — de um verde-escuro muito prático — e com meu cabelo escovado e arrumado, ao lado de Magnus na soleira da porta da biblioteca, eu me vi sem palavras.

Sempre valorizei a organização. O exercício cuidadoso da caligrafia depende em grande medida da limpeza, do detalhamento, da uniformidade. Em nosso estúdio de trabalho em Market Cross, as ferramentas tinham de estar meticulosamente cuidadas e os materiais, estocados com total atenção, para a segurança e a eficiência. Lá, era o lugar da disciplina e do controle.

A biblioteca de Anluan era o lugar mais caótico que eu jamais tivera o azar de encontrar. Era um aposento enorme. As muitas mesas grandes poderiam ser usadas como superfícies de trabalho, se não estivessem coalhadas de documentos, canudos e folhas soltas de pergaminho. Esse material frágil parecia ter sido largado ali de qualquer jeito. Ao longo das paredes, havia diversas prateleiras e mesas menores, cujos tampos estavam tão repletos de material quanto suas contrapartes maiores. Eu suspeitava de que cada receptáculo ali revelaria, quando aberto, uma montanha de material embolado.

Entrei, sem dizer nada. Havia janelas embaçadas ao longo de toda a face oeste do aposento. À tarde, a luz deveria ser excelente para escrever.

— O material de que você vai precisar está no armário de carvalho — disse Magnus, apontando para a extremidade do aposento. — Penas, pós para tinta e tudo o mais. Ele disse que, mesmo você tendo trazido o seu próprio material, este logo vai acabar. Há um bom estoque de pergaminho, o suficiente para o trabalho, segundo ele. Se você precisar de mais alguma coisa, podemos conseguir, mas para ser sincero eu não me preocuparia com isso.

Olhei para a desordem à minha volta, tentando encará-la não como um obstáculo, mas como um desafio.

— O que é exatamente que eu devo fazer aqui? É o próprio Lorde Anluan que vai me explicar?

Uma família de estudiosos, dissera Magnus. Pensei nas instruções minuciosas que meu pai e eu recebíamos em nossas encomendas, e em como alguns clientes prestavam a maior atenção na beleza da execução.

— Onde está o material que preciso transcrever?

E então, quando Magnus ficou só olhando para mim, depois passeou a vista pelo aposento inteiro, pelos enormes canudos, pelos livros de capa grossa, pelos delicados fragmentos, pelos pedaços soltos das folhas de pergaminho, eu senti uma risada histérica me subindo pela garganta.

— Tudo isso aqui? — perguntei, engasgada. — Durante um único verão? O que esse homem pensa que eu sou, uma santa milagreira?

Magnus ergueu uma tira de velino e a assoprou, espalhando grãos de poeira sob a luz que entrava pela janela.

— "Eu aprendi com o melhor de todos", não foi isso que você disse?

— Sim. Mas isto aqui... é uma loucura. Como é que vou saber por onde começar?

— Você não precisar transcrever tudo. Ele só quer as partes em latim, porque é uma língua que nunca aprendeu. São anotações de Nechtan, o mais velho de todos. Há alguma coisa em irlandês, e essas ele leu, mas Anluan acredita que alguns dos documentos em latim também foram feitos por seu trisavô. Ele precisa que você encontre essas e traduza para o irlandês, para que ele próprio possa lê-las. E elas estão perdidas no meio de todo tipo de coisas.

Magnus observou uma fileira de pequenos livros encadernados que tinham aparecido numa estante, e sua expressão se suavizou um pouco.

— Pinturas, receitas para curas, coisas assim. Anotações, pensamentos. Cada um dos chefes de Whistling Tor fez seus próprios registros. Mas a biblioteca nunca foi organizada. Os papéis mais antigos estão se desmanchando. Se fosse eu a fazer o trabalho... não que eu seja um homem das letras, claro... eu faria uma lista do que tem aqui, à medida que fosse examinando, para saber mais tarde onde estão as coisas. Faz sentido, não faz?

— Sim, faz todo o sentido, Magnus. Muito obrigada pela sugestão.

Peguei um dos livrinhos encadernados da estante e o abri sobre a mesa, revelando uma charmosa ilustração de algum tipo de erva medicinal. Ao lado dela, numa letra rebuscada, estavam instruções sobre como preparar a tintura adequada para o tratamento de verrugas e furúnculos.

— Seria bom se alguém já tivesse feito isso. Uma lista, quero dizer. Você disse que Lorde Anluan e a família dele são estudiosos.

Talvez eu tivesse soado excessivamente crítica.

— Ele próprio começou a fazer — disse Magnus, num tom taxativo. — Ou tentou.

— Tentou.

Se o que Thomas e Orna disseram era verdade, o que o chefe mais tinha era tempo. Eles insinuaram que Anluan não cumpria as obrigações esperadas de um líder local, como circular para se assegurar de que seu povo estava bem, supervisionando campos e povoados, e estabelecendo defesas contra possíveis ataques.

56 JULIET MARILLIER

— É uma tarefa enorme, Magnus. Parece que vou ter de varejar todo o conteúdo da biblioteca antes de começar a traduzir. Não tem ninguém aqui que possa me ajudar?

— Devo ir até ele e dizer que você não consegue fazer a tarefa?

— Não!

Percebi que estava apertando o tratado de plantas contra o peito, e o coloquei na mesa.

— Não, por favor, não. Vou fazer o possível.

Magnus me lançou um olhar perscrutador.

— Você é uma fugitiva da lei, para estar assim pedindo tranca para a porta e aceitando um emprego que ninguém mais ia querer?

Ele era bem esperto.

— Se você não me fizer perguntas embaraçosas, eu também não as farei.

— É justo.

— Mas só uma coisa ainda quero perguntar. Por que Lorde Anluan não veio ele próprio conversar comigo sobre isto aqui?

— Anluan não convive com pessoas de fora.

A frase soou como algo definitivo. Como eu poderia fazer um bom trabalho, sem conversar com o homem que o encomendara? Nada de perguntas embaraçosas. Isso significava que a conversa parava por ali.

Magnus tinha ido até a janela e estava olhando lá para fora. A biblioteca dava para o herbário no qual eu encontrara, antes, com o chefe de Whistling Tor. Dali, não dava para ver o pé de sangue-do-coração, apenas as madressilvas e as ervas mais comuns, que cresciam por todo lado.

— Você não deve julgá-lo — aconselhou o intendente, baixinho. — Ele tem suas razões. Você é a primeira pessoa que nos visita em muito tempo, e a única que chegou até aqui sem ser obrigada. E você é uma mulher. Isso foi um choque.

— Para mim também — falei, decidida a não comentar que quem oferece um emprego de escriba não deve se surpreender se aparecer um candidato.

Eu estava percebendo que as regras naquele lugar não se pareciam em nada com as do mundo lá fora. Fui até uma mesinha junto à janela, que chamava a atenção por ser o único lugar arrumado em todo o ambiente. A superfície de carvalho tinha sido limpa, e sobre ela havia uma jarra, feita de uma pedra verde incomum com arabescos, a qual continha várias penas mal apontadas e uma faca. Talvez Muirne fosse responsável por aquela pequena ilha de ordem. Ao lado da jarra havia dois pedaços de bom pergaminho, recobertos de letras. Peguei um deles.

— De quem é esta caligrafia? — perguntei.

— De Anluan — respondeu Magnus. — Tirando ele, ninguém aqui sabe escrever.

Com um único olhar, entendi por que Anluan mal começara a tarefa assustadora. Sim, ele sabia escrever, e se eu me esforçasse conseguiria entender o que estava escrito ali. Mas era a pior caligrafia que eu vira na vida, tão irregular que as letras pareciam estar tentando rastejar para fora da página.

— Não faça essa cara — disse Magnus. — Você é uma escriba e ele é um sujeito que perdeu os movimentos da mão direita. — Não havia crítica em sua voz, só compaixão.

— Desculpe...

E baixei a voz enquanto começava a ler.

O outono começa a açoitar com força. Estou nos estágios finais da preparação. A cada nova aurora, minha mente e meu corpo são regidos com mais força por isso. O conhecimento para além do que há na terra; uma descoberta maior do que qualquer outra feita por um mortal neste mundo. E se for verdade? Como será se eu conseguir abrir esse portal para o desconhecido? Para onde irei? Que eventos maravilhosos serei capaz de testemunhar? E, quando voltar, como terei me transformado?

Mandei Aislinn colher acônito.

— Vou deixar você aí. Tenho coisas a fazer.

58 JULIET MARILLIER

Ergui o rosto, o dedo marcando o ponto da página enquanto olhava para Magnus. Ele falou alguma coisa sobre o jantar, mas suas palavras caíram no vazio, pois eu fora capturada pela narrativa à minha frente.

Outro dia. Outro passo. À medida que o momento da experiência vai chegando, meus auxiliares me abandonam, cegos demais para compartilharem de minha visão de mundo, frágeis demais para suportarem o peso de minhas aspirações. Deixaram que as histórias supersticiosas da população local os influenciassem. Meu intendente foi embora hoje de manhã. "Não posso mais servi-lo", foram suas palavras tíbias. Não importa, não preciso de lacaios. Farei isso sozinho e, quando estiver terminado, terei um batalhão de seguidores, uma miríade de atendentes, um exército digno de um rei. Caberá a mim liderá-los, e aqueles que de mim duvidaram, aqueles que não tiveram estômago para aguentar a jornada, sufocarão na própria covardia. Vou abrir o portal, e hei de caminhar

Chegara ao fim da segunda página. Uma história obscura e fascinante, e eu queria mais. Mas não havia continuação; pelo menos, não ali. Não podia ser um relato de uma experiência de Anluan, de jeito nenhum. Ele não parecia o tipo de homem a escrever coisas assim, naquele estilo arcaico e grandioso, nem eu poderia, nos meus mais loucos sonhos, imaginá-lo comandando um exército, fosse ele qual fosse. Aquilo só podia ser uma tradução parcial de um documento. Para descobrir o resto da história, eu precisaria encontrar a fonte de Anluan.

Na abertura da janela ao lado da mesa em que o chefe estivera trabalhando havia um pequeno baú antigo. Estava menos coberto de poeira que os demais, e me pareceu o lugar óbvio para começar a procurar. Fui até lá para ver se conseguiria abri-lo, mas sustei a mão. O baú tinha uma aura poderosa, ao mesmo tempo atraente e repelente. Fez minha pele arrepiar-se de agonia e meu coração disparar de ansiedade.

A voz da razão me disse que não havia motivo para eu abrir o baú naquele momento. Havia pequenas montanhas de outros documentos nas quais fazer a busca, para não falar em varrer o chão, espanar a poeira que se acumulara na superfície, deixar ar entrar no ambiente e estabelecer um sistema de armazenamento para que eu soubesse onde encontrar as coisas. Então, usando o método bruto de empurrar tudo o que estava ali em cima, abri espaço em uma das mesas maiores e peguei o caderno de cera que usava para tomar notas. Ele tivera grande utilidade ao longo dos anos. Fora ali que eu aprendera a desenhar as letras, com minha mãozinha, a princípio, manejando o estilo com dificuldade, depois com maior controle, à medida que me aperfeiçoava em meu trabalho. O caderno tinha o formato de um livro, com uma capa de madeira. Uma tira de couro o mantinha fechado quando não estava sendo usado e o estilo tinha uma bolsa própria. As superfícies de cera, assim protegidas, ficavam limpas e prontas para serem usadas. Eu usaria o caderno para fazer as anotações diárias do trabalho e para registrar o local de cada documento. Pergaminho e tecido eram valiosos demais para ser usados nesse tipo de anotação efêmera. Abri o caderno, olhei para a biblioteca em torno, e dei um suspiro. Podia sentir aquele baú me chamando. *Leia*, ele sussurrava. *Leia e chore.*

Eu não ia conseguir me concentrar em mais nada antes de lidar com aquilo. Fui até a janela e abri a caixa. Nenhum demônio pulou para fora. Ali dentro, vários itens estavam arrumados com zelo. Na maior parte, folhas de pergaminho enroladas em maços e amarradas com cordões já se desintegrando. Ervas tinham sido salpicadas sobre os maços, muito tempo atrás. Elas tinham se transformado em poeira, mas um perfume doce ainda emanava das folhas, que já começavam a se desfazer nas beiradas. Peguei um dos maços, e então parei, tomada pela sensação de que alguém estava me olhando. Senti um arrepio, endireitei-me e olhei em torno. A porta para o jardim continuava entreaberta, mas, se alguém estivera ali, desaparecera num segundo. O perfume de ervas ainda podia ser sentido, sálvia e alecrim. Olhei através da janela, mas não vi ninguém. *Controle-se, Caitrin, este lugar já é estranho o suficiente sem você precisar contribuir com sua imaginação.* Tornei a me debruçar sobre o baú, erguendo cada maço de documentos e colocando-os lado a lado sobre a mesa. Bem no fundo do baú, havia alguma coisa envolta num pano preto. Hesitei, depois peguei o objeto, colocando-o na minha frente e desembrulhando-o, com mãos que não eram lá muito estáveis.

Talvez eu devesse saber que era um espelho. Este era feito de obsidiana negra, e alguma coisa nele me inquietou. A superfície escura e enigmática dava pouco reflexo. Eu havia lido em algum lugar sobre esse tipo de espelho, tinha certeza. Um espelho escuro, usado para adivinhações. O artefato tinha a moldura de prata, com desenhos de criaturas sobrenaturais, pouco maiores que uma falange do meu dedo mínimo, os olhos feitos com pequeninas pedras vermelhas ou verdes. Pisquei e olhei de novo. Será que aqueles homúnculos parecendo gnomos não estavam, na olhada anterior, no fundo do espelho? E quanto àquele ser que era metade duende, metade lagarto? Antes ele estava todo encurvado e agora estava olhando direto para mim...

Sacudi a cabeça para me livrar daquelas fantasias. Ia remexer nas folhas soltas, começando pelas que estavam mais estragadas. Se Anluan tivesse algum bom senso, teria sido por ali que ele deveria ter começado sua tentativa limitada de organização e, por isso, talvez eu encontrasse naquelas páginas a continuação da narrativa intrigante. Quer dizer então que Anluan tinha perdido o movimento na mão direita. Pensei nisso, perguntando-me se, caso eu tentasse escrever com a mão esquerda, minha caligrafia seria tão ruim quanto a dele. Eu ouvira falar que as pessoas eram capazes de usar as duas mãos, caso tivessem tempo para treinar. Talvez Anluan não tenha tido tempo. Ou talvez não tivesse vontade. Ele desistira muito rápido de conversar comigo.

Todos os documentos do baú pareciam ter a mesma caligrafia, uma escrita forte e regular. O estilo do escriba era antigo e as letras eram de um estudioso. As páginas estavam tão quebradiças que pareciam a ponto de se desfazerem antes que eu terminasse meu trabalho. E a tinta estava muito esmaecida. Pouca vida restava naqueles escritos.

Folheei as páginas. Uma ou duas eram em latim, mas a maioria estava em irlandês, e não havia nada nefasto, apenas questões triviais de uma casa ou fazenda:

... uma boa leva de novos carneiros, a maioria das ovelhas pariu um par, algumas três... tempo bom, menos perdas do que no ano passado...

... disputa com o Reverendo Aidan, que considera perigosa minha área de estudo. Nenhuma novidade nisso.

Este ano Fergus conseguiu um ótimo preço por nossos bezerros no mercado.

Eu tenho um filho. Disseram-me que é saudável, embora ele pareça pequeno e de rosto avermelhado. Fico surpreso, não com seu espírito de luta, mas com o fato de minha esposa ter-se provado finalmente útil em alguma coisa.

Levei um susto. Estava começando a me afeiçoar ao narrador, um homem comum fazendo um apanhado das perdas e ganhos em sua fazenda — carneiros, gado, onde será que eram mantidos? — e debatendo questões com o padre local. Mas depois daquele comentário insensível, vi que não poderia gostar dele de jeito nenhum. *Minha área de estudo.* Como se o narrador fosse um dos raros chefes letrados de Whistling Tor.

Ele vai se chamar Conan, como meu pai.

Comecei a mexer no segundo maço de papéis. Nesses, o escriba tinha usado o latim e um estilo diferente de escrita, uma letra redonda, semiuncial, diferente daquela usada no irlandês comum. Ou talvez esse fosse outro autor. As folhas pareciam da mesma época, com a tinta igualmente desbotada.

Outono do décimo terceiro ano da posse de Glasan, filho de Eochaid, como rei supremo. Nós nos aproximamos da era conhecida como Ruis, na nomenclatura cristã. Todo o Sagrado. Tempo de transição, quando mergulhamos no escuro. Tempo em que o fim é o princípio e o princípio, o fim.

Não apenas estava escrito em latim, mas o estilo era mais formal. Alisei a página com cuidado. O pergaminho tinha sido raspado, e reutilizado pelo menos uma vez, talvez várias. Pelo visto, nem sempre houve suprimento suficiente de materiais em Whistling Tor. Tentei adivinhar a idade do documento. Glasan, filho de Eochaid. Cem anos, um pouco menos ou um pouco mais? Thomas e Orna tinham falado alguma coisa sobre cem anos de má sorte, não tinham? Não achei o nome do escriba em nenhum ponto da página, mas talvez, se eu continuasse lendo, acabaria achando.

Algo se mexeu no espelho escuro. Virei o rosto, olhando por sobre o ombro, esperando talvez encontrar Muirne ali, com sua roupa elegante e seu semblante de desaprovação. Mas não havia ninguém. Eu estava sozinha na biblioteca. Virei para trás e meu olhar captou alguma coisa vermelha, mas não no espelho e sim lá fora, no jardim. Teria sido Anluan, cuja presença eu intuíra antes, de pé junto ao portal observando-me sem nada dizer? Agora ele estava sentado no banco. Tinha o cotovelo esquerdo fincado no joelho, o braço direito no colo, os ombros encurvados, a cabeça pendida. Rosto pálido, cabelo vermelho. Neve e fogo, como algo saído de uma história antiga. O livro que eu vira no banco estava ao lado dele, fechado. Em torno dos pés de Anluan, e no tanque dos pássaros, pequenos visitantes saltavam e espalhavam água, aproveitando ao máximo o dia que estava ficando bonito e ensolarado. Anluan não parecia notá-los. Quanto a mim, eu achava difícil tirar os olhos dele. Havia uma beleza estranha em sua solidão e tristeza, como um príncipe abandonado e aprisionado por um feiticeiro, ou como um viajante para sempre perdido em um mundo distante de casa.

Eu preciso parar de ser tão fantasiosa. Menos de um dia aqui, e já estou inventando histórias loucas sobre os habitantes da casa. Ele não era nenhum príncipe encantado, somente um chefe mal-humorado e sem modos. Se tinha estado me espiando, acho que isso era uma prerrogativa dele como meu empregador. Afinal, eu estava em fase de teste. Voltei a me concentrar nos documentos. As palavras na página dançavam e se moviam, e eu esfreguei os olhos, aborrecida com minha falta de concentração.

Tenho me dedicado com assiduidade ao grande trabalho de preparação. Mantenho a porta trancada. Isso não impede que os ignorantes tentem

*me desviar a atenção com batidas intrusivas. A criança estava doente —
uma doença boba, uma tosse, uma febre baixa. Não deviam me chamar. As
questões domésticas triviais devem ser tratadas por outros. É precisamente
por esta razão que nosso principal lugar de experimentação está situado
no subsolo da casa, por trás de trancas e chaves, assim como de amuletos e
guardas, a fim de manter afastados os saqueadores sem noção. As mentes
de pessoas comuns não podem compreender a natureza de nosso trabalho...*

Alguma coisa se moveu na superfície do espelho de obsidiana.
Olhei depressa, sobressaltada com o choque, o olhar agudo, os cabelos arrepiados na nuca. Claro que não... mas era. Dentro do espelho
de pedra escura havia a imagem de um homem, de pé, num aposento
subterrâneo, um lugar comprido e sombrio todo cercado de prateleiras
onde havia substâncias, frascos, jarros com pós e misturas, livros...
tantos livros num só lugar, com as capas manchadas e gastas como se
fossem muito utilizados. Anluan... não, era um homem muito mais
velho. Na luminosidade incerta das velas em torno do aposento, seu
semblante se assemelhava ao de um santo esculpido: olhos profundos
e penetrantes; a boca de lábios finos, disciplinados; os ossos das faces e
da mandíbula visíveis sob a pele pálida. Com seus dedos longos e mãos
argutas, ele mexia em ferramentas dispostas no banco à sua frente, facas
com lâminas de formato estranho, além de pinças, parafusos e outros
objetos cujo uso eu mal podia adivinhar. *Este aqui.* Ele selecionou um
instrumento brilhante, como uma foice em miniatura. *Com este, vou
conseguir da velha bruxa a resposta que procuro.*

Senti um arrepio me percorrer. Fechei os olhos, abrindo-os depois sem acreditar, o olhar errando entre as letras escuras e a superfície cintilante do espelho escuro. O que era aquilo? Eu via o aposento
de trabalho dos documentos como se estivesse bem ali, em frente ao
escriba. Podia ver seu rosto comprido, ascético, enquanto ele refletia
sobre o dilema que tinha diante de si. E eu lia seus pensamentos; co-
nhecia-os e podia sentir o limiar de uma terrível escuridão tocando-me
a mente. Como podia ser? Eu estava ali, na biblioteca, num dia claro, e,
contudo, ao mesmo tempo estava naquela câmara subterrânea e podia

sentir na mão o toque do metal no momento em que o homem pegava a lâmina. Minha mente conhecia seu propósito maléfico. O espelho... o espelho guardava a memória do passado, e quando tornei a pousar os olhos nele senti outra vez a presença do homem como se ele e eu fôssemos um só. Agora, eu não podia mais desviar o olhar.

A velha estava deitada na mesa, em seu silêncio lúgubre. Ele estava certo de que teria sucesso antes que Aislinn voltasse com as ervas, mas a velha estava resistindo mais do que se pensava. Claro que ela sabe. De todas as mulheres da região que lidam com alguma forma de mágica branca, esta tem a reputação de ser a mais experiente, aquela que há de saber, sem sombra de dúvida, qual o significado de *potentes poderes de convocação* no livro de magia. Mas essa velha enrugada, com sua pele de pergaminho e seus dedos tortos, não revela o segredo tão facilmente. Talvez seja tão velha que já não teme a morte. Talvez esteja usando seus artifícios para enganar a dor. Ela já suportou técnicas que teriam feito homens crescidos se borrarem nas calças.

Ele já fez interrogatórios assim antes, embora raros. Eles seguem uma sequência lógica. Se a pessoa consegue se segurar até um ponto em que há risco de perdê-la sem ter resultado, é melhor transferir a ação para outra pessoa, alguém com quem o sujeito em questão tem um laço — o marido ou a mulher, um parente mais velho. Sempre há falhas assim, mesmo na mais poderosa armadura. Mas essa velha não tem família. Vive sozinha na floresta há muitos anos.

Ele suspira. Suas mãos estão úmidas. Vai ser preciso esfregar muito para tirar o sangue de sob as unhas. A respiração da velha é um sussurro estridente, o que também dá nos nervos. E agora Aislinn está voltando, ele ouve o barulho dela na porta.

— Conseguiu, meu senhor? — pergunta a garota, com delicadeza, entrando e trancando a porta atrás de si. Ela é minuciosa, como sempre; foi bem treinada por ele.

— Não consegui nada.

Não é necessário fingir para Aislinn. Ela sabe tudo sobre ele, até o ponto em que uma simples menina da aldeia é capaz de compreender uma mente como a dele, um cérebro que paira acima do de homens comuns, como uma águia sobrevoando as criaturas rastejantes da terra. Seus pensamentos anseiam pelo alto, pelo impossível, por aquilo de que são feitos os sonhos e as visões.

— Não quero matar a bruxa sem ela me dar a resposta. Não entendo por que ela resiste tanto, já está perto da morte de qualquer maneira. Por que quer levar uma informação tão importante para o túmulo?

— Trouxe uma coisa que pode ajudar. — Aislinn faz a oferta inesperada, usando um tom de voz suave. — Voltei à cabana dela depois de colher as ervas de que preciso. E encontrei isso.

Ela está segurando um embrulho, e a velha amarrada na mesa solta um som estridente, rolando os olhos vermelhos na direção do que a garota está segurando.

— Ah!

A exclamação dele sai com um tom de triunfo. Ele pega o cachorrinho da mão de Aislinn e o leva para o topo da mesa, junto da mulher, para que ela possa vê-lo. Ele sente um fluxo de calor lhe percorrer o corpo, em antecipação à vitória.

— Aislinn, você pode sair se preferir.

— Vou ficar e ver, Lorde Nechtan.

A criatura na mão dele é muito pequena. Ainda não está com medo — ela reconheceu sua dona e se contorce para chegar perto o suficiente para lamber seu rosto.

— Acho que agora estamos prontos para conversar — disse o chefe de Whistling Tor.

Quando a mulher responde apenas com um ruído de terror, ele pega a faca de lâmina afiada, sopesando-a na mão.

— Sou um artista com isto aqui. Observe e aprenda.

Quando termina, ele se livra dos restos enquanto Aislinn faz a limpeza. A velha estava mais do que pronta a expelir o nome dos ingredientes quando ele começou a trabalhar na criatura. Aislinn tomou nota deles em seu livrinho, com as medidas precisas, um a um. Foi por pouco que conseguiram pegar o último nome. Agora, ele e a garota eram os únicos seres vivos na câmara subterrânea, com exceção das coisas que afundam e rastejam pelos cantos e sobem pelas paredes. E não são muitas: Aislinn mantém tudo asseado.

Ele olha para a moça enquanto ela esfrega a mesa. Que diferença um ano ou dois podem fazer. Aislinn era uma criança quando ele prestou atenção nela. Não esperava que uma criada fosse demonstrar tamanho interesse por mapas e gráficos espalhados pelo aposento que ela varria. Não imaginava que a órfã de aldeões humildes fosse uma aprendiz tão rápida, ansiosa para dominar as artes de ler, escrever e dos números, seguindo depois para linhas mais esotéricas de estudo. Sua pupila fora esperta, ansiosa por agradar e mais paciente do que ele, o que a tornou uma assistente de valor incalculável. O tempo passou, e Aislinn já não era uma criança. Seus cabelos se despejam como uma cachoeira de ouro líquido. Suas nádegas empinadas se movem de um lado para outro quando ela usa a vassoura. Agora, de repente, ele está louco por ela, o desejo correndo em seu sangue. Sem dúvida, ela aprenderá as artes da cama tão rapidamente quanto aprendeu a feitiçaria, e quanto prazer ele não terá em ensiná-la.

Mas não. Ele não pode se permitir isso. Há prioridades. Ele precisa obedecer à risca a informação que obteve de Saint Criodan: o conhecimento vital tão incrivelmente difícil de se conseguir. *Deixe-me mostrar-lhe o estado lamentável de nosso telhado, Lorde Nechtan. Vai custar caro para consertar.* Quem pensaria que o Irmão Gearalt, em troca da generosa doação para os fundos monásticos, abriria as portas para a coleção secreta na biblioteca da fundação? Ah, uma coleção sombria é o que era, cheia de surpresas intrigantes. O bom irmão não o deixara levar o livro. Ele só o tivera em mãos a tempo de ler uma fórmula. Mas aquilo fora suficiente. Ele sabia o que queria.

— Quanto tempo você precisa para fazer a mistura? — perguntou ele a Aislinn.

— Talvez leve alguns dias, Lorde Nechtan.

A jovem tira o cabelo que lhe cai na testa. Ele imagina os fios claros flutuando sobre seu corpo nu. Pode vê-la deitada sob si, rendida.

— Madeira-dourada tem de ser colhida de uma forma específica. E alguns dos ingredientes precisam ser macerados três vezes.

Depois de um tempo, ela acrescenta:

— Eu posso ficar aqui e trabalhar até tarde. Posso dormir naquele canto ali.

Há um catre que um ou outro usam às vezes, quando um experimento precisa ser acompanhado. Eles repousam em turnos. Agora que ela está mais velha, isso já não parece razoável. Mas tempo é essencial, Todo o Sagrado se aproxima. As peças precisam estar prontas para serem encaixadas até lá, ou então será preciso esperar mais um ano inteiro. Mais um ano de Maenach roubando seu gado, como se tivesse todo direito de fazer isso. Mais um ano largado ao ostracismo por ninguém entender a natureza de seu trabalho. Um ano de ofensas e desprezo, de dispensas e injustiças. É impensável. "Tão perto," ele sussurra. "Menos que um ciclo da lua e então, tanto poder... Poder como ninguém jamais sonhou, Aislinn, a capacidade de dominar não apenas o maldito Maenach e os chefes da região, mas também todo o distrito, toda Connacht, toda Erin se eu assim o quiser. Contra meu exército, ninguém se levantará. Ele será uma força digna de um grande herói mitológico, com o próprio Cu-Chulainn. Mal posso acreditar que isso está ao alcance da minha mão... Não podemos perder um segundo. Isso precisa ser feito com atenção em cada detalhe."

Eles voltam ao trabalho. Aislinn mistura os pós, tritura as frutas secas, mede os líquidos com meticulosa atenção. Ele repassa as anotações, embora há muito tenha gravada em sua memória a fórmula mágica. Conhece-a como se fosse parte de seus ossos, uma coisa viva, potente. É seu futuro. É sua ascensão e a queda de seus inimigos. É, pura e simplesmente, poder.

A luz na câmara subterrânea baixou. A imagem vacilou e esvaneceu, e, com um estremecimento, tornei a ser eu mesma. Aqui na biblioteca o sol atravessava a janela, brilhando no assoalho à minha frente. Cintilava na superfície do espelho de obsidiana, em cuja borda as pequenas criaturas estavam agora enroscadas ou encurvadas em posturas de dor ou medo, com as cabeças sob as asas, as mãos cobrindo os olhos, os brancos em torno umas das outras, como se aquilo que fora revelado fosse lamentável demais para ser visto.

Ah, meu Deus... meu Deus... Lágrimas me saltaram dos olhos. Pensamentos loucos e imagens obscenas me enchiam a mente. Eu me sentia imunda, maculada, miserável. Bile me subiu à garganta, amarga e urgente. *Fora! Fora desse lugar maldito!* E saí correndo pelo aposento, machucando o quadril numa quina de mesa e saindo aos trancos para o jardim, onde caí de joelhos e vomitei tudo o que tinha no estômago sob um pé de lavanda. Minhas entranhas subiam e desciam. Entre os espasmos, eu tentava respirar.

Um toque de mão em meu ombro. Tomei um susto, pensando em Nechtan, e a mão foi retirada.

— O que foi? Você está passando mal.

Uma voz de homem. Eu me esquecera de Anluan no jardim.

— Vou mandar chamar Magnus — ouvi-o dizer.

— Não!

Em meio aos paroxismos das minhas entranhas e das visões horrendas em minha mente, eu tinha consciência de que não queria que o intendente-sempre-ocupado fosse tirado de suas tarefas para vir cuidar de mim. "Perdão. Eu sei que não devia estar em seu jardim. Logo estarei melhor..." Como se com o objetivo de me tornar uma mentirosa, nova onda de golfadas me sacudiu. Meus olhos e nariz vertiam água.

Anluan se abaixou ao meu lado e, meio sem jeito, me estendeu um lenço.

— Muirne! — gritou ele.

Ergui o olhar, limpando o rosto sem sucesso, e vi que ela estava de pé atrás do banco, na sombra do pé de bétula. Eu não a vira quando mais cedo olhei em volta.

— Pegue água — disse Anluan.

Era uma ordem, e Muirne a obedeceu em silêncio, atravessando a arcada.

Os espasmos pararam, afinal. Assoei o nariz e limpei os olhos de novo, erguendo-me, trêmula. Anluan também se levantou. Não tornou a tentar encostar a mão em mim.

— Sinto muito — consegui dizer. — Vou embora agora. Eu sei que o senhor não gosta de pessoas em seu jardim...

Olhei por cima do ombro para a porta da biblioteca. Nada no mundo me faria entrar de novo ali com aquela coisa descoberta em cima da mesa. Dei um ou dois passos pela aleia, pensando em sair para a parte exterior do terreno, onde poderia me recobrar sem ser vista. Tudo à minha volta girava, nebuloso.

— Eu preciso me sentar — falei.

— Sente-se aqui no banco.

Então, depois de outro silêncio constrangedor, ele acrescentou:

— Eu não sei como ajudá-la. Foi alguma coisa que você comeu?

Só então olhei direito para ele. Parecia a pergunta errada.

— O espelho — falei, sacudindo a cabeça na vã esperança de que as imagens desaparecessem. — Aquele espelho dentro do pequeno baú, com os documentos nos quais o senhor estava trabalhando... Como pôde fazer isso comigo? Como pôde deixá-lo lá, sabendo de seu poder? Ele me atraiu... e me fez sentir...

Essa fora a pior parte, a sensação de que na verdade eu *era* aquele homem maléfico, e estava tendo aqueles pensamentos e fazendo aquelas coisas porque era o que eu queria. No jardim, os pássaros gorjeavam, as plantas cresciam, o sol brilhava. Mas uma sombra tocara algo dentro de mim e eu sabia que não seria fácil fazê-la desaparecer.

— Fez com que eu me sentisse imunda — falei, num sussurro.

— Que espelho? — perguntou Anluan.

Como apenas o olhei, boquiaberta, ele acrescentou:

— Esta casa está cheia desses artefatos. Magnus deveria tê-la advertido para não olhar para eles.

Ele se sentara na outra extremidade do banco, o mais longe de mim que pôde, e já não estava olhando para mim, e sim para algum ponto indefinido no jardim. Em sua expressão, não havia nem simpatia nem pedido de desculpas.

70   JULIET MARILLIER

— Você foi contratada para ler os documentos — disse. — Não para se meter com aquilo que não lhe diz respeito.

A raiva dele criou um novo nó no meu estômago. *Seja corajosa, Caitrin. Levante-se sozinha.*

— O espelho estava guardado com os documentos — falei, trêmula. — Eu não estava me metendo em nada, apenas sendo meticulosa. Como eu poderia estar preparada para o que aconteceu?

Ele não respondeu. Tentei controlar minha respiração, perguntando-me quanto tempo Muirne levaria para trazer a água. Então, Anluan disse, com frieza:

— Preciso de um escriba que seja forte. Talvez você não seja adequada para Whistling Tor.

Senti a raiva se acendendo em mim.

— Sou forte o bastante para ler, escrever e traduzir, meu senhor. Magnus de fato me advertiu sobre os espelhos. Mas... talvez ele nada soubesse sobre esse. Ele era...

Com um arrepio, cobri o rosto com as mãos, mas as imagens chocantes ainda desfilavam diante dos meus olhos.

— Ele me mostrou o que havia nos documentos como se eu estivesse lá. Botou os pensamentos de outra pessoa dentro da minha cabeça, como se ele e eu fôssemos um só... Lorde Anluan. Não estou preparada para voltar à biblioteca enquanto aquele espelho estiver lá, sobre a mesa. Seria absurdo esperar isso. O que eu vi foi... repugnante. Foi maléfico.

Depois de um silêncio, o chefe de Whistling Tor falou:

— O que você está me dizendo? Que, apesar de ter alardeado sua sapiência, você afinal de contas não quer fazer a tarefa? Rá! — A interjeição soou zombeteira, amarga e sofrida. — Isso não é nenhuma surpresa. Você está fugindo como todos os outros. Ninguém fica aqui.

— Magnus fica — falei, percebendo que conversar com Anluan era um pouco parecido com discutir com uma criança malcriada. — E eu não estou fugindo. Eu não disse que ia embora.

— Se você não vai mais entrar na biblioteca, não poderá terminar a tarefa.

Um silêncio. Ele olhou na direção da arcada, mexendo-se, inquieto, no banco.

— Eu preciso que o trabalho seja feito. Não há mais ninguém para fazê-lo. Conte-me o que viu no espelho. O que pode ser tão horripilante a ponto de fazer com que uma escriba competente... se é que você é isso mesmo... se transforme em um trapo, que só faz tremer e vomitar?

Engoli as palavras que me vieram à boca.

— Não tenho a menor vontade de pensar no assunto, muito menos de falar a respeito disso. Meu senhor — acrescentei, com cautela, sem querer provocar-lhe mais raiva. — O senhor pode fazer com que o espelho seja removido antes que eu continue com o trabalho?

— Ah! Quer dizer então que você vai voltar à minha biblioteca?

Uma imagem do futuro surgiu em minha mente. Se eu dissesse não, logo estaria outra vez na estrada, sem dinheiro, sem amigos, e com meus perseguidores se aproximando a cada dia. Eu estaria mesmo fugindo, até que Cillian acabasse me encontrando e me arrastando de volta a Market Cross.

— Eu poderia considerar, sim, sob as condições certas — falei.

— Diga-me o que viu no tal espelho — Anluan pediu.

Ele fixou em mim seus olhos incrivelmente azuis, com a maior intensidade. Eu o encarei de volta, pensando que, se não fosse aquela assimetria em seu rosto, ele seria um homem bem bonito, com feições fortes e a pele do tipo mais claro, que fica corada com facilidade. A boca era bem delineada, embora mais dada à solenidade do que a sorrisos. Mas tudo era esquisito, como se uma lufada gelada o tivesse paralisado de um só lado, fazendo dele duas criaturas em uma, forte e fraca, sol e sombra. Eu estava observando. Lembrando-me do que Magnus dissera, desviei o olhar.

— O senhor não sabia mesmo que o espelho estava no baú? — perguntei. — Magnus me disse que a breve transcrição que estava na mesinha era sua. Os documentos nos quais estava trabalhando se encontravam no mesmo baú.

— Você me acusaria de estar mentindo? — O tom dele foi gélido. — Responda à minha pergunta. O que o espelho mostrou para você?

Fiz um esforço para contar a história de sangue, morte e vangloriada ambição. Anluan escutou em silêncio o meu relato cheio de interrupções e, quando eu terminei, ele falou:

— Você precisa continuar o trabalho. Vou mandar tirar o espelho hoje mesmo.

— Muito obrigada — falei, mas eu queria mais. — O que o senhor sabe sobre Nechtan? Magnus explicou que os documentos deles são aqueles que gostaria que eu analisasse. Será mais fácil encontrá-los se eu souber um pouco da história dele. Magnus me disse que o senhor é a única pessoa aqui que sabe ler, meu senhor. Não fosse por isso, eu não o incomodaria com minhas perguntas.

— Nechtan era meu bisavô. As anotações mais antigas são dele. Você vai encontrar algumas poucas do meu avô, Conan, e há também os cadernos de meu pai.

— Qual era o nome de seu pai, meu senhor?

— Irial — respondeu Anluan, num tom que me impediu de fazer mais perguntas. — Vou ver a questão do espelho agora. Você precisa de um tempo para se recompor. Recomece o trabalho amanhã e, no futuro, preste atenção nos avisos de Magnus. Atenha-se ao trabalho para o qual foi contratada, e não interfira em coisas que não lhe digam respeito. Você não pode esperar entender tudo o que se passa aqui em Whistling Tor, e não há motivo para isso. É um lugar diferente de outros lugares. É o que me dizem. Eu preciso que você fique. Preciso que o trabalho seja feito.

Ele se levantou e foi claudicando até a biblioteca, deixando-me sozinha no jardim murado. O jardim de Irial, como Magnus chamara. *Os cadernos de meu pai.* Pelo visto, Irial tinha feito aquelas meticulosas anotações sobre botânica que eu vira antes, assim como os belos e delicados desenhos que as acompanhavam. Olhei para o pequeno livro que Anluan deixara sobre o banco, perguntando-me se ele estivera lendo a obra do pai. Estava encadernado num belo couro de bezerro, trabalhado com desenhos de folhas, mas, quando abri a capa para espiar dentro, o que vi no pergaminho macio não foram os arabescos dos cadernos sobre jardinagem, mas a escrita irregular e laboriosa de

A MONTANHA DAS FERAS **73**

Anluan. Alguém pigarreou. Fechei o livro correndo, não querendo que me flagrassem espiando. Muirne estava de pé a quatro passos de mim, com uma xícara na mão. Ela possuía a perturbadora habilidade de se mover sem provocar o menor ruído.

— Obrigada — agradeci, levantando-me para pegar a água da mão dela. Os dedos de Muirne estavam frios. — Estou bem melhor agora.

— Você viu algo que a assustou. — Era uma afirmação, não uma pergunta. — Um espelho?

Quando aquiesci, ela falou:

— Há muitas histórias aqui. Muitas memórias. Não é um lugar fácil.

— Estou começando a perceber isso — disse eu, feliz por ver que ela se dedicava a conversar comigo, apesar de suas estranhas maneiras. — Acho que é melhor sair daqui. Sei que este é o jardim privado de Lorde Anluan. Alguém mandará me chamar na hora do jantar?

Dei um gole na água e coloquei a xícara sobre o banco.

— Acho que alguém irá chamá-la — respondeu Muirne.

— Muito obrigada.

Será que eu devia acrescentar *minha senhora*? Não tinha ideia de qual era seu papel nessa casa maluca, mas sabia que, se não me esforçasse com ela, o verão iria parecer interminável. Eu pensara que ela era a esposa de Anluan, mas ele a tratara como a uma criada. Sorri para ela, e em seguida cruzei a arcada, com a cabeça cheia de perguntas sem resposta.

3

EU NÃO CONSEGUIRIA REUNIR CORAGEM PARA FAZER explorações, mesmo Anluan tendo me concedido o resto do dia de folga. Retirei-me para meu quarto inóspito e me sentei no estrado, pensativa. Mesmo sem o espelho, eu mal podia tolerar a ideia de atravessar o umbral da biblioteca. O trabalho certamente envolveria mergulhar mais fundo na vida altamente desagradável de Nechtan. O pequeno baú poderia conter a continuação de seu diário, no qual o experimento em que trabalhava talvez fosse explicado de todo, nos mais repelentes detalhes.

Tal pensamento me enojava. E me fascinava. Para meu próprio horror. Dei-me conta de que continuava a leitura. Será que Nechtan e sua assistente tinham aberto o tal portal e trazido o exército ameaçador? Seria isso possível mesmo? Se eu usasse outra vez o espelho, será que abriria a mesma janela para dentro dos pensamentos nefastos daquele homem? E o que é que eu veria?

Estremeci, ao me lembrar. Por mais deplorável que tivesse sido a cena a que assisti, igualmente apavorante era o fato de que Nechtan ensinara à assistente não apenas feitiçaria, mas também seus próprios códigos morais devassos. Tinha sido ela quem trouxera o cãozinho; aquilo fora ideia dela. E escolhera ficar na sala e assistir enquanto Nechtan demonstrava sua prática com a tortura. Na visão através do espelho, ela era uma presença nas sombras, uma figura debruçando--se para esfregar a mesa, os cachos dourados caídos. Eu não chegara a ver seu rosto. Mas a voz revelava sua aprovação, sua admiração, seu intuito de ajudar, como se fosse uma escrava. Se Nechtan era responsável por tê-la se tornado assim, o bisavô de Anluan fora mesmo um homem demoníaco.

Como começava a anoitecer, tomei coragem e fui lá fora pegar água da bomba; levei-a para meu quarto num balde e lavei o rosto e as mãos. Penteei e trancei os cabelos, prendendo as pontas no alto da cabeça. Sem ter nenhum vestido limpo para trocar — o que eu usara na viagem precisava ser lavado e secado —, o melhor que podia fazer era dar uma escovada no verde. Se eu ficasse aqui, iria precisar de roupa nova para o verão. Eu tinha uma camisola e algumas roupas íntimas. Fora isso, minha sacola trazia apenas um lenço bordado que pertencera à minha mãe, e a boneca que Maraid costurara para mim depois que mamãe morreu. Róise tinha só um palmo de altura. Suas feições foram bordadas com linha fina e seus cabelos eram de seda preta, a mesma cor dos meus. A saia marrom, cor de avelã, fora tirada de uma de mamãe; e a blusa de linho creme, de uma das camisas de papai. Uma fita azul, a favorita de Maraid, formava sua faixa. Eu não podia olhar para Róise sem pensar na minha família. A boneca me deixava alegre e triste ao mesmo tempo. Nos tempos terríveis, eu a apertava contra o peito a noite inteira. E, com lágrimas de miséria e abandono, tinha ensopado seu rosto bordado.

Depus Róise sobre o travesseiro. Ela parecia um tanto deslocada nesse aposento cru, sombrio. Eu precisava pedir uma lâmpada a Magnus, ou pelo menos uma vela; aqueles passos à noite seriam traiçoeiros. Quanto à questão da roupa, assim que o tempo ficasse mais chuvoso eu me veria em apuros. Eu não previa passar tanto tempo em um lugar onde não pudesse costurar nem pedir roupas emprestadas. Era mais uma evidência de como eu planejara mal minha fuga de Market Cross. Podia ser que Magnus, prático como era, tivesse uma solução. Talvez ele me falasse para pedir a Muirne. As mulheres dos chefes — o que ela parecia ser — geralmente distribuíam suas roupas usadas para os pobres e necessitados. Mas, mesmo na improvável hipótese de que Muirne me incluísse nessa categoria, não havia meio de uma roupa dela caber em mim. Ela era magra, enquanto eu tinha um corpo mais parecido com o de minha irmã, com seios e quadris generosos e cintura fina. Certa vez, Ita comentara que eu tinha o corpo de uma prostituta.

Devidamente arrumada, encaminhei-me para a cozinha, onde a mesa, depois de retirados os artefatos de cozinha, tinha sido posta com cumbucas, sete colheres e sete taças. Magnus estava mexendo uma panela no fogo.

— Posso ajudar em alguma coisa? — perguntei.

Antes que ele pudesse responder, uma figura familiar, com um manto vermelho de correntes douradas, fez sua entrada real no aposento.

— Rioghan! — exclamei, contente em ver um rosto familiar, mesmo sendo um que conheci recentemente.

— Bem-vinda a Whistling Tor, Caitrin — disse Rioghan, seguindo-se sua costumeira mesura. — Que alegria. Temos poucos visitantes por aqui, menos ainda mulheres atraentes.

Corei até a raiz dos cabelos.

— Você está deixando a moça sem graça, Rioghan — disse Magnus, depositando a panela na mesa. — Ela não é uma de suas damas dos flertes na corte.

— Eu só estava dizendo a verdade — retrucou Rioghan. — Por favor, Caitrin, sente-se. Há uma lamentável falta de cerimônia nas refeições aqui. Mas, de todo modo, nossas boas-vindas são genuínas.

— Muito obrigada — falei, e me sentei.

O conselheiro do rei tomou um lugar bem diante de mim.

O homem da floresta, Olcan, foi o próximo, com Fianchu ao lado. O cão enorme foi direto até um canto da lareira, onde havia um osso com carne junto a uma pilha de sacos velhos. Fianchu ajeitou-se em cima dos sacos e começou a mastigar meticulosamente.

— Ah, Caitrin — disse o homem da floresta —, que bom que você encontrou a casa. Vai ficar aqui, então?

— Por um período de teste. Deram-me trabalho para fazer na biblioteca.

— Ótimo — observou Olcan, sentando-se ao meu lado. — Espero que você fique por um tempo. Fianchu gostou de você. Não é, meu rapaz?

Entretido com o osso, Fianchu não respondeu.

— O cheiro está bom, Magnus — falei.

— A refeição será trivial, infelizmente — disse Rioghan, num tom melancólico. — Os tempos mudaram em Whistling Tor. Esta já foi uma casa refinada, Caitrin. O jantar acontecia no grande salão. A cerveja rolava copiosamente. Os pisos eram cobertos de tapetes de doce aroma. Bardos entretinham a multidão com harpas e cornetas. E, depois do jantar, havia dança.

E ele deu um suspiro.

Magnus tinha começado a tirar com a concha o conteúdo da panela, servindo cada um de nós. Eu achava estranho que estivéssemos começando a refeição sem Anluan nem Muirne, cujos lugares à mesa, pelo que eu notara, tinham sido postos. Mas não cabia a mim, recém-chegada, comentar a esse respeito. Quando ouvi passos no corredor, pensei que eram eles chegando, mas foi o Irmão Eichri quem apareceu, mais magro e pálido do que nunca. Havia uma transparência em sua pele que me permitia ver os ossos por baixo. Sua tonsura frontal dava ao crânio ainda mais aparência de um esqueleto. Na véspera, ele usava uma capa sobre o hábito. Agora, sem essa vestimenta, notei que, no lugar da cruz usada pelos monges, ele trazia um colar de formato peculiar. Havia uns objetos pequenos e estranhos pendurados nele, coisas que talvez eu preferisse não identificar. Eles me lembravam de uma cena desagradável com o espelho de obsidiana.

Virgem santa, como o homem era esquelético! Seus ossos pareceram chacoalhar quando ele se sentou do meu outro lado.

— Caitrin, filha de Berach — disse ele, com seu sorriso cheio de dentes. — Que prazer. Os habitantes da aldeia a espantaram, não foi?

— Não, eles me deixaram entrar — falei, dando-me conta de que, afinal, tinha demonstrado bastante coragem nos últimos dias. — Eu pernoitei lá e vim para cá hoje de manhã.

— Ela está trabalhando aqui — explicou Magnus. — Como escriba, para Anluan. Período de teste. Sejam educados, vocês dois.

— Fico feliz em revê-lo, Irmão Eichri — falei.

A presença de um homem santo nesse lugar de sombras e sussurros me dava confiança.

Do outro lado da mesa, Rioghan arqueou, com arrogância, suas sobrancelhas escuras.

— Irmão? — repetiu. — Faz muito tempo que ele abriu mão desse título. Eichri poderia ser mais apropriadamente chamado de pecador, homem do mal, transgressor, apóstata, criminoso... — E então ele parou, talvez por perceber minha expressão.

— Eu pensei que vocês dois fossem amigos — falei, chocada com o desabafo dele.

— E eles são — disse Magnus, botando na mesa um prato de pão. — Eles são assim o tempo todo. Não se incomode com isso — garantiu, sentando-se ao lado de Rioghan. — Ouvi falar que você teve um probleminha com o espelho.

— Tive — respondi, e a lembrança me fez estremecer. — O que ele me mostrou foi horrível. Temo ter saído para o herbário, passando muito mal. Felizmente, Lorde Anluan estava lá e eu pude explicar o que tinha acontecido. Ele disse que mandaria tirar o espelho antes que eu recomeçasse a trabalhar.

Notei que todos os olhos estavam voltados para mim, com diferentes gradações de espanto neles.

— Será que eu disse alguma coisa errada?

— Apenas surpreendente — respondeu Magnus. — Vamos, coma. Está esfriando.

Olhei para os demais. Magnus tinha mergulhado a colher no prato de sopa, pronto para começar. Olcan estava pegando pão. Eichri e Rioghan se olhavam através da mesa.

— Lorde Anluan e Lady Muirne comem separados? — perguntei. Eichri me surpreendeu, caindo na risada.

— Normalmente eles jantariam aqui conosco — falou Magnus. — A casa é pequena e não temos cerimônias. Mas Anluan fica desconfortável quando há pessoas de fora. Talvez hoje à noite ele não apareça.

— Aparece, sim — interveio Rioghan. — Aposto uma moeda de ouro contra qualquer coisa que você ofereça, Irmão.

— Não aparece, não — retorquiu Eichri. — Aposto o ossinho do dedo de uma virgem mártir, Conselheiro.

— O quê?! — exclamei eu.

— Ah, ele tem um desses, sim — disse Rioghan. — Ele tem relíquias de todos os tipos.

E, olhando uma segunda vez, reparei que os itens pendurados no colar em volta do pescoço do monge incluíam vários delicados ossinhos. Talvez fossem humanos, talvez não. Era uma das muitas perguntas que eu preferia não fazer.

— Outra coisa — disse Magnus, mergulhando um pedaço de pão na tigela de sopa —, Muirne não é a senhora da casa, embora possa agir como se fosse.

Ele se dirigia a mim.

Não deu mais nenhuma explicação, e me pareceu impróprio continuar insistindo. Talvez Muirne fosse uma parenta sem muitos recursos, do tipo que costuma buscar abrigo na casa de um nobre. Isso explicaria, de certa forma, as maneiras dela.

Um leve estremecimento no ar. Ergui a vista e encontrei a figura familiar, com seu manto cinzento, na arcada da porta, e os olhos enormes fixos em mim. Achei estranho, como se eu a tivesse chamado com meu pensamento. Ela entrou no aposento, foi até uma prateleira e pegou uma bandeja.

80   JULIET MARILLIER

— Ele não vem jantar conosco, então? — perguntou Magnus.

— Hoje ele vai comer no quarto — respondeu ela, trazendo a bandeja até a mesa. — Está cansado. Indisposto.

Com uma sequência de movimentos, tão ágeis e naturais que me pareceram absolutamente rotineiros, ela ergueu a tigela de Anluan para que Magnus a enchesse. Acrescentou uma colher e uma faca à bandeja. Magnus cortou um naco de pão; Muirne o colocou cuidadosamente ao lado da tigela. Uma ou duas vezes ela olhou em minha direção, e pude ver, por sua expressão, que eu era a razão pela qual Lorde Anluan se ausentara. Muirne depôs a bandeja no banco, pegou uma jarra e encheu a taça de seu senhor.

— Pode pagar, Conselheiro — disse Eichri, esfregando as mãos ossudas, todo satisfeito. — Vejamos a cor do seu ouro.

Rioghan deu um suspiro, enfiou as mãos nas profundezas de sua túnica vermelha, e, com seus dedos magros, rolou pela mesa uma moeda brilhante.

— Tem a mesma cor que tinha ontem, meu *Irmão* — falou, em tom resignado.

— Espero que Lorde Anluan se sinta melhor logo — disse eu para Muirne, que já se afastava em direção à porta para cumprir sua missão.

Ela saiu do aposento sem nada dizer. Talvez não tenha me ouvido.

— Alguém quer cerveja? — perguntou Magnus, levantando-se para ir pegar a jarra e olhando para mim. — Não ligue para Muirne. Nenhum de nós está acostumado com visitantes. Ela se preocupa muito com Anluan, e não gosta de vê-lo aborrecido. É uma alminha boa, ela.

Eu estava com fome, o que não surpreendia depois de tudo por que passara durante o dia. Magnus e Olcan comiam sem parar, do jeito que costumam comer as pessoas que passaram o dia fazendo trabalho braçal, mas Rioghan e Eichri só beliscavam as pequenas porções que lhes tinham sido servidas. Fiquei esperando que Muirne voltasse para comer conosco, já que não levara nada para si mesma, mas durante o jantar ela não apareceu.

— Você é um ótimo cozinheiro, Magnus — falei.

O caldo era alguma coisa entre uma sopa e um molho, com muitos vegetais e pouca carne, mas temperado com uma mistura de ervas muito interessante.

— A refeição está uma delícia — continuei.

— Aproveite enquanto pode — disse ele. — Recebemos provisões frescas hoje. A partir de agora só vai piorar, até que eu faça uma nova visita a Tomas.

— Mas você deve plantar muita coisa aqui — arrisquei, pensando nos trabalhos na fazenda, de que ouvira falar mais cedo.

— Eu faço o que posso. Olcan me ajuda — disse Magnus, mergulhando o pão na sopa. — Temos galinhas, duas vacas, outros animais, e os vegetais, claro. Mas, mesmo assim, não dá para fazer mágica. Você é cozinheira?

— Não exatamente. Era minha irmã que fazia essa parte.

— Sua irmã, é? — disse Rioghan, recostando-se na cadeira e me olhando. — E ela é feita do mesmo molde que você, toda cheia de curvas e cachos?

Não pude pensar numa resposta delicada para dar. Em vez disso, ouvi a voz de Ita na minha cabeça: *Está vendo como os homens olham para você? Você nasceu para ser uma prostituta, Caitrin. Agradeça por Cillian querer se casar com você. Sem ele, seu destino seria a ruína.*

— Você está incomodando a jovem, Conselheiro — disse Eichri, com um tom firme na voz cavernosa.

— De fato, Maraid se parece muito comigo, só é mais alta — falei, com vontade de mudar de assunto. — Há quanto tempo você vive em Whistling Tor, Irmão Eichri?

Todos riram ao mesmo tempo, o monge, o conselheiro, Olcan e Magnus.

— Acredito que desde sempre — disse Rioghan, em tom severo. — Estamos mortos de cansaço dessa gente.

— Tempo demais — disse Eichri. — E, contudo, não parece tempo suficiente.

Não havia nada que eu pudesse comentar a respeito, já que não tinha a menor ideia do que ele queria dizer, só percebera que parecia triste.

— Eu... Magnus, você fez um comentário sugerindo... Não quero parecer intrometida, mas há mais pessoas vivendo aqui? Além de vocês, quero dizer? A casa é tão grande. Como é que vocês conseguem cuidar dela sem lacaios, trabalhadores na fazenda, pessoas para lavar a roupa, esfregar o chão, alimentar os animais?

Magnus partiu um pedaço de pão com suas mãos enormes.

— Somos só nós — disse, olhando em volta da mesa. — Nós e os que vivem lá fora, na floresta.

— Por isso você é uma surpresa tão deliciosa, Caitrin — intrometeu-se Rioghan. — Nossa velha teia poeirenta capturou uma esplêndida borboleta.

— Quanto à pergunta sobre como conseguimos, o homem faz aquilo que é preciso. Nós trabalhamos pesado.

Respirei fundo e arrisquei-me a perguntar:

— Magnus, você mencionou *os que vivem lá fora, na floresta*. Quem são eles? — E, sentindo sobre mim a pressão do olhar dos quatro homens, emendei: — É porque da primeira vez que subi a montanha, quando Olcan e Fianchu me encontraram, eu estava ouvindo umas vozes estranhas, vozes que me fizeram perder o rumo. E tenho certeza de que senti... mãos. Lá embaixo, na aldeia, as pessoas falaram sobre uma maldição, sobre coisas apavorantes que acontecem na montanha. Se eu for ficar aqui, seria melhor que eu soubesse o que exatamente são essas coisas.

Ou talvez não, pensei comigo assim que acabei de falar. Se a visão de Nechtan, no espelho de obsidiana, era uma indicação do que eu podia esperar em Whistling Tor, talvez a ignorância fosse uma bênção.

Os quatro homens se entreolharam. Cada um parecia estar esperando que o outro respondesse à pergunta.

— Mais cedo, naquele espelho — falei, tentando não rever tudo —, um homem chamado Nechtan, um ancestral de Anluan, falou sobre um... exército. Ele estava preparando um experimento, na esperança de que o resultado o tornasse poderoso. Isso deve ter sido cem anos atrás, pelos meus cálculos. Os aldeões me disseram que toda a região sofre com uma maldição há cem anos. Eu pensei... bem, acho que não é da minha conta, mas tenho de ler os documentos da família, então... foi durante a época de Nechtan que a maldição começou? E ela tem a ver com aquelas vozes sussurrantes e aquelas mãos subindo na gente? Como esses tais que você mencionou, e que vivem lá fora?

Nem eu mesma conseguia acreditar que estava fazendo aquelas perguntas. A velha Caitrin, confiante, serena, não teria hesitado. Teria buscado qualquer informação que lhe permitisse fazer um bom trabalho. Ergui o queixo. Se tentasse, eu poderia ser outra vez aquela mulher.

Olcan tinha os cotovelos sobre a mesa, a cabeça cheia de musgo repousando em uma das mãos.

— É uma longa história, Caitrin — disse ele. — O que você precisa saber é que Whistling Tor é antiga. Mais antiga do que a memória de qualquer homem comum, mais antiga do que qualquer história ancestral contada em torno de um fogo na hora do jantar. Cem anos não são mais do que um piscar de olhos aqui neste lugar. Há muitas lembranças nessas pedras. E há também muito poder nelas. Sim, há uns sujeitos vivendo lá fora na floresta, que não se parecem em nada com os seguranças ou as cozinheiras comuns. Alguns deles você verá, outros você escutará, alguns poderão passar sem que você nem os note. Você não deve ter medo.

— Sujeitos — balbuciei, sentindo o corpo todo arrepiado. — Que tipo de... sujeitos?

— Todos os tipos, Caitrin — disse Magnus calmamente. — Nada com que se preocupar. Você está em Whistling Tor como convidada de Anluan. Enquanto estiver aqui, Anluan a manterá em segurança. Nada nem ninguém poderá tocar em você.

Não foi uma noite repousante. As cobertas que me deram não foram suficientes para conter o frio, e quando enfim consegui adormecer Nechtan se misturou a Cillian em meus sonhos, fazendo-me despertar com o coração aos pulos e o corpo encharcado de suor de nervoso. Quando já não aguentava mais, eu me levantei, abri o ferrolho recém-instalado em minha porta e saí para a varanda que ladeava os quartos no andar de cima. Parei com os pés descalços sobre o leito de folhas e raízes, e observei o jardim docemente caótico, árvores e arbustos iluminados pela lua quase toda coberta por nuvens, em camadas incertas de cinza e azul. Perto do lago, uma figura de manto vermelho andava de um lado para o outro, de um lado para o outro. Era verdade, então: havia uma sentinela vigiando a noite toda. Fiquei olhando para ele por um tempo e, a certa altura, ele ergueu a mão pálida num aceno. O frio me fez voltar para a cama, onde me virei e revirei até de manhã.

Assim que o dia clareou, desci para a cozinha, onde Magnus já tinha acendido o fogo e colocado água para ferver.

— Aqui, não tomamos café juntos — disse o intendente. — Se precisar de água para se lavar, terá de esperar. Não tenho tempo de mexer na bomba agora.

— Posso fazê-lo eu mesma — falei, esperando não estar violando alguma regra com isso.

Ele me olhou bem. Não foi um olhar hostil.

— Muito bem. A bomba fica no jardim, atrás da porta. Pegue aquele balde ali, é mais leve do que o outro. Vou deixar uma tigela com mingau ao lado do fogo. Sirva-se, quando estiver pronta. Não sei se está planejando começar a trabalhar cedo.

— Estou. Há muito trabalho a fazer.

Cometi o erro de enrolar as mangas antes de deixar a cozinha, e logo tive consciência do olhar do homenzarrão. Afastei-me, mas ele chegou a ver os hematomas em meus braços.

— Quem fez isso? — perguntou Magnus, com um tom de voz que teria feito qualquer um tremer. — Quem deixou essas marcas em você, Caitrin?

— Não tem importância — gaguejei, desenrolando as mangas.

Dirigi-me à porta que dava para o jardim, mas ele chegou lá antes de mim, bloqueando a saída com seu corpanzil.

— Tem importância, sim. Nós sabíamos que você estava fugindo. Faz sentido, não faz? Que outro motivo faria alguém querer ficar aqui durante todo o verão, a não ser que fosse para escapar de alguma coisa? Rioghan me disse que você tem hematomas por todo o corpo.

— Rioghan?

Como ele podia saber das marcas que Cillian deixara em mim, aquelas que eu trazia nos braços e as que ficavam escondidas sob a camisola?

— A noite passada, no jardim — disse Magnus

Eu me lembrei de ter ficado parada na varanda, com minha roupa de dormir, enquanto o conselheiro patrulhava o jardim lá embaixo. Rioghan podia muito bem ter visto uma boa parte de braços, ombros, colo.

— Quem foi que a machucou?

— Não faz diferença saber quem foi. As marcas vão clarear. Logo desaparecerão.

— Claro que faz diferença. Alguém bateu em você, não uma vez, mas várias. É mais do que óbvio.

— Não tem importância — murmurei. — De verdade.

Magnus pousou as mãos enormes em meus ombros. Apesar da gentileza de seu gesto, não pude deixar de me encolher. Ele falou baixinho, deixando as mãos onde estavam:

— Tem importância para nós, Caitrin. Talvez você não tivesse ninguém em quem se amparar. Mas agora você está em Whistling Tor. Você é do grupo de Anluan. Se algum homem erguesse a mão contra você hoje, ele logo saberia que a senhorita já não está sozinha.

Meus olhos se encheram de lágrimas, instantaneamente. Não encontrei palavras. Quando ele tirou as mãos e deu um passo atrás, eu me limitei a aceder com a cabeça, pegar o balde e sair.

Quando terminei minhas abluções e voltei para a cozinha, Magnus tinha sumido. Comi meu mingau e em seguida fui para a biblioteca.

Na arcada, hesitei, olhando para a mesa onde antes estivera trabalhando. As páginas com as anotações de Nechtan ainda estavam espalhadas ali. Num outro extremo do espaço de trabalho havia uma nova pilha considerável de páginas soltas, e a jarra de pedra fora colocada sobre ela, para que o vento não espalhasse as folhas. Nenhum sinal do espelho.

Respirei fundo e entrei. O baú no qual eu encontrara os escritos de Nechtan estava no chão, com a tampa fechada. No centro da mesa havia um pedaço de pergaminho no qual duas linhas tinham sido escritas, numa grafia bem conhecida.

O espelho está no baú. Papéis, aqui.

Senti enorme gratidão ao ler a nota concisa, embora tivesse ficado mais feliz se soubesse que o espelho fora retirado da biblioteca. Conhecia seu poder de atração, mesmo de dentro do baú. Mas não importava. Eu fizera um plano de trabalho para o dia, e iria cumpri-lo. Folhear os papéis do baú nesta manhã, ler tudo o que estivesse em latim. E, à tarde, começar a limpar a biblioteca.

À medida que a manhã avançava, dei-me conta de que havia, naquele tipo de trabalho, um detalhe que eu não antecipara: o tédio. A história da crueldade de Nechtan fora algo desagradável, porém dramático. Teria capturado minha atenção mesmo se eu não tivesse olhado direito. O que eu tinha diante de mim agora era inteiramente mundano e prosaico. Um inverno particularmente rigoroso, com perda de gado. Uma boa safra de peras. Uma cavalgada comum, em visita a um chefe chamado Farannán. Problema não identificado surgindo no sudeste. Nada sobre a família de Nechtan, a esposa que ele largara com tanta crueldade, o novo filho. Nenhuma referência ao experimento ou à busca dele por poder. Quem imaginaria que aquela figura enigmática, cruel, da visão poderia ser tão... comum?

Eu estava quase dormindo enquanto lia. Olhei para a janela, perguntando-me se Anluan estaria outra vez no herbário, mas não havia sinal dele. Uma chuva fraca começou a cair. As copas verde-acinzentadas dos pés de camomila e madressilva se curvaram ante a leve precipitação. Voltei a olhar para a página, onde Nechtan fizera anotações sobre uma disputa por um acesso a uma área de pasto. Minhas pálpebras se fecharam.

Acordei com torcicolo, e a desagradável sensação de que estivera dormindo sobre os braços cruzados durante um bom tempo... a luz na biblioteca mudara, e meu corpo doía com câimbras. Endireitando-me, percebi que já não estava só. Anluan se encontrava de pé na porta do jardim, me olhando. Sob o escrutínio daqueles olhos azuis penetrantes, me encolhi. Aquele não era um bom começo.

— Seu sono é pesado — observou ele.

— Sinto muito, passei quase a noite toda acordada. Estava muito frio e...

Não, eu não contaria nada sobre minha fuga de Market Cross nem sobre minha exaustão, que era mais do que física. Nada falaria sobre os pesadelos.

— Muito obrigada por mandar tirá-lo, Lorde Anluan — acrescentei. — O espelho, quero dizer.

— Hum...

Ele não tirava os olhos de mim. O olhar se tornara cauteloso, intrigado, como se quisesse descobrir que tipo de criatura exatamente eu era.

— Não me chame de lorde, só de Anluan. Não usamos títulos nesta casa. Melhor você continuar com seu trabalho.

— Sim, mas eu... eu posso lhe fazer uma pergunta, lorde... quero dizer, Anluan?

Será mesmo que aquele chefe queria que eu o chamasse apenas pelo prenome?

— Uma pergunta? Que pergunta? — indagou ele, num tom nada encorajador.

— É que me falaram... os outros me falaram, durante o jantar, ontem à noite... de certas... presenças na floresta. Eu fui alertada para a mesma coisa lá embaixo, na aldeia, e pensei que o povo de lá estivesse exagerando, como às vezes as pessoas fazem, para tornar as histórias mais interessantes. Mas parece que é verdade.

Anluan me olhou, e a única coisa que pude ler naquelas feições tortas foi que ele gostaria de estar longe dali. Depois de uma longa pausa, ele disse:

— Você gosta de conversar.

— Não sei o que você quer dizer — retruquei, pega de surpresa.

— Para você, falar é fácil.

— Nem sempre.

Cillian costumava esperar até que Ita saísse para algum lugar. Ele só me batia quando estávamos sozinhos. Eu costumava ficar tão apavorada que não conseguia me mexer, quanto mais falar. E me desprezava por permanecer calada e imóvel enquanto ele me machucava, mas a vozinha dentro de mim, aquela que gritava *Não!* tinha sido afogada pelas batidas loucas do meu coração. Quando contei a Ita pela primeira vez e ela não acreditou, quando entendi que ela era cega para meus hematomas, não tentei falar nisso outra vez.

— Mas... — continuei. — Seria útil se você pudesse responder a algumas questões, já que sou a única outra pessoa aqui que sabe ler e escrever. Se eu quiser entender essas anotações... — Minha voz falhou, a expressão dele ia ficando cada vez mais distante enquanto eu falava.

— O trabalho é bem simples — disse Anluan, sem se mover da porta. — Selecionar, ler, traduzir. Seu trabalho nada tem a ver com esses rumores e histórias. Qual é a sua pergunta?

— É... eu... você disse *rumores e histórias* — repeti, com a tensão me retorcendo o estômago, uma sensação que eu conhecia bem. — Então não é verdade o que as outras pessoas falam sobre os seres estranhos da floresta?

A boca torta se tornou uma linha reta. Eu o deixara zangado. Senti que me encolhia, embora ele não tivesse se movido.

— De que importa? — Anluan perguntou, ríspido. — Você consegue fazer o trabalho sozinha ou não?

Obriguei-me a respirar fundo. *Ele não é Cillian. Fique calma. Fale.*

— Eu... eu... — Minha voz saiu como um guincho baixinho. Pigarreei e tentei de novo: — Eu consigo fazer sozinha, sim, embora talvez não até o fim do verão. Se o senhor pudesse ajudar... se... — Juntei as

A MONTANHA DAS FERAS **89**

mãos em prece. Se aquilo era o melhor que eu podia fazer, ele ia me achar uma imbecil. — Seria de ajuda se eu soubesse qual é a grafia de Nechtan — consegui dizer. — Notei que ele tem dois tipos diferentes de letra, uma para o irlandês e outra para o latim, ou algo assim.

Anluan pôs o braço esquerdo bom por cima do direito, que era o fraco, sob o manto que parecia ser sua vestimenta mesmo dentro de casa.

— Os documentos do baú, aqueles que eu botei sobre a mesa, são todos de Nechtan — respondeu, e o tom dele pareceu um pouco mais calmo. — Sim, ele usava dois estilos de letra. Conan tinha uma caligrafia em irlandês parecida com a do pai, mas você verá que os escritos dele são ainda menos regulares. Já a letra de Irial é informal e mais bonita. Ele preferia uma pena fina.

E com isso, depois de um leve aceno com a cabeça, o chefe de Whistling Tor tornou a sair pela porta do jardim, deixando-me só com minha tarefa.

Repensando na estranha conversa, considerei uma pequena vitória que ele tivesse dado uma resposta útil à minha segunda questão. Nechtan, Conan, Irial. Havia três tipos de registro para serem encontrados, quatro caligrafias diferentes e apenas um grupo de documentos a ser traduzido. Eu poderia agilizar muito meu trabalho procurando primeiro entre as folhas soltas, separando-as de forma ordenada e fazendo um catálogo enquanto isso. Não seria tão difícil assim.

Pus-me novamente ao trabalho, folheando os registros e tentando, meio na adivinhação, colocá-los em ordem cronológica. Foi só quando ouvi o latido de Fianchu em algum lugar lá fora que percebi estar olhando para o mesmo manuscrito há muito tempo, enquanto minha mente divagava a respeito de Whistling Tor e seu chefe extremamente esquisito, um homem que não só era um dos mais rudes que eu conhecera, como também parecia incapaz de sustentar um simples diálogo. O que será que o afligia? A cara torta, o braço e a perna inválidos deviam impedir que ele fizesse as atividades físicas exigidas de um homem em sua posição: caçar, andar a cavalo, lutar. Teria ele também algum problema mental que dificultasse sua percepção, tornando-o suscetível a súbitas explosões de temperamento? Lembrei-me de um jovem chamado Foca Sorridente, que vivia em Market Cross. Dizia-se que a parteira tinha deixado Foca cair de cabeça no chão logo depois de nascer. Fosse qual fosse a causa, ele crescera diferente dos outros rapazes, com dificuldade para aprender, quase como uma criança, mas com um temperamento amável. Anluan era bem o oposto de amável. E tinha sapiência. Mas, por outro lado, alguns de seus comentários eram infantis, estranhamente diretos, como se ele enxergasse o mundo com olhos mais simples do que a maioria das pessoas. Sem dúvida havia uma estranheza nele, alguma coisa errada.

Obriguei-me a me erguer, me esticar e caminhar pela biblioteca. Eu precisava enfrentar a tarefa de um jeito diferente, ou não chegaria a lugar nenhum. Cerrando os dentes, empurrei o conteúdo de uma das mesas maiores, formando uma pilha num canto. E então comecei a examiná-lo, pegando cada livrinho, rolo ou folha de pergaminho, espanando a poeira com a barra da saia, lendo algumas linhas, e separando cada uma em sua própria pilha. Logo, a mesa de trabalho tinha três pilhas de material: os documentos de Nechtan, geralmente folhas soltas de pergaminho se desfazendo; a pilha de seu filho Conan, muito menor; e outra, de documentos cujos autores eu não consegui identificar. Muitos destes eram em latim. Vislumbrei palavras como *diabolus* e *mysteria*, e estremeci. Devia haver aqui alguma chave para desvendar as estranhas atividades de Nechtan, aquelas que tinham sido desaprovadas pelo padre local. Em algum lugar, ele devia ter escrito mais sobre o experimento, sobre o exército que pretendia reunir ou hipnotizar, o poder imenso que o faria sobrepor-se aos outros chefes. E, em algum lugar, devia haver uma ligação entre a maldição de sua família e esses seres misteriosos sobre os quais Anluan não queria falar. Na verdade, isso era uma bobagem dele. Afinal, aqui estava eu, com os registros de sua família. Se houve segredos trevosos na história de Whistling Tor, essa biblioteca não era o lugar mais provável para conhecê-los?

Não separei uma pilha para Irial. Os cadernos de anotações do pai de Anluan já estavam separados em sua prateleira própria, num canto da biblioteca. Ao abrir um ou dois deles, vi que o apaixonado por plantas e seus usos tinha anotado o ano e a estação na primeira página de cada um. Os livros de Irial não estavam empoeirados. Alguém limpara as capas de couro e colocara os volumes na vertical, com pedras de um lado e outro para mantê-los no lugar. Acima dos livros tão bem-organizados, um buquê de folhas e flores secas, dentro de um jarro, e uma lâmpada apagada dividiam sua própria prateleira. E, no chão de lajota, havia um tapete tecido, cujas cores tinham sido escurecidas pelo tempo, transformando-se num vermelho-acinzentado uniforme. Todo o espaço era quase como um santuário.

Os livros de Irial eram obras de arte. Seus desenhos de botânica tinham detalhes delicados e eram feitos tanto com precisão quanto com charme. Ele usara uma pena de corvo muito afiada. Era evidente que o artista amava o que fazia, por mais que isso fosse inusitado para alguém de sua posição. Aquilo que me fez ficar imaginando que tipo de líder tinha sido o pai de Anluan. Talvez ele também tivesse deixado de cumprir com as obrigações que os aldeões de Whistling Tor esperavam de um chefe regional. Tomas e Orna tinham falado com franqueza quanto à inadequação de Anluan nesse aspecto. Talvez o pai dele passasse horas no jardim e na biblioteca, envolvido numa atividade que obviamente era sua paixão, e assim negligenciando seu distrito e seu povo. Talvez ele nunca tivesse ensinado Anluan a ser um chefe.

Alguma coisa capturou meu olhar e eu virei o livro de lado em minhas mãos. Irial tinha escrito suas anotações em irlandês, o que fazia sentido — essa língua tornaria seu trabalho acessível a um número maior de pessoas. Porém, na margem, numa letra tão pequena e fina que à primeira vista parecia só um enfeite, não uma frase, havia uma anotação em latim. *O remédio mais potente para o homem é incapaz de trazê-la de volta. Este é o centésimo vigésimo dia de lágrimas.*

Senti um frio percorrer minha espinha. O que era aquilo? Mais um segredo, alguma coisa privada que o escritor escolhera anotar dessa forma estranha, quase críptica? Quem seria essa pessoa pranteada por Irial por tanto tempo?

Levei o livro até a mesa de trabalho, onde a luz era melhor. Por volta do meio-dia, Magnus me trouxe algo para comer e beber numa bandeja, o que me fez sentir culpada por estar lhe dando mais trabalho.

Fui lá fora, no banheiro, e em seguida voltei para a biblioteca. Havia muitas e muitas anotações nas margens, espalhadas sem muito critério aparente por todos os livros de botânica, todas em latim e escritas naquela caligrafia mínima que era um desafio para os olhos mais aguçados.

Este é o quadragésimo sétimo dia de lágrimas. Ver o rosto dela no dele me dói.

Anseio pelo fim. Doces sussurros. Não posso lhes dar atenção. Quinhentos e três dias de lágrimas. Minha Nossa, até quando esse homem tinha continuado a sofrer?

As notas não seguiam a mesma ordem cronológica dos livrinhos. Fiquei imaginando Irial voltando a folhear suas antigas anotações, dia a dia em seu tempo de luto, fazendo cada nota em uma página escolhida ao acaso. A última anotação que consegui encontrar foi a do dia quinhentos e três. Procurei pela primeira, e encontre isto: *Décimo quinto dia. Meu coração chora sangue. Por quê? Por que eu os deixei?*

E, em seguida, isto: *Ela se foi. Emer se foi.* Ao lado, numa tinta diferente, rabiscado um número dois. Talvez, no dia em que a perdeu, ele não tenha conseguido escrever.

Voltei para meu quarto e achei que já estava na hora do jantar. Agora, meus dois vestidos estavam em péssimo estado, o marrom ainda manchado pela minha jornada, e o verde todo empoeirado pelo longo dia de trabalho. Escovei a saia dele o melhor que pude, e lavei as mãos e o rosto. Talvez ainda desse para notar que eu chegara às lágrimas ao ler as anotações de Irial, porque, no instante em que apareci na cozinha, Magnus deixou de lado a escada, conduziu-me a uma cadeira e colocou diante de mim uma caneca cheia de cerveja até a borda.

— O que houve de errado?

Sua testa larga estava franzida, mostrando uma preocupação genuína. Como eu não respondi imediatamente, ele acrescentou:

— Vamos lá, coloque para fora. — Seu tom foi gentileza pura.

— Eu vou melhorar. É que li uma coisa que me deixou triste. Uma coisa que me fez lembrar lá de casa.

Eu sabia o que era a perda. Conhecia a dor latente que não acabava nunca.

— Magnus, o que você sabe sobre o pai de Anluan?

— Irial?

Ele se virou na direção do fogo e começou a mexer a panela, mas não sem que eu antes notasse a transformação em seu rosto rude. Ali estava outro que carregava uma permanente tristeza.

— O que é que você quer saber?

Percebi, para minha surpresa, que com Magnus eu me sentia segura. Por outro lado, qualquer coisa que dissesse para ele, Anluan ficaria sabendo no dia seguinte. E eu não queria dividir minhas leituras de hoje com o chefe de Whistling Tor.

— A esposa dele se chamava Emer?

— Sim. Quem lhe contou isso? Ele não foi, tenho certeza. Ele nunca fala sobre ela, e só raramente menciona o pai.

— Eu vi uma referência a ela nos documentos. Quando foi que ela morreu, Magnus? Quantos anos tinha Anluan?

— Esse trabalho que você está fazendo vai abrir velhas feridas.

— Acho que vai, sim, e Anluan já me disse que preciso ler e escrever, e não ficar pensando no que estou fazendo, mais ou menos. Mas não vejo como é possível transcrever a história da família se eu não souber como as coisas se encaixam.

— De fato eu o adverti de que o processo poderia ser penoso. O menino estava com sete anos quando a mãe morreu. E nove quando da morte do pai. Irial fez o possível, enquanto pôde. Depois disso, o que restou ao menino fui eu. Irial me contratou como combatente, não para educar uma criança.

Fiquei em silêncio. Nove anos, e ambos os pais mortos — era algo impensável. Pelo menos Maraid e eu tivemos nosso pai até nos tornarmos jovens, e mesmo assim a perda dele fora arrasadora.

— Irial era um homem bom — continuou Magnus. — Um bom amigo, um pai amantíssimo. Seja o que for que você encontrar, é melhor não comentar com Anluan. Ela já está...

Sons no corredor indicaram a chegada das outras pessoas, e nossa conversa foi interrompida. Fianchu apareceu na cozinha, pulou em mim e me lambeu o rosto, quase me derrubando, e em seguida foi para seu lugar habitual, perto do fogo. Olcan, Eichri e Rioghan surgiram depois do cão, nos cumprimentaram e tomaram seus lugares. Esperamos um pouco, mas Anluan não apareceu. Magnus começou a cortar uma torta de queijo e alho-poró, para acompanhar a sopa, e Muirne surgiu na porta. Usava o mesmo vestido cinzento com a sobrecapa, ou talvez fosse outro, idêntico em corte e cor, porque estava imaculadamente limpo e parecia recém-passado. Seu véu cor de neve também parecia recém-lavado. Ela passou por todos com seu olhar neutro.

— Ele não vem jantar conosco hoje? — perguntou Magnus.

— Está cansado. Com dores na perna.

Fiquei olhando enquanto ela cumpria a mesma rotina da noite anterior, segurando a bandeja enquanto Magnus servia a refeição de Anluan, enchendo a taça, prestando atenção para que cada coisa fosse posta em seu lugar. E saiu sem dizer palavra.

Meus quatro companheiros foram boa companhia. Magnus se encarregou de me suprir de comida e cerveja. Olcan me contou sobre as aventuras de Fianchu durante o dia. Eichri e Rioghan trocaram farpas na mesa e ficaram remexendo na comida nos pratos, mas não vi nenhum dos dois comer nada. Quando a refeição estava quase no fim, tomei coragem e fiz uma nova pergunta a Magnus.

— Eu cheguei aqui só com uma pequena sacola, como vocês devem ter visto. Vou precisar de pelo menos outra muda de roupa para atravessar o verão, e não tenho dinheiro para comprar tecido, mesmo supondo que haja algum disponível na aldeia lá embaixo. Será que tem alguma coisa usada aqui? Alguma coisa que eu pudesse adaptar, pelo menos para ir levando?

— Não sei — respondeu Magnus, com ar de dúvida. — Nós usamos tudo até se esfarrapar. E aí usamos como pano de chão e coisas do tipo. Você sabe costurar?

— Sei costurar melhor do que cozinhar. Você acha que Muirne pode conseguir alguma coisa para mim?

— Você pode perguntar — disse Magnus. — Ela vai saber onde estão as coisas, caso existam.

— Acho que ela não aprova minha presença aqui — falei, esperando que a frase não soasse descortês. — Acho que seria meio constrangedor.

Houve uma pequena pausa. Então Magnus disse:

— Ela é muito dedicada a Anluan, Caitrin. Cuida dele, serve-o, faz-lhe companhia mesmo quando ele só está querendo ficar olhando para as próprias botas. Ele às vezes é tão terrível quanto um dia chuvoso de inverno. É preciso ser uma pessoa especial para tolerar um homem assim. Qualquer coisa que o aborreça, ela é contra. Não pense que é algo pessoal.

— Com certeza ela não vai se importar de lhe arranjar um ou dois vestidos — interveio Rioghan. — Deve ter muita coisa velha guardada. E, se há alguém que sabe onde, esse alguém é Muirne. Ela conhece cada canto de Whistling Tor.

Algum tempo depois, acordada na cama, fiquei pensando na tristeza de Irial e na perda de Emer, e naquele menininho órfão aos nove anos de idade. Antes mesmo de aprender direito a ler e escrever. Antes de ao menos ter ideia do que é ser um chefe. A maior parte do que Anluan aprendera devia ter aprendido sozinho, a não ser que Magnus tenha conseguido para ele um tutor. Se isso ocorrera, o homem não deve ter ficado tempo suficiente para ensinar seu latim incipiente.

Fiquei imaginando em que setor da fortaleza Anluan e Muirne teriam seus aposentos particulares e como teriam passado a noite. Lembrei-me dos seres lá fora na floresta, aqueles dos quais ninguém parecia preparado para falar. Refleti sobre o experimento de Nechtan. O que exatamente era o tal exército que ele tentou reunir? Com a mente cheia de quebra-cabeças, adormeci em meio ao pio melancólico de uma coruja, lá fora, em algum lugar da montanha.

P**ASSEI VÁRIOS DIAS LUTANDO PARA TENTAR PÔR ORDEM** na biblioteca. Impus a mim mesma uma restrição: só ler, nos documentos, o suficiente para saber em que pilha colocá-los, e deixar para examiná-los mais tarde. Era fácil demais se deixar envolver e perder a noção do tempo. O espelho continuava dentro do baú, fora da minha vista, enquanto eu espanava, separava e fazia anotações. A cada vez que atravessava o umbral da porta, todas as manhãs, eu podia sentir sua presença.

Na hora do jantar, todos os dias, eu estava imunda e exausta. Ficava quieta enquanto os homens conversavam. Notei que ninguém mais fazia qualquer menção à maldição, à história da família ou às presenças misteriosas na floresta. Magnus se certificava de que eu estava comendo direito. Olcan me trazia presentes — uma pedra de formato curioso, um punhado de frutas frescas recém-colhidas. As discussões entre Rioghan e Eichri continuavam tendo um tom enérgico, mas estava ficando claro para mim que o conselheiro e o padre eram velhos e bons amigos. Comigo eles eram sempre corteses e calorosos. Quanto a Fianchu, já aceitara minha presença como moradora da casa. Quando eu aparecia, ele se erguia de seu canto e vinha fazer festa comigo, voltando depois a atenção para seu osso.

Todas as noites, Muirne vinha em busca do jantar de Anluan, o qual levava para ele. Os aposentos dele ficavam na torre sul. Eu já vira uma luz acesa lá, tarde da noite. Eu me perguntava se ele evitaria a mesa de jantar durante todo o verão, até que a estranha intrusa fosse embora. E me sentia mal em ser a causa dessa mudança na rotina da casa. Por outro lado, estava começando a me sentir em casa ali, por mais esquisito que fosse o lugar. Finalmente, havia momentos do dia em que eu nem pensava em Cillian; momentos da noite em que eu despertava, não com o suor de terror do pesadelo familiar, mas com uma calma surpreendente — a certeza de que conseguira escapar, de que já não estava naquele lugar de trevas, de que, talvez, enfim estivesse em segurança.

De tempos em tempos, quando estava na biblioteca trabalhando, vinha-me a impressão de estar sendo observada. No início, quando isso acontecia, eu erguia a vista depressa, na certeza de que encontraria na porta a figura silenciosa de Muirne, olhando-me com seus olhos enormes, ou o imprevisível chefe de Whistling Tor, espiando-me para ver se eu adormecera no trabalho outra vez. Mas nunca havia ninguém, e depois de um tempo cheguei quase a me acostumar com aquela sensação assombrada de não estar sozinha. Assombrada. Se havia uma definição para este lugar, era essa. O espantalho estava sempre em algum lugar do jardim, com passarinhos pousados em seu chapéu e seus ombros. Em geral, quando eu passava, ele me fazia uma leve mesura, e eu respondia com um sorrisinho nervoso de cumprimento. Quando reuni coragem para perguntar a Olcan o que exatamente era aquele ser, o homem da floresta respondeu:

— Uma coisa antiga, que não faz mal a ninguém. Um pouco como eu.

Minhas roupas ficavam cada dia mais sujas, e eu já não aguentava mais. Levantei cedo, disposta a encontrar Muirne antes de começar a trabalhar. Magnus já tinha saído para sua rotina de tarefas. Comi meu mingau, sentada sozinha na cozinha, tentando não olhar na direção do espelho triangular, que esta manhã parecia estar refletindo o aposento ao entardecer, com tudo mergulhado em sombras avermelhadas, cinzentas e de um azul profundo. Quem quer que tenha fabricado tais artefatos devia ser possuidor de um dom excepcional. Eu me perguntava se um homem comum seria capaz de ensinar a si próprio a fabricação de uma coisa tão assombrada, ou se tal dom era algo que precisava ser comprado. Talvez fossem criações do próprio Nechtan.

Quando me virei para ir, Muirne estava na porta me observando, como se tivesse adivinhado que eu a procurava.

— Bom dia, Muirne — falei, tentando sorrir enquanto me levantava. — Eu tenho um pedido a fazer. Fico me perguntando se não há alguma roupa velha na casa, algo que eu pudesse ajustar para caber em mim. Um ou dois vestidos, talvez uma muda de roupa. Eu não pretendia ficar num só lugar o verão inteiro, e não trouxe muita coisa comigo.

Ela me olhou de cima a baixo, e por um instante seus olhos foram como os de Ita, encarando meu corpo como inaceitável, o tipo de corpo capaz de chamar atenção por todas as razões erradas.

— Sei bem que suas roupas usadas não cabem em mim. Mas eu pensei que talvez...

— Claro, Caitrin. Venha comigo.

Ela se virou e começou a se afastar a passos largos, fazendo com que eu me esforçasse para segui-la. Fui atrás dela, atravessando um aposento deserto após o outro. Assim como a própria montanha, a casa era muito maior do que parecia quando vista de fora. Havia tantas curvas e esquinas que eu já estava completamente perdida. Até que Muirne me fez atravessar um enorme portal em arco, o qual levava a um corredor de grandes proporções banhado pela luz natural que entrava por buracos irregulares feitos no teto para espetar as bandeiras. A chuva se infiltrara por ali e o lugar cheirava a mofo. Havia um estranho silêncio aqui. O som leve dos meus passos parecia uma intrusão.

A MONTANHA DAS FERAS **99**

— Por aqui — disse Muirne, seguindo pelo corredor em direção a outra porta no outro extremo.

Eu fui atrás dela, meio sem jeito. No chão havia várias camadas de detritos. Toras de madeira meio queimadas, rolos de tecido antigo, todo manchado, vidros quebrados. E ao longo do corredor havia... espelhos. Muitos, muitos espelhos, alguns cobertos com mantas, outros à vista. Eram de vários tamanhos e formas, o maior deles mais alto que um homem; o menor, do tamanho da mão de uma mulher. Suas superfícies cintilantes me chamavam. Eu podia sentir sua força.

— Muirne...? — sussurrei, sem conseguir sair de onde estava.

— Sim?

Como não respondi, ela parou e se virou.

— Venha. É por aqui.

— Os espelhos — disse, com dificuldade. — Eu não quero...

As sobrancelhas bem-feitas de Muirne se arquearam. Seus olhos brilhavam, incrédulos.

— Os espelhos não podem fazer mal a você — disse ela. — Basta não olhar para eles.

Engoli em seco e fui em frente, tentando não olhar para os lados. Mas os espelhos tornavam isso difícil. De cada lado eu ouvia suas vozes, *Olhe aqui! Olhe aqui!*, e, por mais que tentasse, não conseguia ignorar seu chamado. Com a pele arrepiada e o coração martelando como louco, olhei para a direita, para a superfície de uma peça comprida, com moldura de metal escuro. Uma figura me olhava de volta. Era eu e, no entanto, não era. Porque, embora ela usasse a minha roupa, e tivesse meu corpo e meu rosto, seu cabelo era branco e ela era velha, a pele enrugada pelo tempo, os lábios, tão vermelhos e grossos como os meus, mas secos e cansados, a carne do rosto caída sobre os ossos, de forma que eu sabia que ela fora tocada pela morte. Ela sorriu para mim, mostrando as gengivas atrofiadas, que mal prendiam seus dentes escuros.

Com o coração aos pulos, fui em frente. Aqui à esquerda, um espelho redondo, de bela estética, sobre um suporte de três pernas, com pezinhos de ferro. A superfície muito polida do metal talvez fosse de bronze. Dentro dele, fumaça e fogo, emitindo um som raivoso, de coisas partidas, como se eu estivesse olhando não para um reflexo, mas através de uma janela, para uma cena de terror e destruição. E, em meio às chamas, uma voz de mulher gritava: *Socorro! Socorro!* As palavras se transformaram em um grito dantesco, excruciante, e eu soube que ela fora engolida pelo fogo. Corri atrás de Muirne, percebendo aqui e ali uma mão crispada, um par de olhos angustiados, uma cena de neve caindo sobre pinheiros, um redemoinho de monstros se contorcendo, entrelaçados.

Diante da porta ao fim do corredor, parei para me recobrar, recostando-me na soleira, os olhos bem fechados, ofegante. Disse a mim mesma que não vomitaria de novo, não dentro de casa, não diante de Muirne. Lutei para tentar acalmar a respiração.

— Sinto muito — disse Muirne, tirando do bolso um lenço e colocando-o em minha mão. — Não percebi o quanto você estava perturbada.

Ela esperou pacientemente enquanto eu limpava os olhos, assoava o nariz e tentava me recompor.

— Você prefere deixar as roupas para depois?

— Não — retruquei, abrindo bem os olhos e endireitando os ombros. — Vamos em frente. Muirne, aquele era o salão principal? Houve um incêndio lá em algum momento?

— Sim.

E ela nada mais disse.

Continuamos andando, por um labirinto de corredores, e depois subindo por uma estreita escada em espiral. Sem nunca passar pelo lado de fora, chegamos a uma das torres. Os degraus estavam gastos no meio, como aqueles que levavam ao meu quarto. Havia patamares, alguns dando para quartos, mas Muirne quase não parava e eu mal tinha tempo de espiar o que havia dentro deles. Eu acreditara que ali era a torre norte, mas, quando passamos por uma janela, não vi nem sinal do mar, apenas a floresta escura, intocada pela luz do sol que nascia. Outra janela me mostrou campos cobertos por uma névoa, o que, até onde eu sabia, era impossível de se ver de qualquer ângulo do castelo.

Quanto mais subíamos, mais as garras da inquietação me apertavam o estômago.

Chegamos ao último patamar. Ali, havia uma porta baixa.

— É aqui — disse Muirne.

O pequeno quarto tinha dois armários de estocagem, uma colônia de aranhas e nada mais, com a exceção de uma escada em ângulo reto, num dos cantos, levando a um alçapão no teto. Estava aberto. Vislumbrei o céu.

— Quer subir? — perguntou Muirne. — É uma vista e tanto lá de cima. A montanha, a aldeia, a região em torno.

Não! gritou uma vozinha dentro de mim. Depois dos espelhos, eu só queria pegar as roupas e sair dali. Mas Muirne estava fazendo um raro esforço para ser amigável. Eu devia fazer o mesmo.

— Está bem. Desde que seja seguro. Você vai na frente.

Ao sairmos no topo da torre, fiquei de certa forma aliviada ao ver que havia em torno dela uma parede de pedra que batia na cintura, oferecendo segurança. Eu me perguntava se a vista dali seria tão estranha e mutável quanto a que eu vislumbrara pelas janelas, mas o que vi foi a encosta da montanha e, virando-me, a fumaça matinal subindo das chaminés da aldeia ao pé dela, assim como carneiros pastando nos campos ao norte da floresta e seu aclive. A distância, uma mancha cinza-azulada que devia ser o mar. Não estava tão longe assim. A nordeste, ao longo da costa, vi que havia outra aldeia, com uma paliçada de defesa em torno dela.

— Que lugar é aquele, minha senhora?

— Ele fica fora das terras de Anluan.

Ela não disse, mas percebi por seu tom de voz que ela queria dizer *Portanto, não tem importância.*

Olhei mais atentamente para a casa. O jardim ainda dormia. Na parte inferior das torres o sol ainda não tinha alcançado o emaranhado selvagem de sarças e arbustos, o lago escuro e os cantos sombreados da floresta. Vi Olcan atravessando uma pequena arcada na muralha da fortaleza, com uma tesoura nos ombros. Fianchu ia pulando atrás.

— Onde fica a fazenda? — perguntei. — Magnus me falou de vacas e outras manadas.

— Lá, depois da muralha.

Ela era econômica na explicação.

Tentei puxar conversa. O verão seria muito mais agradável se nos déssemos bem.

— Fiquei surpresa em saber que eles conseguem manter tudo aqui funcionando, tendo tão pouco contato com o exterior.

O rosto dela se contraiu. Talvez tivesse encarado isso como uma crítica ao seu querido Anluan.

— Você não precisa se preocupar com isso — disse.

Depois de um momento, pareceu relaxar. Pondo a mão no meu ombro, ela me virou para um ponto em que eu podia ver uma área desbastada dentro da floresta, além da abertura por onde Olcan saíra.

— Se você achar interessante ver vacas e os homens que cuidam delas, pode chegar à fazenda indo por ali. Não é muito longe.

— Atravessando a floresta? — perguntei. — E quanto àquelas presenças de que todo mundo fala, aquelas que os aldeões dizem ser tão perigosas? Eu sei que elas são reais. Pude ouvi-las eu mesma quando subi a montanha. E senti elas me tocarem.

— O caminho para a fazenda é seguro. Você só precisa se lembrar de tomar o caminho à esquerda quando houver uma bifurcação. Mas os aldeões têm razão. Há muitos perigos nessa floresta. Para dizer a verdade, Caitrin, eu me surpreendo por você ter permanecido tanto tempo aqui.

Ela continuava segurando meu cotovelo, e aquilo me deixava inquieta.

— Tanto tempo? — repeti. — Só estou aqui há poucos dias.

— Para Whistling Tor, isso é muito.

Ela largou meu cotovelo, mas, quando eu ia me virar, agarrou-me com força pelos ombros, fazendo com que eu soltasse um grito involuntário, meio de dor, meio de medo. Era o ponto favorito que Cillian apertava enquanto me sacudia. Fui tomada de repente por uma certeza louca de que ela iria me jogar por cima do parapeito.

— Ah, eu a machuquei? — perguntou ela, afrouxando a mão. — Ou você pensou que podia cair? É uma altura e tanto, não é? É melhor se afastar da beirada.

Eu me virei e tornei a respirar. O que dera em mim? Ela ia pensar que eu era uma neurastênica.

— Podemos descer e olhar as roupas agora?

— Claro, Caitrin.

Os dois armários estavam cheios de roupas femininas: vestidos, túnicas, sapatos, mantilhas, roupas de baixo. Muirne se curvou para ir pegando um item depois do outro, espalhando-os no chão em torno dela. Sua expressão era serena; as mãos, cuidadosas.

Eu me ajoelhei para examinar aquelas riquezas inesperadas, e minha atenção se prendeu a uma trouxa da cor das violetas da floresta. Quando a desenrolei, era um vestido de lã macia, que parecia do meu tamanho. Havia uma longa sobretúnica, de um matiz mais claro, que parecia pertencer ao conjunto. Eu sabia que aquela veste cairia muito bem com minha pele rosada e meu cabelo escuro. Em algum ponto, no fundo da minha mente, ouvi a voz de Ita: *É uma pena que você tenha saído à sua mãe. Essa boca, esse rosto e esse corpo sem dúvida vão fazê-la se meter em problema.* Com um suspiro, larguei o vestido.

— São coisas lindas — falei. — Mas parecem finas demais para que eu as use.

Algumas das peças eram muito antigas. Aqui e ali os tecidos estavam perigosamente gastos, finos. Como os documentos na biblioteca, aquelas roupas já não tinham vida nelas.

— Este aqui vai servir — disse Muirne, segurando um vestido severo, cinza-escuro, o tipo de roupa própria para uma governanta.

— Sem dúvida, nele a sujeira não apareceria. Mas nem a mais criativa das costureiras conseguiria adaptá-lo para caber em mim — observei, percebendo imediatamente que a roupa tinha sido feita para alguém muito mais alto e magro. — Eu me pergunto se não poderia usar alguns desses outros. Estão quase em trapos, mas há muitas peças boas, e daria para transformar em um ou dois vestidos. Eu iria precisar que alguém me emprestasse linha e agulha.

Muirne não respondeu.

Tentei outra vez.

— Será que preciso pedir permissão ao Lorde Anluan antes de fazer qualquer coisa?

— Não — disse ela, num tom gelado. — Minha permissão basta.

— Claro... desculpe... perdoe-me, minha senhora. Sou nova na casa e não tenho um entendimento de como as coisas funcionam aqui.

— Pegue o que você quiser. Ninguém quer essas velharias — disse Muirne, de forma abrupta.

— M-muito obrigada — murmurei.

— Não precisa agradecer — disse ela, levantando-se e indo em direção à porta. — Você sabe que não gosto da sua presença aqui. Deixei isso claro no dia em que chegou. Mas suponho que vamos ter de conviver da melhor maneira possível.

Olhei para ela. A repentina hostilidade surgira sem razão, e pensei por um instante que tivesse ouvido errado.

— Não entendo por que você desaprovaria — disse, cautelosa. — Anluan tem uma tarefa que precisa ser cumprida, e sou qualificada para fazê-la. Não desejo mal a ninguém. Ele quer que eu fique.

— Ele não devia tê-la empregado — disse Muirne. — Sua presença o cansa e o perturba. Esse trabalho nos documentos não vai dar em nada. Ele tomou uma decisão equivocada.

Achei que era importante falar sobre aquele ponto específico, mesmo que ela me arrancasse a cabeça.

— Muirne — comecei, devagar, levantando-me para poder olhá-la nos olhos. — Eu sei que existem aspectos da casa e de Whistling Tor que não consigo entender. Mas uma coisa está clara para mim. Anluan é um homem feito. É esperado que um homem tome suas próprias decisões. Ele tem o direito de contratar um escriba para traduzir seus documentos, se assim desejar fazê-lo. É o chefe de Whistling Tor, não uma criança indefesa.

Alguma coisa cintilou em seus belos olhos.

— Como você poderia entender? — disse ela. — Este lugar não é como o mundo lá fora, Caitrin. Se você tiver alguma sapiência, há de lembrar-se de que alguns segredos não devem ser revelados. Algumas histórias não devem ser contadas. Agora, eu preciso ir. Estou sendo requisitada em outro lugar. Você pode encontrar sozinha o caminho de volta.

E, antes que eu pudesse dizer mais uma palavra, Muirne desapareceu pela porta.

Em vez de seguir meu instinto e sair correndo escada abaixo, decidi esperar até ter certeza de que ela se afastara. Suas advertências veladas tinham me inquietado. Eu precisava de tempo. Com toda a certeza, ela estava convencida de que minha presença na casa era ruim para Anluan. De fato, ele parecia sempre cansado e desanimado. E nunca parecia estar ocupado com alguma coisa. Na maior parte dos dias, passava o tempo no jardim de Irial, de onde eu podia vê-lo da janela da biblioteca. Às vezes escrevia no livrinho, mas em geral ficava apenas sentado no banco, o olhar no vazio. Tomas e Orna tinham dado a entender que ele raramente saía de Whistling Tor, se é que saía. Tal isolamento devia lhe fazer mal. Não me admirava que seu jeito fosse tão esquisito. Prometi a mim mesma que ficaria, com ou sem advertências. Talvez até o fim do verão eu conseguisse terminar meu trabalho e me entender com Muirne. Ela era a única mulher na casa. Era um lugar solitário. Talvez ela simplesmente tivesse esquecido como conversar com outra mulher.

Agora que ela já não estava me vendo, comecei a examinar as roupas com mais vagar. Elas não apenas serviriam para me vestir durante o verão, como também poderiam me dar pistas sobre a história de Whistling Tor. A biblioteca tinha seus registros em tinta e pergaminho, escritos por homens. Mas aquilo era apenas metade da história. As mulheres falavam a suas filhas e netas tecendo memórias. Se não havia nenhuma mulher viva, ainda assim era possível aprender alguma coisa pelo que elas tinham deixado para trás: um jardim plantado num determinado formato, um objeto precioso deixado por mãos cuidadosas, um túmulo para um bichinho adorado. E roupas. Eu não sabia quem usara aqueles vestidos, aquelas delicadas peças íntimas, mas talvez elas tivessem alguma coisa a me contar.

A mim parecia que aquele vestuário tinha sido usado por três mulheres diferentes. Os mais novos incluíam o vestido violeta de que eu tanto gostara e outro, um castanho-avermelhado no mesmo tamanho e estilo. Havia uma mantilha que combinava com o violeta, bordada com flores brilhantes como joias. Essa mulher adorava cores.

Os vestidos mais antigos estavam podres, esfarrapados. O tecido era escuro e feio, mas um dia fora de boa qualidade — e isso ajudara a preservá-lo, acho. A mulher que usara tais vestidos era magra e alta, alguém sem tempo nem cabeça para frivolidades. E havia um terceiro tipo de vestidos, em melhores condições que os escuros, porém mais velhos dos que os coloridos. Essas roupas tinham sido feitas para alguém baixo e magro. Fiquei matutando acerca do que sabia a respeito da família de Whistling Tor. Talvez esta torre contivesse os itens pertencentes às esposas dos três chefes que precederam Anluan. Nechtan, o feiticeiro — e a dele era a mulher alta e séria. O filho, Conan, cujo nascimento fora registrado nos documentos de Nechtan — e a mulher dele fora a baixinha. E as coisas alegres, aquelas que eu planejara levar e usar, que tinham pertencido à adorada Emer, de Irial: a mãe de Anluan.

A porta rangeu, e em seguida se fechou, me assustando. Eu não sentira nenhum golpe de ar. Meu coração se acelerou. Levantei e fui até a porta para girar a maçaneta. Ela não cedeu.

— Muirne, você ainda está aí? — falei, bem alto.

Nenhuma resposta. Provavelmente ela já estava tão lá embaixo que não podia mais me ouvir.

— Muirne! Não consigo abrir a porta!

Silêncio. Ela se fora, eu tive certeza. Recusei-me a entrar em pânico. A porta não ia se trancar sozinha. Devia ter sido empurrada pelo vento, que a batera. Tentei outra vez, empregando toda minha força, mas ela não se moveu nem um centímetro. Talvez a madeira estivesse empenada pela umidade — de fato, aquele parecia um lugar estranho para se guardar roupas, com aquele alçapão aberto para o céu. O alçapão! Graças a Deus por ele. Eu poderia subir ao telhado por ali, depois gritar até conseguir atrair a atenção de alguém. Por mais embaraçoso que fosse, era melhor do que ficar esperando até que Muirne percebesse que eu não voltara de nossa exploração — o que poderia durar o dia inteiro.

Subi as escadas apoiando uma das mãos na parede para me equilibrar e pondo a outra mão no quadrado de madeira, que Muirne puxara depois que descemos. Não havia tranca ou parafuso para manter o alçapão encaixado, mas, por mais que eu forçasse, ele não saía do lugar. Precisava de uma vara ou qualquer outra coisa para me ajudar. Minhas tentativas de abrir a porta tinham me tirado toda a força dos braços, e minhas costas doíam. Olhei em volta, procurando alguma vara ou lasca de lenha comprida, qualquer coisa que pudesse ser útil, mas não havia nada no pequeno aposento, a não ser os dois armários e as roupas espalhadas por todo lado. E um espelho. Por que será que eu não o notara antes? Estava pendurado na parede, perto da escada, fino, de formato estranho, numa moldura de madeira gasta. A superfície brilhava um pouco, sob a luz da janela estreita. Independentemente do que fizesse, eu só não podia olhar para ele.

Respire devagar, Caitrin. Tentei ter controle da situação. Em algum momento, alguém iria dar por minha falta. Em algum momento, alguém perguntaria a Muirne se ela havia me visto. Eu só precisava esperar. Esse conselho ponderado me acalmou as faces afogueadas e fez meu coração bater mais devagar. Alguma coisa aqui estava errada. Alguém me queria mal. Lembrei-me de uma história de uma esposa que não era querida e que foi emparedada em um quarto de torre parecido com aquele, para morrer de fome enquanto o marido se esbaldava ao lado de uma mulher mais jovem e mais fecunda. Não havia nada que eu pudesse fazer. Nada. Não tinha como ajudar a mim mesma. Conhecia bem aquele sentimento. Ele assombrara minha vida em Market Cross depois que Ita e Cillian chegaram. *Você não tem nenhum poder. Nenhuma utilidade. Ninguém vai ajudá-la. Você não é ninguém.*

Desci os degraus e fui até a janela.

— Eu não estou em Market Cross — murmurei. — Estou aqui. Posso ser corajosa. Posso, sim!

A janela dava para uma parte do telhado. Ninguém ia conseguir me ver lá de baixo. Tentei forçar a porta outra vez. Será que Muirne tinha usado uma chave para abri-la? Não era possível, claro, que ela tivesse feito aquilo de propósito.

Não parecia haver outra opção a não ser esperar. Assim, dobrei o vestido cor de violeta e o castanho-avermelhado, colocando-os sobre um xale aberto. Peguei também algumas peças pequenas e roupas íntimas, amarrando tudo numa trouxa. Arrumei as outras roupas com cuidado dentro dos armários. Magnus e Olcan deviam estar ambos na fazenda, e meus movimentos seriam a última coisa em que iam pensar. Anluan não se dera ao trabalho de participar do jantar uma única vez desde a minha chegada. Qual seria a probabilidade de ele checar se eu estava ou não trabalhando hoje? Quanto a Eichri e Rioghan, eu não tinha ideia de como e onde passavam o dia. Rioghan provavelmente aproveitava para botar o sono em dia. As noites andando de um lado para outro no jardim deviam cobrar um preço. Eu mantinha os olhos longe do espelho.

O tempo passava numa sequência interminável de pequenos sons, rangidos nas paredes, rumores nos cantos, como os de criaturinhas furtivas fazendo suas coisas. Não tínhamos trazido vela ou candeeiro conosco, e o aposento estava na penumbra. O raio de luz que vinha de fora caminhava devagar sobre o assoalho. Na minha cabeça, Muirne estava conversando com Anluan. *Sua pequena escriba já foi embora,* ela dizia. *Não conseguiu forças para ficar. Arrumou as coisas e desceu a montanha assim que amanheceu.* Eu via Anluan olhando para a confusão de documentos em sua biblioteca negligenciada.

Uma praga para esse lugar maldito! Enquanto eu estava ali sentada, sozinha, alguma coisa fazia estragos em minha mente. Eu continuava a ver as visões que tivera nos espelhos do corredor principal; eu mesma transformada em uma velha enrugada, da mesma idade daquela pobre alma que Nechtan torturara até a morte. E, pior, eu podia ouvir a voz do espelho na parede, aquele para que eu evitava olhar a todo custo. Ele não falava alto, mas em segredo, dentro da minha mente. Tinha o tom prático e agudo de uma mulher. *Use-me, Caitrin. Você é que se meteu nesse dilema tolo. Use-me e fuja. Fique olhando para o chão e talvez você fique aí para sempre.*

— Eu não estou olhando para nenhum espelho — falei, em voz alta. Sem dúvida, a coisa estava transbordando de visões de morte e caos.

Você só precisa se virar, Caitrin.

Esforcei-me para não o fazer, mas talvez tenha me virado um pouco. Alguma coisa capturou a luz da janela, alguma coisa brilhante pendurada num prego na parede bem acima do espelho. Uma chave.

Isso, disse a voz do espelho. *Agora você vai embora, e não vá inventar histórias, senão eles podem voltar e assombrar você.*

Arranquei a chave sem olhar para a superfície do espelho. Minhas mãos tremiam quando enfiei a chave na fechadura. A porta se abriu suavemente. "Obrigada", murmurei, agarrando a trouxa e saindo. O vestíbulo estava vazio. Tranquei a porta atrás de mim e enfiei a chave na bolsinha do meu cinto.

Eu não ia passar pelo corredor principal, nunca mais. Em vez de voltar pelo mesmo caminho feito por Muirne, procurei por uma porta no pé da torre, e encontrei uma, que estava destrancada. Por que será que ela não escolhera esse caminho, tão mais simples? Corri pelos jardins — o espantalho ergueu a mão em cumprimento e eu fiz um gesto com a cabeça ao passar — e cheguei de volta à entrada principal. Assim que entrei na casa, descobri que mesmo aquele caminho mais curto tinha suas dificuldades. As portas pareciam estar nos lugares inesperados, escadas que antes levavam para baixo agora levavam para cima, janelas deixavam entrar luz em vestíbulos antes escuros. Era parecido com o primeiro dia, em que eu subira a montanha, quando meu entorno parecia mudar sem quê nem por quê. Até alcançar a biblioteca, por um processo de tentativa e erro, a manhã já ia pela metade.

Parei sob o umbral. Anluan estava sentado numa das mesas maiores, escrevendo em seu livrinho. Não tinha me visto. Sua mão esquerda envolvia a pena, segurando-a com uma força de morte. Devia sentir dor nos dedos, e também no antebraço. Estudei o ângulo da página, a inclinação da pena, e refleti sobre como seria difícil corrigir o mau hábito de muitos anos. Ele se esquecera de esconder a mão direita.

Usava-a para segurar a página enquanto escrevia. Embora estivessem paralisados, os dedos não pareciam de forma alguma deformados. Havia certa graça na curva da mão. Havia beleza na própria concentração do semblante, uma intensidade de propósito que o tornava diferente. Mais jovem. *Ali está outro homem,* pensei. *Um que as pessoas raramente veem.*

Eu devo ter-me mexido, ou emitido algum som baixo, porque ele ergueu o rosto e me viu antes que eu pudesse retroceder. Com um gesto habitual, jogou uma dobra do manto sobre a mão direita intacta, e fechou o livro.

— Você está atrasada — disse.

— Sinto muito. Muirne me levou para procurar algumas roupas velhas. Aí a porta se fechou sozinha. Eu levei algum tempo até conseguir abri-la de novo.

Ele não disse nada, apenas me encarou, sério.

— Posso lhe fazer uma pergunta?

Aquelas oportunidades eram mesmo raras, então eu devia aproveitar.

— Você tem muitas perguntas.

Aquilo era parecido com estender a mão para Fianchu sem saber se ele iria me morder ou ser amigo. Mas fui em frente:

— Eu passei há pouco pelo corredor principal. Vi algumas coisas nos espelhos, não pude evitar. E havia um espelho no quarto da torre. Ele... ele pareceu falar comigo. Ele me ensinou a abrir a porta. Foi Nechtan que fez esses espelhos? Como foi que ele aprendeu a fabricar essas coisas?

O suspiro de Anluan foi eloquente. *Estou cansado disso. Por que você não faz seu trabalho e fica quieta?*

— Por acaso ele tinha algum dom hereditário, ou ele estudou a arte de...

Percebi que não conseguiria dizer o que tinha em mente.

— Continue — retrucou Anluan. — Você acha que meu bisavô era um feiticeiro? Um necromante? Você fala em dom hereditário. Talvez enxergue em mim esses mesmos talentos maléficos. Sem dúvida, aquela gente lá de baixo tem uma teoria sobre que práticas secretas podem ter me atingido tanto no corpo quanto na mente.

Fiquei olhando para ele, sem graça. As sobrancelhas dele estavam cerradas numa expressão de raiva, os olhos cintilavam, seu tom era de enorme amargura. Tão propenso à raiva. Tão propenso a presumir o pior.

— Os aldeões tinham muito o que contar, é verdade — falei para ele. — Mas eu prefiro formar minha própria opinião. E o pouco tempo que estou em Whistling Tor não me permitiu isso.

Seus olhos de safira continuavam fixos em mim, em meio ao silêncio. Até que, por fim, ele falou:

— Magnus me contou que você sofreu maus-tratos antes de vir para cá. Apanhou. Quem foi que fez isso?

Aquilo era por si só um choque.

— Isso é coisa do passado — balbuciei. — Não quero falar sobre o assunto.

— Ah. Quer dizer que você pode fazer perguntas, mas eu não?

— O senhor não disse que meu trabalho se limitava a *selecionar, ler, traduzir*? — retruquei, pois não havia nenhuma razão para ele fazer pergunta sobre a minha situação, absolutamente nenhuma. — Só o que o senhor precisa saber de mim é se tenho bons olhos e mão firme.

— O que eu disse não importa. Você pergunta sobre feitiçaria. Sugere que é um talento hereditário. Chega a conclusões rápidas, da mesma forma que os sujeitos supersticiosos da aldeia, e conclui que tenho os mesmos interesses e qualidades do meu bisavô.

Anluan agora estava de pé, a mandíbula cerrada, o punho esquerdo crispado. Senti a pressão de Cillian em meus ombros e, sem perceber, dei um passo atrás.

— Você decide tão rápido quanto aquela gente. Eles chegam a conclusões num segundo, e isso fica para a vida inteira.

— O senhor fez o mesmo. Parece ter chegado a todo tipo de conclusão a meu respeito e sobre o que penso. Mas não sabe nada sobre mim.

— Então me conte.

Era uma armadilha. E eu caíra direitinho. Fui até a janela e olhei para fora. Tinha começado a chover. As gotas escorriam pela superfície de vidro como se fossem lágrimas. Depois de um tempo, eu falei:

— Sou uma escriba. Tenho dezoito anos. Não há mais nada a contar.

Minha voz estava ainda mais fraca do que eu gostaria.

— Eu estava errado a seu respeito — disse Anluan, com mansidão. — Às vezes, conversar pode ser a coisa mais difícil do mundo.

Fui até a mesa onde estivera trabalhando no dia anterior, abri meu livro de anotações, peguei a faca de meu pai e comecei a preparar uma pena. As ferramentas familiares me trouxeram uma súbita memória de casa. Papai e eu sentados lado a lado, concentrados no trabalho, enquanto em outra parte da casa Maraid se ocupava com vassoura e espanador, ou cortando vegetais para a refeição da noite, que ela insistia que fizéssemos todos juntos, por mais que tivéssemos urgência em finalizar nossas encomendas. *O jantar é o momento da família,* minha irmã dizia. *Nada é mais importante do que isso.*

Anluan me observava. Não lhe escapara minha mudança de humor.

— O que foi? — perguntou.

— Não foi nada — respondi, espantando as lembranças para um canto fechado da minha mente. — Melhor eu continuar meu trabalho.

— Você me respondeu uma pergunta, portanto eu vou responder à sua — disse Anluan, muito sério. — Se Nechtan estudava magia obscura? Creio que sim. Não estou revelando nenhum segredo quando lhe digo isso. Imagino que, quando ler essas anotações em latim, vai ver referências ao assunto. Será que a família tem um dom hereditário para feitiçaria? Espero que não. Nunca tentei descobrir, nem pretendo fazê-lo. Se sua imaginação lhe pintou um quadro de câmaras secretas de tortura nesta casa, pode esquecer.

— Imaginação? Eu não inventei aquela cena de tortura, eu vi em um de seus espelhos. O senhor mesmo nunca usou um deles, meu s... Anluan?

Ele estremeceu.

— Nunca usei nem nunca usarei. Como parente daquele homem, eu jamais correria um risco desses.

— Entendi.

Era mesmo triste. Ele temia que, se usasse as armas de seu bisavô, poderia tornar-se um novo Nechtan.

— O senhor já pensou em destruir os espelhos? Eu vi coisas muito inquietantes no corredor principal. Não consigo imaginar por que uma pessoa manteria esses artefatos tão malignos.

— Eu disse que responderia a uma pergunta, não a várias.

Ele já tinha voltado a se fechar. A conversa estava terminada.

— Volte para seu trabalho — disse. — Não vou incomodá-la mais.

No exato instante em que ele falou isso, lá estava Muirne na porta do jardim, à sua espera. Não havia uma só gota de chuva em sua roupa, embora lá fora a folhagem estivesse encharcada. Assim que Anluan alcançou a porta, ela lhe deu o braço e os dois saíram juntos, o chefe inclinando a cabeça para ouvir algo que ela dizia. Algo como *Você está cansado. Ela o aborreceu.* Um instante depois eles tinham desaparecido.

Pelo resto do dia eu me permiti ler. Havia uma sequência de registros escritos em irlandês pelo avô de Anluan, Conan, que antes já tinham atraído minha atenção, e que logo me absorveram completamente. O estilo de Conan era menos fluente que o do pai; e sua escrita, menos regular. Ele talvez tivesse sido mais um homem de ação, e menos um estudioso. Seu relato era comovente:

Eles me seguem sem parar e não é possível controlá-los. Uma batalha com o povo de Silverlake de dez dias para cá. No início, a horda seguiu, obedecendo a meus comandos. Mas, quando estava a ponto de um encontro mais próximo, meu controle sobre eles falhou. O encanto de domínio foi quebrado e eles se espalharam ferozes, sem importar a quem atacavam. Eles cortavam e esfaqueavam o inimigo, meus guardas pessoais e uns aos outros sem discriminação. Não havia escolha senão fugir dali. Até que eu conseguisse trazer a horda para dentro das divisas da montanha, já tinha perdido todos os meus guardas, e os aldeões dos dois lados da estrada jaziam inertes. As pessoas à beira da morte me lançavam maldições. Hoje à noite vou estudar novamente os livros mágicos. Temo que não haja como controlar essas criaturas. Se o miserável do meu pai, que Deus faça apodrecer seus ossos fedorentos, não conseguiu domá-los, como poderia eu fazer melhor?

Essas criaturas. Será que ele se referia ao exército com o qual Nechtan pretendia cominar seus inimigos? *A horda.* Parecia algo incontrolável, destrutivo, aterrorizante. *Temo que não haja como controlar essas criaturas.*

Olhei pela janela, depois de volta para o documento à minha frente. A floresta estava próxima: contornava a fortaleza de Whistling Tor. Ninguém podia subir ou descer pela montanha sem passar sob aquelas árvores. Será que ainda havia mesmo uma horda furiosa vivendo na floresta lá fora, uma coisa capaz de provocar morte e destruição mais ou menos a esmo? Talvez Conan tivesse sido um bêbado ou um louco, dado a loucas fantasias. Eu preferia esperar que sim.

Lembrei que Nechtan se referira a um livro escondido na coleção secreta do monastério, contendo uma determinada fórmula de palavras da qual ele precisava para seu experimento. Um livro de feitiçaria: um grimório. Se era verdade que havia encantamentos capazes de erguer forças sobrenaturais como aquelas a que Conan se referia, era preciso então acreditar em antídotos, em magia para afastar os feitiços. Talvez houvesse ali na biblioteca, em algum lugar, um grimório em latim. Seria isso então que Anluan tinha esperanças de que eu encontrasse? Parecia improvável. Se a família tivesse possuído um livro de magia assim, claro que Nechtan, ao descobrir que não podia controlar o exército que reunira, teria mandado as forças de volta para o lugar de onde tinham vindo.

Os documentos mostravam a luta constante de Conan com aquilo que lhe fora legado:

Muitos dias de chuva. Dizem que logo o rio vai transbordar. Uma batalha perdida convencer os aldeões a subir a montanha, onde estariam a salvo. Mandei Enda lá embaixo de novo, já que pelo menos ele consegue fazer a jornada sem a comitiva que não é bem-vinda. As pessoas barraram as portas contra ele. Vai haver afogamentos.

A comitiva que não é bem-vinda — outra vez a horda? Não é possível que ele tenha seguido Conan aonde quer que ele fosse. Continuando a ler, encontrei referências a uma grande enchente, e também à esposa de Conan:

Três crianças do vilarejo foram levadas pelas águas. Líoch chorou e me censurou por não ter agido mais. Disse-lhe que ficasse contente pelo fato de nosso filho estar aqui na fortaleza, em segurança, em vez de me repreender pelo fardo que meu pai legou a todos nós. O que ela esperava: que eu soltasse a horda para que eles causassem destruição onde quisessem, como fizeram? Eu chamei aquelas pessoas para virem para minha casa. Pedi que viessem, e eles não quiseram. Se seus filhos se afogaram, a culpa é toda deles.

Os livros não dão respostas. Se meu pai algum dia conseguiu o que quero, ele escondeu de mim. Uma atitude dessas não me surpreende. O homem era um poço de ódio.

Notícias do sudeste: uma nova incursão. Não sei como posso me obrigar a soltar a horda de novo. Mas eles são tudo o que tenho. Irial ainda é jovem. E se eu for assassinado?

Noite após noite, um sussurro em meus ouvidos. Ele me tenta ao desespero; ele oferece a recompensa do esquecimento. Não vou ceder. Meu filho precisa de um pai. Sim, mesmo que seja um pai como eu. Para mim não há esperança. Mas posso ter esperança por ele.

Havia tanta tristeza naquelas anotações. Quanto mais lia, mais eu pensava no atual chefe, um homem cujo humor parecia oscilar — de um lado, tristeza; do outro, fúria. E, contudo, o pai dele fora o escriba pacífico e ordeiro que fizera as anotações sobre botânica, o criador do adorável jardim no qual eu vira Anluan sentado, como se fosse a figura sombria e abandonada de um homem enfeitiçado. *Eu gostaria de poder lhe ensinar a sorrir*, pensei. *Mas temo que seja impossível.*

Trabalhei até ficar escuro demais para ler. Não queria acender uma lâmpada na biblioteca. Seria perigoso demais, com todos aqueles documentos. Quando estava indo embora, enfiei no bolso um dos livros de anotações de Irial. Eu o leria mais tarde, no meu quarto, à luz de vela.

Fui a última a chegar para o jantar, e logo nesta noite Anluan tinha resolvido aparecer. Estava sentado na cabeceira da mesa, Muirne ao seu lado, embora ela raramente se sentasse à mesa — estava claro que, em sua presença, ninguém mais poderia servir o senhor. Ela serviu-lhe a comida, encheu e reencheu a taça, fatiou o pão e cortou a carne. Eu olhava aquilo com certo fascínio, perguntando-me quanto tempo duraria até que ele perdesse a paciência e mandasse ela parar de se meter. Na verdade, era como se ela fosse invisível, porque ele não lhe dava a menor atenção. Se a recordação de nossa ida até a torre não estivesse tão vívida, eu talvez tivesse até sentido pena dela. O chefe de Whistling Tor não trocara de roupa para o jantar. Seu cabelo vermelho estava desgrenhado, o queixo com a barba por fazer, e ele usava a mesma veste com que eu o vira na biblioteca. A camisa tinha o punho esgarçado e precisava ser lavada. A roupa de Muirne estava impecável, como sempre.

— Como tem progredido seu trabalho, Caitrin? — perguntou Magnus, com um sorriso. — Você está parecendo um pouco cansada.

— Estou perfeitamente bem — respondi, antes que Anluan aproveitasse a oportunidade para sugerir que eu não era a pessoa adequada para a tarefa.

A honestidade me fez acrescentar:

— Tive um probleminha esta manhã. Uma das portas ficou emperrada, e isso fez com que eu começasse a trabalhar mais tarde.

Para minha surpresa, Muirne falou:

— Eu ouvi falar nisso, Caitrin. Lamento tê-la deixado sozinha lá... se eu soubesse...

— Não tem problema.

Claro que ela não me trancara. Era esse lugar, com seus segredos e estranhezas. Fazia com que a mais sã das pessoas tivesse maus pensamentos.

— Eu acabei conseguindo abrir a porta. Encontrei uma chave.

Instantaneamente, Anluan prestou atenção em mim.

— Uma chave? Achei que você tinha dito que a porta ficou emperrada. Onde se deu isso?

A MONTANHA DAS FERAS **117**

Pense rápido, Caitrin. Contar toda a verdade poderia deixar Muirne em maus lençóis perante o homem que adorava. No mínimo, ela pareceria displicente.

— Na torre norte. Eu esqueci onde Muirne havia posto a chave quando ela foi embora, e temo ter entrado em pânico.

Um olhar de espanto perpassou num segundo o rosto sempre impassível de Muirne.

— Mas, na verdade, não foi nada — continuei. — Depois disso, passei o dia todo lendo, mas amanhã vou fazer uma nova limpeza. Espanar as prateleiras não foi suficiente. Elas precisam de uma boa esfregada.

— Não se desgaste demais — disse Magnus, analisando meu rosto. — Olcan ou eu podemos ajudar nessa parte. É uma pena que a gente não consiga mais serviçais para ficar aqui. Você não deveria se preocupar em ficar varrendo e espanando.

Ele olhou para Anluan, mas o chefe estava observando o próprio prato e não pareceu ter ouvido.

— Eu não poderia pedir sua ajuda, Magnus — disse eu. — Você é o mais ocupado de todos. Não tenho medo de trabalho braçal. Sou uma artesã, não uma jovem mimada. Mas é uma pena que as pessoas não venham trabalhar aqui. Eu faria meu trabalho de escriba muito mais rápido se tivesse um assistente, alguém que soubesse ler alguma coisa.

Como Anluan não estava me interrompendo, como sempre parecia disposto a fazer, fiz uma pergunta que havia muito estava na minha cabeça, desde que percebera o quão lento seria o trabalho se dependesse só de mim:

— Nós já chegamos ao fim do meu período de experiência? Ficaria mais feliz em saber que meus serviços serão contratados para o verão.

Eu tinha me virado para um ponto entre Magnus e Anluan.

— Isso não tem nenhuma importância — disse Anluan, erguendo o rosto para me encarar. — Existe um padrão conhecido aqui em Whistling Tor, que não muda jamais. Você durou mais do que alguns de nós esperávamos, mas não vai ficar. Estamos todos envolvidos em uma teia de consequências, condenados a trilhar caminhos que fogem ao nosso controle. É assim que as coisas são.

— O senhor está querendo dizer que não podemos escapar ao nosso destino, seja ele qual for? Acredita mesmo nisso?

Há algum tempo, eu teria concordado com ele. Mas eu escapara da armadilha que se fechava em torno de mim, em Market Cross. Se a pessoa tivesse força de vontade, podia ser feito.

— Não posso falar por você — disse Anluan, que desistira de comer, pousando a faca e a colher sobre a mesa. — É a verdade para todos nós que estamos sentados aqui esta noite, e para todos os que vivem em Whistling Tor.

Eu tive uma lembrança.

— Incluindo a aldeia, a ser verdade aquilo que me foi contado por Tomas e sua esposa. Pelo que eles falaram de Whistling Tor, pareciam ao mesmo tempo amar e odiar o lugar. Ficaram chocados quando perguntei por que não arrumavam as coisas e iam embora.

— Aqui é o lugar que eles conhecem — disse Magnus. — O demônio dentro de casa, o que é familiar, é sempre preferível àquele que está lá fora, no mundo desconhecido.

— Um dia, eu pensei assim — falei, sentindo um arrepio me percorrer. — Agora já não tenho certeza.

O olhar de Anluan estava fixo em mim. Eu podia senti-lo, mesmo com o rosto virado em outra direção.

— Você diz que vai ficar — ele falou. — Não vai. Isso contraria a própria natureza das coisas.

Esse comentário foi recebido com silêncio. Por que ninguém ali o contradizia? Padrões podiam ser quebrados. Caminhos, desviados. Era preciso apenas coragem. Eu tinha de enfrentá-lo. Não podia aceitar uma coisa dessas.

— Rioghan, eu gostaria de fazer uma aposta — declarei. — Se eu perder, lhe pago no final do verão. Você me emprestaria uma moeda de prata?

O conselheiro do rei sorriu.

— Claro, minha doce menina.

Uma moeda cintilante cruzou a mesa em minha direção, e eu a peguei, sopesando-a na palma da mão.

— Sua aposta não é comigo, creio.

— É com seu chefe aqui. Ele diz que eu não vou ficar. Eu aposto que ficarei até que meu trabalho de escriba esteja pronto. Nosso lorde pode apostar o que bem quiser.

Houve um silêncio tenso. Eu não me importava se tivesse ofendido Anluan. Já era tempo de ele ser desafiado por alguém.

— Não tenho nada a oferecer — disse ele, simplesmente.

— Quer que eu empreste... — começou a dizer Eichri.

No entanto, eu o interrompi:

— Não estou nem um pouco interessada em receber ossos de dedos, nem coisas desse tipo — falei. — A mim, basta uma maçã do pomar. Elas deverão estar maduras quando meu trabalho terminar. Ou talvez Anluan possa escrever alguma coisa para mim.

Silêncio outra vez. Agora, parecia que todos eles estavam prendendo a respiração. O semblante de Anluan se sombreou. Os lábios se apertaram. A mão esquerda, que estava sobre a mesa, se fechou num punho.

— Você está zombando de mim? — perguntou ele.

No mesmo instante meu surto de bravura se desvaneceu. O tom dele continha todas as vezes em que Cillian me machucou, todas as vezes em que Ita me atirara insultos. Eu era de novo a garotinha que se encolhera no canto da cama, chorando, sem conseguir se mexer. Eu tinha uma boa resposta para ele, mas ela se recusava a sair.

— Explique-se! — exigiu Anluan.

Trêmula, acovardada, sentindo desprezo por mim mesma, eu me levantei e me dirigi à porta, murmurando um pedido de desculpas.

— Pare!

Era uma ordem, e eu a obedeci. Estava ao lado da cadeira dele. Meus olhos, presos ao chão de pedra. Eu contava as batidas do meu coração.

— Se você está fugindo de uma simples pergunta, como quer que a gente acredite que não vai sair correndo de Whistling Tor, ante a primeira dificuldade? — O tom de Anluan era um açoite.

— Eu não fugi — sussurrei, buscando lá no fundo um resto de coragem. — O senhor sabe muito bem. No dia em que mirei o espelho de Nechtan, o senhor estava lá.

Outro silêncio, dessa vez de qualidade diferente. Magnus pigarreou. Eu continuei onde estava, pronta para uma nova saraivada de palavras raivosas.

— Se você quer que eu aposte, irei apostar sangue-do-coração — disse Anluan, com a voz calma. — Permaneça todo o verão e você a verá florescer. Estará aqui para colher as flores e fabricar a tinta. Quando o trabalho estiver terminado, pode levá-la consigo.

Olcan soltou um assobio.

— Uma aposta e tanto — disse.

Minha cabeça rodava. Se eu conseguisse fabricar ao menos um bom pote de tinta, não teria mais de me preocupar com dinheiro por muitos anos. Anluan não devia ter ideia de como a coisa era valiosa.

— Não posso aceitar — falei, abalada. — Isso valeria uma enorme fortuna. Não seria certo eu levar.

— É o que ofereço — disse Anluan. — O argumento a respeito de valor é irrelevante. Você não vai permanecer aqui.

— Está bem, eu aceito. Vou provar que o senhor está errado.

Ele estremeceu. Foi um gesto estranho, o qual acentuou o desnível de seus ombros.

— Tinta de sangue-do-coração, é? — disse Eichri, e deu um risinho. — Uma bela cor, fica linda sobre a lã. Você sabe fabricar a coisa, Caitrin?

— Até a planta florescer, eu saberei. Com uma biblioteca inteira cheia de documentos, deve haver instruções em algum lugar.

Naquela noite voltei a ter o pesadelo, aquele em que Ita me atirava num poço cheio de demônios para me torturar. Acordei empapada de suor, e ao mesmo tempo tremendo. Além da porta do quarto, a lua brilhava no jardim. Sabendo que não voltaria a dormir de novo, tirei minha camisola pegajosa, troquei de roupa e me enrolei em meu xale. Saí e parei no corredor que dava para o pátio, perguntando-me até quando, ao ouvir uma voz raivosa, eu deixaria de ser uma mulher corajosa e com iniciativa, para me transformar numa criancinha indefesa e frágil. Talvez a brava Caitrin fosse apenas uma fantasia. Talvez a garota chorosa, suplicante, incapaz de enfrentar seus abusadores, fosse meu verdadeiro eu. Se assim o fosse, meus pais deviam estar me olhando com vergonha, lá de cima.

No pátio, Rioghan andava de um lado para o outro, seu manto vermelho silencioso sob a luz da lua. Na quietude, eu ouvia trechos de sua fala.

— Entrar, em vez disso, pelo lado oeste, partindo as forças em três grupos... Não, forjar um chamariz, pegar o inimigo de surpresa, com uma ação de flanco, e então atacar com catapultas... Ele, ainda assim, teria caído... Meu senhor ainda assim teria caído...

Rioghan se afastou pelo jardim e sua voz se perdeu um pouco. Logo, ele rodou nos calcanhares, irrequieto como um animal enjaulado, e andou de volta.

— Devíamos ter visto os sinais... Por que eu fui dizer a ele que funcionaria?

Meus próprios problemas pareceram pequenos diante de tamanha infelicidade. Parecia que ele revisitava, sem parar, as circunstâncias de algum terrível erro de julgamento que o perseguia. Talvez todas as noites se passassem assim, nessa dolorosa busca por respostas. Fiquei me perguntando se descer para conversar com ele seria de alguma ajuda. Pelo menos, ele se distrairia. Eu estava a ponto de fazer isso quando tive a sensação de que alguém me observava. Olhei em torno, apertando o xale contra o corpo, consciente de que, sob ele, eu estava com quase nenhuma roupa. Não havia ninguém no corredor. Ninguém na escada. Enquanto a lua banhava o jardim com sua luminosidade estranha, a escuridão era completa sob as árvores. Imaginei pessoas de pé ali, vestidas de preto. Podia quase enxergá-las. *Não seja tola, Caitrin*. A horda destruidora dos escritos de Conan dificilmente estaria aqui em cima, dentro das muralhas. Talvez houvesse criaturas de algum tipo na floresta, fora da fortaleza, mas não podiam ser as que ele mencionara. Aquilo acontecera anos e anos atrás — quando o pai de Anluan era uma criança. Além disso, uma horda de guerreiros que destruíssem e assassinassem não poderia estar do lado de fora sem que eu os visse ou ouvisse.

Uma coisa eu sabia ao certo. Eu não era a única alma triste e tumultuada neste lugar. Talvez nunca conseguisse me livrar das sombras de meu próprio passado, mas isso não significava que eu deveria ficar impassível diante da miséria de outras pessoas. Busquei minha capa e desci para conversar com Rioghan. Ele ainda estava murmurando para si próprio.

— Se eu tivesse posto arqueiros na colina norte... Ou talvez começado a ação muito antes, deixando uma guarda permanente na ponte, isso talvez tivesse adiado o ataque... Ele, ainda assim, teria caído...

Eu estava ao lado dele e Rioghan nem me notara. Tinha os punhos fechados, os olhos cheios de sombras.

— Rioghan — falei, baixinho.

Ele tomou um susto. Estava longe dali.

— Caitrin! Você de pé tão tarde!

— Não consigo dormir.

— Um estado familiar para mim, tristemente, mas não para alguém tão jovem como você. Tem pesadelos?

— Às vezes. Os problemas e terrores ficam maiores no escuro, quando estou sozinha. E então, quando adormeço, as coisas ruins do passado vêm à tona. Mas é pior para você. Parece tê-los mesmo quando está acordado.

— É verdade, Caitrin. Não posso ser amargo. É a minha sina. O que eu fiz, ou deixei de fazer, resultou nisso.

Rioghan ajeitou-se em um banco que estava molhado de orvalho, fazendo um gesto para que eu me sentasse ao seu lado. Assim o fiz, sentindo o frio penetrar minha capa, meu xale e se transformar em umidade em meus ossos.

— Seja o que for que você tenha feito, ou pense que fez, isso agora é passado. Todos nós cometemos erros. Às vezes podemos fazer algo mais tarde para compensar essas faltas. Ou podemos nos reconciliar com nossos erros e seguir em frente.

Rioghan deu um suspiro profundo, abrindo as mãos pálidas num gesto de quem não vê solução.

— Meus atos não podem se transformar numa coisa boa — disse ele, simplesmente. — Meu senhor se foi. Ele está morto, e há muito tempo, com a espada esverdeada sobre seus ossos amados. Eu o sustive em meus braços, enquanto a vida se escoava dele. Uso esta capa em memória do que aconteceu. Minha mente não me deixa descansar. Deve haver algo que eu poderia ter feito, uma atitude que eu devia ter tomado, qualquer coisa que eu modificasse e pudesse transformar em vitória a amarga derrota. Eu era seu conselheiro mais confiável. Como posso ter me enganado tanto?

— O que aconteceu? Quem era seu lorde?

— Ah, Caitrin. Uma joia preciosa, um homem que brilhava como a mais bela estrela no firmamento. Seu nome era Breacán, era o rei de Connacht, ao norte. Há muito tempo, sabe? Muito, muito tempo. Esta região era o território de Breacán. Ele ganhou o trono pela força das armas, mas era um homem bom. Governou com justiça e compaixão. Muitos foram os encontros que planejei para ele, as estratégias que imaginei, e tudo foi executado com o talento brilhante e o julgamento perfeito que eram suas marcas. Juntos, éramos imbatíveis. Até aquele dia.

— Ele morreu numa batalha?

Eu sabia um pouco da história da região. Não conseguia entender quanto tempo se passara desde os acontecimentos mencionados. A idade de Rioghan era difícil de calcular. Ele podia ter qualquer idade entre trinta e cinco e talvez cinquenta anos. A estranha palidez de sua pele e também a expressão melancólica o tornavam, de certa forma, semelhante a Anluan. Talvez toda a casa estivesse envolta em sofrimento.

— Deixe que eu lhe mostre — disse Rioghan, agachando-se e, sob a luz da lua, começando a compor um campo de batalha em miniatura, com paus, pedras e montinhos de terra.

Apesar do adiantado da hora, e de estar sofrendo com o frio e a umidade, eu logo estava fascinada. Via as forças de Breacán avançarem em direção a um enorme vale, depois de receber relatos da inteligência de que o inimigo estaria acampado lá no fundo, e totalmente despreparado. Vi, ao mesmo tempo, como o inimigo tinha olheiros nos altos das montanhas flanqueando o vale e um sistema de mensagens que envolvia o piscar de discos de prata sob o sol, coisa que os homens de Breacán não perceberam até se verem presos entre dois grupos de soldados inimigos que, por causa desses estratagemas, se aproximaram por cada um dos lados do vale.

— Foi uma débâcle, Caitrin — disse Rioghan. — E eu fui o culpado de os levar até lá. Partiu de mim o conselho dado a meu senhor: "É seguro. Nós temos *tropas o suficiente".* Quando outros aconselharam que se fizesse uma adivinhação, para determinar se havia sabedoria na decisão de avançar, ou que se desistisse da incursão até obtermos mais informações de certos prisioneiros, eu insisti para que continuássemos. Eu tinha certeza de que meu plano estava certo. Fui enganado. Um homem em quem confiara tinha mentido para mim. Mas isso só fui descobrir quando o meu senhor foi derrubado bem diante dos meus olhos, enquanto seus leais soldados, homens que tinham sido meus amigos, jaziam mortos ao lado dele. O inimigo poupou esse maldito conselheiro. Eles queriam que alguém ficasse para contar a triste história. Eu depus meu senhor sobre a sela de seu cavalo e o levei para casa. Eu continuava vivo, enquanto tantos tinham perecido por culpa do meu erro. E queria, com todas as forças, que eu próprio também tivesse sido morto naquele campo de sacrifícios sangrentos. Mas minha hora não tinha chegado.

— É uma história triste. Mas você não foi o único responsável. Se alguém lhe deu uma informação falsa, a culpa é em parte dele. E as pessoas não tinham necessariamente de ouvir sua opinião. Não teriam feito o que você disse, se não concordassem com tanto. Todo mundo é responsável pelas próprias ações — afirmei, vendo a mim mesma agachada, indefesa e silenciosa diante das pancadas de Cillian. — Mas, às vezes, nós nos perdemos. Por medo, tristeza ou culpa, nos apequenamos. É difícil encontrar coragem para ir em frente.

— Aí está — disse Rioghan, erguendo-se, e estendendo a mão para me ajudar a levantar. — Eu não deveria ter aborrecido a senhorita com isso, Caitrin. Minha história infeliz a deixou triste. Ou são suas próprias desgraças que a deixam assim? Aqui você está em segurança, Anluan toma conta de todos nós.

— Sua história me fez pensar, só isso. Pensamentos desagradáveis. Eu já quis tanto ser corajosa, mas nem sempre consegui.

— Minha cara senhora — murmurou Rioghan. — Ninguém em Whistling Tor lhe quer mal, pode acreditar. Sua presença é como uma brisa de ar fresco, atravessando este lugar cansado.

Aquilo me fez sorrir.

— Rioghan?

— Sim, Caitrin?

— Você agora tem um novo lorde, Breacán se foi. Sei que Anluan não é um rei ou um guerreiro. Talvez tenha algumas desvantagens. Algumas falhas. Mas ele é digno de sua lealdade.

— E ele a possui — disse Rioghan. — Não duvide disso.

Quando voltei para meu quarto, pensei que isso era verdade. Todos que ficaram em torno de Anluan tinham escolhido dividir com o chefe alquebrado sua existência solitária na montanha. Magnus tinha sido um guerreiro. Poderia ter ido embora quando Irial morreu. Em vez disso, ficou para ajudar o filho de seu amigo a crescer e se tornar um homem. Em algum momento, a lealdade talvez tenha se transformado em amor. Fosse o que fosse, tinha atravessado tempos difíceis. Lembrei-me das passagens que lera nos registros de Irial depois do jantar, à luz da lanterna.

Um toque, é só o que peço. Um toque, um abraço. Venha até mim, minha amada. Onde você está? Nonagésimo primeiro dia.

Dia duzentos e sessenta. Inverno. No jardim, os galhos secos de bétula brilham com o gelo. Meu coração não verá uma primavera.

Eu mal começara o trabalho, na manhã seguinte, quando Anluan entrou na biblioteca, indo até a janela e, de pé, pondo-se a observar o jardim.

— Magnus disse que eu preciso me desculpar — disse ele, de repente.

Eu fiquei surpresa demais para responder.

— Ele diz que eu a julguei mal. Se o fiz, peço perdão — declarou ele, num tom cortante.

Respirei fundo.

— Você ficou com tanta raiva. Isso me assustou, e quando estou assustada não consigo falar direito. Eu não tinha intenção de ofendê-lo ontem à noite quando falei sobre escrever — expliquei, escolhendo as palavras com cuidado. — Sou uma escriba. Trabalhei muito ao longo dos anos para aprender minha profissão. Considero uma página escrita uma das coisas mais valiosas que uma pessoa pode apostar. E eu jamais desdenharia de um homem por ele ter uma escrita irregular. Além disso, é algo que pode ser corrigido.

— Hum!

Anluan se virou nos calcanhares e atravessou a biblioteca.

— Você acha que um monte de trapos velhos pode se transformar numa veste de seda? Que uma maçã comida pela lagarta pode virar uma fruta perfeita e brilhante? Impossível. Por que você acha que eu empreguei você?

Respirei fundo, duas vezes.

— Enquanto pedido de desculpas, esse deixa algo a desejar — falei, forçando-me a desafiá-lo. — Duvido que Magnus ficasse muito impressionado com ele. Se o senhor não gosta do seu jeito de escrever, tente melhorar. Eu posso lhe ensinar. Seria preciso concentração, calma e uma prática regular. Acho que o senhor talvez ache isso difícil, mas, assim que dominar a técnica, acredito que o resto lhe virá naturalmente.

Houve um longo silêncio. Ele estava de pé junto à parede mais distante, meio na sombra, e eu não conseguia ver sua expressão. Sem dúvida viria algum tipo de explosão. Meu corpo estava retesado como uma corda de arco, esperando por ela.

— Mais uma vez você está me julgando — disse ele, baixinho.

— Não tão severamente quanto o senhor próprio se julga. Com...

— Eu estava me arriscando por águas mais profundas do que pretendera enfrentar. Mas, àquela altura, era mais seguro seguir em frente do que recuar. — Com coragem e esperança, podemos dominar nossos medos e fazer aquilo que um dia acreditamos possível. Eu sei que isso é fato.

— Coragem. Esperança — disse Anluan, com a voz trêmula, e não propriamente de raiva. — É fácil para você falar essas palavras, com o passado de sua família, de conforto, ternura e justiça. Você não entende nada.

Aquilo era demais.

— Isso não é justo! — exclamei, ficando em pé de um pulo. — Você não tem ideia do quanto ansiei por isso, família e... segurança e... Se eu ainda tivesse essas coisas, por que, em nome de Deus, eu viria para cá?

Dei as costas para ele, cruzando os braços e desejando não ter dito aquelas palavras. Eu queria que ele fosse embora.

— Então você permanece em minha casa não por um desejo de ajudar, mas porque o que deixou para trás é pior do que o caos encontrado aqui — disse ele, depois de um tempo.

— Não vim para cá só em busca de pagamento e de um lugar para ficar. Eu amo meu trabalho mais do que tudo no mundo. É tudo o que me resta. E eu quero mesmo ajudá-lo. Escrevi isso naquela página de exemplo, e estava falando a verdade.

Ele não disse nada, e quando me arrisquei a olhá-lo vi que continuava ali de pé, me observando. Eu tinha a impressão de que qualquer palavra errada o faria sair correndo.

— Se você tivesse tempo, eu poderia ensiná-lo a escrever melhor, mais certo, e de um jeito que não magoaria seu braço nem sua mão. Você poderia praticar um pouco todos os dias.

E, como ele nada respondeu, acrescentei:

— Se trabalhasse comigo aqui na biblioteca, eu poderia lhe pedir uma orientação sobre os documentos. Isso me ajudaria muito, se você estivesse aqui para responder a uma ou outra pergunta.

— Não creio — disse Anluan, dirigindo-se à porta. — Não acredito que eu possa ser de grande ajuda para você. Eu me canso facilmente. Não posso...

Foi um pensamento expressado em parte, mas, quando ele olhou para baixo, completou-o para mim. A perna direita defeituosa e a mão direita inútil tornariam impossível a tarefa mais simples: erguer uma pilha de livros, por exemplo. E ele de fato se cansava. Eu percebera. Talvez tivesse alguma moléstia além das limitações físicas. Eu não podia perguntar sobre isso.

— Quanto à minha caligrafia, não creio que nenhum professor possa mudá-la.

A expressão no rosto dele era de tal desejo e desolação, que eu ia dizer que não, mas me calei. Ele não estava falando de aprender a escrever, mas de algo muito maior. Quem quer que tomasse Anluan como aprendiz, teria primeiro de lhe ensinar a esperança.

— Bem — falei quando ele virara as costas e já ia saindo. — Você poderia me deixar tentar.

Magnus e eu nos tornamos amigos. Consciente dos pesados encargos dele, desenvolvi o hábito de acordar cedo, para poder ajudá-lo na cozinha antes de começar meu trabalho na biblioteca. Ele não me deixava preparar o mingau nem mexer a ração para as galinhas, mas fazer remendos era uma das coisas que ele mais detestava. Aos poucos, fui remexendo numa pilha de roupas largadas. As alterações nas minhas próprias vestimentas eu fizera com muita rapidez, depois da perturbadora visita à torre norte. Com os vestidos castanho e violeta, além dos dois que eu já tinha, eu estava suprida para o resto do verão, mesmo quando o tempo dificultava a secagem das roupas. Uma ou duas vezes eu ajudara Magnus a lavar roupa — minhas, dele e de Anluan —, pendurando-as nos arbustos do jardim. Eu me perguntava quando e como Muirne limpava suas vestimentas. Ela tinha uma série de vestidos cinzentos, todos idênticos, e eu nunca os vira sem que estivessem perfeitamente limpos e passados. Se não estivéssemos em Whistling Tor, eu pensaria que ela dispunha dos serviços exclusivos de uma ótima lavadeira.

Eu a via pouco, assim como a Anluan. Às vezes eles estavam no jardim de Irial, sentados sob uma árvore, ele escrevendo em seu livrinho, e ela ali por perto. Eu sempre via uma luz acesa no quarto de Anluan, tarde da noite, quando todos já dormiam. Mas, tirando a cozinha acolhedora de Magnus, a casa, com seus ecos, parecia vazia, abandonada. Quando nos reuníamos para o jantar, sem o chefe e sua sombra constante, a conversa girava em torno do trabalho diário: verduras a serem plantadas, gado para ser cuidado, uma ponte a ser consertada. E, no meu caso, sobre documentos. Sempre havia os documentos.

Eu continuava a dormir mal, os velhos pesadelos me assombrando. Acordava de um pulo, o coração martelando, com a certeza de ter visto uma figura na penumbra, junto à porta. Ouvia passadas no chão do corredor, do lado de fora do meu quarto, ou o esfregar suave de tecidos. Às vezes, havia no ar uma movimentação, uma presença que eu podia sentir por perto, mas nunca vi ninguém, a não ser Rioghan, andando sem parar no pátio. Bem, eu fora avisada de que Whistling Tor era um lugar estranho. Talvez devesse me considerar uma pessoa de sorte por essas coisas serem, até agora, o pior que eu tinha enfrentado.

Estava cuidando dos punhos de uma roupa, certa manhã, quando Magnus disse:

— Está na época de eu descer a montanha em busca de suprimentos. Talvez amanhã. Você precisa de alguma coisa?

— Linha de costura, se você conseguir. Só isso. De material de escrita, não preciso.

A tradução das anotações de Nechtan em latim progredia lentamente, graças à minha tendência a deixar-me levar por uma ou outra história, enquanto lia.

— Você pode vir comigo, se quiser.

A oferta foi feita com certa desconfiança.

Ergui o rosto, mas ele estava mexendo o mingau no fogo, de costas para mim.

— Não creio que Anluan vá concordar — falei. — Ele espera que eu trabalhe todos os dias, tenho certeza.

— É, pode ser — disse Magnus, virando-se para pôr a panela na mesa, e o vapor subiu de seu interior, acompanhado de um forte aroma. — Não seria nada de mais relembrá-lo de que você é uma mulher livre.

Pelo menos, é esta a minha opinião. Ele continua não acreditando que você vai manter a palavra e continuar aqui. Se você for até a aldeia comigo, passar um tempo com a gente de lá, e depois voltar por vontade espontânea, talvez isso demonstre a ele que você tem convicção no trabalho, mesmo quando a chance de escapar lhe é dada de bandeja. E outra coisa. Seria bom para os locais verem, com os próprios olhos, que uma jovem pode ficar aqui durante um mês e reaparecer, não só intacta, como também mais feliz e mais calma do que quando subiu para Whistling Tor.

— Eu nunca me senti como uma prisioneira aqui, Magnus. Sou livre para ir embora. Ocorre que para mim é conveniente ficar, não só porque o trabalho precisa ser feito, mas...

Na verdade, a possibilidade de Cillian me descobrir em Whistling Tor agora era muito menor. Meu rastro certamente se apagara.

— Livre para ir embora. Espero que isso não signifique descer a montanha sozinha. Você está em segurança aqui. Anluan garante isso. Mas se você se meter na floresta sem o conhecimento dele, logo estará em apuros.

Ele me estendeu uma tigela de mingau.

— Se é mesmo tão perigoso, como é que você vai e volta sem lhe acontecer nada?

Magnus sorriu.

— Nunca tive problema, e venho fazendo isso desde que Anluan usava calças curtas. Talvez seja por causa do meu aspecto. E, se você estiver do meu lado, estará tudo bem. Pense nisso. Acho que seria bom para você conversar um pouco com outras mulheres. Muirne está longe de ser das mais sociáveis.

— Magnus?

— Hein?

— Por que ninguém me conta o que elas são, aquelas coisas na floresta? Toda vez que peço uma explicação, o que recebo é uma resposta vaga sobre entes ou criaturas, e como são de vários tipos, e então logo as pessoas mudam de assunto. Mas nos documentos elas são descritas como um exército assustador, uma força que ninguém consegue controlar, algo tão poderoso e destrutivo que todo mundo nos arredores não tem como ignorar.

Ele me olhou, com firmeza em seus olhos cinzentos.

— Há duas maneiras de você conseguir uma resposta para isso, Caitrin. Ela deve estar em algum daqueles documentos nos quais trabalha. Ou, então, ele pode decidir que chegou a hora de lhe contar.

— Ah.

Fiquei refletindo sobre aquilo, enquanto, com calma, ele comia o mingau.

— Você pode responder a uma pergunta? — disse eu.

— Depende do que for.

— Anluan é a única pessoa aqui que sabe o que as criaturas são?

— Não, menina. Todos nós aqui sabemos.

— Então ele ordenou a vocês que não falassem no assunto, não me contassem nada.

— Preciso explicar uma coisa para você, Caitrin. Você pode pensar que Anluan não é exatamente um homem maduro. Ele não teve muito contato com o mundo exterior, e isso faz com que ele... seja esquisito, rude, não lide bem com pessoas como você, pessoas de lá de fora da montanha. Ele tem suas razões, e razões fortes, para ser como é. Eu já tentei ajudá-lo. Mas nem sempre tenho conseguido. Às vezes ele pode parecer um pouco infantil, ficando zangado de repente, sempre pronto para encarar um comentário fortuito como uma agressão. Mas não cometa o erro de achar que outra pessoa manda aqui dentro. Anluan é o líder desta casa. Ele faz as regras e nós todos as obedecemos.

Depois de um tempo, eu disse:

— Entendi. Muito bem. Eu vou com você amanhã. Falo eu com ele, ou fala você?

Magnus deu um risinho.

— Eu falo. Mas vou esperar até a hora do jantar. Agora, é melhor eu ir.

Ele se levantou, e fiquei pensando que não era de se espantar que aquilo que ficava à espreita na floresta, fosse o que fosse, não mexesse com ele. Porque, mesmo em sua roupa surrada de trabalho, ele era a própria imagem do guerreiro.

A névoa habitual recobria as árvores e se agarrava aos arbustos, enquanto Magnus e eu caminhávamos em direção à aldeia lá embaixo. Era cedo. Fiquei espantada em ver Anluan de pé sob a arcada, aquela figura sombria em sua capa, observando-nos sair.

— Estaremos de volta lá pelo meio-dia — gritou Magnus.

Anluan não disse nada. Achei que ele era contra minha ida: ele não aparecera para jantar na noite anterior, mas eu sabia que Magnus tinha revelado o plano para ele.

Eu caminhava colada ao meu companheiro, temendo vozes sussurrantes, mãos que me tocassem, ou coisa pior. Depois de um tempo, Magnus disse:

— Como lhe falei, em geral eles não aparecem, sabendo que sou eu. Um ou outro espia. Além disso, você agora é parte do grupo de Anluan: isso a protege.

— Isso é... incompreensível — falei, dando passadas largas para não me distanciar.

— Se fosse perigoso, eu não levaria você.

Aquela lógica simples me deixava segura. Relaxei um pouco.

— Você nunca se casou, Magnus? — perguntei.

— Jamais encontrei a mulher certa. A oferta não é muito grande por estas bandas.

Ele disse isso com bom humor, mas a mim me pareceu um tremendo desperdício. Ele poderia ter sido um ótimo marido, e não apenas por saber fazer tudo dentro de uma casa.

— Eu lamento — falei, sendo sincera.

— E quem tem culpa? Eu fiz minha escolha e hei de viver com ela. Ele precisava de mim. Ainda precisa, eu acho.

— Vocês todos são muito leais a ele.

— Ele é um bom homem. Se você ficasse aqui por muito tempo, acabaria constatando isso.

— Magnus?

— Hein?

— Anluan já nasceu com esses defeitos, o braço e a perna paralisados e os ombros tortos?

Magnus continuou andando como se eu não tivesse dito nada, e me perguntei se essa era mais uma daquelas perguntas que ficavam sempre sem resposta. E então ele falou:

— Ele nasceu como qualquer criança, perfeito. Ficou doente. Isso aconteceu depois que Emer e Irial se foram. Uma paralisia. Nós quase o perdemos. Eu tentei buscar ajuda, mas ninguém quis vir.

Ninguém vem aqui. Tentei imaginar como as coisas tinham acontecido: o garotinho ali entre a vida e a morte, e só os despreparados habitantes do castelo para atendê-lo.

— Mas não é possível que... — comecei a dizer, e então calei-me.

Se eu tinha aprendido alguma coisa até então, era que aquele lugar tinha suas próprias regras, e sempre tivera.

— Ele tem um parente. Mas as coisas são complicadas. Talvez um dia ele confie em você a ponto de lhe contar. Ele ficou muito doente. Nós conseguimos salvá-lo. Foram tempos terríveis. Ele recuperou a fala, mas foi um longo processo. E ficou com essas sequelas. É difícil para um rapaz de treze anos aceitar uma coisa assim, o fato de que nunca será um homem capaz. Isso ainda é um peso para ele, como você bem deve ter percebido. Eu fiz o que pude.

— Eu sei, Magnus. — Após um instante, perguntei: — Que parente?

— Na época da doença de Anluan, um irmão de Emer era o chefe de Whiteshore, um território vizinho ao nosso, a nordeste. Se tivesse ido até a torre norte, você o teria visto. O homem jamais aprovara o casamento de Emer com Irial. Tinha cortado todas as relações entre os dois territórios. Nós mandamos um rapaz da aldeia com uma mensagem, quando Anluan estava entre a vida e a morte. Mas não deixaram nem que ele atravessasse os portões. — Ele olhou para mim, muito sério. — Pergunte às pessoas da aldeia por que essas coisas acontecem, e eles responderão que é porque Whistling Tor é amaldiçoada. Não está muito distante da verdade. O medo mantinha as pessoas longe naquela época, e o faz até hoje. O irmão de Emer morreu. Seu filho, Brión, é o chefe de Whiteshore agora. Pelo que soube, é um homem melhor do que o pai. Mas o abismo jamais foi transposto. O medo torna Anluan um prisioneiro.

— E você junto com ele — falei, baixinho.

— Eu não podia deixar o garoto sozinho, podia?

Continuamos caminhando. Fiquei pensando no medo que fazia de Whistling Tor uma ilha longe do mundo. Era, sem dúvida, um medo baseado na suposta presença de uma horda sobrenatural na floresta, um bando que um dia fora real, a não ser que os escritos de Nechtan e Conan fossem delírios de homens loucos. E, no entanto, ali estávamos nós, a meio caminho montanha abaixo, sem ver um único monstro. Sob o sol da manhã, a floresta era só quietude. Pássaros trocavam entre si seus cantos eloquentes, no alto das árvores. Sem dúvida, era um lugar melancólico. Mas não havia nada...

— Magnus?

— Hein?

— Há um homem ali sob as árvores, ali... com uma capa escura...

Assim que apontei, a figura que eu vira já era apenas uma sombra.

— Mantenha os olhos na trilha — disse Magnus. — Não há nada com que se preocupar.

Ouvi um murmúrio, e desviei rapidamente. Dessa vez era uma mulher, que mal vislumbrei por entre as samambaias, o rosto pálido, os olhos fixos, vestindo um capuz. Assim que olhei, ela já tinha desaparecido. Um fantasma, talvez surgido de minha imaginação medrosa, produzido pelo bater da luz nas pedras ou pela dança das folhas no vento.

— Segure meu braço, Caitrin — disse Magnus, com a voz firme como uma rocha. — Olhe para a frente. Lembre-se do que eu lhe disse. Você agora é do grupo de Anluan, e ao meu lado está em segurança.

E até chegarmos a um ponto uns vinte passos adiante, montanha abaixo, nada mais apareceu. Achei melhor não fazer perguntas. Cobrimos o resto da distância até a aldeia em silêncio, e a barricada de estacas se abriu para nos deixar entrar.

A MONTANHA DAS FERAS **135**

Minha chegada ao povoado foi recebida com expressões de espanto. Claramente ninguém esperava que eu tivesse feito o caminho até lá em cima e chegado inteira, quanto mais voltar incólume. Tomas, como acabou se revelando, tinha se arriscado a aceitar a aposta de Duald de que eu não chegaria viva lá no alto, e agora estava recolhendo seus ganhos.

— Eu tinha cá minhas dúvidas — disse ele, enquanto Magnus e eu esperávamos na porta da estalagem e as pessoas iam empacotar os suprimentos de que precisávamos. — Não vou negar. Mas você parecia tão decidida a chegar lá que eu pensei, se alguém vai conseguir, é ela.

— Obrigada por sua fé em mim. Posso entrar e conversar um pouco com Orna? Não estamos com pressa para voltar.

A julgar pelo que eu vira na última visita de Magnus, era provável que nos dessem as provisões e nos mandassem rapidamente para fora da barreira. Agora que estávamos ali, eu sentia que, sim, estava mesmo precisando conversar com uma mulher, ainda que a conversa viesse cheia de advertências sobre guerreiros sobrenaturais e cachorros gigantes.

— Por que não? — respondeu Tomas, dando uma olhada para Magnus.

Percebi que não era usual convidar meu companheiro para entrar. Não tinha me esquecido de como Orna parecera apavorada na presença dele, como se Magnus tivesse trazido consigo a maldição do castelo.

— Fique à vontade, Caitrin — disse Magnus. — Estarei aqui fora se você precisar de mim.

Dentro da estalagem, Orna estava esfregando o chão, enquanto uma mulher ruiva trabalhava com energia tirando teias de aranha com uma vassoura de cabo comprido. As duas pararam de trabalhar e me olharam quando entrei.

— Por todos os santos e criaturas rastejantes! — exclamou Orna, sentando-se nos calcanhares. — Você voltou!

— Voltei, e espero que você tenha um tempinho para sentarmos e conversarmos. Talvez uma cerveja. Magnus tem dinheiro.

— Claro.

Talvez sabendo que eu teria, no mínimo, uma história interessante para contar, Orna se levantou e foi pegar a jarra de cerveja, apresentando sua amiga, Sionnach, enquanto depunha três canecas sobre a mesa recém-limpa.

— E agora nos conte, o que você achou de Lorde Anluan? E, afinal, como é que é lá em cima?

Enquanto eu contava o pouco que, tinha certeza, Anluan julgaria conveniente, percebi que pouquíssimas pessoas da aldeia já tinham visto o chefe em carne e osso. Havia alguns rapazes que tinham trabalhado no castelo por um ou dois dias antes de fugir correndo de lá, disse Orna, e outros, mais velhos, que se lembravam de Anluan ainda criança. Mas Orna, Tomas e Sionnach jamais tinham colocado os olhos nele, nem nenhum de seus amigos.

— Então ele nunca vem aqui — disse eu. — De jeito nenhum.

— De jeito nenhum. Nós vemos Magnus. Às vezes, esbarramos com o homem com o cachorro, malditos sejam os dois. Mas com *ele*, não. O chefe, que deveria ser o líder e protetor de nós todos. Maldito seja ele também, aquele monstrengo torto. Mas você viu pessoalmente como ele é...

Havia uma pergunta no tom de Orna. Ela e Sionnach estavam aguardando ansiosamente o que eu tinha para contar.

— Anluan é um homem comum — falei, percebendo no mesmo instante que aquela era uma descrição inadequada. — Ele tem uma pequena deformidade física, mas isso não faz dele um monstro. Ele é um pouco... bem, ele tem uma facilidade para ter explosões de temperamento. Mas não é um monstrengo. Acho que ele tem os requisitos necessários a um bom chefe, mas... existem algumas dificuldades. Eu não o vejo muito. Trabalho sozinha quase o tempo todo.

De repente, tive a sensação de estar sendo desleal. Seria errado falar demais, expor ainda mais as feridas que marcavam Anluan e seus leais servidores. Em algum ponto de minha mente, havia a grande questão — *por quê?* Não seria aqui que eu encontraria a resposta; aqui, onde só se falava de monstros e maldições.

A MONTANHA DAS FERAS **137**

— Tenho consertado roupas para as pessoas que moram lá — falei, alegremente. — Por acaso você tem um suprimento de linha de costura ou algumas boas agulhas?

Elas ficaram felizes em ajudar. Orna pegou sua caixa de costura e Sionnach saiu para ir buscar a dela, em casa. Seguiu-se uma animada conversa sobre a melhor forma de fazer bainha, em meio à qual eu dei um jeito de inserir perguntas sobre se a aldeia recebera algum forasteiro, e se aparecera alguém perguntando sobre uma jovem viajando sozinha. Eu já esperava pela resposta: não tinha aparecido ninguém em Whistling Tor. Era um certo exagero. Alguns suprimentos precisavam vir de fora, e os outros produtos saíam da aldeia, acompanhados por pessoas. Mas não havia motivo para Orna mentir a esse respeito. Ela e Tomas sabiam bem que eu não queria ser localizada e, como donos de estalagem, eles sabiam melhor do que ninguém quem entrava e saía da aldeia.

— Mas houve certos rumores — acrescentou ela, num tom soturno. — Dizem que os normandos estão se aproximando. Uma tropa deles foi vista cavalgando pelas terras de Silverlake. Falam que eles vão tentar tomar esta região aqui. Dá um frio nos ossos, não dá? Quem iria nos defender se eles viessem?

Talvez por causa da minha presença, Magnus acabou sendo convidado a entrar na estalagem, onde ele e Tomas, e mais dois outros homens, se sentaram conosco para cerveja e bolo de aveia. Notei como Magnus era perito em extrair informações sem perguntar nada. Quando nos levantamos para sair, ele já descobrira o nome do lorde dos normandos cujos cavaleiros tinham sido vistos em Silverlake — Stephen de Courcy — e que havia doze homens no grupo e, ainda, que o informante de Tomas fora um monge do mosteiro de Saint Criodan, onde os normandos tinham feito uma parada para rezar e pedir informações. Não houvera nenhuma visita formal a Fergal, chefe de Silverlake. Ainda não.

Quando estávamos saindo, Orna me puxou pela manga e me reteve, enquanto os homens seguiam em frente.

— Tem certeza de que quer voltar lá para cima, Caitrin? — cochichou. — E quanto àquelas... coisas?

Vi o medo em seus olhos, e o espanto por eu querer voltar para Whistling Tor por livre e espontânea vontade, apesar daqueles horrores.

— Eu não vi muita coisa — falei. — Talvez não seja tão ruim quanto você pensa. Hoje de manhã, toda hora eu achava ter visto alguém no meio da floresta. Mas não havia qualquer evidência de uma... horda. Nada realmente ameaçador.

— Mas eles são, sim, ameaçadores. Eu diria, pergunte à minha avó, mas ela já morreu. Não são só histórias malucas os relatos de gente tendo membros arrancados e de massacres a vilarejos inteiros. É tudo verdade. O fato de você não ter visto com seus próprios olhos não significa que não sejam reais. Não entendo como você consegue ficar tão calma e serena diante disso.

Pensei nos registros de Conan, no equívoco de tentar usar a horda nas batalhas, no desespero ao pensar no futuro de seu povo e de sua família.

— Eu não duvido de você, Orna. Mas me disseram que com Anluan estou em segurança.

Orna balançou a cabeça, com os lábios apertados.

— Anluan, é? E como é que o lorde vai fazer isso, com seu braço paralisado e a perna torta? Só existe uma forma de um homem como ele protegê-la, Caitrin, e é através da magia. Todos sabem o que Nechtan era. Ele é filho de Nechtan. Não é um homem em quem confiar. Tenha cuidado, é só o que estou dizendo. Se você quisesse ficar aqui conosco, nós lhe arranjaríamos um lugar. Você não precisa voltar lá para cima.

— Vamos, Caitrin?

Era Magnus esperando na porta, os sacos de suprimentos sobre um dos ombros fortes.

— Já vou — disse, e me virei para Orna. — Muito obrigada, você foi muito gentil. Tenho certeza de que ficarei bem. Espero que a ameaça dos normandos não dê em nada. Talvez eu a veja da próxima vez que Magnus descer.

— Nós adoraríamos — disse ela, e seu rosto feioso se abrira num sorriso. — Não é verdade, Sionnach? Não é bom para você isso de viver sozinha lá em cima, sem nenhuma outra mulher, e com a casa cheia de sei lá o quê. Venha, sim!

Eu me senti refeita com a mudança de cenário, apesar de as notícias sobre os normandos serem preocupantes. Depois de uma subida para o castelo sem maiores acontecimentos, chegamos ao pátio e encontramos Anluan da mesma forma, sob a arcada, como se não tivesse se mexido dali durante toda a manhã. Não nos cumprimentou, apenas fez um gesto afirmativo quando nos viu.

— Preciso falar com você — disse Magnus para ele. — Trouxe algumas notícias.

Os dois seguiram em direção à cozinha, e eu fui para a biblioteca, onde passei a tarde mexendo em anotações sem importância sobre questões da fazenda. Não conseguia tirar as palavras de Orna da cabeça. *Só existe uma forma de um homem como ele protegê-la, Caitrin, e é através da magia.* Eu não queria que Anluan fosse um feiticeiro. Queria que fosse um chefe. Queria que se tornasse a pessoa que eu às vezes vislumbrava por baixo do aspecto exterior, um homem sensível aos sentimentos alheios, um homem que conseguisse dar saltos de lógica, um homem que... Bem, aquilo não era da minha conta. Eu não fora contratada para lidar com a desordem na alma do chefe, apenas com a de sua biblioteca. *Aquele monstrengo torto.* Se algum dia ele se tornasse o que deveria ser, só mesmo através de um esforço gigantesco. Teria de lutar contra anos de preconceitos e mal-entendidos. E o mais difícil, pensei, teria de aprender a confiar em si próprio.

— Alguém quer mais um bolinho? — perguntou Magnus, mergulhando a concha na panela. — Eu vou precisar de ajuda assim que parar esse tempo chuvoso. Vocês precisam estar fortalecidos.

Nessa noite, estávamos todos reunidos para o jantar. A chuva começara no início da tarde e continuava caindo sem parar lá fora.

— Eu o ajudarei se puder — disse eu.

Anluan me olhou.

— Você não está sendo paga para rachar lenha ou pastorear o gado.

— Agradeço a oferta, Caitrin — disse Magnus, sorrindo. — Anluan talvez não saiba que você já vem me ajudando com uma coisa ou outra há algum tempo. Se isso for motivo para outra reprimenda, a culpa é toda minha, por ter aceitado ajuda que me foi gentilmente oferecida. Quanto ao trabalho da fazenda, Olcan vai me ajudar.

— Sua família possui terras, Caitrin?

A pergunta era inocente na aparência, mas eu sabia que não fora feita de forma casual.

— Uma propriedade pequena, sim. Uma vaca da casa, gansos e galinhas, um espaço para a horta.

— E o nome de seu pai é Berach — acrescentou Muirne.

— Era. Meu pai faleceu no outono passado.

Um breve silêncio.

— Você tem uma irmã, lembro-me disso. — Era Rioghan falando desta vez.

— Uma versão mais bem constituída de você, acho que foi o que disse. Tem irmãos também? Acho que não, ou eu já os teria visto por aqui, furiosos, tentando levá-la de volta para casa.

Aquele jogo incessante de adivinhação era como se eu estivesse sendo espetada com agulhas, de todos os lados. Era a primeira vez que eles me perguntavam diretamente sobre a situação na minha casa.

— Nenhum irmão. Somente minha irmã e eu.

— E onde está ela, Caitrin? — perguntou Muirne.

— Ela se casou e foi embora. Casou-se com um músico ambulante.

Casou-se, foi embora e me deixou. Nas mãos de Cillian.

Anluan pôs-se de pé de repente. Todos nós, depois de um minuto de estupefação, fizemos o mesmo.

— Muito boa refeição, Magnus — disse ele, apertando o manto em torno de si, embora fizesse calor no aposento. — Lamento não lhe fazer justiça. Vou me retirar agora. Quanto a Caitrin, ela não deveria perder tempo com trabalho doméstico. Ela tem deveres mais importantes.

Abri a boca para protestar, mas Magnus falou primeiro:

— Você notou o quão bem costuradas estão suas roupas ultimamente? — perguntou ele, baixinho. — Foi trabalho de Caitrin.

A pele clara de Anluan ficou tão vermelha quanto à de um menininho flagrado espiando o banho das irmãs. Sem nada dizer, ele se virou e foi embora. Fiel ao padrão, Muirne o seguiu.

Nós relaxamos. Magnus pegou mais uma jarra de cerveja. Olcan dividiu entre nós cinco o que restava de pão. Eichri ficou assobiando baixinho. Não parecia uma melodia sacra.

— Sua história me deixa intrigado, Caitrin — disse Rioghan. — Você veio para Whistling Tor sozinha. Não tem recursos, ou não teria sido preciso apelar para uma aposta. Seu pai era um mestre escriba, você diz. Não duvidamos disso, já que ele foi seu professor, e já ouvimos Anluan elogiar sua aptidão com um entusiasmo que raramente vemos nele.

Se Anluan tinha falado assim, eu é que não ouvira. Apesar da maneira como a conversa voltara a ser sobre um assunto que eu não queria discutir, senti uma onda de prazer ao saber do reconhecimento do chefe.

— Meu pai era um homem de enorme talento. Não quero falar sobre ele. É tudo muito recente.

— Eu sei disso, Caitrin. Tem só uma pergunta que não me sai da cabeça, e é a seguinte: se seu pai era como você diz que era, como é que a morte dele deixou você aparentemente desvalida?

— Rioghan — disse Magnus, num tom de uma mansidão enganosa. — Já chega.

— Quer cerveja, Caitrin? — perguntou Olcan, e tornou a encher minha taça. — Que tal uma história, uma do tipo alegre para uma noite chuvosa? *Cluricauns*, guerreiros, princesas transformadas em pássaros, qual é a sua fantasia?

— Eu entendo que haja alguns assuntos sobre os quais você não pode falar — arrisquei. — Mas poderia me falar sobre Irial?

Olhei na direção de Magnus, perguntando-me se esse assunto seria tão difícil para ele quanto era, para mim, falar de Market Cross.

— Eu tenho lido as anotações dele — continuei —, e acho que deve ter sido uma pessoa maravilhosa, gentil, sábia e... triste. Vocês todos já viviam aqui quando Irial era o chefe? Como foi que ele conheceu Emer?

— Já vivíamos aqui — respondeu Eichri, baixinho. — O pai de Emer era Iobhar, chefe de Whiteshore.

— Irial deve ter se dado melhor com seus vizinhos do que Nechtan e Conan, me parece.

— Ele se esforçou muito para isso, Caitrin.

Magnus depôs sua taça de cerveja. Seus olhos cinzentos estavam sombrios. Assim que começou a falar, os outros três se recostaram, como se entendessem que essa história era para ser contada por ele.

— Irial me contratou numa tentativa de reforçar as defesas de sua propriedade, não apenas de Whistling Tor, mas também da fazenda no entorno e das aldeias que estavam dentro de suas terras. Nechtan tinha perdido o controle. Ele renunciara ao gado e território e perdera a confiança dos outros chefes. Conan não conseguiu recuperar as perdas do pai. Quando Conan morreu e a responsabilidade passou para o filho dele, Irial estava determinado a consertar as coisas, apesar dos riscos. Os recursos eram parcos. Ele não podia contratar uma companhia inteira de *gallóglaigh*, apenas um único guerreiro para ajudá-lo. No início, eu tinha dois companheiros comigo, mas eles foram embora. Não conseguiram conviver com as estranhezas de Whistling Tor. Naqueles primeiros anos, Irial fez tudo o que podia para refazer as alianças que tinham sido desfeitas por Nechtan. Foi difícil. Conan também tinha cometido erros terríveis. As pessoas não confiavam em Irial. Tinham medo de Whistling Tor e de seus contos sombrios. Eu fiz contatos em nome dele, conversei com as pessoas, expliquei como ele era. Iobhar de Whiteshore era o melhor dos chefes locais. E, apesar da desconfiança, ele se dispôs a ouvir. Conseguimos organizar um conselho, só um, em Whistling Tor, e Emer veio junto com o pai.

— Era uma bela moça — disse Rioghan, com um suspiro. — Você me faz lembrar dela, Caitrin, principalmente quando usa aquele vestido violeta. Os cabelos de Emer não eram escuros como os seus, mas

A MONTANHA DAS FERAS **143**

vermelhos. Uma doce senhora. No instante em que Irial botou os olhos nela, apaixonou-se, e ela correspondeu imediatamente.

— As pessoas se surpreenderam quando Iobhar concordou com o casamento — disse Magnus. — Ele sabia que veria pouco a filha, se ela se casasse com o chefe de Whistling Tor. Nos primeiros anos, ela chegou a visitar a casa do pai algumas vezes. Levou Anluan para conhecer os avós quando ele era criança. Eu os escoltei. Era mais seguro que Irial se mantivesse aqui. Emer gostava de rever a família, mas sempre que estava lá contava os dias para voltar a Whistling Tor. Irial teve sorte com ela. Não há muitas mulheres preparadas para viver num lugar como este, por mais que amem um homem. Emer transformou a vida de Irial. Foram alguns anos maravilhosos. Tiveram Anluan. E então ela morreu. Disso, não falaremos.

E então Magnus virou as costas, mas ainda pude ver as lágrimas brilhando em seus olhos.

— Sinto muito — falei, levantando-me e abraçando-o pelos ombros. — Não foi justo eu ter pedido para ouvir a história. Muitas pessoas não teriam tido a coragem de ficar. Você fez a coisa certa, Magnus. — Olhei para os outros. — Anluan tem sorte de ter vocês, todos vocês.

— Vamos lá, Caitrin — disse Olcan, limpando a face com a mão. — Assim você nos deixa soluçando como bebês. Magnus, que tal uma cerveja quente? E chega de histórias tristes hoje à noite.

Magnus não disse nada, mas se levantou e mexeu as brasas com um ferro. Em seguida, começou a separar algumas ervas e especiarias em cima da mesa.

— Você tem trabalhado muito, Caitrin — comentou Eichri, mudando de assunto. — O estoque de material está dando?

— Está dando muito bem. Eu mantenho um rígido controle sobre o que uso. Sei que preciso fazer com que o suprimento dure todo o verão.

— Quanto a isso — disse Eichri —, pode-se mandar buscar mais caso precise. Se quiser pergaminho, tinta, instrumentos, qualquer coisa, é só falar comigo.

— É bom você se cuidar — disse Rioghan para o monge. — Mau negócio é para um homem de batina se meter em ladroagem. Seu nome já está mais do que manchado, irmão.

— E quem foi que falou em roubar, conselheiro? Eu poderia pegar uma coisa emprestada aqui, outra ali. Só o que estiver sobrando. Em Saint Criodan, não iam sentir falta nunca. Todos aqueles monges só pensam em quando vão se levantar e aliviar as dores nas costas.

— Os monges não devem encarar o exercício da caligrafia como um ato de adoração? — perguntei, sem muita certeza do quanto havia de seriedade naquela conversa.

— Como não sou escriba, não sei lhe dizer — respondeu Eichri, com um sorrisinho enganador.

Eu me lembrei de uma coisa.

— Saint Criodan. Foi esse o lugar onde Nechtan encontrou uma biblioteca secreta. Uma coleção de...

Não, melhor não falar nada sobre isso, afinal de contas.

— Nada de falar de Nechtan — disse Olcan. — Magnus, isso aí está cheirando como primavera e verão juntos. Que tal uma ou duas canções, enquanto esperamos a infusão? Eu sempre gostei daquela da princesa e do sapo.

Acordei tarde no dia seguinte, um pouco pior pelo desgaste. Tínhamos passado o resto da noite juntos, nós quatro, dando os mais variados conselhos a Magnus acerca de como preparar uma boa cerveja quente, e depois cantando canções e contando histórias, até a bebida acabar.

Fui bocejando em direção à biblioteca, mas minha cabeça não estava boa para escrever. Depois das revelações da noite anterior, mergulhei nas anotações de Irial. Elas tinham um charme que acalentava o coração. Se não fosse pelo contraponto da melancolia, presente nas anotações em latim nas margens falando sobre sua perda, os livros seriam o caminho ideal para a paz de espírito.

Irial tinha etiquetado seus desenhos com vários nomes, inclusive aqueles usados pelos herboristas locais, como beijo-de-fada, orelha-de-rato e príncipe-da-montanha. Embaixo deles, havia suas observações sobre o formato, cor e textura das folhas, do caule, da flor, das sementes e raízes, e eram também descritos os usos, tanto medicinais quanto mágicos, da planta. Algumas podiam ser mergulhadas em água para fazer cataplasmas curativos ou chás revigorantes. Algumas deviam ser torradas num braseiro, para trazer calma e bons sonhos. Eu fiquei sentada na mesinha junto à janela, onde a luz era melhor; desta vez lendo as páginas com atenção. Aqui e ali havia nas margens anotações em irlandês, não em latim. Estas não eram uma litania de seu luto por Emer, mas tratavam de questões práticas. *Usei isto e o efeito foi benéfico.* E ao lado de outro desenho: *Olcan me diz que sua gente combina esta erva com louro para induzir um estado de transe.* Eu me perguntava se, ao virar uma página, não daria com uma fórmula de como fabricar tinta com a sangue-do-coração.

Depois de um tempo, minha cabeça começou a pender. Ar puro talvez ajudasse. Eu ia dar uma volta. Entrei na casa para ir buscar um xale em meu quarto, e depois saí para o jardim principal. Passei por Muirne, que estava voltando.

— Muirne, você sabe onde Anluan está hoje?

— Está descansando, Caitrin.

Nenhum sinal de quem quer que fosse nesta manhã. Até o espantalho estava sumido. Talvez meus companheiros da noite anterior tivessem tido a mesma dor de cabeça que interrompera meu trabalho.

O sol estava pleno, lançando manchas de luz por entre as árvores. Chovera de novo e o ar estava fresco. Segui por um dos caminhos cheios de folhagens, pensando em como havia paz ali. Na verdade, mais paz do que seria natural. Onde estavam todos? Com certeza Magnus jamais deixaria que uma dor de cabeça o tirasse do trabalho diário. De repente, senti-me inquieta, os cabelos arrepiados, as mãos úmidas.

Um único passo, furtivo. Meu coração se contraiu. E, antes que eu pudesse me virar, alguma coisa me agarrou por trás.

5

EU LUTEI. NÃO SABIA QUE PODIA LUTAR TANTO, ENFIANDO as unhas, mordendo, chutando como uma criatura selvagem numa armadilha. Cillian, era Cillian, eu conhecia sua voz, a voz do meu pior pesadelo.

— Ponham uma mordaça nela! — gritou ele para alguém.

Eu me torcia e retorcia, para um lado e para o outro, mas não tinha como escapar daqueles braços fortes que me agarravam, as mãos cruéis que me mordiam.

Consegui dar um grito antes que um pano tapasse minha boca e fosse amarrado com tanta força que me apertou a garganta. Cillian tinha quatro pessoas com ele, todas eu conhecia de Market Cross, homens enormes com facas, porretes e estacas de madeira. Ele me segurou enquanto um de seus comparsas amarrava minhas mãos nas costas e outro atava meus tornozelos. Continuei lutando até que Cillian me deu um tapa no ouvido, fazendo meus dentes rilharem. Meu corpo estava rígido de terror.

— Pare de lutar, sua besta estúpida — sussurrou Cillian. — Você já nos deu dor de cabeça demais.

Ele me jogou por cima do ombro, com a cabeça pendurada sobre suas costas, e saiu em direção ao buraco no muro. Meu coração martelando, a pele molhada de suor frio, eu torcia para que alguém chegasse, quem quer que fosse. *Socorro! Eu não posso voltar, não posso, não posso... Eu só via a dança das botas batendo nas pedras do caminho. Por favor, ah, por favor...*

— Como você ousa? Largue-a imediatamente ou enfrente as consequências!

Era um grito de comando: a voz de Anluan.

Cillian estacou. Em torno dele, seus homens fizeram o mesmo. Ele se virou. De cabeça para baixo, vi o chefe de Whistling Tor de pé sob a arcada do jardim de Irial. O rosto de Anluan estava pálido como as cinzas, os olhos incandescentes de ódio. Ninguém mais estava à vista, ele os enfrentava sozinho. Senti uma onda de calor me percorrer, e com ela um novo medo.

— O que foi que disse? Largar?

Cillian me pôs no chão, mas continuou segurando meu braço com força. Meus olhos encontraram os de Anluan enquanto ele vinha em nossa direção, mancando, a cabeça erguida, o olhar firme, a capa esvoaçando em torno de si.

Eles riram, Cillian primeiro, depois os outros.

— Você está pensando em lutar contra todos nós ao mesmo tempo, seu aleijado? — provocou meu captor, em tom de deboche. — Pelo que ouvi montanha abaixo, você tem tanta força quanto um pedaço de corda molhada. Disseram que é amaldiçoado. Só de olhar já dá para ver que maldição foi essa, seu monstrengo. Vamos, venha lutar comigo! Vamos ver que tipo de homem você é!

Houve um rugido de aprovação por parte dos comparsas.

Anluan tinha parado a dez passos de nós. Então deu um passo à frente. Quando falou, sua voz era firme:

— Esta é sua última chance. Desamarre Caitrin e liberte-a imediatamente, ou pague o preço pela invasão.

Mais risos de escárnio.

— Ele tem jeito para a coisa, sem dúvida — disse Cillian, imitando o sotaque. — Mas não é homem suficiente para a ação. Você está no caminho errado, *meu senhor*. Esta Caitrin aqui é minha parente próxima. Na certa ela lhe contou alguma história maluca, mas a verdade é que ela sofreu uma perda, e isso a deixou sem senso. A doidinha fugiu. Eu estou aqui para levá-la de volta para casa, onde vai ser possível cuidar dela.

Ele fez um gesto para me carregar de novo e, por um instante, seu olhar se desprendeu de Anluan. O meu, não. O chefe de Whistling Tor não deu nem um passo a mais. Num segundo, seus olhos azuis ficaram perdidos. Ele ergueu a mão esquerda e estalou os dedos.

— O que...! — gritou um dos homens, e outro xingou alto.

Olcan tinha aparecido do nada e estava na nossa frente, aquela figura massuda, de pernas curtas. O rosto nada tinha de amistoso agora, mas era uma máscara apavorante, e na mão fechada ele levava um machado enorme e brilhante. Na outra mão, uma tira de couro enrolada. A tira estava esticada — Fianchu avançava contra os invasores, os dentes à mostra, a língua espumando, os pequenos olhos refletindo suas intenções assassinas. Cillian se virou, agarrando-me, e houve um alvoroço de armas sendo sacadas, até que os homens viram o que estava atrás deles. Um enorme cavalo, um cavalo que era só osso, sob uma pele transparente de tão pálida. Seus olhos vermelhos cintilavam. O cavaleiro tinha o hábito e a capa de um monge. Sob a sombra do capuz, seu rosto era um esqueleto. Os olhos brilhavam com uma luz sobrenatural.

— Não tenha medo, Caitrin — disse Eichri, então mostrando os dentes num sorriso que era um ricto fantasmagórico.

O cavalo fez o mesmo, soltando um som que era mais um chocalhar que um relincho, e empinou, enquanto os homens de Cillian corriam e gritavam.

— Solte-a.

A MONTANHA DAS FERAS **149**

A voz de Anluan agora estava mais calma, mas se sobrepôs ao caos da debandada geral como uma faca cortando a manteiga, e dessa vez Cillian obedeceu, ordenando, com um gesto, a um dos homens que me desamarrasse as pernas. O cavalo espectral nos cercava, seu movimento soando como um chacoalhar de ossos, e eu vi que Eichri carregava uma longa espada.

— Ai, meu Deus. Ai, meu Deus!

Alguém exclamou isso no mesmo instante em que, por trás do cavaleiro, uma massa escoou por entre as árvores, não uma névoa nem uma fumaça, mas alguma coisa cheia de bocas que mordiam e mãos que agarravam, alguma coisa com centenas de vozes que gritavam e sussurravam, com o som de centenas de pés se esgueirando e batendo no chão. Os homens de Cillian saíram correndo feito loucos com suas armas, mas a cortina de seres amorfos continuou avançando, até estar perto o suficiente para engolir todos nós. O som assombrado reverberava em meu cérebro, bloqueando a razão. Com o coração aos pulos, parecendo a ponto de saltar do peito, mantive os olhos em Anluan. Se ele não tinha medo, disse a mim mesma, eu também não devia ter. Agora eu pertencia à casa dele, e ele me garantira que estaria segura aqui.

Senti um empurrão, e me vi estatelada no chão, enquanto Cillian e seus comparsas fugiam pela abertura no muro da fortaleza, montanha abaixo, perseguidos por Eichri a todo galope, com a horda de seres amorfos seguindo atrás. Agora solto, Fianchu disparou no encalço deles, latindo. E Olcan foi atrás. Enquanto Anluan corria para junto de mim, mancando mais do que nunca, Magnus apareceu, saindo dos lados da fazenda, e também veio em nossa direção.

Anluan se ajoelhara para me pôr sentada, com todo o cuidado.

— Você está em segurança, Caitrin — disse, baixinho. — A horda não vai lhe fazer mal. Eles me obedecem. Não há nada a temer.

Com a mão boa, ele conseguiu afrouxar a mordaça, enquanto Magnus desamarrava minhas mãos. Montanha abaixo, a cacofonia de gritos, latidos e ressoar de espadas já cessara. Os dois homens me ajudaram a levantar. Minha respiração vinha aos arrancos. As lágrimas que eu segurara, para que Cillian não me visse derrotada, agora fluíam livremente.

— Vamos entrar — disse Magnus. — Pode deixar que os outros vão cuidar de mandar embora os invasores. Aquele sujeito disse que é seu parente, foi isso, Caitrin?

— Agora, não — interveio Anluan.

Depois de me ajudar a levantar, ele se afastara, como se temesse me tocar.

— Vá devagar, Caitrin. Você sofreu um choque tremendo. Magnus, vá lá e faça uma poção restauradora para Caitrin, está bem? Nós vamos em seguida.

Eu chorava tanto que nem consegui murmurar um "obrigada". Tinha sido por um triz. E se Anluan não tivesse aparecido? Talvez agora eu estivesse a caminho de Market Cross. Como, em nome de Deus, Cillian tinha conseguido me encontrar? Teriam os aldeões me traído, quando apenas outro dia foram tão solidários? E como Cillian conseguira subir a montanha? Agora que tudo parecia terminado, comecei a tremer. Enquanto nos dirigíamos à entrada principal, Anluan se aproximou, erguendo o braço como se fosse pousá-lo sobre meus ombros. Mas eu me movi, na tentativa de me controlar, e ele não completou o gesto.

— Eu nem ao menos vi Cillian se aproximando — exclamei, aos soluços. — Fui idiota indo lá fora sozinha. Idiota!

— Não foi culpa sua — disse Anluan, com voz calma, enquanto entrávamos em casa. — Lamento ter demorado a ir até você. Ouvi seu grito e corri. Mas não consegui correr rápido o suficiente.

— Você conseguiu chegar a tempo, é o que importa — afirmei, parando para enxugar o rosto na manga. — Anluan, aqueles seres... e Eichri... eu não consigo entender nada.

Uma coisa estava mais do que clara: Eichri não era um simples monge, nem mesmo um homem comum.

— Como foi que você fez aquilo? Aquele... chamado? Eles foram tão rápidos. Olcan apareceu do nada.

— É algo que posso fazer.

Ele parecia relutante em revelar mais.

A MONTANHA DAS FERAS **151**

— Aquela era... a horda? A horda de Nechtan?

Eu nem tinha pensado em ter medo deles. Meu corpo e minha mente tinham sido tomados pelo velho pavor, o medo que me fizera fugir de Market Cross e buscar segurança aqui. Aquele terror ainda me fazia estremecer: a consciência de que, se fosse levada de volta, eu estaria perdida para sempre.

— É a mesma força que você viu ser mencionada nos documentos — contou Anluan. — O exército de Nechtan, ou o que se chamava de exército. Às vezes podendo ser comandado; em outros momentos, ingovernável. A pedra não é barreira para eles. Eu achava que era melhor você não saber...

Quando entrávamos na cozinha, ele cambaleou e, depois de me sentar no banco, sentou-se ao meu lado e pôs a cabeça entre as mãos.

— Anluan, o que há de errado?

Aquele repentino colapso dele me assustava.

— Ele logo estará bem — disse Magnus, despejando pós numa jarra. — É uma reação natural: exercer esse poder pode ser exaustivo.

— Eu mesmo posso explicar, Magnus — disse Anluan, numa voz que era pouco mais que um sussurro. — Está mais do que na hora de uma explicação, Caitrin, eu sei.

— Você não está bem — falei.

— Não é nada. Não posso lhe dar respostas para tudo, porque há coisas aqui que não têm explicação. Aquelas entidades que você viu agora há pouco... Nós não sabemos direito o que elas são, apenas que são rebeldes e difíceis de controlar. Há um trecho nas anotações de Conan, que você talvez tenha lido, em que meu avô tentou sair com elas para uma batalha.

— Ele perdeu o controle — murmurei. — E elas causaram um tumulto.

— Há muitas descrições como essa nos documentos. Essas criaturas têm estado na montanha desde o tempo de Nechtan. A crença geral é a de que ele as chamou através de um ato de magia obscura. Elas não são monstros, apesar da impressão que nos passaram há pouco.

152 JULIET MARILLIER

Aquilo era simplesmente um truque, uma ilusão que pode ser usada para infundir medo no adversário.

Ele não esclareceu quem criou tal ilusão, se ele próprio ou a horda, e eu não perguntei. Se eu mexesse muito fundo no próprio espanto dele com a questão, a fonte de palavras certamente secaria.

— A horda deve obediência ao chefe de Whistling Tor, seja ele quem for — disse Anluan. — Eu posso exercer algum controle sobre suas ações. Isso é feito através do... pensamento, da concentração... Não é feitiçaria, é um jeito. Quando faço isso, fico enfraquecido. Como você pode ver.

— Não tente falar mais — sussurrei. — Não há necessidade de me contar nada disso agora.

— Vou contar, sim.

O tom dele endurecera. Percebi o grande esforço que fazia para se manter sentado no banco ereto, com as costas retas.

— Caitrin, você viu que eu posso comandar essas forças. Posso ordenar que me ajudem. Mas isso... essa relação... não acaba com o deslocamento da horda de Nechtan para salvar um amigo em apuros ou para afastar invasores. Você sabe que, no passado, a horda saiu do controle e causou danos terríveis. Nunca soubemos qual exatamente é a natureza dela... Minha teoria é que o experimento de Nechtan deu errado de alguma forma e, em vez do exército poderoso e obediente que ele esperava, o que conseguiu foi uma força que se tornou um fardo, não um ganho. Há uma necessidade permanente de que eu mantenha a ordem na montanha. Não posso nunca relaxar completamente meu controle sobre ela. Você já observou, sem dúvida, que estou quase sempre cansado. Já me envergonhei disso. Quando me olho através dos seus olhos, o que vejo é um homem frágil, preguiçoso, que passa a maior parte dos dias inativo. Há uma razão para isso, que vai além dos meus problemas físicos. Todos os momentos, de todos os dias, uma parte de minha mente deve estar concentrada na horda de Nechtan. Se eu perco o controle das criaturas, suas mentes são influenciadas pelo mal que de alguma forma existe dentro delas. Elas podem sair de

Whistling Tor e se espalhar por campos e aldeias por aí. Se eu deixar isso acontecer, toda a região será amaldiçoada.

Enquanto Anluan fazia seu relato extraordinário, Magnus calmamente misturou os pós, acrescentou água quente da chaleira, despejou a mistura em duas canecas e as colocou sobre a mesa. Agora, estava pegando uma jarra de cerveja.

Eu tentava não mostrar o quanto estava aterrorizada.

— Por que você não me contou isso antes? E Eichri? Ele era... ele é...

— Ele é um deles — confirmou Magnus. — Rioghan também. Mas os que vivem na casa, o círculo próximo, são diferentes dos outros. São amigos e aliados. No início, eles estavam na floresta com as outras criaturas, mas com o passar do tempo se apegaram à casa do chefe. A resistência deles ao mal de que falei é grande. Em vontade e intenção, em lealdade, eles não são tão diferentes dos habitantes humanos. Você não precisa ter medo deles.

— Olcan também? Muirne?

Eu tinha vivido entre eles sem me dar conta de que eram... o quê, exatamente? Fantasmas? Demônios? Lembrei-me da estranha palidez de Rioghan, da aparência fantasmagórica de Eichri e da capacidade de Muirne de se movimentar pela casa sem emitir som algum, e percebi minha cegueira. Não me admira que os aldeões tivessem me atirado pedras — não era a jovem andarilha que os tinha assustado, mas meus companheiros.

— Olcan, não — disse Magnus. — Ele é diferente. Velho como a própria montanha. E este já era um lugar estranho muito antes de Nechtan fazer o que fez.

— É... é difícil de acreditar — falei, estremecendo.

Pensei nas refeições que Magnus servia, pouco mais de uma colherada para Rioghan, Eichri ou Muirne, e que no fim eles nem comiam. Será que aquela simulação era apenas para que eu não soubesse a verdade sobre a estranha fortaleza de Anluan? Ou vinha sendo encenada todas as noites, por anos e anos?

— É difícil aceitar — declarei, encarando Anluan. — Não sei o que dizer.

Houve um silêncio enquanto Magnus empurrava as canecas em nossa direção, lançando um olhar significativo para Anluan.

— Beba — disse ele. — Você também, Caitrin. Primeiro a poção, depois a cerveja. E também precisa se alimentar.

— Por que você não me contou antes?

Anluan pegou sua caneca e a esvaziou, depois fez um gesto com a cabeça em direção à porta. Para minha surpresa, Magnus saiu e fechou a porta atrás de si. Ficamos só os dois à mesa.

— Se eu tivesse lhe contado, você teria ido embora — falou Anluan, com simplicidade. — Eu proibi os outros de lhe contarem por essa mesma razão.

Fiquei ali sentada por um tempo, sem nada dizer.

— Termine de tomar sua bebida, Caitrin — disse ele. — E me responda a uma pergunta. Foi aquele homem que fez os machucados em você, antes de você vir para cá?

— Foi. Ele é meu parente, e parte do que disse é verdade. Mas a história de que iria cuidar de mim é mentira. Eles nunca fizeram isso, ele e a mãe dele, eles só...

Minhas lágrimas afloravam sem eu perceber. E me calei, sem conseguir ver.

Ficamos sentados em silêncio por um tempo, enquanto eu me esforçava para beber a poção de ervas. Era forte e tinha gosto de hortelã.

— Você me surpreendeu — disse Anluan, baixinho. — Achei que teria medo e fugiria no momento em que a deixássemos livre. Claro que, com seu parente violento descendo a montanha, você não ia querer ir atrás. O simples pensamento nesse tal de Cillian faz você empalidecer, as lágrimas saltam dos olhos, suas mãos tremem.

Depus a caneca e juntei as mãos.

— E, no entanto, quando você me pergunta sobre a horda — continuou ele, pensativo —, parece uma pessoa controlada. Como pode esse sujeito e seus comparsas serem mais assustadores do que as forças que você viu se manifestarem depois de surgir do nada?

— Eu sabia que com você estaria segura — falei, simplesmente.

A MONTANHA DAS FERAS **155**

Uma onda de calor avermelhou as faces pálidas dele. Ele fixou o olhar na toalha de mesa.

— Eu sei que parece estranho eu ter tanto medo dele, de Cillian, quero dizer.

Minhas mãos retorciam o tecido da minha saia. Obriguei-me a cruzá-las no colo e inspirei longa e tremulamente. Eu nunca revelara aquilo para ninguém. E achei que jamais o faria.

— Não é só ele; é tudo. Só de pensar naquele tempo, antes de vir para cá, eu me torno... outra pessoa. Alguém que detesto ser, uma pessoa da qual me envergonho. Aquela outra Caitrin é indefesa. Está sempre com medo. Não fala nada.

No momento em que ouvi a voz de Cillian, eu me vi de volta, agachada num canto, toda encolhida, os olhos fechados com força, apertando Róise contra o peito, desejando que o mundo desaparecesse. Rezando com todas as forças para ser transportada ao passado, antes da morte do meu pai, antes da chegada *deles*.

— Quando nos encontramos pela primeira vez no jardim, e você ficou tão zangado, por um instante me senti assim outra vez. E então, hoje, assim que ouvi Cillian falar, eu...

— Nem sei o que dizer — falou Anluan, um tanto constrangido, como se temesse que suas palavras pudessem me ofender. — Seu parente estava certo quando me chamou de aleijado. Eu não posso cavalgar, nem correr, não posso comandar um exército numa batalha. Pelo menos não um exército feito de guerreiros humanos, como Magnus. Mas essa força, sim, eu a comando. Em Whistling Tor, a horda obedece às minhas ordens. Enquanto você estiver aqui, eu cuido de sua segurança. Espero que agora que conhece a verdade você fique, Caitrin. Nós queremos que você fique. Precisamos de você.

Senti um nó na garganta.

— Eu falei que ficaria até o verão. Nada do que aconteceu me fez mudar de ideia. Eu quero ganhar a aposta.

— Aposta? Ah, sim, sobre a tinta de sangue-do-coração. Então devo permitir que você entre no jardim de Irial, para poder observar o crescimento da planta. Você falou em confiança. Esta é minha prova de confiança. Você pode andar por lá livremente. Não acho que vamos incomodar um ao outro.

Nesse momento, a porta foi aberta e lá estava Muirne. Ela estacou ao nos ver, os dois, sentados lado a lado à mesa. Então deu um passo à frente, os olhos presos em Anluan, o cenho franzido em preocupação.

— Você não está bem — disse ela, ao lado dele, inclinada, examinando-o sem o tocar. — Precisa descansar.

Os olhos claros se voltaram para mim.

— Talvez seja melhor você sair, Caitrin.

Eu me levantei, a contragosto. De fato, ele parecia exausto, a pele branca como cera, os olhos sombreados.

— Não — disse Anluan. — Fique, Caitrin.

E ele estendeu a mão para tocar meu braço, me retendo. No segundo antes que ele retirasse a mão, foi como se tivesse tocado meu coração.

— No momento, não preciso de você, Muirne.

Ela abriu a boca como se fosse argumentar, mas em seguida a fechou.

— Está bem — disse, e se dirigiu à porta interna.

— Feche a porta quando sair — ordenou Anluan, sem olhar para ela.

Da arcada, ela olhou para ele com uma expressão de reprovação e tristeza. Parecia muito cansada. Anluan olhava para mim, e vi em seu olhar que, fosse o que fosse que acabara de acontecer, transformara tudo entre nós de forma definitiva. Muirne ergueu a barra da saia e deixou o aposento sem dizer nem mais uma palavra.

— Talvez ela tenha razão — falei, com a voz trêmula. — Você parece mesmo muito cansado.

— Estou bem — disse Anluan, com a voz tão pouco firme quanto a minha. — É melhor você terminar de beber essa poção. Magnus não vai gostar de ver que você não tomou tudo.

Obedeci, enquanto ele dizia:

— Você podia tentar ser um pouco corajosa de cada vez.

— Como assim?

— Escolha um medo menor, e mostre a si mesma que é capaz de enfrentá-lo. Depois, encare um maior.

— Não é tão fácil assim.

Eu não era capaz de enfrentar Cillian. Ele era o dobro do meu tamanho. Eu não podia lutar com Ita. Eu não podia encarar a morte.

— Não, eu sei que não é fácil. Não é fácil para ninguém.

— Você faria isso também?

Era esquisito estar conversando assim com ele, como se fôssemos amigos. Esquisito, mas, de alguma maneira, certo.

Ele hesitou.

— Não sei.

Uma mecha rebelde de cabelo lhe caíra na testa. Ele usou a mão boa para afastá-la, num gesto impaciente. Os olhos azuis pareciam voltados para dentro, como se ele mirasse uma longa lista de desafios impossíveis. *Pare de encobrir sua mão direita. Aprenda a controlar seu temperamento. Desça até a aldeia e vá se encontrar com seu povo. Seja um líder.*

— Precisamos comer alguma coisa — falei, tentando usar um tom mais leve. — Não sei quanto a você, mas eu não tomei café.

Magnus tinha deixado pão recém-feito esfriando. Peguei um prato, uma jarra de mel e uma faca afiada. Anluan serviu a cerveja, sentou-se e olhou para mim.

— O pão está com um cheiro bom — comentei.

Vi no rosto de Anluan que ele reconhecia um desafio quando lhe era apresentado. Estreitando os olhos, ele pegou a faca com a mão esquerda.

Eu não tinha pensado no quão irritante, e humilhante, pode ser a tentativa de efetuar uma tarefa dessas quando a pessoa tem tão pouca força nos dedos de uma das mãos. Enquanto cortava, ele lutou para manter o pedaço de pão parado. Suas faces coraram de mortificação. Tive de cruzar as mãos sobre o colo, de tanta vontade que tinha de ir lá ajudá-lo. Quando terminou, ele botou o meu pedaço sobre a lâmina da faca e o estendeu para mim, como se fosse um troféu de batalha. Aceitei como se não fosse nada de mais, e me ocupei em pegar o mel com a colher. A cozinha estava na maior quietude.

Empurrei o pote de mel através da mesa, na direção do meu companheiro, e dei uma mordida no pão.

— Obrigada — falei, e sorri.

Anluan baixou os olhos.

— No primeiro desafio verdadeiro, eu fracassaria, Caitrin. Você viu como eles me ridicularizaram lá fora. Sem ajuda, eu não teria conseguido resgatar você. O que os aldeões falaram sobre mim é verdade. Como homem, sou inútil.

— Você foi lá fora enfrentar aqueles homens sozinho, desarmado. Eu não vi o menor sinal de medo em seus olhos.

— Eu não tinha medo por mim. Tinha por você. Caitrin, o que o povo lá fora fala de mim é verdade. Sem a horda, eu não tenho poder algum. Sou um aleijado, um fracote, um monstrengo.

Ele não falava com autocomiseração, mas como se constatasse um fato.

— Você devia seguir seu próprio conselho — falei, procurando me manter calma e prática. — Exerça a coragem em pequenos gestos. Você acabou de fazer um. O próximo poderá ser fazer algo a respeito da sua escrita.

— Ah, não — disse Anluan. — Agora é sua vez. Mas não imediatamente. Vamos usufruir de nossa refeição em paz.

De repente, eu já não estava com tanta fome assim. Se podia pensar em uma série de desafios para Anluan, com certeza poderia imaginar uma lista para mim: *Faça amizade com Muirne. Fale sobre seu pai. Use o espelho de obsidiana outra vez.* Através da mesa, olhei nos olhos de Anluan, e ele me encarou de volta. O sorrisinho estranho brotou em seus lábios, e o azul dos olhos foi como o céu num dia quente de verão.

— Está certo — falei. — Se você consegue, eu também consigo.

Quando estávamos terminando de tomar café, ouvimos algo arranhando a porta que dava para o pátio. Quando Anluan foi abrir, Fianchu entrou na cozinha, com ar muito satisfeito. Veio direto até mim, de língua para fora, e eu lhe fiz um carinho no queixo. No degrau, de pé, estava Olcan, com seu machado no ombro.

— Pronto — disse ele. — Eles não vão mais perturbá-la, Caitrin.

Então, vendo minha expressão, acrescentou:

— Não, não, nós não matamos ninguém. Um arranhão aqui, um hematoma ali, foi só isso. Desculpe se você se assustou.

— Obrigado, Olcan — disse Anluan. — Devo confessar que tive muita vontade de matar, e não faz muito tempo. Se aquele sujeito algum dia cruzar outra vez meu caminho, talvez eu dê ordens diferentes. Onde está Eichri?

— Controlando aquele corcel assombrado dele, espero. Caitrin, você ainda está um pouco pálida. Devia subir para o seu quarto e dar uma boa descansada.

— Acho que não conseguiria descansar.

A ideia de ficar sozinha com meus pensamentos não me parecia atraente, mas tampouco estava em condições de trabalhar.

— Há uma coisa que eu gostaria de lhe mostrar, Caitrin — disse Anluan, levantando-se. — Você está em condições de caminhar?

Eu não esperava me ver caminhando floresta abaixo de novo. A sensação de estar seguindo os passos de Cillian me dava um frio na espinha. Ele e seus amigos não podiam estar longe. Se me vissem lá fora, será que não fariam uma nova tentativa de me agarrar, apesar de tudo o que tinha acontecido mais cedo? Falar isso seria admitir quão pouca coragem eu tinha. Ia parecer que eu duvidava da capacidade de Anluan em me proteger.

Enrolando o xale em volta de mim, fui atrás de meu companheiro mais alto. Anluan tentava disfarçar que mancava. Eu percebia seu esforço a cada passo que dava. Tentei me concentrar no calor do sol e na beleza das árvores, na miríade de verdes nas tonalidades que as vestiam. Consegui controlar meus pensamentos rebeldes, concentrando-me em como fazer uma tinta na exata cor das folhas de faia assim que acabavam de brotar.

— Aquele caminho leva a algumas cavernas — contou Anluan, apontando para uma picada que mal dava para se ver, em meio aos espinheiros crescidos. — Algumas são muito profundas. Diz a lenda que o povo de Olcan antigamente vivia lá. Se você perguntar para ele, Olcan vai lhe dar uma resposta que não quer dizer nem sim, nem não. Agora não há mais ninguém como ele por aqui, só aqueles que você viu antes. Esses, não vão aparecer para você a não ser que assim o decidam.

— Ou se você os chamar.

— O que aconteceu hoje de manhã foi fora do comum. Quando vi que você tinha sido capturada, tornou-se imperioso chamá-los. — Ele hesitou. — Não pense que eu me comprazo em exercer esse poder. Como não entendo completamente a natureza dessa força, meu controle sobre ela se torna um perigo em si. Mas preciso fazer isso, Caitrin. Todos os dias imponho meu controle sobre eles, como lhe falei, para que não caiam sob a influência do mal. Como chefe de Whistling Tor, não tenho escolha.

Continuamos caminhando. Acima de nós, a luz do sol se filtrava por entre os galhos dos salgueiros e sabugueiros. Um riacho gorgolejava ali perto. O som do gorjeio de um tordo cortou o ar.

— Não quero importuná-lo com muitas perguntas. Mas há uma que parece importante. Quando falou disso antes, você deu a impressão de que não pode sair da fortaleza e de suas terras, caso contrário, a horda sairia do controle. Quando seu avô tentou arrastá-los para uma batalha, o resultado foi catastrófico. Certa vez, você falou em viver numa prisão. Isso é verdade? É por essa razão que você não...

E eu me calei.

Anluan continuou andando.

— A razão pela qual não posso ser um líder? A razão que me leva a deixar que meu povo enfrente sozinho enchentes, incêndios e invasores? Venha, estamos quase no pé da montanha: a linha que divide o lugar seguro do lugar de perigo. Vou lhe mostrar.

— Mas...

Eu podia enxergar a aldeia no campo aberto à frente, a vista ladeada por um par de carvalhos, como sentinelas. Havia fumaça subindo das chaminés. E homens em guarda atrás das fortificações.

— Você acredita que o tal de Cillian ainda possa estar lá? — perguntou Anluan, calmamente.

— É o lugar óbvio para onde correr. Ele devia estar aí de manhã. Devem tê-lo deixado entrar e falado que eu estava lá em cima. Caso contrário, como ele iria saber onde me encontrar?

Eu tinha parado de andar. Meus pés se recusavam a dar mais um passo.

— Lamento — falei, sentindo o pânico me subir à garganta. — Acho que não consigo continuar. Eu... isso é... Anluan, eu não posso.

— Vamos, Caitrin. Um passo de cada vez, como combinamos.

Ele estendeu a mão. Eu dei a minha, e fui levada caminho abaixo em direção ao limiar da floresta. Se ficássemos ali naquela clareira, estaríamos perfeitamente à vista de qualquer um que passasse entre a floresta e o vilarejo. Agarrei a mão dele, com uma agitação no estômago.

— Você talvez tenha razão a respeito dos que a atacaram — continuou Anluan. — Talvez eles tenham ido falar com o estalajadeiro. Ele pode ter dito que você esteve lá e que depois subiu a montanha. Mas está claro que Tomas não fez a eles a advertência que costuma fazer a todos os viajantes. De que a floresta é perigosa. E de que poucos que se aventuram a ir até minha casa sozinhos conseguem chegar ilesos. Parece-me que os aldeões não querem que lhe aconteça nada de mal, assim como eu também não. Na visão dos aldeões, eles estavam mandando Cillian e seus comparsas direto para junto da horda. — Anluan parou de repente, perto dos carvalhos que marcavam o território. — Não posso ir além deste ponto onde estamos. Imagine uma linha circundando a montanha nesta altura. O chefe de Whistling Tor não deve cruzar tal linha. Cada um dos meus antepassados, de Nechtan em diante, tentou fazer isso, e todas as vezes o resultado foi desastroso. Não me admira que nosso próprio povo nos veja como adversários. Quando meu pai... quando ele...

Havia um tom em sua voz que deixou meu coração gelado. A mão dele apertava a minha. Estava me machucando.

— É impossível — disse ele, simplesmente.

— É esta a maldição — sussurrei. — Não poder sair, estar para sempre atado àquelas criaturas. Abdicar da própria vida em função delas. Isso é...

Eu não conseguia encontrar uma palavra. Terrível, cruel, trágico: nenhuma parecia suficiente.

— Triste?

— Triste, sem dúvida. Se não houve mesmo remédio para isso.

— Remédio?

A palavra saiu dele com fúria e desdém. Ele largou minha mão, como se o estivesse queimando.

— Que remédio poderia haver para isso?

Eu não disse nada. Esperava que, depois de tudo o que acontecera, ele me pouparia de seus acessos de fúria. Era esperar muito.

— A esperança é perigosa, Caitrin — disse ele após algum tempo, a voz agora mais calma. — Deixar que a esperança penetre no coração é ficar vulnerável a decepções amargas.

Aquilo me chocou e me fez responder.

— Você não acredita nisso. Não pode acreditar nisso.

— A maldição condena os chefes de Whistling Tor a vidas de sofrimento. Se houvesse uma maneira de acabar com isso, você não acha que meu pai, ou o pai dele, ou o próprio Nechtan a teriam encontrado? Se pudéssemos comandar esta casa como fazem outros chefes com a deles, enviando emissários, recebendo visitantes, empregando pajens e elementos capazes de nos ajudar a cumprir nossas responsabilidades, tudo talvez fosse diferente. Mas você viu como é. Ninguém fica. Desde os tempos de Nechtan, o medo e o horror os mantêm distantes. Não preciso receber de você falsas esperanças, Caitrin, apenas uma escrita e uma tradução bem-feitas. Você não consegue entender. Ninguém de fora consegue.

Ele estava errado, claro. Eu sabia muito bem como era se sentir sozinho e sem esperança. Conhecia a dor e a perda. Mas Anluan não estava em condições de ouvir isso, nem eu estava preparada para desnudar meu coração para um homem que podia mudar de humor de forma tão abrupta quanto o sol dá lugar à tempestade.

— Se você acha que sua situação não tem remédio — falei, baixinho —, por que o trabalho de traduzir os textos em latim? Qual o motivo de você e eu nos preocuparmos em ler os documentos?

Ele não respondeu, apenas continuou ali observando a aldeia, como se ela fosse uma lenda distante, inalcançável.

— Pode haver uma descrição do que Nechtan fez — continuei. — Pode existir uma fórmula para desfazer o que foi feito. Você tem sua vida pela frente, Anluan. Não pode passá-la como um escravo por causa do malfeito de seu ancestral.

— Vamos — disse ele, como se eu não tivesse dito nada. — Você deve estar cansada. Precisamos voltar para casa.

Caminhamos por um tempo em silêncio, salvo pelo canto dos pássaros nas árvores à nossa volta e o ruído surdo de nossos passos no solo da floresta. Quando estávamos a meio caminho até o alto da montanha, eu parei para tomar fôlego.

— Está tudo tão quieto — disse eu. — Tão pacífico. Se eu não tivesse visto a horda com meus próprios olhos, acharia difícil acreditar que há alguma coisa viva nesta floresta além de pássaros e um ou outro esquilo.

— Eles estão aqui.

Uma ideia me ocorreu, talvez uma ideia boba.

— Você consegue... fazê-los aparecer e conversar com eles? Eles me salvaram. Eu gostaria de agradecer-lhes.

Anluan apertou os olhos.

— Agradecer-lhes? — repetiu. — Acredito que será a primeira vez que recebem um agradecimento. Xingamentos e imprecações têm sido mais comuns ao longo dos anos. Além disso, eles agem segundo meu comando. Sem meu controle, a horda poderia muito bem ter atacado você!

Poderia mesmo, mas uma parte de mim, por teimosia, se recusava a aceitar. Se todos em Whistling Tor, do chefe para baixo, continuassem agindo com os medos e restrições surgidos cem anos antes, então as previsões de Anluan estavam certas, e ele seria o último de sua estirpe. Estaria mesmo preso, e todos em sua casa junto com ele. Se houvesse alguma maneira de evitar isso, nós sem dúvida devíamos fazer o possível para descobrir qual era.

— Eu gostaria de tentar, se me permitir. Você poderia fazê-los aparecer de novo?

Anluan me olhou de um jeito estranho, uma mistura de descrença e admiração. Ergueu a mão esquerda e estalou os dedos.

Desta vez, eles não se esgueiraram como uma massa semelhante à névoa, mas apareceram um por um, de pé sob as árvores, como se houvessem estado ali o tempo todo, se eu tivesse olhos para vê-los. Quando Anluan os requisitou para me salvar, eles surgiram gritando, urrando, ferindo os ouvidos. Agora, estavam no mais completo silêncio. Não criaturas de uma lenda antiga. Não diabos ou demônios. Mesmo assim, senti minha pele se arrepiar quando olhei para eles: aqui, uma mulher carregando uma criança ferida; ali, um homem velho com um saco pesado sobre os ombros, as costas encurvadas, as pernas trêmulas; sob um carvalho, um homem mais jovem cujos dedos se agarravam com força a um amuleto pendurado em seu pescoço. Havia guerreiros e padres, garotinhas e mulheres velhas. Quanto mais eu olhava para eles, virando-me em todas as direções, mais criaturas iam surgindo, até que a floresta estava cheia delas. Fantasmas? Espíritos? Eichri e Rioghan seguravam canecas e pratos, abriam portas, ajudavam na casa e na fazenda. Eu tocara em ambos, e em Muirne, e encontrara suas formas sólidas, ainda que excepcionalmente frias. Essa horda, pensei, era alguma coisa entre a carne e o espírito. Não eram espectros, nem seres humanos, mas... alguma coisa entre os dois. O que quer que tenha saído errado quando Nechtan fez seu ritual de chamado, o resultado era aquele povo triste.

Em minha mente surgiu a imagem de Rioghan, andando de um lado para o outro enquanto buscava um meio de se retratar por seu erro terrível. Olhei para os rostos abandonados, olhos feridos, corpos desfeitos, e fui tomada de enorme inquietação. Pude sentir seu sofrimento, seus fardos, os anos à espera de um fim que nunca chegou. Se eram fantasmas, ou algo parecido, eram almas penadas, em meio à jornada para um lugar de paz.

O silêncio foi quebrado por um rumor, um leve movimento. A horda esperava. Pigarreei, sem saber ao certo se estava ou não com medo, apenas consciente da enorme estranheza de tudo aquilo. Olhei para Anluan. Ele me olhava com toda a atenção, e os outros faziam o mesmo.

— Você está segura ao meu lado — disse ele, e em seguida ergueu a voz para se dirigir às criaturas. — Esta é Caitrin, filha de Berach. Ela veio a Whistling Tor como minha escriba. E tem algo a dizer a vocês.

Um velho soldado depôs seu porrete e se apoiou nele. A mulher com a criança ferida se sentou no chão e ali ficou, aninhando-a nos braços. Um jovem guerreiro com a camisa toda manchada de vermelho recostou-se em um salgueiro, observando-me com seus olhos inquietos.

Confiei no instinto e deixei que as palavras falassem por si mesmas.

— Vocês me ajudaram há pouco, quando eu estava em apuros — falei para a multidão reunida. — Fizeram uma boa ação. Imagino que cada um tenha uma história, e acho que algumas devem ser tristes e terríveis. Estou aqui em Whistling Tor para ajudar Lorde Anluan a descobrir sobre o passado da família dele, e sobre o que aconteceu aqui na montanha desde que... — Algo me fez parar antes que pronunciasse o nome de Nechtan. — ... Desde que vocês chegaram aqui. Espero encontrar uma forma de ajudá-los. Acredito que até o fim do verão me seja possível recompensá-los pela boa ação que me fizeram hoje.

Nenhum deles falou, mas houve um suspiro geral, leve e triste, e então eles se dispersaram. Não caminharam nem desapareceram por encanto, mas foram sumindo gradualmente, até que suas formas já não eram discerníveis contra os troncos escuros das árvores ou o verde das folhagens.

— Você falou de esperança para eles?

Anluan parecia ao mesmo tempo surpreso e contrariado, e meu coração se confrangeu.

— Sempre há esperança. Há sempre uma razão para ir em frente.

Certa vez, ao ser chamada até a porta, Ita deixou sobre a mesa uma faca de trinchar. Eu poderia tê-lo feito. Poderia ter cravado a lâmina em meu próprio peito. Sentira na mão uma comichão para agarrar a arma. Para acabar com a dor... para me libertar... Mas não o fizera. Mesmo naquele momento do mais absoluto breu, em algum ponto dentro de mim a memória do amor e da bondade estava viva.

— Há esperança para todo mundo — insisti.

— A presença dessas criaturas na montanha não a convenceu de que, para alguns, a vida carece de esperança, que o lugar além da morte é ainda mais terrível?

— Você acredita que são espíritos de mortos sem descanso?

— Fale com Eichri e Rioghan. Eles são alguma coisa assim, mas a forma deles tem mais substância do que imaginamos para fantasmas e espíritos. Eles não comem. Eles não dormem. Podem tocar. Podem rir. Podem fazer planos e discutir e trocar insultos... Pelo menos aqueles que vivem na casa o podem, e imagino que se aplique aos demais também. Sentem dor, culpa, arrependimento. Parece que todos um dia foram homens e mulheres comuns, que viveram por aqui.

— Isso é... assombroso. E triste. Cem anos na floresta à espera de... de quê? Não há uma maneira de libertá-los?

— Venha, vamos voltar. Não se deixe levar pela simpatia, ou vai achar que essas criaturas são inofensivas. Elas são capazes de atacar, como você já viu. Podem matar, mutilar, destruir. Alguns deles foram pessoas boas, talvez, quando viviam neste mundo. Mas estão sujeitos a influências mais maléficas do que você pode imaginar. É preciso toda minha força, toda minha vontade, para combater isso. A situação é irremediável, Caitrin. Nem sua esperança persistente é capaz de ir tão longe.

Depois que subimos o caminho em silêncio por um tempo, eu disse:

— Rioghan e Eichri são pessoas boas. Engraçados, gentis, inteligentes. Não posso imaginar nenhum dos dois cometendo ações maléficas. E Muirne... embora nós duas não sejamos exatamente amigas, já percebi como ela cuida de você, e se preocupa com você.

— Eles escolheram fazer parte da casa, talvez por causa de algum tipo de força de vontade. Rioghan e Eichri se agarram à vida com toda força. Muirne tem uma longa história servindo aos chefes de Whistling Tor. É uma boa alma, embora não goste de estranhos. Você não deve cometer o erro de achar que os outros são iguais a eles.

Saímos da floresta junto ao muro da fortaleza. Anluan sentou-se numa pedra, de repente com a respiração ofegante.

— Eu não deveria tê-lo obrigado a fazer outra vez, em tão pouco tempo — falei, abaixando-me junto a ele. — Chamá-los, quero dizer. É demais para você.

— Detesto isto — Anluan sussurrou. — Esta fraqueza, este... Por que eu não posso...

Vi-me a ponto de agir como vira tantas vezes Muirne fazer, em circunstâncias parecidas, debruçando-se sobre ele, oferecendo apoio e simpatia. Mas, em vez disso, obriguei-me a dar um passo atrás, e me sentei com as pernas cruzadas no chão, ali perto. Esperaria com calma até que ele estivesse apto a prosseguir. E, enquanto esperava, refletiria sobre as palavras que acabara de proferir para a horda, e me perguntaria se eles tinham captado uma promessa que eu não tinha condições de cumprir.

6

FOI MUITO ESTRANHO ENCARAR AS PESSOAS REUNIDAS NA mesa de jantar sabendo que três delas eram, se não exatamente mortas, pelo menos não tão vivas quanto Anluan, Olcan e eu. Todos os olhos se voltaram para mim quando entrei, tendo sido a última a chegar, depois de pegar no sono em meu quarto, e mal tendo tempo de acordar a tempo, escovar o cabelo e descer. A aparência alinhada de Muirne nada revelava. Anluan parecia exausto, mas conseguiu fazer um gesto de cumprimento. Olcan sorriu, simpático como sempre, e Fianchu se levantou para me dar sua habitual forma babada de boas-vindas. Os rostos pálidos de Eichri e Rioghan tinham expressões contidas: estava claro que eles não sabiam como eu iria reagir diante das assustadoras revelações do dia.

— Recuperada, Caitrin? — perguntou Magnus, enquanto trinchava um pernil de carneiro. — Foi uma experiência e tanto. Espero que tenha conseguido descansar.

— Eu caí no sono. Desculpe se me atrasei.

Tomei meu lugar ao lado de Eichri, sem ficar nervosa.

— Anluan nos contou que você fez uma espécie de declaração à horda hoje — disse Rioghan. — Eu gostaria de ter estado lá para ouvir.

— Eu não prometi nada. Não estou em condições de fazer isso. Mas Whistling Tor é um lugar tão triste. Eu sei o que é ser triste. Se puder ajudar alguém aqui, acho que deveria dar o meu máximo para conseguir. Se pudéssemos descobrir toda a história que aconteceu com Nechtan, talvez pudéssemos concluir que a situação não é tão desesperada quanto parece.

Olhei para Anluan.

— É possível que os documentos em latim contenham... uma solução. Algo que pusesse fim ao sofrimento daquela gente lá da floresta.

Olhei para minhas próprias mãos, subitamente constrangida.

— E a de vocês, quem sabe. Dito assim, pode parecer arrogante.

— Você não pode pensar que vai achar um contrafeitiço — disse Muirne e, pelo tom, percebi o quanto aquilo seria improvável. — Um feitiço assim não existe, Caitrin, ou já teria sido usado há muito tempo.

Senti o rosto arder de mortificação. Era precisamente com essa intenção que eu fizera à horda o meu tolo oferecimento de ajuda.

— Arrogante, não — disse Magnus. — Ambiciosa, sim. Se vocês outros querem minha opinião, a chegada de Caitrin entre nós significou uma grande transformação, e talvez seja a mudança de que todos precisamos. Falando nisso, Caitrin, Anluan perguntou se eu posso ir à aldeia de novo amanhã de manhã. Vou me certificar de que seus amigos desagradáveis já se foram, e também indagar sobre como eles descobriram que você estava aqui. Não temos muita simpatia por gente que trai os amigos. Mas tampouco fazemos julgamentos apressados. Vou conversar com Tomas e Orna e saber o que aconteceu.

— Obrigada, Magnus. Vou ficar mais tranquila se souber que Cillian foi embora. Quanto à horda e ao antídoto à magia, sei que a chance é pequena. Mas aquilo de que precisamos pode estar nos documentos. Talvez esteja escondido de alguma forma. Em código.

Eu estava louca para perguntar o que eles eram, como se sentiam, de onde tinham vindo. Sentada à mesa sob a luz da lamparina, com Magnus calmamente servindo o jantar como se tudo fosse como antes, eu simplesmente não conseguia proferir as palavras. Em vez disso, perguntei:

— Vocês acreditam que, ao trazer a horda, Nechtan se valeu de algum tipo de magia obscura?

— É o que o povo diz — disse Eichri, movendo-se no banco e fazendo um barulho arranhado, de osso contra osso. — Mas enquanto você não encontrar um registro dizendo exatamente o que ele fez, não se pode ter certeza. Em Saint Criodan existem muitas histórias sobre ele, embora muitos monges que o conheceram pessoalmente já tenham morrido faz tempo, claro. Ele era generoso para com a fundação. Pagou pela construção de um novo prédio para abrigar a biblioteca e a sala das escrituras. Ele era mesmo um estudioso.

A visão do espelho de obsidiana me voltou à mente, completa em seus detalhes, e eu baixei a faca, sentindo que não estava com fome.

— Ele pagou por conhecimento — falei. — Um livro secreto, guardado a sete chaves. Tinha algo de que precisava, talvez um feitiço, embora pareça improvável que um monastério guardasse livros de feitiçaria. Ele não trouxe o livro para cá, mas pegou a informação que queria... Talvez tenha feito uma cópia rápida, ou então a memorizou. Muito provavelmente era em latim. Mesmo que não esteja entre os documentos, é possível que haja pelo menos uma descrição do... procedimento. Não sei muito bem como dizer isso, mas... parece que vocês foram... chamados de volta, como deve ter ocorrido com aquelas pessoas na floresta. Do que vocês conseguem se lembrar?

— Estávamos em outro lugar, e de repente estávamos aqui — disse Eichri. — Minha vida terrena, se é que posso chamá-la assim, permanece viva em minha memória. O momento da minha morte... Isso ninguém esquece. Mas o espaço entre esse instante e o meu retorno é algo difuso. Lembro-me de ser retirado, escapando de arder nas chamas do inferno ou de ser condenado a alguma outra punição terrível. Talvez isso ainda me espere. É possível que o experimento malfeito de Nechtan tenha dado a todos nós a chance de fazer compensações. Para obter um fim melhor, quando chegar outra vez a nossa hora.

— Talvez o tempo de ir embora não chegue nunca — interveio Rioghan, com gravidade. — Muirne está certa, Caitrin. Se Nechtan tivesse uma contramagia, uma fórmula de palavras para banir a horda incontrolável... Eu não uso a palavra *incontrolável* para definir a mim ou a Muirne, note bem, mas só a meu amigo clérigo aqui e àquela ralé da floresta... ele a teria usado assim que percebesse não ter obtido o que buscava. Nós já vivemos na floresta por mais do que o dobro da duração natural da vida de um homem. Talvez fiquemos aqui para sempre, fazendo uma boa ação por dia e sem receber nada em troca por isso.

— Então vocês estavam em uma espécie de zona intermediária, entre esta e a outra vida? — perguntei. — Um lugar de espera?

— A antecâmara do inferno — observou Olcan, com frieza.

— Ou do paraíso — disse eu. — É possível chamar as pessoas de volta, como Nechtan fez, e Eichri talvez esteja certo. Talvez essa segunda jornada no mundo dos vivos ofereça a chance de um passaporte, não para o sofrimento eterno, mas para o descanso eterno.

— Para mim, não há indulto — murmurou Rioghan. — Nem *para ele*, acho — continuou, olhando para Eichri. — Seu crime foi obsceno demais para permitir uma segunda chance. Além disso, durante todos esses anos em que ele tem estado por aqui, eu jamais observei nele o menor sinal de arrependimento. Não há esperança para você, irmão.

— Esperança de quê? — disse Eichri, espichando o lábio num sorriso triste. — Um lugar no paraíso? Nunca esperei por isso, nem quando era um ser vivente, conselheiro. Pelo menos tive a honestidade de admitir que era mau até a raiz dos cabelos. Por isso, quando fui ao chão com uma dor no peito que me fez saber que jamais tornaria a levantar, fiquei surpreso ao não me ver assando tranquilamente em meio às chamas do Demônio, mas sim... Bem, como já disse, não sabemos direito o que aconteceu nessa hora. Seja o que for que tenha sido, não foi algo memorável.

— Uma ideia interessante — disse Magnus. — Para o sujeito que não é nem pecador o suficiente para ir direto para a perdição, nem santo a ponto de ser elevado à mão direita de Deus, o que há é um futuro de enorme tédio. Uma alma devia se esforçar muito para escapar a tal destino. Para mim mesmo, como não sou um homem de Deus, não sei dizer se seria plausível. O que você teria de fazer, Eichri, para anular tudo o que fez de mal?

Um arrepio chacoalhante percorreu o monge. E então Anluan falou:

— Não sei se um homem pode ser perdoado por um pecado, caso mostre arrependimento. Qual é sua opinião, Caitrin? Você é uma pessoa de fé religiosa?

— Eu já fui — respondi. — Quando meu pai morreu, foi um choque. O que aconteceu depois daquele dia quase destruiu minha fé em Deus. Mas acredito que todos temos bondade dentro de nós. Uma pequena chama que permanece acesa, mesmo em meio ao pior dos percalços. Por isso, é possível que minha fé não tenha cessado completamente. Quanto a saber se boas ações podem cancelar as más, eu não sei responder.

Pensei em Ita e sua língua venenosa, e em Cillian com suas mãos cruéis. Lembrei-me também dos atos de tortura impiedosa desfechados por Nechtan, os quais ele acreditava serem justificados.

— Talvez haja alguns malefícios que não podem ser apagados. Quanto a ter fé religiosa, acho que mesmo sem ela podemos continuar fazendo boas ações por nossa própria conta.

Anluan pousara a faca, mal tendo tocado na comida.

— Se um homem tira a própria vida, isso, sem dúvida, jamais poderá ter perdão. É o pior dos pecados, não acha? Uma pessoa assim deve ir direto para o inferno, se acreditarmos nesse fenômeno. Ou afundar no esquecimento. Ou nascer de novo como a menor das criaturas, uma lesma ou uma mosca do pântano, talvez.

Os outros estavam estranhamente quietos. Aguardavam minha resposta com um nível de interesse que era, de repente, muito intenso. Eu não estava gostando do olhar de Anluan. Dera-se nele uma súbita mudança de humor. Parecia tão tenso a ponto de explodir caso eu não lhe desse a resposta que esperava.

— Lesmas e moscas do pântano têm seu lugar na grande teia da existência — falei. — Como devo responder, Anluan? Como o faria um cristão, ou como alguém cuja fé está, no mínimo, abalada?

— Responda com honestidade.

— Muito bem. — Todos os meus companheiros de mesa me encaravam. — Não vejo o suicídio como um gesto mau, apenas horrivelmente triste. Existe apenas uma morte, mas ela é como uma pedra jogada no lago. As ondulações vão longe. Um ato assim deixa um legado de sofrimento, culpa, vergonha e confusão em toda a família. Uma morte natural, como a que meu pai sofreu, já é difícil o suficiente de se lidar. A decisão de acabar com a própria vida é ainda mais devastadora para aqueles que ficam. Não posso imaginar o grau de desesperança a que uma pessoa deve chegar para considerar um ato desses. Mesmo nos momentos mais terríveis, mesmo quando Deus estava calado, eu jamais... Em minha vida havia sempre alguma coisa, algo que não sei definir para vocês, que me impediu de tomar uma atitude assim. A ideia desse desespero absoluto me enche de horror. Espero que essa resposta seja honesta o suficiente para você.

— Com licença.

Anluan estava de pé e se dirigindo à porta antes mesmo que eu tivesse tempo de piscar. Sua sombra fiel se levantou da mesa e foi correndo atrás.

Meu rosto devia ser o próprio retrato do desalento. Magnus encheu uma taça de cerveja e a pôs na minha frente, enquanto Eichri envolvia minha mão com seus dedos ossudos.

— Eu fico com o jantar de Muirne — disse Olcan. — Passe para mim, Rioghan, por favor.

— Se ele não queria uma resposta honesta, não devia ter perguntado — falei, furiosa comigo mesma por ter aborrecido Anluan mais uma vez. Ele, que se abrira tanto comigo pouco antes.

O silêncio que se seguiu foi como o primeiro gelo da estação, quebradiço e perigoso.

— Anluan não vai lhe contar isso — disse Rioghan —, mas Irial morreu pelas próprias mãos. Usou veneno. Nunca descobrimos de que tipo. Deve ter sido fácil para ele fabricar, com seu imenso conhecimento sobre as plantas e seus usos. Isso foi há dezesseis anos, e está tão nítido em nossas mentes quanto no dia em que aconteceu. Ele ainda estava vivo quando o encontramos no jardim. Foi... — Ele estremeceu. — Foi horrível. Nunca vou me esquecer da pele dele, de um cinza-azulado, como se tivesse sido toda queimada. Os olhos ficaram anuviados. Não sei o que ele tomou, mas afetou os pulmões. Ele foi ficando cada vez mais sem ar. A mim me pareceu que tentava nos dizer alguma coisa, mas já não tinha voz.

Eu não conseguia falar nada. Talvez devesse ter adivinhado que era essa a explicação para o fato de Irial ter sobrevivido à sua querida Emer por apenas dois anos.

— E tem mais — continuou Olcan. — Num dia terrível, há muito tempo, encontrei Conan lá no meio da floresta com uma punhalada certeira no coração, e levando ainda na mão a própria faca de caça. Talvez Conan não fosse o tipo de pessoa da qual se espera isso, mas *ele* pelo menos esperou até que o filho se tornasse um homem. É um padrão que, para nós, que estamos próximos de Anluan, nos deixa muito preocupados.

Dezesseis anos. Isso significava que Anluan tinha apenas vinte e cinco anos.

— Sinto muito — falei. — Isso deve ser terrível para todos vocês.

— Você é uma de nós — disse Magnus, calmamente. — É bom que saiba. Nós não gostamos que ele se aborreça, isso é verdade. Mas também é verdade que foi ele que trouxe o assunto, e lhe pediu que fosse honesta. Não é pouca coisa, Caitrin. São dois passos à frente. Ele está se esforçando. Mas você terá de ir com cuidado. Ele carrega muitas cicatrizes.

— Imagino que para Irial tenha sido simplesmente impossível seguir em frente sem Emer. Mas me parece uma coisa horrível de se fazer quando seu filho ainda é tão jovem, apenas uma criança.

Eu tinha ficado incomodada ao notar, lendo os escritos de Irial, que ele mal mencionava o filho. Era mais uma razão pela qual eu não mostrava para Anluan os registros nas margens.

Magnus suspirou.

— Quando ela morreu, o mundo de Irial se esfacelou. Ele nunca conseguiu superar essa perda. Por dois anos, foi em frente, mas o mundo foi se tornando mais e mais horrível para ele. Não que eu esperasse que ele fizesse o que fez. Achei que, por Anluan, ele teria forças para aguentar. Eu daria tudo para fazer o tempo voltar atrás. Gostaria de

A MONTANHA DAS FERAS **175**

poder conversar com Irial, dizer todas as coisas que devia ter achado tempo para dizer, enquanto ele estava aqui.

— Acho que devo ir atrás de Anluan — falei, levantando-me. — Preciso pedir desculpas.

— Eu não faria isso — aconselhou Magnus, e seus olhos cinzentos estavam sombrios. — Deixe para conversar com ele amanhã, com o dia claro. Hoje à noite é melhor deixá-lo sozinho.

— Ele não está sozinho — argumentei. — Ele tem Muirne.

Talvez alguma coisa no tom de minha voz tenha revelado o que eu realmente pensava: que a presença de Muirne talvez o deixasse mais deprimido, e não o contrário. Com a memória recente das histórias de Irial e Conan, os momentos depressivos de Anluan começavam a fazer um sentido assustador. Eu lamentava muito tê-lo aborrecido.

— Você não gosta muito de Muirne, não é? — perguntou Olcan, com um sorriso.

— Ela não gosta da minha presença aqui. Isso torna uma amizade difícil. Agora entendo um pouco melhor por que Anluan me contou mais coisas sobre a horda. Muirne é devotada a ele, isso é óbvio. Ela acha que minha presença vai exauri-lo e enfraquecê-lo, e talvez haja verdade nisso. Acho que ela teme que, se ele ficar muito cansado, não consiga manter controle sobre a horda.

— Aceite meu conselho — insistiu Magnus. — Dê tempo a Anluan para refletir. Ele respeita sua opinião, Caitrin. Mas é algo novo para ele, isso de falar abertamente sobre o passado. Ele nunca ousou ter esperança de um futuro diferente.

— Mas ele me empregou.

— É verdade — disse Eichri —, mas isso pode ter sido mais um ato de desespero que de esperança. Ele a tem em alta conta, Caitrin. Não duvide, apesar das explosões dele. Mas, para Anluan, você é uma criatura exótica, uma curiosidade que veio do mundo lá fora. Você o desafia em mais maneiras do que pode imaginar.

Olhei de um para outro dos membros daquele círculo íntimo. Em suas palavras e gestos, dava para ver o amor deles pelo chefe.

— Está certo. Não vou importuná-lo esta noite.

Sem dúvida haveria uma luz brilhando nos aposentos de Anluan, visível a partir do emaranhado de folhas no jardim, como sempre. Eu me perguntava se ele escrevia em seu livrinho ou se apenas fixava-se na chama. Talvez, como Nechtan, ele se dedicasse a ramos de estudos que não podiam ser feitos mais abertamente. Não havia livros de feitiçaria na biblioteca. Isso não significava que eles não existiam na casa. Eu costumava levar os livros de Irial para meu quarto, um diferente a cada noite. Anluan talvez tivesse uma coleção secreta inteira em seus aposentos. Será que entre esses livros estariam os livros de magia de Nechtan?

Pedi licença, acendi minha vela com uma acha do fogo e subi para meu quarto, desejando que minha mente não voltasse a esse passado recente. Anluan dissera que não usava feitiçaria para controlar a horda, e sim apenas um jeito. Eu acreditara nele. Mas ele fizera com que os outros escondessem a verdade de mim, para que eu não abandonasse Whistling Tor. Isso era muito próximo de uma mentira. Talvez ele tivesse mentido a respeito da magia. Ele vira como eu ficara horrorizada com a visão do espelho. Se fosse um praticante da mesma magia obscura de Nechtan, dificilmente me revelaria.

A porta do meu quarto estava aberta. Lá dentro, uma criança numa camisola branca estava sentada no chão no escuro, com as pernas cruzadas e minha bonequinha Róise no colo. O cabelo da menina também era branco, caindo como uma nuvem pálida em torno da cabeça e dos ombros. Ela cantarolava a melodia de uma cantiga de ninar. Os pelos de minha nuca ficaram eriçados. Um olhar em torno do quarto me mostrou que ela estivera mexendo em todas as minhas coisas. As roupas estavam penduradas para fora da gaveta, meu pente, no chão, e a roupa de cama tinha sido remexida com uma violência de que uma criatura frágil como aquela não parecia capaz. Dei dois passos, entrando no quarto. A menina ergueu a cabeça, fixando em mim seus olhos sombrios.

— Dodói — sussurrou. — A bebê está dodói.

Sua mãozinha magra se movia com ternura, tocando os fios de seda que formavam os cabelos de Róise. Mesmo na luz tímida da minha vela, pude ver que a boneca estava em péssimo estado. Parte do cabelo tinha sido simplesmente arrancado, e a saia se resumia a farrapos. Com o estômago contraído de angústia, olhei em torno procurando se havia facas, estiletes ou outros instrumentos perigosos.

— Uh-uh, a bebê vai ficar boa logo — cantou a menina, embalando a boneca nos braços.

Um farfalhar atrás de mim na direção da porta aberta. Virei-me.

O jovem guerreiro da camisa ensanguentada estava ali de pé, o mesmo que eu vira na floresta. Seus braços estavam cruzados sobre o peito. Um tremor febril sacudia todo o corpo dele. Fosse qual fosse a causa daquele tremor, raiva, medo ou doença, ele o tomava inteiro. Santa Virgem, o que eu desencadeara?

— Diga a verdade — pediu ele, com uma voz seca, rouca, como se há muito tivesse perdido o hábito de usá-la. Ele pigarreou e tentou de novo: — Você consegue nos dar o que precisamos? Ou falou mentiras, nos deu falsas esperanças? Nós já esperamos muito.

Quase gritei por Magnus. O rapaz tinha uma espada e uma adaga no cinto. Seu tom era desesperado. Parecia à beira de explodir em uma ação violenta. Mas não gritei, fora eu quem pusera aquilo em marcha, e precisava ter coragem suficiente para lidar com as consequências.

— Eu não estava mentindo — falei, fazendo o máximo esforço para sustentar seu olhar nervoso, penetrante. — Vou fazer o possível para ajudar vocês. Mas diga-me: do que é que vocês mais precisam?

Por um momento, no olhar dele surgiram visões, imagens de dor e luta.

— Dormir — respondeu o guerreiro, suspirando. — Descansar. É isso que mais queremos. É nossa necessidade. Diga ao lorde de Whistling Tor que nos deixe ir.

— Ele o faria, se soubesse como. Vou ajudá-lo a procurar um meio. Mas... vou ser sincera com você. Eu sou apenas uma... Eu não sou... Eu não tenho uma posição de autoridade aqui em Whistling Tor. Não posso jurar a você que há um remédio a ser encontrado. Só o que posso prometer é que vou me esforçar ao máximo.

O jovem assentiu com a cabeça. E, com um som de folhas balançando, ele desapareceu diante dos meus olhos. Voltei-me em direção à criança, e ao meu quarto desarrumado. Como não sabia o que dizer para o fantasma de uma garotinha — eu não poderia dizer a ela que a essa altura já devia estar na cama —, comecei a arrumar minhas coisas, metodicamente. Primeiro, as cobertas. Peguei-as e comecei a dobrá-las. Um momento depois a menina tinha colocado Róise no chão com cuidado e estava segurando as duas pontas do lençol para mim, os olhos tristes fixos em meu rosto. Aproximamo-nos, como numa dança. Eu peguei as partes superiores do lençol, a menina pegou as inferiores, e repetimos nosso cálculo. Depus a coberta dobrada no pé da cama e peguei outra.

— Obrigada — falei. — Você é uma boa ajudante.

— A bebê está machucada.

Seu tom era de queixa. Ela olhou para Róise, que agora estava sentada no chão, encostada no gaveteiro, seus olhos bordados fixos em nós.

— Ela é só uma boneca — falei, com tato. — Eu vou consertá-la. Mas fico triste que alguém a tenha machucado. Minha irmã a fez para mim. Róise é minha lembrança das coisas boas.

Era difícil saber o que dizer além disso. A menina parecia inofensiva. Mas estivera em meu quarto e o fato de que estava me ajudando agora não anulava o que fizera com meus pertences.

— Por favor, pegue o pente e ponha-o naquele gaveteiro.

Ela não levou o pente, mas trouxe-o para mim, em seguida virou as costas, na evidente expectativa de que eu arrumasse seu cabelo fino e claro. Pus de lado a segunda coberta e, com todo o cuidado, comecei a penteá-la.

— Onde está minha mamãe? — perguntou a criança de repente.

Meu coração se confrangeu.

— Não sei, meu anjo.

O cabelo dela era esvoaçante como um cardo. A luz da vela parecia cintilar através dele.

Houve um longo silêncio enquanto eu a penteava, e então ela disse:

— Eu quero a mamãe. Quero ir para casa.

As lágrimas brotaram dos meus olhos. Ajoelhei-me e envolvia-a num abraço. Ela estava fria como gelo, de um frio sobrenatural e, embora tivesse substância, não tinha nada de uma criança comum — sua forma era muito menos sólida do que as de Rioghan e Eichri. Tentei controlar um arrepio de horror. Não havia nada que pudesse dizer para ajudar. Nenhuma promessa que aquela criança fosse capaz de compreender. Eu não tinha como mandá-la para casa. Ela não tinha casa alguma. Eu não tinha como encontrar a mãe dela. Não podia oferecer-lhe um lugar para ficar, uma cama para dormir. Era um espírito de criança. Não pertencia ao meu mundo.

— Agora seu cabelo está bonito — falei. — Meu nome é Caitrin. E o seu?

A voz dela era como a passagem da brisa sobre a relva.

— Não me lembro.

Lá embaixo, no jardim, Fianchu começou a latir sem parar, espantando alguma criatura da noite. Nos meus braços, a criança desapareceu. Num instante estava ali, no seguinte eu segurava o vazio.

— Caitrin? — gritou Olcan lá de fora.

Com a pele arrepiada, fui até o corredor. Ele e o cachorro estavam subindo as escadas.

— Achei que era melhor deixar Fianchu com você hoje à noite — disse Olcan. — Você deve estar nervosa, depois de tudo o que aconteceu mais cedo, com seu parente desagradável e os comparsas dele. Não precisa deixar esse rapaz no seu quarto junto com você, embora seja isso o que ele quer. Pode deixá-lo aqui fora quando trancar a porta, e assim ele pode dormir sobre a soleira.

— Muito obrigada — agradeci, pois a presença de Fianchu seria mais do que bem-vinda. — Acabei de ter visitantes. Da horda. Será que Fianchu pode também mantê-los a distância?

— Você estará em segurança, Caitrin. Você é amiga de Anluan. Eles não lhe farão mal.

Pensei nisso ao me deitar pouco tempo depois, com a porta fechada e Fianchu ao lado da cama, confortavelmente instalado sobre uma das cobertas, pois eu não tivera coragem de deixá-lo do lado de fora do quarto. Se cães soubessem sorrir, ele teria um bom sorriso estampado em sua cara bruta. Todos pareciam certos de que Anluan era capaz de me proteger; de que seu controle sobre a horda significava que as presenças sobrenaturais de Whistling Tor não fariam mal ao chefe

180 JULIET MARILLIER

nem aos habitantes de sua casa, a não ser que ele cruzasse a linha invisível que me mostrara. Pus-me a refletir a respeito disso. O jovem com a camisa ensanguentada parecera quase beligerante ao me acusar de estar mentindo. Havia raiva em sua voz quando me fez ver que Anluan tinha de deixá-los partir. Anluan era descendente de Nechtan, e Nechtan fora aquele que trouxera a horda e que, eu concluía, os condenara àquela estranha existência na montanha. Será que estávamos mesmo seguros ante eles? Ou seria necessária apenas uma palavra errada ou um erro trivial de julgamento para transformá-los na massa caótica e destrutiva do relato de Conan, uma força capaz de destruir da mesma forma amigos e adversários? Ao confrontarem-se com Cillian naquela manhã, eles pareciam raivosos, apavorantes, malévolos.

Minha mente vagou para Anluan. Relembrei sua coragem quando deu, sozinho, um passo à frente para enfrentar meus captores. Agora, estava mais uma vez só, provavelmente em seus aposentos, lamentando a morte horrível do pai. Sozinho, exceto por Muirne. Mesmo que ela fosse uma mulher de verdade, como eu acreditara até aquela manhã, não seria a pessoa certa para ele.

— Ele precisa de um par perfeito, assim como Emer foi para Irial — falei para o cão enorme. — Alguém que seja gentil com ele, mas não dócil demais. Alguém que não se importe de viver num lugar estranho como este. Alguém com a paciência de ajudá-lo a aprender.

Fianchu nada comentou, apenas ergueu a cabeça, suspirou e se espreguiçou gostosamente sobre a coberta.

— Alguém que o respeite — acrescentei. — Alguém que o veja como forte, e não fraco. Alguém que precisa dele, assim como ele também precisa dessa pessoa.

O cachorro tinha adormecido. Apaguei a vela e puxei a coberta até o queixo.

— E não, não estou falando de mim — murmurei. — Não sou tola a esse ponto. Embora admita que, claro, eu faria o papel muito melhor do que *ela* faz.

Apesar da presença protetora de Fianchu, eu dormi mal. Acordei de madrugada com os restos emaranhados dos meus pesadelos ainda me rodeando. Quando abri a porta para deixar o cachorro sair, houve um súbito movimento no corredor, uma sombra, como se uma presença espectral tivesse feito sua própria vigilância do lado de fora da minha porta. A névoa encobria o jardim, esgueirando-se por todos os cantos. Em meio a suas sombras mutantes, pude vê-los: os feridos, os infelizes, os furiosos, o povo desesperado da montanha. Seus olhos estavam fixos em mim. Não havia ameaças nem súplicas, eles não emitiam nenhum som ao passar, mas eu podia ouvir as palavras não ditas ressoando em meu coração: *Encontre. Encontre um meio.*

— Encontrarei — sussurrei, mais para mim mesma do que para a horda. — Se puder, eu o farei.

Porém, enquanto atravessava o labirinto de quartos e corredores em direção à cozinha, lembrei a mim mesma, com inquietude, que estava em Whistling Tor porque fugia dos meus próprios problemas. A horda estava na montanha há um século. Arruinara as vidas de quatro chefes, de suas famílias e dos habitantes da região. Anluan me empregara para traduzir do latim para ele, não para fazer aquilo de que ninguém jamais fora capaz.

Magnus estava na cozinha acendendo o fogo.

— Vou voltar ao vilarejo em breve — informou ele. — Tem certeza de que está bem, Caitrin? Você não está com um bom aspecto, muito menos agora. Não é todo dia que a pessoa descobre de repente que está vivendo ao lado de... Bem, nunca soube direito como chamá-los. Mas deve ter sido inquietante, para dizer o mínimo.

— Eu dormi mal. Nenhuma novidade nisso. E, sim, foi um dia estranho. Não foi a horda o que mais me perturbou, foi pensar em como Cillian conseguiu me localizar, exatamente quando eu começava a me sentir em segurança. No início, quando Tomas e Orna me deram abrigo, eu disse a eles que estava fugindo e que temia ser encontrada. É duro acreditar que eles contaram onde eu estava.

Mesmo naquele aposento calmo, na companhia daquele homem gentil, as palavras me saíam com dificuldade.

— Passei por coisas muito difíceis, em casa, antes de vir para cá — revelei, e me esforcei para continuar: — Precisei de muito tempo para juntar coragem e fugir. Estava tão aterrorizada, com medo de que ele me arrastasse de volta, que nem pensei em ter medo da horda.

O fogo estava aceso agora. Magnus pôs a chaleira no gancho.

— Se aquele sujeito é um exemplo do que são seus parentes, minha opinião é a de que é mesmo melhor você viver longe deles. O que ele é seu, Caitrin? Um primo? Como foi que ele pôde se safar depois de tanta violência?

— A mãe dele é uma prima distante de meu pai. Antes que meu pai morresse, eu mal os conhecia. E depois... bem, eles vieram para tomar conta de mim, pelo menos foi o que disseram, e... Não quero falar disso, Magnus.

Magnus tinha o cenho franzido.

— A situação parece irregular, para dizer o mínimo, Caitrin. Por que não conversa com Rioghan? Ele conhece tudo sobre as leis. Explique para ele e pergunte-lhe o que acha. Para mim, alguma coisa está errada.

Eu jamais voltaria a Market Cross. Nunca. Por isso, não importava que conselho receberia de Rioghan, já que não faria nada baseada nele.

— Um dia desses, falo com ele — afirmei. — Não hoje. Depois da perturbação de ontem, quero passar o dia inteiro na biblioteca.

De manhã tão cedo, a luz mal dava para escrever. Ocupei-me em preparar um pincel largo, de pena de ganso, e separar uma nova folha de pergaminho. À medida que o sol subia e o aposento se tornava mais claro, pus de lado esses itens — não seriam para meu uso. Peguei minha própria tinta e meu pincel, pondo-me a copiar o documento mais recente, que copiava do tablete de cera para o pergaminho. Já tinha enchido o tablete de cera cinco vezes, transcrevendo as listas toda vez que a superfície estava toda coberta, em seguida apagando e começando tudo de novo. Era um trabalho tedioso e que não rendia. O que eu mais queria era mergulhar nos documentos em latim, na busca por fórmulas mágicas e feitiçaria. Mas o bom senso prevaleceu. Precisava fazer o catálogo à medida que progredia, caso contrário a biblioteca tornaria a ficar caótica assim que eu fosse embora de Whistling Tor. Escrevia com rapidez, usando uma caligrafia simples. Não havia motivo para que tal trabalho fosse executado com refinamento. Só precisava ser legível.

De vez em quando, eu escutava um leve som de passos no chão de lajes, a sombra de um movimento que via pelo canto dos olhos, mas quando me virava não havia ninguém à vista. Sabia que eles estavam ali me espiando.

— Estou trabalhando o mais rápido que posso — murmurei, embora ciente de que o grosso da tarefa ainda estava por fazer.

Se a verdade sobre o feitiço de Nechtan estava naquela biblioteca, o lugar certo eram os documentos em latim. Olhei para o baú que continha o espelho de obsidiana. Podia sentir o poder maligno do artefato emanando da caixa de formato achatado. *Use-me. Se quiser as respostas, use-me.*

Completei a lista de pena e tinta, perguntando-me se naquele dia chegaria a ver Anluan em algum momento. A véspera fora como um momento de transformação, e eu torcia para não o ter aborrecido durante o jantar. Lembrei-me dos dedos dele em torno do meu braço, quando pensei em sair e deixá-lo com Muirne na cozinha, e na maneira como meu corpo reagira ao toque, como a corda da harpa reage ao toque do bardo.

Usei o cabo de madeira de meu estilo para apagar as marcas no tablete, esfregando com força suficiente para que a cera amolecesse, e em seguida aplainando a superfície. Quando estava pronta, pus o estilo e o tablete ao lado da pena que preparara antes. A biblioteca parecia muito vazia. Eu devia ter chamado Fianchu para me acompanhar de dia, assim como de noite. A companhia do cão enorme teria sido bem-vinda.

Fui até a janela e olhei para fora. O jardim de Irial estava deserto, exceto pelo costumeiro bando de passarinhos na fonte de pedra. Uma caminhada pelas aleias iria pôr meus pensamentos no lugar. Depois eu voltaria para o trabalho.

O dia esquentara e o jardim estava repleto de cores suaves: verde-acinzentado, violeta esmaecido, rosa-carmim, o creme mais pálido.

A mim me parecia que o homem que criara esse santuário, com tanto cuidado, deixara algo de si em seus cantos silenciosos. Enquanto caminhava, sentia a tranquilidade envolver meus ossos. E, contudo, o próprio Irial sucumbira ao desespero. Não fazia sentido.

— Por que você fez isso? — murmurei. — Será que não percebeu o quanto ainda lhe restava?

O filho jovem; seu mais leal amigo; os habitantes da casa, que o adoravam; este jardim, onde coisas maravilhosas ainda cresciam e floresciam, mesmo depois da morte de Emer. Seria um homem capaz de amar uma mulher a tal ponto que, sem ela, tudo o mais perdia o sentido? Era algo extremo. E como foi cruel deixar Anluan sozinho para lidar com tudo, com Whistling Tor, com a horda, com a maldição...

Como se eu o tivesse chamado com meus pensamentos, o chefe de Whistling Tor atravessou a arcada que dava para o jardim, e parou assim que me viu sob o pé de bétula. Tinha feito a barba e penteado o cabelo, que parecia lavado. A luz incidia sobre sua cor ruiva, uma chama escura em meio às sombras esmaecidas do jardim. Ele trocara de roupa também. A camisa que usava era uma que eu remendara recentemente, usando uma linha que não combinava.

— Você estava conversando com alguém.

Anluan olhava em torno do jardim deserto.

— Estava falando sozinha. Não que não tenha tido companhia, tanto ontem à noite quanto hoje de manhã. O povo da floresta, quero dizer.

Anluan veio mancando em minha direção, parando ao lado do arbusto de sangue-do-coração.

— Está dando brotos — observou, olhando para baixo. — Caitrin, se você quiser que eles a deixem em paz, é só me falar.

— Não. Tudo bem. Eu lhes fiz uma promessa, e é justo que fiquem de olho em mim, para ver se estou me esforçando para cumpri-la. Eles não me parecem particularmente monstruosos. Ontem à noite havia uma criança, não teria mais do que cinco anos... Você poderia ficar um pouco na biblioteca esta manhã? Estou precisando de sua ajuda para uma coisa.

— Estou à sua disposição. Depois de minha saída abrupta na noite passada, é o mínimo que posso oferecer.

— Você é o chefe aqui. Pode fazer o que bem quiser. E na noite passada foi um pouco culpa minha. Falei sem pensar, e sinto muito. Estou feliz por você ter vindo esta manhã. Vamos entrar?

Houve certo constrangimento quando ele viu o material de escrita preparado em uma das mesas vazias. Percebi uma conhecida tensão em seu maxilar, um olhar duro. E, antes que ele pudesse falar, falei eu:

— Você só precisa tentar fazer uma coisa por mim. Procure segurar a pena de um jeito um pouco diferente. Não é pedir muito.

Mas era. Isso estava claro na expressão de seu rosto.

— Não há necessidade de eu escrever, mal ou bem, não importa — disse Anluan, a voz com uma ponta de irritação. — A escriba é você. Você está em Whistling Tor para fazer aquilo que eu não posso.

— Talvez até o final do verão eu consiga fazer tudo o que há para ser feito, mas talvez não — falei, baixinho. — Porém, depois que eu for embora, você vai continuar estudando, como está claro que vem fazendo há anos. Você ainda precisará tomar notas, fazer transcrições, preparar seus próprios documentos. Pense nisto como um experimento, mais em meu próprio interesse. Por favor, sente-se. E vai ajudar se você retirar o manto.

Ele o tirou, meio sem jeito, lutando com o fecho, com uma única mão. Eu não o ajudei.

— Já vi escribas canhotos antes — falei, enquanto ele se sentava à mesa de trabalho. — Todos seguravam a pena do jeito que você faz, com a mão encurvada. Quero tentar uma coisa: você não precisa mudar sua caligrafia, mas vamos tentar segurar o estilo de um jeito diferente, assim.

— Mas...

Anluan ia protestar, mas eu me aproximei, debrucei-me sobre seu ombro esquerdo e o ajudei a pôr o braço e a mão na posição correta. Ensinar uma pessoa a escrever é uma tarefa muito especial. Não pode ser feita sem um alto grau de proximidade física. Isso é particularmente verdade quando o professor é alguém de baixa estatura, como eu, e o estudante uma pessoa alta, encorpada. A posição necessária para controlar os movimentos do braço e da mão de Anluan fez com que meu rosto se aproximasse do dele, e meu corpo encostasse em suas costas. A sensação que me percorreu, calorosa e inebriante, não era de forma alguma apropriada à relação professora e aluno. Senti o rosto em chamas, e me aliviou ver que a atenção de Anluan estava concentrada no estilo e no tablete.

— Parece errado, eu sei — disse a ele. — Mas é mais confortável, não é? Assim, você está segurando o estilo exatamente como eu faço com a mão direita.

— Não consigo escrever desse jeito. Como vou formar as letras?

— Ah, aqui está onde entra o pequeno truque. Vamos virar o tablete de lado.

Movi o tablete de cera de maneira que o que seria o canto esquerdo superior agora era o esquerdo inferior, mais próximo da mão que ia escrever.

— Espero vê-lo provar que minha teoria está certa, Anluan. Quero que você tente escrever de baixo para cima, em vez de da esquerda para a direita. Será preciso certa concentração. Escreva a letra "o", "t" e "g", enquanto eu guio sua mão. Depois vou deixar você experimentar sozinho, enquanto faço um pouco do meu próprio trabalho.

Anluan agarrou o estilo como se ele fosse atacá-lo.

— Mais suave — orientei, afrouxando os dedos contraídos dele. — Mais solto. Imagine que está tocando alguma coisa macia, o pelo de um gato, a roupinha de um bebê. Viu, sua mão não fica no caminho e não vai haver nenhum borrão quando você mudar para pena e tinta. Muito bem! Tente uma palavra inteira.

— Devo escrever o quê?

O maxilar dele estava travado. As faces, coradas.

— O que você quiser.

Endireitei-me e dei um passo atrás. Meu coração batia com força. Aquilo fora bom demais.

— Continue praticando. Mais tarde, poderá tentar no pergaminho.

— Seria um desperdício de material caro.

Ele olhou para a folha nova que eu lhe preparara, ao lado da pena e do pote de tinta.

— Não me diga que nunca aprendeu a apagar seu pergaminho para usar de novo.

— Sei fazer isso. Mas...

— A tinta que lhe dei é diluída.

— Mesmo assim...

— Por favor.

Com o canto dos olhos, vi sua boca torta se abrir num sorriso.

— Muito bem — concedeu ele. — Eu aceito seu desafio.

E então se concentrou no trabalho, mas o sorriso se manteve, suavizando seu rosto.

O tempo passou. Eu traduzi um documento no qual Nechtan só fazia reclamar de seu vizinho, Menach, e outro no qual ele listava metodicamente o número de carneiros, vacas e porquinhos nascidos em sua fazenda naquela primavera. Foi então que esbarrei em um nome: Aislinn.

Um dia desafiador. O Dia das Bruxas está chegando e o tempo é curto. Está quase tudo pronto. Aislinn chegou com seu avental cheio de madeira-dourada, que ela recolheu à maneira requerida pelo ritual. Tínhamos acabado de iniciar a próxima fase quando uma batida na porta perturbou os trabalhos.

O espelho escuro me chamou. Olhei para Anluan. Ele pusera de lado o estilo e estava experimentando o pergaminho e a tinta, usando a pena nova para escrever de baixo para cima, seguindo as linhas que eu marcara para ele. O cabelo lhe caía no rosto, os fios de vermelho-escuro enfatizando a palidez do rosto. Os olhos azuis estavam fixos no trabalho, e ele usava a mão direita, fraca, para segurar o pergaminho no lugar. O ângulo da pena estava correto. Não perfeito, mas correto. Vi concentração e esperança em todo seu ser, e por um instante me senti sem ar. O que eu fizera? Como ousara despertar algo tão frágil nesse lugar de tristeza avassaladora?

Virei o documento de Nechtan para baixo, sem continuar a lê-lo. Empurrei-o para o canto da minha mesa de trabalho, onde não podia alcançá-lo, e então peguei outro pergaminho antigo.

Eles mataram o gado que era o sustento de Whistling Tor. Tiraram vidas na aldeia e atearam fogo. Por que se recusam a me obedecer fora dos domínios da fortaleza? Deviam ser obedientes à minha vontade. Revejo sem cessar os regulamentos, mas não encontro nada de errado. Não houve nenhum engano nas preparações, nenhuma omissão, nenhuma mudança na forma das palavras. Tudo foi feito exatamente como exigido. Mas deu errado. Soltos, eles não são um exército, mas um bando rebelde. Se só puder comandá-los quando estiver nos domínios da fortaleza, estarei apartado do mundo inteiro.

E mais abaixo na página, isso:

A gente está dizendo que fui amaldiçoado. Vou provar a eles que estão errados. Vou aprender a dominar o monstro.

— Mas não aprendeu — sussurrei, pondo a página sobre outra. — Você não conseguiu.

— O que você disse?

Anluan baixou a pena e flexionou os dedos da mão que escrevia.

— Nada. Posso olhar seu trabalho?

— Claro. A professora é você.

Eu não o insultei com elogios exagerados, embora meu coração tenha se alegrado quando vi o quanto ele absorvera bem a lição. Quanto ao fato de ele ter decidido praticar sua escrita escrevendo meu nome — estava escrito três vezes na página, cada versão mais regular que a anterior —, isso me fez sentir um calor no peito, talvez desproporcional à sua causa.

— Assim não parece mais fácil? — perguntei. — É muito mais agradável aos olhos.

— Sim, é melhor mesmo, e minha mão dói menos.

Havia algo em seu tom que me fez olhá-lo com mais atenção, vendo o que, pouco antes, eu não reparara: as manchas sob os olhos, a palidez, o caimento dos ombros.

— Bom trabalho — falei, com leveza no tom. — Por ora, é o bastante. O ideal seria que você escrevesse uma página por dia com esse método, até começar a fazê-lo sem nem sentir.

A MONTANHA DAS FERAS **189**

— Eu preciso ir — disse Anluan de repente, erguendo-se. — Como mandei Magnus lá para baixo agora de manhã, vou precisar ajudar Olcan com algumas tarefas na fazenda.

No umbral da porta, ele hesitou, com o manto no braço.

— Você parece espantada, Caitrin. Mesmo sendo um aleijado, não sou totalmente incapaz.

E, antes que eu pudesse dar uma resposta, ele saiu.

Continuei trabalhando até que a fome me levou à cozinha, onde fiz para mim uma refeição de pão e queijo, e comi sentada à mesa. Lembrei-me de um cachorro abandonado que Maraid trouxera certa vez, um animal medroso, assustado, cujo passado obviamente não fora feliz. Minha irmã se afeiçoara a ele, e o cão passou a segui-la por onde fosse. Estava claro que ele a adorava. Mas ele nunca ficava relaxado. Qualquer colher que caísse no chão ou alguém que espirrasse, ele se crispava todo. Punha-se a latir loucamente quando pessoas estranhas chegavam à porta. Depois de alguns meses, a criatura não viu uma carroça que passava e foi morto. Nunca pudemos saber quanto tempo seria necessário para ele ganhar confiança. Quando a maldade feita é muito grande, talvez isso seja impossível. Relembrando, eu via algo tanto de Anluan quanto de mim mesma naquela criatura.

Acabada minha refeição frugal, peguei a caneca, o prato e a faca e levei até a bomba para lavar. Quando me debrucei sobre o balde, com a toalha na mão, alguém atrás de mim falou:

— Caitrin?

Endireitei-me e, ao me virar, ali estava Muirne. Tinha o vestido violeta de Emer nas mãos, a saia arrastando na lama do chão que havia em volta da bomba. Num segundo, percebi que estava em farrapos.

— A criança — disse ela. — Imagino que você tenha tentado fazer amizade com ela. Não se deixe enganar pelo que vê. Por fora, a pequena parece um anjo. Por dentro, é pura malevolência. Não me admira que tenha comovido seu coração, assim como no passado fez com Emer, e antes dela com Líoch. Imagino que ela tenha falado da mãe, ou que estava com frio. Você foi boa para ela, e veja como ela a recompensou. Temo que esse vestido agora só vá servir para pano de chão.

— Não! — exclamei, quase arrancando a veste da mão dela. — Sinto muito — falei, tentando fazer com que minha voz saísse calma, embora meu coração batesse forte. — Talvez eu ainda possa salvá-lo.

A criança, tão pequena e frágil, tão inocente... Mas ela também estragara Róise.

— Onde foi que você achou isso, Muirne? — perguntei, pois tinha certeza de que trancara minha porta.

— No corredor, jogado no chão. Portas e paredes não impedem a passagem da horda, Caitrin.

Ela se aproximou, pondo a mão em meu ombro.

— Posso lhe dar um conselho?

— Claro.

Seu toque me deixava desconfortável.

— Você está se metendo em uma situação que em breve não conseguirá controlar. A cada dia fica mais arriscado. Não consigo entender você, Caitrin. Vê a horda se espalhando montanha abaixo; logo depois, conversa com eles, como se fossem amigos. Você testemunhou o quase colapso de Anluan, em razão do esforço feito por *sua causa*, provocado por um homem que chegou até aqui atrás *de você* e, em vez de permitir que ele tivesse o descanso tão necessário, exige-lhe explicações, e em seguida pede a ele que chame a horda outra vez. Você é uma artesã talentosa, uma pessoa inteligente, devo admitir. E, no entanto, se expõe a riscos. E expõe Anluan também. São atitudes de uma pessoa tola. Perdoe-me se estou sendo muito franca. Alguém precisa falar. Você não se importa com ele?

Respirei fundo várias vezes, tentando não agarrar com força demais o vestido de Emer contra o peito. Eu não mentiria para ela. Tampouco poderia dizer o que achava ser verdade: que eu começava a me importar mais do que jamais tencionara fazer. Quanto à horda, o que eu fizera fora tentar entender, tentar ajudar aqueles que me pareceram estar em apuros. Eu os vira como homens e mulheres, mais nada. Com os restos do vestido violeta nas mãos, e tendo na memória a palidez de cera do rosto e dos olhos exaustos de Anluan, senti um arrepio me percorrer.

— É claro que me importo. Não quero fazer mal a ninguém.

— Nada aqui é o que parece ser — falou Muirne, baixinho. — Eu lhe peço, como mulher e como sua igual, que deixe Anluan em paz. Você talvez pense em transformá-lo, moldá-lo de um jeito que lhe seja mais adequado. Os homens não mudam. Eles não conseguem.

Lutei em busca de uma resposta apropriada.

— Isso se aplica a alguns, sem dúvida — disse, pensando em Cillian, por exemplo. — Mas não a todos, Muirne. Não estou tentando mudar Anluan, apenas...

Aquilo era impossível. Qualquer coisa que eu dissesse, seria encarada como uma crítica a ela.

— Acho que ele pode fazer mais. Ser mais. Ele é tão depreciado por tudo isso — argumentei, fazendo um gesto vago com o braço. — Não consegue enxergar uma saída. Mas é perfeitamente capaz de ser um verdadeiro chefe. Não lhe falta inteligência, e o fato de que não poderá nunca ser brilhante caçando, cavalgando ou lutando com espadas não significa que não pode ser um líder. Ele é corajoso. É perceptivo. E poderia fazer maravilhas se ao menos acreditasse em si próprio.

— Ele não é um homem comum, Caitrin. Você não pode atribuir a Anluan as regras do mundo exterior. Ele é o chefe de Whistling Tor.

— Mas também é um homem comum — declarei, sentindo-me obrigada a ressaltar esse fato. — Para ser um chefe, é preciso primeiro ser um homem. O que ele precisa é de força de vontade.

— Isso é absurdo! — exclamou Muirne, perdendo um pouco de sua calma habitual. — Você o coloca em perigo e não consegue ver isso! Deveria ter ido embora daqui quando teve a oportunidade.

Levei um tempo para entender.

— Que oportunidade? Você quer dizer que eu deveria ter descido a montanha com Magnus hoje de manhã?

Ela não respondeu, simplesmente esperou até que eu tivesse a esperteza de compreender o que queria dizer. Quando isso aconteceu, me senti enregelar.

— Você está querendo dizer que eu deveria ter deixado Cillian me carregar embora, amarrada e amordaçada? Você, uma mulher, acha que eu deveria ter aceitado isso?

— Pelo menos aquele homem quer você — disse ela, com voz mansa. Uma raiva gelada tomou conta de mim.

— Não posso acreditar que você perdoaria o que Cillian fez ontem. Isso me enoja. Consigo entender seu argumento a respeito de Anluan, e lamento por tê-lo cansado. Serei mais cuidadosa no futuro. Mas não vou embora de Whistling Tor, Muirne. Não até que tenha terminado o trabalho para o qual fui contratada. Não creio que minha presença seja uma ameaça para ninguém.

— Escrever é uma coisa — disse ela, que também estava furiosa, mas só seus olhos deixavam transparecer. — Tenho admiração por uma mulher que consegue fazê-lo com competência, a ponto de ganhar a vida com isso. Mas você está interessada em muito mais do que a transcrição de alguns documentos.

Eu não tinha resposta para isso, já que ela estava certa. Eu assumira um compromisso com a horda. Prometera buscar um antídoto para a feitiçaria. E quanto a Anluan, com seu sorrisinho que mais parecera um raio de sol num lugar de sombras? Isso não era coisa para acabar com o final do verão.

— Você despertou a horda — continuou Muirne, cruzando os braços. — A horda é perigosa. Em algum momento, inevitavelmente, ela se voltará contra você.

— Como pode dizer isso, se você própria é parte da horda? — perguntei, sem me importar se estava indo longe demais. — Quanto àquela garotinha... — Meus dedos deslizaram sobre os farrapos do vestido violeta. — Ela é jovem demais para ser responsável por suas ações — afirmei.

Havia frieza nos olhos de Muirne.

— Você se engana. Está nos expondo, a nós todos, ao perigo. Faça seu trabalho, se assim precisa; transcreva os escritos. Mas Anluan não deve ter nada a ver com esses documentos. Diga a ele que você não precisa de sua ajuda.

E então deu meia-volta nos calcanhares, desaparecendo antes que eu pudesse dizer mais uma palavra.

Minha mente rodava. Por um momento, não consegui lembrar por que estava no jardim. Pensei em Anluan, e então relaxei, feliz por seu sucesso com a caneta. Lembrei-me da sensação do corpo dele contra o meu, enquanto eu guiava sua mão. O estranho senso de perda quando dei um passo atrás, restabelecendo o espaço entre nós. Não era a primeira vez que, ao tocá-lo, eu sentia uma onda de calor me percorrer inteira. Muirne fizera bem em me alertar. Eu estava me permitindo sentimentos excessivos. Estava deixando que uma simpatia natural se transformasse em algo mais, algo com o poder de ferir de verdade.

Com um suspiro, terminei de lavar a louça, depois despejei a água usada nos degraus da cozinha. Muirne dissera que Anluan não devia ter qualquer relação com os documentos. Mas Anluan me contratara para traduzi-los do latim, de forma a descobrir o que Nechtan escrevera. Ele queria ler os documentos. Por que isso era perigoso? Eu não conseguia pensar em nenhuma razão, a não ser aquela que já cogitara: que Anluan poderia ser tentado a arriscar as mesmas ações que seu trisavô tentara, com resultados desastrosos. Ele poderia achar que a única maneira de mandar a horda embora seria através de feitiçaria. Ao fazer isso, arriscava tornar-se um novo Nechtan. Muirne, que o amava, estava, com razão, agindo para evitar o que ela sabia que seria uma catástrofe.

De volta à cozinha, enxuguei os pratos e os coloquei no lugar. Vi-me limpando o tampo da mesa pela terceira vez. Peguei o vestido de Emer e fui para meu quarto, esperando pelo pior. A porta estava entreaberta, mas nada parecia fora do lugar, com a exceção de Róise. Eu a colocara no baú de manhã, mas ela agora estava sobre a cama, encostada no travesseiro, com a saia rasgada espalhada ao seu redor. A criança tinha arrancado muito mais partes do cabelo de seda do que eu percebera: um dos lados da cabeça da boneca estava quase completamente careca.

Respirei fundo, algumas vezes. Havia trabalho a ser feito. Os documentos de Nechtan me aguardavam na biblioteca. Mas o encontro com Muirne me abalara, e perceber que alguém estivera em meu quarto, mexendo em meus pertences, enquanto eu estava na biblioteca com

Anluan, me gelava os ossos. Antes de voltar ao trabalho, eu precisava refazer as memórias familiares destroçadas.

Peguei meu material de costura e enrolei Róise no vestido de Emer. Fui saindo do quarto e quase esbarrei no jovem com a camisa ensanguentada. Sorvi o ar, em choque. Ele deu um passo atrás, como se também tivesse se assustado.

— Ah... desculpe... — disse, procurando as palavras corretas.

— Não quero lhe fazer mal... Só queria...

Talvez tenha sido a hesitação dele que pôs ideias estranhas na minha cabeça.

— Eu preciso de sua ajuda — falei. — Preciso de alguém que tome conta do meu quarto por um tempo. Não quero que ninguém entre aí antes de eu voltar. Você faria isso por mim?

Era uma tolice, talvez. Muirne certamente acharia isso. Mas eu não enxergava uma presença maléfica, capaz de me atacar ao menor descuido. O que via eram pessoas à deriva, sem rumo. Vira homens, mulheres e crianças, todos juntos, e, no entanto, sozinhos. Nada tinham a fazer, nem para onde ir. Não tinham ninguém para tocá-los, amá-los, dar-lhes confiança. Estavam todos perdidos.

— O que você paga em troca?

A voz dele evocava o roçar de gravetos num campo de outono.

— Vou pagar em trabalho. Enquanto você toma conta, eu estarei procurando por aquilo de que já falei, a chave para libertá-los. Mas, antes, tenho outro trabalho a fazer. Algo se quebrou, algo precioso.

O jovem suspirou, estendendo a mão, com seus dedos que eram pouco mais do que ossos. Ele tocou o tecido do vestido rasgado.

— É dela...

Espantada, perguntei:

— Você a conheceu? Emer?

— Não consigo me lembrar — disse ele.

Mas a memória estava naquele olhar assombrado. Ele se transformou quando falei o nome dela. E eu podia jurar que havia lágrimas em seus olhos.

— Você toma conta para mim? Volto antes do anoitecer.

Ele baixou a cabeça num gesto cortês, indicando que aquiescia, e tomou posição junto à porta do quarto. As costas estavam eretas; os ombros, direitos; os pés, calçados em botas, afastados um do outro. Sua expressão era tão austera e sua postura, tão assustadora, que com certeza ninguém seria capaz de desafiá-lo.

— Obrigada. Como você se chama?

Houve uma longa pausa, como se ele tivesse de escavar muito no fundo da memória.

— Cathair, senhora.

— É um belo nome para um guerreiro. Adeus, por enquanto, Cathair.

Sentei-me no jardim de Irial, sob um pé de bétula, e costurei uma nova saia para a boneca, usando os retalhos do vestido de Emer. Tentava valorizar a esperança em contraposição ao risco, a determinação em oposição ao perigo. Se era perigoso demais para Anluan se expor aos registros de Nechtan — e Muirne fora muito convincente a respeito disso —, era preciso que eu buscasse a verdade por conta própria. E devia ser feito antes que o verão acabasse. Ninguém dissera o que aconteceria caso eu falhasse em completar minha tarefa até lá. Talvez Anluan me deixasse continuar aqui por mais tempo. Mas eu não podia contar com isso. Daí, que tinha de usar todos os recursos que estivessem ao meu alcance na busca da fórmula para neutralizar o feitiço. E havia um instrumento poderosíssimo guardado dentro do baú ao lado da mesa de trabalho, esperando para me revelar novas histórias terríveis. Seria eu corajosa o suficiente para dispor mais escritos de Nechtan sobre a mesa e olhar no espelho de obsidiana outra vez? Sozinha, sem Anluan? Eu dera minha palavra à horda. Talvez já fosse um compromisso.

Não havia como consertar o cabelo de Róise, não sem um suprimento de fios de seda. Fiz um pequeno véu para ela, usando o mesmo tecido violeta, e o costurei bem costurado na cabeça da boneca, escondendo o estrago. Conversei baixinho com a boneca enquanto fazia o conserto, relatando histórias reconfortantes sobre lar e família: a cozinha acolhedora, a oficina com tudo em ordem, minha irmã cantando enquanto preparava o jantar. Quando cheguei ao meu pai, minha voz falhou e se calou. Havia uma lembrança especial, que ficaria comigo para sempre, não importando aonde eu fosse. Eu, descendo as escadas, meio adormecida, com a intenção de começar cedo a importante encomenda que estávamos preparando. Abrindo a porta da oficina. Vendo que papai acordara ainda mais cedo do que eu. Ele já havia começado a trabalhar. Tinha completado duas linhas antes de morrer. O banco, alto, estava caído. Papai jazia de costas no chão, com os braços estendidos, os olhos abertos. A pena caíra a pouca distância de sua mão. Gotas de tinta formavam um desenho delicado ao longo das bordas. Seus dedos, os dedos longos, elegantes, de um artesão, estavam abertos, relaxados, como os de uma criança adormecida. Ele se fora.

— Era um bom lugar, Róise — sussurrei, dando um último ponto bem dado no véu e cortando a linha com o dente. — Até aquele dia, era o melhor lugar do mundo. E então tudo mudou. Ita e Cillian vieram, e, pouco depois do enterro de papai, Maraid foi embora com Shea. Espero que ela esteja bem. Espero que estejam felizes.

Esse pensamento me surpreendeu. Naquela época, o luto me dominara de tal maneira que eu mal pudera me dar conta de que minha irmã se fora. Mais tarde, quando começava a tentar sair de meu estado de desespero, tive por ela um sentimento de amargura e raiva. Agora, vendo Róise remendada, e relembrando o dia do meu sétimo aniversário, quando Maraid me presenteara a boneca feita por ela, e me dissera que, como mamãe não estava mais neste mundo, Róise cuidaria de mim em seu lugar, eu percebia que meu ressentimento enfim se desfazia. Talvez Maraid não tenha tido outra escolha. Talvez tivesse fugido pela mesma razão que eu o fiz: para se salvar.

O vestido cor de violeta não tinha conserto. Não restara nada intacto da saia, a não ser o pedaço para a roupa de Róise. Talvez eu tivesse sido tola e sentimental ao pensar em salvá-lo. Não conhecera a mãe de Anluan, e ela estava morta havia muito tempo. Mas as pessoas a amavam. Enrolei o vestido. Talvez mais tarde eu encontrasse uma maneira de usá-lo.

O sol estava quente. O jardim, na mais completa paz. Eu poderia ficar ali a tarde inteira, sem fazer nada em particular. Mas a porta da biblioteca continuava aberta e meu trabalho lá dentro me esperando. *Você podia tentar ser um pouco corajosa de cada vez*, Anluan sugerira. Isso não era pouco. Era quase avassalador. Mas eu precisava fazê-lo. Se quisesse ter uma chance de cumprir a promessa que fizera à horda, precisava entrar na biblioteca e desvirar aquelas páginas. Devia abrir a caixa e tirar o espelho de obsidiana. E, nele, mirar a escuridão.

7

M**AL TÍNHAMOS COMEÇADO O SEGUINTE ESTÁGIO E UMA** *batida na porta perturbou nossos trabalhos.*

Há uma batida na porta. Nechtan sente o sangue ferver e se obriga a respirar fundo várias vezes. As preparações devem ser exatas. Ele não pode se dar ao luxo de perder o controle nem por um instante. No entanto, atravessa a sala, destranca e abre a porta.

— O que é? — grita, fuzilando com os olhos o rosto pálido do pajem de plantão, um homem de cujo nome ele sequer se recorda.

— Meu senhor, sinto muito pela interrupção, mas é que...

— Fale! O que é tão importante a ponto de você desobedecer à minha ordem estrita de não ser perturbado?

— Lorde Maenach está aqui, meu senhor. Não com um exército de ataque. Ele veio com um grupo de conselheiros e parentes. Há também um padre com eles, e a esposa de Lorde Maenach. Querem falar sobre um acordo, um tratado. Lady Mella disse que eu deveria vir interromper, uma vez que é...

— Fora! — diz Nechtan. — Você fez o que lhe ordenaram.

E em seguida bate a porta na cara do serviçal.

Aislinn está fazendo a guirlanda. Há uma lamparina acesa na prateleira acima do banco de trabalho, sua luz morna transformando a massa de cabelos dela num véu de ouro brilhante. Ele quer correr os dedos por esses cabelos, agarrar os fios de seda, puxá-los e fazê-la gritar. Observando os movimentos seguros e meticulosos de suas mãos, enquanto ela tece essas ervas mágicas, formando a guirlanda de um verde invernal, e vendo as belas curvas de seu corpo jovem sob a roupa simples de trabalho, ele quer mais do que isso. Mas aprendeu a reprimir a excitação do corpo. Arruinar seu maior trabalho por causa de um prazer passageiro seria o ato de um homem comum, um homem fraco.

Ele vira as costas para Aislinn. No lado dele da oficina, há três livros de magia sobre a mesa, cada um deles aberto numa página conhecida. O primeiro: *A conjuração dos espíritos*. O segundo: *Chamando os servos da escuridão*. O terceiro: *Demônios, diabretes, espectros e visitantes: o contato com sua verdadeira natureza*. Nechtan dá um suspiro.

— Meu senhor, não é necessário tornar a lê-los. — Parece que Aislinn tem olhos nas costas. — O senhor vai usar o outro encanto, aquele que obteve no monastério. Os autores desses livros estão enganados. Aposto que nenhum deles pôs suas teorias à prova. Eles se dizem especialistas, mas esses escritos são coisa de quem não tem coragem de tornar seus sonhos realidade.

Nechtan sorri sem virar. Aislinn é devotada. Está dando de volta seus próprios conselhos.

— É verdade — diz para ela. — Mas podíamos ter deixado escapar algum pequeno detalhe. Não pode haver uma falha, Aislinn.

— Não haverá.

A voz dela está trêmula de emoção. Por um instante, isso o perturba. Nechtan se pergunta se, caso tivesse contado tudo para ela, em vez de dar apenas as informações necessárias, ela ainda estaria disposta a cumprir seus desejos. Aislinn faria qualquer coisa por ele. Porém, sua assistente não é um animal irracional, seguindo o dono por um instinto cego. Ela é rápida, tem aptidão, é quase uma especialista à própria maneira limitada. Esperta, mas não esperta demais, reflete Nechtan, virando-se para olhá-la enquanto ela tece uma corda branca por entre a guirlanda, em seguida apertando as pontas num nó específico e complexo. O objeto ritual se parece com a tiara de uma noiva.

— Véspera do Dia das Bruxas — diz Aislinn, e sua voz estremece quando ela pendura a guirlanda num prego, perto dos outros itens que eles vão usar. — Mal posso acreditar. Meu senhor, eu jamais serei capaz de lhe agradecer por me permitir ser parte desse trabalho grandioso.

Outra batida na porta.

— Por todos os poderes! — rosna Nechtan. — O que será que eu fiz para merecer isto? Minha casa está cheia de idiotas!

— Devo abrir, meu senhor?

— Não, Aislinn.

Ele abre a porta. Dessa vez, é sua esposa que está ali de pé, toda de cinza, parecendo um espantalho magro, as mãos nervosas se retorcendo, o cabelo puxado para trás, as mandíbulas trancadas de tensão. O passar dos anos não tem sido gentil com Mella. Ela jamais foi uma mulher bonita, nem quando se casaram, e em pouco tempo, muito pouco, será uma bruxa. Ter um filho foi a única coisa boa que fez por ele e por Whistling Tor. O dote foi útil, claro, mas acabou há muito tempo.

— Maenach está aqui — fala ela, sem preliminares. — Ele quer fazer um tratado de paz, Nechtan. Está disposto a conversar com você, apesar de tudo. Você precisa vir falar com ele.

— Preciso?

A palavra paira no ar entre eles, enquanto Nechtan se prepara para fechar a porta. Ele vê a expressão nos olhos da mulher, o medo, e de repente o olhar decidido. Fica surpreso. Não achava que aquela criatura passiva ainda tivesse alguma vivacidade.

Mella estende o pé, detendo o movimento da porta. Olha por cima dele, o olhar gelado ao passar por Aislinn.

— Não feche a porta, Nechtan. É nosso futuro em jogo, o nosso e o de nosso filho.

— Não estou interessado em tratados — diz a ela, sabendo que não adianta; sabendo, de longa experiência, que os padrões de sua mente são inalcançáveis para a compreensão da mulher. — Eles são irrelevantes. Mais cedo do que você imagina, tudo vai mudar. Maenach será menos do que um grão de poeira sob minhas botas. Vou esmagá-lo.

— Nechtan, por favor, ouça-me. Eu lhe imploro.

O rosto de Mella está marcado pela ansiedade. Ele observa as rugas que ela vai ter quando ficar velha, se viver para isso.

— É uma chance para acabar com as lutas, para fazer a paz, resolver a situação de uma vez por todas. Nunca entendi o que você está fazendo aqui embaixo, nem quero entender, mas nem sua prostitutazinha da aldeia nem seus chamados experimentos valem o sacrifício de toda a sua vida. O futuro de Whistling Tor, o futuro da sua família e do seu povo, está em jogo. Vamos, venha, meu senhor, e sente-se à mesa de conselho. Você é o chefe aqui. Seja o homem que deve ser.

Ele ergue a mão e atinge a mulher em cheio no rosto, com força suficiente para fazê-la cambalear para trás. Ele fecha a porta. E passa a tranca.

— Do que mais preciso para manter o mundo fora daqui? — murmura.

Minha cabeça rodava, minha visão estava borrada, e durante um tempo só consegui ficar sentada quieta à mesa de trabalho, enquanto as imagens se esvaneciam aos poucos no espelho de obsidiana, e os pensamentos de Nechtan iam, um a um, deixando minha mente. O sol se movera para oeste, jogando uma faixa de luz através da janela da biblioteca. Assim que consegui me mover, enrolei no pano o espelho escuro e o devolvi ao baú. Havia outra folha com os escritos de Nechtan sobre a mesa, outra parte dessa história a ser visitada, de um tempo anterior ao experimento: o tempo em que a horda se espalhou. Eu não iria olhar para isso agora.

Quando me senti forte o suficiente, saí. Fiquei de pé, sob o sol, dizendo as palavras de uma reza, uma reza simples, de quando eu era criança, pedindo aos anjos que cuidassem de mim. A visão fora menos terrível do que a primeira. Não era tanto pelo que eu vira que estava preocupada. Era a forma como o espelho me fizera mergulhar na mente de Nechtan. Quantas vezes Cillian me batera, da mesma forma como Nechtan batera em Mella? E, no entanto, vendo aquilo, meus pensamentos não eram os dela, mas os dele, só violência e fúria. Até agora seu ódio continuava queimando em minha mente. Isso me enojava.

Seria sempre assim agora, se eu continuasse a usar o espelho? Será que toda vez eu seria tocada por uma parte da maldade de Nechtan, tornando-me uma pessoa indiferente à compaixão, ao perdão e à gentileza, e que só vivia para o poder? Eu entendia perfeitamente sobre o que Muirne falara. Se fazer aquilo me deixara tão destroçada, o que faria com Anluan, com o próprio sangue de Nechtan correndo em suas veias? O chefe de Whistling Tor era, de muitas maneiras, inocente. Podia ser capaz de erguer uma horda de espectros para expulsar invasores, mas aquela maldade insidiosa seria capaz de consumi-lo por dentro. Anluan não podia ser exposto a ela.

— Caitrin?

Era Magnus, de pé sob a arcada. Tinha um saco sobre os ombros. Parecia ter acabado de chegar da aldeia, embora a tarde já estivesse na metade. Em seus traços fortes havia uma expressão dura, o que não era usual.

— Temos um problema. Onde está Anluan?

— Ele foi para a fazenda há algum tempo. O que há de errado?

Pensei logo em Cillian, e fiquei gelada.

— Há um exército de normandos armados no campo aberto entre o pé da montanha e o vilarejo, exigindo que Anluan desça e vá falar com eles. Pelo que pude entender, eles têm ordens de entregar uma mensagem diretamente nas mãos dele ou de seu conselheiro-chefe. Não quiseram dizer a Tomas do que se tratava, e não se interessaram por nada do que tentei falar. Eles já ouviram falar muitas coisas sobre este lugar e não querem subir para dar o tal decreto pessoalmente, ou seja lá o que for. Veja se consegue achar os outros, está bem, Caitrin? Vou buscar Anluan.

Reunimo-nos na cozinha. A tarde caminhava para o fim. Não havia muito tempo para tomar uma decisão. Anluan estava pálido como papel, as feições retraídas de tensão. Ninguém se sentou. Magnus resumiu tudo: ele tinha passado algum tempo conversando com Tomas sobre a situação de Cillian — ele iria me contar tudo depois, mas eu ficaria satisfeita com a explicação —, e estava se aprontando para subir a montanha, quando os normandos chegaram à barreira em torno da aldeia e pediram permissão para entrar. Estavam chegando de Stephen de Courcy.

— O rapaz que eles estavam usando como tradutor não parecia saber irlandês direito — relatou Magnus. — Levou um tempo enorme para explicar o que eles queriam. Então perguntaram sobre a barreira, e Tomas explicou exatamente para que ela servia. Depois disso, eles não pareceram tão animados em encontrar o caminho até a fortaleza. Agora estão lá embaixo, no pé da montanha, à espera. Tomas também está lá, com outros dois sujeitos da aldeia. Surpreendente. Vocês sabem como todos morrem de medo de qualquer um aqui de cima. Tomas estava ansioso para afastar os homens de armadura de perto de mulheres e crianças. Assim que Duald e Seamus o viram levando os soldados, tomaram coragem para ir junto. Mas fiquem sabendo que os três estão lá, tremendo de medo. Quanto mais cedo cuidarmos do assunto, melhor.

— Cuidar do assunto? — disse Anluan, num tom cortante como vidro. — Como é que podemos cuidar do assunto? Você sabe que eu não posso ir além da margem de segurança. Se eles não mandarem a mensagem através de você, Magnus, então não poderemos recebê-la.

— Você acha que a mensagem é sobre o quê? — perguntei, sem ter muita certeza se devia tomar parte da discussão, mas detestando a expressão de Anluan, bem como sua forma habitual de cruzar os braços, como se quisesse pôr um escudo entre ele e o mundo.

— Deve ser alguma coisa importante — disse Rioghan.

Ele juntara as mãos, tocando os lábios com a ponta dos dedos. Eu quase podia ver sua mente funcionando.

— Caso contrário, eles teriam todo interesse em passá-la a Magnus e pedir a ele que a transmitisse. Seja o que for, Anluan, você não pode ignorá-la.

— O que você espera que eu faça, mande a horda ir até lá arrancar a mensagem das mãos deles? — respondeu Anluan, furioso. — Eu não posso ultrapassar a fronteira!

— Claro que você não precisa ir — interveio Muirne, que estava perto dele, com as mãos cruzadas e seu jeito estranhamente calmo. — Não há necessidade de fazer nada. Esses normandos não vão querer chegar perto de Whistling Tor depois que anoitecer. Quando a noite cair, eles vão embora.

Eu olhei para ela, sem acreditar que pudesse estar falando sério. Sua maneira de encarar a situação era infantil.

— Seria bom se fosse simples assim — disse Eichri. — Mas, pelo menos desta vez, o conselheiro aqui está certo. Os lordes normandos não mandam guerreiros armados ao encontro de chefes só para beber uma cerveja e jogar conversa fora. Também não insistem para que a mensagem seja entregue em mãos aos chefes, caso queiram apenas permissão para atravessar um ou outro caminho, ou comprar uma ou duas vacas.

— Se a mensagem não for recebida porque o destinatário se recusa a aceitá-la — disse Rioghan, virando-se para Anluan com uma expressão sombria em seus olhos escuros —, e caso contenha algum tipo de advertência, aquele que a enviou pode achar que está recebendo permissão para fazer aquilo que for sua intenção. Um movimento para tomar a propriedade de outrem, por exemplo. Ou um ataque.

— Você acha que eu não iria até lá embaixo se pudesse? — disse Anluan, num tom explosivo. — O que você acha que eu sou, um tolo ou um covarde? Se as coisas fossem diferentes... Se eu fosse...

Eu ouvia a angústia em sua voz, e meu coração sangrava por ele.

— Um passo à frente daquela linha, um simples passo, e a horda inteira poderia descer até a aldeia e destruí-la — concluiu ele.

— Tem certeza? — arrisquei. — Talvez eles tenham mudado desde os tempos de Nechtan. Pelo que vi, há alguns que só têm um propósito.

— Não faz diferença se eu tenho certeza ou não! — disse Anluan, virando-se para mim, a voz como um rosnado. — O risco é alto demais, e eu não vou fazê-lo! Não se meta nisso, Caitrin!

Foi como se ele me esbofeteasse.

— Ela só está tentando ajudar — disse Magnus, baixinho. — Todos estamos. E o tempo está correndo. Eu concordo com Rioghan: esse problema não se resolverá por si mesmo. Deve haver uma estratégia que possamos pôr em ação.

— Estratégia? Não pode haver nenhuma estratégia!

Mas havia. Eu a enxergara, e achava que os outros também a tinham enxergado, mas não estavam preparados para sugeri-la devido à raiva e ao aborrecimento de Anluan. Era um desafio. Eu precisava ser forte.

— Você não precisa ir além da fronteira, Anluan — falei. — Os normandos não disseram que estavam prontos a passar a mensagem para seu conselheiro-chefe?

— Que diferença isso faz? — retorquiu Anluan, fuzilando-me com os olhos. — Isso aqui não é uma corte, com todos os seus ornamentos: conselheiros, assessores, lacaios de toda sorte. É um arremedo da fortaleza de um chefe de clã, um lugar sombrio, arruinado e deserto. E eu sou um arremedo de chefe.

— Eu nada sei sobre lacaios — falei, trêmula —, mas você tem um conselheiro-chefe bem aqui. — E fiz um gesto em direção a Rioghan. — Ele pode ir. Na primeira vez que encontrei Rioghan e Eichri, os dois estavam muito além do sopé da montanha. Se ele pôde atravessar uma vez, poderá fazê-lo de novo.

Todos os olhares se voltaram para mim. Houve um silêncio.

— Só há um problema, Caitrin — interveio Eichri. — Lembra-se daqueles objetos que os sujeitos estavam atirando, no dia em que você chegou? Eu sei que *você* pensou que éramos homens comuns. Mas, naquele momento, você estava muito perturbada. Nenhum soldado normando vai olhar para o meu amigo aqui e ver outra coisa que não seja... algo muito esquisito.

— Ele poderia usar um manto com capuz. Pode conversar com eles gentilmente, falando o mínimo possível. Até ele chegar lá embaixo, já estará ficando escuro.

Os lábios de Rioghan se curvaram em um de seus raros sorrisos. Ele não falou nada.

— Se isso fosse ajudar, eu poderia ir com ele — continuei. — Até onde sei, eu não sou esquisita. E, embora não fale francês, consigo me entender com o latim.

— Excelente ideia — disse Magnus. — E eu irei junto para protegê-la.

Vi a amarga negação nos olhos de Anluan, que me fez recuar. Ele abriu a boca para soltar o que seria outra explosão.

— Claro que a decisão não é nossa — falei, olhando-o direto nos olhos. — É sua. Só o faremos se você achar que é o melhor a fazer.

Magnus soltou um ruído, mas logo o reprimiu. No silêncio que se seguiu, Fianchu andou até a lareira, viu que ninguém lhe providenciara um osso, e voltou até perto de Olcan, com um ar esperançoso.

— Você não vai levar Caitrin para onde eu não possa vê-la — disse Anluan, cerrando os lábios.

Eu pisquei os olhos, estupefata.

— Então você vai ter de ir até a fronteira e ficar esperando num lugar onde possa nos avistar — respondeu Magnus, com toda a calma.

Lembrei-me de que ele era um guerreiro, acostumado a tomar decisões e receber ordens.

— Esperarei junto às árvores sentinelas — disse Anluan. — Melhor fazermos isso agora, Olcan. Quero que você e Fianchu fiquem aqui em cima, por via das dúvidas.

— Sim, milorde — respondeu Olcan, e ninguém o corrigiu.

Havia cinco deles, esperando, alinhados, em seus cavalos. Imaginei que não estavam querendo desmontar devido à proximidade da borda da floresta. Suas vestimentas, de malha de aros de ferro, eram impressionantes: além das longas saias, que os cobriam até os joelhos, três dos cinco usavam peças avulsas cobrindo braços e pernas, e um deles tinha uma espécie de capuz que protegia a nuca, abaixo do capacete. Estavam bem armados: vi adagas, espadas, um machado e duas lanças. Um dos homens usava uma vestimenta comprida, coberta por um manto; ele também levava uma espada na cinta, mas nenhuma veste de proteção. A bolsa de couro ao lado de sua sela sugeria que era ele o portador da mensagem. O quinto homem, a seu lado, usava calções simples e uma túnica sob a capa com capuz.

A certa distância estava Tomas, Duald e um terceiro homem do vilarejo, parados juntos. Pareceram levemente aliviados ao nos ver, mas então perceberam a presença de Rioghan. Achei que Duald estava a ponto de se urinar de tanto medo.

Nós nos aproximamos, Magnus e eu, com Rioghan no meio. Nosso plano, o combinado, fora feito durante a descida da montanha.

A quatro passos dos normandos, nós paramos. Rioghan falou, antes que qualquer um abrisse a boca:

— Sou Rioghan de Corraun, conselheiro-chefe do Lorde Anluan — anunciou, em alto e bom som. — Qual é seu propósito aqui, dentro de nossas fronteiras? Atravessar, armados, as terras de outro homem e sem prévio consentimento viola as leis sobre invasão. Fazer isto aqui nesta região, quase ao anoitecer, é mais do que uma tolice.

O mensageiro murmurou algo, em consulta com o homem bem--vestido ao seu lado, e este então tentou dizer uma frase em irlandês. Pelo que pude entender, tinha a ver com a minha presença ali.

— Sou a escriba de Lorde Anluan.

Lembrando a mim mesma que Magnus estava ali comigo, que Anluan vigiava de perto, num ponto montanha acima, e que aquilo tudo fora ideia minha, eu mudei para o latim:

— Se o senhor preferir, podemos ter esta conversa em latim.

Agora eles estavam olhando bem para Rioghan, talvez notando a estranha palidez de sua pele, os olhos fundos, a aparência esquelética, e pensando no que Tomas certamente lhes contara sobre o chefe de Whistling Tor e os moradores do castelo. O olhar deles se moveu de Rioghan para mim. Uma escriba. Uma mulher.

— O conselheiro de Lorde Anluan pediu que vocês expliquem a que vieram — falei, em latim. — Ele diz que sua presença aqui, armados e sem terem sido convidados, viola a lei irlandesa.

— Ah, lei irlandesa! — exclamou o mensageiro, fazendo um gesto de desdém. — Nós trazemos uma mensagem do Lorde Stephen de Courcy. Achei que esse homem aqui tivesse entendido.

Ele olhou para Magnus, e logo desviou a vista.

— Que mensagem? — perguntei.

— Mensagem que só deve ser vista por Lorde Anluan. Precisa ser entregue a ele com o selo de Lorde Stephen intacto. Eu esperava poder falar com o chefe de Whistling Tor pessoalmente.

Traduzi o que ele disse para Rioghan e Magnus.

— Diga a ele que Lorde Anluan não está à disposição de qualquer fulano que apareça em sua porta — rosnou Magnus. — Um chefe irlandês não pode ser requisitado do jeito que você assobia para um cachorro. Diga a ele que passe a mensagem para Rioghan e desapareça daqui, antes que eu perca a paciência e faça uma bobagem.

— Caitrin, diga a ele que levaremos a carta — falou Rioghan. — Você pode dizer que nenhum conselheiro irlandês digno desse título ousaria abrir uma carta fechada e endereçada a seu lorde. E depois fale que é melhor eles saírem de nossas terras antes do anoitecer, caso contrário se verão diante de algo que os fará sujar esses uniformes reluzentes.

— Queira, por favor, passar a mensagem para o conselheiro de Lorde Anluan — falei, em latim. — Ele a encaminhará a sua excelência, o lorde, com seu selo intacto. Esse outro homem que está conosco é o guerreiro-chefe de Lorde Anluan. Vocês com certeza já ouviram lendas a respeito de Whistling Tor. O guerreiro-chefe de Lorde Anluan sugere que vocês partam antes de o sol se pôr.

— Nós ouvimos dizer que o chefe de Whistling Tor tem poucos aliados — disse o mensageiro normando, olhando para Magnus. — O líder de seus guerreiros é um bárbaro brutamontes.

O olhar dele se moveu para mim.

— E sua escriba e intérprete é uma garota.

Nenhum dos meus companheiros entendia latim, mas o desprezo na voz do normando não deixava dúvidas.

— Porco arrogante! — rosnou Magnus, cerrando os pulsos. — Não contente em invadir nossas terras com suas reles exigências, ainda vem nos insultar!

O intérprete normando abriu a boca.

— Traduza isso e você estará numa grande encrenca — falei.

Rioghan deu um passo à frente. Com a aproximação dos normandos, os cavalos relincharam e empinaram as patas, assustados. O mensageiro tinha aberto a bolsa de couro. Tirou dela um rolo de pergaminho. Rioghan estendeu a mão pálida para pegá-lo. E baixou seu capuz, encarando o normando. O mensageiro arregalou os olhos. A cor desapareceu de seu rosto. Vi que um dos guardas fez o sinal da cruz.

— Você! — disse o mensageiro, olhando para Tomas e seus dois companheiros, que estavam tão pálidos quanto os visitantes, e falando em latim, uma prova de que meus esforços de tradução tinham sido mais eficazes do que o de seu próprio intérprete. — Você tem de dar garantias de que os soldados de Lorde Stephen serão imediatamente admitidos na aldeia da próxima vez. Nada de barreiras. Está entendendo?

Eu traduzi para o irlandês. Tomas murmurou alguma coisa baixinho, mas fez um sinal de positivo com a cabeça. Um simples guardião a pé não desafia soldados normandos montados e armados.

Com uma ordem enérgica, dada em francês, os homens de Lorde Stephen viraram seus cavalos e se afastaram. Ainda não era a hora do crepúsculo. Mas era como se fosse, já que não tínhamos trazido lanterna.

— Vamos para casa — sussurrou Duald. — Vai escurecer daqui a pouco.

— Espere — retrucou Tomas, e veio até mim.

O estalajadeiro tentava com todas as forças não olhar para Rioghan, que, com cortesia, tornou a baixar o capuz e esperou a certa distância.

— Caitrin — começou ele —, a respeito daquele sujeito que esteve aqui procurando por você, eu ouvi dizer que foi uma encrenca. Fico feliz de ver que você não se machucou. Se eu soubesse o que ia acontecer, teria mentido, mandado ele arrumar suas trouxas. Nós tivemos uma discussão por causa disso, Orna e eu. O sujeito veio cheio de histórias, de como tinha estado em todas as estalagens da cidade dele até aqui, falando com todos os cocheiros, seguindo todas as pistas. Ele estava na estrada havia muito tempo, parecia muito determinado, o cretino. Pareceu uma solução melhor mandá-lo subir a montanha, sabendo o que geralmente acontece com quem tenta ir à fortaleza. Eu me sinto mal por causa disso, garota. Não era minha intenção que você saísse machucada.

O olhar dele não parava de escapar na direção de Rioghan.

— É estranho como as coisas acontecem. Nunca imaginei me ver aqui, ao lado de...

— Está tudo bem, Tomas — falei. — Eu entendo.

Com um susto, dei-me conta de que eu descera a montanha e saíra em campo aberto sem nem me lembrar de Cillian. Minha mente estivera totalmente concentrada na crise envolvendo Anluan.

— Agora é melhor vocês irem de volta para além da barreira, e nós precisamos entregar a mensagem. Obrigada por virem até aqui. Obrigada por esperarem até que descêssemos a montanha.

Olhei para Rioghan e Magnus, perguntando-me se eu poderia ser a porta-voz de Anluan.

— Se Lorde Anluan estivesse aqui, ele lhes agradeceria por seu apoio e bravura. Sei que não foi nada fácil para vocês — disse.

— Se a mensagem contiver más notícias — disse Tomas —, mande nos dizer o que há, está bem?

Ele virou-se, e os três homens caminharam em direção à segurança da aldeia.

Subimos de volta para a fortaleza, com o crepúsculo transformando a floresta em um território púrpura, violeta e cinza sombreado. Rioghan já entregara o pergaminho para Anluan quando chegamos ao ponto onde nosso chefe estava à espera, escondido atrás das árvores. O documento era como um peso acima de nossas cabeças, o que nos manteve em silêncio. Eu queria muito saber o que ele continha, mas me aliviava perceber que, com o lusco-fusco, teríamos de esperar até chegar ao castelo, até porque eu sabia que ele não trazia boas notícias. Imaginei que Anluan fosse querer lê-lo a sós.

Quando entramos no pátio, lembrei-me de Catháir, que eu deixara todo esse tempo em guarda, do lado de fora do meu quarto. Depressa me desculpei e subi rumo ao corredor.

O jovem guerreiro continuava em seu posto, as feições muito severas. Seus olhos, como sempre, moviam-se inquietos. A pouca distância dele, estava a menina em seu vestido branco, sentada com as pernas cruzadas no chão do corredor, fazendo um montinho com folhas secas.

— Obrigada, Catháir. Lamento ter demorado tanto. Alguém veio aqui enquanto eu estava fora?

— Aqui ninguém passa enquanto eu estiver de guarda, senhora.

— Você pode voltar amanhã de manhã?

— Se a senhora precisar, estarei aqui.

— Fico muito grata. Você tem permissão para ir embora. Até lá.

Com uma solene mesura, ele partiu, sem desaparecer dessa vez, mas marchando ao longo do corredor e escadas abaixo, como faria qualquer homem de carne e osso. Vi-o atravessar o jardim em direção às árvores. Pouco antes de desaparecer por entre suas sombras, porém, ele se virou e olhou para mim, acenando com a mão, num adeus hesitante. Retribuí o gesto, meio adeus, meio saudação, e então ele desapareceu.

A criança se movera e estava de pé ao meu lado. Assim que abri a porta, ela entrou. De pé, no meio do quarto, ela disse:

— A bebê foi embora.

Precisei de um instante até me lembrar do vestido rasgado, de Muirne, de meus esforços para fazer os remendos.

— Róise está lá embaixo, na cozinha. Tive de consertá-la, ela estava machucada.

A garotinha ficou parada, com as mãos cruzadas atrás das costas e o olhar baixo. Não disse nada.

— Não quero que ela seja machucada de novo — falei, calmamente. — Quando destroem as minhas coisas, eu fico triste. Foi por isso que precisei pôr alguém de guarda em minha porta.

212 JULIET MARILLIER

Aquela menina não parecia capaz de ter feito o estrago. Ela parecia alguma coisa feita de gravetos e teias de aranha.

— Não me importo se alguém pega a boneca, desde que o faça com gentileza, e desde que tenha pedido permissão antes.

Por um momento, ela ficou ali parada. Em seguida, jogou-se no chão perto da cama, enfiou a cabeça entre os braços cruzados e começou a chorar. Não era aquele choro forte de uma criança que acabou de ralar o joelho ou perdeu uma batalha para o irmão ou irmã, mas um choramingar de abandono. Sem nem me dar tempo para pensar, peguei-a no colo, e sentei-me na cama com aquela criatura fria nos braços. Os soluços dela então aumentaram, sacudindo-a inteira.

— Não é culpa sua — sussurrei, alisando o cabelinho fino e branco, e me perguntando se não estava agindo tolamente.

Por dentro, é só maldade. Eu não conseguia acreditar.

— E agora ela está melhor, muito melhor. Eu costurei para ela um bonito véu. De uma cor linda, como a das violetas. Em memória de uma bela mulher que um dia viveu aqui.

Depois de um tempo, o choro foi diminuindo. A menina se aninhou em meus braços, o que me dava um frio nos ossos. Se ela pudesse dormir, talvez o tivesse feito. Mas, assim como todos os habitantes da montanha, a menina não podia usufruir da paz do sono. Qual seria sua história? Como podia, tão criança, ter morrido com uma culpa na alma? *Ah, Nechtan*, pensei, *que espécie de guerreiro é ela?*

— Posso ficar aqui com você? — perguntou a vozinha, confrangendo-me o coração.

— Vou descer um instante — disse a ela.

Já estava quase escuro. Eu precisava ir buscar uma vela.

— Sua cama é macia — falou.

A frase continha uma pergunta. Imaginei-me dividindo o colchão com aquele corpinho gelado. Pensei em ficar acordada, perguntando-me quando ela se esgueiraria e começaria a arrebentar minhas coisas.

— Caitrin?

Tomei um susto, erguendo o rosto. Anluan estava na porta, com uma vela na mão, e o pergaminho, já sem lacre, enfiado embaixo do braço. A luz fazia de seu rosto uma máscara, coruscante, enganosa.

— Preciso que você traduza isto aqui — disse ele. — Prefiro que o faça a sós.

Eu deveria ter imaginado que a mensagem seria em latim.

— Claro.

Levantei-me, soltando a menina, que se enroscou na cama, com a cabeça em meu travesseiro. Hesitei. Anluan parecia estar sozinho, e parecia claro que ele esperava que eu fizesse a tradução imediatamente. Talvez ele não tivesse conhecimento mundano suficiente para saber que uma jovem não pode convidar um homem a entrar em seu quarto.

— Preciso saber o que está escrito aqui — insistiu ele.

— Claro — disse, caminhando até a porta. — Se você segurar firme a vela, eu consigo ler aqui mesmo.

Segurar firme. É difícil segurar firme quando você ouve notícias horríveis. Estávamos lado a lado, não exatamente dentro do quarto, tampouco fora dele, com a garotinha nos olhando de cima da cama. O vento encanado do corredor fazia estremecer a chama da vela. Anluan tentou, com dificuldade, fazer um anteparo com a mão defeituosa.

A mensagem estava escrita numa caligrafia cheia, decorativa, na única folha do pergaminho. Não era muito extensa.

— Você quer que eu traduza palavra por palavra? — perguntei, com a voz falhando.

— Apenas me fale o que ela diz.

— É mais um decreto do que um pedido — falei, mansamente, desejando de todo coração que não fosse eu a pessoa a dar a ele tais notícias, porque um simples vislumbre já me mostrara do que se tratava. — Lorde Stephen pretende se estabelecer em suas terras, fazendo do castelo de Whistling Tor sua fortaleza. Ele decreta que todo o território que se estende até as fronteiras com Whiteshore e Silverlake passe a ser terra normanda, sob o governo dele. Ele se arroga a autoridade para fazê-lo na qualidade de cavalheiro do rei da Inglaterra.

Embora não nos tocássemos, senti todo o corpo de Anluan se crispar. Percebi a mudança em sua respiração.

— Em seguida, ele diz que terá consideração e lhe dará uma escolha. Ele pode se apossar de sua fortaleza na hora que decidir. Contudo, vai lhe dar a oportunidade de discutir o assunto com ele, para chegarem a um acordo mútuo, evitando assim que seu povo e sua terra sofram os rigores de um conflito armado, com inevitáveis perdas e danos. Segundo ele, você enxergará a vantagem de fazer uma reunião com tal objetivo. O conselheiro-chefe dele, com a apropriada escolta, voltará aqui na véspera da próxima lua cheia, a fim de realizar o encontro.

A próxima lua cheia. Pelas minhas contas, seria dali a vinte e um dias.

— E então, vem a assinatura: Stephen de Courcy.

A mensagem era um insulto. O lorde sequer planejava participar do encontro pessoalmente. Acordo mútuo? Qual chefe, em sã consciência, concordaria com uma coisa dessas?

— O que você vai fazer? — perguntei, com um nó na garganta.

A vela estremeceu na mão de Anluan. Gotas de cera caíram no assoalho.

— Fazer? — repetiu ele, com amargura. — Fazer? Acho que vou fazer exatamente o que meu povo espera de mim, Caitrin: absolutamente nada.

— Mas... — comecei a dizer, chocada.

— Não fale!

Foi uma explosão furiosa, e eu dei um passo atrás, com o coração aos pulos.

— Não venha me dizer que posso operar um milagre aqui se ao menos tivesse alguma esperança! Você viu aqueles homens lá embaixo, viu suas armas, armaduras, seus bons cavalos, a disciplina que os fez ficarem parados, esperando, quando anoitecia, depois de Tomas, sem dúvida, tê-los regalado com histórias de demônios e fantasmas. Stephen de Courcy deve ter cem, duzentos soldados como aqueles a seu dispor, talvez mais. Eu não tenho nenhum. Ele pode me dar vinte e um dias ou dez vezes isso: não faria diferença. É o fim de Whistling Tor.

Respire fundo, Caitrin.

— Se você decidir que assim o é, imagino que assim será — consegui dizer.

— Ah, quer dizer então que é tudo culpa minha? É por minha causa que esse maldito lorde estrangeiro decide entrar em minhas terras e fazê-las suas? Você espera que eu busque soluções assim do nada, é isso?

Um silêncio pesado, enquanto ele me fuzilava com os olhos, o suporte da vela preso à sua mão branca, de punho cerrado. Meu coração martelava no peito. Quando uma mãozinha gelada segurou a minha, eu quase tive um desmaio.

Anluan baixou a vista para a criança-fantasma, que estava agora de pé, agarrada à minha saia, a cabeça etérea encostada na lateral do meu corpo. Os olhos dele se ergueram e examinaram meu rosto.

— Você está com medo de mim — falou, com os olhos azuis muito abertos. — Caitrin, eu nunca machucaria você. Não é possível que não saiba disso.

Engoli em seco. Eu tinha muito a dizer, mas as palavras não vinham. O chefe de Whistling Tor olhou para as próprias botas.

— Sinto muito — murmurou. — Eu não sou... não posso...

— As pessoas não vão culpá-lo pelo que levou Lorde Stephen a fazer o que fez — consegui falar. — E eu não o culpo. Mas você será julgado pelo que fizer de agora em diante. O mensageiro normando disse que esta é uma fortaleza sem protetores, como se fosse algo desprezível. Você tem sorte com seus protetores, Anluan. Eles o amam e confiam em você. Talvez o próximo passo seja se aconselhar com eles.

— Você faz tudo parecer tão fácil.

Ouvi, na voz dele, a criança que perdeu os pais cedo demais. O menino que tivera de suportar um fardo impossível, aos nove anos de idade.

Dei um passo à frente e pousei a mão em seu ombro. Ele não recuou, mas senti que se crispou ao meu toque.

— Por favor, não desista — falei. — Por favor, deixe-nos ajudá-lo.

— Você se incluiria entre esses protetores, Caitrin?

Ele não me olhava.

— Se você me aceitar — sussurrei.

— Não vejo por que discutir isso — disse Anluan um pouco depois.

Os moradores da fortaleza estavam reunidos, como sempre, em torno da mesa de jantar, mas ninguém comia a refeição que Magnus preparara rapidamente.

— Mesmo que eu não tivesse de suportar o fardo da horda, faz muito tempo que o chefe de Whistling Tor perdeu a confiança de seu povo e de seu território. Reaver isso levaria anos. Eu tenho vinte e um dias. Do jeito que as coisas são, é possível que as pessoas da aldeia até prefiram ser lideradas pelos normandos.

— Bobagem — interveio Rioghan. — Você não notou como Tomas e seus amigos lá de baixo ficaram tremendo de medo ao me ver, e mesmo assim continuaram no lugar? Eles podem não ter lá uma boa opinião de você, Anluan, mas sabem que é um homem como eles. Nenhum homem de Connacht quer saber de um monte de estrangeiros com suas malhas de ferro mandando neles.

— É verdade — concordou Magnus, antes que Anluan pudesse argumentar em contrário. — A cada passo que você der para se aproximar deles, você verá mais um que vai passar para o nosso lado. É minha opinião. Mas você tem razão quanto a uma coisa: o tempo é curto.

— Curto demais — disse Anluan.

— Por falar nisso — falou Eichri —, está claro que os normandos esperam que você compareça ao encontro pessoalmente. É uma pena que Stephen de Courcy não esteja retribuindo a cortesia, pois poderíamos aproveitar a oportunidade para acabar com o vagabundo antes mesmo que a guerra começasse. Eu interpreto o conteúdo da mensagem como inferindo que, caso você não apareça ante a chegada do conselheiro deles, Lorde Stephen verá isso como uma capitulação. Acredito que há um aspecto aí que precisa ser elucidado, e eu ofereço a minha ajuda.

— Que aspecto? — perguntou Anluan, num tom nada encorajador.

— Qual é o papel do nosso rei supremo nessa questão? Como pode tal ato de agressão ser sancionado no próprio território de Uí

Conchubhair? Talvez Ruaridh não esteja sabendo de nada. Talvez, se ele soubesse, pudesse nos mandar ajuda. Deveríamos ao menos perguntar.

No silêncio que se seguiu, fiquei me perguntando quanto tempo demoraria para que uma mensagem chegasse até a corte do rei supremo, e a resposta voltasse, e também de qual membro de nossa pequena família poderíamos prescindir, para que fosse desempenhar tal tarefa.

— Vocês ficariam surpresos com o que se pode descobrir em Saint Criodan — continuou Eichri. — O atual abade, bendito seja seu coração curioso, se mete em tudo. Eu posso ir até lá e voltar muito mais rápido do que Magnus. Dê-me sua permissão, e descobrirei se essa abordagem a Ruaridh Uí Conchubhair daria resultado.

— O rei supremo ajudar o chefe de Whistling Tor? — disse Anluan, soando incrédulo. — Você perderia seu tempo.

— Você não precisa ir. — Foi a primeira contribuição de Muirne à discussão. Com seu jeito recatado e expressão calma, ela estivera sentada em seu lugar durante todo o tempo.

— Eichri não precisa ir até Saint Criodan, nem Anluan precisa conversar com aqueles normandos. Whistling Tor fica à margem. Tem sido assim há muito tempo.

— E quando Stephen de Courcy e seu exército bem armado subirem a montanha arrasando tudo? — perguntou Magnus.

— Eles encontrarão a horda — disse Muirne.

Estava claro que, para ela, aquela era a única resposta de que precisávamos.

Um silêncio pesado.

— Não é tão simples assim, é? — interveio Olcan.

— Ela tem certa razão.

Eu estava relutante em apoiar os argumentos simplicíssimos de Muirne, mas pensava na maneira como a horda expulsara Cillian de Whistling Tor. Sabia o terror que ela provocava na mente das pessoas da aldeia, um medo que existia mesmo entre aqueles que nunca tinham visto os espectros frente a frente.

— Será que um encontro com a horda não faria Lorde Stephen mudar de ideia sobre se estabelecer por aqui? — perguntei.

— Não podemos ter certeza disso — argumentou Rioghan. — E, justamente por não termos certeza, o risco a correr seria muito alto.

Ele olhou para Anluan.

— Qualquer aparição da horda para Lorde Stephen daria uma desculpa para entrar na região à força — disse. — Ele poderia alegar que era uma ação para salvar o povo daqui dos perigos que o ameaça há gerações.

— É prematuro falar dessa possibilidade — comentou Anluan, num tom que não permitia nenhum argumento. — Só o que podemos fazer é nos reunir neste conselho. Imagino que eles tenham a intenção de se instalar na aldeia, lá embaixo. Eu não posso descer. Isso poria em perigo os aldeões, e os habitantes de todo o distrito. E não permitirei que os emissários de Courcy subam até aqui.

— Anluan, você não pode deixar que Lorde Stephen venha e tome posse de tudo — argumentei.

— Se você tiver uma solução, Caitrin, deveria explicitá-la para nós — disse Muirne.

Respirei fundo, tentando me acalmar.

— Magnus, quanto tempo faz que a horda foi além da montanha? — perguntei. — Quanto tempo desde que eles cruzaram a fronteira?

As anotações de Nechtan, e também as de Conan, estavam vivas em minha mente: a ação destrutiva, destroçando e desmembrando, a carnificina e a morte.

— Faz muito tempo, não é? Dez anos? Vinte? Cinquenta?

— Não vamos continuar a discutir isso — cortou Anluan.

Seu rosto de repente ficara anuviado. A mandíbula, cerrada.

No silêncio que se seguiu, Magnus baixou a vista para o prato. Eichri e Rioghan fingiram comer. Olcan foi dar uma olhada no cachorro. Eu podia sentir os olhos de Muirne cravados em mim.

— Mas, Anluan... — comecei a dizer.

— Isso é irrelevante! — gritou ele. — A horda não pode ter permissão de deixar a montanha. Sob nenhuma circunstância. Isso significa que eu tampouco posso sair daqui. Você escutou, Caitrin? Eu falei que não vamos continuar a discutir isso.

Depois de um instante, eu disse:

— Você pensa que, ao não falar sobre um problema, ele desaparece?

— Eu poderia salvar a fortaleza e seus habitantes ao preço da aldeia e de todos que vivem nela.

A voz de Anluan era como gelo. Os dedos estavam crispados em torno de um copo, com a bebida intocada. Esforcei-me para enxergar nele o homem cuja coragem e gentileza tinham me emocionado tanto na investida de Cillian. *Ele está com medo,* pensei de repente. *Ele quer lutar essa luta, mas acredita que vai decepcionar a todos. Ele acredita que vai destruir tudo o que ama.*

— Qual seria sua escolha, Caitrin? — continuou ele. — Você preservaria a fortaleza e seu chefe aleijado, sem falar em seus protetores leais, ao preço de algumas centenas de homens, mulheres e crianças, algumas fazendas e cabanas? Nós poderíamos evitar um governo normando. Se eu soltar a horda para além dos limites de Whistling Tor, Lorde Stephen e seus homens sairiam correndo aos gritos. Ou ele poderia marchar com uma tal quantidade de contingentes que nem mesmo o exército assombrado de Whistling Tor seria capaz de enfrentar. Em qualquer uma das hipóteses, não restaria uma alma viva quando tudo terminasse. Qual das duas seria sua escolha?

Eu me pus de pé.

— A escolha não é minha — falei, tentando respirar pausadamente. — Peço licença, mas vou me deitar.

Peguei uma acha de lenha na lareira e acendi uma vela. Peguei também o embrulho que deixara sobre o banco mais cedo. Os retalhos do vestido de Emer, com Róise enrolada neles.

— A mim me parece que o necessário aqui é uma demonstração de liderança — declarei.

Anluan se levantou. Vi-o cruzar as mãos, para mantê-las paradas, a esquerda por cima da direita. Tudo era silêncio. Até mesmo a mastigação de Fianchu foi suspensa. À medida que eu me dirigia para a porta, o chefe de Whistling Tor disse às minhas costas:

— Você espera muito de mim. — E então não havia raiva em sua voz, apenas amargura: — Eu não sou um líder.

É, sim, pensei, enquanto caminhava pelos aposentos vazios e corredores enganosos da fortaleza, evitando olhar para um espelho a um canto, outro numa parede, um terceiro surgindo, todo torto, acima de um banco quebrado. *Pode ser, sim, se ao menos acreditar em si mesmo.*

Abri a porta do meu quarto e encontrei a menina-fantasma me esperando lá dentro. Seus olhos imediatamente se fixaram no embrulho que eu trazia.

— Agora ela está boa? — perguntou a menina.

— Vou lhe mostrar.

Desenrolei o embrulho do vestido estragado, tirei a boneca remendada e a coloquei sobre o colchão.

— Vou fazer uma cama para você aqui no chão. Acho que vai ficar quentinha.

Ocupei-me em pegar um manto e uma coberta, e enrolar um vestido à guisa de travesseiro. Quando me virei para olhar a menina, o rosto dela demonstrava tanta ansiedade, que me vieram lágrimas aos olhos. Ela estava ajoelhada ao lado da cama, com os olhos fixos no rosto bordado de Róise. O dedinho esquelético tocou a beirada da saia nova que eu costurara para a boneca.

— Se quiser, pode segurá-la.

Ela pegou Róise, com ternura, em seus braços. Ninou-a com cuidado, como qualquer mãe faria com um filho querido. E sussurrou uma canção de ninar.

— *Bem, bem, meu neném...*

— Seria mais quentinho se estivéssemos na cozinha — falei por falar, só para acalmar meus próprios pensamentos.

A amargura de Anluan me deixara abalada. O estado de espírito dele variava do sol para a sombra sem aviso. Um chefe ficava em grande desvantagem, caso sua capacidade de ação ficasse ao sabor de um temperamento volátil. E se Muirne estivesse certa, e ele não pudesse mesmo se modificar?

— Pelo menos lá tem uma lareira — continuei.

Os olhos da menina se arregalaram, assustando-me. O corpinho ficou rígido.

A MONTANHA DAS FERAS   **221**

— Não! Fogo, não!

— Está bem, querida, fique quietinha — ofereci, indo até ela e me abaixando para abraçá-la. — Não tem fogo nenhum aqui em cima. E o fogo na cozinha é seguro, fica dentro da lareira. Veja a caminha boa que fiz para você. Você quer acomodar Róise na cama?

Ela se enfiou por baixo do lençol, com sua parca quentura, a boneca apertada com força contra o peito.

— Cante uma canção para mim — pediu.

Era a última coisa que eu queria fazer.

— Está bem. Feche os olhos.

Sentei-me no chão, junto dela, apertando o xale em torno do corpo, e me perguntando se os outros teriam continuado a discussão sem mim. Tentei cantar a música da princesa e do sapo, deixando de fora as partes mais tristes. A menina ficou imóvel, os olhos fechados, com seus longos cílios claros tocando a pele perolada. Como era fria! Era como se um vento de inverno a tivesse tocado por dentro.

Eu tinha chegado à última estrofe quando vi uma luz tremeluzindo no corredor, e ouvi passos se aproximando. Magnus apareceu na porta.

— Só vim verificar se está tudo bem.

Os olhos dele se arregalaram.

— Estou vendo que você tem companhia.

— Eu estou bem, Magnus, obrigada. Lamento ter deixado a reunião.

Na penumbra, eu não conseguia perceber a expressão dele com clareza.

— Não tem problema. Olcan pediu que eu lhe dissesse que ele vai mandar Fianchu aqui para cima. Soube que você teve um guarda diferente na sua porta hoje.

— Quem lhe contou?

Até onde eu sabia, ninguém estivera por ali enquanto Catháir estava em serviço.

— As histórias circulam. Todo mundo sabia: Eichri, Rioghan, Muirne.

— Magnus, sinto muito por ter aborrecido Anluan mais uma vez. Eu apenas queria que ele... — Minha voz falhou.

Anluan tinha boas razões para estar furioso comigo. Eu queria que as coisas fossem diferentes. Queria que ele fosse o homem que eu vira no pátio, enfrentando Cillian. Agora, na quietude do meu quarto, percebia o quão irrealista eu fora. O que ele enfrentava agora não era um bando de assediadores. Era um lorde normando, com todo o poder e autoridade que isso implicava. Era a força formidável de um exército armado, que os lordes costumam ter sob seu comando. O que eu queria: que Anluan morresse, levando com ele a gente da aldeia e da floresta, apenas para provar para mim que sabia ser um homem?

— Ele nos disse para não discutir o assunto — falei, arrasada. — Mas não consigo pensar em outra coisa.

Magnus cruzou os braços musculosos. Ele não passara do vão da porta.

— Nós já enfrentamos muitas coisas por aqui. Tempos terríveis. Tempos de dor. Eu nunca pensei que fosse dizer isso, Caitrin, mas talvez seja mesmo o fim. Whistling Tor não tem exército, não tem recursos, não tem nem mesmo a confiança de seu povo, a fim de apoiá-lo. Anluan sabe o que deveria fazer, mas o risco é muito alto. Se der um passo para fora da montanha, mesmo que seja apenas pelo intervalo de tempo que lhe permita ir até a aldeia participar de um conselho, ele põe em perigo tudo o que ama. Suponha que faça isso, e desafie Lorde Stephen. Então, estará obrigado a um conflito armado. Onde está o exército dele? — perguntou ele, e fez um gesto em direção à floresta. — A única coisa que Anluan tem são *eles*, e sabemos o que aconteceu quando seus ancestrais tentaram usá-los em uma batalha.

— Deve haver uma nova maneira de ver essa questão. Recuso-me a acreditar que não existe solução.

Mas Anluan não me acusara de ter uma esperança teimosa, uma esperança que via saída onde não havia nenhuma?

— Magnus, se Eichri e Rioghan podem ir além da montanha sem consequências terríveis, isso não significa que os outros poderiam fazer o mesmo, dentro das condições certas? Eichri acaba de se oferecer para ir até Saint Criodan, que fica muito além de Whistling Tor.

— Eichri e Rioghan são diferentes.

A MONTANHA DAS FERAS **223**

— Mas eles não foram sempre assim. Se conseguiram mudar, por que os outros não podem também?

Magnus pareceu confuso.

— Com tempo, e vontade de fazê-lo, estou pronto a admitir que isso seria possível, sim. Mas o que temos é a fase de uma lua.

Baixei os olhos para a criança, em sua cama improvisada. Pensei no olhar atormentado de Catháir quando marchou de volta para a floresta, de cabeça erguida.

— O que Anluan precisa é apenas que eles permaneçam aqui enquanto ele vai até a aldeia para o encontro — falei.

— E o que você acha que ele deve fazer quando chegar a esse encontro? Ameaçar os normandos com uma força de vinte aldeões carregando ancinhos?

— Pode parecer tolice, eu sei. Mas talvez, se ele der esse primeiro passo, as pessoas lá de baixo o julguem de forma melhor. E não é que o próprio Lorde Stephen vá estar aqui na lua cheia, junto com seus homens. Anluan não teria um tempo para buscar apoio na região?

Antes que Magnus pudesse fazer qualquer comentário, Fianchu entrou aos pulos no quarto e foi direto até a garota. Rodeou-a algumas vezes, dando um jeito de não pisar nela, e depois se deitou ao lado dela, calmamente. A frieza sobrenatural da menina não pareceu perturbá-lo, mas, convenhamos, se ela não era uma criança comum, ele tampouco era um cão qualquer.

— Vou deixar você em paz — disse Magnus.

Parecia que nossa discussão estava terminada.

— Boa noite, Magnus.

— Boa noite, menina. De manhã, talvez a gente possa ver isso com novos olhos.

Uma chuva fina e persistente caía sobre as torres e os jardins de Whistling Tor, empoçando nos cantos, deslizando pelas paredes de pedra, fazendo-me estremecer enquanto eu ia do setor dos quartos para a biblioteca. No pé de sangue-do-coração, três flores em botão tinham brotado; os carvalhos exibiam seu verde suave. Eu contava os dias à medida que passavam. Faltavam vinte dias para a chegada dos normandos; dezenove, quinze... Não apenas aquele momento se aproximava, mas também o primeiro dia de outono. Era o dia-limite da minha contratação.

Minha mente rodava de forma insuportável. Eu tentava mantê-la concentrada enquanto trabalhava, mergulhando em minha tarefa com uma energia febril. Anluan passava a maior parte do tempo trancado em seus aposentos. Eu ia vê-lo às vezes, tendo conversas sombrias com Magnus e Rioghan, mas ele mal me olhava. Tampouco aparecia na biblioteca. E nem se sentava no banco, no jardim de Irial. Muirne levava as refeições dele na bandeja.

À noite, quando meus pensamentos aflitivos me mantinham acordada, eu saía para o corredor e espiava o jardim. Na escuridão da noite sem lua, Rioghan andava de um lado para o outro, em seu ritual noturno. Através do lago e por trás do pé de pera, eu via a luz da vela de Anluan. E sussurrava para ele: "Por que você não fala comigo? Eu achava que éramos amigos".

Sentia falta dele. Dos olhares furtivos que ele me lançava. Sentia falta de sua conversa estranha. E de seu sorriso torto. Até mesmo seus surtos de mau humor seriam melhores do que aquela ausência, aquele silêncio. E ele se estendia a todos os habitantes da fortaleza. Deduzi que Anluan dera ordens para que ninguém discutisse comigo a crise que se aproximava. Eu queria ajudá-lo, conversar com ele, ser uma ouvinte. Mas, nas raras ocasiões em que por acaso o encontrei atravessando o pátio, ou que passei por ele no vestíbulo, Anluan parecia tão triste e distante que eu mal consegui abrir a boca.

Eu precisava de mais tempo. Os documentos ainda poderiam revelar um meio de banir definitivamente a horda, libertando Anluan da maldição. Se não houvesse a horda, ele poderia fazer alianças com os chefes da região. Se não houvesse a horda, ele poderia tornar-se o líder que nascera para ser. E então, talvez, tivesse a chance de enfrentar os normandos. Se ao menos eu conseguisse descobrir o meio de quebrar o feitiço. Restavam quinze dias.

Manhã após manhã, eu chegava à biblioteca assim que o dia clareava a ponto de ser possível ler, e ficava lá quase até a hora da refeição. Durante as tardes, trabalhava em meu quarto, fazendo versões para o irlandês das anotações feitas por Irial à margem das páginas de tecido, que eu cortara e costurara, transformando em um pequeno livro. Eu já vira tudo o que havia na biblioteca escrito na caligrafia de Irial, mas o registro continuava incompleto. Se houvera mesmo dois anos de intervalo entre a morte de Emer e a do marido, certamente havia anotações de Irial faltando. Ou então ele parara de tomar notas, durante uma estação ou mais, antes de morrer. Ele ficara triste demais para pegar em pena e papel, talvez. Seu último registro dizia:

Dia quinhentos e noventa e quatro. As folhas de bétula rodopiando e caindo, caindo. O canto puro da cotovia no céu sem fim. Haverá um sono sem sonhos?

Lendo isso, eu não pensava no Irial abandonado, mas em seu filho, e meditava sobre a natureza do amor. Certa vez, eu vira Anluan no jardim parecendo um príncipe encantado, preso numa sombria rede de feitiçaria. Mas esse não era nenhum príncipe de histórias antigas. Anluan era um homem de carne e osso, com seus respectivos defeitos e virtudes. As feridas do passado, das quais Magnus um dia falara, as cicatrizes que a vida lhe deixara, eram tão parte dele quanto a perna atrofiada e os ombros tortos. Elas o faziam o homem que ele era.

Eu pensava no calor do corpo dele contra o meu, seu rosto colado ao meu, enquanto eu me inclinara para guiá-lo com a pena. Pensava em quanto sofrimento havia em estar à parte do mundo. Mais do que devia, já que eu não passava de uma escriba contratada por apenas um verão. Sabia que, independentemente do que acontecesse, sair daquele lugar iria deixar meu coração destroçado.

Minha tradução dos documentos de Nechtan agora cobria uma pilha considerável de folhas de pergaminho. Eu as estocara entre apoios de carvalho polido, que Olcan fabricara para mim, com mais uma tira de couro para mantê-las juntas. Naqueles longos dias de trabalho, e com minha constante ansiedade, eu emagreci. Meus vestidos ficaram frouxos. Nas raras ocasiões em que me olhava no espelho — em geral, por acaso —, e ele me dava de volta um reflexo real, eu não via aquela pessoa rosada e com curvas que Eichri comparara a uma adorável nobre de um conto de fadas, mas sim uma criatura pálida, com manchas escuras sob os olhos, a testa franzida, o cabelo puxado para trás por um simples lenço. Eu pensava no comentário de Nechtan sobre a própria esposa: *Em breve, ela será um trapo.* E me perguntava o que acontecera com a pobre e bem-intencionada Mella depois que o grande experimento de seu marido se provou tão desgraçadamente errado.

Eu não esperava me sentir só, mas me sentia. Na maior parte dos dias, a criança-fantasma me fazia companhia, sentada no chão num canto onde os livros de Irial ficavam guardados, brincando com Róise seus jogos misteriosos. Catháir assumira a responsabilidade de tomar conta da entrada do meu quarto durante o dia, e Fianchu o fazia à noite.

No final da tarde, os habitantes da fortaleza ainda se reuniam, sem seu líder e sua sombra. Mas a hora do jantar não era mais o que fora antes. Estávamos todos desanimados e preocupados. Olcan e Magnus trocavam uma ou outra palavra sobre o trabalho que planejavam para o dia seguinte. Rioghan ficava sentado em silêncio, sem seu companheiro de provocações, porque Anluan finalmente dera licença a Eichri para ir até Saint Criodan. Meu apetite se fora. Eu só comia porque sabia que precisava fazê-lo.

Doze dias para a lua cheia. Entrei na biblioteca e encontrei um pote de tinta virado e uma poça preta por cima das páginas escritas que eu deixara sobre a mesa na noite anterior. A transcrição estava arruinada. Enquanto limpava a sujeira, eu tentava me convencer, sem sucesso, de que aquilo fora algum tipo de acidente. Eu sempre tampava a tinta e a guardava, antes de sair da biblioteca. Quem estivera ali? Quem teria entrado à noite? Com uma sensação crescente de medo, reconheci que era um aviso. Mas de quem, e por quê? Será que eu estava chegando perto do cerne daquilo que buscava? Se Nechtan era tão poderoso, talvez tivesse lançado uma espécie de feitiço para proteger seus segredos de olhos curiosos. Se podia fazer aqueles malditos espelhos, seria capaz disso, com certeza. Eu me perguntava o que estaria por vir. Seria algo pior do que a destruição de um dia de trabalho, disso eu não tinha dúvida.

A criança-fantasma me olhava, segurando Róise com força. Os olhos graúdos denotavam medo, como se ela tivesse adivinhado meus pensamentos.

— Está tudo bem — falei. — Foi só a tinta derramada. Mas talvez seja melhor você subir e ficar com Catháir hoje. Tenho certeza de que lá ele se sente muito sozinho.

Dez dias para a lua cheia. Eichri voltou com um suprimento de tecido excelente, além da desagradável notícia de que uma das filhas de Lorde Stephen estava noiva de um parente de Ruaridh Uí Conchubhair. Não era preciso dizer mais nada. Significava que o rei supremo não interviria em favor de Anluan.

Quebrei minha própria regra de não usar velas na biblioteca, e comecei a trabalhar na hora do jantar. Lia até que minhas pálpebras ficassem pesadas e a caligrafia forte de Nechtan começasse a parecer borrada e a dançar nas páginas à minha frente. De vez em quando, sentia presenças nas sombras, além do aconchegante círculo de luz, sombras que se moviam e se alteravam: era a horda, inquieta. Eu avançava devagar. Talvez eles estivessem ficando raivosos.

Até que um dia desisti e fui para a cama. Caí num sono exausto, sem sonhos, e só fui acordar com o raiar do dia. Chovia lá fora. Fianchu já tinha ido embora, e a porta estava ligeiramente entreaberta. A coberta que o cão dividia com a criança-fantasma estava embolada no chão. Não havia sinal da menina.

Senti, antes mesmo de ver: alguma coisa estava errada, fora de lugar, além daquelas ausências. Uma sombra se moveu. Alguma coisa acima de mim, balançando de um lado para o outro. Olhei para cima.

Róise estava pendurada no ar, seu corpinho fraco preso pelo pescoço. Meu coração deu um salto. Cheguei a pensar... por um instante eu pensei... mas, então, não, as pessoas não morrem duas vezes, nem mesmo quando seus corpos etéreos têm mais substância do que se poderia esperar. Mas um fantasma pode sofrer. Um fantasma pode ser ferido. Eu entendera isso ao ouvir o relato angustiado de Rioghan sobre seu passado; ao ver os olhos aflitos de Catháir; e como a menininha se agarrava àquele tesouro que um dia fora meu e que agora lhe pertencia. Queria tirar a boneca dali antes que ela visse. Agora, agora mesmo. Aquela visão me fazia estremecer. Olhei para a porta aberta. Talvez ela já tivesse visto.

Era alto demais, eu não conseguia alcançar. Quem teria feito aquilo? Quem o fizera descaradamente, quando eu estava dormindo ali a apenas três passos de distância? Quem teria conseguido passar por Fianchu? Só podia ser alguém da horda. Mas por quê? Eles queriam que eu conseguisse. Queriam que eu encontrasse uma maneira de levá-los de volta. Aquelas eram ações de maldade consciente, sem propósito algum.

Encontrei a menina lá fora, no corredor, num canto, chorando. Não havia ninguém à vista, nem ali em cima nem lá embaixo, no pátio. Fui até ela e me abaixei ao seu lado.

— Você está bem? Não estava conseguindo encontrar você. Onde foi parar Fianchu?

Ela estava toda enroscada em si mesma, o corpo sacudido por soluços, o cabelinho fino e branco encharcado de chuva, que respingava através das aberturas no alto do pátio.

— Pequenina? Onde está o cachorro? O que foi que houve lá no quarto?

— A bebê — murmurou ela, com um soluço, deixando-se acomodar sobre meus joelhos. — A bebê foi embora.

Talvez ela não tivesse visto. Ergui-me, com ela no colo.

— Rioghan? — chamei, num sussurro. — Você está aí embaixo? Estou precisando de ajuda.

No mesmo instante, Fianchu subiu aos pulos os degraus que levavam ao corredor, abanando o rabo e com uma expressão inocente. Eu não o culpava. Ele provavelmente vira uma oportunidade de ir lá fora aliviar-se quando alguém, fosse quem fosse, deixara a porta aberta. Alguém em quem ele confiava? Um habitante da casa? Eu não suportava nem pensar nisso.

— Caitrin. — Era Rioghan; eu mal precisara erguer a voz para chamá-lo. — O que houve? Você está branca como um papel.

— Tem alguma coisa no meu quarto que eu queria que fosse... consertada... antes de eu voltar lá — falei, olhando para a menina em meus braços. — Acordei e descobri que tivemos um visitante. Rioghan, você poderia ver isso para mim, por favor?

Ele entrou no quarto sem dizer mais nada e eu fiquei esperando, ninando a menina e cantarolando para ela. Em pouco tempo Rioghan estava de volta. Estava enrolando o arame.

— Está tudo bem, pode entrar com ela — disse ele. — Você vai precisar fazer uns remendos, Caitrin. O objeto em questão foi quase partido em dois.

— Muito obrigada.

Por alguma razão, eu própria estava quase às lágrimas.

— Você precisa contar a Anluan o que aconteceu — aconselhou Rioghan.

— Não faria nenhum sentido — disse eu, mal conseguindo manter a voz firme. — Ele não está nem me dirigindo a palavra ultimamente.

— Há uma razão para isso, Caitrin. Sua presença aqui o faz refletir. Faz com que ele meça o peso de cada coisa de um jeito diferente.

— Ele não deveria deixar de ouvir se eu tiver alguma contribuição importante a dar. Anluan sabe que não sou uma pessoa estúpida. Por que então ele não confia em mim?

— Você está zangada.

— Claro que estou! Ele pode estar a ponto de perder tudo, e não me deixa ajudá-lo!

— Ele tem suas razões. Se ele quisesse lhe contar como eles são, sem dúvida o faria. Não pense que ele está trancado no quarto se maldizendo, Caitrin. Ele está arquitetando um plano, tentando entender se é possível correr o risco que seria necessário para salvar este lugar. Calculando, pesando os argumentos. Hesitando, porque talvez o risco seja grande demais para ele suportar. O que aconteceu aqui hoje de manhã talvez faça com que ele evite ainda mais envolvê-la.

— Envolver... Você quer dizer que ele está me deixando de fora disso para me proteger? Mas...

— Bebê... — sussurrou a criança. — Quero minha bebê.

Eu me ergui, continuando a segurá-la pela mão.

— Você tem certeza de que podemos entrar aí sem problema?

— A boneca está na cama. Os outros vestígios, eu removerei. Caitrin, você precisa contar a ele.

— Por favor, não diga nada. Eu direi, se tiver uma oportunidade. Se ele se dispuser a me ver. E, Rioghan: muito obrigada.

— Fico feliz em poder servi-la, bela senhora. Sei que você tem alguém de guarda aqui durante o dia. Talvez devesse buscar outro. Nas atuais circunstâncias, é possível que algum elemento da horda encontre um meio de fazer... uma maldade. Acredite, isso é a última coisa que queremos que aconteça.

Estremeci. Será que ele estava querendo dizer que Anluan podia ficar tão aborrecido, a ponto de perder o controle que sempre, dia após dia, se esforçara para manter?

— Não fique assim, Caitrin — disse Rioghan. — Nosso menino é valente, apesar das aparências. Devemos confiar nele.

— Eu confio. Apesar de tudo, eu confio.

Róise estava sentada em minha cama, com as costas no travesseiro. Em um primeiro olhar, ela parecia intacta, mas quando a criança-fantasma correu para pegá-la ficou evidente que a cabeça da boneca tinha sido quase arrancada do corpo, pelo arame apertado. Um aviso. Da próxima vez...

— Ela vai precisar de um ou dois pontinhos. E logo estará boa — falei para a menina. — Vou fazer isso agora. Você pode me passar aquela caixinha com as coisas de costura? Você vai ser minha ajudante.

Deixei mais uma vez a menina aos cuidados de Catháir. Eles pareciam se dar bem, ele cuidando dela com uma tolerância gentil, e ela contente com a companhia, embora eu soubesse que não era sua companhia preferida. Eu achava que ao lado dele ela estaria mais segura do que comigo. Não havia dúvida em minha mente de que o ocorrido não fora para assustar a criança, mas sim para lançar uma advertência a mim. *Não se meta mais, ou você vai ferir as pessoas que ama.*

Nada estava fora de lugar na biblioteca naquela manhã, mas mesmo assim eu prendi a respiração, temendo alguma outra surpresa desagradável. Tudo tranquilo: além da janela, a chuva escorria das árvores no jardim de Irial.

Com um suspiro, concentrei-me na tediosa tarefa de refazer a transcrição que fora arruinada pela tinta derramada. À medida que trabalhava, eu pensava na história de Nechtan, que fazia mais sentido agora que eu conhecia mais partes dela. Nos anos anteriores ao nascimento de seu único filho, ele ficara mais e mais obcecado pelo vizinho Maenach, chefe de Silverlake. Tudo começara com um comentário casual de Maenach, mas fora tomando corpo na mente de Nechtan, até chegar à mais incontornável inimizade. Lendo nas entrelinhas, deduzi que a beligerância era muito maior da parte de Nechtan, já que a última cena que eu vira no espelho, de Nechtan empurrando a mulher de forma tão cruel, não fora a única vez em que Maenach tentara restabelecer a paz entre eles. Houvera mensagens, tentativas de realizar reuniões, contatos com o rei supremo para que este intercedesse. Cada uma delas fora interpretada pelo chefe de Whistling Tor como um complô contra ele. Ele via inimigos por toda parte à sua volta, inclusive dentro da própria fortaleza.

Por seu outro vizinho, Farannán de Whiteshore — se me lembro bem, avô de Emer —, Nechtan não tinha inimizade tanto quanto por Maenach, no princípio. Depois, com a horda já na montanha, estava claro que um evento catastrófico tinha ocorrido. Nechtan não explicava muita coisa. Eu imaginava que até mesmo ele achava os detalhes tenebrosos demais para mencionar.

Em seu frenesi, eles se atiraram sobre o sacerdote de Farannán. Arrancaram-lhe membro por membro diante dos meus olhos. Muitos morreram assim, ou de forma ainda pior. Vi uma mulher ser transformada em pouco mais que alguns ossos partidos. Por todo lado, um clamor de vozes: Acalme-os! Em nome de Deus, recolha seus servos demoníacos! Eu não conseguia fazer com que a horda obedecesse. Só o que podia fazer era ir para casa. Aonde eu vou, eles vão atrás. À nossa retaguarda, só ficou carnificina.

Depois de ler esse trecho, um dos poucos que Nechtan escrevera depois de ter conclamado a horda, fiquei um bom tempo sentada, olhando para a parede. Eu me perguntava como, diante de tal evidência, eu ainda achava que poderia haver um meio de Anluan cruzar a fronteira invisível no pé da montanha, sem destruir o distrito inteiro. Então, saí da biblioteca e fui atrás de Eichri.

Hoje, o espantalho verde estava no jardim, com a chuva de verão pingando do capuz escuro de sua capa. Eu me aproximei dele.

— Estou procurando pelo irmão Eichri.

O ser apontou para a torre leste, em seguida fez um sinal da cruz com suas mãos esqueléticas.

— Obrigada pela ajuda.

A chuva aumentava. O lago tinha transbordado, espalhando suas águas pela grama em torno. Os patos estavam encolhidos debaixo de um arbusto. Corri até a torre, erguendo a saia na vã tentativa de mantê-la seca. Minhas botas estavam ensopadas. Atirei-me contra a porta, que estava entreaberta, e parei num átimo ao ouvir uma canção.

Profunda, doce, como o soar de um sino pesado ou o canto de criaturas nas profundezas marinhas; foi assim que me pareceu. Vozes masculinas em uníssono, formando uma melodia fluida, ondulante. As palavras eram em latim. Era um cantochão.

Fiquei ali durante algum tempo, imóvel de surpresa diante da beleza tranquila da melodia. Quando a canção cessou, eu entrei. Não esperara encontrar uma capela em Whistling Tor. Mas lá estava ela: uma câmara toda de pedra, com uma janela estreita de vidro, tendo por altar uma laje sem qualquer adorno, sustentando uma cruz rústica de carvalho. Uma luz sutil tocava os rostos de cinco irmãos que lá estavam, ajoelhados, agora silenciosos, as mãos postas em prece. Aquelas mãos — tão magras, tão transparentes, apontadas para o céu — falavam por si. Aqueles irmãos sacros pertenciam não à comunidade de Saint Criodan ou a outra fundação monástica, mas sim à horda.

O sexto monge não estava em posição de penitência. Eichri se encontrava ao fundo, de braços cruzados. Não participava, apenas observava. Eu me acostumara às expressões de seu rosto ossudo: cínica, divertida, inquisitiva, maliciosa. Um momento antes que ele me visse, o que observei foi algo novo. Era um olhar que eu via às vezes na criança-fantasma, em seu rosto gasto: o anseio por um lugar que já não existia.

— Eichri — sussurrei, aproximando-me. — Posso falar com você?

— Psiu! — Fez um dos monges que oravam, sem virar a cabeça.

Eichri me tomou pelo braço e saímos juntos, parando junto à porta.

— Chove muito — observou ele.

— Psiu!

— Ai, ai — exclamou Eichri, erguendo o sobrolho. — Vamos correndo até a cozinha?

— Preciso falar com você em particular — falei, e tive uma ideia. — Você poderia me escoltar até o quarto lá em cima, onde as roupas usadas são guardadas, no alto da torre norte? Deve haver um par de botas lá, alguma coisa que mantenha meus pés secos.

— Com prazer, minha jovem senhora.

Corremos através da chuva, depois, pingando, subimos a escada tortuosa que ia dar no quarto da torre. A chave estava na bolsinha, em meu cinto. A porta não cedeu. Afrouxei minhas botas encharcadas e usei-as para empurrá-la.

— Aqueles monges foram uma surpresa — falei.

— Pelo fato de ainda rezarem? Porque continuam a ter fé?

Hesitei, buscando a maneira certa de dizer aquilo.

— Na história de Whistling Tor, a horda é identificada com o maligno. Com o demoníaco. Demônios não cantam salmos.

Ele deu de ombros.

— Isso é mais um dos assuntos sobre os quais Anluan lhe proibiu de falar? Eichri, não aguento isso! Como vamos poder ajudá-lo, se ele não admite sequer discutir o problema? Eu me preocupo com ele, eu me preocupo com todos vocês! Não posso ficar sentada vendo tudo ir por água abaixo!

Eichri se acomodara de pé, as costas encostadas à parede, as pernas esticadas. Ele cruzou os pés, calçados em sandálias. Não havia nenhum brilho perigoso e vermelho naqueles olhos agora, nenhum riso assustador em suas feições esqueléticas.

— Você tem um plano? — perguntou.

Finalmente alguém estava disposto a ouvir.

— Não exatamente. Só tenho uma ideia. Você poderia me ajudar, respondendo a uma ou duas perguntas.

— Se puder, responderei, Caitrin. Estou atado a Anluan, assim como o resto da horda. Se você tocar em algum ponto sobre o qual ele me proibiu de falar, não poderei responder, mesmo querendo. Você não deve perder de vista o fato de que eu não sou um homem comum. Aprendi a fingir, assim como Rioghan e Muirne. Brincamos de estar vivos tão bem que às vezes nos iludimos achando que somos mesmo parte deste mundo. Isso é perigoso. Nossa natureza limita nossa capacidade de agir.

— E, no entanto, você é capaz de viajar para fora de Whistling Tor sem...

— Sem enlouquecer? Isso é verdade. Nós trabalhamos para isso ao longo de muitos anos, Rioghan e eu. Não foi nada fácil.

Fiquei pensando naquilo, enquanto tirava de dentro do baú maior um par de chinelos bordados, pondo-os de lado.

— Sempre gostei desses aí — disse Eichri. — Pertenciam a Emer.

— Não servem para usar na chuva. Além disso, da última vez que usei uma roupa de Emer, alguém entrou no meu quarto e destroçou tudo. Talvez seja melhor deixar as coisas dela aqui.

Houve um silêncio estranho. Olhei para o monge. Ele estava com a testa franzida.

— Destroçou? Quando foi isso?

— Há algum tempo. Outras coisas aconteceram, mais recentemente. Advertências. Pelo menos, é o que pareceram.

— Você deveria ter falado sobre isso com Anluan, Caitrin.

A MONTANHA DAS FERAS **235**

— Foi o que Rioghan disse. Eu tenho um guarda.

— Que é da horda.

Não havia botas no baú maior. Abri o pequeno e comecei a olhar seu conteúdo.

— Caitrin?

— Eu confio em Cathaír. Assim como confio em você, Eichri. E isso me leva à pergunta que ia fazer. Da primeira vez que vi a horda surgindo na floresta para aterrorizar Cillian, você estava liderando os outros. Se eu não soubesse que você era amigo, teria ficado absolutamente aterrorizada. Em vida, você era uma espécie de monge guerreiro?

Ele deu um sorriso que me desarmou.

— Eu fui criado numa fazenda. Aos dois anos, já sabia andar a cavalo. Os outros apetrechos são só para me exibir. Mas conseguem infundir terror no inimigo.

— Quer dizer então que você não seria capaz de passar por cima de alguém? De fazer seu cavalo empinar e esmagar alguém com as patas?

— Passar por cima de alguém? — repetiu Eichri, parecendo chocado de verdade. — Dificilmente. Não posso dar garantias pelo cavalo. Encontrei aquela criatura vagando na floresta alguns anos atrás, e nos demos bem. O que ele decide fazer é problema dele.

— A horda seguiu você. Você foi o líder dela na batalha.

— Anluan às vezes nos chama, a Rioghan e eu, para agirmos como líderes. Somente na montanha, claro.

— Alguma vez vocês tentaram fazer isso além da fronteira?

— Ah...

O monge ergueu as mãos, com as palmas para fora, e moveu a cabeça, com um sorrisinho.

— Se essa é uma pergunta proibida, que tal esta: seria possível você e Rioghan manterem a horda sob controle, enquanto Anluan fosse até a aldeia conversar com os emissários de Lorde Stephen? Ele só precisaria ficar fora da montanha por um curto espaço de tempo. Magnus poderia acompanhá-lo. Olcan e Fianchu ficariam aqui para ajudar vocês.

Eichri não disse nada.

— Não haveria, na horda, outros que também pudessem ajudar? Cathaír, por exemplo, e alguns dos outros guerreiros, os mais velhos? — E, como nem assim ele respondeu, continuei: — Se aqueles monges podem cantar o nome de Deus, eles não podem ser as criaturas malignas que as pessoas pensam. A menininha que dorme no meu quarto é uma criança inocente. Cathaír vive perturbado por recordações terríveis, mas ainda assim é capaz de se orgulhar por um dia de trabalho. Isso pode ser feito, Eichri. Poderíamos, ao menos, sugerir para Anluan. Se ele ouvisse.

— Você não acha que isso já aconteceu com Anluan, Caitrin? — perguntou Eichri, num tom gentil.

— Não sei o que achar! — falei, um pouco irritada.

— Aposto que neste instante ele está amaldiçoando o dia em que deixou você subir a montanha.

Aquilo me pegou de surpresa.

— Por quê?

— Ora, vamos, não fique zangada. Falei que ele está amaldiçoando esse dia porque você não o deixa desistir. Você encheu a cabeça dele de possibilidades, e agora ele está apavorado, com medo de não conseguir torná-las reais.

Remexi no segundo baú, em silêncio, pensando em Anluan, em algum ponto da fortaleza, meditando sobre o quanto minha chegada modificara sua vida. Minha tolice parecia clara. Eu dera um passo além daquilo que era capaz de fazer. Perdera de vista o que era possível. E me intrometera em algo que não me dizia respeito, provocando apenas problemas.

— O fato — disse Eichri — é que, mesmo que você não tivesse vindo, Stephen de Courcy estaria igualmente querendo tomar Whistling Tor. Seus emissários viriam na lua cheia do mesmo jeito, e nós não estaríamos prontos para enfrentá-los.

— Você consegue ler mentes?

— Consigo ler rostos, gestos, olhares. O que você sugere é minimamente possível. Mas valerá a pena o risco, se tudo o que se conseguir for uma declaração do chefe de Whistling Tor de que ele não abrirá mão de sua terra sem lutar? Não há sentido nisso, se Anluan não tiver a seu dispor um exército para defender o território. Ele não vai usar a horda como preço para a guerra. E não acho que vá dar a você a oportunidade de apresentar qualquer ideia, mesmo que seja boa. Ele não quer vê-la envolvida nisso.

— Estou traduzindo os documentos de Nechtan — argumentei. — Já estou envolvida.

— Caitrin, há mais coisas nessa questão do que você pensa. Eu posso não ser mau. Rioghan e seu jovem guarda, e a garotinha, e a maioria daquela gente lá fora na montanha, esses podem ser tão maus quanto qualquer homem ou mulher do vilarejo. Mas há, entre eles, uma força maléfica: algo que pode virar o jogo se Anluan não estiver lá para segurar as pontas. Não sei explicar de que natureza é essa força, pois não a conheço. Nenhum de nós a conhece. Mas, se a horda escapar do controle do chefe, ninguém será poupado. Ninguém. É essa a influência maligna que testa a força de Anluan, dia após dia. É ela que o cansa e exaure. Já senti seu poder sobre mim. Ele é forte. Tenho muito medo dele. Ah, você encontrou uma bota.

Tirei-as do baú. Eram de um couro bom e pareciam fortes o suficiente para enfrentar o chão molhado, e confortáveis também, para trabalhar dentro de casa. Não me lembrava de tê-las visto em minha última visita. Ao me sentar no baú fechado, para experimentá-las, meu olhar se fixou no espelho pendurado na parede.

— Tenho mais uma pergunta para você, já que você está aqui desde os tempos de Nechtan. Foi ele que fez todos esses espelhos da casa? E são todos malignos?

— Não sei dizer. Será que um objeto assim pode ser bom ou mau? Não será, talvez, mais uma questão de quem os está usando e de como reage?

As palavras de Eichri ficaram ecoando no silêncio que se fez entre nós. Elas pareciam importantes, como se trouxessem uma verdade nelas que não pudesse ser enxergada num primeiro momento.

— Há um espelho na biblioteca, tão cheio das feitiçarias de Nechtan que eu só posso encará-lo como algo maléfico — falei, devagar. — Aqueles

238 JULIET MARILLIER

no corredor principal me dão medo. Eu vi a mim mesma como uma mulher velha e... havia outras coisas, coisas horríveis. Mas aquele na parede parece diferente. No passado, ele já me deu um bom conselho. Eu me surpreenderia muito se soubesse que foi feito por Nechtan.

Eichri se levantou e se aproximou para olhar melhor.

— A moldura é de carvalho — disse ele. — Não vejo muita coisa no reflexo. Só um céu azul. Conselho, você disse. O espelho falou com você?

— Não em voz alta, mas eu ouvi. Este quarto guarda a memória das mulheres que viveram em Whistling Tor, mulheres cujas vidas tiveram um significado maior do que seus tristes destinos. Talvez esse pequeno espelho tenha pertencido a uma delas.

— Ele parece muito, muito antigo. Por que você não o leva lá para baixo e mostra para Olcan? Ele está aqui há mais tempo do que nós.

Fiquei pensando naquela ideia enquanto me levantava e experimentava andar com as botas. Estavam perfeitas. Talvez elas também tivessem pertencido a Emer. Parei em frente ao pequeno espelho e olhei-o diretamente.

Erga-me com cuidado. E pegue outras coisas enquanto estiver por aqui. Você não tem um vestido que está precisando de conserto? Escolha com cuidado. Pense em todas elas.

— Você ouviu isso?

Apesar do que acontecera da outra vez, eu não esperava que o espelho falasse de novo.

— O quê? — perguntou Eichri.

— A voz. O espelho.

— Talvez ele fale apenas com mulheres. Ah, você vai levá-lo, então. Quer ajuda?

Achei que seria melhor eu carregar o espelho sozinha, mas dei uma pilha de outras coisas para Eichri levar para mim escada abaixo. *Pense em todas elas.* Até onde eu sabia, havia apenas três: Mella, Líoch e Emer. Havia uma guirlanda de lã cinza-escura que parecia combinar com os vestidos antigos de Mella, e entreguei-a a Eichri. Peguei uma saia que parecia ter pertencido a Líoch — era pequena demais para mim —, pensando em aproveitar o tecido e combinar com o que restara do vestido estragado de Emer, para compor um novo. Dobrei-a e também a entreguei a meu companheiro.

— Isso é tudo — falei, fechando os dois baús e tornando a erguer o espelho.

— Magia feminina? — Eichri deu um sorrisinho velado.

— Não sou capaz de fazer nenhuma magia, Eichri.

— Você não conhece seu próprio poder — disse ele, com uma risadinha. — Você provocou algumas mudanças aqui, Caitrin, mudanças que eu jamais imaginei ver neste lugar tão antigo.

— O que você quer dizer com isso?

— Soube que você trouxe uma bonequinha para Whistling Tor, um tesouro que contém o amor da sua família. E, desde que você botou nela uma roupa nova, ela guarda a família de Anluan também.

— Você parece saber muitas coisas.

Eu tinha certeza de que não era bem isso que ele tinha em mente ao falar das mudanças.

— Como eu já disse, as notícias correm.

— Seja o que for, magia ou apenas instinto, parece uma coisa boa. Você falou em poderes malignos na horda, uma força negativa. Vou usar tudo o que puder para contrapor-me a ela. Mulheres sofreram aqui em Whistling Tor por causa dos erros de Nechtan. Já é hora de alguém se lembrar de como elas foram fortes. Se isso for magia feminina, já estava mais do que hora de deixá-la vir à tona.

— Se não estivesse tão carregado, eu aplaudiria você, Caitrin. Vamos esperar que você possa fazer milagre.

— Você pode pedir àqueles irmãos para oferecer uma ou duas rezas em nome do bem — falei, enquanto saíamos do quarto da torre. — É de um milagre que Anluan precisa.

8

SETE DIAS PARA A LUA CHEIA. EU ESTAVA ENORMEMENTE tentada a ir marchando até os aposentos de Anluan na torre sul, bater na porta e insistir para que ele saísse e viesse conversar comigo. Claro que não fiz nada disso. As dificuldades dele iam muito além de qualquer vivência que eu tivera, e eu não o ajudaria em nada se ele perdesse o controle.

O espelho emoldurado em carvalho estava agora pendurado na minha parede. A menininha o adorou, examinando o próprio reflexo com grande interesse, fazendo caretas para si mesma e chegando até a dar uma hesitante risada ante aquela imagem incomum. Para ela, aquele espelho parecia funcionar de um jeito corriqueiro. Quanto à voz do espelho, não tornei a ouvi-la, mas o objeto era como um companheiro, e eu estava satisfeita em tê-lo trazido para meu quarto. Parecia-me que as sombras solitárias das mulheres desaparecidas não eram mais prisioneiras da torre, mas dividiam o espaço comigo, como se fôssemos irmãs.

Encontrei Muirne na cozinha ao voltar de uma ida ao banheiro.

— Ouvi dizer que você pegou o espelho do quarto da torre, Caitrin.

— É verdade — falei, tentando ser educada.

Será que valeria a pena tentar obter ajuda dela? Muirne era mais próxima de Anluan que qualquer outra pessoa, embora ultimamente ele, pelo visto, estivesse mantendo-a afastada também. Nas raras ocasiões em que eu a vira, ela estava vagando pelos jardins, sozinha.

— Espero que você não tenha objeções — continuei.

— Você não tem o direito de pegar qualquer coisa que lhe aprouver. Isso é algo perigosamente próximo de um roubo.

O olhar dela me deixou preocupada. Diante da crise atual, aquilo me parecia uma coisa sem importância.

— Minhas botas estavam furadas e eu precisava de um novo par. Foi por isso que fui até a torre. E você própria tinha falado que ninguém queria aquelas coisas.

— Mas você não pegou só as botas.

Ela me olhou de cima a baixo. Mas eu estava envolta em coragem hoje, naquela saia nova que fizera, combinando o vestido rasgado de Emer com a roupa cor-de-rosa de Líoch. Não era um traje que eu teria usado nas ruas de Market Cross, mas sentia como se carregasse aquelas mulheres comigo, e isso parecia o certo.

— Você se lembra de como o vestido violeta estava estragado, Muirne. Acho que fiz bom uso de materiais que, de outro modo, ficariam mofando lá na torre. Quanto ao espelho, toda mulher precisa de um em seu quarto...

— Esses não são espelhos comuns. São...

E então ela fez um gesto vago, como se não houvesse palavras para descrever o poder das criações de Nechtan.

— Eu sei disso, mas esse me parece benigno. Vai ser útil nas manhãs, quando eu estiver me vestindo.

— Por que sua aparência teria importância? — perguntou Muirne, arqueando as sobrancelhas.

— Você parece ter um certo orgulho da sua.

Meu olhar passeou pelo vestido muito bem passado, pelo véu criteriosamente dobrado.

— Sim, mas...

Ela encolheu os ombros, com sutileza. *Sim, mas você é apenas uma escriba.*

— Peguei emprestado com um espírito de enorme respeito — disse a ela. — Aquelas coisas na torre são a memória das mulheres de Whistling Tor. Eu não quero que essas mulheres sejam esquecidas.

Ela pareceu admirada.

— Você não é uma das mulheres de Whistling Tor, Caitrin. Quando o verão acabar, você vai embora.

— Quando o verão acabar, talvez todos nós tenhamos desaparecido. Muirne, os normandos chegarão dentro de poucos dias para conversar com Anluan. Eu sei que você é muito próxima dele. Será que poderia perguntar a ele se estaria disposto a ouvir uma ideia que eu tenho?

— Uma ideia? Que ideia?

— Uma ideia sobre como ele poderia lidar com... essa visita. Uma maneira que permitiria a ele ir em segurança.

— Você pensa em dizer a Lorde Anluan como ele deve proceder?

Eu engoli a primeira resposta que me veio.

— Claro que não. Ele é o chefe. Ele toma as decisões. É uma sugestão, só isso. Uma boa sugestão, que ele deveria ouvir. Você poderia perguntar a ele? Por favor. Essa ameaça é real, Muirne. Não vai desaparecer.

Ela pareceu se encolher sobre si mesma, com olhos e lábios apertados. Talvez compreendesse, e tivesse tanto medo que preferia negar-se a encarar a verdade.

— Você está enganada — falou. — Se forçar Anluan a fazer isso, só vai trazer desgraça para ele e para todos nós em Whistling Tor.

— Mas, Muirne, eu sei um pouco sobre os normandos, já que vivi no mundo lá fora antes de vir para cá. No extremo leste, eles já tomaram conta de grandes faixas de terra. Construíram fortalezas e levaram o próprio povo para dentro delas. E têm um jeito diferente de lutar, um jeito que é difícil, para os nossos líderes, combater. Eles chegarão a

A MONTANHA DAS FERAS **243**

Whistling Tor e, se Anluan não for se encontrar com eles, voltarão com um exército. E aí, sim, Anluan perderá tudo. Não é possível que você queira que isso aconteça.

Muirne me olhou firme nos olhos, e percebi que tinha cometido um erro de cálculo, porque a expressão que vi era a mesma que congelara seu rosto em nosso primeiro encontro, quando ela tentou me mandar embora antes de ser contratada.

— Você não está interessada nesses normandos, Caitrin. Só pensa naquilo de que precisa. Devido à sua interferência, Anluan está exausto, preocupado, cercado de dúvidas. Devido às suas tolas palavras de esperança, ele sonha com um futuro que não pode ter. Você nos causou um dano inimaginável, por pura ignorância. E não deve exigir mais nada dele. Foi sábio da parte de Anluan ter se isolado, para não se ver tentado ao ouvir sua voz, seus argumentos tolos, seus... Caitrin, eu vivo aqui há muito tempo. Conheço Anluan. Conheço Whistling Tor. O chefe não pode deixar a montanha. Essa é a simples verdade. Quanto às suas *sugestões*, ele ficará melhor sem elas, pode acreditar. Anluan já suporta fardos pesados demais.

Em seguida, ela se virou para ir embora.

— Muirne, espere!

— Sim, Caitrin?

— Eu quero o melhor para ele — falei, baixinho. — Nós todos queremos. Eu não acho que esteja sendo egoísta.

Ela sorriu. Os olhos continuavam gelados.

— Não quero atrapalhar seu trabalho — disse, e saiu.

Meu trabalho. Ela não sabia a razão pela qual eu costurara um vestido de diferentes tecidos, feito com a magia feminina. E tampouco sabia que trabalho me esperava naquela manhã, na biblioteca. Eu buscava respostas, e o tempo era curto. Hoje, eu usaria o espelho de obsidiana.

Meu coração batia acelerado. Um suor gelado, de medo, fez minha mão escorregar na tranca quando eu fechava por dentro a porta da biblioteca. Qual documento usar? Será que eu queria mesmo ver a horda à solta, a carnificina daquele ataque à fortaleza de Farannán, com corpos dilacerados e devorados? Se tentasse, eu sem dúvida aprenderia de uma vez por todas que não havia meio de controlar a horda. Se houvesse anotações do experimento propriamente dito, essa teria sido a minha escolha, mas até agora eu nada encontrara nesse sentido, apenas registros do momento que levara àquele fatídico Dia das Bruxas, o suspense da antecipação e a tensão dos preparativos, seguidos apenas das observações objetivas de Nechtan, feitas muito tempo depois da tragédia.

Atravessei o aposento e tranquei a outra porta, aquela que se abria para o jardim de Irial. Fiquei um tempo parada na janela, olhando para fora e tentando aquietar a respiração. Queria continuar exatamente onde estava, observando aquele lugar adorável que Irial construíra no centro de um mundo de sombras. Mas não havia tempo.

De volta à mesa de trabalho, abaixei-me para abrir o baú. Só havia uma coisa nele: o objeto envolto em tecido que era o espelho de Nechtan. Eu o tirei dali. Não parecia um objeto inanimado, mas sim algo vivo, vibrante, perigoso. Depus o espelho na mesa ao meu lado, ainda enrolado. Meus dedos se recusavam a escolher um documento. Fechei os olhos, peguei uma folha e desvirei-a diante de mim. Retirei, então, a coberta que envolvia o espelho escuro. À luz que entrava pela janela, as criaturas incrustadas na moldura piscaram e se espreguiçaram, despertando para uma nova revelação.

Alguma coisa o desperta de seu sonho. Não um som, ou um movimento. Ele está sozinho na oficina, tendo por companhia apenas os livros de magia. Apesar disso, é um despertar que o arrepia. De repente, ele está alerta, não para o perigo, mas... para quê? Algo está errado. Alguma coisa que acontece e precisa ser sustada. *Ele se foi,* uma voz sussurra em seu ouvido. *Ela o levou embora.*

Ele atravessa a sala imersa na penumbra, em direção à porta, mexe em vão na maçaneta, lembra-se da tranca, abre a porta com estrondo e sobe correndo as escadas, pulando de três em três degraus. Então atravessa o vestíbulo, sai pela porta da torre, cruza o jardim imerso no lusco-fusco de uma tarde úmida de outono e, escorregando nas folhas caídas, grita pelos criados enquanto corre.

Montanha abaixo, sussurra a voz. *Descendo a trilha. Você ainda pode pará-los.*

Ele tem pés rápidos, está rígido e forte apesar de todos aqueles anos debruçado sobre os livros. Isso agora o ajuda. De um ponto no caminho, avista Mella mais abaixo. Ela caminha devagar. Leva o filho pela mão, enquanto a aia vai à frente, carregando um embrulho debaixo do braço. Conan anda mais devagar, distraído.

— Vamos, rápido, Conan! Depressa! — diz Mella, com a voz trêmula de medo. — Venha, eu carrego você.

Assim que ela se abaixa para pegar a mão do menino, Nechtan dá uma tossida. Mella se vira, olha para o ponto mais alto da montanha. O rosto dela fica pálido. Os olhos se arregalam.

— Nem mais um passo — diz Nechtan. — Solte a mão do menino. Agora, mulher!

Ao descer correndo em direção a ela, através do caminho tortuoso, ele estala os dedos, e em sua mente está chamando aquilo de que precisa. A floresta sombria fica ainda mais escura. Formas ondeantes surgem de sob as árvores.

Mella corre, com o menino nos braços. A criada já quase sumiu de vista, adiante no caminho.

— Pare! — rosna Nechtan, e Conan começa a chorar baixinho.

Por que a mãe do menino não lhe ensinou autodisciplina? Esse é o futuro chefe de Whistling Tor.

— Eu disse para parar!

Mella tropeça. Ela e o filho se esparramam no chão molhado. Os choros viram gritos. Mais alguns passos largos e Nechtan está junto deles. Ele se abaixa, agarra o menino pelo braço e o põe de pé.

— Calado! — ordena.

E, quando Conan não parece compreender, o pai o sacode. Conan contrai os maxilares. Os gritos se transformam em um choro abafado. O garoto tem tutano, afinal de contas.

Mella se ergue, ainda de joelhos. Agarra o filho pela cintura, abraçando-o com uma expressão de tristeza.

— Largue-o, Nechtan!

O pai agarra o menino pelos ombros ainda com mais força. Olha para a mulher com desprazer. Agora ela também está chorando, horrendos olhos vermelhos em contraste com a pele branca pelo pavor.

— Aonde vocês estavam indo? — pergunta Nechtan.

— Embora! Para longe deste lugar maldito! Nechtan, deixe Conan partir!

Ela parece não perceber as coisas que vão surgindo à volta deles, de ambos os lados da trilha, seres sombrios, farfalhantes, que habitam a floresta.

— Responda, Mella! Vocês estavam me abandonando? Você pretendia abdicar de suas responsabilidades como senhora de Whistling Tor, sem nem olhar para trás?

Ela tranca os lábios.

— Estou levando meu filho para a casa de minha mãe, no norte. O fato de uma visita assim ser algo impossível para você é prova de que as coisas estão muito erradas por aqui.

— Uma jornada de dez dias. Acompanhada de uma aia, apenas. A pé.

Silêncio de Mella.

— Isso não é visita nenhuma — aponta Nechtan. — Você está me abandonando. Não tem a menor intenção de voltar. Confesse! Não minta para mim!

A esposa então ergue o queixo, em tolo desafio.

— Nenhuma mulher em plena consciência voltaria para este lugar fétido, ou para um marido como você. Deus sabe que fiz o possível para aguentá-lo, para manter tudo funcionando enquanto você soltava demônios que não tem a menor ideia de como controlar, ao mesmo tempo que deixava seu povo e suas terras em ruínas, transformando os vizinhos em seus inimigos. Não quero ver o futuro de meu filho destruído por essa praga!

— Em um ponto você está certa — diz ele, fazendo grande esforço para manter um tom calmo. — Já perdeu a utilidade aqui em Whistling Tor. Vá, se assim o desejar. Eu não preciso de uma esposa.

Já faz anos que ele não a leva para a cama, e restam poucos criados para Mella comandar. Nechtan vai ficar feliz em se livrar de sua figura depressiva vagando pela casa. Ela pode ir para a casa da mãe, e acabou-se. Ele não vai atirar a horda contra ela. Nechtan lhe deve alguma coisa: ela lhe deu um filho.

— Quanto a Conan — acrescenta, certificando-se de que ela entenderá o que quer dizer —, ele vai se dar muito bem sem você. Já é tempo de que eu assuma a educação do menino.

— Não! — grita Mella.

Embora esperasse que ele barrasse sua fuga, ela não anteviu essa possibilidade.

— Não vou deixá-lo aqui com você! Você não tem condições de criar um filho. Deixe-o partir!

Os braços dela apertam o filho com toda força. Ela tenta arrancá-lo das mãos de Nechtan.

— Tire as mãos de cima do meu filho, você o está machucando. Ele é o futuro chefe de Whistling Tor. E não vai para lugar nenhum.

Nechtan arranca o menino dela, engancha-o na cintura e dá um passo atrás.

— E como é que você iria com o menino para tão longe? Onde se hospedaria? Quem a receberia?

Há um momento de silêncio. Então, Mella fala:

— Hoje, iríamos apenas até Silverlake.

Ele não deve ter ouvido direito.

— O que você disse? Não acredito que pense que Maenach, *Maenach,* hospedaria você!

Mella ergue-se.

— Sei que ele vai me hospedar. Não sou eu quem tem a inimizade e o desprezo de todos os vizinhos, Nechtan. Maenach e Téide ofereceram refúgio para mim e meu filho, a qualquer hora que precisássemos. Nós vamos agora mesmo. Passe-me o menino.

Num átimo, ele enxerga tudo. Sua mulher é parte de algo maior, parte de uma ultrajante conspiração para acabar com ele, transformar sua vida em cinzas e seus sonhos no pior dos pesadelos. Mella deu um jeito de trocar mensagens com o maldito Maenach ou com aquela boca-suja da mulher dele. O vizinho, não contente em difamar seu nome em toda Connacht, pretende roubar seu único filho.

O ódio o toma por dentro, uma onda vermelha que o engolfa. Seu braço aperta Conan ainda com mais força. Ele dá as costas, erguendo a mão livre.

— Conan! — A voz de Mella agora é ensandecida, o grito agudo de um corvo.

— Mamãe! — diz o menino, começando a espernear. — Eu quero a minha mãe!

Nechtan só enxerga a escuridão, o desafio, a traição. Ele faz um gesto e, em sua mente, dá a ordem: *Agora.* E a horda se aproxima.

Justiça seja feita, Mella os enfrenta com coragem, afastando-se de Nechtan para que o filho não seja envolvido em sua punição. Ela sustenta o olhar do menino, dizendo, em mímica, uma frase para ele, talvez *Eu te amo. Seja forte.* E assim a horda a ataca, rasgando, dilacerando, mordendo — devorando, enfim.

Nechtan usa a mão livre para tapar os olhos de Conan, enquanto carrega o menino montanha acima.

— Você será o chefe de Whistling Tor um dia — murmura para o filho. — E, pode acreditar, vai enfrentar coisa muito pior do que isso. Vai aprender o que é estar só. Completamente só.

Um ruído na porta que dá para o jardim. Dei um salto violento, tirando os olhos do espelho, onde as imagens pavorosas já se esvaneciam, desaparecendo. Anluan estava de pé, imóvel, do lado de dentro da porta.

— Você está usando o espelho — disse, num tom incrédulo, contrariado. — Está usando-o sem mim.

Eu não parava de tremer.

— Ele a matou — sussurrei. — A esposa de Nechtan, Mella. Ele fez com que eles a matassem. Quando ela tentou fugir com Conan, ele...

Apoiei a cabeça nas mãos.

Passos. Anluan veio e parou ao meu lado. Com um ruído leve, cobriu outra vez o espelho com o pano.

— Não posso crer que você tentou fazer isso sozinha. Por quê?

Com o riso histérico que surgiu de dentro de mim, logo se transformando em pranto, não consegui responder. Senti quando ele se sentou no banco ao meu lado. Um instante depois, seu braço, inseguro, envolveu-me os ombros. No mesmo segundo, eu me virei e o abracei, afundando o rosto em seu peito. Senti um choque me percorrer, mas não me importava. Ele ergueu o braço mais fraco e completou o círculo. O calor daquele abraço me envolveu, magia poderosa contra o terror. Eu poderia ter continuado ali para sempre.

— Você não estava aqui — falei. — Mas eu não o teria chamado, de qualquer forma. Você próprio falou como é perigoso para você estar próximo dos pensamentos de Nechtan. Ai, meu Deus... Anluan, ele arrancou Conan dos braços de Mella. E ordenou que eles a matassem. Aquele garotinho não era muito maior que minha menina-fantasma, devia ter no máximo cinco anos.

— Psiu — disse Anluan. Ele apertara os braços em torno de mim e sua boca tocava meus cabelos. — Psiu, Caitrin. Você não precisa falar nisso agora.

— Eu preciso falar, preciso contar. Não foi só o que aconteceu com Mella. Eu os vi, antes que eles a atacassem... Anluan, Eichri estava lá. Rioghan também. Nossos amigos, nossos amigos fiéis.

Os dois tinham aparecido lá com o resto da horda, à espera de que Nechtan desse a ordem, os rostos impassíveis. Esperando para matar. Aquilo desmoralizava minha esperança para o futuro.

— Isso foi há muito tempo, Caitrin. Quase cem anos. E você não disse que eles estavam obedecendo às ordens de Nechtan? Se os mandasse matar, eles matariam. Esta é a natureza dos laços que eles têm com o chefe de Whistling Tor.

Eu sentia os dedos dele na minha nuca, no meu cabelo, que se soltara do laço de fita e caíra sobre meus ombros e minhas costas. E sentia também seu coração batendo contra meu rosto.

— Eles não são pessoas maléficas. São homens bons, presos a uma maldição — disse Anluan.

Respirei fundo, e obriguei-me a recuar. Sabia o quão perigoso era aquele abraço. Perigoso, mas maravilhoso também. Apesar da minha aflição, eu sentia aquele toque no corpo inteiro.

— Eu senti sua falta — falei. — Precisava falar com você. Quero ajudar.

— Andei muito ocupado.

Ele também se afastou, sentando-se mais distante de mim no banco, mas nossas mãos continuavam trançadas. Ele evitava me olhar nos olhos.

— Não estava sendo uma boa companhia. Não queria vê-la envolvida nisso, Caitrin. Você veio aqui para fazer um trabalho especializado, e o fez muito bem. Não queria que fizesse parte dessa questão com os normandos.

— Já estou envolvida — falei, pegando meu lenço e enxugando os olhos. — É tudo a mesma coisa, a horda, os documentos, a fortaleza de Whistling Tor, a ameaça normanda. Eu posso ter sido contratada para o verão, mas fiz amigos aqui, Anluan. Eu me importo com o que acontece. E... bem, imagino que você saiba que andei olhando o espelho na esperança de encontrar um antídoto para o feitiço.

— *Andou olhando?* Você fez isso mais de uma vez, depois daquele primeiro dia?

— Apenas mais uma vez, e não ajudou muito. Já olhei quase todos os documentos e não consigo achar nada sobre o experimento em si. Vou continuar procurando, claro. Eu prometi à horda e... Anluan, você pode me dizer o que está planejando fazer? Podemos falar sobre isso?

Ele largou minha mão e se levantou, indo até a janela e ficando de costas para mim.

— Um homem não deveria admitir que está com medo. Eu estou com medo. Por minha casa, por meu povo, por todos aqueles que

A MONTANHA DAS FERAS **251**

vivem na montanha e nos meus mais vastos territórios. E tenho medo por você, Caitrin. É isso. Desde o dia em que você escreveu que queria me ajudar, observo que é exatamente o que faz. Vejo como trabalha de forma incansável, e como procura pelo lado bom de todos, sem se importar com seus defeitos e fraquezas. E isso inclui a mim. Se lhe falo do meu temor, sei que não me julgará mal.

Anluan respirou fundo.

— Devo-lhe desculpas. Não deveria tê-la afastado. Mas... você tinha sido ferida quando chegou aqui. Eu esperava que o verão fosse para você um tempo de cura, que a transformaria outra vez naquela pessoa que tinha se perdido.

Ele se virou. O que vi em seu rosto fez meu coração dar um salto.

— Não posso ser responsável por isso. E pensei que se eu lidasse com a questão sozinho, talvez... Mas estava errado. Percebi meu erro no instante em que abri a porta e a vi com o espelho de Nechtan. Sua expressão me provocou... sentimentos que não sei descrever. Por isso, sim, vamos conversar. Mas, antes, gostaria de lhe mostrar uma coisa.

E ele estendeu a mão.

— Você vem comigo?

— Claro. Aonde?

— Não é longe.

Ele me levou através do jardim de Irial, cruzando o terreno em direção à torre sul. Minhas pernas tremiam, a visão do espelho não saía de mim. Podia sentir a presença da horda, espiando, esperando. Agarrei a mão de Anluan com força, tentando fingir que as presenças assombradas da montanha não estavam à nossa volta. Se Rioghan tomara parte naquele assassinato, se Eichri se voltara contra uma mulher que nada queria de Whistling Tor, a não ser a restauração da paz e do que era certo, que esperança eu poderia ter de que a horda inteira pudesse modificar sua natureza?

— Eu nunca deveria ter vindo para cá — murmurei, quando alcançamos os degraus que davam para a porta da torre.

Exatamente no mesmo instante, Anluan falou:

— Eu nunca deveria tê-la deixado ficar.

Paramos de andar. Nossas mãos ainda estavam entrelaçadas.

— Não era bem o que eu quis dizer — falei.

— Aqui não é o lugar para você.

Mas você está aqui, e quero ficar ao seu lado.

— Eu e meu passado não somos boa companhia para ninguém — disse Anluan, como se lesse minha mente.

— Não concordo com você — falei, estremecendo. — Você é meu amigo, Anluan. Tenho enorme admiração por sua força e pela maneira como enfrenta as dificuldades. Você sabe que eu não mentiria. Seu passado é cheio de sofrimento, sim, mas talvez tenha chegado o tempo de mudar isso.

Ele próprio falara algo sobre mudança — de como tudo se transformava em cem anos. Talvez o que eu vira no espelho não destruísse minha teoria sobre a natureza da horda, mas pudesse mesmo reforçá-la.

— Não gostei de vê-la usando o espelho, Caitrin. Prometa que não voltará a fazer isso sozinha.

— Eu prometo.

Não pedi uma promessa em troca, embora quisesse muito. Depois de tudo, depois da alegria com suas palavras ternas, da absoluta bênção que foi seu toque, seria para mim intolerável se ele se fechasse outra vez.

— Por aqui — disse Anluan, guiando-me para entrar na torre.

Sob o umbral, hesitei ao perceber que a porta dava diretamente para seus aposentos particulares. No mundo de Market Cross, seria impensável que uma jovem e um homem, não sendo seu parente, estivessem juntos em um quarto privado. Havia uma cama de encontro à parede do fundo, com as cobertas cuidadosamente dobradas, assim como uma mesa e um banco de um dos lados. O chão, todo de pedra, estava varrido e muito limpo. Uma janela alta, estreita, cortava a parede grossa, deixando entrar a luz, e uma escada com seus degraus em curva desaparecia em direção ao alto. Imaginei que a cela de um monge teria uma aparência mais ou menos assim, embora as vestes que se acumulavam em desalinho sobre um baú dificilmente pudessem ser aprovadas pelo abade. Uma pilha de livros encadernados

A MONTANHA DAS FERAS **253**

se equilibrava na ponta da mesa. Eram livros velhos, com as capas manchadas pelo uso, as lombadas gastas e frágeis. Eu já os vira antes.

— Por favor, sente-se — disse Anluan, largando minha mão e me apontando o banco, para em seguida ir fechar a porta.

— São os grimórios de Nechtan — sussurrei, sentando-me diante deles. — Eles estavam aqui com você esse tempo todo.

Sobre a mesa, havia um pote de tinta e uma jarra com penas. O livrinho de anotações de Anluan estava ao lado, fechado. Uma vela, apagada, deixara pingar uma confusa cascata sobre o castiçal de ferro. Fazia frio no quarto.

— Por que você não os mostrou para mim antes?

— Sei que você está procurando por um contrafeitiço.

Anluan estava diante de mim, com os braços cruzados. Havia em seu rosto uma expressão fechada, determinação.

— Sei que acredita que posso fazer desaparecer a horda, caso esse feitiço seja encontrado. Esses livros... Sei da existência deles já há algum tempo. É uma questão sobre a qual tenho refletido desde muito antes da decisão de contratar um escriba. Mas não peguei neles até o dia em que você chegou a Whistling Tor e vi que realmente tinha intenção de ficar. Você plantou a semente da esperança. E sabe que eu tinha medo disso, medo de aceitá-la, para depois descobrir que era tudo uma mentira. Tenho sérias dúvidas sobre se devo ou não consultar esses livros.

Pela primeira vez, ele hesitou.

— Temo que, ao abrir minha mente para a magia de Nechtan, eu possa despertar um lado meu que prefiro manter adormecido. Ler isso aqui me parece tão perigoso quanto consultar o espelho de obsidiana. Só de tocar nessas páginas, eu ouço uma voz em minha mente que acredito ser a dele. Já pensou se meu espírito se curvar à vontade de Nechtan?

— Você é forte o suficiente para enfrentar isso, Anluan — falei, toda trêmula.

Eu própria sentira a presença maléfica ao olhar no espelho.

— Talvez. Na verdade, sempre duvidei de que o contrafeitiço estivesse aí. Nechtan tinha os grimórios à mão. Se tal feitiço existisse, ele não o teria usado? Conan sabia latim. Se, por um lado, Nechtan pode ter hesitado, na crença de que ainda conseguiria ter total controle sobre a ordem e empregá-la como um instrumento contra seus inimigos; por outro, Conan a teria expulsado com toda certeza, se tivesse os meios para fazê-lo. Ele não se parecia em nada com o pai.

— Você diz que pegou os livros... mas não entendo por que esperou tanto tempo para mostrá-los a mim. Eu poderia estar trabalhando neles esse tempo todo. Já poderia ter encontrado alguma coisa, algo que nos pudesse ajudar.

Engoli em seco, lutando para me acalmar.

— Quero dizer, ajudar você e a todos em Whistling Tor. Sei bem que sou apenas... Quero dizer...

Eu não conseguia ir em frente. No silêncio que se seguiu, peguei o livro que estava no topo da pilha e o depositei na mesa à minha frente. Um rosto maligno, hostil, tinha sido desenhado na capa de couro escuro. Deixei o livro fechado.

Anluan estava mirando o chão. Suas faces pálidas tinham ficado ruborizadas.

— Não sei como dizer isso — murmurou. — Tenho medo de ofendê-la.

— Diga, por favor.

— O que, a princípio, me fez pegar os grimórios, foi também o que me fez relutar em dividi-los com alguém. Sua vinda para cá mudou tudo, Caitrin. Você abriu minha mente a possibilidades com as quais eu não ousara sonhar. Por isso, peguei os livros. Sabia que você poderia traduzi-los, mas... Caitrin, a ideia de que algum ato meu pudesse ferir você é... intolerável. Você é... é como um coração que bate. Uma luz acesa. Jamais encontrei alguém como você antes.

As palavras caíam em meu coração como gotas de um bálsamo de cura. Todo meu corpo se aquecera. Apesar de tudo, eu estava plena de felicidade.

— Nem eu conheci alguém como você — sussurrei, apertando as mãos com força, antes que fizesse uma bobagem e me jogasse nos braços dele.

Seu corpo esguio estava tenso; as feições, fechadas. Ele ia dizer mais.

— Eu não poderia expô-la a esses livros. Eles fazem mal. Nechtan deixou um legado maldito para seus descendentes. A chave para acabar com isso pode muito bem depender de feitiçaria. Mas não posso pedir a você que lide com isso. O espelho de obsidiana a perturba. Eu vi a expressão do seu rosto hoje.

— Mas...

— Eu também sei algumas palavras em latim. Meu pai tinha começado a me ensinar. Esperava que meu conhecimento básico da língua fosse suficiente para que eu reconhecesse o feitiço, se ele estivesse entre essas páginas. Comecei a trabalhar nos livros desde que Magnus veio com a notícia sobre Stephen de Courcy. Trabalhei muitas horas, assim como você. Sua vela ficou acesa muito tempo durante a noite. Vi que você ia ficando mais magra e mais pálida, Caitrin, e isso me preocupa muito.

Silêncio.

— Mas você não encontrou um contrafeitiço — falei, por fim. — E nem eu. E só nos restam poucos dias. Deixe que eu os leve emprestados, Anluan. Posso trabalhar neles na biblioteca.

— Você parece exausta. Já me perguntei se você devia mesmo estar aqui, diante dessa nova ameaça. Se você sofrer alguma coisa, jamais me perdoarei.

Meu coração deu um novo salto.

— Eu quero ficar — falei. A compulsão por estender a mão e tocá-lo era mais forte a cada minuto. Cruzei os braços.

— Por favor, deixe-me trabalhar nesses livros. Eu me comprometi com a horda. Talvez tenha sido uma tolice. Talvez eu tenha me superestimado. Mas preciso fazer o melhor que puder.

— Não consigo entender por que você quer ficar. Eu nada tenho a lhe oferecer, Caitrin. Nada, a não ser sombras e segredos.

— Isso não é verdade, Anluan — falei, com a voz vacilante. — Você me deu um lar, amizade e um trabalho que eu amo. Você me deu...

Você me fez olhar para fora de mim mesma. Ensinou-se que posso ser forte. Você...

— Você me deu mais do que imagina — concluí. — Deixe-me ajudar. Por favor.

Ele inspirou fundo e soltou o ar, depois andou e foi sentar-se na beirada da cama.

— Imagino que você entenda qual é o meu dilema — disse ele. — Não tenho nenhuma aptidão para liderar guerreiros. Não tenho experiência em conselhos ou estratégias. Se desafiar os normandos, estarei arriscando não apenas minha segurança, mas também a de Magnus, meu mais fiel e mais antigo amigo, e a de Olcan, que deveria ficar de fora de tudo isso. Ponho em risco todos aqueles que vivem na montanha. Sim, e incluo a horda. Eu me dei conta, naquele dia quando você lhes ofereceu seu agradecimento, de que eles são meu povo, da mesma forma que os habitantes dos vilarejos. Posso não lhes querer bem, mas sou responsável por seu bem-estar. Eles são uma faca de dois gumes, já que são o risco imediato, mas também podem vir a ser uma solução de longo prazo, caso estoure a guerra. Ir adiante com isso vai requerer muita fé. Vai requerer a qualidade que você me ensinou, Caitrin. — Ele deu seu sorriso torto, confrangendo meu coração. — A qualidade da esperança persistente, a esperança contra todas as probabilidades. Magnus acha que chegou a hora do enfrentamento. Rioghan concorda que devemos agir. Na opinião deles, ou fazemos isso ou perecemos. No entanto... Caitrin, não há como confiar na horda. Não podemos ignorar tantos anos de violência, tantos atos de barbarismo aqui na montanha. A sombra de Nechtan continua pesando sobre este lugar.

— Eu tenho uma teoria — falei. — Eichri e eu estávamos conversando sobre os espelhos desta casa, e o que cada um deles poderia fazer. Ele falou que objetos assim não são propriamente bons ou maus, mas reagem de acordo com o caráter da pessoa que os está usando. Será que essa mesma teoria não poderia ser aplicada à horda? Todos os relatos nos mostram que Nechtan era um homem de imensos defeitos, sem noção do certo e do errado, obcecado pela necessidade de poder, cruel para a família, e que acreditava que todos estavam contra ele. Se entendi bem, a horda está ligada ao chefe de Whistling Tor, seja este quem for e independentemente da época. Seus membros são obedientes à vontade do chefe, pelo menos enquanto ele permanece na montanha.

— Sim, é isso mesmo, Caitrin.

— Na visão que tive hoje, Nechtan ia deixar a esposa ir embora. Ele estava farto de Mella. Não queria que ela continuasse a viver em Whistling Tor. Sei disso porque o espelho de obsidiana não apenas mostra a visão, mas me faz mergulhar nos pensamentos de Nechtan. — A memória daquilo estava dentro de mim, gelando-me os ossos. — Mas Mella cometeu um erro — continuei. — Disse a Nechtan que Maenach ia recebê-la em sua casa. Isso significava que ela planejara a fuga em conluio com seu pior inimigo, o homem que ele considerava culpado de todos os seus males. Eu senti quando nele se operou a mudança, Anluan. Houve uma erupção, a explosão de um ódio incontrolável, e então veio a ordem para a horda, dada em um momento em que toda a razão fora anulada. *Matem-na,* ele disse. E assim Mella morreu.

— Eu gostaria que você não tivesse visto isso.

— Espero jamais ter de testemunhar algo assim de novo. Mas aprendi uma coisa. Se Nechtan não tivesse perdido o controle de repente, se Mella não tivesse mencionado Maenach, ela teria ido embora da montanha, para sua família, e vivido o resto da vida em paz. Não foi uma malignidade inata da horda que provocou aquela morte tão cruel. Eles apenas obedeceram a uma ordem de Nechtan. Precisaram fazê-lo. Estavam à mercê da vontade dele.

"Conan foi criado por Nechtan desde muito pequeno. Como chefe, ele cometeu muitos erros, não há dúvida. Assim como Nechtan, tentou usar a horda para a guerra. Negligenciou suas terras e seu povo, assim como o pai fizera. Mas ele não era uma réplica de Nechtan. E quanto à sua esposa e seu filho? Sabemos, pelas anotações de Conan, que Líoch se preocupava com o bem-estar da comunidade na época das cheias. Sabemos que o marido dela chegou a se esforçar para ajudar, embora o medo que o povo tinha da horda tornasse esses esforços inúteis. Não posso acreditar que Irial tenha crescido sem amor e sem cuidados. Ele próprio era um homem tão amoroso. Anluan, como e quando foi que sua avó morreu?"

Eu rezava para que ele não respondesse que Líoch também tinha sido assassinada pela horda. Minha teoria já era frágil demais. Isso acabaria com seu último resquício de credibilidade.

Na penumbra do quarto, os olhos de Anluan já não pareciam azuis, mas de um cinza pétreo.

— Ela caiu de uma das torres — disse ele. — Foi um acidente. Ela e Conan viveram até meu pai se tornar homem. Os dois morreram em um intervalo de poucos meses.

Parecia errado estar mergulhando em memórias tão tristes, mas eu não tinha escolha.

— Então eles foram em frente, Conan e Líoch, apesar de todas as dificuldades. Continuaram fortes enquanto Irial crescia. Cuidaram dele. E cuidaram um do outro, imagino, já que Líoch não tentou fugir, como fez a pobre Mella. Conan talvez tenha mudado um pouco nos anos que se seguiram. Assim que ficou claro que não seria possível levar a horda para uma batalha sem que isso provocasse consequências terríveis, ele parou de tentar usá-la dessa forma. Talvez a horda tenha se aquietado por causa disso.

— Há uma falha nessa teoria, Caitrin — disse Anluan, de cenho franzido.

— Por favor — falei —, deixe-me terminar antes de decidir. Nós sabemos que Irial, como chefe, seguiu um caminho inteiramente diferente. Não tinha a menor intenção de usar a horda como um exército. Ele era um estudioso, um homem pacífico que amava a esposa e o filho. Os moradores da fortaleza o adoravam. Irial era um homem bom, em tudo e por tudo. Se a minha teoria estiver correta, aquela bondade inerente a seu pai deve ter significado que, no tempo dele, a horda não teria sentido nenhum desejo de matar, de mutilar, de cometer atrocidades.

— Eu gostaria de poder acreditar nisso, mas não posso.

— Seu pai não lutou contra a maldição da família? Magnus me contou que ele organizou a reunião de um conselho em Whistling Tor. Deixou que sua mãe levasse você para Whiteshore, para visitar a família dela. Mandou Magnus a fim de negociar com outros chefes. Ele tentou promover a paz. Eu sei como ele morreu, Anluan, e sinto muitíssimo, não apenas por ser algo tão triste para você, mas também por ele ter sido um homem tão bom. Eis a questão. Irial era bom. Na época dele, a horda refletia sua natureza interior. Assim como acontece agora. Você quer a paz. Eles não têm o menor desejo por conflito. Você sente que carrega um fardo por sua situação. Eles se desesperam por nunca poderem se livrar da deles. Se você for capaz de fazer a esperança nascer, eles também conseguirão enxergar a possibilidade de um futuro melhor.

Houve um silêncio profundo. Depois de um longo tempo, Anluan disse:

— Será que os mortos podem ter um futuro?

— Eles ainda podem ter esperança. Tudo o que querem é paz. Um sono sem sonhos.

— Não está em meu poder conceder uma dádiva tão preciosa. Não posso sequer obtê-la para mim mesmo.

Fiquei pensando, relembrando os pesadelos que me assombraram por tanto tempo. As visões de mãos que agarravam e de garras que arranhavam, as imagens do porão úmido e de um monstro com o rosto de Cillian.

— Anluan, eu sei que há uma força no âmago da horda que é tudo, menos bondade. Mas acredito que os demais são como qualquer outro grupo de pessoas, boas, más, nem uma coisa nem outra, com suas aspirações, suas próprias dores, seus medos e esperanças. A maior parte quer apenas voltar para o lugar de onde veio, seja ele onde for. O feitiço de Nechtan os mantêm atados ao chefe. Eles sabem que só você é capaz de lhes dar o que querem. E, até que isso aconteça, eles o seguirão. Isso significa que você controla as ações deles, mantendo-os em suspenso. Significa também que eles pensam que estão agindo do jeito que você pensa e age. Você é um homem bom, como seu pai. Sob sua liderança, eles também podem ser bons.

— E se eu precisar lutar, eles lutarão por mim.

Ele agora olhava para mim, as sobrancelhas arqueadas, o olhar intenso.

— Você sabe, não sabe, que, se eu recusar as condições de Courcy, terei de levar isso até o fim, mesmo que signifique um exército mambembe lutando contra guerreiros normandos armados até os dentes?

A cena que ele descreveu se descortinou à minha mente de forma instantânea: Anluan indo ao chão, a roupa coberta de sangue; Magnus lutando sua última e solitária batalha, protegendo o corpo de seu chefe. A ideia me fez estremecer. Se aquilo de fato acontecesse, seria em parte por minha culpa.

— Nada sei sobre lutas. Não sei qual deveria ser o próximo passo. Apenas achei que minha teoria poderia ser útil.

— Gostaria de poder acreditar que sim — disse Anluan. — Isso permitiria levar a cabo meu plano com um mínimo de confiança. Eu poderia ir até a aldeia e deixar a horda sob a supervisão de Rioghan e Eichri, com a certeza de que eles não me seguiriam nem se soltariam montanha afora. Há muitos guerreiros entre eles. Um trabalho a fazer, um trabalho útil, poderia dar a suas longas vidas algum sentido.

— Mas?

— Há partes dessa história que você desconhece, Caitrin, partes sobre as quais eu não falo, acontecimentos passados que aqui na fortaleza ninguém discute. Não é verdade que a horda foi pacífica e benigna ao longo de toda a época de Irial. Na última vez que meu pai deixou a montanha, ao voltar ele encontrou minha mãe morta.

Fiquei sem resposta. Isso estava lá, no livro de Irial, mas eu não tinha compreendido. *Por que eu os deixei?* Uma onda de amarga decepção me percorreu. E o que eu senti se refletiu com clareza em meu rosto.

— Não ficou claro se a morte dela foi consequência de uma força maligna ou de um acidente infeliz — disse Anluan. — Não vou mais falar sobre isso. Se você se pergunta por que levei tanto tempo para tomar uma decisão, se se surpreende por eu não ter falado sobre isso com você antes, saiba que foi essa a principal razão. Eu poderia dar um passo estouvado, lançar um desafio a Stephen de Courcy, usar a horda como meu exército pessoal. Se o velho padrão se repetisse, eu poderia me tornar o instrumento da destruição do que mais amo. E, então, seria, sim, uma réplica de Nechtan.

Passado um instante, falei:

— Mas você vai fazer isso de qualquer maneira. Você disse que já tomou uma decisão.

Anluan se levantou. Vi que tentava se controlar. Vi seu olhar se tornar mais agudo; as costas, retas; os lábios, resolutos.

— A primeira parte dela, pelo menos. Sei muito pouco sobre estratégia, diplomacia, a condução de uma guerra. Meu pai morreu antes de poder me ensinar a ser um chefe. Se não fosse por Magnus, eu seria ainda mais ignorante. Mas me parece que devo reunir um conselho antes que os normandos cheguem. Meu próprio conselho. Vi como você se dirigiu à horda, e observei como eles ficaram escutando. Aprendi, naquele dia, que se alguém se dirige a eles com respeito, eles reagem como homens e mulheres vivos reagiriam. Já adiei isso por tempo demais pensando que poderia encontrar um contrafeitiço. O que teria mudado tudo.

— Um conselho — repeti.

Ele ia mesmo fazer aquilo.

— Os habitantes da aldeia também precisam ser chamados, por mais impensável que isso pareça. Se todos estivermos de acordo, então me arriscarei a deixar a montanha para falar com os emissários de Courcy. Não pensei em nada além disso. Ainda não domino a arte de ser corajoso em grandes gestos. Isso ainda me assusta, Caitrin. Preciso aprender a não o demonstrar. Imagino que faça parte do papel de um chefe.

Seus lábios se retorceram. Por trás do novo Anluan, desse de olhos brilhantes e queixo determinado, o menino inseguro ainda se escondia.

— Tenho fé, Anluan — falei, baixinho. — Fé em que isso será algo para o bem. Fé em você.

Ele estendeu a mão em minha direção, sem me olhar nos olhos. Eu me ergui e toquei a mão dele.

— Espero que você esteja certa, Caitrin. Porque, daqui em diante, devo deixar todas as dúvidas de lado. Um líder não pode demonstrar qualquer apreensão. Quanto ao conselho, eu de fato conto com Rioghan. Vamos lá falar com ele.

Por um momento, só por um momento, ele pôs o braço em torno de meus ombros.

— Muito obrigado — disse, tocando minha testa com os lábios, num gesto canhestro.

Foi o gesto de um menino. Mas era o homem cujo corpo tocou o meu, fazendo meus batimentos dispararem e o sangue me subir às faces.

— Sem você, eu não teria tido coragem — concluiu ele.

Encontramos Rioghan no pátio. Não foi necessário mandar chamá-lo. Logo ele compreendeu a situação. Mal eu terminara de explicar minha teoria e ele e Anluan já estavam traçando os planos.

— Quando será? — perguntou Rioghan. — Só temos alguns dias antes que essa delegação de Lorde Stephen chegue à aldeia. Amanhã seria bom, meu senhor?

Anluan não fez comentários sobre o tratamento formal.

— Não tenho expectativa de que os aldeões subam a montanha, por mais cuidados que tomemos ao formular o convite. Precisamos lhes oferecer a oportunidade, mas não devemos lhes dar tempo demais. Quanto à horda, não creio que se sintam confortáveis com um conselho diurno. Deveríamos nos reunir hoje à noite, depois do jantar. Você acha que pode estar com tudo pronto até lá?

Se Rioghan achou que não era tempo suficiente para os preparativos necessários, só exibiu sua dúvida por um instante.

— Sim, meu senhor, se for possível mandar Magnus com uma mensagem ao vilarejo ainda esta manhã. O senhor está certo. O povo da aldeia vai querer ser mantido informado das coisas. Eles podem ter medo de nós, mas aposto que têm ainda mais receio dos normandos. Quanto aos ornamentos necessários, pode deixar isso comigo.

— Ornamentos — indaguei, achando que talvez devesse voltar ao trabalho na biblioteca, deixando aquilo para os homens.

A transformação em Anluan fora impressionante e ela se refletira em seu conselheiro. Talvez minha teoria estivesse mesmo certa. Talvez a única coisa capaz de transformar tudo fosse a esperança.

— Algumas coisinhas — respondeu Rioghan, quase sorrindo, com um brilho nos olhos. — Eu cuido disso. Alguém precisa falar com a horda. Não vou ter tempo para isso, nem Eichri, porque vou usá-lo como meu assistente.

— Já que estamos procurando confiar neles, que tal meu guarda, Catháir? Até agora, ele sempre se mostrou disposto a me ajudar. Eu poderia pedir-lhe para contar a todos o que está acontecendo. Se você concordar, Anluan.

Anluan franziu a testa.

— Sei pouca coisa sobre esse Catháir. E quem vai tomar conta do seu quarto na ausência dele?

— Eu conheço o rapaz — disse Rioghan, e a lembrança de velhos sofrimentos ecoou em sua voz. — Pode confiar nele, meu senhor. Um guerreiro que poderia ter se tornado um líder, e um muito bom, não tivesse tido a vida ceifada de forma brutal.

Anluan e eu olhamos para ele. Nenhum de nós fez perguntas.

— Muito bem — disse Anluan. — Caitrin, por favor, peça a Catháir para nos ajudar. Talvez ele possa até chamar um outro guarda. Por todos os santos, isso exige agir com a mais cega fé. Não podemos ter a horda inteira presente em nosso conselho. Isso acabaria em caos. Precisamos é de representantes.

— Sábia ideia, meu senhor.

Eu imediatamente imaginei Rioghan fazendo uma lista mental e descartando itens um a um.

— Oito ou dez seriam um bom número. E eles precisam saber que representarão as opiniões de outros. Haverá necessidade de algumas consultas antes que anoiteça. O fato desagradável é que, caso isso acabe em guerra, a horda será o único exército de que Whistling Tor dispõe.

— Melhor irmos ao trabalho — falou Anluan.

— Claro — disse Rioghan, num tom neutro, contido. — Só mais uma pergunta, meu senhor. Onde se dará a reunião? No salão principal? Na biblioteca?

— Do lado de fora.

Eu tive a impressão de que era uma decisão já tomada por Anluan, talvez há muito tempo.

— A horda não se sentirá à vontade entre quatro paredes — disse ele. — Vamos nos reunir no pátio. Deixarei os arranjos práticos ao seu encargo, Rioghan. Duvido que eles representem alguma dificuldade para um homem com sua experiência.

Catháir aceitou o desafio, ouvindo atentamente enquanto eu explicava qual era o plano, embora não conseguisse sustar o movimento inquieto dos olhos. Saiu em direção à floresta, e pouco depois um guerreiro careca, com a cabeça amarrada, apareceu diante da minha porta, no corredor, anunciando que viera tomar o lugar de Catháir enquanto o jovem se reunia com os outros na montanha.

— Minha cabeça não é lá grande coisa — disse o guerreiro, afastando as pernas e pousando a lança no chão. — O rapaz pode falar por mim, e vim fazer o trabalho dele. Ninguém passará enquanto Gearróg estiver de guarda, minha senhora.

— Fico agradecida, Gearróg. Não sou uma nobre. Sou uma artesã. Pode me chamar de Caitrin.

— Para nós, é uma nobre — disse o homenzarrão, num tom um pouco constrangido, mas amistoso. — O rapaz fala que o lorde parece que finalmente vai tomar a frente das coisas. É verdade?

Os olhos dele guardavam a mesma esperança angustiada que eu vira em Catháir da primeira vez que ele falou comigo. Era importante não mentir.

— Anluan vai dar o máximo de si. É difícil para ele. Não é fácil se livrar das sombras do passado.

— E quanto a nós? Estão dizendo que talvez descubram um jeito de podermos ir embora. Dormir, finalmente. Alguma coisa que silencie aquela voz, a que bota coisas ruins em nossas cabeças. Eu daria tudo para que isso acontecesse, minha senhora.

— Voz? Que voz?

— Nós não falamos sobre isso.

Os olhos de Gearróg se moveram nervosamente de um lado para outro, como se a entidade pudesse surgir do nada e puni-lo por falar demais.

A MONTANHA DAS FERAS **265**

— Ela deixa tudo errado na gente, de cima a baixo e de dentro para fora. Quando ela chega, não sabemos o que estamos fazendo. E nunca dá para saber quando ela vai chegar. — E, depois de um instante, ele continuou: — Não acho que seja verdade o que estão dizendo. Desafia a razão. Estar aqui é nosso castigo. Se existisse um jeito de parar com isso, outros já teriam encontrado antes.

— Pode haver um contrafeitiço — falei, com cautela. — Estou procurando por ele nos livros antigos. Se existir um, Anluan vai poder usá-lo para mandá-los embora. Mas não posso prometer nada quanto a isso, apenas que vou tentar ao máximo descobrir a fórmula antes que o verão acabe.

— Quando o verão acabar? Por que até lá?

— Eu fui contratada até o fim do verão. Imagino que, quando ele acabar, eu vou... embora.

Vou para casa não soaria correto. Cada vez mais, eu sentia que esse lugar esquisito, lugar do qual nenhuma pessoa em sã consciência queria se aproximar, era meu verdadeiro lar, enquanto Market Cross era o território estranho, saído dos pesadelos.

— Ir embora? Assim, de repente?

O tom do guerreiro, chocado, triste, refletia com perfeição meus próprios sentimentos sobre o assunto.

— Não sei dizer. Depende do que Anluan fizer. Depende dos normandos, de muitas coisas.

Fosse lá o que acontecesse, eu queria ficar. Mesmo que houvesse uma guerra. Mesmo que tudo desse errado e o caos se espalhasse por Whistling Tor. Eu queria estar aqui com meus amigos. Ao lado de Anluan, enquanto ele enfrentasse os desafios.

— Espero não ter mesmo de ir — falei. — Mas não conte a ninguém que eu disse isso.

Gearróg deu um sorrisinho, mostrando seus dentes em cacos, e fez um gesto de quem está selando os lábios.

— Melhor ir e encontrar o lorde, minha senhora. Ele deve estar precisando da senhora. Ah, e eu vou ficar de olho na garotinha. Catháir me explicou que faz parte do trabalho aqui em cima. Comigo, ela vai estar segura.

Eu nem notara a menina-fantasma encolhida num canto do corredor, ninando Roíse.

— Eu sou bom com os pequenos — acrescentou Gearróg. — Já tive uma penca deles, pelo que consigo lembrar. Foram-se. Há muito tempo. Nem consigo mais lembrar o nome deles.

— Espero que um dia você possa reencontrá-los.

E pisquei os olhos, afastando uma súbita lágrima.

Agora o sorriso dele estava triste.

— Eu? Ir para onde eles estão? Isso é impossível, minha senhora. A melhor coisa que posso esperar é pela noite enorme, e sem sonhos. Mas isso não tem importância. Agora, vá. Pode deixar que aqui tudo vai ficar seguro.

Anluan explicou o plano a todos os moradores da fortaleza, com minha ajuda e a de Rioghan. O rosto largo de Magnus se transformou, primeiro com surpresa, mas depois com alívio por seu chefe afinal ter decidido agir. Olcan escutou com muita atenção. Muirne chegou atrasada. Não disse nada até que a discussão estivesse terminada, e então calmamente falou:

— Isso é uma insanidade. Vocês devem saber o que vai acontecer. São todos uns tolos, para darem ouvidos às teorias equivocadas de Caitrin? O chefe de Whistling Tor não pode sair da montanha. Não pode.

— É melhor você não estar presente no conselho, se continuar com essa ideia fixa — disse Rioghan. — Anluan vai fazer uma forte declaração do que pretende. Como moradores daqui, temos de ficar ao lado dele. Se isso é impossível para você, é melhor que os outros não ouçam o que tem a dizer.

Ela lançou sobre ele seu olhar mais gélido.

— Está pensando em me excluir? — perguntou. — Você, o homem cujo sábio conselho levou seu líder e todo um exército a uma morte sangrenta? Está tão empolgado com esse plano ridículo que se esqueceu de seu querido Breacán?

Rioghan vacilou, claramente. Eichri se pôs de pé, abraçando o amigo com seu braço esquelético.

— Isso foi um golpe baixo — disse o monge. — Não vamos ficar discutindo entre nós, caso contrário jamais estaremos prontos a tempo. Não vamos para a guerra hoje, apenas para um conselho.

Anluan estava sentado na cabeceira da mesa. Então foi ele que se ergueu, com os olhos fixos em Muirne, que estava, como sempre, sentada à sua frente.

— Se você pertence à minha casa, se é leal a mim, então você é parte do plano. Vamos fazer tudo isso juntos. Ajudando uns aos outros. Somos poucos, portanto preciosos. Precisamos trabalhar como se fôssemos um só.

Em resposta, Muirne se levantou e saiu da sala. Foi a primeira vez que a vi tratar Anluan com alguma coisa que não fosse pura adoração, e fiquei desconcertada com aquela mudança. Os homens, contudo, não pareceram impressionados. Magnus estava perguntando a Anluan o que, exatamente, deveria dizer a Tomas e aos outros aldeões durante a rápida passagem que teria tempo de fazer pelo vilarejo. Eichri tentava distrair Rioghan, para que este não pensasse nas palavras de Muirne, oferecendo um grupo de monges para arranjar as coisas para o conselho. Eu procurava não pensar na possibilidade de que Muirne estivesse certa, e que aquilo terminaria num desastre.

Anluan dissera que o conselho deveria ser reunido depois do jantar. Como Magnus descera ao vilarejo, não haveria jantar a não ser que outra pessoa assumisse a cozinha. Anluan e Rioghan caminhavam juntos lá fora, combinando o que exatamente deveria ser dito na reunião. Olcan fora à fazenda alimentar os animais. Peguei então alguns vegetais e ervas e fiz uma espécie de torta com uma massa de pão dormido.

Eichri entrou na cozinha procurando uma toalha para recobrir a mesa tosca onde se daria o conselho.

— Rioghan me disse que essas ocasiões exigem certa cerimônia. Eu não saberia disso. Faz muito tempo desde que se reuniu um conselho em Whistling Tor. Mais tempo do que qualquer um de nós consegue se lembrar.

— Não faz tanto tempo assim, aposto.

Levantei a tampa do prato de torta para examinar minha criação. O cheiro era surpreendentemente bom.

— Houve o conselho em que Irial conheceu Emer — continuei.

— Há mais ou menos trinta anos. Foi há muito tempo, mas devia ser lembrado por você e por todos que já viviam aqui no tempo de Irial. Eichri, não se vá ainda, eu queria perguntar uma coisa a você.

O monge hesitou na soleira da porta, com uma expressão de súbita cautela.

— Você acredita ser verdadeira a teoria que expusemos mais cedo?

Eu queria perguntar a ele se se lembrava do tempo da carnificina, da época de Nechtan e das coisas horríveis que a horda fizera. Queria saber se ele sentia alguma mudança em si mesmo com a chegada de cada novo chefe. Mas como podia fazer uma pergunta tão absurdamente pessoal?

— Talvez.

Ficou claro que aquela não era a pergunta que ele estava esperando.

— Eichri, há um outro guerreiro, Gearróg, tomando conta do meu quarto hoje. Ele falou sobre uma voz. Uma voz que sussurra nos ouvidos da horda o tempo todo, atormentando, dizendo coisas maléficas. Você poderia me dizer que voz é essa? É a mesma força que Anluan tanto teme, a entidade demoníaca que existe no cerne da horda?

O rosto de Eichri se fechou perante meus olhos.

— Não sei nada sobre isso — disse ele.

— Verdade?

Era evidente que ele estava mentindo.

— Esse sujeito que você mencionou devia manter a boca fechada.

— Mais segredos — comentei.

— Não são segredos. São coisas que é melhor não mencionar. Eu preciso ir — disse Eichri, e forçou um sorriso. — O cheiro está bom. Daqui para frente você vai ficar no lugar de Magnus.

— Ninguém poderia fazer isso — falei, enquanto ele saía.

Magnus era o verdadeiro coração de Whistling Tor. Ele mantinha tudo coeso. E se houvesse uma batalha e ele fosse morto? Não, eu não ia pensar nessas coisas. Peguei uma cebola, tirei a pele e comecei a picá-la com mais força do que seria necessário.

— O cheiro está uma delícia.

Era Olcan, na porta, com Fianchu logo atrás.

— Não vou entrar, não, estou imundo. Trouxe algumas verduras para o jantar — disse ele, estendendo um molho de folhas escuras e brilhantes. — Está tudo bem? Achei que você estaria segurando a mão de Anluan, dando-lhe conselhos sobre hoje à noite, e não aqui, trabalhando duro diante do fogo.

— Olcan, posso fazer uma pergunta?

Ele esperou, com os braços cruzados, os olhos brilhantes e atentos. Fianchu tinha entrado, deixando um rastro de pegadas de lama no chão, e estava lambendo as migalhas de pão debaixo da mesa.

— Você já estava aqui no tempo de Nechtan, não estava? E até mesmo antes.

Ele fez que sim com a cabeça, cauteloso.

Assim como Eichri, fiz uma pergunta diferente do que era minha intenção:

— Como foi que ele morreu? Nechtan?

— Morreu em paz, no próprio leito. Sobreviveu à esposa por alguns anos. Essas coisas são engraçadas.

— Olcan, eu sei que você não pertence à horda, e é muito anterior a ela. Há outros como você em Whistling Tor?

Ele deu um sorriso estranho, triste, de aceitação e de orgulho.

— Eu sou o último de minha espécie nestas bandas, Caitrin. Ouvi falar que há outros no sul, longe daqui, mas talvez seja apenas uma lenda.

— É uma coisa triste para você. Nunca se sentiu tentado a viajar até lá, para procurá-los?

Não perguntei se ele já tivera mulher e filhos, uma família, ou se já desejara isso. Eram tantas as histórias desse lugar, a maioria delas de tristeza.

— Você gostaria de melhorar a vida de todos nós, não é, minha jovem? Sou bastante feliz aqui em Whistling Tor, é meu lugar, e tem sido assim há muito mais tempo do que você pode imaginar. A horda, o feitiço de Nechtan, toda essa história triste, isso, para mim, não passa de um sacolejo na estrada. Mas, ainda assim, eu gostaria de ver o rapaz feliz. Gostaria de vê-lo fazer com que algo bom surgisse de tudo isso.

— O rapaz... Você quer dizer Anluan?

— Ele tem de enfrentar muita coisa. Todos precisamos estar ao lado dele, ajudá-lo a passar por isso.

— É o que pretendo fazer, Olcan. Deixe-me lhe perguntar...

Mas não pude perguntar sobre a voz mencionada por Gearróg, nem sobre a estranha atitude de Muirne na crise, ou sobre milhões de outras coisas que tinha em mente, porque lá estava Anluan, encostado à soleira da porta interna, parecendo cansado demais até para se sentar à mesa, que dirá para promover um conselho formal dentro de poucas horas.

— Caitrin?

— Estou de saída — disse Olcan.

Ele estalou os dedos. Fianchu lambeu uma última migalha de pão e saiu atrás do dono.

Anluan e eu nos olhamos, estando um de cada lado da cozinha. *Não diga a ele como parece cansado. Tampouco conte que um só olhar a faz sentir-se outra vez em seus braços, a adorável sensação de segurança, a sensação latejante e deliciosa de...*

— Resolveu tudo com Rioghan? — perguntei, com a maior calma que consegui, tirando da prateleira uma das jarras de ervas de Magnus e depondo duas canecas sobre a mesa.

— Sim, tudo resolvido por agora.

Ele se aproximou e se sentou no banco, depois fincou um cotovelo no tampo e amparou a testa na mão.

— Ele acha que eu posso conseguir. Mas a esperança é um elemento tão tênue. Senti-la e depois ter negado aquilo que mais se esperava... É melhor, com certeza, não ter esperança alguma, do que abrir o coração para o impossível.

A MONTANHA DAS FERAS **271**

Eu sustara o gesto, no momento em que me preparava para despejar a mistura de ervas nas canecas. Depus a colher. Seria possível que ele fosse desistir agora, mudar de ideia acerca de tudo, depois de demonstrar tanta força?

— Não, Anluan — falei, com o coração batendo forte. — Isso está muito errado. Você deve deixar a esperança entrar, e então, em vez de se limitar a aguardar que as coisas boas aconteçam, esforçar-se ao máximo para concretizá-las. O objetivo pelo qual alguém anseia pode ser qualquer coisa: escrever uma linha em perfeita caligrafia, assar uma torta ou... criar um filho bem-criado, apesar de toda dificuldade. Ou lutar pelo que é certo.

Ele erguera a cabeça. Nessa luz, seus olhos tinham o matiz de ultramar, uma tinta que rivalizava com a sangue-do-coração por sua raridade. Não consegui decifrar sua expressão. Só sabia que, dali em diante, não seria capaz de olhar para ele sem querer tocá-lo. Perguntei-me se ele conseguiria ler isso em meu rosto.

— Pensei em fazer a poção restaurativa favorita de Magnus — falei, sentindo as faces em brasa. — Este parece ser o momento apropriado.

Anluan ficou me olhando enquanto eu terminava de preparar a bebida.

— Criar um filho bem-criado — disse, pensativo, depois de um tempo. — Você está falando de Magnus?

— Sim, era nele que eu estava pensando. Ele fez um bom trabalho com você, apesar de tudo e de todos. Pelo menos, é a impressão que eu tenho. E meus pais também fizeram um bom trabalho comigo e com Maraid, primeiro os dois juntos, depois meu pai sozinho. Eu tive mais sorte do que você. Só o perdi quando já era uma mulher feita.

Senti minha garganta fechar-se, relutante em deixar sair as palavras. Percebi o conhecido tremor em minha voz, mas desta vez eu não iria me calar.

— Ele caiu morto na oficina, certa manhã. Quando me abaixei para ajudá-lo, já estava morto. E ele não estava doente. Depois disso, eu... eu... eu fiquei fora de mim durante algum tempo.

— Venha, sente-se aqui ao meu lado.

Foi fácil, então, ir até o banco onde ele estava. Sentar-me ao lado dele, perto o suficiente para que de vez em quando, nem tão sem querer assim, a perna dele tocasse a minha. Ficamos assim sentados por um tempo, observando o vapor que subia das duas canecas e ouvindo os ruídos que vinham de fora: Eichri repreendendo amigavelmente um de seus irmãos, Rioghan dando ordens, Fianchu latindo.

— Quanto à esperança, não há sentido em esperarmos algo que jamais acontecerá.

— É verdade. Mas às vezes fazemos isso, de qualquer maneira. Sei o que é uma esperança impossível, Anluan. Depois que meu pai morreu, eu rezei para que o tempo voltasse atrás. Rezei para acordar e descobrir que tudo não passara de um sonho. Queria muito que ele estivesse vivo outra vez, e que os outros desaparecessem.

— Outros?

— Cillian e a mãe dele. Eles vieram tomar conta de tudo quando meu pai morreu. Ita, a mãe de Cillian, disse para todo mundo que eu estava fora de mim. Talvez fosse verdade. Foi uma forma louca de luto, que me consumiu inteira. Eu queria afastar o mundo todo. Se pudesse me esgueirar para dentro de uma concha, e lá ficar escondida pelo resto da vida, é o que teria feito.

Anluan se esticou e, por um momento, tocou com os dedos minha cintura. Foi a mais sutil das carícias, e mesmo assim meus batimentos se aceleraram.

— Mas você é a pessoa mais corajosa que eu conheço, Caitrin.

— Naquela época, eu não era. Precisei me obrigar a encarar meus próprios medos. E o passo mais difícil foi o primeiro: decidir fugir de Market Cross. A coisa mais apavorante não foi a morte do meu pai, nem Cillian ou Ita, mas...

— Conte-me — pediu Anluan.

Respirei fundo.

— O mais apavorante fui eu mesma, a maneira como rastejei depois do acontecido, a maneira como me perdi de mim... Como se caísse em um poço profundo.

Eu sonhara com isso, muitas e muitas vezes: um buraco que se abria, mãos que me agarravam, e o longo e interminável caminho em direção ao fundo...

— Comecei a acreditar no que eles diziam ao meu respeito, que eu era inútil, louca, que não tinha jeito... Cheguei mesmo a crer que, quando Cillian me batia, era porque eu merecera... Se as pessoas falam isso muitas vezes, começa a parecer que é verdade.

— Você está tremendo — disse Anluan.

— Tudo bem.

— Diga-me, o que foi que fez você se decidir a fugir? O que foi que lhe deu coragem suficiente para um passo desses depois de tanto tempo?

— Certa manhã eu acordei, olhei pela janela e ouvi uma cotovia cantando. Peguei a boneca que minha irmã tinha feito para mim, olhei para os pequenos tesouros que eu guardara de meu pai e de minha mãe, e senti uma pequena centelha de coragem. Sabia que meus pais, lá de cima, estavam tomando conta de mim. E não queria que eles sentissem vergonha.

Limpei as lágrimas do rosto.

— Eles nos ensinaram a ser fortes, Maraid e eu. Por um tempo, eu me esquecera disso.

— E onde estava sua irmã enquanto você enfrentava todo esse sofrimento, Caitrin? — perguntou Anluan, num tom neutro.

— Tinha ido embora. Ela fugiu com o namorado, Shea. Ele é um músico ambulante.

— E deixou você sozinha.

— Não julgue Maraid! — falei, irritada, embora ele estivesse apenas repetindo meus próprios pensamentos. — Ela amava Shea. E chegou a perguntar se eu não queria ir junto, mas eles não tinham dinheiro. Já seria difícil só os dois, quanto mais se tivessem de me sustentar. Além disso, Ita disse que ia cuidar de mim, que chamaria um médico para me examinar e coisas assim.

Anluan me lançou um olhar interrogativo, mas nada disse.

— Acho que você não consegue entender — acrescentei, arrasada. — Eu estava fora de mim. Eu era só uma... casca, uma concha. Um ente feito de sombras e pavores. Meu pai e eu... Ele tinha me ensinado meu ofício. Trabalhávamos lado a lado, todos os dias. E então, sem nenhum aviso, ele se foi. Para sempre. Foi como se o mundo desmoronasse. Quando Ita e Cillian chegaram, eu não tive forças para enfrentá-los. De certa forma, estavam certos. Durante um tempo, eu fiquei louca.

— Para onde sua irmã foi com o músico?

— Para o norte. Não lembro o nome do lugar. A banda dele é itinerante. Eles se apresentam nos salões dos nobres e também nos bailes e casamentos da cidade. Não havia lugar para mim numa vida dessas.

Deus do céu, eu estava chorando de novo.

— Desculpe, eu não tinha a intenção de colocar esse fardo sobre você agora. Só queria ajudá-lo a se preparar para o conselho, e não ficar falando dos meus problemas.

— Ah — disse Anluan, inclinando-se, como se fosse enxugar minhas lágrimas, mas retirando a mão antes de tocar meu rosto. — Mas você ajudou. Você demonstrou, mais uma vez, como praticar a coragem em pequenos passos. Lembra-se de que eu já tinha desafiado você a falar sobre essas questões antes, e você não tinha conseguido? Aí está, você deu um passo, e hoje à noite eu darei um também. Queria lhe pedir um favor, Caitrin.

— Que favor?

— Quero que fique ao meu lado até chegar a hora. Temo que, se você não estiver por perto, eu volte aos velhos pensamentos. Já me acostumei tanto a eles. É quase como se uma voz interna me dissesse, vezes e vezes, que não adianta tentar, que os padrões do passado devem se repetir, inevitavelmente, e que, por eu não ser um... homem de verdade, eu não posso fazer o que precisa ser feito.

— Você é um homem de verdade, Anluan.

— Um homem de verdade pode ser um guerreiro. Pode sair cavalgando à frente de sua tropa. Pode brandir a lança ou a espada em sua própria defesa. Pode reunir pessoas que o apoiem. Pode cuidar daqueles que estão sob sua responsabilidade. Um homem de verdade tem um lar, um objetivo, uma família... Ele pode...

O que o estaria levando a essa súbita falta de confiança? Era como se a própria voz da desesperança estivesse sussurrando em seu ouvido.

— Meu pai não era um guerreiro, Anluan. E era um homem de verdade, que amava a família e que se dedicou ao próprio ofício. O marido de Maraid, Shea, mal conseguiria distinguir, numa espada, uma extremidade da outra. E minha irmã o ama. Ela confia que ele saberá cuidar dela. Ele também é um homem de verdade, com um objetivo. Não é uma determinada habilidade que faz de você um homem, mas sim aquilo que existe aqui dentro — falei, e botei a mão sobre o coração dele. — Você é um líder. É um homem bom. É o chefe de Whistling Tor e vai fazer o que for o melhor. Se hoje à noite falar com o coração, esse povo há de segui-lo até a morte. Tenho certeza.

— Até a morte — repetiu Anluan, cobrindo minha mão com a dele. — Parece que é exatamente para onde vou levá-los. Eu temo por aqueles que me são queridos, Caitrin. Temo por todo o meu povo.

FICAMOS À ESPERA, NO PÁTIO, ENQUANTO A LUZ BAIXAVA, dando lugar ao lusco-fusco do verão, e a lua se desvencilhava de um véu de nuvens, prateando as folhas e fazendo tremeluzir a água parada do lago. As tochas estavam acesas. A mesa, pronta, coberta por uma toalha de um azul forte. Velas tinham sido acesas em um par de antigos candelabros de ferro, esculpidos na forma de salmões saltando. Rioghan os tinha desencavado, assim como a um cajado que fora posto ali junto, feito de madeira escura, com incrustações de bronze.

— Para manter a ordem — explicou. — Se as coisas saírem do controle, bato com força na mesa várias vezes.

Durante um tempo, parecia que não teríamos ninguém além de nós: Anluan, pálido sob a lua; Rioghan ao lado dele; Eichri um pouco à sua esquerda, junto com o monge que lhe estivera ajudando mais cedo; Olcan e Fianchu à direita. Anluan pedira a mim que ficasse ao lado dele, mas eu me negara, porque não me parecera correto. Em vez disso, fiquei de pé nos degraus atrás dele, junto com Magnus e Muirne, que saiu e veio ao nosso encontro. Eu a cumprimentei, tentando disfarçar minha surpresa. Ela não respondeu.

O tempo passou. Catháir surgiu de entre as árvores, tomando lugar na ponta do círculo, em meio às sombras. Ele parecia incapaz de se manter quieto, e balançava de um lado para outro, cruzando e descruzando os braços, espiando por cima do ombro. Eu lamentava não ter oferecido a ele uma roupa limpa, em vez daquela toda manchada de sangue, mas talvez aquela peça remanescente de uma batalha ocorrida há tanto tempo fosse parte da maldição. Talvez simbolizasse sua missão não acabada na terra dos vivos.

— Só dois — comentou Rioghan, olhando para Catháir e para o monge fantasmagórico ao lado de Eichri. — Bem, mas ainda está cedo.

— Eles não virão — disse Muirne, num murmúrio, mas perfeitamente audível na quietude do pátio.

Tive vontade de bater nela.

— Claro que virão — contestei. — Sou capaz de apostar. Alguém está disposto a aceitar a aposta?

— Não seja tola, Caitrin.

A voz de Muirne denotava irritação, mas os homens todos riram.

— Nenhum de nós vai querer lhe fazer frente — disse Eichri. — É claro que eles virão. Eles sabem o que está em jogo.

— É preciso dar tempo a eles — interveio Magnus. — Isso é uma coisa nova para todo mundo.

Ele voltara do vilarejo pouco antes do jantar. Nenhum dos aldeões estivera disposto a acompanhá-lo montanha acima, mas Tomas e os outros tinham expressado grande interesse no resultado do conselho. Eles queriam que Magnus voltasse no dia seguinte, levando as notícias. Tomas sugerira mandar uma mensagem a Brión, chefe de Whiteshore, para mantê-lo informado dos acontecimentos. Alguém tinha se lembrado de um baú com armas antigas que estava enterrado em algum lugar perto do rio. A ideia de que havia uma possibilidade real de montar uma defesa contra os normandos despertara um sentimento inédito nos cidadãos amedrontados do vilarejo. Magnus tinha pedido precaução: eles deviam esperar a decisão de Anluan, dissera-lhes. E fora mandado de volta, montanha acima, com três boas fatias de pão fresco e um jarro de mel, que eles lhe deram de presente. Mas nenhum de nós conseguiu comer. A refeição, junto com minha torta, ficou intocada na mesa da cozinha.

Começou a esfriar. A lua subiu no céu. Corujas piaram. Criaturas se esgueiraram por entre os arbustos.

— Isto não faz sentido — disse Muirne.

— Vamos esperar até que eles estejam prontos.

Anluan tinha calma e confiança na voz. Parecia ter vencido as antigas dúvidas

— A noite inteira, se necessário — continuou ele.

Muirne não falou mais nada. No silêncio que se seguiu, eu podia ouvir Eichri assoviando baixinho, por entre os dentes.

Rioghan tossiu. Muirne estava tensa a meu lado.

— Lá vamos nós — sussurrou Magnus.

Catháir fora instruído a especificar o número: não deveriam ser mais de dez representantes da horda, excluindo aqueles que viviam na fortaleza. E eles surgiram, um a um, de trás das árvores, tomando em seguida seus lugares na mesa redonda. Gearróg não viria; ele tinha ficado de guarda do lado de fora do meu quarto, satisfeito por Catháir falar por ele. Mas havia outros guerreiros: um homem alto, com uma lança; um velho, barbado, segurando um arco e uma aljava com setas; um homem com uma só perna, apoiado em uma muleta, com uma impressionante coleção de facas na cintura. A armadura e o peitoril de couro gasto, assim como a enorme cicatriz que lhe marcava a face, mostravam que ele era um combatente veterano. Com Catháir, eram quatro. Com o monge, cinco.

— Bem-vindos — disse Anluan, com voz calma. Nenhum deles respondeu, mas todos agradeceram o cumprimento com um movimento de cabeça e o pulso erguido em sinal de respeito entre soldados.

Veio em seguida uma mulher, vestida com manto e capuz, o cabelo cinza preso em longas tranças. Na testa, trazia tatuada uma lua crescente. Imaginei que era uma mulher sábia, talvez a sacerdotisa de uma seita ancestral. Ela parou diante do círculo de tochas. Atrás dela, vinha uma mulher mais jovem, com ornamentos brilhantes em torno do pescoço e o cabelo muito bem-arrumado; o tipo de mulher para a qual se voltam, instantaneamente, os olhares dos homens, embora esta estivesse um pouco desgastada, como se o brilho que tivera em vida fosse aos poucos esmaecendo em sua existência em Tor, restando apenas uma pálida cópia de si mesma. Uma terceira personagem estava junto delas, de meia-idade, vestida com a roupa doméstica, comum, típica de qualquer dona de casa trabalhadora do vilarejo. Nenhuma delas parecia pronta para sentar-se à mesa redonda.

— Elas estão com medo, senhora — disse Catháir.

Anluan se virou para mim.

— Caitrin, você poderia lhes dar as boas-vindas?

Como se eu fosse a senhora da casa. Como se eu fosse sua esposa.

Não olhei para Muirne, mas ouvi sua voz em minha mente. *Você não é uma das mulheres de Whistling Tor.*

— Venham, entrem no círculo, por favor — falei, sorrindo para as três. — Lorde Anluan lhes dá, a todas vocês, as boas-vindas.

Elas se aproximaram em silêncio e tomaram lugar, juntas, um pouco distantes dos guerreiros. Com isso, eram oito.

Por um tempo, nada se moveu, a não ser as chamas das tochas, transformadas em estandartes incandescentes pela brisa da noite.

— Será que vem mais alguém? — perguntou Rioghan, olhando para Catháir.

Como se em resposta, outra figura surgiu dentre as árvores, uma que fazia até mesmo Magnus parecer um anão. Os braços eram musculosos; o peito, formidável. A pele era toda marcada de cicatrizes, que não pareciam ferimentos de combate, mas queimaduras. Era o tipo de homem cujas feições parecem belas apenas para a própria mãe. Porém, sua presença física certamente era capaz de impedir qualquer um de fazer um comentário desses.

280 JULIET MARILLIER

— Donn, o ferreiro, meu senhor.

E o gigante fez uma leve mesura, enquanto Anluan devolvia a cortesia com um gesto grave.

— Estou aqui representando os operários de Whistling Tor.

— Seja bem-vindo, Donn. Talvez precisemos de suas habilidades.

— Com certeza precisarão, meu senhor.

E o ferreiro tomou posição ao lado de Eichri e do outro monge. Agora eram nove.

— O número está completo, meu senhor — disse Catháir.

Rioghan franziu o sobrolho.

— Só nove? — disse.

Como se fossem um só, os representantes da horda voltaram seus olhares para um mesmo ponto do círculo, um ponto que parecia deliberadamente vazio, tendo de um lado os guerreiros, as mulheres e o ferreiro e, do outro, os clérigos.

— Somos dez, meu senhor — disse a mulher de cabelos grisalhos. — Deixamos vago esse lugar para alguém que amamos e respeitamos; alguém que, como nós, morreu com o coração angustiado. Não podemos vê-lo, nem o ouvir, mas sentimos sua presença. Ele não pertence à horda. Ele vela por Whistling Tor.

Meus pelos se eriçaram. Ouvi Muirne expirar, como se estivesse com medo, e olhe que nada mais a assustava. Magnus murmurou alguma coisa entre dentes.

— Muito bem — disse Anluan, deixando o olhar passear pelo círculo, e assim atestando as presenças. — Todos são bem-vindos aqui, visíveis ou não. Todos fazem parte da comunidade de Whistling Tor. Vocês sabem por que os chamei aqui. Estamos diante de um perigo. E eu preciso da ajuda de vocês.

E ele, mais uma vez, explicou qual era a situação. Enquanto ouvia, eu observava a audiência, e logo ficou claro para mim que a horda, afinal, não limitara sua presença a apenas dez representantes. Dez estavam dentro do círculo de luz, nove deles visíveis; um misteriosamente, não, mas além, sob a luz da lua, o conselho reunia muitos mais. Anluan estava cercado por almas penadas.

Ele não se alongou muito em minha teoria sobre a ordem, e isso foi sábio — aquele não era o momento para relembrar àquela gente os sofrimentos do passado. O chefe disse a eles que planejava ir até a aldeia na lua cheia. Explicou o que pretendia dizer aos emissários de Lorde Stephen. E pediu à multidão espectral garantias de que eles se manteriam dentro das fronteiras da montanha enquanto ele estivesse fora; que obedeceriam a quem estivesse no comando; e que não fariam nenhum mal até que ele retornasse. Cada um receberia uma incumbência, uma responsabilidade para desempenhar durante aquele período, que não seria longo, e duraria menos do que uma manhã. Sobre o que aconteceria depois disso, ia depender do que Lorde Stephen respondesse. Mas o mais provável era que Anluan precisasse pedir-lhes mais — muito mais. E a pergunta de Anluan era: poderia confiar neles? O chefe olhou para mim.

— Caitrin já falou antes com vocês. Vocês a conhecem — disse. — Na verdade, o mais provável é que, sem a influência dela, nem estivéssemos fazendo essa tentativa. Ela acha que vocês são confiáveis. E me garante que farão o que eu pedir. Caitrin, você poderia se manifestar também?

Então Anluan se virou, estendendo-me a mão. Desci um degrau e parei ao lado dele, encarando a horda, o coração disparado, com um turbilhão de sentimentos.

— Eu os cumprimento a todos, com respeito e amizade — comecei a dizer, consciente dos olhares que me observavam também por trás das árvores, inúmeros olhares. — Não estou tentando minimizar as dificuldades de vocês, e sei o que quer dizer sentir medo. Sentir medo a ponto de não conseguir sequer mover um dedo. Acho que isso às vezes acontece aqui. E acredito que, em alguns momentos, as pessoas fazem coisas que não queriam fazer por acharem que sozinhas não poderão enfrentar... seja lá o que for que as impele a más ações. Mas nós já não estamos sós. Estamos todos juntos aqui, e somos o povo de Anluan, o povo de Whistling Tor, e temos força suficiente para fazer a coisa certa e tomar as boas decisões. Hoje à noite, o que Lorde Anluan está pedindo de vocês é a promessa de que ficarão na montanha enquanto ele for à aldeia na véspera da lua cheia, e que nada farão de mau quando ele estiver fora. Não me parece que seja pedir muito. Mas claro que é, porque, se vocês obedecerem, estarão fazendo algo que a horda nunca fez antes. Estarão tomando as rédeas de seu próprio destino. Estarão dando o primeiro passo para resolver todas as dificuldades que têm assolado Whistling Tor e seu chefe. Sei que podem fazê-lo. E isso é tudo o que eu tinha a dizer.

Dei um passo atrás, e um clamor de vozes se fez ouvir por todo o círculo.

Uma batida forte — era Rioghan aproveitando a chance para usar seu cajado.

— Um de cada vez! — ordenou ele, e a barulheira parou. — Aproxime-se quem quiser falar. Todos serão ouvidos. — E, depois de uma pausa, ele continuou: — Mas sejam breves.

Cathaír deu dois passos à frente, com a cabeça erguida. Cruzou o braço no peito, com o punho crispado sobre o ombro.

— Ficarei firme, meu senhor — falou, e exibiu seu queixo firme, embora o vermelho das tochas fizesse seus olhos adquirirem estranhos matizes. — Meus companheiros guerreiros ficarão firmes ao meu lado. Somos cem ao todo, alguns muito bem armados, outros apenas parcialmente. Embora muitos tragam velhas feridas, que lhes poderão tolher a capacidade de luta, todos hão de contribuir.

— Muito bem, Cathaír — disse Anluan. — Eu o elogio por sua iniciativa. Seus homens têm perguntas para me fazer?

Rioghan parecia a ponto de interromper, mas Anluan sussurrou:

— Deixe-o falar, Rioghan.

E assim o conselheiro ficou quieto.

— A mesma pergunta está nos lábios de todos, meu senhor — respondeu Cathaír. — Diz respeito ao pagamento por serviços prestados. O senhor sabe o que queremos, todos nós. Sabemos que a senhora está buscando uma solução, procurando com todo o afinco. Mas ela pode não a encontrar. Ela disse que vai embora no fim do verão. Talvez seja necessário mais tempo. Talvez a resposta nem esteja aqui. Eu disse a eles que não pensem nisso agora, meu senhor. Disse-lhes que faremos

A MONTANHA DAS FERAS **283**

o que precisa ser feito, sem pensar no que receberemos em troca. Disse que vale a pena fazermos, pelo simples fato de que o senhor confiou em nós. Mas aqueles que estão ali fora, esses querem uma resposta. Eles esperam há muito tempo para que tudo isso tenha um fim.

Vi Anluan respirar fundo, e depois soltar o ar devagar. Ele falou com toda a calma:

— Não farei a vocês uma promessa falsa. Não sei se conseguiremos encontrar um meio de libertá-los de seu longo período de aprisionamento em Tor. Continuaremos a fazer o máximo possível.

A mulher sábia deu um passo à frente, com os longos cabelos cor de prata brilhando à luz das tochas.

— E se esse máximo não for suficiente, meu senhor? — perguntou.

— Então, eu terei me mostrado indigno de ser o chefe de vocês. Ainda não sei exatamente o que será necessário, só sei que darei tudo o que tenho para defender Whistling Tor e meu povo, e para fazer o que é certo.

— Defender é apenas uma parte — disse o guerreiro de uma perna só. — O senhor precisará de uma estratégia de ataque como medida necessária. Precisará de barreiras, armadilhas, camuflagens. Precisamos planejar antes.

— Você está se afastando da questão principal — disse o homem alto com a lança. — Há três fases aí: o desafio, a luta, a recompensa. Estamos aqui discutindo a recompensa. Se fizermos o trabalho, temos de ser mandados de volta para o local de onde viemos. É simples. Se o lorde aqui não pode nos mandar de volta, não fazemos o trabalho. É mais simples ainda.

Rioghan pigarreou.

— Se tudo ocorrer como planejado na lua cheia — disse Anluan —, faremos um novo conselho, mais amplo, com representantes de outras partes. Se for necessária uma resistência armada, precisaremos envolver a população local, e talvez também os chefes das fortalezas vizinhas. Os desafios são muitos. Maiores do que tudo que jamais imaginamos. Caitrin e eu iremos continuar buscando um meio de ajudá-los, eu prometo. Ela acredita que deve haver um meio. Eu... Eu acredito na esperança dela. E que fique muito claro: se não conseguirmos conter esses invasores, será o fim para todos nós. Sem nós para ajudá-los, vocês jamais se livrarão da maldição. E sem vocês para nos ajudar, não poderemos salvar Whistling Tor.

— Trabalhar de todas as maneiras em estratégias de ataque e defesa — disse Rioghan para os guerreiros. — Vamos levar todas as ideias de vocês em consideração, mas isso deve ser feito em um conselho de guerra. O que Lorde Anluan precisa agora é da garantia de vocês de que vocês obedecerão aos líderes que ele designar quando chegar a lua cheia. Ele quer um compromisso de vocês dez, em nome de toda a horda.

— Você está tomando para si a posição de líder dos guerreiros? — perguntou o velho barbado, desafiando Rioghan. — Será justo, depois do que fez da última vez?

— Cale-se!

Era Eichri, dando três passos para o centro do círculo. As tochas ardentes tornaram seus olhos duas brasas, e me lembrei da chegada dele no dia em que Cillian quase me raptara de Whistling Tor.

— Lorde Anluan pediu apenas que trabalhemos juntos, em segredo, não que levantemos suspeita e desconfiança entre nossas próprias fileiras. Ele precisa de uma resposta direta: sim ou não. O resto pode esperar.

O velho deu uma risadinha, mas sem malícia.

— Mais alguém quer se manifestar? — perguntou Rioghan.

Pude perceber em sua voz que estava tentando controlar-se.

— Eu quero — disse Magnus, e desceu o degrau para se pôr de pé em uma das extremidades da mesa.

Ele tomou posição de forma a não encarar diretamente nem Anluan nem a horda. Achei que ele queria mostrar que, ali, não era nem líder nem seguidor, mas alguém independente. Olhava, se é que olhava para algum lugar, na direção do lugar vazio, o ponto ocupado pelo décimo invisível.

— Em primeiro lugar, gostaria de dizer que estive na aldeia hoje, e pedi a opinião da gente de lá. Eles estão com medo, e isso não surpreende. E, nos últimos anos, eles têm tido muitas razões para isso.

Não confiam em ninguém aqui de Tor, sejam humanos, espectrais ou o que for.

Com as últimas palavras, fez um gesto em direção a Olcan e Fianchu.

— Mas eles entendem que vem aí um perigo novo, e que precisamos romper com os velhos hábitos se quisermos ter alguma chance de enfrentá-lo. É vital que entendamos o seguinte: se alguma coisa ruim acontecer quando Lorde Anluan estiver fora da montanha, se as pessoas lá de baixo tiverem alguma razão para alarme, nós teremos perdido a chance de conquistar a confiança deles. E é dela que precisamos.

Magnus endireitou os ombros, agora olhando na direção das sombras escondidas sob as árvores, fora da luz das tochas.

— Eu sou um guerreiro — disse. — Não uso minhas habilidades nesse campo há muito tempo, mas acredito que ainda as possua. Não sou um estrategista como Rioghan, que aqui está, mas sei conduzir soldados. Sei fazê-los seguir em frente, mesmo quando o sangue, a carnificina e a desgraça parecem a ponto de derrubar os melhores e mais bravos. O mais provável é que logo estaremos todos lutando juntos. Quando isso acontecer, nós o faremos direito. Vocês têm bravos guerreiros, assim como líderes, sem dúvida, e todos estaremos do mesmo lado. Mas só quando chegar a hora, e apenas se Lorde Anluan nos der a ordem. Ele é nosso chefe. É ele quem manda. E Rioghan é o conselheiro dele. Qualquer um que queira fazer comentários sobre se ele é a pessoa adequada para a posição poderá vir dizer isso para mim, quando tivermos acabado.

Houve um silêncio breve, pesado.

— É isso — disse Magnus, virando-se e fazendo uma mesura para Anluan. — Muito obrigado, meu senhor.

E saiu, vindo se colocar ao meu lado.

— Se alguém mais quiser expressar uma opinião, a hora é esta — disse Anluan.

Ninguém respondeu.

— Muito bem — continuou ele. — Quero pedir uma declaração formal de apoio da parte de vocês. Se estiverem prontos a dá-la, voltarei a falar com vocês antes da lua cheia para lhes dar mais detalhes do plano. Acredito que o controle que tenho sobre certos elementos que estão entre vocês diminuirá quando eu deixar a montanha. É o que tem acontecido com todos os chefes desde os tempos de meu bisavô. Como irei à aldeia para o tal encontro, vou precisar confiar que vocês obedecerão a quem ficar em meu lugar. Peço a vocês dez, que aqui representam os demais, que ergam a mão para indicar que concordam com isso.

Cathaír levantou a mão imediatamente, com o punho fechado. Um instante depois, seguiram-se as mãos de cada um dos guerreiros ao lado dele. Donn, o ferreiro, ergueu bem alto seu braço moreno. As mulheres e o monge pareceram hesitar.

— Se precisarem fazer consultas com aqueles que representam, esperaremos aqui enquanto vocês fazem isso — acrescentou Anluan. Seu tom de voz mostrava menos confiança. Eu sabia que ele estava esgotado. — Precisamos de uma decisão esta noite — concluiu.

O monge ergueu a mão. Seria preciso um homem de muita coragem para não fazer isso, com Eichri ao lado mostrando aqueles dentes.

— O desejo da horda é apoiá-lo, meu senhor — disse a mulher sábia. — Mas há uma inquietação. São as lembranças que surgem, as lembranças que alguns de nós gostaríamos de ver apagadas.

— Muito dessa memória desapareceu, tornando-se apenas trechos, fragmentos — disse a mulher de roupa simples. — Muitos de nós mal conseguem se lembrar de nossas vidas passadas, e nem dessa época de que o senhor fala, meu senhor, quando seus antepassados eram chefes aqui. Mas alguma coisa sempre fica. Sejam as melhores ou as piores, essas lembranças ficam presas até na memória de gente como nós, meio humanos, nem uma coisa nem outra. Sofrimentos tremendos, acontecimentos horríveis, coisas que gostaríamos muito de esquecer. Nossas próprias dores. Se...

A voz dela falseou e a mulher se calou, sem querer verbalizar a continuação de seu pensamento.

A terceira mulher ergueu a mão para ajeitar a gargantilha brilhante.

— Lorde Anluan, não pode haver nenhuma certeza em nossa promessa, por mais que estejamos empenhados em ajudar. Há uma sombra sobre cada um de nós, da criança mais inocente ao guerreiro cheio de cicatrizes das batalhas. Uma força que toma conta de nossas mentes e nos impele a fazer o mal. Sem sua liderança, é possível que a gente não consiga resistir.

Anluan mirou as próprias mãos, crispadas na mesa à sua frente.

— Foi meu ancestral quem deu início a tudo isso — disse. — Sou sangue do sangue daquele homem. Tenho suportado o peso de seu legado todos os dias da minha vida, enquanto, à noite, isso me rouba o sono. Foi assim também com meu pai, e com o pai de meu pai. Diante de tamanho fardo, seria fácil se render ao desespero. A história da minha família deixa isso dolorosamente claro.

Ele deu um suspiro estremecido e ergueu o rosto, encarando o círculo de faces pálidas e olhos sombrios.

— Agora, basta. Eu aprendi, neste verão, que não existe arma mais poderosa do que a esperança. Entendo a natureza da preocupação de vocês. Nem seu compromisso nem o meu podem ser firmados sem reservas. Nossa barganha deve ser a seguinte: que cada um de nós faça o melhor possível para nos manter com a palavra. Eu me contentarei com isso. E vocês?

Houve um som de agitação em torno do círculo, sem que ninguém falasse, apenas com movimento, como se um tremor percorresse as formas etéreas da horda.

— Nós o faremos — disse a mulher.

E ela e seus companheiros ergueram as mãos. Atrás, na escuridão, uma floresta de mãos pálidas se ergueu de uma só vez.

— Eu lhes agradeço — disse Anluan.

Sua voz era um fio, mas, ainda assim, era a voz de um chefe. Olhei para Magnus, e ele sorriu. Sei que nós dois sentíamos o mesmo orgulho.

— E quanto ao décimo personagem, aquele cuja voz não podemos ouvir? — perguntou Rioghan. — Essa entidade também está de acordo com o restante da horda?

Todos os olhos se voltaram para o espaço vazio no círculo.

— Sim, meu senhor — disse a mulher sábia. — Se há alguma certeza nesta noite, a certeza é esta.

— Muito bem — retrucou Rioghan. — Nosso conselho está concluído e vocês podem partir. Mas estejam certos de que serão chamados de novo, porque há planos a serem traçados para a lua cheia, e muito trabalho a ser feito depois. Por ora, desejamos a todos uma boa noite.

— E, mais uma vez, eu lhes agradeço — disse Anluan. — A confiança pode ser uma lição difícil. Mas a esperança é ainda mais. Estamos todos aprendendo.

Quando a horda se dispersou e as tochas se apagaram, nós voltamos para o calor aconchegante da lareira da cozinha. Ninguém tinha muito o que dizer. Magnus serviu a cerveja; eu parti um dos pedaços de pão que ele trouxera e servi a torta fria. Anluan parecia muitíssimo cansado. Para ele, cortei um pedaço pequeno; ele comia pouco mesmo quando tudo andava bem. Para minha surpresa, ele se pôs a comer o prato sem hesitar.

— Nada mal para uma mulher que reconhece que não sabe cozinhar — observou Magnus, pegando um segundo pedaço. — Está pensando em arrumar outro emprego, Caitrin?

Eu consegui rir.

— Já tenho trabalho mais do que suficiente.

No dia seguinte, eu iria perguntar outra vez a Anluan se poderia levar os livros de magia para a biblioteca. Precisava me inteirar de seu conteúdo, nem que fosse para provar que ali não havia nenhum contrafeitiço.

— Mas fico contente por você ter gostado da torta.

— Faz muita diferença não ter de fazer tudo sozinho — disse Magnus, enquanto passava o pão para o resto da mesa. — Um pouco de ajuda vale muito.

Ele olhou para Anluan.

— Parece que temos um trabalho e tanto nas mãos. Melhor pensarmos em algumas estratégias antes desse seu encontro; quem vai para onde, quem faz o quê, enquanto você e eu estivermos fora da montanha. Se quisermos encontrar funções para toda aquela gente lá fora, melhor começarmos a trabalhar imediatamente.

— Está tarde — disse Anluan. — Não tenho forças para mais nada esta noite. De manhã falaremos. Devo agradecer a vocês. Todos vocês. Não é necessário que continuem do meu lado. Para mim, é um mistério entender por que fazem isso. Mas Magnus tem razão. Qualquer ato de apoio, qualquer gesto de amizade, tornará mais fácil dar um passo à frente. E encarar um novo dia. Estou exausto. Vou agora lhes desejar boa-noite.

Ele se levantou, e todos nós fizemos o mesmo. Anluan parecia um pouco confuso, mas quando saiu havia a sombra de um sorriso em seus lábios. Um instante depois, Muirne também se retirou.

— Ela continua não gostando nem um pouco — observei. — O que será que a faz ter tanta certeza de que as coisas vão dar errado?

— Ela está preocupada com ele — disse Magnus. — Não que nós todos não estejamos, mas Muirne tem mais razões do que nós para se preocupar. Ela passou muito tempo ao lado de Irial durante aqueles anos difíceis, depois da morte de Emer. Perdê-lo a deixou devastada. Imagino que ela tema perder Anluan caso estoure mesmo a guerra.

— Como é a história dela? Muirne nunca me falou nada sobre como era a vida dela... antes.

— Nem para mim, Caitrin. Muirne não conversa muito com ninguém, a não ser com ele.

— E você, Rioghan? Eichri? O que sabem sobre ela?

Eichri correu o dedo pela beirada de sua taça, franzindo a testa.

— Estamos acostumados a sempre tê-la por perto, mas ela se mantém à parte. Ela de fato me contou certa vez sua história. Nada especialmente interessante. Muirne nasceu e se criou em uma das aldeias, ficou noiva de um moleiro, e morreu de uma febre de inverno, antes do casamento. Uma historinha triste. Não sei o que aconteceu com o rapaz.

— E você, Olcan? — perguntei.

Ele estava terminando de comer a torta, um pedaço para si, outro, disfarçadamente, para Fianchu, que esperava bem atrás dele, com os olhos seguindo cada movimento entre o prato e a boca.

— Você está aqui há mais tempo do que todos nós.

— Para dizer a verdade, nunca prestei muita atenção nela. Ela cuida de Anluan, garante que ele não vai ficar muito sozinho. Isso deve ser uma boa coisa. E, como disse Magnus, ela fez o mesmo pelo pai dele.

Tive um arrepio, uma inquietação inexplicável.

— E por Conan, antes dele? — perguntei.

— Ela estava por aqui nessa época, pelo que me lembro. Isso foi há muito tempo, Caitrin.

— Uma coisa é certa — interveio Magnus. — Ela não gosta muito de você.

Rioghan suspirou.

— Ninguém pode criticar a moça por isso. Ela quer aquilo que não pode ter: uma outra vida, de verdade. Nisso, ela em nada difere de mim ou de Eichri. Ela lhe é hostil, Caitrin, porque você é o que ela nunca poderá ser: uma mulher de verdade. Ela tem medo de você, com suas faces rosadas, seus lábios vermelhos, os cabelos que lhe caem, pretos, seus... Bem, você me entende. Anluan jamais olhará para ela do jeito que olha para você.

Essas palavras ficaram ecoando pelo tempo de três respirações. Eu não sabia o que dizer naquela sala cheia de homens.

— Não deixe que isso a perturbe — aconselhou Magnus. — Muirne tem suas pequenas peculiaridades, mas no fundo ela é uma boa alma.

— Hum... — murmurei, sem concordar nem discordar.

Eu me aborrecia pelo fato de Muirne se manter hostil ao que Anluan estava fazendo, embora sentisse alguma simpatia por ela. Morrer às vésperas do casamento era algo particularmente triste.

— Vou me deitar agora — falei. — O pobre Gearróg está de guarda há horas. Posso ficar com Fianchu esta noite outra vez, Olcan?

O cão se ergueu assim que falei seu nome, pronto para me acompanhar.

— Claro. Durma bem, Caitrin.

Embora ele parecesse exausto ao extremo, Anluan manteve as luzes acesas noite adentro. Fiquei no corredor, sob a luz da lua, olhando, através do jardim, para aquela luzinha e desejando quebrar todas as regras. Ele não devia estar sozinho em seu quarto nu, tendo por companhia apenas os livros de magia de Nechtan. Suspirei, embrulhando-me em meu xale. Parecia tão simples a ideia de descer as escadas, atravessar correndo o jardim, bater em sua porta, dizer a ele que eu estava me sentindo só, preocupada e com frio. Sugerir a ele... o quê, exatamente? Se uma jovem agisse dessa maneira, um homem só poderia interpretar de uma forma. Claro que eu não iria entrar no quarto dele à noite, sozinha. A própria ideia de fazê-lo era ultrajante.

Sentia meu corpo estranho, diferente, nessa noite. Eu não era assim tão ingênua e ignorante a ponto de não saber o que isso significava, embora muitos sentimentos fossem novos para mim. Mais cedo, quando Anluan pusera as mãos em torno dos meus ombros para me consolar, eu sentira que uma profunda mudança se operara em mim desde a chegada a Whistling Tor. Não era apenas a sensação de encontrar um abrigo seguro, o orgulho de estar fazendo bem um trabalho, o prazer da boa companhia, a alegria provocada por respeito e amizade. Eu aprendera o que era a sensação de querer mais do que o toque doce da mão no rosto ou dos lábios na palma, mais do que um beijo, do que um abraço. Começava a descobrir que não é apenas a mente que compreende o amor, é o corpo também.

Luxúria, disse uma voz em meu ouvido, congelando-me no lugar. *Pura luxúria animal. Antes você não podia senti-la. Mas, quando olhou no espelho de obsidiana, quando penetrou nas memórias daquele homem, o desejo dele passou a habitá-la como uma torrente de calor, abalando, estremecendo e rasgando seu corpo com luxúria. Você conhece a mente de Nechtan; sente seus anseios. Não admira que seu rosto fique ruborizado quando Anluan roça em você. Não admira que olhe para ele como se fosse um garanhão e você, égua reprodutora no cio. Não engane a si mesma achando que isso é amor, Caitrin. Você não quer Anluan, só quer saciar seu desejo, e acontece que ele é o único homem por perto. Esse seu corpo faminto está repleto da paixão de Nechtan e da crueldade de Nechtan.*

— A bebê está com frio.

Dei um salto. Tinha sido hipnotizada por aquela voz, uma voz que parecia vir da minha própria mente, porque eu estava sozinha no corredor, a menina-fantasma de pé junto a mim com sua boneca, e Fianchu esperando pacientemente na porta do quarto, para se pôr em guarda depois que eu entrasse. Se houvera alguém ao meu lado, perturbando-me enquanto eu observava a lâmpada acesa de Anluan, não havia mais sinal dessa presença.

— Ela está com frio porque você saiu da cama — falei, tomando a mão gelada da criança e levando-a de volta para o quarto. — Vou aconchegar você, posso?

Fiquei muito tempo acordada em meu colchão, uma vela tremeluzindo ao meu lado, enquanto a menina mantinha os olhos fechados, obedientemente, com o cão junto às suas costas. Fianchu jamais seria capaz de aquecê-la, mas talvez sua proximidade a ajudasse a recordar como aquilo fora bom um dia. Quanto a mim, eu pensava em Anluan a cada respiração; em minha imaginação, amoldava as curvas do meu corpo às linhas retas e fortes do dele. Imaginava as mãos dele em minha carne, os dedos mergulhando em meus cabelos. Eu tocava carinhosamente com meus dedos suas feições imperfeitas, explorando aquela superfície surpreendente com espanto e deleite. Sentia nossos corações pressionados um contra o outro, tambores batendo o ritmo da mesma melodia assombrosa. Meu corpo estava repleto de anseios não saciados.

Apaguei a vela antes que o céu começasse a clarear. No escuro, meu corpo ardendo de desejo, pensei no anseio de Nechtan por sua jovem assistente, a maneira cruel como desprezava a esposa, o orgulho e o medo obsessivo que tomara tudo.

— Não é verdade — sussurrei, como se o dono daquela voz etérea pudesse me ouvir. — Eu não sou como ele. O que sinto não é um desejo egoísta, é muito diverso disso, é...

Fianchu se mexeu. Ele costumava se levantar assim que amanhecia, querendo sair para o jardim. Ouvi a vozinha da menina-fantasma na penumbra.

— Você está triste, Catty?

A MONTANHA DAS FERAS **293**

Eu dissera a ela meu nome, mas era a primeira vez que ela o pronunciava.

— Não, não triste.

Era muito difícil explicar o que eu sentia. Havia um turbilhão dentro de mim, mas apenas uma imagem surgia aos meus olhos fechados, e essa era a imagem de Anluan.

Três dias se passaram num sopro. Gastei meu tempo lendo páginas e páginas se desfazendo, com os mais improváveis feitiços e encantamentos, enquanto, além das portas da biblioteca, Anluan e os demais punham em curso seus preparativos para a véspera da lua cheia. Eu lia até que minhas costas doessem; até que meus olhos ardessem; até que minha nuca parecesse um pedaço de lenha queimada, endurecida. Nunca mais vi Anluan na biblioteca, mas às vezes, quando ia ao jardim esticar as pernas dormentes, eu o observava com seu rosto sombrio, em conversas com Magnus e Rioghan. Uma ou duas vezes, pareceu-me que eles baixaram a voz ao me ver chegar perto, como se não quisessem que eu ouvisse o que diziam, e isso me surpreendeu. Mas a intenção de varejar todos os livros de feitiçaria me dominava, e não me importei em fazer perguntas para os homens.

Aprendi como botar um feitiço numa rival, para fazer com que seu cabelo caísse da noite para o dia, deixando-a careca como uma cebola. Descobri os meios de transformar uma roupa comum em uma veste que queimaria em chamas, torturando quem se aventurasse a vesti-la. Li sobre três diferentes maneiras de descobrir se uma pessoa estava mentindo e cinco teorias sobre como transformar metal em ouro. Naveguei através de uma dissertação sobre a diferença entre *leprechauns* e *clurichauns*. Havia guias sobre a utilização de recipientes para adivinhação. Instruções para fazer fogo sem provocar fumaça, ou fumaça sem fogo. E encantamentos para ajudar a mudar determinadas qualidades de espelhos de bronze, prata ou obsidiana — estes eu não li inteiros, porque estar tão perto do cerne do poder de Nechtan me deu medo. Ficava sentada em minha mesa até quase chorar de exaustão, mas não encontrava nada sobre como libertar espíritos inquietos de uma maldição.

No segundo dia, surpreendi Eichri no pátio, quando o crepúsculo descia. Desde o conselho, muitas mudanças tinham ocorrido em Whistling Tor. Guerreiros da horda patrulhavam as passagens no alto das paredes da fortaleza, à luz do dia. Tochas queimavam em suportes de ferro. Eu via, aqui e ali, a ponta de uma lança ou a lâmina de um machado brilhando na luz incerta. Embaixo, no pátio, grupos de figuras espectrais se reuniam, sussurrando entre elas. Uma antecipação nervosa enchia o ar, o cheiro da mudança.

— Caitrin — disse Eichri, estacando, quando toquei sua manga. — Você parece cansada.

— Tempo demais diante dos livros. Tenho uma pergunta para você, Eichri.

— Pois então faça. Hoje em dia, tudo são perguntas. Pena que não haja tantas respostas.

— Pelo que sei, você pode entrar e sair do monastério de Saint Criodan sem ninguém perceber.

O monge assentiu.

— Você está precisando de mais suprimentos?

— Não preciso que você roube nada para mim. Não exatamente. Você pode entrar em qualquer parte daquela construção, mesmo que encontre uma porta fechada? Estou pensando na ala secreta da biblioteca, o lugar onde parece que Nechtan obteve o feitiço para conclamar a horda.

— Talvez.

— Se houver algum antídoto anotado em algum lugar, é lá que talvez esteja, junto com o feitiço original. Pensei que você talvez pudesse...

— Imiscuir-me lá, encontrá-lo, memorizá-lo e voltar sem fazer ruído? Não é assim tão simples, Caitrin. Você está se esquecendo de um detalhe crítico. Eu não sei ler. Mesmo que levasse comigo uma faca afiada para arrancar uma página de um livro e escondê-la sob meu hábito, como é que eu ia saber qual página escolher?

Eu me senti uma boba e tanto.

— Será que algum de seus irmãos aqui em Whistling Tor sabe ler?

— Eu nunca perguntei. Posso perguntar, se você quiser. Mas não faria diferença... Eles não podem sair da montanha.

— Não seria seguro caso você fosse junto? Aqueles monges parecem tão pacíficos.

Mas acontece que o próprio Eichri estivera junto da multidão que atendera ao chamado de Nechtan, no dia em que Mella morreu.

— Nenhum de nós está seguro.

Ele mexeu em seu colar esquisito, mexendo os ossinhos pelo cordão que os sustinha.

— O grande medo de todos nós, incluindo os irmãos, é que sejamos soltos montanha afora, cometendo atos para os quais não há perdão, nem que esperemos por uma eternidade. Você ouviu o que aquela mulher falou, na noite do conselho. As memórias se esvaem com o tempo, e isso faz com que possamos suportar cada novo dia. Mas algumas lembranças permanecem; algumas que são impossíveis de apagar. Todos nós tempos lembranças assim, e não queremos adquirir novas.

Eu queria perguntar-lhe qual fora seu pecado, que malefício o condenara a se tornar parte da horda, mas as palavras não me saíram. Era como se estivesse pedindo a um homem para chicotear a si mesmo, para meu divertimento. Se Eichri decidisse me contar sua história um dia, como Rioghan fizera, eu o ouviria sem julgá-lo.

— Sou um pecador não arrependido — disse Eichri, com os olhos astutos fixos em mim. — O que eu fiz, fiz simplesmente para meu próprio proveito. Não posso, com sinceridade, dizer que me arrependo. E, se não me arrependo, não posso expiar meus pecados, partindo do princípio de que é por isso que estou de volta neste mundo. Se não há expiação possível, que escolha tenho eu a não ser voltar ao nada onde estava até ser chamado por Nechtan em seu experimento maldito? Não posso enfrentar isso, Caitrin. Prefiro continuar aqui. Quero permanecer vivendo a vida que tenho em Whistling Tor. Eu ficaria feliz se você jamais encontrasse o contrafeitiço.

— Um pecador não arrependido? — repeti. — Mas você parece tão boa pessoa.

— Ah, mas você só vê bondade em todo mundo.

Depois de um instante, eu falei:

— *Existe* bondade em todo mundo.

— Mesmo naquele sujeito que a agarrou e tentou arrastar você montanha abaixo?

Fiz uma careta.

— Talvez leve muito tempo até eu conseguir ver algo de bom em Cillian. Se houver, está enterrado muito fundo.

Chegou a véspera da lua cheia, uma manhã gelada. No alto da muralha, soldados da horda se moviam em meio aos fiapos de névoa, figuras assombradas aparecendo e desaparecendo enquanto faziam sua vigília. Se aquilo era verão, Whistling Tor devia tornar-se um lugar terrível quando o inverno cravasse seus dentes na terra. Andei até a bomba-d'água, envolta em xale e manto, e em vez de carregar um balde lá para cima, como costumava fazer, esfreguei rapidamente o rosto e as mãos, e fui logo para junto do calor da lareira, na cozinha. Fianchu saiu para o jardim, para fazer seus negócios.

Quando me aproximava da porta da cozinha, ouvi um som de vozes. Eu não era a única que acordara cedo.

— Se ele for ficar mais tranquilo com isso, posso ficar aqui em cima com ela — disse Olcan. — Tanto eu quanto Fianchu.

— Você é necessário lá embaixo, na fronteira.

Era Rioghan agora. Hesitei, parada nos degraus.

— Se alguma coisa der errado, você deve estar pronto para chamar Anluan e Magnus de volta — continuou o conselheiro.

— Talvez — disse Olcan. — Mas, se Anluan achar que Gearróg não vai dar conta sozinho, ele vai insistir para que um de nós permaneça.

A MONTANHA DAS FERAS **297**

E, se não for eu, terá de ser Magnus. E, se Magnus ficar, Anluan terá de descer sozinho. Isso não está certo.

Subi os degraus e atravessei a porta.

— Se vocês estão falando sobre quem vai tomar conta de mim nesta manhã, não vejo por que isso seja necessário. Vou fazer o que faço sempre: sentar-me na biblioteca e trabalhar. A porta interna pode ser trancada, e Gearróg pode tomar conta da outra.

— Anluan acha que Gearróg sozinho não é suficiente — disse Magnus. — Cathaír recebeu a incumbência de controlar os guardas no alto da muralha. Fizemos várias outras sugestões, mas Anluan não gostou de nenhuma. Ele está insistindo.

Olhei de um para o outro. Magnus vestia a armadura que usava no dia em que o conheci, na aldeia, uma peça de couro antigo para proteger o peito, uma roupa acolchoada por baixo e tiras de couro afiveladas nos antebraços. Seus cachos grisalhos caíam sobre os ombros. Era o guerreiro em pessoa. Trazia o sobrolho franzido, expressão que se repetia em Olcan. Rioghan batucava na mesa com seus dedos compridos. O tempo estava correndo.

— Estarei em perfeita segurança com Gearróg — falei. — Mas se Anluan está em dúvida, por que Eichri não pode ficar aqui?

— Eichri é requisitado fora da montanha, assim como eu — respondeu Rioghan. — Todos aqui têm um papel a desempenhar nesta manhã.

— Bem — disse Magnus, erguendo o pote de mingau do fogo e levando para a mesa —, aconteça o que acontecer, acho que vamos precisar comer. Talvez pudesse ser mais simples você descer conosco para a aldeia, Caitrin. Acho que é isso que ele quer.

— Isso não seria correto. Quem vem são conselheiros, não mensageiros comuns. Se não souberem falar irlandês, vão trazer um tradutor habilitado.

A ideia de acompanhar Anluan em sua missão me parecia inteiramente equivocada. Eu podia torcer muito por ele, mas não passava de uma pessoa empregada para ajudar, alguém comum.

— Vou falar com ele — falei.

— Agora talvez seja uma boa hora — disse Magnus, fazendo um gesto com a cabeça em direção à porta aberta.

Olhando para fora, avistei o chefe de Whistling Tor de pé ao lado da bomba-d'água, um ponto de luz naquela manhã enevoada e cinzenta. Ele usava seu manto sobre um traje escuro, que combinava com o muro de pedra logo atrás.

Saí. Quando me aproximei, ele se virou e percebi a expressão em seu rosto, triste, apreensiva, os maxilares trincados.

— Vai dar tudo certo — disse, adiantando-me para lhe tomar as mãos, sem me importar com quem estivesse olhando, e seus lábios se descontraíram de leve. — Todos nós temos fé em você. Você devia confiar em nós.

— A fé é uma ilusão. Mal posso acreditar que estou a ponto de fazer isso.

— Você não iria desistir agora, não é? Agora, tão em cima?

— Não, Caitrin. Eu botei esse plano em marcha, e agora devo ser o líder de que o povo parece precisar. Claro que não é o fim; o encontro de hoje é o começo de alguma coisa tão grande, que mal consigo imaginar. Caitrin, eu já lhe falei sobre os riscos, não apenas de eu perder o controle sobre a horda assim que ultrapassar a fronteira, mas também... Você sabe o que aconteceu no passado. Temo por você. Há muitas questões aqui que somos incapazes de prever.

— Eu estarei bem, na biblioteca. Temos Gearróg. — E depois de uma pausa acrescentei: — E Muirne, se ela estiver preparada para ficar ao meu lado.

— Você não deve ficar na biblioteca — disse Anluan, num tom decisivo. — Fique do lado de fora, mas perto da fortaleza. O lugar mais seguro para você é o jardim de Irial. Vou pedir a Olcan para deixar Fianchu com você. Ainda assim, fico preocupado.

Ele estava talvez pensando no que acontecera com a mãe. Mas a situação era bem diferente. Além disso, ele próprio dissera que a morte de Emer podia ter sido acidental.

— Tenho certeza de que estarei segura. A que horas você vai?

Anluan olhou mais uma vez para o alto da muralha. As silhuetas dos guardas caminhando pareciam dançar, como num sonho, em meio às camadas de névoa.

— Temos homens em vigília, para nos avisar quando o destacamento normando estiver à vista — disse ele. — Isso se for possível enxergar alguma coisa com essa neblina. Magnus diz que teremos tempo de descer até a aldeia antes da chegada deles, se eles vierem pela estrada de Whiteshore.

Magnus escolheu aquele momento para aparecer na porta da cozinha.

— Está na hora do desjejum — disse. — Não se pode ser um herói de estômago vazio.

— Não sou tão herói assim — murmurou Anluan. — Mas talvez eu aprenda. Vamos entrar, Caitrin?

E ele me ofereceu o braço. O gesto foi formal, mas, quando dei o meu braço ao dele, tive a estranha sensação de que cada um de nós era incompleto sem o outro. Separados, estaríamos sempre em falta de algo. Juntos, formávamos um todo.

Como não podia dizer isso a ele, falei:

— Volte para casa são e salvo.

E minha voz saiu num tal sussurro que era como se estivesse falando para mim mesma.

O sol subiu no céu e a névoa desapareceu. As sentinelas no alto da muralha fizeram seu chamado, e Anluan e Magnus saíram montanha abaixo. Com Fianchu atrás de mim, fui para o jardim de Irial, enquanto Eichri, Rioghan e Olcan se encaminhavam para suas posições. Tudo fora planejado até os mínimos detalhes.

Sentei-me no banco com uma cesta de costura, pois precisava manter as mãos ocupadas. Sentia um nó no estômago. Não ficaria tranquila enquanto não visse Anluan reentrar pela arcada, sorrindo seu sorriso torto e dizendo que tudo correra dentro do plano.

Muirne não aparecera para o café da manhã, mas veio ao meu encontro no jardim assim que os homens saíram. Não se ofereceu para me ajudar na costura, apenas sentou-se na ponta do banco e ficou me observando com um olhar grave, as mãos cruzadas no colo. Gearróg estava parado do lado de dentro da arcada, de lança na mão. Nenhum dos dois estava muito para conversa.

O tempo passou. Uma leve brisa mexeu as folhas de bétula. Fiz um remendo no joelho de um par de calças de Magnus e consertei a costura da túnica cinza de Anluan. Com os olhos fixos no tecido, o que eu via era seu rosto pálido, seus olhos inquietos, um cacho de cabelo que, escapando do cordão, lhe caía na testa branca, gelo e chama. Imaginei-o de pé, o mais ereto possível, encarando os emissários de Lorde Stephen. Na minha mente, ouvia sua voz grave falando com tal autoridade que todos se sentavam para ouvi-lo. Ele era capaz disso. Claro que era.

A túnica estava pronta. Dobrei-a com cuidado, pondo-a de volta na cesta. Levantei-me e me estiquei, olhando para o céu e tentando adivinhar quanto tempo tinha passado. Dei uma volta pela aleia, abaixando-me para examinar o pé de sangue-do-coração. Os botões estavam crescendo, sua forma bem enrolada mal fazendo adivinhar a cor brilhante que viria. Com mais uma fase da lua, os botões estariam prontos para serem colhidos. Havia uma construção de apoio junto ao muro do jardim, uma estrutura baixa, de pedra, que imaginei que servisse para guardar as ferramentas, incluindo talvez equipamento para fazer destilação e decocção. Um herborista como Irial devia ter uma parafernália dessas. Eu nunca vira aquele lugar aberto. A porta estava trancada. Talvez jamais tivesse sido usado desde o tempo dele. Imaginei-me lá dentro, fabricando um lote perfeito de tinta de sangue-do-coração. E então voltei para me sentar no banco, pensando em como parecia distante aquele dia em que Anluan aceitara minha aposta.

— Você parece agitada, Caitrin — comentou Muirne, com uma voz calma como a superfície de um lago. — Tem dúvidas a respeito desse plano?

— Claro que não! — gritei, com meus nervos à flor da pele. — O plano faz todo sentido. Todos concordaram com ele.

Exceto você. Tornei a pegar na cesta para continuar meus remendos, qualquer coisa que me salvasse de uma discussão com Muirne, que só faria me deixar ainda mais nervosa.

— Perdão — obriguei-me a dizer. — Estou um pouco ansiosa.

Parecia que eu tinha assustado até Fianchu. Ele antes estava deitado aos meus pés, mas agora erguera a cabeça, esticara as orelhas e um rosnado abafado saía de sua garganta.

— Quieto, Fianchu, vamos, seja um bom menino — pedi.

O cachorro me ignorou, pondo-se de pé, em alerta, o rosnado abafado se transformando em latidos desafiadores. Alertado pelo som, Gearróg veio até nós.

— O que é que... Aaaaahhhh!

As palavras dele se perderam num grunhido de dor, e ele caiu de joelhos, a lança desabando no chão de pedras. Ele se dobrou todo, escondendo a cabeça nas mãos. O peito arfava, e um tremor fortíssimo percorreu todo seu corpo.

Eu me levantei de um salto, largando a costura.

— Gearróg, o que houve? O que é isso?

Ele sofria uma dor atroz, todo enroscado, gemendo. Fianchu começou a ganir, como se ele também estivesse em agonia. Um instante depois, quando me abaixei junto a Gearróg, tentando ajudá-lo a se erguer, o cão enorme saiu em disparada, atravessou a arcada e desapareceu na floresta.

— Muirne, ajude-me!

O corpo do guarda estava sendo sacudido por espasmos. Ele lutava por ar.

— Vá chamar alguém, depressa! Precisamos de ajuda!

Nenhuma resposta. Olhei apavorada na direção do banco, mas não havia ninguém ali. Durante o ataque, Muirne aparentemente se fora do jardim.

— Gearróg, eu vou buscar ajuda. Tente erguer a cabeça, aqui...

302 JULIET MARILLIER

Gearróg deu um safanão de repente, atingindo-me no braço e no peito. Caí de costas, estatelada no chão de pedras, ralando o quadril e o cotovelo.

— Pare, mande parar! — gritou. — Afaste-se! Não! Não!

E o braço dele deu um novo golpe. Abaixei a cabeça, evitando ser atingida. Ele tinha um olhar selvagem. Estava vendo alguma coisa, mas o que via não era eu.

Meu coração martelava. Ergui-me em um dos joelhos. Devia tentar ajudá-lo ou sair correndo dali? Ele socou o ar, depois tapou os ouvidos com as mãos. Suas feições estavam retorcidas num esgar de agonia.

— Mande parar! — gritava.

Longe, na floresta, Fianchu latia. Eu me agachei, fora do alcance de Gearróg.

— Gearróg, é Caitrin — disse eu, mal reconhecendo minha própria voz, de tão trêmula. — Caitrin, lembra-se? Estou tentando ajudar você. Aguente só mais um pouco. Vou procurar alguém...

Ouvi gritos no alto da muralha, não um alerta de perigo, mas gritos de dor. Olhei para cima. Homens estavam cambaleando, caindo não sei onde, tentando evitar a longa queda que acabaria no jardim. As armas também iam ao chão, fazendo ruído, à medida que as mãos as soltavam. Dois homens se agarravam pelo pescoço, dedos cravados, pernas trançadas, os olhos saltados. Outro pegara no chão uma faca e saiu atacando aos gritos pela passagem estreita.

— Muirne! — gritei. — Muirne, onde você está? Preciso de ajuda!

Um guerreiro pulou na amurada, abrindo os braços como se fosse alçar voo, e lá estava Cathaír agarrando-o pela perna e gritando:

— Não! Não, seus idiotas! Parados, todos vocês! Parados!

Um dos monges estava encostado num canto, tentando escapar de um sujeito enorme, com um machado. Deus do céu, o que era aquilo?

De repente, senti algo gelado no meu lado direito. A criança-fantasma estava ali, com Roíse agarrada em uma das mãos, a outra estendida para segurar a minha.

— Catty, minha cabeça dói — sussurrou ela.

E foi então que senti, com toda a clareza, penetrar em minhas narinas um cheiro de fumaça. Virei-me, ainda segurando a menina pela mão, enquanto Gearróg continuava agachado na aleia à minha frente, e vi, saindo pela porta da biblioteca, uma insidiosa mancha cinzenta. Através do vidro da janela, alguma coisa tremeluziu, dourada e mortal. A biblioteca estava pegando fogo. Os manuscritos. Os livros. Os manuais de feitiçaria — as páginas antigas arderiam como tochas. Uma centelha, uma fagulha, e a história de Whistling Tor estaria para sempre perdida. E, com ela, a chance de encontrar o contrafeitiço.

— Não! — gritou Gearróg, rolando no chão, chutando com as botas, os braços trançados. — Mande parar! Deixe-me em paz!

Senti um suor frio inundar minha pele. Por trás da porta da biblioteca, podia ouvir os estalos das chamas famintas. Fiquei ali, paralisada, enquanto a menina, agarrada à minha saia, começava a gemer:

— Fogo, não! Fogo, não!

Gearróg agora estava de joelhos e tentava alcançar a lança, que rolara para longe. O braço dele tremia com tanta violência que ele agora não tinha a menor chance de segurar a arma. A fumaça em torno de nós se tornava mais densa. Faltava muito pouco para o pânico total.

— Eu preciso que você me ajude — falei, agachando-me ao lado da criança-fantasma. — Leve Roíse para o meu quarto agora mesmo. Corra o mais rápido que puder. Você consegue chegar até a minha cama. Não saia de lá até eu chegar, aconteça o que acontecer.

Ela me obedeceu, agora calada, e atravessou o jardim de Irial correndo, enquanto enfrentava a fumaça que se espalhava e cruzava a arcada. Eu me voltei e encontrei Gearróg de pé, com a lança na mão, a quatro passos de distância, olhando para mim. Seus olhos eram só desespero. Ele me mataria sem hesitar se achasse que assim silenciaria aquela voz em sua cabeça. Por trás dele, a biblioteca ardia.

— Gearróg — falei, trêmula —, você é um homem bom. Um guerreiro. Anluan precisa de você. Precisa que você monte guarda até que ele volte à montanha. Não vai demorar.

O guerreiro pisou num pé e noutro, os dedos apertando e desapertando a haste da lança. Seus olhos saltaram de mim para a passagem lá em cima, onde os homens ainda lutavam e gritavam e caíam.

— Anluan não quer que eu fique ferida. Sou amiga dele. Sou sua amiga. Gearróg, a biblioteca está pegando fogo. Por favor, deixe-me passar, para tentar salvar os livros.

Ensaiei um passo à frente. Ele continuou imóvel, bloqueando o caminho. Deus me ajude, se eu não entrar lá logo, tudo estará perdido.

— Gearróg, deixe-me passar! Por favor!

Gearróg deu um passo para o lado, batendo na testa com o punho fechado.

— Pare com esses seus delírios maléficos — sussurrou, mas dessa vez não estava falando comigo. — Cale essa voz venenosa! Deixe um homem fazer seu trabalho!

Lá em cima da muralha, alguém começou a cantar. Era uma canção decadente, desesperada, extraída de velhas memórias, o tipo de melodia da qual um homem lança mão quando não há mais nada para ajudá-lo a não enlouquecer. *Levanta-te e anda, homem da montanha...* Uma voz rouca, ancestral, não muito entoada, mas cantando alto a ponto de atravessar a cacofonia de gritos e urros, xingamentos e maldições.

"Levanta-te e anda, homem da montanha
No destemor, na coragem, na união contra a barganha
Com orgulho ergue a espada, a testa também alçada..."

Gearróg estava olhando para a passagem no alto da muralha, e outras vozes se juntavam à canção, uma, depois outra e mais outra, mais e mais até formar um coral incerto:

— *Juntos, irmãos* — começou a cantar ele. — *Vamos viver e morrer...*

Desviei dele e corri pela aleia, subi as escadas, parando por um instante para pegar meu lenço, que estava no cinto, e cobrir com ele meu nariz e minha boca, para só então empurrar a porta da biblioteca. Em minha mente, formava-se uma lista desesperada de prioridades. Os cadernos de anotações de Irial, que estavam mais perto da porta e talvez não tivessem sido atingidos. Os manuais de feitiçaria, numa pilha ao lado da minha mesa de trabalho. Os documentos de Nechtan e as transcrições que já estavam prontas. O baú com o espelho de obsidiana.

O lugar estava cheio de uma fumaça espessa. Eu não enxergava nada à distância de um braço. Engasgo, tosse. Cambaleando, fui até as prateleiras onde estavam os livros de anotações de Irial, pensando em agarrar vários e sair correndo para o jardim. Não havia a menor chance de eu tentar apagar o fogo. Quando conseguisse pegar o primeiro balde d'água, tudo já poderia estar perdido, e Gearróg não tinha a menor condição de me ajudar. Meu braço tateou pela prateleira, mas os cadernos de anotações de Irial não estavam lá — alguém os levara. Ou será que eu estava no lugar errado? A fumaça me ardia os olhos, fazendo meu nariz escorrer, imiscuindo-se garganta abaixo. Com a voz rouca, gritei:

— Muirne! Alguém! Socorro!

Nenhum livro no chão, embaixo da estante, nada dos cadernos de Irial. A fumaça me envolvia como um xale pegajoso. Já não conseguia enxergar a porta aberta. Às cegas, tateei em direção ao lugar onde tinha empilhado os manuais de feitiçaria. Minha cabeça estava estranha. Eu começava a enxergar desenhos na fumaça, rostos com a boca aberta, mãos com garras estendidas...

— Muirne — sussurrei, ou talvez tivesse falado apenas em pensamento. — *Alguém, venha...*

Caí de joelhos e engatinhei para a frente. O instinto me dizia para não respirar, mas eu precisava fazê-lo, e a cada respiração meu peito doía mais. *Vá em frente, Caitrin.* Os grimórios... Eu não podia deixar que o contrafeitiço queimasse... *Você consegue, Caitrin. Por aqui... por aqui...*

Estiquei a mão para a pilha de livros e desabei ali do lado, os olhos ardendo, o peito arfando. Consegui perceber, vagamente e com surpresa, que não via mais chamas na biblioteca, apenas a nuvem densa de fumaça, que sufocava. Minhas mãos envolveram um livro. Eu parecia só ter forças para pegar um de cada vez. Agora sair, ir lá para fora, para o jardim, o ar puro... Mas por onde? Olhei em torno, mas o lugar estava tomado pela fumaça sufocante. Onde ficava a porta? Minha cabeça rodava, a fumaça bailava em torno de mim. Eu não conseguia respirar. *Você vai morrer, Caitrin. Vai morrer por causa de um livro cheio de poções de amor ridículas e feitiços improváveis para tornar palha em ouro.*

Larguei o livro de feitiçaria e comecei a rastejar, tentando descobrir a saída. A perna de uma mesa. Uma caixa — o baú com o maldito espelho de Nechtan. Minha cabeça bateu em alguma coisa dura: o banco. Uma cadeira. A mesa menor. Agora faltava pouco.

A porta se fechou com um estrondo. O ar estremeceu à minha volta. A fumaça ficou ainda mais densa. Cobri a distância que faltava rastejando de barriga, vomitando, sentindo o veneno me tomar os pulmões. Tateei pela parede, buscando a barra de ferro que fechava a porta. Tentei movê-la. Por que não saía do lugar? Por que minhas mãos estavam tão fracas? Ao redor, tudo se diluía, como se o dia já tivesse acabado. Meus dedos não conseguiram continuar segurando a tranca. *Socorro*, falei. *Alguém me acuda.* Mas a resposta foi só a escuridão.

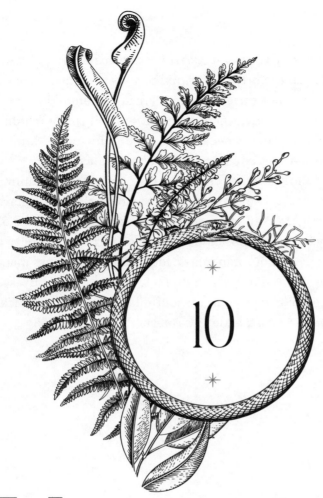

10

VAGANDO. TONTA. SONS INDO E VINDO, ATRAVESSANDO-ME a mente. Vozes abafadas. Um estalar de metal. Tentando subir à tona... um peso me segurando.

— Não se mova, Caitrin. Você está em segurança. Fique quieta.

Era a voz dele. Lágrimas correndo em meu rosto. A cada respiração, uma montanha a escalar, uma nova prova de coragem.

— Você está em segurança, Caitrin. Não tente se mexer.

Sem fôlego para conseguir falar. Havia alguma coisa que eu precisava dizer, mas tudo que conseguia era emitir um coaxar.

— Os livros...

A mão dele em meu rosto, quente, forte.

— Como se os livros tivessem importância — respondeu ele.

— Diga...

— Os livros estão a salvo. Não tente falar. Beba um gole d'água, se conseguir. Tome.

Uma caneca em meus lábios. Sorver, engolir. Fogo. Dor. Alguma coisa estava errada comigo.

— Recoste-se, Caitrin. Eu estou aqui, e Magnus também. Agora, descanse.

— ... segure...

Os dedos dele se entrelaçaram aos meus. Eu virei a cabeça no travesseiro e tornei a mergulhar na escuridão.

Voltando a nadar, não tão devagar dessa vez. Olhos abertos. Raios, pedras, teias de aranha. Um homem de manto azul seguindo para a batalha; um cão no encalço do cavalo. Um leve sopro fez estremecer o painel bordado. Grãos de poeira dançaram na luz da lanterna. Meu próprio quarto, e já era tarde. Não havia ninguém segurando minha mão, mas alguém estava no quarto comigo. Virei a cabeça. Magnus estava sentado num banco, a poucos passos de distância, com uma enorme espada sobre os joelhos. Tinha um pano na mão, e lustrava a lâmina. Havia uma mancha vermelha no metal brilhante. Sinais de guerra.

— Magnus — falei, minha voz saindo rouca como a de uma mulher velha. — Eu queria um pouco d'água.

Respirar ainda doía, mas talvez não tanto quanto antes.

A mão dele nas minhas costas, com cuidado, ajeitando-me enquanto arrumava os travesseiros. A caneca outra vez em meus lábios. Tomei grandes goles, aliviada pela frescura. Minha garganta parecia feita de couro seco.

— Vai doer por um tempo — disse o homenzarrão, sem rodeios. — A fumaça faz isso. Você deu sorte, Caitrin. Parece que, de algum jeito, você se trancou do lado de dentro. Gearróg conseguiu arrombar a porta. Nós chegamos no momento exato em que ele estava carregando você para fora.

A MONTANHA DAS FERAS **309**

Ficou claro para mim que Magnus não estava acreditando nesse relato simples do que acontecera.

— E Anluan?

Por que ele não estava ali? Será que fora imaginação minha, aquelas palavras suaves, aquele toque de leve?

— Muita gente aqui ficou preocupadíssima com seu estado, e ele mais do que todo mundo. Eu o obriguei a ir descansar. Ele não queria.

— Magnus, o que foi...

Pareceu um esforço imenso fazer uma pergunta; e eu tinha tanto a perguntar.

— Tudo em seu próprio tempo.

O olhar dele era calmo, o de alguém que já cuidara de muitos mais doentes e feridos do que devia.

— Beba primeiro mais um pouco d'água. Depois vamos lhe dar um pouco de caldo.

Ele foi até a porta, espiou lá fora e disse:

— Caitrin acordou. Mande alguém buscar algo na cozinha lá embaixo, está bem, rapaz? Por enquanto, ela só pode ingerir caldo. Há um pote ao lado do fogo.

— Quem é que está aí fora?

Em minha mente, eu via a imagem dos homens caminhando no alto da muralha, dando golpes para todo lado, como se o mundo inteiro fosse o inimigo. Revi Gearróg contorcendo-se, os olhos cheios de demônios. Meu braço estava machucado. Quando enrolei a manga do meu vestido, um hematoma roxo-escuro apareceu.

— A primeira coisa que ele vai perguntar é quem foi que fez isso.

Magnus pôs o banco ao lado da minha cama e se sentou. Ele colocara a espada sobre uma cômoda, com mãos cuidadosas.

— Foi um acidente, Magnus. Eles todos estão bem? Os homens da horda, quero dizer. Houve um... parecia que...

Sua boca formou um sorriso triste.

— Nós fomos informados. E não há razão para duvidarmos da história. Se estão bem? Se você está perguntando se alguém morreu pela segunda vez, acho que isso não é possível. Quanto ao fogo, foi uma

310 JULIET MARILLIER

coisa estranha, muito estranha. Alguns dos seus documentos apresentaram pequenos danos por causa da fumaça, mas nada foi queimado. Tudo pareceu... encantado; não exatamente real.

— A fumaça era completamente real — falei, sentindo a pele arrepiar. — O que você está querendo dizer, Magnus? Que foi tudo apenas...

Eu não conseguia terminar a frase. *Fora tudo apenas criado para se livrar de mim.* E então lembrei-me de Roíse balançando, balançando pendurada no arame.

— Não estou querendo dizer nada — disse ele, mas evitando me olhar nos olhos. — Caitrin, tudo isso foi um choque enorme para Anluan. Para nós dois, para dizer a verdade. Quando Olcan nos chamou, junto à barreira, e nós viemos e vimos a fumaça, foi... Isso trouxe de volta memórias horríveis. Eu nunca corri tão rápido na vida.

Observei meu companheiro com mais atenção, vendo o que ainda não reparara: a extrema palidez de seu rosto forte, as rugas entre as sobrancelhas cabeludas, o ângulo de seus ombros, não tão retos quanto de costume.

— Foi Fianchu que deu o alarme?

— Ele foi correndo até onde Olcan estava de guarda, e Olcan foi nos buscar. Corremos de volta montanha acima. Anluan não conseguiu me acompanhar; mandou que eu fosse na frente. Deus do céu, Caitrin, eu esperava encontrar a mesma coisa que da outra vez, exatamente a mesma coisa, a casa meio incendiada e você morta entre as cinzas.

— O que você quer dizer? — Minha voz saiu num sussurro.

— Emer morreu num incêndio. As circunstâncias foram muito parecidas. Talvez você tenha achado Anluan fraco ou covarde em sua relutância em deixar a montanha, especialmente numa premência como essa. E deve se perguntar por que eu não o encorajei a fazer isso antes.

— Nunca o julguei fraco, Magnus. Quero que você me conte a história inteira.

Ele se ergueu e começou a andar de um lado para o outro, como se o quarto fosse pequeno demais para conter o que estava sentindo.

— Foi no tempo em que o irmão de Emer era chefe. Como eu lhe disse antes, ele não tinha uma boa opinião sobre Irial; não perdoava a irmã por ter se casado com um parente de Nechtan. Irial reconhecia a necessidade de formar novos laços, já que Whiteshore não era mais o aliado que tinha sido. Nós discutimos muito acerca disso, e quando veio um convite para participarmos de um conselho em Silverlake, no sudeste, ele decidiu arriscar e ir. Eu fui com ele, uma vez que ele precisava de uma guarda pessoal. Emer estava esperando outro filho, e não queria fazer uma viagem longa. Insistiu que estaria em segurança aqui, ao lado de Olcan e Fianchu, e de algumas poucas pessoas que tínhamos como empregados em Whistling Tor naquela época. Foi uma espécie de teste. Se a visita tivesse bom resultado, Irial planejava reunir seu próprio conselho, incluindo um grupo muito maior de chefes locais. Ele tinha esperança de que Whistling Tor recuperaria o status que tinha antes de Nechtan. Um plano ambicioso. Arriscado, é claro, mas a horda estivera quieta durante o comando de Irial, e ele, assim como você, estava decidido a confiar neles. Emer estava tão orgulhosa dele, Caitrin. Era possível ver o brilho de seus olhos quando ela se despediu de nós.

"O conselho teve bom resultado. Irial falou com convicção; todos o ouviram. Voltamos para casa com os corações leves. Mas o que encontramos foi o salão principal todo queimado e escurecido, Emer morta, o pequeno Anluan encolhido como uma sombra, os olhos cheios de morte e horror. Ele não dizia exatamente o que vira, e ninguém mais fora testemunha... Todos estavam em outra parte, ocupados, e só perceberam que havia fogo, e que ela estava presa, quando já era tarde demais para salvá-la. Anluan não fora ferido, não fisicamente, mas... ele já não era o mesmo. Alguma coisa se quebrou lá dentro dele."

A mulher no espelho, gritando... Meu Deus... Não me admira que Anluan tenha lutado tanto até tomar a decisão de se arriscar a sair da montanha. Não me admira que ele tivesse aquele olhar nesta manhã.

— Hoje, quando vimos a fumaça, nós dois pensamos que estava acontecendo tudo de novo — contou Magnus. — A corrida montanha acima foi... Nunca o vi tão furioso consigo mesmo, amaldiçoando a perna defeituosa, amaldiçoando a si próprio por não ter previsto, amaldiçoando a horda... Tínhamos certeza de que íamos encontrá-la morta.

E eu, olhando para a frente, já o imaginava igual ao pai, quando este viu o que restara de Emer... Sentado no chão, abraçado àquele pobre corpo queimado, cinzas voejando em torno deles como flocos de uma neve escura... Eu já vi muita coisa, Caitrin, e já ouvi muita coisa também. A guerra é minha vocação, e um guerreiro tem seu quinhão de sangue e dor. Mas nunca ouvi um homem fazer os sons que Irial fez naquele dia. Levei Anluan embora dali. Cuidei dele em meus próprios aposentos. Olcan ficou cuidando da fazenda. Os outros ajudaram com o que precisava ser feito. Muirne era a única pessoa com quem Irial se comunicava. Nada mais dava ao filho. Foi consumido pelo luto e pela culpa. Uma perda dessas é capaz de tornar uma pessoa egoísta. Não me entenda mal. Eu amava aquele homem como a um irmão. Mas Anluan tinha sua própria dor para sentir e eu, também.

— Você nunca descobriu o responsável por aquele incêndio?

Ele balançou a cabeça.

— Não houve testemunhas, exceto talvez Anluan, e ele não falava nada, ou não conseguia. Não achei nenhuma pista. Mas Irial se convenceu de que fora a horda a responsável. E que, ao deixar Whistling Tor, ele selara o destino de Emer. A mim, parecia que o fogo poderia ter começado com uma fagulha ou uma vela. Mas, depois do que houve hoje, não tenho mais certeza.

— Por que motivo a horda, ou qualquer outra pessoa, iria querer me fazer mal? Eu não sou ninguém.

— Para nós, você é alguém — disse Magnus, baixinho. — Caitrin, eu já falei demais. Você não está bem, precisa descansar.

Uma batida na porta aberta. Lá estava Catháir, carregando uma bandeja cheia. Ao lado dele, o cabelo transformado numa nuvem clara pelo sol que batia por trás, estava a criança-fantasma, segurando uma jarra com todo o cuidado.

— Podem trazer — disse Magnus, mas Catháir continuou sob o portal.

A criança entrou, adiantando-se para colocar a jarra na cômoda. Ela subiu no pé da minha cama e lá ficou, de olhos baixos, os dedos fazendo pequenas dobras na coberta. Havia alguma coisa no aspecto dela, e no de Catháir, que me preocupava muito.

— Quanto tempo eu fiquei inconsciente? — perguntei a Magnus, enquanto ele pegava a bandeja. Assim que ele a pegou, o jovem guerreiro deu meia-volta e desapareceu no corredor.

— Por algum tempo. Mas não se preocupe com isso agora, Caitrin. Coma e descanse. Nós cuidaremos da sua segurança.

Bebi o caldo com cuidado. Minha garganta parecia em carne viva. Doía para respirar, mas o líquido morno foi reconfortante.

— Onde estão todos? — perguntei. — Rioghan e Eichri? Olcan e Fianchu? —Então, dei-me conta de que esquecera a pergunta mais importante de todas: — E os normandos? O que aconteceu lá embaixo na aldeia?

— É engraçado como as coisas acontecem às vezes. Tudo deu certo. A horda ficou dentro dos limites da montanha. Anluan fez seu discurso, os normandos ouviram, falaram também, e ele os enfrentou. Os normandos estavam começando a abordar o ponto seguinte, de como seria tolo de nossa parte transformar aquilo num conflito armado, porque eles nos triturariam, quando ouvimos Olcan gritando do outro lado da barreira, e os sujeitos que eles tinham deixado de guarda gritando de volta. Foi quando saímos e avistamos a fumaça.

— Anluan desafiou os emissários de Lorde Stephen? Ele se recusou a acatar os pedidos deles?

Magnus me olhou bem nos olhos. Eu me perguntei como não reparara antes que os olhos dele eram parecidos com os de meu pai.

— O que mais você esperava? — perguntou, com simplicidade.

— Então, vai ser guerra.

— Quando ele pensou que a tinha perdido, achei que iria desistir de lutar. Eu estava errado. Ele não vai voltar atrás, Caitrin, não depois de soltar a horda, nem depois de fazer aquele discurso de desafio para os conselheiros normandos. Se a guerra chegar a Whistling Tor, nós lutaremos e cairemos sob a bandeira de um verdadeiro líder.

A tarde passou. Convenci a criança a se ajeitar no pé da minha cama, enrolando-a com meu xale. Magnus arqueou as sobrancelhas, mas não disse nada. Eu me perguntava por que ele não saía para se dedicar aos afazeres que tinha, mas não o questionei. Aquela presença forte, quieta, passava-me segurança, e eu queria que ele ficasse.

Olcan subiu para me ver, com Fianchu ao lado, nada pior na aparência. O homem da floresta deteve o olhar no espelho em minha parede, aquele que eu trouxera da torre, mas não teceu qualquer comentário, apenas balançou a cabeça com aprovação, como se a presença daquele objeto em meu quarto fosse exatamente o que ele estava esperando.

A certa altura, ouvi a voz de Rioghan chamando lá de baixo no jardim, e Cathaír reapareceu na porta.

— Estão precisando de mim lá embaixo.

O jovem guerreiro tinha os olhos baixos, a cabeça virada, como se não quisesse que eu notasse sua presença.

— Tenho permissão para deixar meu posto? — perguntou ele.

— Pode ir — respondeu Magnus. — Você será chamado a dar um relato sobre o que aconteceu, sem dúvida, junto com todos os outros. Diga a verdade. É só isso que você precisa fazer.

— Cathaír, está tudo bem com você? — perguntei. — Como está Gearróg?

A imagem do soldado se contorcendo de dor, as mãos pressionadas contra os ouvidos, estava clara em minha mente. Não parecia combinar com a história de que ele arrombara a porta para me salvar logo depois.

Cathaír olhou fixamente para a parede.

— Nós não somos dignos da sua preocupação, senhora. Nem de sua compaixão. Nós falhamos.

Um instante de silêncio.

— Porque uma voz os atormentou, infligiu a eles uma dor intolerável, e enlouqueceu a todos? — perguntei, mansamente. — Eu o vi fazendo o possível para controlar os soldados lá em cima, Cathaír. Vi como Gearróg lutou contra aquilo. Pelo que Magnus me falou, nenhum dano maior foi causado. Acho mesmo que ouvi alguém cantar, como se vocês, soldados, estivessem fazendo um esforço para se manter unidos contra as dificuldades.

A MONTANHA DAS FERAS **315**

— Foi o velho, Broc. Ele é que nos tirou disso. O fato indiscutível é que, quando o frenesi nos tomou, os homens deixaram seus postos, perderam a disciplina.

O frenesi. Nechtan usara a mesma palavra ao descrever a horda correndo à solta, em seu ataque sangrento ao povo de Farannán. Fosse qual fosse o significado disso, acontecera muito tempo atrás.

— Mas vocês continuaram na montanha, e ninguém foi ferido — falei. — Vocês mantiveram a promessa feita no conselho.

— A senhora se feriu — disse ele, ainda sem olhar para mim. — Nós não pudemos ajudá-la; não conseguíamos ver nem ouvir direito. Não podemos botar a culpa no frenesi. Se um homem perde a coragem na batalha, se não se mantém em seu posto, não pode culpar ninguém a não ser ele próprio.

Magnus pigarreou.

— Vá e se explique ante Rioghan, rapaz. Ele é um conselheiro muito experiente, saberá fazer o julgamento certo. Lorde Anluan estava furioso antes. Talvez tenha dito coisas das quais mais tarde se arrependerá. Com o tempo, ele se dará conta de que assumiu um risco calculado, assim como todos nós, inclusive Caitrin. Se as coisas não saíram exatamente como ele esperava, pelo menos parte da responsabilidade é dele. Agora, vá. Quanto ao futuro, nosso chefe acaba de nos envolver numa guerra e, se não quisermos repetir nossos erros, teremos de empregar toda nossa força e inteligência para descobrir como.

— Com licença, minha senhora — murmurou Cathaír, em seguida rodou nos calcanhares e desapareceu.

— Anluan ficou furioso? O que foi que ele disse para eles?

— Você sabe como ele é capaz de ficar — disse Magnus. — Caiu em cima deles por não terem vindo ajudá-la. Disse que eram todos inúteis, rebeldes, e outras coisas mais. Eles ficaram lá ouvindo, calados. Já tinha ouvido antes eles mencionarem esse frenesi. *A voz*, é como alguns descrevem. Ou lhe dá uma dor de cabeça de cegar, ou enche sua cabeça com coisas ruins do passado. Ou as duas coisas ao mesmo tempo. Seria muito difícil continuar a postos e alerta quando uma coisa assim está tumultuando sua cabeça.

— De onde você acha que isso vem, essa voz?

Trechos dos documentos começaram a voltar à minha mente. *Doces sussurros; não posso lhe dar atenção.* Uma voz, sim, mas de forma alguma parecia ser o mesmo fenômeno. *Noite após noite, um murmúrio em meus ouvidos. Tentando-me até o ponto do desespero.*

— Deve ser uma coisa muito poderosa, para tirar de combate a horda inteira de uma vez — comentei.

Eu me perguntava, e não era a primeira vez, se Nechtan teria deixado um encantamento que continuava a fazer efeito muito depois de sua morte.

— Rioghan e Eichri também foram atingidos por isso?

— Só tiveram a dor de cabeça. Muirne foi mais afetada. Uma dor que a deixou sem conseguir raciocinar, foi como ela a descreveu.

Muirne tinha sofrido a mesma dor de Gearróg? Não era o que minha memória me dizia. Mas, então, ela estava atrás de mim quando ele caiu, e em seguida desapareceu. Eu precisava dar a ela o benefício da dúvida, pelo menos.

— Eu gostaria de falar com Muirne, Magnus. Você acha que ela viria até aqui?

— Ela parecia meio abalada. Deixe para mais tarde, é o meu conselho. Você não deveria estar fazendo nada, Caitrin, só descansando. Volte a se deitar. — Ele deu uma olhada para a criança-fantasma, enroscada no xale, deixando à mostra pouco mais que fiapos de cabelo branco e uns olhos assustados. — Imagino que *ela* não tenha visto como o fogo começou.

— Eu a mandei embora. A voz deixou Gearróg meio louco. Tive medo por ela. É tão pequenina.

Magnus cruzou os braços e me lançou um olhar esperto.

— Então Gearróg de fato golpeou você.

— Não a mim. Ele atacou alguma coisa que pensava ver. Ele teve uma espécie de convulsão, um ataque. Por acaso eu estava na frente.

— Ahn-han.

— É verdade, Magnus. Eu vi como todos os homens estão se comportando, inclusive Gearróg. Essa coisa é poderosa.

Eu me recostei nos travesseiros, pensando no que já sabia. Nechtan tivera total certeza de que fizera tudo certo. Tinha tido sempre muito cuidado nas preparações. Mas, por alguma razão, o experimento tinha desandado. Eu vi o que aconteceu depois, a horda à solta, as batalhas, os assassinatos, todo o sangue e todo o ódio que fluíram da obsessão de apenas um homem. Vi os acidentes, os erros, o fogo, as enchentes e as piores crueldades.

— Magnus, essa voz, que enlouquece a horda... Ela sozinha pode ter sido a causa de tudo o que deu errado quando Nechtan fez o chamado. Seja ela quem for, deve ter esperado até que Nechtan ou Conan estivessem fora da montanha, no meio da batalha, para só então sussurrar para a horda, provocando assim o que eles chamam de frenesi. Gearróg disse que ela é capaz de virá-los do avesso, e de cabeça para baixo, deixando-os sem saber o que estão fazendo. O frenesi poderia fazer as pessoas acenderem um fogo. Poderia...

Poderia levar as pessoas a tamanho desespero que elas seriam capazes de se matar. Isso, eu não ia dizer. Mas parecia-me que essa voz que causava o frenesi também podia falar com os vivos. Na verdade, talvez eu mesma a tivesse ouvido, dizendo-me que eu fora corrompida pelos desejos de Nechtan. Ela não era apenas cruel, era inteligente.

— É isso que é a maldição da família? — perguntei a ele. — Essa voz, sempre presente, imiscuindo-se nas tentativas das pessoas de consertar as coisas? Anluan a ouve?

— Você tem de perguntar isso a ele. A voz não fala comigo, nem com Olcan. Se é a maldição? Não sei dizer. Ninguém sabe quem jogou essa maldição sobre Whistling Tor, nem com qual objetivo. Na minha maneira de ver, há um lado bom nisso. O povo sempre falou que era uma maldição de cem anos, Whistling Tor condenada a cem anos de azar, ou desgraça ou a doenças nos animais, ou seja lá qual for a interpretação que queiram dar. Tenho a impressão de que o prazo de cem anos está para acabar. É uma forte razão para que Anluan vá em frente com o desafio ao Lorde Stephen. Isso, caso você leve a sério essa história de maldição.

Fiquei pensando naquilo.

— Você está dizendo que talvez tudo isso acabe, mesmo sem recorrermos a um contrafeitiço?

— Talvez. Pelo que ouvi de Anluan há pouco tempo, ele está vendo tudo de forma diferente desde que você quase foi morta. Duvido que ele queira que você continue procurando coisas naqueles livros de feitiçaria. O que aconteceu há pouco deixou Anluan muito abalado.

— Eu deveria ir conversar com ele — falei. — Vou precisar me levantar de qualquer jeito, estou precisando ir ao reservado. Além disso, você não devia estar passando todo o seu tempo velando por mim.

— Você vai ter muito trabalho para convencê-lo de que é seguro ficar sozinha.

— Talvez se ele me vir andando por aí...

Joguei as pernas para o lado da cama, ajeitei a saia e coloquei-me de pé. O quarto girou. Meus joelhos fraquejaram. Magnus me agarrou antes que eu caísse.

— Olha aí — disse ele. — Se Anluan a vir assim, talvez ordene que você continue de cama por mais uns dias, e fique de guarda ele próprio. Vou carregá-la.

No pátio, os guerreiros de Tor, em toda sua estranha variedade, estavam reunidos, ouvindo Rioghan enquanto este andava de um lado para o outro diante deles.

— ... as técnicas para lidar com esse tipo de coisa. Pode ser uma coisa muito simples: contar mentalmente, declamar um verso, concentrar-se em uma figura de que se lembrou, qualquer coisa que bloqueie a interferência.

— Interferência. É assim que você chama?

Quem falava era o soldado mais alto de todos, aquele que em geral carregava uma lança.

— É como vocês devem tratar a coisa, mesmo que doa a ponto de quase lhes explodir a cabeça.

A fala de Rioghan era bem pensada. Se eu fosse um dos homens, acharia seu tom reconfortante.

— Isso é o que Broc sabia, e o resto de vocês, não. E é a ele que vocês devem agradecer por ter escapado dessa encrenca, a ele e ao fato de que Broc já viu mais batalhas do que o Donn aqui já viu pregos de ferro.

Uma risada geral, de quem gostou. Então, Cathaír viu Magnus caminhando em direção à porta principal comigo nos braços. As cabeças se voltaram para nós, e um súbito silêncio tomou o pátio.

Rioghan fez uma mesura respeitosa em minha direção, e em seguida continuou seu discurso:

— Vocês sabem o que acontece se perdem a concentração. E têm sorte de que o resultado não tenha sido ainda pior. Da próxima vez, não estaremos apenas cuidando das defesas e tentando nos manter longe das confusões, lutaremos uma batalha. Se o frenesi pegar vocês quando estiverem a ponto de furar um normando com a espada, vocês vão se borrar todos? Vão atacar o camarada que estiver lutando ao lado de vocês? Não, não vão. E vou lhes dizer por quê. Porque todos os dias, de hoje até quando marcharmos para defender Whistling Tor, todos vocês vão trabalhar tão duro que nem terão tempo de escutar outra coisa que não seja as ordens de seu líder. Se vocês não gostavam do que Lorde Anluan dizia para vocês antes, agora não façam com que ele tenha de dizer duas vezes.

— Magnus — murmurei, enquanto ele manobrava para entrar, saindo do campo de visão deles. — Eu não vi Gearróg entre eles.

— Ele pode ter salvado sua vida, mas não parecia feliz quando chegamos aqui no alto da montanha. Ele deve estar por aí em algum lugar, refletindo, é o que imagino. E Anluan também.

— Achei que você tinha dito que Anluan estava descansando.

— Disse que foi isso que o mandei fazer. Você sabe tão bem quanto eu qual a chance de ele ter seguido meu conselho.

Depois de ir ao reservado e me lavar, senti que estava forte o suficiente para caminhar com minhas próprias pernas, embora ainda continuasse sem fôlego. Magnus queria muito que eu voltasse direto para o meu quarto, mas eu o convenci de que uma de suas infusões de ervas seria perfeita para mim. Sentei-me à mesa da cozinha para bebê-la, enquanto ele picava vegetais para uma sopa. Ele trabalhava me espiando com o canto do olho, como se esperasse que eu desabasse assim que ele virasse as costas. Fiquei me perguntando se teria morrido, caso Gearróg não tivesse arrombado a porta da biblioteca, e quem levaria a notícia para minha irmã. De repente, senti uma vontade enorme de rever Maraid, e lhe dizer que a perdoava por ter me abandonado. Eu começava a entender que as pessoas fazem escolhas extremas, para o bem e para o mal, e que às vezes têm sérias razões para agir assim. Não achava de jeito algum que a vida nômade de um músico seria ideal para Maraid, uma mulher que dava grande valor ao lar.

— Você tem irmãos e irmãs, Magnus?

O homenzarrão fez uma pausa, com a faca na mão.

— Tenho dois irmãos, mas não os vejo há muitos anos. Nem sei se ainda estão vivos. Ambos são pescadores, lá na minha terra natal, nas ilhas. O mar é um patrão duro. Não protege ninguém.

— Você nunca pensou em voltar para casa, ao menos por um tempo?

O sorriso dele era mais resignado do que amargo.

— Não posso, Caitrin. Deixei minha vida para trás quando me tornei *gallóglaigh*. Disse à minha mãe que considerasse minha partida como definitiva. Não queria que ela passasse os dias na esperança de tornar a me ver, e sempre se desapontando. Anluan precisa de mim aqui.

— Você deve ter se sentido orgulhoso dele hoje de manhã.

— Senti — respondeu Magnus, recomeçando a cortar as cebolas.

— E ele vai precisar ainda mais de você agora que se comprometeu a defender Whistling Tor contra o ataque normando. Ele vai precisar de todos nós.

— Quanto a isso, pode haver algumas escolhas difíceis pela frente.

— Como assim?

— Converse com Anluan, menina. Ele vai ter de enfrentar isso, mas não está nada feliz com o que significa. Imagino que ele virá mais tarde se encontrar com você, para lhe explicar tudo.

— Vou falar com ele agora — falei, apoiando uma das mãos na mesa para me levantar. — Onde você acha que ele está?

— Você não vai a lugar nenhum sozinha — disse Magnus.

Uma leve sombra surgiu na porta externa: Muirne, com manchas roxas, como hematomas, sob os olhos. Ela não estava mentindo quando falou de uma dor de cabeça que não a deixava fazer nada.

— Você se recuperou, Caitrin.

— Estou me sentindo bem melhor, obrigada. Sua dor de cabeça passou?

Um sorriso frio.

— Vai passar.

— Você sumiu depressa do jardim, hoje mais cedo.

— Você não entendeu. A dor é tão forte que a pessoa não age com a razão. Eu não pude ajudá-la.

Magnus estava concentrado nos afazeres da cozinha, deixando a conversa constrangedora a cargo de nós duas.

— Muirne, você sabe onde Anluan está?

Ela deu um passo e entrou na cozinha, em seguida se virou para arrumar umas canecas na prateleira, de forma que elas ficassem perfeitamente alinhadas.

— Sei — respondeu.

— Eu preciso falar com ele. Você me leva até lá?

Olhei para Magnus, esperando que ele fosse me mandar direto de volta para a cama.

— Onde ele está, Muirne? — perguntou o homenzarrão.

— Aí dentro — disse Muirne, fazendo um gesto vago com a mão em direção à porta. — Por perto.

— Acho que tudo bem, desde que Caitrin não vá sozinha — disse Magnus. — Ele na certa vai se entender comigo, por eu ter deixado você sair logo da cama, Caitrin. Muirne, não deixe de tomar conta dela.

Ele estava tirando o presunto do gancho onde eu o pendurara.

— Claro.

As sobrancelhas de Muirne se arquearam, como se fosse um absurdo sugerir que ela seria outra coisa senão a mais cuidadosa das companhias. Ela me tomou o braço — seu toque me deu um arrepio — e atravessamos a porta interna em direção ao labirinto de aposentos e galerias adiante.

Talvez eu fosse uma tola. Já uma vez, lá na torre, eu a imaginara me empurrando da beirada, para mergulhar no nada. Suspeitara de que ela havia me trancado. Chegara mesmo a me perguntar se fora ela a responsável pelos estragos nos meus pertences, embora fosse difícil imaginar uma pessoa, tão senhora de si, rasgando um vestido ou arrancando os cabelos de uma boneca. Quanto ao seu súbito desaparecimento mais cedo, pouco antes de eu ver o fogo, ela trouxera uma explicação perfeitamente plausível para isso. Eu vira como o frenesi afetara a horda, fazendo com que aqueles homens lá em cima, na passagem, atacassem uns aos outros, e de repente enlouquecendo Gearróg, um homem controlado. Eu devia ser grata a Muirne. Se ela não tivesse saído do jardim de Irial, talvez acabasse sendo levada a me atacar.

— Está achando graça em alguma coisa, Caitrin?

— Não exatamente. Hoje foi um dia difícil. Pensei que a biblioteca inteira estaria perdida.

— Isso seria mesmo ruim, já que você acredita que a horda poderia ser dispersada, caso encontre a página certa. Se os registros desaparecessem, você não teria mais nenhuma razão para continuar aqui.

Após um instante, eu disse:

— Felizmente, parece que nada foi queimado. A fumaça provocou algum dano, mas só. Não foi um fogo de verdade. Foi alguma outra coisa.

— Isto aqui é Whistling Tor. Não é como o mundo lá fora.

Ela parou diante de um comprido espelho de bronze, pendurado junto à parede de pedra. Uma mancha de azinhavre dançava em sua superfície como um câncer que se espalhava.

— Isso é verdade, sob muitos aspectos — falei. — Mas Whistling Tor existe no mundo lá fora. Não pode ficar para sempre isolado, atendo-se apenas às próprias regras. Sem as idas de Magnus à aldeia lá embaixo, e a disposição das pessoas em mandar suprimentos com ele, este lugar não continuaria existindo. Agora os normandos estão vindo, e Anluan vai iniciar uma batalha por suas terras. Ele foi até o mundo lá fora, Muirne, e se comprometeu a enfrentar com bravura a ameaça, ele e a horda, juntos. Os tempos estão mudando.

Muirne tinha a mão espalmada na parede, ao lado do painel de bronze. Houve um ligeiro franzido em sua testa, sempre pálida e contida.

— Você nunca compreendeu, não é? — disse ela, e o espelho se desprendeu da parede, revelando um lugar sombrio atrás dele, com degraus que desciam. — Anluan está lá embaixo. Venha em silêncio.

Os pelos do meu pescoço se eriçaram de medo. Havia algo de muito perturbador naquela entrada secreta, uma ameaça, uma coisa errada. Hesitei, enquanto sinos de alerta soavam alto em minha mente.

— Está com medo? — falou Muirne, baixinho, segurando minha manga. — É perfeitamente seguro. Venha, vou mostrar para você.

Alguma coisa em seu olhar fez com que eu descesse os degraus atrás dela. No pé da escada, uma pesada porta de ferro estava entreaberta. Paramos. Lá dentro, o brilho de uma lâmpada. A câmara era muito funda. Não haveria janelas ali.

Inspirei, para perguntar a Muirne o que era aquele lugar, mas seus dedos gelados de repente me taparam a boca, deixando imóvel e em silêncio. Os olhos dela se moveram de mim para a abertura na porta e, ao seguir seu olhar, vi que Anluan estava lá dentro. Sentado num banco, parado, de costas para nós. Estava olhando para um espelho. Perguntei-me por que ele não vira logo nossos reflexos e não se virara. Então percebi uma espiral de movimento e cor na superfície diante dele, e me dei conta de que aquele era mais um dos espelhos de Nechtan, mostrando algo bem diferente do que estava à sua frente. Eu não devia estar ali, olhando. Devia dar um passo atrás, ou fazer um som para alertá-lo da minha presença. Mas não pude. As imagens que prendiam a atenção de Anluan estavam perfeitamente visíveis, e me hipnotizaram, assim como tinham feito com ele. Ao meu lado, Muirne continuava quieta como uma sombra.

Era um espelho de vidro, com uma superfície atrás dele que refletia um objeto que só se encontraria nas mansões mais abastadas. As imagens dentro dele eram tão claras como se vistas de uma janela, num dia de sol. Lá estava Anluan montado num enorme cavalo preto, cavalgando à toda por um caminho sombreado que cortava uma floresta. Sentava-se ereto, os ombros retos, o rosto erguido e os cabelos ruivos esvoaçando para trás. Uma espada estava pendurada em seu cinto, e no ombro ele levava um arco. Dois cães de pelo lustroso corriam aos pés do cavalo. Atrás dele ia uma companhia de soldados, em fila de dois, um deles portando uma bandeira: um sol dourado sobre um campo que tinha o matiz de um céu de verão.

A imagem tremia e mudava. Vi o mesmo grupo de homens, desmontado e à vontade numa clareira da floresta, com os cavalos pastando por perto. Enquanto alguns soldados acendiam um fogo e outros descansavam sob as árvores, a maioria se reunira num círculo para assistir a uma luta — Anluan e outro jovem, seminus, atracados numa luta violenta, força contra força. Vi de imediato que o Anluan da visão tinha dois braços fortes, duas pernas igualmente fortes, uma compleição perfeita e ereta, e um equilíbrio total. Era, em todos os aspectos, o mais fino exemplo de um homem saudável. Por um instante, ele pareceu olhar direto para fora, para o quarto subterrâneo, e vi que seu rosto também era perfeito, sem qualquer traço da irregularidade facial do verdadeiro Anluan. Era um rosto tão perfeito que parecia vazio de caráter.

Aquilo estava errado. Eu não devia estar ali espiando o homem de que eu mais gostava no mundo. Fiz menção de me virar e sair, e Muirne pôs a mão em meu ombro. Estaquei. Eu me esquecera de que ela estava ali. Havia uma mensagem silenciosa e poderosa em seu toque: *Ainda não, Caitrin.*

E então, ah, então veio a terceira visão. Carne pálida subindo e descendo com graciosidade, cabelos escuros e cacheados despejando-se sobre um corpo feito de curvas e suavidade, cachos brilhantes caindo sobre ombros másculos. Mãos que tocavam, acariciavam, a princípio com ternura, depois com mais urgência, à medida que o desejo crescia. Uma confusão de membros, uma cascata de roupas arrancadas. Lábios que se tocavam, que se entreabriam, e novamente se tocavam, unindo-se, provando-se; línguas que exploravam. Um corpo que se erguia, outro que mergulhava fundo. Senti meu rosto em fogo. Era eu que ali estava, na visão, nua e exposta, entregando-me a ele, puxando-o para mim, dando-lhe tudo o que eu tinha, com o mais prazeroso abandono. O homem perfeito, que se misturava e se fundia comigo no íntimo abraço, era Anluan; não o Anluan que eu conhecia e amava, o homem de sol e sombras, meu amigo, meu companheiro, cujas estranhezas e aflições lhe tinham formado o caráter, mas um Anluan perfeito, o primeiro entre todos os guerreiros, aquele que podia fazer tudo que um chefe deve fazer: montar, lutar, liderar. Fazer amor com uma mulher.

O verdadeiro Anluan deu um longo e estremecido suspiro, e então socou à frente com violência, com o punho bom, o esquerdo. O espelho se despedaçou em milhares de fragmentos. Havia sangue em sua mão: ele olhou para ela como se não soubesse o que era. Um segundo antes que eu me virasse e fugisse, olhei em torno e vi que, sim, era familiar. Havia prateleiras nas paredes; e, nelas, uma parafernália empoeirada: livros, rolos, vasos, crisóis, estranhos instrumentos cuja utilidade se poderia apenas imaginar. Uma chaminé bem-feita, para escoar a fumaça; uma fileira de ganchos para pendurar roupas; uma mesa grande o suficiente para conter uma pessoa deitada. Um colchão, a um canto. Eu já vira aquilo tudo antes. Era a oficina de Nechtan.

Saí correndo. Não parei até quase chegar à porta da cozinha, e mesmo assim só parei porque percebi que ia desmaiar se não parasse para recuperar o fôlego. O corredor rodava ao meu redor. Obriguei-me a respirar devagar, apoiando-me na parede.

— O espelho-do-que-poderia-ter-sido.

Era Muirne, que tinha me seguido e agora estava à minha frente, com as mãos para trás, o rosto absolutamente sereno.

— É um dos mais cruéis feitos por Nechtan — falou ela, baixinho. — Anluan vê a si próprio como se a paralisia não o tivesse atingido: um homem ereto e alto, atraente, o tipo que é um líder. Alguém capaz de deixar sua marca neste mundo exterior que você acha tão importante, Caitrin. Claro que Anluan nunca poderá ser esse homem. Antes de você vir para cá, ele tinha aceitado isso.

Tive de me segurar para não a agarrar pelos ombros e a sacudir com toda força.

— Por que você me mostrou aquilo? Ele ficaria mortificado se soubesse que estávamos vendo! Eu só quero ajudá-lo, Muirne. Eu gosto dele. E achei que você também gostava.

326 JULIET MARILLIER

— Ah, Caitrin. Por mais que eu me importe, não tenho como mudar a realidade das coisas, nem você. Anluan nunca será aquele homem bonito do espelho. Sempre terá os ombros tortos e uma perna manca. A mão direita dele é incapaz de segurar uma pena, quanto mais uma espada. A paralisia acabou com ele. Anluan não tem nada a oferecer para uma mulher como você. Entende o que eu quero dizer? Uma mulher de verdade quer ter filhos. Ela quer sentir... prazer. Se você quer um homem de verdade, Caitrin, não o procure aqui.

A crueldade displicente dela era brutal como um soco. Consegui achar as palavras, talvez não as mais sábias, mas elas me saíram do coração.

— Eu achava que você o amava — falei, baixinho. — Agora vejo que me enganei. Tenho pena de você, Muirne. Acho que não tem ideia do que é o amor.

Virei as costas para ela e fui embora.

Eu não queria aborrecer Magnus ainda mais, porém, ao entrar na cozinha, a mente ainda fervendo com o que tinha acontecido, ele me olhou bem, tomou-me no colo e levou-me de volta para o quarto, murmurando que não deveria nunca ter deixado eu sair de sob sua vista.

— Você voltou rápido — comentou, quando eu já estava deitada sob as cobertas. — Falou com Anluan?

— Não, não consegui encontrá-lo. Magnus, você não precisa ficar aqui. Estou bem. Agora tudo que quero é dormir.

Duas mentiras. Eu estava tudo menos bem e não ia dormir de jeito nenhum. Mas, sim, precisava ficar só, para poder assimilar o que tinha acontecido. Como é que eu iria encarar Anluan agora? O que acabara de ver estaria estampado em meu rosto. Como poderia falar com ele? Um simples *bom dia* estaria, sem dúvida, carregado de emoção contida. A visão continuava gravada a fogo dentro de mim, e a amargura do que aconteceu depois se instalara fundo no meu coração.

Magnus me lançou um olhar penetrante, mas evidentemente achou melhor não fazer perguntas.

— Você não pode ficar sozinha, moça. Talvez não seja exatamente apropriado os homens da casa estarem aqui em cima cuidando de você, mas no nosso círculo mais chegado Muirne é a única mulher, e não creio que seja a melhor pessoa para fazer isso. Vou chamar Rioghan. De fato, preciso terminar o serviço que comecei lá na cozinha.

Um assobio agudo da porta do quarto trouxe Rioghan, que pareceu bem contente em tomar conta de mim, agora que terminara de dar instruções ao exército improvável. Contou-me que tinha dispensado os homens da horda, para que fossem discutir questões entre si. Deveriam voltar no dia seguinte, trazendo um plano de como lidar com o frenesi da próxima vez. Tudo soava muito prático. Simples demais, talvez, mas não falei nada. Afinal, ele era o estrategista, e eu, naquela hora, era um bagaço de tristeza e cansaço.

— Já que estou aqui — disse Rioghan, trazendo o banco para perto da cama e se sentando nele, o manto formando um tapete vermelho no seu entorno. — Podemos conversar mais sobre a sua situação doméstica, Caitrin, com esses seus parentes distantes que parecem convencidos de que têm direito de controlar sua vida. Sinto que essa questão precisa ser esclarecida.

Por que será que ele estava trazendo esse assunto agora, assim, do nada? Ita e Cillian pareciam muito distantes, talvez nem valesse mais a pena levá-los em consideração. Meu coração estava repleto de Anluan.

— Talvez eu não tenha muito a contribuir — falei, dando um sorrisinho.

— Você só precisa ouvir — retrucou Rioghan. — E talvez responder a uma ou outra pergunta.

— Está bem.

A criança-fantasma estava na porta, olhando para fora. Perguntei-me se estaria esperando Gearróg, que tinha sido bonzinho com ela. Onde ele estava?

— Veja, Caitrin, pelo que entendo, você e sua irmã eram as únicas filhas de seu pai, não é isso?

— Sim.

— A casa onde vocês moravam não estava de forma alguma vinculada ao trabalho de seu pai, certo? Pertencia somente a ele.

— Certo. Ele nunca se vinculou a nenhum patrão, embora houvesse muitos que gostariam de ter a exclusividade dos serviços dele. Meu pai preferia assim. Isso nos dava um controle maior.

— E esse desagradável desse Cillian e a mãe dele não são parentes próximos, não é? Quais exatamente são os laços deles com vocês?

Aquilo era mais do que uma ou outra pergunta.

— Ita é uma prima distante de meu pai. Mas ela disse que, como Cillian era o único parente homem, ele tinha o direito à propriedade de meu pai. Não era muita coisa. Na verdade, era só a casa. E os instrumentos e materiais da oficina. Ela vendeu quase tudo.

Rioghan fixou em mim seus olhos escuros. Ele cruzou suas mãos ossudas, assentando os cotovelos sobre os joelhos.

— Essa Ita mentiu para você, Caitrin.

— Sobre os bens de meu pai? Como é que você sabe?

— No que diz respeito aos bens, não posso ter certeza, mas acho provável que um artesão refinado como seu pai deveria possuir muito mais recursos do que você sugere, a não ser que ele fosse um bebedor pesado, um amante dos jogos de azar ou tivesse algum vício no qual desperdiçasse seus ganhos.

Se eu tivesse energia, teria caído na risada ante aquilo.

— Nada disso. Papai tinha uma vida de retidão, era um homem trabalhador. E, mesmo que quisesse fazer essas coisas, não teria tido tempo.

Rioghan assentiu.

— Foi o que imaginei. Você não falaria dele com tanto amor e orgulho se fosse diferente. Agora, deixe-me lhe contar umas coisinhas. Há uma lei estabelecida sobre heranças, que ainda está em vigor em todas as partes de Erin que não se encontram sob domínio normando. Se um homem não tem filhos homens, as filhas mulheres têm direito a herdar, enquanto viverem, pelo menos uma parte dos bens. A casa de seu pai, suas terras e todas as propriedades que nelas estiverem deveriam ser suas e de sua irmã, em partes iguais. Um primo distante não tem direito à casa de sua família, Caitrin, nem às ferramentas de trabalho de seu pai, nem aos animais ou à mobília ou a qualquer outra coisa possuída por ele. O fato de Cillian ser um homem não faz diferença nenhuma.

Então, Ita me contara as mentiras mais deslavadas. Antes, isso teria sido uma revelação espantosa, porque a novidade me traria a incrível dádiva da liberdade, o direito a voltar a viver na casa onde um dia tínhamos sido a mais feliz das famílias. Talvez, com o tempo, eu pudesse ter me tornado uma escriba pelos meus próprios méritos, ganhando bem. Uma parte de minha mente sabia que aquelas eram boas notícias, mas, agora, uma vida assim me parecia tão distante. Tentei me imaginar voltando para Market Cross e apresentando os fatos para Ita. Pensei na cena em que ela e Cillian iriam embora da casa, acusados de terem usado argumentos falsos. Mas a única coisa que eu conseguia ver era Anluan dando um soco, e estilhaços de vidro voando pelo ar naquela câmara subterrânea. E só ouvia a vozinha precisa de Muirne dizendo: *Se você quer um homem de verdade, Caitrin, não o procure aqui.*

— Caitrin?

Tornei a encarar Rioghan. Ele merecia uma reação melhor da minha parte.

— Desculpe — falei. — Estou com dificuldade de me concentrar, continuo me sentindo muito fraca. É uma pena que eu não tenha ficado sabendo disso antes. Mas agora não importa mais, já que eu não pretendo voltar para Market Cross.

Num primeiro momento, ele não respondeu, e houve um silêncio constrangido. E então ele falou:

— Estou exaurindo você. Melhor descansar. Mas pelo menos reflita sobre isso. Quando acontece um malfeito assim, acho que deveria se tentar fazer justiça. Pense em sua irmã, que também foi privada de seus direitos e que, imagino, desconhece a lei. Você não seria capaz de enfrentar esses malfeitores para o bem dela, já que para o seu próprio não o faria?

De repente, senti-me tão fraca que não conseguia nem levantar a cabeça do travesseiro. Uma lágrima rolou por meu rosto e não tive forças para enxugá-la.

— Um dia. Talvez — murmurei.

Mas sabia bem que jamais voltaria. Não por Maraid. Nem por nada.

Fechei os olhos e fingi que dormia. A luz do dia foi caindo. Eichri veio e tomou o lugar de Rioghan. Magnus apareceu na porta, trazendo sopa numa bandeja para mim, e deixou-a lá no quarto, até que ela esfriou. Eichri foi embora, sendo substituído por Olcan. Fianchu se ajeitou no chão. Por baixo das pálpebras entreabertas, vi a criança-fantasma engatinhar e se aninhar ao lado do cão gigantesco. Do lado de fora, era noite.

Num determinado momento, começaram a conversar baixinho no corredor. Olcan e Magnus discutiam se Fianchu seria suficiente para garantir minha segurança durante a noite. Um senso de propriedade tardio parecia ter tomado conta deles. Ainda estavam discutindo sobre qual deles deveria passar a noite do lado de fora da minha porta, quando uma voz mais grave falou:

— Eu vou ficar. Vocês dois podem ir se deitar.

Anluan. Meu coração deu um salto mortal e depois desacelerou, batendo dolorosamente. Ele finalmente voltara. O turbilhão de sentimentos ressurgiu dentro de mim.

— E você? — ouvi Magnus protestar, não de subalterno para chefe, mais como se de pai para filho. — Você é, de nós, quem mais precisa de descanso. Além disso, essa função não lhe cabe.

— Não quero conversa, Magnus. Caitrin está acordada? Ela jantou?

— Está dormindo desde que eu trouxe a bandeja. Aborrecida, acho, além de ferida. Anluan, isso não é...

Magnus hesitou.

— Não é adequado? Não é correto de acordo com as regras do mundo lá fora, aquele no qual não vivemos?

Eu detestava quando Anluan usava aquele tom violento, hostil. Era muito errado ele se dirigir a uma pessoa tão leal quanto Magnus daquela maneira.

— Talvez pareça inadequado para Caitrin, meu rapaz — disse Magnus, com doçura. — Ela não nasceu em Whistling Tor.

— Magnus — disse Anluan —, pode ir.

Com os olhos fechados, ouvi quando dois pares de pés se afastaram, as passadas largas de Magnus, o passo ritmado de Olcan, e em seguida silêncio, exceto pelo leve silvo da respiração de Fianchu. A porta foi fechada. Anluan caminhou pelo quarto durante um tempo. Eu não conseguia saber o que ele estava fazendo. Depois de um tempo, puxou o banco para perto da cama e se sentou. No silêncio que se seguiu, contei as batidas do meu coração enquanto me perguntava no que ele estaria pensando. Depois do que me pareceu um tempo enorme, ele tomou minha mão, levou-a aos lábios, e em seguida a soltou. Ouvi-o soltar uma longa expiração, como um suspiro.

Abri os olhos e olhei nos dele. Um lago azul no verão. Eu poderia mergulhar naquela cor. Seu rosto estava diferente, como se os acontecimentos do dia tivessem arrancado uma camada. Ele parecia um novo homem. Tinha sido forte durante o conselho. Agora parecia... formidável. Antes, havíamos conversado à vontade, como amigos íntimos. Agora, a distância entre nós crescera e se aprofundara, e sobre ela pairava a visão fragmentada do que não poderia nunca acontecer. Eu não conseguia pensar em nada para dizer.

— Você está acordada. — A voz dele falhou, naquela frase tão simples. Ele pigarreou e tentou de novo. — Água. Vou pegar um pouco d'água para você, Caitrin.

Enquanto ele ia pegar uma caneca, puxei meu xale, e então me dei conta de que a criança-fantasma estava enrolada nele. O quarto tinha umas correntes de ar.

— Você está com frio.

Ele estava ao lado da cama, com a caneca na mão.

— Devia estar num quarto com lareira, não aqui em cima.

Ele pôs a caneca em minha mão, depois tirou o próprio manto e cobriu meus ombros. Não deixou o braço ali.

— Obrigada, Anluan. Você deve estar cansado. Magnus disse que deu tudo certo hoje de manhã, com os emissários normandos.

Minhas palavras soaram estranhas, artificiais, como se eu estivesse puxando uma conversa educada com alguém que mal conhecesse.

— Foi o que me disseram.

Ele se moveu, sem jeito, para se encostar na parede. Parecia querer estar bem longe dali.

— Caitrin, há uma coisa que preciso falar para você. E preciso fazê-lo antes que...

Ele olhou para Fianchu, adormecido, com a pequena fantasma enroscada nele.

— Preciso fazê-lo agora mesmo — concluiu.

Agora eu estava mesmo com frio, gelada até os ossos.

— Então vá em frente — incentivei.

— Hoje de manhã, eu fiz um discurso de desafio na aldeia. Jurei que lideraria meu povo contra qualquer um que tentasse tomar nossas terras ou nossa independência. Eu me comprometi, eu e minha fortaleza, a agir. Isso muito provavelmente significa um conflito armado. Fiz aquilo que você me desafiou a fazer, Caitrin. Agi como um chefe.

— Sei o quanto de coragem foi preciso para fazer isso — falei.

Mas minha voz saiu baixinha em meio às sombras do quarto. Em minha mente, a imagem dele estraçalhando o espelho, a visão cruel do homem que ele nunca poderia ser, não combinava com esse estranho, de queixo carrancudo. Havia um toque de ferro em sua voz.

— Sempre soube que você conseguiria, Anluan. Eles o seguirão, tenho certeza. Não apenas a horda, mas seu povo, de todo o seu território. Ficaremos do seu lado, aconteça o que acontecer...

Tive de parar. Ele se virara para olhar para mim, e o que vi em seus olhos tornou impossível continuar.

— O que foi? — perguntei, engasgada. — O que há de errado? O que é que você quer me dizer?

— Caitrin, você não pode ficar aqui. Quero que você vá embora.

Eu não podia ter ouvido bem.

— O que foi que você disse? — sussurrei.

— Seu trabalho aqui em Whistling Tor terminou. Você não pode mais continuar aqui.

— Mas...

Em minhas visões do futuro, algumas mais realistas que as outras, eu jamais considerara a hipótese de ir embora antes de o verão terminar.

— Você queria que eu fosse um líder. Um líder toma decisões, e essa está tomada. Não adianta discutir sobre isso. Lamento a inconveniência, mas você precisa ir embora o quanto antes. Em um ou dois dias será possível tomar as providências para você ir.

Aquilo era um sonho mau, não podia estar acontecendo. Não fazia o menor sentido.

— E os grimórios? E o contrafeitiço? — Ainda enquanto falava, eu me dava conta de que ele vinha planejando aquilo havia algum tempo.

Magnus dissera, *pode haver algumas escolhas difíceis pela frente.* Rioghan se esforçara para me explicar meus direitos legais e tentara me incutir a ideia de voltar para casa. Eles sabiam, todos os dois. Talvez Muirne também soubesse.

— Eu não acabei o trabalho para o qual você me contratou! — protestei. — Você disse que eu teria até o fim do verão!

Eu amo você. Por favor, não me mande embora.

— Não vamos mais discutir isso, Caitrin. A procura por um contrafeitiço foi superada pela possibilidade da guerra. Os livros de magia podem esperar até que a questão com Stephen de Courcy seja resolvida, de um jeito ou de outro. Não há mais nenhum trabalho para você aqui em Whistling Tor. E nenhuma razão para que continue aqui.

— Mas, Anluan, mesmo que não haja mais trabalho, mesmo que...

— Não — disse ele, e a palavra cortou minhas esperanças com um golpe brutal. — Eu a contratei para um trabalho, Caitrin, e o trabalho está feito, até onde foi possível. Não há mais nada para você fazer aqui.

— Mas... Eu pensei... Eu esperava que... — balbuciei e, pensando nas imagens do espelho estraçalhado, busquei uma resposta. — Anluan, por que...

— Não insista, Caitrin.

O tom dele era uma advertência.

Fiquei sentada, imóvel. Aquilo não era uma tentativa bem-intencionada de me manter longe enquanto o conflito não terminasse. Eu não poderia voltar em tempos de paz. Ele estava me banindo dali para sempre.

— Você receberá um pagamento por todo o verão, é claro — disse ele, quase como se aquilo houvesse lhe ocorrido naquele momento. — Vai precisar de fundos para fazer a viagem para casa.

— Para casa — falei, em transe. — Para casa.

Cillian batendo minha cabeça contra a moldura da porta, fazendo meus dentes estremecerem. Ita beliscando a carne macia do meu seio, deixando sua marca em mim enquanto cuspia os insultos mais vis. Eu me enrolando toda, trêmula, sem dizer nada. Sem socorro, sem voz, a covarde Caitrin. Inspirei longa e profundamente, e senti a raiva subir dentro de mim, uma chama quente, pequena.

— Para *casa?* — exclamei, pondo-me de pé. — Como você tem coragem de me mandar de volta para Market Cross, sabendo que Cillian está lá? Como ousa me dar sua confiança e sua amizade, deixar-me ajudá-lo, me dizer...

Pensando nas doces palavras dele, em seu toque suave, quase perdi aquela fúria. *Jamais conheci alguém como você,* ele dissera. Seu olhar era suave, então, suave como aquilo que eu, bobamente, acreditara ser igual ao sentimento que me tomara o corpo quando ele me tocara. Tudo o que eu via agora naqueles olhos era uma determinação fria.

A fúria tornou a subir, quente, revolta, e com ela veio uma enxurrada de palavras, palavras que, antes dessa noite, eu jamais imaginara que seria capaz de dizer para ele.

— Como você ousa? Como tem coragem de me oferecer pagamento, como se eu só precisasse de um saco de moedas de prata para carregar, e de um tapinha nas costas por um trabalho bem-feito! Como ousa empregar esse tom arrogante comigo, depois de me fazer sua amiga? É assim que você trata as pessoas amigas, enxotando-as para um lugar onde serão espancadas e abusadas e aterrorizadas? Que tipo de homem é capaz de fazer isso?

Os olhos dele escureceram. A boca se crispou. Ele deu um passo em minha direção com o punho esquerdo fechado. Eu me esforcei para ficar parada, sustentando o olhar dele. *Vou ficar firme em meu lugar. Não vou vacilar, nunca mais serei a Caitrin covarde outra vez.*

— Você tem mais de Nechtan do que eu pensava — falei.

Foi como se lhe tivesse dado uma bofetada. O sangue desapareceu das faces, dando-lhe uma palidez invernal. Apenas uma mecha de cabelo cor de fogo lhe caía sobre a testa. Ele a afastou com certa violência, e então deu meia-volta, caminhou em direção à porta e parou com a mão no portal, como se tentasse manter o equilíbrio.

— É isso que você pensa de mim — disse ele, de costas para mim, num tom incrédulo. — Você acha que eu a mandaria de volta para Market Cross, para os braços daquele... idiota vil. Já que sua opinião sobre mim é tão baixa, você ficará aliviada em saber que é Magnus que está fazendo os preparativos: primeiro, uma escolta até Whiteshore, depois uma carruagem até o lugar onde sua irmã e o marido estão. Você vai muito longe com seus desafios, Caitrin. Você exige demais de mim. E, contudo, tem medo de encarar seu próprio e maior desafio, aquele que a fez correr montanha acima até Whistling Tor e entrar em meu jardim.

Abri a boca para responder, mas Anluan tinha desaparecido noite adentro. Ele não fechou a porta atrás de si. No ponto em que o corredor era aberto, eu podia ver a escuridão imensa do céu, bordada de estrelas cintilantes. Fianchu tinha erguido a cabeça enquanto discutíamos. Agora, deu um rosnado significativo e se aninhou de novo. Ao lado dele, a criança-fantasma estava deitada com os olhos muito abertos, mirando o escuro.

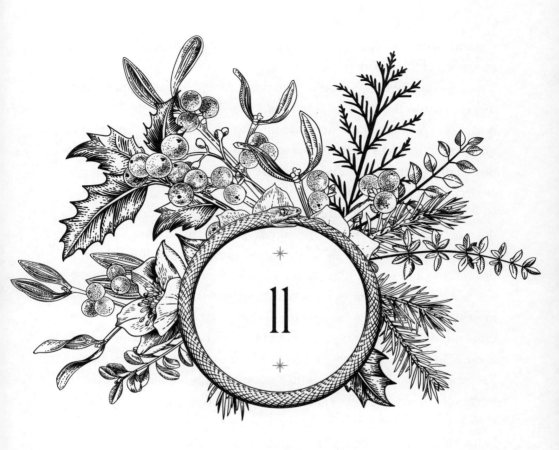

11

Depois do cuidado que tinha tido comigo após o incêndio, trazendo todos os amigos, um por um, para velar por mim, agora Anluan me deixava sozinha com a criança e o cão. Ele rompera assim as próprias regras. Eu ia dormir sozinha. Dormir para sonhar com Cillian e com os demônios. Depois, deveria esperar um ou dois dias, um tempo interminável, até que as chamadas "providências" fossem tomadas para mim. Eu me tornara um item de bagagem a ser descartado.

Seria fácil me render à tristeza. Eu podia me enrolar na coberta, chorar de angústia, sonhar com o que poderia ter sido. Podia me agarrar a cada último instante que tivesse em Whistling Tor, e permanecer até que a amargura escoasse e, assim, poder aproveitar cada último vislumbre do homem que amava. Esse caminho me levaria à loucura, eu não iria trilhá-lo uma segunda vez.

Não ia esperar que ninguém tomasse providências. Anluan queria que eu fosse embora. Pois então eu iria. Não havia ninguém de guarda. A casa estava quieta. Eu ia arrumar minhas coisas e descer a montanha em direção à aldeia. Pelo menos assim não precisaria dar adeus a todos os meus amigos, fazendo com que meu coração, já despedaçado, se desfizesse ainda mais.

Não chorei. Enquanto Fianchu cochilava, e a criança-fantasma dormia seu sono sobrenatural, espiando-me com os olhos entreabertos, tirei o manto de Anluan de sobre meus ombros e pendurei-o, cuidadosamente, em um gancho. Botei um vestido velho, o mesmo que eu usava no dia em que chegara a Whistling Tor. Dobrei a saia feita com as vestes de Líoch e Emer, deixando-a no pé da cama. Enrolei o cinto cinzento de Mella e coloquei-o em cima da saia. As botas eu teria de levar. Não havia como saber quais distâncias precisaria andar. Embrulhei minhas roupas sobressalentes, a camisola, meu outro vestido, os pertences menores. Uma calma fria tomara conta de mim. No fundo, uma criatura selvagem uivava de raiva, uma mulher arrancava os cabelos, uma alma penada gritava, mas eu não ia libertá-la enquanto não estivesse longe dali.

Não encontrei o lenço bordado de minha mãe, embora soubesse que ele estava guardado no baú de carvalho, com um ramo de lavanda seca entre suas dobras. Procurei por ele sob o travesseiro, debaixo do colchão, entre as cobertas da cama, na prateleira, mas não estava em lugar nenhum. Olhei para a criança-fantasma, e perguntei-me se ela levara o objeto tão bonito para algum canto, mas seus olhos apertados não me disseram nada, exceto que ela sabia que eu estava indo embora. Prendi Roíse na lateral da minha bolsa. O vestido vermelho de Emer foi também para a pilha, na cama.

Meu estojo de escrita estava perto da bandeja, com a comida intocada. Anluan devia tê-lo trazido da biblioteca. Já planejava minha partida. Antes ou depois daquelas visões no espelho? Eu não queria

338 JULIET MARILLIER

pensar nisso. Ergui o estojo para ajustar com mais força a tira que o fechava. Estava incrivelmente pesado. Afrouxei a tira e abri a tampa.

Um pequeno saco de pelica fora colocado no topo, cuidadosamente arrumado entre os instrumentos. Quando o retirei, houve um tilintar, um som metálico que fez Fianchu erguer as orelhas. Levei o saquinho para perto da luz, afrouxei os cordões e espiei o que tinha dentro. Moedas de prata. Meu salário por um verão, como escriba especializada. Suficiente para me permitir atravessar o país e me sustentar até que eu encontrasse Maraid. Suficiente para que eu não precisasse dormir em palheiros ou debaixo da ponte. Suficiente para evitar que os homens me encarassem como uma presa fácil durante a viagem. Agora, finalmente, as lágrimas me chegavam aos olhos. Lágrimas de humilhação. Queria atirar as moedas de Anluan no chão. Queria pisoteá-las. Mas o bom senso me disse que eu devia levá-las comigo. A passagem turbulenta por Whistling Tor não apagara a memória da minha fuga de Market Cross. Eu não queria voltar a ser aquela mulher indefesa e assustada, nunca mais.

A sacola estava pronta. O estojo, bem fechado. A prata, escondida no fundo da minha bolsa. Sentei-me na cama, ouvindo os sons da noite que vinham lá de fora: uma coruja piando, outra respondendo, o sussurro da folhagem, e talvez uma voz murmurando no pátio, enquanto Rioghan fazia sua ronda noturna, agora não mais relembrando os detalhes de sua velha traição, mas sim planejando o futuro, engendrando formas de transformar a horda numa força militar eficiente. Como eu ia poder escapulir sem ser vista, com ele ali? Como fugir sem que Fianchu desse o alerta? A cabeça cheia de dúvidas e, com elas, vinha a dor. *Você é como um coração que bate... uma luz que brilha...* Por que aquele maldito espelho-do-que-poderia-ter-sido nos mostrara juntos, como se aquele fosse um de seus maiores sonhos, se ele já estava decidido a me mandar embora?

Não se esqueça de mim.

Tomei um susto. O espelho; o velho espelhinho que eu trouxera da torre norte. Eu o tinha ouvido como se ele tivesse falado em voz alta, embora Fianchu nem se mexesse. Fui até a parede e olhei para a superfície manchada, mas vi apenas a sombra do meu reflexo: uma mulher de olhos vermelhos e rosto pastoso, o cabelo preto desgrenhado, a testa franzida.

Leve-me junto. Você vai precisar de mim.

Levantei o espelho do gancho, tirei-o, e reabri a sacola. Tinha o espaço exato para ele. Ao guardá-lo, vi que havia outro item que eu esquecera: o livrinho feito por mim, com as transcrições das melancólicas notas de Irial nas margens, escritas com clareza em caracteres semiunciais. O livrinho estava na prateleira, ao lado da lâmpada. Eu não poderia levá-lo. Ele pertencia a Whistling Tor; era parte dos tristes registros sobre a família de Anluan e a maldição que recaía sobre eles. Tornei a pôr o livro ao lado da lâmpada, fechado.

Quanto tempo eu deveria esperar? Precisava estar bem longe quando Magnus e Olcan, ou o próprio Anluan, viessem atrás de mim tentando me impor suas *providências*. Se era para ir, eu o faria sozinha. Mas não podia ir cedo demais para não sofrer na escuridão antes de conseguir cruzar a fronteira invisível que marcava o fim da fortaleza. Precisava esperar até pouco antes da alvorada, quando a luz já permitisse caminhar sem lanterna. Qualquer luz artificial seria vista rapidamente por Rioghan ou por uma das sentinelas na muralha. De repente, esperar me pareceu a coisa mais difícil de fazer.

Em minha mente, escrevi para Anluan uma carta, junto das linhas que lhe traçara em meu primeiro dia em Whistling Tor. *Eu amo você. Estou orgulhosa do que você está fazendo. Mas você me feriu, não entendo.* Isso seria honesto. Ou, então, eu poderia escrever: *Em menos de uma fase da lua, chegará o tempo de colher a planta sangue-do-coração. Mas eu não estarei aqui. Adeus, Anluan. Nós dois perdemos a aposta.*

Eu não esperava ir embora sem enfrentar alguns desafios. O primeiro era a criança-fantasma, que não dormia nunca. Ela ficara bem quieta enquanto eu me arrumava, mas, assim que vi que já havia luz suficiente e me dirigi à porta, com a sacola no ombro, o estojo de escrita debaixo do braço, num instante lá estava ela ao meu lado, agarrando-se à minha saia, olhando-me com seus olhos sombrios.

— Eu vou com você.

Fianchu acordou com o ruído, erguendo a cabeça.

— Psiu — sussurrei. — Você precisa ficar aqui; não pode ir comigo.

— Eu vou! — repetiu ela, mais alto dessa vez.

O cachorro, ainda sonolento, começou a se levantar.

Arriei o estojo, tirei a sacola do ombro e mergulhei minha mão nela. Puxei Roíse.

— Preciso ficar fora por um tempo — sussurrei, abaixando-me junto à menina. — Quero que você fique aqui e tome conta dela. Você faria isso por mim?

Era uma mentira cruel, mas eu não via outro jeito.

A menina-fantasma pegou a boneca nos braços, aninhando-a. Não disse mais nada, mas a pergunta estava estampada em seu rosto: *Quando você vai voltar?*

— Talvez eu demore muito — falei. — Sei que você vai cuidar bem de Roíse. Ela precisa de alguém para amá-la, assim como todos nós. Adeus, pequenina.

Fianchu já se levantara, orelhas em pé, em alerta total. Muito possivelmente ele entendia o suficiente para ir até seu dono assim que eu cruzasse a porta.

— Fianchu — falei, certificando-me de que tinha toda sua atenção. — Tome conta dela.

Apontei para a menina-fantasma.

— Fique aqui e tome conta dela!

Fianchu se sentou. Os pequenos olhos, fixos em mim, mostravam que ele sabia tudo. Mas ele era um cão e seu dever era obedecer.

— Muito bem! Fique aqui até que o sol apareça. Você também — falei para a menina. — Ele vai cuidar de você.

Escapuli pela porta, ao longo do corredor, escada abaixo. Nuances de cinza manchavam o jardim; olhos me observavam por trás das árvores. Do outro lado do pátio, uma luz ainda queimava nos aposentos de Anluan. A mulher louca dentro de mim surgiu — *vá até ele, corra para ele, agora, agora* —, mas sufoquei suas súplicas. Desci pelo caminho, atravessei a abertura no muro da fortaleza e penetrei na floresta.

Ninguém me seguiu. Imaginei a criança-fantasma no quarto, com a boneca apertada contra seu peitinho magro. Pensei ver em seu olhar a dor de mais uma traição, de mais um abandono

Meus pensamentos me levaram a Anluan, sozinho em seu quarto, mirando a parede com o olhar vazio, ou sentado na cama com a cabeça entre as mãos, os longos dedos mergulhados em seus cabelos de fogo. Tolas imaginações. O mais provável é que estivesse planejando um meio de formar um exército com espectros rebeldes, aldeões destreinados e vizinhos relutantes. Talvez, agora que resolvera tudo comigo, ele já tivesse me tirado da cabeça.

Meu pé bateu numa pedra. Agarrei com mais força o estojo. Por um instante, bambeei, mas logo recompus o equilíbrio. Ainda não estava claro; na floresta, sombras se moviam. Enquanto ia pelo caminho abaixo, senti um toque em meu braço esquerdo; um puxão em meu ombro direito. Um sussurro em meu ouvido. *Errado, está tudo errado... Pobre garota boba, o que você pensava?* E, do outro lado: *Pobre Caitrin, menina triste... Quem quer você? Aonde você pode ir? Onde vai poder estar segura agora?*

Que caísse uma maldição naquelas criaturas miseráveis, fossem o que fossem. Eu *ia, sim,* embora. E *ia, sim,* encontrar um lugar para onde ir. Eu não pertencia a Whistling Tor. Nunca devia ter me permitido encarar esse lugar como meu lar. Maldita mulher tola.

Ah, sim, maldita e tola... Você não pode ficar aqui. Não pode ir para casa. Ele está lá, aquele que a transformou numa criança indefesa. A pobre e solitária Caitrin. Nenhum lugar para onde ir, ninguém para amá-la...

Espantei com um tapa aquela presença invisível em meu ouvido direito. A outra falou, do lado esquerdo.

Venha por aqui, desça esse caminhozinho tortuoso...

Venha conosco! Atrás de nós... você estará segura para sempre...

Mãos invisíveis puxavam minha saia e meu manto. Agarraram minha sacola, puxando-a para trás, quase me jogando no chão. Abri a boca para gritar e protestar, mas fechei-a de novo. Fazer um barulho alertaria Rioghan ou um dos outros sobre minha fuga solitária. Com o estojo bem preso debaixo do braço, dei um jeito de fazer com os dedos o sinal da cruz.

— *Kyrie eleison; Christe eleison* — murmurei.

As mãos sobrenaturais afrouxaram o assédio por um instante. Mas logo voltaram. Era essa a eficácia de uma oração cristã. Reprimi uma vontade poderosa de gritar.

Um puxão violento. Caí. O estojo de escrita foi ao chão. Alguma coisa estava puxando outra vez minha sacola, tentando arrancá-la das minhas costas.

— Pare! — sussurrei, lutando para respirar. — Deixe-me em paz...

— Deixe-a em paz!

Era a voz de Gearróg, e foram as mãos dele que me ergueram do chão, permitindo que eu me sentasse, para depois pegar o estojo e depositá-lo em segurança ao meu lado. Por um tempo, eu só conseguia tentar respirar. Os sussurros insidiosos cessaram. Percebi que nós dois estávamos sozinhos.

Gearróg se abaixou ao meu lado, seu rosto feio franzido em preocupação. De quando em quando, ele estendia a mão e, meio sem jeito, dava-me tapinhas no ombro, mas parecia relutante em continuar a fazê-lo.

— Muito obrigada — consegui falar, por fim. — Você me salvou mais uma vez, Gearróg. Estou indo embora. Você poderia me acompanhar até o pé da montanha? Preciso de você, para ir em segurança.

— Eu?

Havia muita coisa contida naquela pequena palavra. *Eu a feri. Você não está com medo de mim? Eu fracassei em minha função, e Anluan ficou furioso. Eu traí sua confiança.*

— Por favor.

Ele me ajudou a levantar, suas mãos enormes agindo com gentileza. Dei-lhe a sacola para carregar. Peguei o estojo de escrita. E fomos caminho abaixo, juntos.

— Por que você estaria indo embora, minha senhora? — perguntou Gearróg, após algum tempo. Ele manteve a voz baixa, num murmúrio, e seu tom era diferente.

— Ele disse que eu devia ir embora. Anluan. — Apesar do meu grande esforço, minha voz falhou. — Ele não me quer aqui.

Doía falar em voz alta uma verdade tão terrível.

Gearróg continuou andando, passos firmes e silenciosos, ao meu lado. Tínhamos coberto certa distância quando ele voltou a falar:

— Não pode ser.

— Mas é. Ele próprio me falou, agora mesmo.

Um silêncio ainda mais extenso, cheio de palavras não ditas.

— Ele mandaria você embora para que ficasse em segurança.

— Não. Bem, talvez isso seja uma das razões. Mas ele quis dizer para sempre.

— Então ele não é o homem que todos pensávamos — disse Gearróg, num tom bem claro. — Só um tolo abre mão de um tesouro.

Lágrimas me vieram aos olhos. Eu não podia deixá-lo continuar naquele assunto. Precisava ser forte.

— Para onde você foi, Gearróg? — perguntei. — Rioghan fez uma reunião. Todos os homens da horda estavam presentes, ao que parece. Mas Catháir contou que não conseguiu encontrá-lo.

Ele manteve o silêncio, como um escudo. Continuamos caminhando.

— Não se pode enfrentar o frenesi sozinho — falei, depois de um tempo. — Mas talvez vocês todos juntos consigam encontrar forças para se manterem firmes contra ele. Rioghan tem algumas ideias sobre isso. Ele é sábio no que diz respeito a essas questões. Espero que Catháir e os outros tenham suas próprias técnicas para enfrentar o problema. Gearróg, quero que você volte lá e os encare. Ouvi dizer que, mais cedo, Anluan disse palavras duras para você. Ele estava zangado. Preocupado. O incêndio trouxe lembranças terríveis para ele. Espero que entenda por que ele ficou tão furioso, mesmo sabendo que você tinha acabado de salvar minha vida.

— Eu fiz uma coisa ruim.

— Você me feriu sem querer. Eu estava no caminho, só isso. E não era você que estava se debatendo, era alguma coisa usando você. Prometa que vai voltar e se juntar aos outros, Gearróg. Anluan precisa de você. Você tem uma força especial. E provou isso mais uma vez ao mandar aquelas criaturas embora. Não consigo imaginar como conseguiu fazer isso.

— Elas não devem estar muito longe. — O tom era de desdém, mas o calor voltava à sua voz. — Minha senhora, você é a pessoa de quem Anluan mais precisa. E quanto a nós? Você mudou tudo. O que vai acontecer se for embora? Como será possível não voltar mais?

Meus olhos estavam rasos d'água. Baixei a cabeça. Não queria que ele visse o quanto eu estava ferida.

— Eu falei coisas horríveis para Anluan. Coisas tão cruéis, e que o machucaram tanto, que tenho até vergonha de pensar nisso. Coisas tão más, que ele nunca mais vai me querer de volta. E ele...

Era impossível descrever como eu me sentira ao pensar, ainda que por um instante, que Anluan fosse bater em mim. Agora eu lembrava que, sempre que a raiva tomava conta dele, Anluan crispava o pulso daquele jeito. Eu o vira fazer isso para quebrar o espelho. Nunca o vira bater em ninguém.

— Gearróg, a garotinha vai precisar ter amigos quando eu não estiver mais aqui — falei. — Ela confia em você.

Estávamos na divisa. Ainda faltava um pouco para amanhecer, mas eu já podia ver a silhueta da aldeia através da penumbra, um conjunto de formas escuras, a linha da muralha de defesa, os pontos bruxuleantes das tochas no perímetro em torno. Tomas e os outros as mantinham acesas durante toda a noite, com medo da horda.

— Prometa — falei, ao ver que o céu clareava nas bandas por onde nascia o sol.

Um passarinho deu um aviso, duas notas que se ergueram: *Vá em frente! Vá em frente!*

Gearróg continuou calado.

— Agora, preciso ir — falei. — Não quero ver nenhum deles lá de cima. Acho que não iria suportar. Você promete, Gearróg?

— Diga que vai voltar. Mais tarde, quando tudo terminar. Diga que virá.

— Não posso. Não se ele não deixar.

Eu precisava ir em frente, precisava correr, antes que o sol se levantasse e eles dessem por minha falta. Tinha de fugir antes que perdesse a coragem.

— Você disse para eu subir e encarar os outros. Mas você própria está fugindo.

Ergui o queixo e abri os ombros.

— Preciso ir e encontrar minha irmã. Tenho de encarar os meus outros medos, as pessoas que me fizeram mal. E depois...

— Você volta para Whistling Tor?

Uma esperança pura tremia na voz de Gearróg. Ela brilhava em seus olhos e lhe modificava o rosto, impedindo uma recusa.

— Se Anluan realmente me quiser de volta, se ele precisar de mim, nada no mundo me fará ficar longe daqui — falei.

E, quando essas palavras saíram de meus lábios, ouvi um grande suspiro, não do meu companheiro, mas de inúmeras, dezenas, centenas de vozes fantasmagóricas na floresta. A horda via tudo. A gente de Tor sabia que, no dia seguinte, eu não estaria na biblioteca, procurando respostas para eles. Eles sabiam que eu não estaria buscando nos livros de magia um fim para seu sofrimento. Eu os desapontara. Quebrara minha promessa. No entanto, eu percebia que eles compreendiam. E que, por enquanto, as palavras que eu dissera eram suficientes.

— Seja forte, Gearróg. E cuide dele por mim.

Espiei por entre as árvores, sem conseguir ver os demais, mas mostrando que reconhecia sua presença.

— Sejam fortes. E ajudem-no.

— Adeus, minha senhora. Eu lhe faço uma promessa.

Gearróg colocou o punho fechado sobre o coração. Ele tinha parado bem na fronteira da montanha, entre as árvores guardiãs.

— Adeus, Gearróg.

Dei as costas e, enquanto o céu clareava, caminhei célere montanha abaixo, indo embora.

346 JULIET MARILLIER

Como se quisesse zombar de mim, o tempo abriu no dia em que deixei Whistling Tor, com um céu azul e uma leve brisa. Foi o suficiente para me fazer pensar se não era mesmo um mundo diverso, onde o verão seguira seu curso natural através de todo o tempo em que eu permanecera na fortaleza de Anluan, enquanto Tor era assolada por névoa, chuva e o frio mais cruel.

Mantive-me firme na decisão que tomara ao arrumar a sacola, de que não me deixaria levar pela inércia que me consumira após a morte de meu pai. Se havia alguma coisa que eu tinha aprendido durante aquele estranho verão em Whistling Tor, era que eu não deveria voltar a ser a alma perdida do inverno passado. Não importava que o homem que eu amava tivesse me mandado embora. Não importava que tivesse sido obrigada a quebrar a promessa mais séria que já fizera na vida, abandonando meus amigos no momento mais desafiador. Se Anluan não me queria, não me queria. Simples assim. Eu ia rilhar os dentes, encontrar coragem e seguir em frente com o que precisava fazer.

Não fui para Whiteshore. Tampouco fui para a aldeia ao pé da montanha. Busquei outros caminhos, subindo até a encruzilhada onde tinha sido deixada, sem cerimônia, num dia de neblina e sombras. Não havia como ficar esperando por uma carruagem que aparecesse. Segui a pé, fazendo listas de cores mentalmente para não pensar em Anluan.

Era tão cedo, que não havia ninguém à vista. Os passarinhos faziam coro na mata que ladeava o caminho das carruagens, e de algum ponto, sob os sabugueiros, pude ouvir o vozerio dos sapos. Tudo parecia muito limpo, aberto para a luz, cheio de promessas. Havia algo errado. Parte de mim queria protestar por um dia tão adorável estar combinado à catástrofe enfrentada pela gente de Whistling Tor. A outra parte sussurrava: *Você nunca pertenceu a esse lugar, Caitrin. Esqueça essa gente. Esqueça Anluan. Se ele a amasse, nunca teria feito isso.*

Durante metade da manhã, caminhei sem encontrar ninguém. Fiquei com sede e parei para beber água num riacho, perto da estrada. Estava ficando com fome. A partida repentina me deixara mal equipada para uma viagem tão longa, e sem ajuda. Lembranças de minha fuga para o oeste voltaram. Afastei-as, obrigando-me a seguir em frente firme. Meus pés doíam. As botas de Emer não eram tão perfeitas, afinal. O tempo esquentava. Tirei o xale e enfiei-o na sacola.

Um ruído de roda, um rangido, e o barulho de cascos batendo me fizeram fugir para debaixo de uns arbustos, na margem, com medo de algum carreteiro solitário. Um par de cavalos atarracados surgiu, puxando uma carroça bem-cuidada, cheio de sacos. Um homem e uma mulher estavam sentados no banco, guiando. Ela trazia uma criança no colo.

Apareci e fiz um sinal com a mão. Pouco depois, já estava sentada num saco de grãos, na parte de trás, a caminho do leste. Fiquei imaginando as colinas de Tor, cobertas de neblina, atrás de mim, diminuindo pouco a pouco, até que já se confundiam com o resto dos campos e montanhas. Enquanto a carroça seguia seu caminho em direção ao leste, nem uma única vez olhei para trás.

Ter dinheiro fez toda a diferença. Passei duas noites numa estalagem, com um quarto só para mim e uma tranca na porta. Consegui indicações e arranjei caronas. Li uma carta para um negociante local em troca de um lugar num transporte que ia direto até Stony Ford, vilarejo a três dias de viagem, ao norte de Market Cross. Papai e eu tínhamos feito encomendas para o chefe de lá, e eu tinha certeza de que Shea e seus companheiros músicos eram conhecidos na fortaleza.

Nessa carruagem maior e melhor, meus companheiros de viagem deviam me achar severa e introspectiva. Mal podiam imaginar o turbilhão de pensamentos que me enchia a mente o dia inteiro, aqueles que eu tentava afastar e aqueles nos quais procurava me concentrar, principalmente o de como seguir a pista de Maraid e Shea sem chegar muito perto de Market Cross. Se não conseguisse nenhuma pista em Stony Ford, precisaria tentar outros lugares que Shea tivesse mencionado, ao nos contar sobre sua vida andante, mas estes eram poucos e distantes. Achei que me lembrava de Hideaway ou Holdaway, onde a banda sempre tocava, para entreter as pessoas numa grande feira

348 JULIET MARILLIER

semanal. Uma mixaria, dizia Shea, de bom humor, mas se eles ficassem para o baile da noite em geral ganhavam umas moedas extras, jogadas em sua direção.

Se isso não funcionasse, eu poderia procurar pela família de Shea. Teria de ser uma jornada mais longa, já que eles viviam em uma região ainda mais distante, a nordeste, perto dos territórios dominados pelos normandos. O nome do pai dele eu esquecera, mas ele fora um mestre construtor de harpas, e não devia haver muitos na região. Havia uma boa chance de acabar encontrando-o. Acabar encontrando-o. Quando tempo levaria?

Enquanto a carruagem seguia, e meus companheiros de viagem conversavam sobre o tempo ou sobre quanto ainda demoraria até a próxima parada, eu imaginava Anluan, Magnus, Rioghan e os outros numa acirrada batalha contra o exército de Lorde Stephen. Pensava na voz espectral enchendo de veneno os ouvidos da horda e fazendo com que eles se espalhassem, ferozes, torturando. Imaginava Anluan indo ao chão, ferido, morrendo, enquanto eu ia de vilarejo em vilarejo, perguntando sobre um bando de músicos que poderia, ou não, ter andado por ali. Via as palavras em latim ensinando o contrafeitiço, claras numa folha de papel, mas inúteis, já que eu não estava lá para traduzi-las. Às vezes, chegava a sentir as lágrimas me vindo aos olhos, e precisava relembrar a mim mesma que, se Anluan realmente me amasse, não teria me mandado embora para sempre. Isso funcionava um pouco, até que a mente começava a me dizer que talvez Anluan tivesse me expulsado por acreditar que era impossível derrotar Stephen de Courcy, e que Magnus e Olcan iriam morrer, deixando a horda à solta e sem controle. Assim que essa ideia perfeitamente lógica me surgia, eu não podia mais me livrar dela. Ela me deixava toda gelada. Ficava eu ali, sentada no banco acolchoado da carruagem, com o xale enrolado e o olhar perdido à frente, vendo apenas a face pálida de Anluan, seu cabelo brilhante, seu adorável rosto torto. Mais e mais vezes, pensava nas palavras inesquecíveis que eu lhe dissera, e de sua reação ao ouvi-las.

A jornada até Stony Ford levou vários dias. Paramos por uma noite numa hospedaria que era um pouco melhor do que as outras.

A MONTANHA DAS FERAS **349**

Dois dos meus companheiros de viagem, Brendan, que era médico, e sua esposa, Fidelma, tinham demonstrado uma gentileza especial para comigo na viagem. Sentamo-nos, eu e eles, para jantar, enquanto os outros passageiros estavam em outra mesa, numa animada discussão sobre os normandos.

— Dizem que foi assinado um tratado — disse um velho, que não largava uma caneca de cerveja que segurava entre os dedos nodosos.

— Se é que merece esse nome — argumentou outro homem, de rosto triste. — Praticamente cede todas as terras do leste, e outras mais, para esse rei Henrique. Que Uí Conchubhair os deixe cobertos de feridas, todos eles, do rei para baixo. Entregar o que é dele, por direito de nascimento, para um bando de forasteiros de saia cinza, tão prontos a incendiar uma boa aldeia irlandesa quanto estão para dar ouvidos à própria gente.

— Cuidado com o que fala — disse um terceiro, baixando a voz.

— A guerra não acabou. — A frase veio de um idoso que estava num canto, e que antes parecia adormecido.

— Ruaridh Uí Conchubhair não é o único líder que temos, embora encare a si próprio assim — disse um homem musculoso, no extremo da mesa. — Vamos continuar lutando até que o último de nós caia pela espada, fazendo seu sangue encharcar a terra. Ui Conchubhair ficou fraco depois de velho, se você quer minha opinião. Ele já foi um líder e tanto, um homem quase digno de ser chamado de rei supremo. Mas caiu muito.

— Nenhum rei dura para sempre — disse Brendan, baixinho. — Quanto a Henrique da Inglaterra, conheço o acordo feito, e vocês têm razão: pelos termos dele, o rei supremo tem soberania aqui sobre Connacht, e também sobre outras regiões ainda não tomadas pelos normandos. Mas a verdade é que Henrique não consegue ter controle nem sobre seus próprios chefes. Eles estão acostumados a tomar o que querem, pela força se necessário, de nós ou entre eles próprios. Com ou sem tratado, vão continuar se batendo por vantagens territoriais.

— Está mais do que provado que eles não respeitam as fronteiras — comentou Fidelma.

Pigarreei, lamentando nunca ter me interessado por esses assuntos quando vivia em Market Cross. Sempre acreditara que Connacht, pelo menos, estava a salvo da invasão. Era o que todos diziam. Tão a oeste, com boa parte da terra estéril demais para ser plantada, não parecia um lugar que despertasse o interesse dos ingleses. O tratado do rei Henrique parecia coerente com essa teoria.

— Algum de vocês já ouviu falar de um lorde inglês chamado Stephen de Courcy? — perguntei. — Ele... Ouvi dizer que ele está ameaçando a propriedade de um chefe irlandês, a oeste, a certa distância daqui. Ouvi dizer que há um laço de parentesco, por casamento, entre a família de Lorde Stephen e a do rei supremo. Isso significa que Uí Conchubhair não vai se envolver para ajudar o tal chefe.

Todos os olhos se voltaram para mim.

— Nunca ouvi falar do sujeito que você mencionou — disse o velho. — Mas isso acontece. Lá para o norte, não lembro o nome do lugar, eles entraram e derrubaram os soldados do chefe. Foi um massacre. Espetaram a cabeça deles em estacas, à maneira nortista, como uma advertência para que outros líderes não negassem o que era deles por direito. Incendiaram a aldeia; mataram mulheres e crianças, como se não fossem humanos. É isso que eles acham, claro. Que nós não passamos de uns animais do campo, irracionais. Isso me deixa enojado.

— Você acredita que algo assim pode acontecer aqui mesmo na costa de Connacht? — perguntei, com um peso de chumbo no estômago. — Isso é um deboche com o título de Ruaridh. Um rei supremo tem, sem dúvida, a obrigação de proteger os seus.

— Ruaridh sempre fez o que era conveniente — retrucou alguém, baixando a voz e olhando a sala em torno. — É por isso que durou tanto tempo. Os filhos dele são pessoas melhores.

Houve um breve silêncio, durante o qual ninguém olhou para ninguém. E então Brendan falou:

— Acho que já ouvi o nome desse tal de Courcy. Não lembro em que contexto. É um homem mais jovem, acho, e ambicioso. Meu irmão saberia mais detalhes. Ele é muito bem informado nessas questões. O tipo de trabalho dele exige isso. Por que você pergunta, Caitrin?

— Meu pai sempre falou que o norte resistiria ao avanço normando. Mas parece que esse tratado é uma farsa, se nosso próprio rei não se mexer e deixar alguém como Stephen de Courcy anexar o território de um de seus chefes. É errado que não tenhamos protetores, líderes nossos que pudessem nos defender.

Dessa vez, um silêncio ainda mais pesado.

— Você tem parentes no extremo oeste, Caitrin? — perguntou Fidelma, mostrando preocupação em seu rosto bondoso. — Talvez nesse território do chefe ameaçado?

— Só amigos.

Não falei mais nada. Começar a discutir a situação de Anluan em detalhes acabaria com meu autocontrole, conquistado a custo.

— O tempo dirá — disse o homem que falara bem dos filhos do rei. — Connacht vai resistir, é minha opinião. Novos líderes surgirão, homens mais durões e de coração mais aberto. Homens pelos quais eu próprio pegaria em armas, se fosse preciso.

— Você? — perguntou alguém, com um muxoxo. — Essa sua perna não consegue nem pular uma poça direito, quanto mais enfrentar uma batalha contra uma linha montada de camisas cinzentas. Mas talvez você deseje uma morte rápida e sangrenta.

— Acho que um homem com a perna defeituosa ainda é capaz de usar um arco — disse eu, talvez com mais ênfase do que pretendia. — Ou atirar pedras. Ou desempenhar centenas de outras tarefas essenciais. — Encarei o homem que queria ser soldado. — Eu elogio sua bravura — declarei.

Agora todos estavam olhando para mim, não como se achasse meu discurso estranho, mas como se estivessem interessados em saber por que eu o proferira; como se quisessem ouvir minha história. Mas eu não podia contá-la. Ergui a caneca de cerveja e dei um gole, com os olhos baixos e o rosto em brasa.

— Bem, Caitrin — disse Fidelma, com voz calma —, se você quiser mais informações sobre Stephen de Courcy, a pessoa mais indicada é o irmão de Brendan, Donal. Quando chegarmos a Stony Ford, por que não fica conosco por algumas noites? Você poderá conversar com ele e ao mesmo tempo desfrutar de boa hospitalidade. A não ser que tenha de seguir viagem imediatamente, claro.

— Não é Donal que vai se casar? — Eu os ouvira conversando sobre isso: sobre como o irmão de Brendan, um solteirão convicto de quarenta anos, tinha deixado todo mundo espantado ao decidir se casar com uma viúva com três filhas pequenas. — Eu iria atrapalhar, decerto — afirmei.

— De jeito nenhum. A casa está cheia de hóspedes; um a mais não fará diferença. E Donal pratica seu ofício de advogado em uma parte separada da casa. Pelo menos considere a ideia.

Então Donal era um homem das leis. Aquela não era apenas uma oportunidade de descansar e me recobrar antes de continuar na busca por Maraid. Era a chance de começar a acertar meus negócios e os dela; o passo seguinte para que eu encarasse meu maior desafio. Meu estômago se contraiu ante esse pensamento. Eu não estava certa de que teria coragem suficiente. Falar com aquele advogado me poria em rota de colisão com Ita e Cillian. Mais cedo ou mais tarde, aquele caminho me levaria de volta a Market Cross.

Quando chegamos à cidade de Stony Ford, eu já me convencera a aceitar o convite de Fidelma, pelo menos por um tempo que me permitisse ter uma ideia de onde Maraid e Shea poderiam estar. A bolsa de peças de prata não era sem fundo, e eu talvez ainda precisasse viajar muito. Uma oferta de hospedagem numa casa segura, em meio a boas pessoas, não devia ser recusada.

O irmão de Brendan não era de forma alguma o homem austero e composto que eu esperava, mas um baixinho alegre, com um cabelo ralo e grisalho e olhos muito vivos. Ele se divertia provocando Brendan em tudo e por tudo — o laço de amizade entre eles era visível, e me fez ter uma lembrança aguda de Rioghan e Eichri, cujas piadas e provocações tinham me deixado inquieta, até eu compreender que tudo era feito no espírito da amizade.

A MONTANHA DAS FERAS **353**

A viúva e as três crianças já estavam vivendo na casa de Donal, que era um lugar amplo, construído com barro e palha, com um jardim bem-cuidado e um estábulo para três cavalos. Mas Maeve, mulher de fala mansa, ainda não estava dividindo o quarto com Donal à noite: ela dormia no quarto das meninas. Aquilo não se devia a uma falta de entusiasmo pela cama nupcial, pensei, ao notar que Donal tocou no braço roliço da noiva enquanto ela servia o mingau da manhã, e, quando os olhos dos dois se encontraram, ela ficou vermelha. Além disso, notei que havia doçura na voz deles ao se falarem. Quando chegamos, faltavam cinco dias para o casamento; ou eles estavam esperando pela noite de núpcias, ou a presença de tantos hóspedes na casa tornara imperativo que fossem mais discretos até lá. Duas das irmãs de Maeve tinham vindo com os maridos, e um total de sete filhos, assim como diversos outros parentes. A mãe de Maeve, que vivia perto dali, aparecia todos os dias, trazendo tortas e pudins, para complementar o que a filha cozinhava. Era um lar alegre e agitado.

Acabei dividindo um quarto com duas sobrinhas, alguns anos mais novas do que eu. Olhando-as botar os acabamentos nos vestidos, arrumando o cabelo uma da outra e, de vez em quando, correndo para fora do quarto para serem crianças de novo, eu me sentia uma mulher de cem anos.

Os clientes de Donal continuavam chegando. Tanto ele quanto Brendan tinham escolhido profissões que não lhes davam sossego, dizia Fidelma, com secura. Apesar do fluxo permanente de pessoas entrando para consultar o advogado todas as manhãs, ele achou tempo para me atender no segundo dia. O escritório dele era um paraíso de sossego, diante de tanto barulho e movimento. Donal ficava sentado atrás de uma grande escrivaninha, onde havia dois livros encadernados, uma folha de pergaminho e um pote de tinta. Uma única pena ficava ao lado dele, com um pratinho de areia para secagem. As paredes do escritório eram cheias de prateleiras, as quais eram repletas de documentos, tão bem-arrumados, que tive certeza de que o advogado saberia exatamente onde encontrar qualquer item. Havia uma escrivaninha menor a um canto, onde hoje não tinha ninguém sentado. No banco junto à janela, um vaso de barro trazia flores silvestres recém-colhidas, nas cores vermelho, rosa e azul — o toque da viúva.

— Venha, Caitrin, entre. Por favor, sente-se. Estou um pouco atrasado... Dei uma licença ao meu assistente até depois do casamento e não estou conseguindo fazer tudo o que planejava... São tantas distrações — contou Donal, sorrindo de repente e ficando parecido com um *leprechaun*. — Mas são todas bem-vindas, claro. E, sem dúvida, eu logo conseguirei me adiantar. O que posso fazer por você, Caitrin? Fidelma me falou que é algo sobre a lei das propriedades. Não é minha maior especialidade, devo confessar. E, claro, sob a lei normanda, que se estende por todo o território onde os barões de Henrique se estabeleceram, nosso próprio sistema legal já não tem qualquer valor. Se você mencionar a lei de Brehon e suas longas tradições, um lorde ou um clérigo normando vai olhá-la por cima do nariz, como se você fosse um selvagem ignorante. São os tempos em que vivemos. — Ele me olhava fixamente, com os olhos apertados. — Acho que não é bem isso que você está esperando ouvir.

— Eu esperava que Connacht estivesse a salvo. Parece que não é o caso. Como ficaria a situação, então, se um chefe irlandês lutasse por suas terras e conseguisse expulsar os normandos? — perguntei, hesitando. — Esse chefe foi comunicado de que, caso se dê um conflito armado, ele não terá o apoio do rei supremo. Há uma aliança, através de casamento, entre Uí Conchubhair e o lorde normando que reivindica o território. Qual é a lei que se aplica a uma situação dessas, a normanda ou a de Brehon?

O olhar de Donal se tornou mais perspicaz.

— Esse é um caso específico, pelo que entendi.

— Sim. Estou lhe relatando em confiança.

— Isso é regra. Nada sai deste escritório sem o consentimento do cliente. Há várias respostas estabelecidas que eu poderia lhe dar, Caitrin, levando em conta os tratados, os acordos verbais, os precedentes. Mas a resposta mais honesta é que, numa situação assim, o controle da terra fica com o homem que tiver o exército mais bem treinado, as armas mais poderosas e a maior força de vontade. Nunca pensei que fosse dizer uma frase dessas. Fui treinado a confiar na boa lei irlandesa como algo correto e justo. Ela nos tem sido útil há centenas de anos. Mas aí está. Lamento não poder dar uma resposta diferente, mas preciso ser honesto.

— Entendo.

No fundo do meu coração, eu já sabia a resposta, assim como Anluan e Magnus também a sabiam. A questão se resumia a uma coisa apenas: a horda. A ironia era impressionante. A única arma com que Anluan, talvez, poderia contar, que seria capaz de ajudá-lo a manter sua terra e salvaguardar seu povo, era o exército maldito evocado por um ancestral maléfico, o mesmo que tornara Anluan um pária, isolado e sem poder.

— Eu lhe agradeço — disse eu.

— Posso lhe perguntar se esse indivíduo, esse chefe cujo território está ameaçado, está equipado para um enfrentamento? — disse Donal, num tom de desânimo.

— A situação é... incomum. Tão incomum que as pessoas nem acreditariam se eu me pusesse a explicar tudo. Donal, há uma outra questão sobre a qual gostaria de consultá-lo.

— Brendan de fato me falou que você está à procura de sua irmã. Posso, sem dúvida, ajudá-la nisso, se quiser. Seria apenas uma questão de mandar mensagens para investigar. Isso lhe pouparia muito tempo.

— Agradeceria muito sua ajuda, Donal. Mas encontrar Maraid não é o único desafio. Uma vez encontrada minha irmã, pode surgir outra questão, uma questão muito séria. Acho que discutir isso tomaria muito de seu tempo, e eu não tenho condições de pagar a um profissional — disse eu, olhando a escrivaninha vazia no canto. — Mas ocorreu-me que eu poderia lhe pagar de uma outra maneira. Como lhe expliquei, sou uma escriba treinada, e trouxe comigo meus instrumentos de trabalho. Eu poderia fazer cópias, cálculos, anotações, escrever cartas e coisas assim.

Ele aquiesceu.

— Excelente! E já que estamos falando no assunto, tenho a impressão de que conheci seu pai alguns anos atrás. Berach, não era esse o nome dele? Um bom homem, e fazia um trabalho espetacular. Ouvi falar de sua morte. Muito triste.

— Era um bom homem, sim.

— Há uma pergunta que preciso lhe fazer, Caitrin. Se a casa de sua família é em Market Cross, por que não começar por lá as investigações sobre sua irmã? Fidelma de fato me explicou que Maraid é casada com um músico e não tem endereço fixo. Mesmo assim...

Ele arqueou as sobrancelhas.

— Posso lhe contar como é a situação lá em casa?

Seja corajosa, Caitrin.

— É complicada — continuei.

Donal se recostou na cadeira e cruzou os braços. Os olhos continuaram alertas.

— Comece pelo princípio, Caitrin — pediu ele. — E não deixe nada de fora. Temos bastante tempo, principalmente se você estiver pronta para pegar algumas cartas para mim ainda hoje. Você não lê em latim, lê?

— Leio.

De repente, quando eu menos esperava, meus olhos se encheram de lágrimas. Se eu tivesse encontrado antes esse homem tão cortês, tão capaz... Se tivesse pensado em procurar um advogado, assim que Ita e Cillian começaram a tomar o controle... Mas não. Minha fuga para oeste me conduzira a Anluan e à fortaleza de Whistling Tor. Mesmo que tivesse sido banida daquele lugar para sempre, eu não poderia desejar nunca ter encontrado o homem que amava, nem aquelas pessoas estranhas que se tornaram meus grandes amigos. Aquele verão me curara, me libertara, me expandira. E, no fim, me partira o coração.

— Adoro escrever cartas, transcrever documentos, ler e traduzir. Qualquer coisa de que você precisar.

— Excelente. Será que você poderia ficar aqui até meu assistente voltar? Ele estará de volta uns dois ou três dias depois do casamento. Acho que, com meus contatos, conseguirei descobrir o paradeiro de sua irmã durante esse período. Será muito melhor do que você viajar por aí à procura dela. Agora, conte-me sua história.

Hesitei, sem saber por onde começar.

— Você gosta de hidromel, Caitrin? — Donal tirou uma garrafinha e duas canecas de uma prateleira. — Este aqui é especial. Maeve é quem destila, um de seus muitos talentos. Ela me disse que está com planos de criar abelhas no nosso jardim. Tome alguns goles antes de começar a falar. E não tenha medo de me chocar. Em meu tipo de trabalho, ouve-se de tudo. É isso, minha querida. Não se apresse.

Donal era um ótimo ouvinte, que sem dúvida adquirira, ao longo dos anos, a capacidade de escutar histórias de pessoas com problemas. De tempos em tempos ele me interrompia, com gentileza, pedindo explicações. Aqui e ali, aguardava, num silêncio acolhedor, enquanto eu me compunha. Uma vez ou outra, o rosto dele revelou emoção: choque, pena, surpresa. Às vezes tomava nota em seu pergaminho, numa caligrafia precisa, rápida.

— Até que, afinal, eu fugi. Fui em direção a oeste, pensando talvez em encontrar alguém que tivesse conhecido minha mãe, mas em geral apenas querendo... estar em algum lugar, um lugar onde Cillian não pudesse me alcançar. Encontrei um lugar onde ficar e que tinha trabalho para fazer. Não posso falar sobre isso. Mas Cillian me encontrou. Tentou me raptar. Ele foi... rechaçado. E não voltou mais. Acho provável que, se eu fosse para Market Cross, ele e Ita tentassem convencer as pessoas de que eu estou louca, assim como fizeram após a morte de meu pai. Eles são bons nisso. Até eu acreditei.

Donal tinha tornado a encher meu copo. Do lado de fora, vinha o som da criançada brincando no jardim, gritos de divertimento, um cão latindo, a voz tranquila de Maeve restabelecendo a ordem. Fiquei sentada, quieta, deixando que o gosto doce do hidromel me acalmasse, enquanto o advogado estudava suas notas, com as sobrancelhas levemente franzidas. Já não se parecia nem um pouco com um *leprechaun*. Os olhos, agudos, concentrados, eram os de um homem que seria um oponente temível.

— Muito bem, Caitrin — disse, parecendo quase distraído. — Antes mesmo de estudar isso mais a fundo, posso lhe dizer que, aparentemente, a lei foi violada não apenas no que diz respeito à sua herança, mas também em várias outras questões. Vou precisar de um tempo para considerar qual o melhor meio de ação.

— Tenho medo de voltar a Market Cross e confrontá-los. Não estou certa de que conseguiria fazer isso. Eles... Eles têm uma tal capacidade de me transformar, de me fazer perder a coragem.

— Não precisa considerar isso agora, minha querida. Mas tenho uma pergunta.

— Sim?

— Por que você não procurou logo um advogado em Market Cross, assim que conseguiu reunir coragem para sair da casa?

— Eu não conseguia raciocinar com clareza. Não era eu mesma. Só conseguia pensar em fugir. Além disso, o advogado de Market Cross teria acreditado que eu estava maluca, como todos achavam. Eu vinha agindo como uma mulher louca. Era justificável, imagino.

Os lábios de Donal ganharam um desenho triste.

— Justificável. Dificilmente. Nenhum homem da lei que merece esse título faria um julgamento desses com base na afirmação de uma mulher que só teria a ganhar com sua incapacidade, Caitrin. Ele deveria, para dizer o mínimo, procurar uma opinião neutra, e então tomar uma decisão sobre as propriedades de seu pai. Além disso, imagino que ninguém estivesse sugerindo que sua irmã também estava louca. Por que não foram procurá-la? Mentiram para você, a enganaram e tapearam da maneira mais vil, sem falar nas indignidades que esse tal de Cillian cometeu contra a sua pessoa, com a aparente cumplicidade da mãe. Os dois precisam responder à justiça.

Senti algo se encolhendo dentro de mim. Era uma sensação que eu já conhecia, embora tentasse lutar contra ela.

— Quero encontrar minha irmã primeiro — falei. — Não quero que Cillian e Ita saibam onde estou. Sei que vou precisar voltar e confrontá-los um dia, Donal. Mas não tenho certeza se estou pronta.

— Você não quer que a justiça seja feita.

Não havia reprovação na frase; era apenas uma constatação.

— Eu sei, sim, que é isso que precisa ser feito — falei, pois já ouvira aquilo de Rioghan, de Magnus, do próprio Anluan. — Mas tenho medo.

Donal depôs a pena.

— Agora você está num lugar seguro, Caitrin. Por enquanto, não precisa ficar pensando em mais nada. A situação é complexa; preciso analisá-la melhor, antes de decidir como agir. Gostaria de ter sua permissão para escrever a um amigo chamado Colum, um experiente praticante da lei que preside o distrito nos arredores de Market Cross. Na mais estrita confidência, claro. — Eu já ia protestando, quando ele acrescentou: — Não importa o que aconteceu quando você estava à mercê desses seus parentes, a lei vai tratá-la bem. Embora não seja um homem dos mais afáveis, Colum é absolutamente rigoroso na busca pela justiça. Isso deve tranquilizá-la. Ninguém vai sugerir a você que confronte esses canalhas sozinha. Brendan pode muito bem relatar qual é seu estado mental, Caitrin, fazendo uma declaração por escrito de que você está em perfeita condição de tomar as próprias decisões.

Sagrada Santa Brígida. Eu nem sequer pensara nisso. Tudo estava acontecendo muito depressa.

— Tenho sua permissão para escrever a carta? Ou talvez você possa escrevê-la para mim. Assim, teremos certeza de que estamos de acordo quanto às palavras usadas, antes que qualquer coisa saia daqui desta sala. Você concorda?

— Percebo que isso é a melhor coisa a fazer. Mas gostaria de um tempo até lhe responder que sim, Donal. Se você tiver algum trabalho para mim, vou fazê-lo primeiro. Isso vai ajudar a clarear minha mente.

Eu sentia falta do peso da pena em minha mão, das linhas ordenadas da escrita fluindo na página, do silêncio tranquilo necessário ao exercício do meu ofício. As crianças podiam ainda estar brincando e gritando do outro lado da janela, mas, assim que começasse a escrever, eu não ouviria mais nada.

— Sem problema. Enquanto isso, vou pôr mãos à obra na outra questão, encontrando Maraid para você. Quanto mais rápido a mensagem sair daqui, mais depressa você terá sua irmã de novo ao seu lado. O ideal é que nós a alertemos sobre a situação da herança, antes de seguir com qualquer procedimento.

— Vou buscar meu material de escrita... Quer dizer, se você concordar que eu comece a trabalhar agora.

Donal sorriu.

— Há muita coisa a fazer. Vou lhe dar um material para você ir copiando. Depois, vou deixá-la a sós. Prometi a Maeve que iria experimentar minha roupa de casamento. Imagino que vou ficar parecendo um pássaro gordo, com suas penas coloridas para a temporada de acasalamento, mas se ela gosta assim...

Algum tempo depois, eu me sentei à mesa do assistente com uma pequena pilha de documentos que Donal me dera para copiar. Era um trabalho fácil, o que era ótimo, porque minha conversa com o advogado já me dera coisas suficientes em que pensar.

Abri meu estojo de escrita. Donal tinha um suprimento de penas, mas eu preferia usar as minhas, afiando-as com a faca especial de meu pai. Aquilo, ao menos, eu trouxera de Whistling Tor em segurança. Perguntei-me o que estaria fazendo a criança-fantasma, e se Roíse lhe servira de conforto. Esperava que Gearróg cuidasse da menina, fosse gentil com ela. Talvez ela já tivesse me esquecido.

Eu não tivera necessidade de olhar dentro do estojo desde que deixara Whistling Tor, quando descobrira o saco de moedas de prata de Anluan e o transferira para um lugar mais seguro. Agora, remexendo nele em busca do pacote de penas, meus dedos encontraram algo que não devia estar ali, uma coisa macia e chata. Tirei fora as penas; tirei também os potes de tinta, um depois do outro. Do lado deles, muito bem encaixado, estava um caderno de anotações cuja capa, de couro de bezerro trabalhado, me era familiar. Meu coração deu um pulo. Era o caderno de Anluan. Minhas mãos tremiam quando o tirei e o coloquei na escrivaninha. Minha respiração estava ofegante quando o abri e vi sua escrita incerta na primeira página. *Não há recompensa, não há sentido. Cansa o corpo e enevoa a mente. Muirne tem razão; é um caminho que não leva a lugar nenhum. E, no entanto, eu continuo com esses papéis desfeitos. O que mais há, a não ser o mais profundo desespero?*

Virei a página, depois outra. Mais palavras de desesperança, rabiscadas numa caligrafia quase ilegível. Como eu podia suportar ler aquilo? Por que ele o dera para mim? Virei mais páginas, e dei com uma folha que sobressaía, porque estava, na maior parte, em branco. Apenas no centro dela estavam escritas, na mesma caligrafia ruim, as seguintes palavras: *Tão brilhante, tão perfeita, tão viva. Você não pertence a este lugar de sombras. O que você quer de mim?*

E, ao perceber, sem sombra de dúvida, que Anluan escrevera aquilo no dia da minha chegada a Whistling Tor, baixei a cabeça na escrivaninha e chorei.

12

TODAS AS MANHÃS, QUANDO EU ACORDAVA, AS DUAS MEninas que dividiam o quarto comigo ainda estavam enroladas nas cobertas, dormindo profundamente. Eu sempre tivera o hábito de acordar cedo, e agora, no momento silencioso antes que o movimento da casa começasse, eu me permitia ler o caderno de Anluan sobre meu verão em Whistling Tor, o verão que transformara a minha vida e a dele. Uma página por dia. Eu não queria ler depressa demais. Saboreava cada comentário surpreendente, sentindo junto com ele cada momento de dúvida, cada lampejo de esperança. Quanto mais tempo levasse para chegar ao fim, melhor. Enquanto ainda houvesse páginas não lidas, eu podia fingir que o laço entre nós continuava intacto. Não sabia ao certo se teria coragem de ler a última página, que fatalmente falaria sobre a decisão de me banir de seu futuro, sobre a escolha que, quanto mais eu lia, mais sem sentido me parecia.

Antes que as meninas se mexessem, eu fechava o caderno devagar, enfiando-o de volta à bolsa presa ao meu cinto. Eu o carregava para todo canto. Pensava nele o tempo todo. *Alguma coisa dentro de mim mudou*, ele escreveu. *Não sei dizer se recebo isso com prazer ou com medo. Muirne diz que sou um tolo; segundo ela, nada pode mudar em Whistling Tor, nem mesmo este pobre arremedo de chefe; mas você já me transformou. Meu coração bate mais rápido. Meu sangue corre com mais pressa. A luz banha tudo quando você está perto de mim, de forma impressionante, assustadora. É como se você tivesse me despertado depois de dormir cem anos.*

Com a voz de Anluan batendo em meu coração, eu me sentava na escrivaninha durante o dia, acalmando a mim mesma com o exercício da minha profissão. Nenhuma das tarefas que Donal me passara era complicada, de forma alguma. Era bom poder fazê-las com satisfação, e eu ficava feliz em não precisar passar o dia mantendo conversas alegres com as mulheres da casa, por mais agradáveis que fossem. Sozinha, ou na companhia silenciosa de Donal, eu podia manter a memória de Anluan junto a mim. Podia contemplar a página em branco de cada manhã e sonhar com a do dia seguinte.

Eu concordara que Donal mandasse a carta para o importante advogado de Market Cross, perguntando sobre a questão da herança de meu pai e, em particular, sobre a propriedade da casa. A carta que ele ditou era, afinal de contas, mais detalhada do que eu imaginara, explicando algumas questões sensíveis, como o assédio de Cillian sobre mim e as histórias falsas que a mãe dele contava.

— Confio plenamente em Colum, Caitrin — dissera Donal. — Ele me ensinou muito do que sei. E pesquisará o assunto com muita discrição. Quero muito que ele se inteire da gravidade do assunto, especialmente se for provado que o advogado local foi displicente no cumprimento do dever. Alguém deveria ter intercedido para ajudá-la, ou, no mínimo, para se certificar de que estavam cuidando bem de você.

Sendo assim, deixei que ele mandasse a carta, ao mesmo tempo que despachava mensageiros em busca de Shea e Maraid, pessoas que iriam visitar mercados e palacetes, lugares onde músicos costumam se apresentar. Donal tinha certeza de que Maraid ia ser encontrada antes que seu assistente voltasse ao trabalho. E, caso demorasse mais tempo, disse ele, claro que eu ficaria por mais tempo. Ele ia discutir a questão com todos nós juntos, Maraid, Shea e eu, e nos ajudar a tomar a decisão que fosse necessária. Quando protestei, dizendo que não poderia ficar depois do casamento, tanto Donal quanto Maeve insistiram que eu não iria atrapalhar de forma alguma. Donal chegou a dizer que, na verdade, tinha trabalho suficiente para manter dois assistentes ocupados. Caso eu quisesse continuar ajudando, ele me pagaria por meu serviço.

O sol saiu no dia do casamento de Donal e Maeve. O céu era de um azul tranquilo, sem uma nuvem sequer. Depois de um café da manhã substancial e agitado, todos puseram suas melhores roupas e saíram a pé para a igreja do lugar, onde foi realizada uma cerimônia simples, mas muito tocante. Eu temia que minha presença fosse uma nota negativa naquele dia tão feliz para aqueles que me hospedavam, mas acabei sendo levada pela alegria da ocasião e quase esqueci meus próprios problemas, até que chegamos de volta à casa de Donal e encontramos um mensageiro à espera.

— Gostaria de falar com o senhor a sós, mestre Donal.

Sob o chapéu de aba larga, o rosto do homem estava muito sério. Senti uma inquietação dentro de mim.

— É algo sobre minha irmã? Maraid?

Houve um silêncio constrangido, enquanto as pessoas conversavam e riam, atravessando a porta atrás de nós.

— Vamos para o escritório — disse Donal, voltando-se para a nova esposa. — Peço perdão, querida.

— Pode ir — respondeu Maeve, com um sorriso, pois sem dúvida sabia muito bem o que significava se casar com um homem da lei. — Se houver novidade, Caitrin precisa saber imediatamente.

Então fomos para o escritório, Donal, o mensageiro e eu, e o homem ainda estava relutante em falar.

— Vamos, fale logo — disse Donal. — Pode falar na frente de Caitrin. Ela é a pessoa que está buscando informação sobre essa questão em particular.

O homem pigarreou.

— Eu tenho, sim, notícia, mas não é exatamente uma notícia boa. Talvez a jovem senhora precise se sentar.

O sangue me sumiu das faces.

— Diga! — exclamei, com a voz trêmula. — O que aconteceu? Minha irmã está bem?

Porque, embora eu soubesse que podíamos não achar Maraid e Shea imediatamente, nunca imaginei que alguma coisa ruim pudesse ter acontecido com eles.

O mensageiro olhou para Donal, e Donal fez que sim com a cabeça.

— Eles estavam hospedados na fortaleza em Five Birches, a alguma distância daqui, ao norte, quando uma doença infestou a casa — disse o homem. — Muitas pessoas caíram doentes e algumas morreram do mal, incluindo o chefe e seu filho. E... Bem, o músico, Shea, foi um dos que não tiveram sorte. Começou a vomitar e purgar num dia, e no outro foi-se.

— Foi-se?

Minha mente não conseguia absorver aquilo.

— Foi-se para onde? — E, então, quando os dois homens me olharam com rostos sombrios: — Você quer dizer... Quer dizer que Shea morreu?

— Sente-se, Caitrin — disse Donal, aproximando-se e segurando meu braço. — Venha cá, sente-se aqui. — E, virando-se para o mensageiro, acrescentou: — São notícias tristes. Há quanto tempo isso aconteceu?

— Há algum tempo, foi o que me disseram. A viúva, Maraid, voltou para casa em Market Cross, ela e a criança. Não havia ninguém para cuidar delas em Five Birches. A fortaleza perdeu muita gente, e durante um tempo a situação ficou difícil.

Eu sabia que, se tentasse me levantar, as pernas me faltariam. Minha cabeça rodava; meu estômago dava voltas. *Seja forte, Caitrin.*

— Criança? — gemi. — Que criança?

Talvez o mensageiro tivesse entendido mal, e a história triste não tivesse acontecido com Maraid, mas com outra pessoa.

— Você não sabia? A jovem, Maraid, teve um bebê: estava com menos de dois meses quando o marido morreu. Sua irmã teve sorte, porque nem ela nem o bebê pegaram a doença, e ainda tinham um lugar para onde ir.

Sorte. O marido morto com menos de 25 anos, a criança órfã, e eu, sua única irmã, em algum lugar do oeste onde ela não podia me encontrar. E agora Maraid estava em Market Cross, naquela casa, com seu bebê. Os dois estavam à mercê de Ita e Cillian.

— Caitrin — disse Donal, abaixando-se junto de mim, com sua roupa de casamento, e oferecendo-me uma caneca de hidromel. — Respire fundo. Aqui você está entre amigos, e nós vamos tomar conta de você.

Ele mandou embora o mensageiro, mandando-o esperar lá fora, depois voltou e, em silêncio, fechou a porta.

— São mesmo notícias tristes — disse. — Um choque terrível para você. Chore tudo o que quiser, querida.

Mas eu não conseguia chorar. Seria uma autoindulgência; uma perda de tempo precioso. Todo o tempo que passasse naquela casa hospitaleira seria mais um momento de desespero, de medo, de solidão extrema, por causa de Maraid e seu bebê. Podia vê-la na casa em Market Cross, esmagada pela perda, e via a mim mesma depois da morte de meu pai, como uma concha vazia, sozinha no mundo.

— Preciso ir para lá — falei, pondo-me de pé.

O escritório oscilou e rodou. Inspirei com força e estiquei a coluna.

— Agora. Hoje. Maraid está lá com *eles*. Preciso ir até ela.

Donal, generoso, não argumentou que era o dia de seu casamento. Não disse que eu estava sendo ridícula. Em vez disso, chamou Fidelma e Brendan. Fidelma se sentou ao meu lado, os braços em volta dos meus ombros. Os homens se sentaram à nossa frente. Começou uma discussão, e um plano foi traçado. Eu sairia de Stony Ford na manhã seguinte, acompanhada por Brendan e Fidelma, juntamente dos jovens fortes que cuidavam dos cavalos de Donal e faziam o trabalho pesado na casa. Aengus, por acaso, era o campeão de lutas do distrito.

A MONTANHA DAS FERAS **367**

— Vou ficar mais feliz se você tiver uns bons músculos como apoio, Caitrin — disse Donal. — Aengus pode dirigir o carro e ajudar com as questões de hospedagem no caminho. É preciso garantir que ele estará junto quando você confrontar seus parentes. Você deve ir ver Colum assim que chegar a Market Cross, e antes de tentar ir à casa de sua família. Ele deve ter recebido e lido minha carta, mas claro que não sabe que você está a caminho. E você não pode saber qual será a recepção que eles vão lhe dar.

— Tenho medo por Maraid. Cillian pode ser cruel com ela. E o bebê... qualquer coisa pode acontecer...

— E você gostaria de partir imediatamente, sim, eu entendo — disse Donal. — Mas precisa descansar hoje e se preparar, Caitrin. Brendan poderá escrever o relatório sobre seu estado de saúde e levá-lo para apresentar, caso alguém lance suspeita sobre sua capacidade de tomar decisões. Você e eu precisamos sentar e analisar a lei que rege as heranças. Você tem de estar pronta para apresentar seus argumentos com clareza. Esses parentes podem tentar convencê-la de que estavam agindo na legalidade quando tomaram posse da casa de seu pai.

— Mas...

— Você não entra numa batalha sem preparar o armamento. Acredite em mim, não esperar seria um erro grave. Maraid conseguiu se cuidar até agora sem você; um dia a mais não fará diferença.

Eu sabia que ele tinha razão, mas minha mente e meu corpo clamavam por agir logo. Maraid não podia ser ferida como eu fora. Eu não podia deixar isso acontecer.

— É melhor mantermos as aparências lá fora — disse Fidelma —, só para tranquilizar Maeve.

Num segundo, eu estava de volta ao aqui e agora. O dia do casamento; Maeve; a casa cheia de convidados.

— Donal, não posso esperar que você faça isso hoje. E como poderia pedir a Fidelma e Brendan para viajar agora? Pobre Maeve. Eu estraguei tudo.

— De jeito nenhum — retrucou Donal. — Maeve sabe como serão as coisas daqui em diante. Tenho muita sorte por ela ter me aceitado apesar disso. Quanto a esses dois, se não quisessem ir com você, eles diriam, acredite.

— Apesar disso — disse Fidelma —, devemos todos sair e participar das festividades, pelo menos por um tempo. E você, Donal, poderia assegurar sua esposa de que vai separar apenas uma hora e pouco antes do jantar para explicar a Caitrin essas questões legais. Maeve vai querer que você esteja presente no jantar e na dança que se seguirá. Você não deve desapontá-la.

O advogado deu seu sorriso de *leprechaun*.

— Você é um modelo de praticidade e tato, Fidelma. Posso entender por que meu irmão se casou com você. E acredito que não vou desapontar Maeve de jeito nenhum. — Ele ficou subitamente sério. — Caitrin, você recebeu más notícias, e vai ter muita coisa no que pensar. Imagino que esteja querendo um pouco de solidão e silêncio.

— Tudo a seu tempo — disse Fidelma. — Primeiro, alguma coisa para comer e beber, Caitrin, e acho que você também poderia conversar um pouco com Maeve. Ela pode entender o que é ser mulher de advogado, mas acho que, até para uma santa, tudo tem limite.

Passamos três dias na estrada. Os dois pernoites foram em casa de pessoas conhecidas de Donal. Aengus logo provou ser útil, facilitando nosso caminho com seu jeito calmo porém insistente. Se isso não funcionava, seu físico intimidador resolvia. Fidelma e Brendan me faziam companhia sem muitas perguntas. Eu não conseguia dormir. À medida que vencíamos as milhas, eu ia pensando na casa de Market Cross, e o longo período de terror que enfrentara lá parecia anular os anos de felicidade vividos antes. Eu precisava ter coragem. Eu tinha um guarda. Tinha amigos. Tinha um médico que iria atestar minha capacidade e um advogado a quem poderia pedir ajuda. Mas Cillian tinha me ferido, e sua sombra era imensa. Quando pensava em Ita, eu me via chorando diante dela, suplicando, a ouvia dizer: *Meu filho não iria puni-la se você não merecesse, sua menina ingrata*. À noite, quando o cansaço finalmente me vencia, meus sonhos eram cheios de poços escuros e garras que me prendiam. Eu acordava exausta, perguntando-me se não era, afinal, a mesma mulher apavorada que fugira de Market Cross na estação anterior.

Eu continuava economizando na leitura, página a página, do caderno de Anluan, a cada manhã. No dia em que esperávamos chegar a Market Cross, li as seguintes linhas:

Pode uma pena partida escrever direito?
Pode um machado cego cortar lenha para o fogo?
Pode um aleijado agradar a uma senhora?

Isso me chocou tanto que quebrei minha própria regra e virei para a página seguinte. Ali estava um pedaço de pergaminho no qual ele primeiro experimentara meu método de escrita, algo tão familiar que pensei poder lembrar-me de cada palavra que conversamos, Anluan e eu, naquela manhã. *Caitrin*, estava escrito. *Caitrin, Caitrin*. Meus olhos se encheram de lágrimas. Quis virar para a página seguinte, e mais outra, devorar o caderno inteiro, que me parecia um banquete após dias de fome. Mas não o fiz. Era precioso demais para ser desperdiçado; eu iria saborear um pedacinho de cada vez.

Um aleijado. Eu nunca pensara nele desse jeito, a não ser talvez naquele primeiro dia, quando ele atravessara o jardim e me amedrontara. E podia jurar que ninguém na fortaleza o encarava mais daquela forma.

— Você me agradaria — murmurei, lembrando-me do espelho-do-que-poderia-ter-sido, meu corpo se erguendo, o dele se jogando sobre mim, o poder e o ritmo daquilo. — Tenho certeza de que sim.

Mas talvez fosse uma tolice. Muirne de certa forma me dissera que Anluan era incapaz para o ato do amor. Como ela descobrira isso, eu não conseguia imaginar, mas desconfiava que fosse essa a principal razão para ele ter me mandado embora tão de repente. Não duvidava dos sentimentos dele por mim, não depois de ler o caderno, com toda sua ternura, sua paixão, sua confusão.

Com um suspiro, guardei o livro e comecei a me vestir. Aengus tinha dito que, se saíssemos depois do café, chegaríamos a Market Cross à tarde, se tudo corresse bem. Enquanto tirava a camisola e vestia a

370 JULIET MARILLIER

combinação, as meias e o vestido, tentava imaginar o que aconteceria se eu entrasse pela porta da casa da minha infância. Não gostava de nenhuma das alternativas que minha mente apresentava. *Não vou ter medo deles, não vou, dizia a mim mesma,* mas o aperto na barriga continuava. Não estava longe do mais puro pânico, o tipo de medo que me faria fugir para dentro de mim mesma. *Isso é bobagem. Você precisa ajudar Maraid. E você não precisa fazer isso sozinha.* Mas talvez eu devesse, sim, agir sozinha, ou jamais venceria o terror que me espreitava por dentro, ameaçando me incapacitar no momento em que eu mais precisava ser forte e ativa.

Um passo de cada vez. Se eu parecesse arrumada, composta, talvez me sentisse mais no controle da situação. Iria trançar os cabelos e atá-los no alto, em seguida enrolar um lenço no pescoço. Pelo menos assim evitaria a poeira da estrada.

Não havia espelho no quarto onde eu estava dormindo. Peguei a sacola e tirei o espelhinho que trouxera de Whistling Tor, colocando-o numa prateleira. Depus os grampos de cabelo ao lado, e fiz uma única longa trança. Quando a trança estava pronta para ser enrolada no alto da cabeça, dei uma olhada no espelho. Meu coração deu um salto. Lá estava ele, de pé ao lado da cama, com sua roupa de guerreiro, o colete de couro, com tiras nos pulsos e nos braços. Olhava para baixo, em alguma coisa que trazia em sua mão de dedos longos, alguma coisa pequena e brilhante — um fragmento, um caco de vidro?

— Anluan — sussurrei, mas ele não podia me ouvir.

Enquanto eu olhava, sem ousar me mexer por medo de que a imagem desaparecesse, ele revirou o objeto para um lado e para o outro, como se mudar o ângulo fizesse alguma diferença, e vi que era um pedaço de espelho quebrado. Nele, se refletia a luz de sua lâmpada, ora cintilando como uma estrela, ora, quando ele o virava, tornando-se escuro como a noite. O espelho-do-que-poderia-ter-sido; o espelho partido. Seria imaginação minha ou eu vira sua boca torta formar o nome *Caitrin,* enquanto ele lutava para que o caco de espelho mostrasse ainda uma vez a imagem que o fizera espatifá-lo?

— Estou aqui — sussurrei. — Estou aqui, meu amado, meu mais querido...

Ele se empertigou; olhou para cima e em torno, quase como se tivesse percebido meu chamado. Mas fora outra coisa que ele ouvira. Vi quando escondeu o pedaço de espelho debaixo do travesseiro em sua cama, e foi até a porta. Parou um instante e esfregou a mão nas faces. Endireitou os ombros e ergueu o queixo. Inspirou fundo, e depois expirou devagar. Só então abriu a porta, e lá estava Magnus, com uma roupa parecida, e uma espada na cintura. Anluan deu um passo para fora do quarto; a porta se fechou, e a cena se desvaneceu. Um instante depois, lá estava, no espelho, o quarto que fora meu. Parecia igual ao que eu tinha deixado: arrumado, despojado, vazio. O lugar era um estudo em tons de cinza, sombra sobre sombra. A porta estava ligeiramente entreaberta. A única luz vinha das aberturas do corredor, além. Parecia o crepúsculo, ou um dia de tempestade.

Uma sombra chamou minha atenção: uma figura composta, sentada no meio do quarto de pernas cruzadas, com a pequena boneca Roíse nas mãos. Não era a menina-fantasma. Era Muirne. Seus olhos estavam fixos à frente; a expressão, perfeitamente calma. Apesar disso, suas mãos trabalhavam, puxando, rasgando, arrancando cada chumaço remanescente de cabelo da cabeça de pano da boneca. Havia muita força naquelas mãos. Tanta violência que me fez estremecer de horror até os ossos. O pequeno cachecol, que eu fizera para esconder os danos anteriores, estava no chão, ao lado da saia rodada de Muirne, desfeito em pedaços. O rosto de Muirne não me dizia nada, mas agora que eu lera o caderno de Anluan eu podia adivinhar o que ele pensava. *Finalmente ela foi embora, foi para sempre, para longe, muito longe, e ainda assim continua consumindo seus pensamentos. Ela chegou, você a deixou entrar, e ela o transformou. Ela transformou tudo.*

— Caitrin? Você está pronta para tomar café?

A imagem desapareceu. O espelho refletiu meu próprio rosto, os olhos muito abertos, em choque, as faces molhadas de lágrimas. Estava tão pálida quanto Roíse: de uma brancura de linho.

— Não vou demorar — falei para Fidelma através da porta fechada.

Enrolei o espelho na minha camisola e enfiei-o de volta na sacola. Minha trança se desfizera; eu a refiz, sem tirar da cabeça o olhar perdido de Muirne, e suas mãos furiosas, destrutivas. Aquela cena não fazia o menor sentido. Eu tinha ido embora de Whistling Tor. O que ela poderia esperar, destruindo meus pertences? Será que era simplesmente uma desequilibrada?

E Anluan... Eu o vira mortificado de arrependimento e incerteza, assim como eu. Eu o vira enxugar as lágrimas do rosto e atravessar a porta, ao encontro daquilo que o esperava... mais um dia como líder, mais um dia de preparação para uma batalha impossível. Ele fora buscar coragem lá no fundo de si mesmo

Anluan fora cruel comigo naquela última noite, acusando-me de covardia em relação a Cillian. Mas eu fora ainda mais cruel; o que eu dissera era indefensável. Apesar disso, ele seguira em frente, com bravura. Hoje eu reconhecia que ele tivera razão em me desafiar. Eu não derrotaria meu monstro particular se não entrasse naquela casa em Market Cross e confrontasse Ita e Cillian, sozinha.

O dia estava claro e ensolarado, mas nem tudo ia bem nessa parte de Connacht. Vimos uma tropa de soldados normandos se dirigindo para o norte, o sol cintilando em suas roupas de aros de metal e realçando suas armas. Eles levavam compridos escudos e usavam elmos de metal com protetores para o nariz. Pareciam formidáveis. Aengus recuou a carroça para uma via lateral e ficamos ali sentados, quietos, vendo-os passar.

Mais tarde, vimos uma casa e um celeiro que tinham sido incendiados. Um rastro de fumaça ainda saía dos escombros do lugar, e havia algo pendurado em uma árvore, parecendo uma boneca quebrada. Um cachorro latia histericamente, correndo de um lado para o outro em sua corda, atirando seu desafio contra um inimigo que há muito se fora. Os homens fizeram com que eu e Fidelma esperássemos no transporte, enquanto eles iam ver se havia alguém que ainda pudesse ser socorrido. Vi quando Aengus soltou o cachorro. Ele saiu correndo. Os homens voltaram e, em silêncio, fomos em frente.

Eu gostaria de ter ao lado um conselheiro, alguém como Rioghan, para fazer um plano e me ajudar a executá-lo. Do jeito que era, eu mesma planejei tudo, o que expliquei para meus companheiros quando já nos aproximávamos do vilarejo. Confrontar meus inimigos sozinha teria sido uma tolice. Poria, não apenas a mim, mas também a Maraid e ao bebê — Sagrada Santa Brígida, eu sequer perguntara se era menino ou menina — em perigo. Eu não faria uma coisa dessas. Por isso, expliquei qual era o meu plano, e o que cada um de nós deveria fazer, e fiquei agradavelmente surpresa ao ver que os três concordaram de imediato. Rioghan teria ficado orgulhoso de mim.

Meu coração batia com força e minha pele estava úmida de suor nervoso, mas agora eu tinha um propósito, uma vontade de vencer que crescia a cada instante. Minha força aumentava a cada curva que vencíamos, a cada rangido das rodas da carroça, a cada passo que me aproximava mais do meu destino.

Chegamos a Market Cross no meio da tarde. Na frente da casa do velho advogado, uma construção grande, rodeada por uma cerca alta de sebe trançada, deixamos Fidelma descer, depois de mandar Aengus ir se certificar de que Colum se encontrava. Em seguida, Aengus nos conduziu até a praça central da cidade. Ele parou o transporte ao lado do caminho de grama bem-cuidada, onde semanalmente se realizava a feira de onde a cidade tirara o nome. No lado mais extremo da praça, via-se a casa da minha infância: uma construção confortável, feita com modestos tijolos de barro, cujo telhado de sapê era decorado com co-rujas feitas de palha. Eu desci, tentando respirar devagar. Endireitei os ombros, exatamente como vira Anluan fazer, e atravessei a grama em direção à porta da frente. Aengus veio atrás de mim, enquanto Brendan ficou com a carroça e os cavalos. A essa altura, um ou dois transeuntes já tinham notado nossa chegada, e estavam falando e fazendo gestos. Eu podia imaginar o que diziam: *Ah, lá está a pobre Caitrin de volta para casa! Você sabe, é a filha de Berach, aquela que perdeu o juízo e fugiu.*

De cabeça erguida, aproximei-me da porta e bati com energia. *Anluan*, disse em silêncio para mim mesma, fazendo de seu nome um amuleto contra a fraqueza do coração. Bati de novo.

— Ita, abra a porta! — gritei.

Ainda nenhuma resposta. Eles estavam em casa. Saía fumaça do fogo da cozinha e eu podia ouvir alguém no pátio, estendendo roupa ou varrendo. O chorinho agudo de um bebê se somava à mistura, fazendo minha coragem crescer. Afinal, era a minha casa. Empurrei a porta, mas ela não cedeu. Olhei para Aengus.

Ele encostou o ombro na madeira e bateu. A porta caiu com um estrondo. Seguindo as instruções que eu lhe dera, Aengus assumiu seu posto encostado à parede e junto ao portal, de onde não podia ser visto de lá de dentro da casa. Eu entrei.

O barulho trouxera Ita para a porta da cozinha, onde ela ficou parada com as mãos na cintura, examinando-me, aquela figura alta, magra, com o cabelo puxado para trás e coberto por um lenço. Uma sequência curiosa de expressões passou por seu rosto. Fosse quem fosse que ela imaginara estar entrando daquele jeito violento em sua casa, certamente não achava que seria eu.

— Caitrin!

Ela esboçou um sorriso. Foi tão convincente quanto um esgar pintado numa gárgula em posição de ataque.

— Você está sã e salva!

Quase pedi a ela que se explicasse. Quase lhe dei a oportunidade de me dizer que sorte era eu não ter sido assassinada, ou coisa pior, pelo feiticeiro maligno em cuja jaula fora tola de entrar — Cillian certamente trouxera sua própria versão dos fatos. Mas não, eu não ia perguntar nada a Ita. Eu tinha muito a dizer, e não deixaria que ela me interrompesse, não desta vez, e nunca mais.

— Onde está minha irmã?

Ouvi o tom duro como ferro em minha própria voz. Em algum ponto da casa, o bebê continuava chorando.

Ita se moveu para me pegar pelo braço; para me conduzir à cozinha que um dia fora o orgulho e a alegria de Maraid, um coração de calor na casa. Esforçando-me para não me afastar, deixei que ela me conduzisse à mesa. O aposento não era mais luminoso e acolhedor. As tecelagens de Maraid, os vasos de flores que ela espalhava aqui e ali, as fieiras de cebola e os ramos de ervas estavam ausentes. E, no entanto, Maraid estava ali; e já havia algum tempo. Com um gelo nos ossos, esperei que Ita respondesse à minha pergunta.

— Maraid está descansando. Ela andou muito doente. O bebê está adoentado. Ela está sempre chorando, chorando... A ponto de deixar qualquer um à beira de perder a paciência. Mas nós os recebemos, a sua irmã e ao bebê, já que Maraid não tinha para onde ir. E agora você está aqui, Caitrin.

— Que estorvo para você — falei soturnamente, tentando manter a calma. — Uma viúva de luto, uma criança chorosa e agora uma mulher maluca... É mesmo um peso grande demais para os seus ombros. Acho que é melhor você e Cillian voltarem para a casa de vocês.

Ela então me fuzilou com os olhos, e logo os desviou. Vi que ela respirou fundo, tentando se recompor.

— Aqui agora é nossa casa, Caitrin, você sabe disso muito bem. Foi herdada por Cillian, por morte de seu pai. Quanto ao estorvo, as obrigações de parentesco podem ser onerosas, é verdade, mas nós a aceitamos. É nosso dever.

Ela pegou uma jarra na prateleira e ficou de pé com ela na mão, como se tivesse esquecido o que estava fazendo.

— Preciso ir chamar Cillian — falou.

— Se assim o quiser. Quando for chamá-lo, por favor, chame Maraid também.

— Já disse que ela está descansando. Se você voltou para ficar, Caitrin, e imagino que seja este o caso, terá tempo suficiente para vê-la — disse Ita, que depusera a jarra. — Você própria deve estar cansada depois de tão longa jornada. Cillian disse que estava no extremo oeste, quase na costa. — O olhar dela de repente ficou mais perspicaz. — Você está grávida desse aleijado com quem foi viver? É por isso que voltou? Nossa generosidade tem limite, Caitrin... O que Berach deixou só vai até um determinado ponto.

— Chame minha irmã — falei. — E chame Cillian. Tenho algo a comunicar a vocês, e tenho pressa.

376 JULIET MARILLIER

Cillian é que estava no pátio. Ao ouvir a mãe chamar, veio até a porta, onde se recostou, olhando para mim. Por um instante, o velho pânico tomou conta de mim. Podia sentir as mãos dele me agarrando; minha pele doía com a lembrança de hematoma em cima de hematoma. O cheiro dele estava em minhas narinas, trazendo de volta o tempo do horror, com toda a força.

— O aleijado chutou você para fora, foi? — perguntou, com um risinho.

E então, na porta do lado oposto, aquela que dava para os quartos de dormir, apareceu uma figura obscura, a roupa desarrumada, o rosto todo manchado, os olhos vermelhos. Era uma sombra do que fora, suas curvas generosas reduzidas a nada. Ela ergueu a mão para tirar o cabelo da testa, e vi que seu braço era só osso.

— Caitrin — sussurrou. — É mesmo você?

No momento seguinte, estávamos nos braços uma da outra, Ita e Cillian quase esquecidos.

— Maraid! Senti tanto a sua falta! Lamento muito, ah, sinto demais por Shea.

Maraid disse alguma coisa, mas, como seu rosto estava pressionado contra meu ombro, eu não consegui entender. Ela foi sacudida por soluços. Estava tão frágil que parecia a ponto de se partir. Minha adorável irmã, robusta, rosada e cheia de vida, fora reduzida àquilo. Não era somente por causa do luto, disso eu tinha certeza, porque Maraid sempre fora forte, resiliente, uma sobrevivente. Quando a conduzi para se sentar à mesa — ela parecia fraca demais, ou fora de si, até para fazer isso sozinha —, senti um frio no coração. Voltei-me e encarei as duas pessoas que mais temera na vida: aqueles que quase tinham me destruído.

— Ouçam uma coisa. Eu consultei um importante advogado a respeito da nossa situação legal, minha e de Maraid. Como nosso pai tinha apenas duas filhas, por morte dele Maraid e eu nos tornamos coproprietárias desta casa e de todos os bens pelo resto de nossas vidas. Você não tem o menor direito a nada, Cillian, nem sua mãe. — E, quando Ita se preparava para me interromper, emendei: — Espere! Não venha me dizer que estou maluca, porque isso não vai ajudar vocês em nada. Eu tenho um documento de um médico atestando que estou em perfeitas condições mentais. Na ausência de filhos homens, as filhas são as herdeiras das propriedades do pai até o fim da vida. Isso está estabelecido segundo a lei de Brehon, e desconfio que vocês dois sabiam disso o tempo todo... Por que outro motivo você desejaria se casar com uma mulher que despreza, Cillian, a não ser por saber que não tinha direito legal à propriedade de meu pai? Provavelmente, você achava que assumiria esse direito através de seus filhos, aqueles que imaginou que ia ter comigo. Talvez você tivesse a esperança de que eu morresse cedo, ou que minha mente continuasse confusa, de modo que você e sua mãe pudessem tomar todas as decisões por mim.

Por um momento, os dois ficaram simplesmente me olhando. Então, Cillian fitou a mãe e, erguendo o sobrolho, falou:

— Isso não é verdade, não é? Não pode ser!

— Claro que não.

Ita tinha cruzado os braços e apertado os maxilares de um jeito que me era muito familiar.

— É um delírio, é isso que é, surgido depois dessas aventuras que Caitrin andou vivendo com sabe-se lá que tipo de gente. Caitrin, você precisa descansar. Precisa de paz e quietude, meu bem. Vou pedir a alguém que prepare seu quarto...

Vi, em seus olhos, a constatação de que o mundo confortável criado para ela e o filho estava a ponto de desmoronar, assim como a determinação em me fazer parar antes que isso acontecesse. Ela conseguira me deixar sem ação, antes; tudo o que precisava fazer era mentir.

— Ai, meu Deus, o que vamos fazer com essas duas meninas? — A voz de Ita de repente era puro mel, enquanto ela se aproximava, pondo uma das mãos em meu ombro e a outra no de Maraid.

— Solte Maraid, Caitrin. Você a está aborrecendo. Vamos, querida, deixe-me levá-la até seu quarto.

— Tire as mãos de cima de mim, Ita! — Minha voz foi fria e calma. Eu não tinha ideia do poder que guardava em mim. — Eu ainda não acabei.

378 JULIET MARILLIER

Olhei para Cillian, que estava enrolando as mangas. Talvez estivesse pensando em me levar à força, caso eu desobedecesse à vontade da mãe de me afastar e me esconder.

— Vocês podem, é claro, tentar argumentar que a lei está do seu lado. Têm esse direito. Mas devem estar cientes de que Maraid e eu pretendemos recorrer aos meios legais para garantir nossos pertences.

— Do que você está falando, menina tola? — disse Ita, e sua voz ganhara um novo tom. — Meios legais, pertences... Você não está em seu juízo perfeito, e isso desde o dia em que seu pai morreu. Na verdade, antes mesmo eu achava você meio... avoada. Quanto aos tempos mais recentes, as histórias terríveis que Cillian voltou para casa contando, a respeito do oeste, deixaram muito claro que você jamais seria capaz de viver uma vida normal de novo.

— Uma fortaleza arruinada, cheia de malucos e monstros — vociferou Cillian. — Nunca vi nada igual. Ninguém seria capaz de viver muito tempo num lugar daqueles sem enlouquecer. Você tem menos juízo até mesmo do que sua irmã, Caitrin. Pelo menos ela teve o bom senso de voltar para casa.

Vi Maraid se encolher.

— Como você ousa? — Eu poderia ter lhe dado um soco por aquela crueldade irresponsável. Abracei minha irmã pelos ombros. — Maraid voltou porque perdeu o marido que amava. Voltou porque ela e o bebê não tinham para onde ir. E, agora que estou aqui, vamos transformar este lugar numa casa decente outra vez, não no arremedo que se tornou desde que vocês chegaram e usurparam o que era nosso por direito. E agora escutem uma coisa, ouçam bem. Quero vocês fora desta casa antes que a noite caia. E não quero ver a cara dos dois nunca mais, nem eu nem minha irmã.

Um soluço doloroso de Maraid; meu coração se confrangeu ao ouvi-la.

— Onde está o bebê, Maraid? — perguntei calmamente, com a mão sobre seu ombro. — Está em segurança?

Minha irmã fez que sim.

— Ela está no quarto com Fianait.

Fianait tinha sido uma pessoa indispensável em nossa casa quando papai estava vivo. Uma moça forte, de boa natureza, que fazia de tudo, desde pegar e depenar galinhas até polir a prataria. Ita a mandara embora. Se Fianait tinha voltado, significava que Maraid não estava tão isolada.

— Caitrin, é verdade mesmo? — perguntou minha irmã. — Não posso acreditar que...

— E não devia mesmo — disse Ita, lutando para manter a calma. — Como eu disse, tudo isso é uma tremenda asneira. Desde quando Caitrin se tornou uma especialista em questões legais? Cillian, acho que Caitrin talvez seja uma ameaça para si mesma. É melhor você levá-la para o quarto...

Cillian se moveu em minha direção, com os braços estendidos. As lembranças voltaram num jorro; um pânico repentino me paralisou, como um rato sob o olhar da raposa.

Maraid se levantou.

— Não ouse botar as mãos em minha irmã — ameaçou ela, e, embora sua voz estivesse fraca, a coragem brilhava nos olhos.

Quando ela me deu o braço, lembrei-me de que tinha um plano, e tinha amigos, e que já não era a mesma mulher que fugira de casa no ano anterior.

— Eu não estou aqui sozinha — falei, com calma. — Mencionei um médico. Ele está esperando lá fora. Quanto à situação legal, acho que vocês vão saber que eu conto com o apoio do administrador do distrito. Seu nome é Colum, e vocês podem esperar uma visita dele a qualquer momento. Quero você arrumada e pronta para ir embora dentro de uma hora, Ita, e Cillian junto. Se alguém tocar um dedo em Maraid, ou no bebê ou em Fianait, tudo será acrescentado às acusações que vocês já vão enfrentar. Pensem bem antes de recorrerem à violência. Colum sabe tudo o que Cillian fez comigo, tanto aqui quanto em Whistling Tor.

— Isso é um ultraje! — disse Ita, pálida. — É... é uma conspiração! Como você ousa sair por aí espalhando mentiras sobre meu filho, como ousa envenenar a mente das pessoas... Não pense que vai se livrar facilmente, Caitrin. Nós temos testemunhas, gente confiável que vai nos apoiar...

Cillian não tinha entendido tão bem quanto a mãe.

— Você não pode nos expulsar da nossa casa! — gritou ele. — Nós moramos aqui. É nossa casa por direito!

E tornou a vir em minha direção.

— Aengus! — chamei. — Pode entrar agora!

O campeão de lutas de Stony Ford foi rápido, para aquele tamanho todo. Apareceu com seu sorriso doce e os músculos protuberantes, e atrás dele surgiu Brendan, em sua roupa de médico, com a aparência de quem tampouco dispensaria um embate, caso necessário. Cillian deu um passo para trás. Deixou cair os braços.

— Quer que eu o bote para fora? — perguntou Aengus.

Senti uma vontade enorme de responder sim, mas isso seria me reduzir ao nível de Cillian.

— Ainda não — falei. — Meus parentes precisam de algum tempo para arrumar as coisas e contratar transporte para voltar à aldeia deles. Mas é pouco tempo, não muito. Quero que a arrumação deles seja supervisionada; só devem levar os pertences pessoais. Ainda não temos o inventário completo do que meu pai deixou, mas há na casa um estoque de prata e uma coisa ou outra de valor. Não se pode dar a essa gente a oportunidade de levá-los.

— Isso é ridículo! — rosnou Ita. — Você não pode me proibir de levar minhas próprias coisas...

Houve uma batida discreta na porta.

— Deve ser Colum, o advogado — falei. — Acho que deve estar trazendo com ele algum oficial de justiça. Com certeza, ele vai querer ter uma conversa com vocês dois antes de partirem. Não sei direito quando será a audiência, mas estou certa de que Colum vai deixar todos os bens de meu pai sob a minha guarda e a de Maraid, até que o processo legal seja concluído. Brendan, você pode abrir a porta para ele, por favor?

— Eu me sinto tão indefesa, Caitrin — disse minha irmã. — Tentei ser forte, por Etain, mas às vezes...

Ela suspirou, como se os pensamentos fossem dolorosos demais para serem postos em palavras.

— Fale, Maraid.

Nós duas estávamos sozinhas na mesa da cozinha. Era noite. Uma lâmpada de óleo pendia de um gancho; além do morno círculo de luz, o aposento parecia cheio de sombras. Maraid fizera um esforço na hora do jantar, aparecendo com o cabelo penteado e o rosto lavado, mas ainda não era ela mesma.

O advogado, Colum, e seus oficiais de justiça tinham tirado Ita e Cillian da casa depois de palavras duras. Meus parentes seriam submetidos aos rigores da lei. Colum vinha trabalhando em nosso caso desde que recebera a carta de Donal, e tinha novidades: havia, de fato, fundos disponíveis para nós, prata que fora guardada com o objetivo de nos manter, a mim e a Maraid, após a morte de meu pai. Eu não precisaria ganhar a vida trabalhando, pelo menos não por enquanto. Haveria tempo para botarmos a casa em ordem; tempo para acertar as contas com nossas perdas.

Eu tinha me oferecido para hospedar Brendan, Fidelma e Aengus em casa. Depois de um alegre reencontro, Fianait me ajudara a arrumar as camas, enquanto Fidelma cozinhava o jantar. Agora, nossos hóspedes já estavam todos dormindo. Tinha sido um longo dia. Eu reparara no olhar de Fidelma ao ver minha irmã empurrando a comida para o canto do prato, comendo quase nada. Reparara em Brendan escrutinando a pequena Etain. Mesmo com minha pouca experiência, dava para ver que a menininha parecia magra e pálida.

— Não consigo lhe contar — dizia Maraid agora. — Você vai me desprezar, Caitrin.

— Não vou, não. Sou sua irmã e estou aqui para ajudar a melhorar as coisas. Ita e Cillian se foram. Nós temos a casa. Temos recursos, Maraid. Temos nosso amor-próprio. Nada disso pode trazer Shea de volta, eu sei. Mas... — Parei de falar. Conhecia bem o que era sentir aquele vazio, aquela desesperança. — Você precisa desabafar com alguém — falei. — Por favor, Maraid.

— Etain — sussurrou ela. — Às vezes eu nem ao menos gosto dela, Caitrin. Chego a desejar que ela não estivesse aqui. Ela chora o tempo todo, como se me odiasse. Não sou uma boa mãe. Nunca deveria ter tido um bebê.

Em silêncio, amaldiçoei Ita, porque a influência dela estava em tudo aquilo.

— Isso é tudo? — perguntei.

Maraid voltou para mim seus olhos sombrios.

— Você acha pouco?

— Não estou chocada.

Mas eu estava, sim; um pouco. Etain era tão pequenina e inocente, tão frágil.

— Maraid, você deve deixar Brendan examiná-la amanhã de manhã. Você parece doente. Não apenas cansada e triste, mas... Para ser honesta, você parece meio morta de fome. E, embora eu não seja entendida no assunto, as pessoas dizem que, quando se está amamentando um bebê, é preciso se alimentar mais do que de costume, não menos. Etain não tem raiva de você. Um bebezinho não é capaz de odiar. O que ela deve ter é fome.

— Ita falou que eu devia parar de amamentar. Disse que leite de cabra seria melhor. Mas eu quero amamentá-la, Caitrin. Eu sempre achei que seria uma boa mãe. Não quero ser um fracasso.

— Então está bem.

Minha tentativa de parecer absolutamente confiante não foi muito bem-sucedida. Maraid estava chorando, e eu também.

— Vamos fazer um pacto de irmãs, agora mesmo — sugeri.

Fui até a despensa, cheia de pequenos potes com sobras do jantar — um pouco de pudim de ervilha, uma colher de queijo cremoso, um punhado de ameixas secas.

— O que você está fazendo, Caitrin?

Coloquei uma tigela diante dela e enchi duas canecas de cerveja.

— Este é o acordo. Você come, e enquanto estiver comendo... e estou falando de comer de verdade, não só ficar remexendo na comida...

eu vou lhe contar uma história. Amanhã, a mesma coisa, mas também vou contar um pedaço da história quando você estiver alimentando Etain.

Fianait tinha levado a menina para botá-la para dormir. De manhã, eu pediria também a ajuda dela.

— Uma história? Que história? — disse Maraid, olhando para a pequena refeição sem muito entusiasmo.

— Uma história incrível sobre uma menina que foge de casa e vai para... Você vai ter de começar a comer, se quiser saber para onde.

— Está bem.

Ela pegou uma única ameixa seca. Eu não falei nada enquanto ela não botou a ameixa na boca e começou a mastigar. Um leve sorriso se abriu em seu rosto.

— Você nunca foi tão mandona assim, Caitrin. O que aconteceu?

— Essa menina — falei, segurando a caneca de cerveja entre as duas mãos —, estava com muito medo. Tanto medo, que ela tinha perdido a noção do que era real e do que não era. Tanto medo, que pensou que tivesse perdido o juízo. Ela achava que todos que amava a tinham abandonado. Até que um dia, de repente, encontrou coragem para fugir. Correu, caminhou, pegou carona, dormiu debaixo de marquises e abrigou-se em palheiros, até que um dia uma carroça a deixou no meio do nada e foi embora sem mais conversa.

Atenta à história, minha irmã tinha parado de comer. Parei de falar, com os olhos na tigela.

— Sua malvada — disse Maraid, levantando-se para pegar mais uma colher. — E aí?

Contei-lhe como a garota tinha encontrado dois forasteiros amistosos, os quais tinham desaparecido no momento em que ela mais precisou deles; como ela entrara rezando dentro de uma aldeia fortificada; como tinha corrido montanha acima atrás de um homem chamado Magnus e acabara sendo ajudada por um sujeito parecendo um gnomo e por um cachorro gigante.

— E então — falei, enquanto minha irmã botava na boca um pedaço de queijo —, ela se viu caminhando por um lindo jardim, com as plantas crescidas sem cuidado, mas cheio de flores e de pássaros que cantavam, com um pé de bétula bem no centro e um banco onde estava um livro aberto. Não havia ninguém à vista. Ela andou por ali, vendo como as plantas tinham sido escolhidas com inteligência, até que, num canto sob um arbusto de confrei, viu um pé de sangue-do-coração.

Maraid emitiu um sonzinho; ela sabia que tesouro era aquela planta.

— A garota parou para admirar a planta, e nesse instante ouviu o troar de uma voz atrás dela, dando uma ordem: *Não toque nisso!*

Eu parei para dar um gole na cerveja, a imagem de Anluan muito forte em minha mente: pálido como a neve, vermelho como o fogo, azul como uma verônica, triste como um coração partido.

— Quem era?

— Isso, só da próxima vez.

Eu queria ver se, com certeza, tinha capturado Maraid ou se o experimento teria vida curta. Ela ficou indócil. Não ia ser fácil aplacá-la.

— Era um ogro? Um monstro? Um lindo príncipe?

Eu sorri.

— Não exatamente.

— Essa história é real, Caitrin?

Maraid tinha comido quase tudo o que eu lhe dera; agora estava bebericando a cerveja.

— Vou deixar que você decida por si mesma. Não contei essa história para mais ninguém. Se contasse, a maioria das pessoas acharia que eu não estava mesmo batendo bem da cabeça.

— Foi o que Ita me falou, Caitrin. Disse que, depois que fui embora, você ficou completamente desequilibrada. Que não conseguia nem se manter asseada. Disse que você fugiu só com a roupa do corpo. E que não ia voltar nunca mais.

— Imagino que ela não contou que Cillian foi atrás de mim, me encontrou e tentou me trazer de volta à força.

Ela arregalou os olhos.

— Eles *encontraram* você, e não me contaram? Como puderam fazer isso? O que aconteceu, Caitrin?

— Só amanhã. É uma longa história.

À medida que o verão se transformava em outono, minha irmã começou a melhorar, assim como a casa que vínhamos arrumando com tanto amor e esperança. As metas alcançadas eram pequenas, mas cultivávamos cada uma delas; a primeira vez que Maraid sorriu; a primeira vez que ela se ofereceu para me ajudar na cozinhar; o dia em que Fidelma e Brendan concluíram que já podíamos ficar bem, sozinhas, e voltaram para a casa deles. Eles disseram que seríamos bem-vindas na casa deles a qualquer momento que quiséssemos fazer uma visita, e eu lhes ofereci o mesmo convite. A gentileza deles tinha sido uma dádiva inesquecível.

Fianait e eu esfregamos a casa de cima a baixo. Arejamos as roupas de cama e plantamos flores nos vasos das janelas. Assamos pão, destilamos cerveja e fizemos compotas. Eu contratei um rapaz para ajudar no serviço externo, e ele assoviava enquanto repunha a pilha de lenha ou cavava as leiras na horta. Pouco a pouco, nossa velha casa foi ganhando outra vez seu coração, assim como minha irmã.

E enquanto as faces de Maraid iam se tornando rosadas e seu corpo ganhava peso, Etain também desabrochava, transformando-se ante nossos olhos, de uma criança abandonada e pálida, em um bebê saudável e robusto. A choradeira impaciente parou. Ela pedia para comer, mamava com entusiasmo, depois adormecia num silêncio abençoado. Eu gostava de desenrolá-la dos panos e deixá-la mexer as pernas e esticar os braços, como se estivesse ansiosa pelo que o mundo tinha a lhe oferecer. Adorava olhá-la dormindo, pois havia ternura e mistério em seu rostinho em repouso, as pálpebras fechadas escondendo pensamentos secretos, além da compreensão de quem não fosse um bebê recém-nascido. Olhando para Etain, eu ansiava por uma criança minha.

Um dia, eu atravessava a porta aberta do quarto quando ouvi minha irmã conversando com a bebê enquanto a amamentava.

— Ele tocava e cantava da maneira mais linda, Etain. Tinha uma voz capaz de derreter até mesmo o coração de uma estátua, e seus dedos, sobre a harpa, eram mais leves que as andorinhas no céu. Ele era o melhor papai que você poderia ter tido, meu amor, o melhor do mundo. Os olhos dele eram iguais aos seus, verdes como a relva e brilhantes como gotas de orvalho. Nunca diga que ele se foi, e sim que ele está por perto, velando por nós em todos os momentos do dia.

Afastei-me pé ante pé, as lágrimas escorrendo, sabendo que uma meta muito mais difícil fora alcançada. Quando estava no pátio, tentando me recompor, a saudade de Anluan bateu em mim com a força de uma punhalada no peito. Eu nunca iria segurar nos braços o filho dele; nunca me deitaria ao seu lado e experimentaria a felicidade que Maraid tivera com Shea. Meu corpo sofria com aquela perda. E, por isso, meu coração sangrava.

Maraid ouvira minha história aos pedaços. Fianait também escutara, com muita atenção, enquanto ela se desenrolava. Falei dos amigos queridos e esquisitos que fizera em Whistling Tor, das pessoas que tivera de deixar para trás. Descrevi cada pedacinho daquele verão agitado e estranho. Quase tudo. Não mostrei para Maraid o caderno de Anluan, embora há muito já tivesse chegado à página final e encontrado não a tristeza da decisão de me mandar embora, mas uma reflexão que espelhava perfeitamente meus próprios sentimentos:

Finalmente, começo a compreender por que meu pai fez o que fez. Perder você é como derramar o sangue do meu coração. Não sei se conseguirei suportar a dor.

Ele devia ter escrito isso antes de ir ao meu encontro naquela noite. Antes de me dizer para ir embora para sempre. Li o trecho muitas e muitas vezes. Guardava o caderninho debaixo do meu travesseiro e o lia tarde da noite, à luz da vela, ou assim que acordava de manhã, quando até Etain ainda dormia. Tentava entender por que ele fora tão frio naquela noite, se seu coração estava partido assim como o meu. Talvez tivesse sido a única forma de se obrigar a proferir a ordem do meu banimento.

O espelho era meu elo com ele, um relato frustrante, no qual não confiava, sobre o que estaria acontecendo em Whistling Tor na minha ausência. Eu o olhava sempre, desde que não tivesse ninguém por perto, porque esses fenômenos sobrenaturais, embora comuns na casa de Anluan, não pertenciam a Market Cross.

Às vezes, o espelho me mostrava o céu azul de um verão imaginário; às vezes, meu próprio reflexo, os cachos escuros penteados, as feições compostas, os olhos um pouco desesperados. Mas às vezes eu via Whistling Tor, e Anluan no jardim com Muirne, sua alta figura vergada para ouvir melhor, a dela, baixinha, gesticulando, como se tentasse convencê-lo de alguma coisa. Eu refletia a respeito de tudo o que descobrira sobre ela, juntando um comentário fortuito aqui, outro ali, e a imaginava sussurrando no ouvido de Anluan: *Você não pode vencer. Não há esperança.*

E, contudo, Anluan não cedia ao desespero. Certo dia, quando já era outono havia muito tempo, e os ventos de tempestade faziam dançar as folhas mortas no pátio, fechei a porta do meu quarto, peguei o espelho na prateleira onde o guardava e me sentei para olhá-lo, em busca de respostas. O que vi me aqueceu por dentro; tive vontade de gritar de alegria. Homens estavam reunidos na aldeia, Tomas, Duald, um grande número deles. Tinham armas improvisadas sobre os ombros. Anluan e Magnus também estavam lá, e Anluan se dirigia à multidão reunida, de cabeça erguida, com um jeito calmo e ao mesmo tempo cheio de autoridade.

A visão se dissolveu, para dar lugar a outra: um batalhão de cavaleiros, não normandos, mas irlandeses. Estavam à espera, no pé da montanha de Tor. A figura forte de Magnus desceu pela trilha, cumprimentou-os, em seguida se virou e os guiou. Os cavalos, inquietos, foram atravessando o caminho tortuoso da floresta. Não havia sinal da horda, embora eu pudesse sentir sua presença, espiando. No pátio, Anluan estava de pé nos degraus da escada diante da porta principal, com Rioghan ao lado e Catháir de guarda, atrás. Os cavaleiros desmontaram, e Olcan apareceu para levar os cavalos. O chefe de Whistling Tor deu um passo à frente para cumprimentar os visitantes, como faria qualquer nobre. Havia muitos rostos pálidos e olhares nervosos, mas os visitantes se mantiveram em sentido, e o líder tocou no ombro de Anluan, como se os dois fossem amigos, ou talvez parentes. Seria Brión de Whiteshore? Teria Anluan conseguido fazer as pazes com a família de sua mãe, apesar dos erros do passado? Nem sinal de Muirne. Observei o homem que amava, torcendo para que o espelho me mostrasse mais, mas a imagem se dissolveu, deixando-me diante dos meus próprios olhos. Meu coração batia a toda. Ele estava agindo. Estava reunindo todo mundo. Talvez, apenas talvez, Anluan conseguisse superar as probabilidades e vencer aquela guerra impossível.

O outono passava depressa. Fianait se dedicou à tecelagem, e fez uma manta bem quentinha para enrolar o bebê. Phadraig, o rapaz que fazia o trabalho pesado, trouxe um suprimento de lenha para casa e o empilhou junto à parede, perto do forno. Os dias foram ficando mais curtos.

Nossa audiência legal aconteceu e passou. Eu, que antes era uma pessoa calada, atormentada pelo medo, uma mulher trêmula que só se desculpava, agora me levantava e respondia às perguntas do juiz com calma e competência. Eu dissera aos meus parentes que nunca mais queria voltar a vê-los, mas naquele dia, na sala da corte, encarei-os sem piscar. Já não sentia raiva. A recuperação de Maraid amainara os sentimentos ruins que tinham surgido dentro de mim quando eu a reencontrara. Eu quase sentia pena; pena que aquela gente tivesse se deixado levar de tal forma pela cobiça, a ponto de perder qualquer noção de humanidade. Cillian era incoerente quando questionado. Ita, estridente e amarga, incapaz de reconhecer que errara. Eles trouxeram uma ou duas testemunhas, gente que eu conhecia e que deu depoimentos de como eu tinha ficado perturbada depois da morte de meu pai, com um jeito distante e estranho. Nós também tínhamos testemunhas — aquelas que podiam depor sobre a recusa de Ita em deixar as pessoas me visitarem durante aqueles tempos horríveis, aquelas que tinham visto Ita recusar os serviços de um médico, aquelas que me conheciam desde criança e sabiam que o que eu sentia era apenas tristeza. Além disso, Brendan saiu de sua cidade, lá no oeste, e viajou até Market Cross para testemunhar pessoalmente sobre minha sanidade. Quando a audiência acabou, e foram estabelecidas as reparações, obrigando Ita e Cillian não apenas a devolver nossa propriedade, mas a entregar

A MONTANHA DAS FERAS **389**

a deles também, eu agradeci a Colum e aos outros advogados, voltei para casa com minha família e fechei a porta para o passado.

Os dias ficaram ainda mais curtos. Fianait assava bolos picantes, Maraid destilava cerveja quente, e eu convidei Colum e sua esposa para virem nos visitar e conhecer o bebê. Alguns dos amigos de meu pai vieram também, pessoas que tinham se afastado quando Ita tomou posse da casa. Embora não os perdoasse por um dia terem acreditado na história da minha loucura, eu sabia que precisava fazer as pazes com eles.

Quando todos tinham ido embora, e Fianait, bocejando, ia para a cama, Maraid e eu nos sentamos diante do fogo, ela com Etain no peito, e eu olhando para as labaredas. Já não precisava contar uma história para encorajar minha irmã a comer ou a cuidar de sua menina. Ela agora estava bem e, se ainda havia tristeza em seu coração, Maraid não deixava que isso suplantasse seu amor por Etain ou sua esperança no futuro.

— Caitrin?

— Hum?

— Quando é que você vai voltar a escrever? Agora nós temos dinheiro, o bastante para ir levando. Você poderia comprar tintas, pergaminho, todas as coisas de que precisa para equipar seu escritório.

Eu mal entrara no escritório desde que voltara para casa. Sequer cogitara recomeçar a trabalhar; mas Maraid estava certa; o que nosso pai nos deixara não ia durar para o resto de nossas vidas. Mais cedo ou mais tarde, eu precisava ir em busca de novas encomendas. Seria difícil. Poucos de nossos antigos clientes sabiam quão grande era minha participação na execução dos belos documentos nos quais nos especializáramos. Eles poderiam ficar relutantes em fazer uma experiência comigo. Ainda assim, não era impossível. Colum talvez pudesse me recomendar na região. Se eu não tivesse coragem de ir atrás de encomendas, sempre poderia ir trabalhar com Donal em Stony Ford, executando as tarefas relativamente simples de copiar e escrever cartas. Isso não me causava muito entusiasmo.

— Caitrin? — chamou Maraid, olhando-me com uma expressão astuta.

— É uma sugestão sensata. Vou fazer isso. Uma hora dessas.

— Por que não agora? É o que você mais ama. Você costumava dedicar o dia inteiro a isso, tão concentrada na pincelada seguinte que se esquecia do mundo quando havia trabalho a fazer.

Não falei nada. A verdade era que o futuro por mim almejado, os longos dias de paz e tranquilidade, os manuscritos perfeitos evoluindo sob minhas mãos, a satisfação de empregar meu talento na prática e ganhar a vida com isso, nada disso parecia mais significativo. E, no entanto, eu tinha uma vida aqui; tinha minha irmã e minha sobrinha, um lar e recursos; tinha a oportunidade de voltar a algo parecido com minha vida anterior, que eu tanto prezava. Mas já não era suficiente.

— Estou vendo que você não quer me falar, por isso vou adivinhar, Caitrin. Não, não me mande parar, você me fez falar sobre os meus problemas. Você ama esse seu Anluan, o monstro no jardim. Mesmo com os normandos às portas dele, você anseia por voltar. Aquela fortaleza, e um membro dela em particular, é mais importante para você do que qualquer coisa no mundo.

— Não mais importantes do que você e Etain! Nunca pense uma coisa dessas!

Maraid sorriu.

— Talvez não, mas é importante de uma forma diferente. Caitrin, isso está escrito em você inteirinha, toda vez que você fala nele. Por que está tão decidida a deixar tudo isso para trás?

— Anluan me mandou embora. Fossem quais fossem as razões dele, a intenção era que fosse para sempre.

— Claro que ele queria que você estivesse longe quando os normandos chegassem. Mas me parece, pela maneira como você contou a história, que ele a ama tão profundamente quanto você o ama. E ele não me soa como o tipo de homem que dá muita importância a convenções que estabelecem que um chefe não deve se casar com uma artesã. Por que você não pode voltar quando os normandos tiverem ido embora? Ganhando ou perdendo, ele vai precisar de você.

As lágrimas me encheram os olhos.

— Foi o que Gearróg falou, na manhã em que fugi. É de você que Anluan mais precisa. E talvez seja verdade. Mas ele não vai se casar comigo.

Maraid franziu a testa.

— Ele disse por que não?

— É meio constrangedor...

— Sou sua irmã, Caitrin. Se você não contar para mim, vai contar para quem? Vamos lá.

Eu mirei minhas próprias mãos, cruzadas no colo.

— Ele nunca disse isso com todas as palavras, apenas sugeriu que faltava alguma coisa. Estava preocupado com minha segurança, disso eu sei. Mas havia também... — Como eu poderia contar a ela sobre a visão, aquela que fizera Anluan espatifar o espelho com o próprio punho? — Ele disse... Ele deu a entender que a paralisia afetou não apenas seu braço e sua perna, Maraid. E Muirne disse que Anluan nunca poderia... Ela disse que ele nunca seria capaz de me satisfazer. Ou a qualquer mulher. Que, se eu quisesse ter filhos, deveria procurar em outro lugar.

Meu rosto estava em brasa.

Maraid ficou em silêncio por um tempo, mas refletindo, com os braços envolvendo Etain, que adormecera em seu peito.

— Isso é muito triste — disse, por fim. — Se for verdade. Caitrin, Anluan sente desejo físico por você?

Meu rosto ficou ainda mais quente.

— Sim — murmurei. — Eu lhe contei sobre o espelho-do-que--poderia-ter-sido, aquele que mostrava imagens dele sem o problema físico, montando a cavalo, lutando, desfrutando das atividades de um jovem líder normal. O que eu não mencionei é que uma das imagens me incluía.

Aquilo era difícil de externar, mesmo para minha própria irmã.

— Anluan e eu, juntos, fazendo o que maridos e esposas fazem. Ficou... Ficou muito claro que ele sentia desejo, Maraid. Perfeitamente claro.

— E o espelho mostrou o que poderia ter sido. O que ele poderia ter feito, se não tivesse sido atingido pela paralisia. Caitrin, há outras formas de um homem satisfazer uma mulher, sabe, sem ser o ato de amor em si. Usando a boca, as mãos.

— Mas... não acho que Anluan seria incapaz... Eu sei que ele pode... pode manifestar sintomas físicos de desejo.

— Ah, é?

Eu achava que aquilo não tinha como ficar ainda mais embaraçoso, mas estava errada.

— Não estou querendo dizer que ele e eu... Houve apenas um momento em que estávamos tão próximos que deu para perceber... mas... ficou muito claro que ele me desejava.

— Quer dizer então que a paralisia enfraqueceu o braço e a perna direitos, alterou o rosto dele, mas não teve o mesmo efeito na masculinidade? E que ele tem o equipamento de que precisa, e pelo visto operando direito? — A voz de Maraid era suave; ela me entendia muito bem.

Aquiesci.

— Parece que ele não se acha capaz — falei. — Muirne deu a entender o mesmo. *Se você quiser um homem de verdade, Caitrin, não procure aqui.* Foi o que ela disse.

— Essa mulher ama Anluan ou tem raiva dele?

Só consegui dar um risinho. Não tinha resposta para isso.

— Vamos dar um passo de cada vez — disse Maraid. — Se ele quisesse você de volta, mas não pudesse nunca ter filhos, mesmo assim você voltaria?

— Sim — respondi, sem hesitar. — Mas... não é tão simples assim, é? Eu me casaria com ele mesmo se soubesse que não teríamos filhos. Viveria ao lado dele mesmo se soubesse que não poderíamos nos casar. Mas eu tenho vontade de ser mãe, Maraid. Quero ter filhos dele. A falta disso seria difícil de ignorar. Nesse sentido, pelo menos uma parte da maldição continuaria existindo. Ele sempre acharia que está falhando comigo. Ele é esse tipo de homem. E para mim seria como se sempre estivesse faltando algo em minha vida.

— É uma pena que você não tenha se apaixonado por Magnus, em vez disso — disse minha irmã, secamente. — Ele parece o tipo de homem que lhe daria tantos *gallóglaigh* quanto você quisesse, e tomaria conta de você como qualquer mulher deseja.

— Sem falar em cozinhar o jantar todas as noites — falei, tentando sorrir. — Maraid, como é que Anluan podia saber se seria capaz ou não de ter filhos? Ele praticamente não deixou a montanha desde os sete anos de idade.

— Um homem só sabe uma coisa dessas se tiver tentado por um bom tempo e falhado — respondeu Maraid. — Talvez tudo esteja apenas na mente de Anluan. Quando é que ele pode ter tido a oportunidade de se deitar com uma mulher?

Fiquei pensando no que sabia sobre o passado de Anluan: Magnus cuidando dele para que recuperasse a saúde depois da paralisia, quando Anluan tinha treze anos; o isolamento da fortaleza; a relutância em deixar a montanha; a dificuldade em conseguir gente para ajudar no serviço.

— Ele não pode ter tido muita oportunidade, de jeito nenhum — falei. — Imagino que tenha havido jovens serviçais lá em cima por breves períodos. Ou Magnus pode ter arranjado...

Isso era algo tão distante do que eu tinha conhecimento, que mal podia acreditar que pudesse ter acontecido.

— Sabe de uma coisa? — disse Maraid. — Para um rapaz com o passado dele, e o problema físico, bastaria uma única experiência ruim para ele se sentir um completo fracasso. Ele parece mesmo ter uma tendência à desesperança. Pode ser que seja só isso, você não acha?

Ficamos refletindo por um tempo, e pensei em como seria impossível, mesmo se algum dia eu conseguisse voltar a Whistling Tor, abordar um assunto desses com Anluan.

— Um rapaz pode se sentir muito constrangido fazendo amor — disse minha irmã —, caso tenha uma limitação no braço e na perna. Se era sua primeira vez, e ele estava inseguro, e a mulher não entendia sua dificuldade, é fácil ver como pode ter dado errado. Com a mulher certa, uma que pudesse ajudá-lo um pouquinho, esse mesmo homem poderia ter uma experiência bem diferente. Quanto aos bebês, eles não surgem se as pessoas não tentarem fazê-los.

Depois de um instante, falei:

— Eu nunca me deitei com um homem na vida.

Meu coração tinha disparado.

— Ele ama você — disse Maraid. — Você o ama. Com quem mais ele poderia conseguir, senão com você?

F OI A PRIMEIRA VEZ QUE CONSIDEREI A HIPÓTESE DE voltar a Whistling Tor, desafiando o banimento decretado por Anluan. Fiquei inquieta com a ideia, embora soubesse que, se possível, meu coração teria saído voando para lá como uma andorinha migrante. Era fácil para Maraid falar aquelas coisas. Ela não conseguia entender os meandros da história que recaía com tanto peso sobre o lugar. Junto do terrível legado de Nechtan, a questão sobre se Anluan tinha perdido sua masculinidade com a paralisia, ou se apenas lhe faltava confiança, chegava a ser insignificante.

Sem conseguir chegar a uma decisão, procurei me distrair obtendo um novo suprimento de materiais para o escritório — não uma grande quantidade, apenas o suficiente para produzir algumas amostras, que pudessem ser mostradas a potenciais clientes. Vi que Maraid ficou satisfeita, embora ela não fizesse nenhum comentário.

Distribuí pergaminho, penas e tinta em cima da mesa tão conhecida. Faria três amostras e procuraria fazê-las bem simples. Haveria tempo suficiente para decorações, letras complicadas, folhas de ouro e tintas raras assim que eu tivesse me estabelecido. A primeira seria o trecho de um poema em minúsculas, o tipo de trabalho que os nobres apreciavam para dar de presente. Comecei a pontilhar a página, usando prumo e borda reta do meu livro de escrita.

A mesa vazia ao meu lado era eloquente. Eu me pegava espiando para o lado, como se para verificar se meu pai estava progredindo bem em seu próprio trabalho. Relembrava o brilho de sua cabeça careca sob a luz da janela; seu hábito de morder o lábio inferior quando estava especialmente envolvido no que fazia; seus dedos elegantes, de ponta quadrada, dispostos com precisão para manter o pergaminho no lugar.

Eu nunca lhe dissera adeus, não como deveria. No dia de sua morte eu me recusara a acreditar, incapaz de aceitar que ele se fora. No ritual do sepultamento, estava atordoada.

Depus o prumo e me movi, ajoelhando-me no piso de lajota onde ele caíra. Exatamente naquele ponto, eu o tomara nos braços, implorando à morte que mudasse de ideia, desejando que o tempo voltasse atrás. Aqui, eu soltara os profundos soluços de uma criança abandonada.

— Meu pai — falei, então —, você tem uma linda netinha. Maraid e eu estamos juntas outra vez e a casa foi... limpa. Estamos transformando-a num lugar decente, como era antes. Espero que você esteja velando por nós; você, mamãe e Shea. É nisso que Maraid acredita, pai. Não me saí muito bem desde que o perdi. Nem sempre fui tão corajosa quanto teria desejado. Mas estou tentando. Quero que você tenha orgulho de mim. Quero utilizar tudo o que você me ensinou.

Fiquei ajoelhada por um tempo, e me pareceu que além da janela o céu se tornava um pouco mais brilhante. O aposento estava tão quieto como um bebê adormecido.

— Adeus, meu pai — sussurrei. Então me levantei e voltei ao trabalho.

Terminei o poema, finalizando-o com uma borda de vinhedos. O trabalho me pareceu satisfatório, embora básico. Meus olhos precisavam descansar. O próximo trabalho que eu planejava, um documento legal escrito numa caligrafia comum, teria de esperar até a tarde.

Houve um grito em algum ponto da casa; alguma coisa se espatifou no chão. Saí pelo corredor e quase esbarrei em Maraid, que estava correndo para o nosso quarto. Chegamos à porta juntas. Do lado de dentro estava Fianait, de pé, pálida como um lençol, com os cacos da jarra quebrada a seus pés e a água escorrendo. Olhava para a prateleira como se ela abrigasse um demônio.

— Aquele espelho — soluçou. — Tem umas coisas dentro dele, umas coisas se mexendo...

Eu me esquecera de guardar o espelho.

— Está tudo bem — falei, baixinho, pulando por cima dos cacos para pegar o espelho, enquanto Maraid se aproximava, consolando a moça assustada.

Quando segurei o espelho, alguma coisa escura e sombria se moveu dentro dele: um quarto, uma lua através de uma janela alta, um rosto...

— Caitrin? — A voz de Maraid era um murmúrio. — O que é isso? O que foi que ela viu?

E, quando o silêncio se expandiu:

— Caitrin? Você está bem?

Eu continuava imóvel, a mão agarrando o espelho. Lá estava Anluan em seu quarto em Whistling Tor, deitado na cama, inerte, como se estivesse morto. Os olhos estavam fechados; o peito não subia nem descia; a pele era de um cinza doentio. Ali estava eu, meu rosto, uma máscara de angústia, tomando-o em meus braços.

— Não! — sussurrei. — Não!! — gritei.

— O que foi, Caitrin? O que você está vendo? Caitrin, fale comigo!

— Ele não pode estar morto! Não pode!

Minha irmã olhava, por cima do meu ombro, para a superfície de metal polido.

— É Anluan? — perguntou. — Ai, meu Deus...

A Caitrin do espelho encostou a mão na face de Anluan; inclinou-se para beijar sua fronte pálida. Por apenas um instante, antes que a imagem desaparecesse, vi uma figura na porta do quarto de Anluan;

uma pessoa magra, esguia, com véu e vestido recatados, os olhos brilhantes fixos na mulher desesperada, no homem imóvel. Suas feições não revelavam nenhum sinal de emoção.

— Preciso ir até ele — falei. — Agora, imediatamente. Alguma coisa está horrivelmente errada, não isso, já que eu estava na visão com ele, mas algo... É um aviso... Preciso estar lá, Maraid.

Eu sabia que, mesmo que Anluan nunca me amasse como um marido ama sua esposa, mesmo que eu nunca pudesse ter um filho dele, ainda assim estava destinada a ele, assim como a árvore pertence a terra e as estrelas, ao céu, presa a um amor que transcendia todos os obstáculos. Eu precisava ir. E iria. Nada no mundo iria me deter.

Parti na manhã seguinte, depois que minha irmã exigiu que eu esperasse até ela encontrar transporte com um carreteiro confiável, e obrigou-me a uma boa noite de sono antes da viagem. Tínhamos conversado muito durante o jantar, ainda mais abertamente do que antes. Por mais que eu estivesse louca para pegar a estrada e seguir para Whistling Tor o mais rápido possível, sentia-me dividida.

— Detesto deixar você sozinha — falei. — Parece-me muito prematuro.

— Vou ficar bem. — A resposta serena de Maraid me acalmou. — E não estou exatamente sozinha, tendo Fianait e Phadraig na casa, para não falar em Etain. Caitrin, eu não estava aqui quando você precisou de mim, depois da morte de papai. Estava tão louca para ir embora, que não pensei no que isso significaria para você. Eu lhe devo a chance de fazer isso também. Não se sinta culpada por nos deixar. Mas por favor me mande uma mensagem, se puder. Vou ficar preocupada com você. Caitrin, espero que Anluan esteja bem. Espero que você chegue lá a tempo.

Dou graças a Deus por minha irmã ter aceitado, sem vacilar, mesmo as partes mais estranhas da minha história, pensei, enquanto a carroça rolava pela estrada para Stony Ford, onde eu trocaria de transporte para ir em direção à parte oeste da jornada. Eu lhe fizera uma descrição minuciosa das visões no espelho de obsidiana, e lhe contara detalhes das ações passadas da horda, incluindo a morte de Mella. Chegara mesmo a lhe mostrar uma ou duas páginas do caderno de Anluan. Ela fizera muitas perguntas; a curiosa mistura que formava o círculo íntimo de Anluan sem dúvida a deixou intrigada. Eu queria muito que ela tivesse vindo comigo.

Enquanto os diferentes transportes me levavam devagar, dolorosamente devagar, em direção a Whistling Tor, eu refletia sobre o que podia estar à minha espera, e rezava para encontrar Anluan vivo e bem de saúde. Trouxe o espelho comigo. Olhava sempre para sua superfície ligeiramente brilhante, e só encontrava meus próprios olhos, preocupados, mirando-me de volta. O tempo estava horrível. Viajávamos sob um céu de nuvens baixas, cruzando perigosos caminhos de lama, varando planícies onde o vento assobiava com força, cortante e salgado à medida que nos aproximávamos do mar do oeste.

Quanto mais viajávamos, menos carreteiros havia à disposição. Quando cada um chegava ao destino acordado, deixava a mim e a bagagem na estalagem mais próxima, e imediatamente dava meia-volta. Nas estalagens, havia muitos comentários, e alguns me deixaram com muito medo. Uma força de soldados normandos fora vista indo em direção a oeste. Havia rumores de que tinham sido enviados para tomar o território de um chefe local e lá estabelecer um comando nomeado por eles próprios. Ninguém tinha muita certeza de onde isso estava acontecendo, mas eles achavam que era perto da região de um chefe chamado Brión. Perguntei quantos soldados eram, e me disseram que eram tantos quanto seriam suficientes para um lorde irlandês sair vencedor. Perguntei há quanto tempo eles tinham passado e me disseram que fazia dez dias. Ninguém ouvira falar de Stephen de Courcy, mas não sabiam de nenhum outro nome. Quando os soldados passaram em seus belos cavalos de batalha, com suas armaduras de malha de metal e suas carroças repletas de mantimentos, as pessoas tinham se retirado em silêncio para suas casas e trancado as portas.

Perto do território de Silverlake vimos algo caído na estrada à nossa frente. O homem que estava me transportando, junto com três porcos que não paravam de protestar, parou a carroça.

— Não estou gostando do aspecto daquilo — resmungou. — Tem uns dois sujeitos ali do lado da estrada, no meio das árvores. Sabe-se lá quem são.

Ele pôs a mão no cinto, onde uma bainha gasta segurava algum tipo de arma. Com porcos a bordo, não tinha como dar uma meia-volta silenciosa e sair em retirada sem sermos notados.

— Parem! — gritou alguém, e um homem surgiu na estrada, na altura de uma barreira.

Espiando através da chuva que nos acompanhava havia algum tempo, vi que o obstáculo era uma sólida tora de madeira, o tronco de uma árvore pequena que talvez tivesse vindo abaixo em razão da tempestade, sendo depois arrastado para barrar o caminho. O homem usava calções de lã e túnica, ambos ensopados. Não parecia perigoso.

— Para onde vocês estão indo? — perguntou o homem.

— Para Three Trees Farm — respondeu o carreteiro, tornando a segurar as rédeas com as duas mãos.

O sujeito na estrada era um homem de Connacht.

— Fica a cinco milhas daqui, mas como vou rodear essa coisa aí, não sei. Qual é o problema?

— Quem é a passageira?

Havia dois homens no caminho agora, ambos olhando para mim. Minha roupa e todo o meu aspecto certamente tinham deixado claro que eu não era mulher do carroceiro.

— Tenho amigos em Whistling Tor, perto de Whiteshore — falei. — Estou indo visitá-los, e estou com pressa. Alguém talvez esteja gravemente doente.

Que aquilo não fosse verdade.

— Whistling Tor? Não é o lugar em que... — disse um para o outro.

— Melhor você não ir adiante — disse o segundo homem. — Estão em pé de guerra; qualquer pessoa numa dessas estradas estará

A MONTANHA DAS FERAS **401**

expondo-se ao perigo. Melhor você pegar a jovem senhora e levar de volta para a estalagem anterior, e os porcos junto. É o meu conselho.

O carroceiro ficou olhando para ele, e eu também, na dúvida sobre de que lado ele estava, porque era óbvio que a barreira tinha sido colocada na estrada, e não caído daquele jeito bem conveniente. Antes que eu pudesse elaborar uma pergunta, o carroceiro falou:

— Você não entende nada de porcos, não é? O que espera que eu faça, peça ao estalajadeiro que hospede os bichos por uma noite em seu melhor quarto, com uma jarra de cerveja para cada um? Por favor, tire a tora do caminho, está bem? Se eu não levar os bichos para Three Trees, não estarei de volta em casa antes do anoitecer.

— A senhora também está indo para Three Trees?

— É como lhe falei — disse eu. — Estou indo para Whistling Tor. Esse homem está me levando só até Three Trees; lá, pegarei outra carona. Queiram, por favor, fazer o que ele pediu? Precisamos seguir caminho.

— Você não vai chegar a Whistling Tor — falou o segundo homem. — Há um exército de normandos acampado em torno do lugar, sitiando o chefe local até que ele morra de fome. Você não vai conseguir chegar nem perto. Além dos normandos na estrada, há também... umas *coisas* soltas por aí.

— Coisas? — perguntei, o coração gelado ante o pensamento de que talvez fosse tarde demais.

Como eu poderia chegar até Anluan com a fortaleza sitiada? Como poderia mudar o futuro se não podia nem mesmo fazê-lo saber que eu estava aqui?

— Coisas estranhas. Coisas que não deveriam nem existir. Um cavalo que é só osso; um cachorro do tamanho de um boi. Sombras e vozes. Você não vai querer ir além de Three Trees.

Parecia que eles tinham decidido nos deixar passar. O carroceiro desceu para ajudar os dois homens a levantar a tora. Quando já a tinham movido o suficiente para que passássemos pelo canto da estrada de terra batida, perguntei:

— Quem pediu para vocês ficarem aqui? Um dos chefes locais?

— Tolice sua esperar que a gente dê uma resposta para essa pergunta — disse o primeiro. — Fique feliz por estarmos aqui, senão você ia seguir direto para uma encrenca. Ouça meu conselho, garota, e volte para o lugar de onde veio assim que esse sujeito desembarcar os porcos. — Vendo minha expressão, ele acrescentou: — Talvez seu amigo tenha conseguido sair antes que os normandos cercassem o lugar.

O tom dele não inspirava confiança.

Seguimos para Three Trees Farm, que ficava na fronteira com Silverlake, a sudeste de Whistling Tor. Nessa região, Maenach fora um dia chefe, Maenach, a quem Nechtan encarava como um inimigo visceral. Desembarcados os porcos, o fazendeiro nos ofereceu hidromel e biscoito de aveia, além de permitir que nos aquecêssemos diante do fogo. Estava claro que o carroceiro pretendia dar meia-volta assim que a refeição frugal terminasse.

— Não vou voltar com você — falei. — Preciso chegar a Whistling Tor o mais rápido possível. Se não tiver ninguém para me levar, vou a pé.

O fazendeiro, a mulher dele e o carroceiro se viraram para a porta aberta, onde se via a chuva caindo sem parar.

— Você está maluca — disse o fazendeiro.

— Podemos lhe arranjar uma cama para esta noite. — A mulher dele parecia em dúvida. — Mas você não vai achar ninguém para levá-la a Whistling Tor, nem hoje, nem amanhã, nem tão cedo. Não são só os normandos. Ninguém vai para aquele lugar. Você sabe o que dizem de lá.

— Que o chefe é um deformado que não serve para nada e que a montanha está cheia de monstros e cães gigantes? — falei, lutando para me manter calma. — É, eu sei de tudo isso. Passei o verão todo morando em Whistling Tor. Preciso chegar lá. Ninguém está passando pelas estradas?

Eles se entreolharam, e tive a impressão de que havia alguma coisa que não estavam dizendo, ou que tinham sido orientados a não dizer.

— O que é? O que há?

— Nada — disse o fazendeiro. — Nós não sabemos de nada, apenas que, se você for para Whistling Tor, vai pôr sua vida em risco. É um aviso. Você não está mesmo pensando em ir a pé, está?

— Não tenho outra escolha. Quanto tempo você acha que levo até lá?

Se eles achavam que eu estava louca, isso não os impediu de oferecer ajuda, e eu os abençoei por isso. Saí da fazenda com um manto grosso por cima da minha roupa molhada. Eles me deram uma tira de couro para amarrar em torno do meu estojo de escrita, para que eu pudesse pendurá-lo no ombro junto com a sacola, deixando minhas mãos livres. Deram-me um cajado e um pacote de comida. O melhor presente de todos foi um mapa rústico da estrada que eu devia pegar, e indicações de lugares feitas a carvão numa casca de bétula. Enfiei-a embaixo do manto para protegê-la da chuva. O fazendeiro me aconselhou a parar em uma das fazendas ao longo do caminho e continuar na manhã seguinte, já que não havia chance de eu chegar a Whistling Tor até o cair da noite. A lua sairia logo, mas, com pesadas nuvens cobrindo o céu, não haveria luz no caminho. Eu não disse que não tinha a menor intenção de parar antes de alcançar meu destino. Não importava que a noite caísse; não importava que não houvesse luz da lua. De algum modo eu ia encontrar o caminho. *Anluan*. O nome dele era um talismã contra a escuridão, contra o medo, contra desistir. *Anluan, estou quase chegando em casa. Espere por mim.*

Caminhei por toda a tarde e para dentro da noite que caía. Segui pela estrada e, quando ouvia um grupo de homens a cavalo se aproximando na penumbra, ia pela margem, por sob as árvores. Não conseguia ver os cavaleiros direito, mas, quando passavam, ouvia o som de metal e vozes falando uma língua que não me era familiar. Reforço para o cerco, talvez. Como Anluan poderia se defender contra tantos? Cerrei as mandíbulas e fui em frente. Foi escurecendo mais. Eu seguia a mancha clara da estrada de terra; de cada um dos lados, no lusco-fusco, poderia haver qualquer coisa. Subidas repentinas; descidas abruptas e perigosas. Gado, carneiros, monstros. Velhas histórias me rondavam a mente, cheias de ameaças que espreitavam nas sombras, longe da luz das lareiras. Eu continuava andando. Chegaria lá a tempo. Precisava chegar a tempo. Por que o espelho me mostraria o que escolhera me mostrar, se fosse só para me mandar voltar a Whistling Tor para encontrar Anluan já morto?

Quando meus pés e minhas costas doíam, quando as camadas de roupa encharcada e o frio da noite começavam a me arrefecer a coragem, quando já não conseguia fingir que não precisava de descanso, eu me abrigava sob alguma muralha em ruínas. Assim que parava de me mover, meus joelhos começavam a tremer. Minha cabeça rodava. Meus dedos estavam tão dormentes que eu tinha de lutar para abrir a sacola. As nuvens tinham se esgarçado e dava para ver traços do luar. Comi um pouco de pão e queijo do pacote que tinham me dado e bebi água da minha garrafa. Estava escuro demais para eu saber se estava no caminho certo. E escuro demais para ler o mapa na folha de bétula.

Embrulhei o resto da comida e enfiei na sacola, minhas mãos tocando o cabo do espelho ao fazê-lo.

— Agora seria uma boa hora para ele me mostrar alguma coisa útil — murmurei. — Uma lâmpada, por exemplo, ou uma vela; alguma coisa para iluminar meu caminho.

Mas não o tirei da sacola. Aquela última visão se mantinha gravada em minha mente: o rosto acinzentado de Anluan, seu corpo inerte; minha figura inclinada, abraçando-o em desespero; e Muirne de pé na porta com aquele olhar estranho e impassível no rosto. Um olhar que me dava arrepios. Era como se ela não tivesse nenhum entendimento sobre o que era certo ou errado...

Em um momento de iluminação, entendi. Aislinn. Aislinn no espelho de obsidiana, observando enquanto Nechtan praticava seus atos de tortura. Aislinn, que tinha aprendido tanto com o homem que a protegera: a ajudá-lo no trabalho, a manter as anotações meticulosas, a colher e preparar o material para os rituais de magia, a deixar de lado o sofrimento humano ou animal desde que esse sofrimento trouxesse informação vital. Aislinn, cujo rosto eu nunca vira, porque as visões tinham mostrado suas mãos esfregando, sua figura inclinada sobre a mesa, seus cabelos escorridos, cor de trigo, mas nunca seu rosto, o olhar que sem dúvida dirigia ao patrão com admiração, já que este lhe ensinara a se desembaraçar da própria consciência.

Meu coração se acelerou. Seria possível? Teria Aislinn voltado da morte para se juntar à horda que ela e Nechtan tinham posto à solta, com seu experimento malogrado? Depois daquele fatídico Dia das Bruxas, a garota desaparecera completamente das anotações de Nechtan. Eu não conseguia me lembrar de uma única referência a ela depois da descrição dos preparativos: as ervas, a guirlanda, o vestido branco, o encantamento. Para onde teria ido? Será que pensara melhor no caminho montanha abaixo que Nechtan lhe ensinara, e decidira ir embora de Whistling Tor? Ou ainda continuara lá? Muirne. Ai, meu Deus, Muirne, que era tão devotada a Anluan quanto Aislinn fora a Nechtan; Muirne, que fizera companhia para todos os chefes no poder... Imagens me atiçavam: Muirne alinhando as canecas na prateleira para que ficassem perfeitamente arrumadas. Aislinn limpando os vestígios da tortura com ar distante, com fastígio. O véu de Muirne, cobrindo inteiramente seu cabelo — se ela o removesse, será que uma cascata de cachos dourados lhe cairia sobre os ombros e as costas? Aislinn e Muirne. Podia ser. E, se fosse, isso significava que Muirne tinha um talento que todos em Whistling Tor desconheciam. Ela sabia ler.

A lua fez uma aparição gradual, revelando o terreno feito de vários tons de cinza, a estrada e suas curvas, paredes de pedra dos dois lados, figuras pálidas que tanto podiam ser pedras como carneiros. As bolhas nos meus pés podiam esperar até que eu chegasse a Whistling Tor. Anluan precisava de mim. Agora mesmo ele podia estar doente, ferido, em desespero. E, se minha suspeita sobre Muirne estivesse certa, eu não a queria perto dele.

Cheguei a uma pequena colina e, no escuro, vi a distância um morro maior, com algo no topo que poderia ser uma muralha. Estava quase lá. E agora havia aqui uma estrada lateral. Peguei o mapa e perscrutei-o sob a luz do luar. Sim, havia uma floresta de carvalhos nas proximidades, e um pinheiro alto e solitário mais ao norte. Eu devia sair da estrada principal e ir por esse caminho menor, largo o suficiente para deixar passar uma carroça ou uma tropa de soldados montados, mas menos movimentado. Era aquele mesmo caminho que eu pegara ao chegar aqui, correndo tanto para fugir dos meus demônios que escolhera uma trilha pela qual nenhuma pessoa em seu juízo perfeito iria. Quando chegasse ao marco de pedra, estaria retraçando meus próprios passos.

Antes que me aproximasse, a neblina começou a se formar. Em tiras e fitas, em rodamoinhos ondulantes que me envolviam enquanto eu caminhava, ela subia como para toldar a trilha, transformando a estrada iluminada pela lua em uma tapeçaria de padrões enganosos e mutantes. Maldito lugar! Até os elementos conspiravam para manter as pessoas afastadas. A recordação daquele dia na biblioteca voltou: as nuvens de fumaça me cegando, o pânico, a luta para respirar. Afastei a lembrança. Se me mantivesse na borda do caminho, poderia seguir em frente, passo a passo.

O tempo passou. Eu progredia de forma dolorosamente lenta. Mantinha-me do mesmo lado onde estivera o marco de pedra de Whistling Tor, rezando para não ter passado por ele sem notar. Sons chegavam a mim através da cortina de névoa, o pio de uma coruja, alguma coisa se quebrando, um estremecimento na vegetação rasteira, como o de uma pequena criatura passando. E então, não muito longe, ouvi vozes de homens, em língua estrangeira, e um ruído metálico, deslizante, talvez de uma arma sendo desembainhada. Um pouco à frente, percebia um brilho, como o de uma fogueira para cozinhar. Dei mais dois passos e esbarrei no marco de pedra, xingando por ter esfolado os joelhos. Um instante depois, alguém gritou alguma coisa que era, sem dúvida, um desafio, e surgiram sons de botas trilhando o chão.

Não havia onde me esconder; apenas a neblina me abrigava. Se eu saísse correndo às cegas, logo me machucaria. Se continuasse parada ali, seria capturada pelos normandos. Tirei a sacola dos ombros, abri rapidamente as correias e tirei o espelho. *Ajude-me. Ajude-me agora.* Olhei para a superfície polida, procurando não sei o quê. *Rápido!*

No metal, algo se moveu. Antes que eu pudesse ver o que era, surgiu uma figura alta, um homem vestido com a malha de metal trançado que era típica dos armamentos normandos, com um capacete e, na mão, uma lança, pronta para ser atirada. Ele gritou alguma coisa, e dois outros soldados apareceram por entre a névoa atrás dele. Continuei ali, imóvel, com o estojo de escrita nas costas, o espelho na mão, olhando para eles. Jogando a lança para um dos outros soldados, o primeiro homem deu um passo à frente e segurou meu braço, com força suficiente para me machucar. O espelho caiu no chão. Bile me subiu à garganta; meu coração martelava em terror. Eu não ia gritar. Quanto mais atenção eu chamasse, mais difícil seria escapar.

Os três estavam falando entre si, e dava para entender o que diziam: é só uma mulher. Devemos deixá-la seguir caminho? Não, traga-*a aqui*. Aquilo não podia acontecer. Não devia acontecer. Se descobrissem que eu tinha uma ligação com Anluan, esses normandos podiam me usar para forçar a capitulação dele. Se os deixasse fazer isso, eu estaria desdenhando do sacrifício feito por Anluan ao me mandar embora. E seria a responsável por sua derrocada.

— Soltem-me! — falei, com energia, procurando tomar a iniciativa. — Vocês não podem fazer isso! Soltem-me agora mesmo!

A resposta do sujeito foi me agarrar ainda com mais força. Um dos outros dois tinha um olhar que fez meu estômago revirar de medo. Eles podiam me levar até o líder e me interrogar. Ou poderiam decidir que iriam se divertir um pouco, sem fazer perguntas. A névoa seria um abrigo perfeito.

— Soltem-me! — gritei, tentando me livrar das mãos do meu captor, e um outro amordaçou minha boca com tanta força que senti os dentes estremecendo nas mandíbulas.

Ele gritou alguma coisa comigo, e começaram a me levar pela estrada. Através da névoa cerrada, eu vislumbrava tendas e cavalos amarrados, pilhas de sacos que deviam conter suprimentos, estacas fincadas no chão que poderiam ser para bandeiras ou flâmulas. Brilhos fracos aqui e ali sugeriam que havia mais de uma fogueira. Era um acampamento de soldados, uma grande força sitiante. Se cercavam Whistling Tor em sua totalidade, não havia como saber. Mas eu supunha que, no mínimo, haveria guardas postados em pontos estratégicos por todo o caminho, para evitar que as forças de Anluan rompessem o cerco.

Estávamos indo para uma tenda maior, mais um pavilhão, dentro do qual uma fogueira ainda ardia. Um dos homens foi na frente, entrando na tenda maior e chamando por alguém. *Uma espiã. Uma espiã no acampamento. Você vai interrogá-la?* Mais quatro passos e eu estaria lá dentro, completamente à mercê deles. Precisava fazer alguma coisa.

Enfiei os dentes na mão do meu captor. Ele xingou, soltando momentaneamente a mão que me apertava, e eu me virei para me enfiar na névoa e desaparecer. Outro tentava me agarrar quando se ouviu um som estranho, um chacoalhar, um barulho, um relincho sobrenatural. Os homens ficaram paralisados, os rostos pálidos, e o som foi se transformando em forma, enquanto da cortina de neblina fechada surgiu um enorme cavalo, uma criatura que era só ossos, a boca arreganhada num esgar pavoroso, e montado nele havia um cavaleiro de olhos vermelhos, envolto no manto de um monge, um crânio no lugar da cabeça, o sorriso arrepiante como o da própria morte. Meus companheiros saíram correndo em todas as direções, enquanto o cavalo e seu cavaleiro paravam ao meu lado. Equilibrei meu estojo de escrita com uma das mãos, e estendi a outra. Eichri se inclinou, envolveu-me com um braço e me puxou para a sela à sua frente, como se eu fosse leve como uma criança. Nós nos ajeitamos.

— Segure-se bem, Caitrin — disse o monge, e então envolveu-me com seu braço ossudo.

O cavalo esquelético empinou e se lançou num salto gigantesco. Fechei bem os olhos. Não ousaria olhar enquanto o animal assombroso não tocasse o chão. Estávamos do outro lado das linhas normandas. O cavalo correu ao longo do caminho e montanha acima, floresta adentro.

— Eles machucaram você? — perguntou Eichri.

Aos poucos, meu coração foi voltando ao ritmo normal.

— Um ou dois hematomas, mais nada — falei. — Como você soube que eu viria?

— Vimos você no espelho. Está tudo bem? Ou acha que estamos correndo demais?

Era como correr em cima de uma pilha de gravetos, precário e desconfortável. Eu pouco me importava. Estava em segurança. Estava em casa. Agora precisava fazer a pergunta:

— Eichri, Anluan ainda está vivo?

— Vivo? Vivíssimo. Você chegou bem no meio dos acontecimentos. Temos uma surpresa para os malditos camisas-cinza de manhã. Assim que clarear, vamos cair em cima deles com tudo o que temos. Meu velho amigo Rioghan bolou o plano de batalha, e parece muito bom, embora as pessoas não queiram admitir isso até que tudo esteja terminado e os normandos tenham ido embora das terras de Anluan.

Meu São Patrício, eu tinha chegado exatamente no dia da batalha.

— Ele vai ficar zangado — falei. — Anluan. Ele não me queria aqui. Mas...

Eu começava a perceber que não estávamos mais sozinhos. Assim que o cavalo começou a subir a montanha, num arrepiante sacolejar de ossos, figuras foram aparecendo de entre as árvores, homens, mulheres e crianças, vendo-nos passar. Vi a expressão nos olhos deles, de orgulho, de vingança, cheios de esperança e entusiasmo, e ouvi as vozes das sombras. *Ela voltou. A senhora voltou. É ela, que voltou para casa.*

— Zangado? — perguntou Eichri. — Se isso é estar zangado, vou comer minhas sandálias. Claro, você não viu a cara dele quando falei que você estava no pé da montanha. Se Rioghan não o tivesse feito recobrar a razão, ele teria saído correndo para pegar você pessoalmente, atravessando o acampamento normando.

— Ah...

Enquanto chacoalhávamos pátio adentro, seguidos por uma multidão sussurrante de gente espectral, meu coração disparou.

— Houve algumas mudanças depois que você foi embora — contou Eichri, quando o cavalo gigantesco parou.

O monge apeou, depois estendeu os braços para me pôr no chão.

Algumas mudanças. Aquilo era dizer o mínimo. Havia gente por toda parte, não apenas os guerreiros da horda, mas homens da aldeia, homens comuns que estavam trabalhando ao lado dos habitantes assombrados de Whistling Tor. Lá estava Catháir, ainda com sua camisa ensanguentada, olhando para mim com espanto enquanto ajudava um rapaz, talvez um fazendeiro, a encordoar um arco. Lá estavam também os colegas clérigos de Eichri, entrando e saindo da torre leste, onde ficava a capela, com pilhas de cobertas dobradas, vasilhas e garrafas. A capela tinha sido transformada numa enfermaria; eles se preparavam para os feridos de guerra. Lá estava a mulher de Tomas, Orna, atravessando o pátio com uma mulher-fantasma ao lado. A lua iluminava a atividade noturna. Uma única tocha estava acesa do lado de fora da casa. Porém, apesar do grande número de pessoas por ali, que era incomum, tudo estava silencioso.

— Mal posso acreditar nisso — falei, olhando para todos os lados. — Fazer com que todos trabalhem juntos... quebrar tantas barreiras... Como foi que ele conseguiu, Eichri?

— Cooperação. Planejamento. Persistência pura. Nós todos o ajudamos. Ele mandou Magnus falar com Brión imediatamente, logo depois que você partiu. Provou-se que o chefe local estava com muito mais medo da ameaça normanda do que da horda. Todos tinham sido levados a acreditar que Anluan não possuía força de liderança. Quando se buscava uma opinião, ele sempre ficava de fora. Assim que descobriram que as coisas tinham mudado, nós trabalhamos para persuadi-los de que a horda agora estava sob controle.

A horda parecia mesmo controlada. A cooperação tranquila que eu vira entre os aldeões humanos e a gente espectral me dava arrepios.

— É verdade? — perguntei. — Ele conseguiu mesmo controlar a horda, mesmo fora da montanha? E o frenesi?

— Estamos resolvendo isso — respondeu Eichri. — Rioghan os ensinou formas de se manterem fortes, e Magnus também. Claro que ainda não houve o teste definitivo.

Meu coração se confrangeu. Quando amanhecesse, eles desceriam para enfrentar o exército normando. O risco era tal, que era melhor nem pensar.

— Onde está Anluan? — perguntei. Era a única coisa que importava agora.

— Nos aposentos dele. Está esperando por você lá. Caitrin, vocês não terão muito tempo juntos. Vamos atacar logo depois da aurora. Anluan tem trabalho a fazer. Além disso, ele precisa descansar. Vai carregar um fardo muito pesado assim que a horda deixar a montanha.

Talvez eu parecesse surpresa, porque Eichri continuou:

— O plano de Rioghan prevê que metade da horda deve descer e se manifestar além da fronteira das linhas normandas. Anluan deverá descer com eles. Se o frenesi atingir nossas forças de batalha, ele é o único que pode dominá-las. Não fique olhando para mim assim, Caitrin. Você tem pouco tempo. Gearróg está de guarda. Ele vai garantir que ninguém vai interrompê-los.

Enquanto caminhávamos rumo à torre sul e os aposentos privados de Anluan, minha mente estava saturada daquela visão terrível: Anluan deitado na cama, eu chorando, e Muirne... E se eu entrasse porta adentro e Anluan estivesse deitado, morto?

— Onde está Muirne? — perguntei.

— Deve estar por aqui em algum lutar. Não a temos visto muito desde que o pessoal da aldeia subiu a montanha, assim que soubemos que os normandos estavam a caminho. Eu a vi uma ou duas vezes na torre norte ou no jardim de Irial. E ela tem estado na biblioteca também. Não aparece mais para as refeições, já que o número de habitantes da casa se expandiu de repente. E Magnus não está lá.

Olhei para Eichri, espantada. Claro que o leal Magnus não abandonaria Anluan num momento de crise como esse.

— O que houve?

— É tudo parte do plano. Anluan vai lhe dizer. Se tudo sair como esperamos, vamos rever Magnus de manhã. Aquela mulher, Orna, tem feito o trabalho na cozinha, junto de um grupo grande de ajudantes. Olcan está cuidando da fazenda.

Estávamos quase na torre.

— Ah, veja só — disse Eichri, quando uma figurinha se aproximou de mim. Eu me abaixei e a peguei no colo, sentindo seus braços gelados em torno do meu pescoço. Acariciei o cabelo branco e fino. Ela estava agarrada a mim, chorando. — Agora eu voltei — murmurei. — Está tudo bem. Mas preciso ir falar com Anluan. Você espera aqui com Gearróg. Logo venho vê-la.

E me ergui, encontrando os olhos do homem que me salvara do fogo; o homem que me chamara de o mais precioso tesouro de Anluan. Ele estava em posição de guarda do lado de fora da porta da torre norte, com a lança na mão.

— Cumpri minha palavra — disse Gearróg. — Mantive-o em segurança para você.

— E eu cumpri a minha. Estou em casa.

Gearróg era um homem de poucas palavras.

— Melhor você entrar, então — falou. — Não falta muito para o alvorecer. — E, depois de um instante, acrescentou: — Encontrou sua irmã, não foi?

Era bem dele lembrar-se de uma coisa assim. Gearróg era o tipo de homem que nunca pensava primeiro em si.

— Encontrei, sim, e ela... — A porta da torre sul foi aberta, e lá estava Anluan, os cabelos como um rio de fogo sobre os ombros, uma das mãos encostada no portal, a outra segurando uma lanterna, cujo brilho morno se espraiava, fazendo uma trilha para meus pés cansados, iluminando o caminho para casa. O rosto de Anluan estava branco como o inverno. Mas seu sorriso era só verão.

O resto do mundo desapareceu. Ele estendeu a mão; eu a tomei e fui conduzida para dentro. Anluan depôs a lanterna no chão e fechou a porta atrás de nós, movendo a tranca. E então nos atiramos nos braços um do outro, as palavras saindo aos borbotões, sem fazer muito sentido, porque havia um mar subindo e varrendo toda a razão. Eu não imaginava que fosse pôr em prática as palavras de minha irmã assim tão cedo, mas de repente me pareceu que eu tentava recordá-las.

— Você precisa descansar, comer — murmurou Anluan, soltando-me e dando um passo atrás. — Está ferida. Seus pés...

— Não é nada. — Sentei-me e tirei as botas, estremecendo. — Mas minhas roupas estão molhadas. E perdi minha sacola quando Eichri veio me pegar.

Graças a Deus eu guardara o caderno de Anluan na bolsinha em meu cinto.

— Você pode conseguir alguma coisa para eu vestir? Temos tão pouco tempo, não quero sair e pedir...

Anluan não disse nada. Foi até o armário todo desarrumado e, de uma pilha, tirou uma veste, mas não a passou para mim. Em vez disso, ficou de pé com ela nas mãos, a três passos de onde eu estava sentada, na beirada da cama.

Eu posso fazer isso, disse a mim mesma. *Eu o amo. Ele me ama. Ele me quer. Eu posso fazer, sim.* Então me ergui e, uma por uma, tirei cada peça da minha roupa. Mantive os olhos nele, vendo-o me olhar, observando as mudanças em seu rosto à medida que o manto, o xale, o corpete, a saia e as meias foram caindo, peça por peça, no chão. Eu sabia que minhas faces estavam vermelhas como maçãs maduras, mas não me importava. Só o que importava era a expressão no rosto de Anluan, e o turbilhão de desejo subindo-me pelo corpo. Deslizei minha combinação por cima da cabeça e deixei-a cair no chão lentamente. Continuei em pé, olhando para ele, vestida apenas com os cachos que me caíam sobre o corpo.

— Está um pouco frio aqui — falei. — Eichri me disse que você precisa descansar antes que amanheça. Quer se deitar um pouco ao meu lado?

Anluan não se movera.

— Caitrin — falou, e em seguida pigarreou. — Caitrin, vou desapontá-la... Eu não posso...

— Você nunca me desapontaria — falei, puxando a coberta e deitando-me na cama, enquanto meu coração executava uma dança louca, na mais feroz excitação. — Nem pense nisso. Se é de descanso que você precisa, então deite-se ao meu lado e descanse enquanto me esquenta. Eu senti sua falta de um jeito que não tenho como expressar em palavras, Anluan. Quero abraçá-lo; quero tê-lo junto a mim.

Então paramos de falar, e ajudei Anluan a tirar a roupa para que pudéssemos deitar juntos, pele contra pele; logo estávamos aquecendo um ao outro muito bem, e não descansamos nada. As palavras sábias de Maraid, em algum ponto no fundo da minha mente, ajudaram-me enquanto minhas mãos guiavam as dele, ensinando onde tocar, e minha boca se tornava mais ousada, no que ele seguiu meu exemplo. Fiz com que meu corpo se acomodasse no dele, encontrando formas de se mover e de segurar, de deslizar e de se entrelaçar, dentro das fronteiras que seus membros fracos permitiam. Em um ou dois momentos foi um pouco estranho; mas não tão estranho que o fizesse recuar, com medo de falhar. Já tínhamos ultrapassado esse ponto e, quando nossos corpos enfim alcançaram o prazer juntos, foi como a visão do espelho-do-que-poderia-ter-sido, apaixonado, poderoso, avassalador, um dar e receber, encontro e partida, uma união que era ao mesmo tempo desesperada e terna, até que uma onda de sensações irrompeu sobre nós, deixando-nos inertes, lassos, os corações enlouquecidos, os corpos entrelaçados.

Passou-se algum tempo até que um de nós dois falasse. Eu continuava aninhada ao lado dele, o braço de Anluan em torno de mim, minha cabeça apoiada em seu ombro. Meu corpo tocava o dele em centenas, milhares de pontos de pele contra pele; eu sentia cada um deles. Não queria nunca mais sair dali.

— Por todos os santos — murmurou Anluan, e havia em sua voz um tom de absoluto encantamento. — Sinto como se fosse capaz de fazer qualquer coisa. Qualquer coisa.

— E você pode — falei. — Eu sempre soube disso.

Não perguntei por que ele achava que isso era algo que se considerava incapaz de fazer. Se ele quisesse me contar, o faria quando chegasse a hora.

— Caitrin?

— Hum?

— Dessa vez você vai ficar? Fique e case-se comigo.

Por um instante, meu coração estava repleto demais para me permitir falar.

— Ficaria honrada — sussurrei. — Não quero nunca mais deixar você.

Ocorreu-me então que, na verdade, não fora como na visão do espelho-do-que-poderia-ter-sido, onde Anluan vira uma versão perfeita de si mesmo fazendo amor comigo. Isso teria sido uma fantasia, a corporificação do impossível. O que acontecera fora real: real em suas falhas e inseguranças, real em seus pequenos triunfos, real em seu comprometimento e compreensão.

— Anluan, você me perdoa pelo que eu lhe disse na noite em que brigamos? Não era para valer. Fiquei tão ferida em pensar que você não me queria, que imagino ter sido tomada por uma espécie de loucura...

— Psiu... — disse ele, tocando meus lábios com os dedos. — Não precisa falar nisso. Até porque eu fui tão cruel quanto você. Mandei você embora da maneira mais ríspida possível. Se tivesse me permitido alguma suavidade, não teria sido capaz de dizer as palavras. Eu temia por sua segurança — disse ele, com o rosto em brasa. — Mas não foi a única razão. Imagino que você saiba que acabo de me surpreender comigo mesmo. Caitrin, eu ansiava por mantê-la ao meu lado; eu ansiava por tê-la em minha cama. Mas não achava que um dia conseguisse ser... adequado.

— Tenho pouca experiência nessas questões — falei, ficando vermelha também. — Mas parece-me que você foi muito além de adequado. Anluan, eu li e reli seu pequeno caderno. Quando fui embora daqui, achava que você não me amava; não como eu o amava. O caderno me mostrou o quanto eu estava errada.

— Como você podia não saber? — A voz dele denotava espanto. — Você me transformou completamente. Você foi como uma... Como uma linda e maravilhosa floração num jardim cheio de ervas daninhas. Como uma capitular trabalhada, numa página de escrita comum, uma letra decorada com a mais bela e profunda de todas as cores de Erin. Como uma chama, Caitrin. Como uma canção.

Guardei para mim aquelas palavras enquanto continuávamos deitados juntos, descansando, mas não adormecidos. Além da porta fechada da torre sul, a lua cheia cruzava o céu e a noite caminhava para a aurora. Tão pouco tempo. E ele precisava marchar para uma batalha tão desigual, tão imprevisível, que só de pensar nisso meu coração se contraía de medo. Não falei nada sobre isso. A recém-adquirida autoconfiança de Anluan era a maior arma dele.

Como era inevitável, alguém bateu à porta.

— Meu senhor? — Era a voz de Gearróg. — Tenho aqui comida e bebida. Foi Orna quem trouxe. Rioghan disse que eu precisava despertá-lo; o senhor precisa se alimentar antes de sair para a luta.

Anluan suspirou.

— Obrigado, Gearróg — disse.

— Estou com fome — falei, dando-me conta de que fazia muito tempo desde que eu fizera uma refeição improvisada na beira da estrada. — Vou lá pegar, posso?

— Não assim. — Anluan me olhou quando pulei da cama, completamente nua, e fiquei de pé no meio do quarto. — Vista pelo menos a camisa. Mesmo assim, você vai chocar esse seu guarda tão fiel. Ele fez um bom trabalho, Caitrin. Retribuiu sua confiança mil vezes. Pedi a ele que ficasse ao seu lado quando descermos a montanha hoje.

Na porta, peguei a bandeja das mãos de Gearróg. Havia um sorriso em seu rosto bruto. Orna preparara uma saborosa refeição para dois, com algum tipo de carne assada fria, fatias de pão preto e ovos cozidos com ervas. E uma pequena jarra com cerveja. A mim parecia que a casa inteira estava acordada, e claro que todos tinham adivinhado o que Anluan e eu estávamos fazendo sozinhos no quarto, mas eu pouco me importava. Tor estava cheia de esperança esta noite. Os corações vibravam. Eu encontrara o tesouro que acreditava ter perdido para sempre, e um pequeno constrangimento não tinha sentido em lugar nenhum.

Enchi duas canecas de cerveja, e passei uma para Anluan, que estava sentado na cama com a coberta no colo. Eu estava sentindo frio com a camisa emprestada. Fui até o móvel e busquei na pilha de roupas uma túnica ou um manto. Mais tarde eu veria se alguma das roupas que eu deixara para trás ainda existia.

Ouvi um som atrás de mim, como uma tosse fraca ou um pigarrear; e em seguida o barulho de algo indo ao chão. Virei-me. Anluan tinha deixado a caneca cair. Tinha as duas mãos na garganta e seu rosto estava cinza.

— O que é isso? — Eu já estava ao lado dele, o coração aos pulos. — O que foi? O que aconteceu?

Ele tentou falar, mas não conseguia respirar. Fez um gesto frenético, tentando me passar alguma mensagem, mas eu não conseguia entender o que ele queria dizer. Enquanto eu tentava sustentá-lo, ele desabou na cama, revirando os olhos.

— *Gearróg!* — gritei.

Ai, meu Deus, era verdade, então estava mesmo acontecendo. Eu exigira muito dele, drenara sua energia... Havia alguma coisa errada que ele não me contara, alguma doença...

Gearróg entrou correndo, soltou uma praga e logo deu meia-volta para chamar por socorro. Enquanto eu lutava para me acalmar, com a mão no peito de Anluan para sentir se seu coração ainda batia, pondo o dedo em seu pescoço no ponto em que o sangue pulsa, o quarto se encheu de gente: Olcan, Eichri, Orna e Tomas. E, logo atrás deles, Rioghan, que olhou para Anluan e disse:

— Meu Deus, é Irial outra vez!

— *O quê...* — comecei, ultrajada com a ideia de que alguém acreditasse que Anluan, meu amado Anluan, que me tomara, se deitara comigo e me conduzira a um mundo mágico, pudesse querer se matar. E então entendi o que ele queria dizer. A caneca. O colapso súbito. A palidez cinza-azulada, a perda da fala, a dificuldade em respirar...

— Ele foi envenenado — falei. — A cerveja... foi a única coisa que ele tomou... quem preparou essa bandeja? *Façam alguma coisa. Salvem-no, agora, agora!* — gritava uma voz dentro de mim, deixando a beira do pânico.

— Sionnach preparou a comida — disse Orna. Ela continuava olhando para os lados, como se a presença próxima daquela gente espectral ainda a deixasse nervosa. — Tomas pegou a cerveja para nós e eu trouxe a bandeja para Gearróg. Já estava voltando, na metade do caminho, quando ouvi você gritar. É a mesma comida e bebida que todos nós consumimos no jantar, e ninguém teve nada.

Houve um silêncio, embora todos estivessem fazendo alguma coisa, Olcan sustentando Anluan, Eichri na porta dando instruções para Gearróg, Orna passando um pano úmido na testa do homem deitado.

A respiração de Anluan estava fraca e incerta. Sua pele era como a de um cadáver, só sombras.

— Alguém mais entrou na cozinha enquanto Sionnach estava preparando a comida?

— Quem mais poderia estar lá no meio da noite? — Orna franziu a testa. — Ah, mas de fato aquela criatura estranha apareceu. A mulher de véu. Entrou e saiu daquele jeito dela, que me dá arrepios. Só esteve lá por um instante.

Um instante fora o suficiente. Suficiente para deitar uma gota de veneno numa jarra. Suficiente para matar um homem.

— Deve haver um antídoto... Precisamos descobrir qual era o veneno... Quem aqui tem conhecimento a respeito de ervas?

— Só Magnus — disse Rioghan. — E ele não está aqui. Além disso, é o mesmo veneno que matou Irial, e nunca descobrimos qual era. Ninguém sabia.

Eu queria gritar, arrancar a roupa e berrar como uma louca. Consegui reunir o mesmo propósito frio que um dia me ajudara a entrar lá em casa e enfrentar Ita e Cillian.

— Alguém sabe, sim — falei. — Encontrem Muirne. Tragam-na aqui imediatamente. Foi ela quem fez isso.

Aislinn era especialista em preparos com ervas. Aislinn sabia tudo sobre poções. Ela amava Anluan, mas talvez também o odiasse; talvez o odiasse por me amar, e por mudar tudo na montanha. Talvez ela nem se importasse com qual de nós beberia primeiro.

— Depressa! — falei, mas Rioghan já tinha saído correndo.

— Caitrin — disse Eichri, com calma. — Se for a mesma coisa que Irial tomou, não temos muito tempo. Uma hora, talvez. Não podemos esperar por Muirne, mesmo que você esteja certa.

Percebi, por sua voz, que ele não acreditava que Muirne fosse capaz de se voltar contra o objeto de sua devoção da vida inteira.

— Precisamos fazer alguma coisa agora ou vamos perdê-lo enquanto os outros tentam encontrá-la.

— Irial — falei, com um novo pensamento me surgindo.

Se Muirne era capaz de matar seu amado Anluan por causa de ciúme, não poderia ter feito a mesma coisa com Irial, a quem ela parecia igualmente devotada? Irial teria sabido qual era o antídoto. Ele fazia anotações sobre tudo o que descobria; teria feito registros de todas as plantas que crescem em Whistling Tor. Tenho certeza. Deve estar em algum daqueles livros. Ele teria escrito os sintomas, todos os detalhes... Primeiro precisamos descobrir qual é o veneno, e ele terá anotado o nome do antídoto embaixo.

Uma hora. Um pouco menos do que uma hora. E eu era a única pessoa na casa que sabia ler, além *dela*. Se tivesse havido alguém mais letrado entre eles, talvez Irial pudesse ter sido salvo.

Peguei a mão inerte de Anluan e levei-a aos lábios. Ela já parecia sem vida, mas eu sentira o sangue ainda pulsando em suas veias, ainda que fraco. Sentira o coração parando. Largar sua mão e me afastar seria um pouco como morrer.

— Vou à biblioteca — falei, por sobre o ombro. — Preciso de uma lanterna confiável e de um homem guardando cada porta. Se alguém encontrar Muirne, quero vê-la imediatamente. Gearróg, não deixe que ela se aproxime de Anluan.

Corri descalça e atravessei o pátio, com o manto de Gearróg jogado por cima da camisa emprestada. As notícias corriam. Quando cheguei ao jardim de Irial, pessoas da horda e do vilarejo formavam grupos, seus rostos estavam sombrios. Catháir entrou correndo no jardim de Irial antes que eu alcançasse a porta da casa, com uma lanterna numa das mãos e uma adaga na outra.

— Vou guardar esta porta, minha senhora. Broc ficará na outra, com o cachorro. Deixe-me abri-la para a senhora. — Ele empurrou a porta da biblioteca e ela se escancarou; a tranca interna não fora passada. — Onde quer que eu bote a luz?

— Na prateleira, ali no canto. Se Muirne entrar no jardim, chame-me imediatamente. Ela tem a resposta. Tenho certeza.

— Muirne? — Catháir parecia duvidar menos do que Eichri. — De fato ela entrou aqui muitas vezes depois que a senhora se foi. Espanou as prateleiras. Mexeu coisas de lugar. Olhou os livros.

Meu coração estava gelado como um túmulo. Tirei uma pilha de livros de anotações de Irial da prateleira e os depus numa mesa próxima. Na pressa, comecei a virar as páginas, não chegando a ler nada por inteiro, porque não havia tempo... *Fique vivo, por favor, por favor*, mas buscando a esmo palavras que me chamassem a atenção: ataque repentino, respiração, fala, cinza-azulado, veneno, antídoto...

Um, dois, três livros... Havia venenos aqui, mas não o que eu buscava. Havia cinza-azulado, mas era apenas a descrição de uma folha. Minhas mãos suavam de pavor; meu corpo estava úmido. Meu coração martelava o peito. O estômago parecia um nó. A caligrafia de arabescos de Irial ficava fora de foco sob meus olhos. Cinco livros, sete, nove...

— Encontrou alguma coisa? — perguntou Catháir, entrando pela porta.

Quando ergui a cabeça, minha nuca doeu. Eu mal me movera durante... durante quanto tempo? Tempo demais.

— Não consigo encontrar! — respondi, com a voz rouca. — Não acho nada! E não é só achar, precisamos fazer a poção curativa e dar para ele, e o tempo está se esgotando!

Agarrei mais um livro e comecei a folhear, sabendo que estava a ponto de não conseguir ler mais nada.

— Senhora — disse Catháir, com um tom cauteloso. — Estão dizendo que, para a senhora, foi Muirne quem fez isso. Deu o veneno para Lorde Anluan.

— Sim, é o que eu acho. Que ela sabe ler. Que ela conhece as plantas e seus usos. Que ela deu para ele e está se escondendo para que eu não a faça contar qual é o antídoto antes que ele morra.

Arruda, confrei, absinto. Ulmária, artemísia, tomilho. Tudo isso era inútil, inútil. Eu deveria voltar e abraçá-lo, e afagá-lo. Ao menos estaria lá para dizer adeus.

— Acontece que...

Catháir hesitou.

— Fale.

— Se for ela, Muirne, seria melhor se a senhora procurasse no depósito... sabe, aquele cantinho perto do muro do jardim. É para lá que ela vai à noite. Irial costumava trabalhar lá, fazendo as destilações e misturas. Depois que ele morreu, ninguém mais entrou lá; só ela. E ela adora esses livros pequenos, esses que estão aí. São eles que ela folheia quando vem à biblioteca. E aperta-os contra o coração como se fossem uma criança.

Mal ele acabara de falar, e eu já estava no jardim. A porta da construção baixa, de pedra, estava trancada, como sempre. Isso não seria uma barreira para Muirne. Talvez ela até pudesse atravessar paredes.

— Quero que você abra essa porta para mim — falei. — Depressa. E quero que me ajude a procurar. Deve ser um livro pequeno, como aqueles outros.

As anotações melancólicas de Irial nas margens eram numeradas, indo até quinhentos e noventa e quatro. Mas ele sobrevivera à mulher por dois anos, e isso significava mais de setecentos dias. A não ser que ele tivesse parado ou simplesmente perdido a vontade de escrever, deveria haver outro diário em algum lugar.

Catháir enfiou a bota na porta do quartinho. A madeira se partiu, a corrente afrouxou, a tranca foi arrancada da parede de pedra. Espiei o interior, na penumbra.

— Levante a lanterna — pedi, entrando.

Havia algo errado com o lugar, algo que a princípio não consegui definir. Eu esperava encontrar coisas antigas, mofadas, ferramentas guardadas e esquecidas, ou os restos abandonados do trabalho botânico de Irial, de tanto tempo atrás. Mas o aposento estava perfeitamente arrumado. No canto, havia uma vassoura de painço; pendurado na parede, um espanador. Velas estavam alinhadas numa prateleira. Havia um banco de trabalho, com cadinhos e jarras, alguns contendo objetos que não consegui identificar. Um almofariz e um pilão estavam ao lado de um conjunto de facas e outros instrumentos, os quais soltavam um brilho maléfico à luz da lanterna. Pendurados no teto, maços de ervas. Num dos cantos do quarto imaculado, havia um colchão e, em cima dele, uma pequena caixa com tampa.

Nenhum livro à vista.

— Ela deve tê-los guardado aqui em algum lugar — murmurei.
— Procure por todo lado, Catháir. Está aqui. Tenho certeza. Aqui, mas escondido.

Agarrei a coberta que estava amontoada ao pé da cama, o único detalhe de desarrumação em todo o quarto. Sacudi-a. Nada ali. Procurei atrás da cabeceira da cama. Também nada. Abaixei-me para olhar embaixo, enquanto Catháir remexia nas prateleiras, levantando e repondo os objetos. Havia uma pilha de tiras de pano no chão, debaixo da cama; peguei-as. Pareceram-me familiares, mas o que eram?

— Bebê!

A vozinha veio da porta, e um segundo depois a menina-fantasma estava agachada ao meu lado, agarrando aquele monte de pano patético, tentando juntar os pedaços, que eram brancos como o rosto de Roíse, violeta como o véu que eu fizera para esconder o cabelo arruinado da boneca, e marrom como a saia que fora desfiada e destruída no silêncio do meu quarto. Fiapos de cabelos de lã; fragmentos rasgados de uma sorridente, bordada com amor. A menina continuava agarrando contra o peito seu tesouro destroçado.

— Está tudo bem, bebê — sussurrou ela.

Catháir se abaixou junto da menina e, embora seus olhos fossem selvagens e inquietos como sempre, havia algo de gentil em seu modo de agir.

— Irmãzinha — disse —, você já tinha entrado aqui antes?

— Hum-hum — murmurou ela, sem olhar para Catháir.

A menina não tirava os olhos de seu bebê arruinado.

— Existe algum livro aqui? — perguntou o jovem guerreiro. — Sabe se a mulher de véu tem um livro especial escondido aqui dentro?

Silêncio.

— Por favor — falei, tentando manter a voz calma e gentil como a de Catháir, embora um grito ameaçasse sair de dentro de mim. — Se você souber onde ele está, por favor, mostre para nós.

Uma mãozinha se ergueu; um dedo apontou na direção da pequena caixa sobre a cama. Era pequena demais para conter um livro, ainda que mínimo, e meu coração se confrangeu ainda mais, mas ainda

A MONTANHA DAS FERAS **423**

assim peguei a caixa e abri o fecho. Ergui a tampa e encontrei o lenço bordado de minha mãe, dobrado com todo o cuidado. Debaixo dele, havia uma série de itens estranhos: uma amostra de um belo trançado em tons de violeta e púrpura; uma fivela decorativa de um sapato de mulher; um incrível fecho de manto feito de prata e âmbar. *Ela guardou um troféu de cada uma de nós,* pensei. *De cada uma daquelas que ela odiou e pensou em matar. Cada uma que tirou dela o chefe.*

— O que é aquilo no fundo? — perguntou Cathaír.

— Uma chave — falei, com um tênue fio de esperança, afinal. — O que é que ela abre?

A menina se encolheu toda, talvez atemorizada por meu desespero.

— Por favor — falei, mais calma. — Por favor, ajude-me. Lorde Anluan está muito doente. Precisamos salvá-lo. Você sabe para que serve esta chave? — Abri o lencinho bordado em cima da cama. — Você pode botar a bebê aqui e enrolá-la certinho.

A menina botou a pilha de trapos no meio do lenço e ficou olhando enquanto eu amarrava os cantos, de dois em dois, fazendo uma pequena trouxa.

— O espelho — murmurou ela.

— Espelho?

Havia alguma coisa estranha no tom de voz de Cathaír e, quando olhei para ele, vi que levava a mão à testa como se estivesse sentindo dor.

— Que espelho? — perguntou o guerreiro.

De repente, a menina começou a chorar.

— Minha cabeça está doendo — sussurrou ela, agarrando a trouxinha contra o peito.

Isso não, agora não, por favor...

— Mantenha-se firme, Catháir — falei. — Eu preciso de você. Temos de encontrar o livro.

De lá de fora, do jardim, vinham sons de pessoas xingando, uivando, gritando.

O jovem guerreiro cambaleou, estendeu a mão, agarrou-se ao banco e se endireitou. Fechou a boca e assobiou algumas notas desesperadas: *Levantem-se e lutem... homens da montanha...*

— *Aquele* espelho ali — soluçou a criança, apontando.

Era velho, corroído e nada revelava a não ser os restos enferrujados de algo há tempos negligenciado. Ficava encostado à parede atrás da mesa de trabalho, meio escondido por uma fileira de jarras. Quando afastei as jarras, seus conteúdos se moveram de um jeito inquietante, como se contivessem algo vivo. Levantei o espelho antigo e vi que ali, atrás dele, havia uma escotilha de madeira com um buraco de fechadura.

Destemidos na coragem... unidos na vontade, cantava Catháir, e outras vozes que vinham de fora do quarto, vozes grossas de homens, tons mais altos de mulheres. *Brandindo as espadas com coragem, cabeça erguida...*

Virei a chave. Abri a porta.

— Livros — disse Catháir, parando de cantar. — Aqui, deixe que eu ilumine para você.

Dois livros, um deles igual ao caderno de anotações de Irial, o outro ainda menor. Abri o primeiro sobre a mesa de trabalho e vi a conhecida escrita de arabescos e as delicadas ilustrações.

— Aqui está — falei, enfiando o outro livro no bolso da capa de Gearróg. Depressa, depressa... Comecei a virar as páginas. Umas anotações de diário sem relação com as ervas; um cataplasma para dor de ouvido em criança; uma discussão sobre várias ervas que poderiam servir para aliviar a tristeza...

Quando estava na metade, encontrei. O veneno destilado com as quantidades precisas de frutinhas de garra-de-dragão, maceradas e transformadas num molho espesso, em seguida coadas e deixadas descansar por sete dias. *O efeito é imediato*, Irial escrevera. *Primeiro, a pele fica cinzenta, depois a respiração se torna ofegante, perde-se a fala e então vem a perda de consciência, que leva à morte em menos de uma hora. O antídoto é...*

— Sangue-do-coração — murmurei, correndo pelo jardim afora com o livro na mão.

As pessoas se afastaram ante minha passagem. Muitos estavam à espera enquanto eu procurava.

— Eu devia ter adivinhado! Maldita Muirne! Catháir, vou precisar de alguém para me ajudar a destilar isto aqui.

Cheguei ao canto onde havia um pé da planta. Caí de joelhos. Catháir ergueu a lanterna. O círculo de luz banhou as delicadas folhas cinza-esverdeadas do arbusto de confrei e, atrás dele, os restos secos e murchos das flores de sangue-do-coração. Apenas duas. *Um punhado de pétalas bem maceradas,* Irial escrevera. *O mais frescas possível.*

— Tem de funcionar, isso aqui deve ser suficiente — murmurei, esticando a mão para pegar minha colheita patética.

Por todo o jardim, a canção soava agora com mais confiança. *Juntos, irmãos, vivos ou mortos!* Rioghan os tinha ensinado muito bem. Ele lhes incutira a esperança diante do desespero.

— Vou ajudá-la.

Era a mulher sábia da horda, a que tinha uma tatuagem de lua na testa. Tinha as feições calmas, mas vi a dor em seus olhos. O frenesi, ao que parecia, tomava todos eles.

— Você vai precisar de outras ervas? — perguntou ela.

— Flores secas de lavanda... há um maço delas pendurado no quartinho. Vou na frente, para a cozinha.

De volta à biblioteca, o mais rápido que pude, atravessei o aposento escuro e saí pela outra porta, assustando o guerreiro mais velho, Broc, que estava de pé cantando a plenos pulmões a canção, a mão agarrada com toda força à lança, como se fosse hera na pedra. Fianchu latia, correndo à minha frente, como se soubesse exatamente o que precisava ser feito. Catháir vinha logo atrás, desesperado para me manter segura, mas debatendo-se com a dor. A cozinha estava cheia de gente; o fogo, aceso. A amiga de Orna, Sionnach, ergueu uma chaleira. A própria Orna estava no portal, e logo atrás dela vinha a mulher sábia, com um maço de lavanda seca nas mãos. Ela fora rápida.

— Um de vocês corte isso o mais picadinho que puder. Outro rasgue as flores de lavanda. Orna, precisamos...

O olhar dela me fez estacar.

— Ele ainda está vivo — informou Orna, rapidamente. — Mas não temos muito tempo. O que é isso que vamos destilar?

426 JULIET MARILLIER

— Vida, espero. É um antídoto para o que acredito que foi dado para ele... Simples assim, apenas essas duas plantas transformadas em um chá.

— Você tem a medida certa? — perguntou a mulher da horda.

— Sangue-do-coração é uma planta perigosa. Se você der demais, ele estará perdido para sempre.

— Duas canecas de água recém-fervida. Um punhado de pétalas de sangue-do-coração bem maceradas. Dois punhados de flores de lavanda.

Olhei para a pequena quantidade de sangue-do-coração.

— Não sei se isso é suficiente.

O terror foi tomando conta de mim. Se Anluan morresse pela falta de uma única flor...

— Meias quantidades — disse Orna, pegando uma faca no banco e vindo para a mesa. — Você não pode esperar que um homem semiconsciente engula duas canecas da mistura. Será suficiente, não acha?

E então ela olhou para a mulher espectral.

— Será suficiente, acredito.

— Então vamos fazer assim. Sionnach, não bote a chaleira de volta... Você não ouviu o que Caitrin disse? Tirar *assim* que ferver...

— Muirne apareceu? — perguntei, trêmula, percebendo que o trabalho tinha sido tirado de minhas mãos.

Orna macerava; a mulher sábia media; Sionnach despejava a água quente na jarra. Do lado de fora, a cantoria continuava. Eu esperava que o som do canto não chegasse até o acampamento normando, caso contrário o ataque-surpresa não seria surpresa nenhuma.

— Maldita canção — murmurou Orna, mas falou de um jeito bem-humorado. — Vou continuar ouvindo quando estiver dormindo, já até posso ouvir Tomas cantando. Tudo bem, acho que agora estamos todos do mesmo lado. Com os homens da montanha; e com as mulheres.

— Ela não apareceu — respondeu a mulher-fantasma. — A mulher de véu. Se você conseguir isso, se conseguir curá-lo, ela terá ainda mais medo de você.

— Medo? — repeti, espantada. — Muirne com medo *de mim*?

Mas não tive tempo de falar mais nada. Eichri estava na porta.

— Estão dizendo que você encontrou. O antídoto. É verdade?

Ele parecia desesperado; um chacoalhar quase inaudível me mostrou que ele estava tremendo.

— Vamos levar agora mesmo — falei. — Ele só tem de aguentar mais uns minutos. — *Meu Deus, não o tire de mim...*

— Vocês precisam se apressar — disse Eichri.

Com todo o cuidado, a mulher sábia me entregou a jarra. Estava quente, eu quase a deixei cair. Correndo, Orna tirou de um gancho um pano limpo e me ajudou a embrulhar a jarra.

— Até chegarmos na torre — disse ela —, já terá esfriado o suficiente para ele beber.

Sionnach fora buscar uma caneca limpa. Saímos da casa e atravessamos o jardim; enquanto passávamos, a cantoria baixou de volume, ficou entrecortada e depois parou. Todos os olhos se voltaram para nós, os olhos arregalados de quem ainda lutava contra o inimigo que tentava envenenar suas mentes, e contra os olhos assustados das pessoas comuns, cuja realidade mudara para sempre. Eu queria correr, voar, estar ao lado de Anluan num segundo, mas carregava a jarra, dentro dela sua salvação, e caminhava como se pisasse em ovos, cada passo dado com todo o cuidado.

Na entrada da torre sul, Gearróg estava firme, embora eu visse a tensão em seu corpo e, no rosto, o esforço da resistência. O frenesi era para ele um grande desafio, como antes. Ele murmurava algo para si próprio e, quando passei por ele, ouvi-o dizendo:

— Deus, não deixe Lorde Anluan morrer. Dizem que o Senhor atende às preces de um pecador. Ouça a minha hoje, por favor. Todos dependemos disso.

E então cheguei ao quarto, junto ao leito de Anluan. Ele estava nos braços firmes de Olcan, a boca ligeiramente entreaberta, os olhos fechados, a respiração sibilante como o vento nos canaviais. Estava vivo; por todos os santos, ainda vivia. Minhas mãos tremiam tanto que não consegui despejar a infusão da jarra para a caneca. Orna o fez para mim, mas fui eu quem levou a caneca aos lábios dele.

— Anluan — falei, com lágrimas descendo por meu rosto. — Você precisa beber isso. Um gole só, para começar; Anluan, tente, por favor.

Estava claro que ele não podia me ouvir. O gole precioso escorreria de sua boca inconsciente, cairia nas cobertas e se perderia.

— Embeba o pano — disse a voz calma da mulher sábia. — E esprema um pouco dentro da boca. Faça como faria com um bebê órfão.

Embebi com um pouco da infusão o pano que ela me passara; ergui-o com cuidado. Perder uma gota sequer significaria, talvez, perder a batalha. Olcan sustentou com delicadeza a nuca de Anluan e eu espremi o chá em sua boca. *Beba. Beba.*

Ele engoliu. Soltei a respiração que vinha prendendo e tornei a molhar o pano. E mais uma vez. O quarto estava tão quieto que pensei poder ouvir meu coração batendo. Mais algumas gotas; Anluan mexeu os olhos; buscou ar, tenso, virou a cabeça.

— Agora use a caneca — disse a mulher sábia. — Logo ele estará plenamente desperto. Vá devagar.

— Beba. Beba, meu querido — falei, colocando uma das mãos na nuca de Anluan e encostando a caneca em seus lábios.

Ele bebeu; parou de lutar por ar; tornou a beber, sedento. Seus olhos se abriram, azuis como o céu no mais lindo dia de verão, e muito confusos.

— O quê... — conseguiu dizer, e então ficou sem ar.

— Quieto, não tente falar.

Depus a caneca vazia e virei o rosto, para que ele não visse as lágrimas que me escorriam pelo rosto.

— Está tudo bem, você vai ficar bem agora. Tenha calma.

— Caitrin... Olcan... O que houve?

Anluan virava a cabeça para um lado e para o outro; levou uma das mãos à testa, tentou se sentar, caiu outra vez para trás, contra o braço de Olcan, que o sustentava.

— O que aconteceu comigo? Eu sonhei...

Silêncio, e então senti a mão dele encostando em mim, inclinada na beirada da cama.

— Caitrin, você está chorando. O que... O que aconteceu?

A MONTANHA DAS FERAS **429**

A voz dele estava um pouco mais forte, e, quando me virei, havia um pouco mais de cor em suas faces.

— Quem poderia imaginar? — disse Orna. — Sangue-do-coração. Eu pensava que só servia para fazer tinta de gente rica. Meu senhor — disse ela, e de repente pareceu tímida, com um jeito desconfiado —, o senhor esteve muito doente. À beira da morte. Foi Caitrin que o salvou.

— Doente? — Anluan franziu a testa, movendo o olhar da caneca vazia em minha mão para a jarra que a mulher sábia segurava. — Mas... — Ele pigarreou. — Eu sonhei...

— Sim — falei, sentindo o rosto em brasa.

— Aquilo era real... eu e você...

Fiquei ainda mais vermelha; minhas faces ardiam.

— Era — falei. — Eu também sou real, Anluan. Você precisa se deitar e descansar; você esteve muito mal.

— Não... — disse ele, tentando outra vez se levantar, a respiração ofegante. — Não, não há tempo para isso... Eu preciso... Deus, não consigo respirar direito... Conte-me o que aconteceu.

E então expliquei com a maior calma possível, enquanto ele tentava respirar e Olcan o apoiava até ele conseguir se sentar sozinho. Não falei nada sobre Muirne, apenas contei sobre o veneno, e que era o mesmo que matara seu pai. Expliquei que tínhamos encontrado o antídoto, mas não disse onde. Tampouco falei sobre a pequena coleção de troféus que encontrara.

— Veneno — disse Anluan, num tom neutro. — Agora, na hora da batalha, veneno...

Antes que eu pudesse falar mais alguma coisa, a figura esguia de Rioghan, com seu manto vermelho, apareceu na porta, com Catháir logo atrás.

— Deus seja louvado — disse o conselheiro, com os olhos fixos em Anluan. Virou-se na direção do pátio, e sem dúvida queria gritar a plenos pulmões, mas guardou para si a alegria, dizendo, baixinho: — Ele está a salvo! Lorde Anluan ficou bom!

Não é bem assim, pensei, segurando a mão de Anluan na minha. Olhei para Rioghan, adivinhando o que vinha.

— Meu senhor — disse Rioghan, aproximando-se e ajoelhando-se ao lado da cama, com cortesia. — O amanhecer se aproxima. Não podemos agir sem você.

— Ele não pode ir agora! — protestei. — Você não pode pedir isso a ele!

Havia apenas algumas batidas de coração, Anluan jazera ali, muito próximo da morte. Ele parecia mal conseguir se manter de pé. De forma alguma poderia comandar um exército numa batalha.

— Será que a ação não pode ser adiada até amanhã?

— Precisa ser hoje, Caitrin — disse Rioghan. — O plano está traçado. Descemos a montanha antes do alvorecer. Metade de nossas forças surge no acampamento dos normandos e toma conta deles. A outra metade espera debaixo das árvores, escondida. Quando tivermos criado o caos nas forças inimigas, Magnus entra com os exércitos de Silverlake e Whiteshore, comandados por seus próprios líderes. Os normandos são forçados a se esconder montanha acima e caem na armadilha que os espera. Agora é muito tarde para mandar parar as forças que vêm com Magnus, saindo de seus próprios territórios para se arriscarem por nós, e não temos como mandar um mensageiro sem chamar a atenção do inimigo. A aparição dramática de Eichri para salvar você não fez isso; a névoa deve ter ajudado; ele acha que não foram muitos os que o viram. Com sorte, aqueles que de fato viram ainda podem estar discutindo se você foi mesmo salva por um cavaleiro espectral, ou se foi tudo coisa da imaginação. Meu senhor, você tem tempo para vestir seu traje de guerra. Não mais do que isso. Catháir e eu podemos ajudá-lo.

Anluan ficou de pé. Cambaleou, mas firmou-se.

— Eu posso fazer isso, Caitrin — disse, trincando as mandíbulas. Lutei para encontrar forças e estar à altura dele.

— Sei que você pode. Vou deixá-lo, para que possa se preparar.

Olhei em torno do quarto, onde todos estavam em silêncio: o robusto Olcan; Rioghan com o rosto tenso, lutando com a lembrança de quando falhou; Eichri em sua túnica marrom; Orna e Sionnach; a mulher com a lua gravada na fronte calma. Catháir mexeu no armário

A MONTANHA DAS FERAS **431**

e de lá tirou uma série de itens: um colete de couro parecido com o que Magnus usava; uma armadura, um cinto com fivela de prata.

— Estou orgulhosa de você, tão orgulhosa que meu coração transborda. Volte para casa em segurança.

Eu queria beijar Anluan de verdade, mas aquele não era o momento apropriado. Naquele instante, de pé, um pouco adernado, e segurando de forma canhestra uma coberta para esconder sua nudez, ainda assim ele era a própria imagem de um chefe. Fiquei na ponta dos pés, pus as mãos em seus ombros e encostei meu rosto no dele.

— Amo você — sussurrei.

— Eu amo você, Caitrin.

A frase de Anluan não foi nenhum sussurro, mas uma declaração, forte e orgulhosa.

— Gearróg deve ficar junto de você até eu voltar. Vários homens do vilarejo também permanecerão aqui em cima, já que temos uma força pequena posicionada no alto da muralha. Não corra nenhum risco.

Ele estava se enfiando numa camisa que Cathaír segurava.

— Caitrin, quem pode ter botado veneno na minha caneca?

Enquanto Anluan se inclinava para enfiar as calças, Rioghan me encarou. Fez um gesto quase imperceptível com a cabeça, e eu engoli as palavras que estivera a ponto de dizer. Aquele não era um momento para falar de Aislinn, e daquilo que agora já não parecia suspeita, e sim realidade.

— Podemos falar sobre isso mais tarde — disse. — Que Deus esteja com você e o proteja de todo mal.

14

POUCO DEPOIS, ELES ESTAVAM REUNIDOS NO PÁTIO. ainda vestida com o manto e a camisa emprestados, fiquei de pé entre Orna, de um lado, e Gearróg, vigilante, do outro. Em torno de nós, mulheres e crianças da horda, mulheres e crianças do vilarejo, estas em número bem menor, e também alguns homens mais velhos, que eram frágeis demais para seguir para a batalha. Nas passagens no alto da fortaleza estavam os guardas da horda, com seus arcos e flechas prontos, os olhos postos na encosta da montanha além das muralhas. Havia em tudo um silêncio; na penumbra da madrugada, ouvia-se apenas um pássaro solitário cantando seu canto preguiçoso, mais pergunta do que afirmação. *Já é hora?*

Era um exército extraordinário, feito com a matéria dos pesadelos. Anluan tinha uma figura sombria. Usava preto sob o equipamento protetor, e o cabelo brilhante estava oculto sob a armadura de couro. A única arma que levava era uma longa faca, no cinto. Parecia pálido. As linhas em torno de seu nariz e de sua boca, as mesmas que me tinham feito achar que ele era muito mais velho do que seus vinte e cinco anos, estavam ainda mais visíveis nesta manhã. Esforcei-me para que meu rosto não mostrasse minha própria ansiedade.

Ao lado dele estava Cathaír, com sua camisa manchada de sangue. Tinha uma espada presa à cintura e uma lança na mão. Pareceu-me que seus olhos estavam mais calmos hoje; havia, na verdade, uma determinação naquele exército tão heterogêneo que fazia meu coração se abrir, deixando a esperança entrar. Talvez eles conseguissem. Talvez, mesmo além das fronteiras da montanha, pudessem conter o frenesi quando ele surgisse, e seguir seu chefe rumo à vitória.

Olcan estava do outro lado de Anluan, com Fianchu preso por uma coleira e uma corda. Pareciam formidáveis, aqueles dois, uma força concentrada. Era difícil acreditar que aquele apavorante cão de guarda tivesse dormido enroscado ao lado de uma criancinha, seu calor ao lado do frio eterno. Perto deles estava Rioghan, soturno como a morte.

Um chacoalhar de ossos precedeu a aparição, de entre as árvores, do cavalo esquelético e seu cavaleiro monástico. Eichri olhou em minha direção, e ele e o cavalo sorriram. Nas extremidades da força reunida encontravam-se os homens do vilarejo de Whistling Tor, Tomas entre eles. Levavam talvez metade das armas que deviam ter, mas os equipamentos tinham sido divididos; um dos homens vestia apenas uma armadura, no outro faltavam os protetores de pulso; um terceiro, mais sortudo, tinha um protetor peitoral já bem gasto, pintado com o emblema de um sol dourado sobre um céu azul. Lembrei-me do espelho-do-que-deveria-ter-sido e da imagem de Anluan, montado, liderando um exército de jovens guerreiros, sob uma bandeira exatamente com essas cores. Os homens da aldeia pareciam claramente nervosos. Tinham sido criados ouvindo histórias sobre a horda, contos de terror sobre assassinatos e carnificinas. Chegar àquele ponto devia ter exigido um altíssimo grau de liderança, tanto por parte de Anluan quanto de Rioghan, assim como de coragem por parte daqueles homens comuns.

— Chegou a hora — anunciou Anluan, virando-se para olhar para todos os lados. — Vocês sabem qual é o plano. Mantenham-se fiéis a ele, e vamos expulsar esses invasores de nossas terras para todo o sempre. Homens do vilarejo, vocês sabem o que está em jogo aqui. Lutamos por nossas terras, por nossas famílias, pelo futuro. Homens da horda, para vocês o objetivo é ainda mais ambicioso. Vencendo hoje, vocês nos darão tempo para procurar o contrafeitiço. Vençam para mim esta batalha e juro a vocês que encontrarei a fórmula, mesmo que a tenha de procurar pelo resto da vida.

"Homens, vocês sabem o que devem fazer. A primeira leva deve cruzar a fronteira ao pé da montanha, além do ponto em que tenho certeza de que posso mantê-los sob controle, aconteça o que acontecer. Se o frenesi lhes atacar as mentes, vocês não poderão cantar para neutralizá-lo, não até o momento do ataque. Assim que cruzarmos as muralhas da fortaleza, precisaremos manter o mais absoluto silêncio, caso contrário o inimigo será alertado. Eu estarei lá para liderá-los. Sou o líder de vocês. Se o frenesi surgir, lembrem-se de que minha voz é a única a que devem obediência. Se a loucura ameaçar tirá-los da linha, atenham-se a isso. Vocês são meus soldados; são os guerreiros da montanha. Nós marchamos para a vitória. Quando o último soldado normando tiver deixado nosso território, quando Whistling Tor for nossa novamente, marcharemos de volta com os corações nas alturas, cantando tão forte que vamos estremecer as muralhas desta fortaleza."

A intenção de dar a esse discurso o brado de aprovação que ele merecia mostrou-se em cada um dos rostos. Mas o fato de ninguém ter emitido um som foi o testemunho da transformação que se dera naquele extraordinário exército, de aldeões apavorados e espectros rebeldes, em uma disciplinada força de batalha. Anluan virou o rosto em minha direção. Sorriu, e naquele sorriso vi seu amor por mim, e também seu medo. Consegui sorrir de volta, esperando estar exibindo muita confiança.

— Adiante, homens! — disse Anluan, e eles começaram a se movimentar, atravessando a abertura na muralha e mergulhando na escuridão da floresta.

A MONTANHA DAS FERAS **435**

Os homens da montanha: velhos e jovens, mortos ou vivos, monges, conselheiros, guerreiros, artesãos, guardas, fazendeiros. A esperança brilhava em seus olhos; o orgulho os mantinha eretos e altos. Acima das árvores, o céu mostrava os primeiros sinais da aurora.

— Bem, então é isto — disse Orna, assim que a última fileira desapareceu de vista.

Ela enxugou o rosto com a mão.

— É melhor você não continuar aqui, descalça, por muito tempo, Caitrin. Ainda mais com essa camisa que deixa metade das suas pernas de fora. Vamos ver se encontramos em algum lugar uma roupa para você vestir. Você vai entrar? — A última pergunta foi dirigida à mulher sábia.

— Vamos esperar do lado de fora.

A mulher com a lua tatuada recebia agora a companhia de outras, que eu vira na noite do conselho reunido por Anluan, a mulher comum e a criatura elegante, com joias cintilantes e as feições de quem fora bonita.

— Tome cuidado, Caitrin — acrescentou a mulher sábia. — Se havia veneno na jarra é porque você também era visada. Se estiver certa, e foi mesmo a mulher de véu que fez isso, ela é mais esperta e mais perigosa do que acreditávamos. Achávamos que ela era inofensiva. A devoção que dedicava aos chefes de Whistling Tor parecia algo sem importância. Talvez ela tenha a habilidade de fazer com que os outros a vejam como ela gostaria de ser vista. Ela continua por aqui. E continua vigiando você. Tome cuidado.

Aquiesci, um arrepio de inquietação me percorrendo. Aquilo fazia sentido. E podia explicar a incrível cegueira de todos os homens do círculo mais próximo ante o comportamento estranho de Muirne. Eles a achavam bem-intencionada e inofensiva. Geralmente nem prestavam atenção nela. E talvez fosse isso mesmo que Muirne queria. Era tão conveniente ser invisível, que, quando alguma coisa ruim acontecia, não passava pela cabeça de ninguém que ela pudesse ter culpa.

Algum tempo mais tarde, trajada com vestido, xale e chinelos emprestados, sentei-me à mesa da cozinha com um grupo de mulheres do vilarejo. Gearróg ficou de guarda na porta externa. Guardando a de dentro ficaram dois garotos da aldeia, com não mais do que uns treze anos, cada um segurando um porrete afiado.

— Eu tenho à mão uma boa faca de cozinha — disse Orna, seguindo meu olhar. — E tem ainda os três ferros de avivar o fogo, todos em brasa. Não vamos ficar aqui sentadas e deixar os normandos tomarem este lugar, Caitrin. Whistling Tor é nosso lar. Ninguém vai nos tirar daqui.

Eu esperava que não chegasse a tanto, uma vez que o inimigo só chegaria à fortaleza caso a ousada estratégia de Rioghan falhasse e o exército de Anluan fosse derrotado. Ou caso esse mesmo exército fosse tomado pelo frenesi e se voltasse contra si mesmo.

— Eu queria que pudéssemos ver o que está acontecendo — falei, apertando o xale em torno de mim e tentando não pensar no pior.

Eles já deviam estar no pé da montanha agora, dividindo-se em dois grupos, um para atravessar a fronteira, o outro para esperar escondido sob as árvores. O que eu não perguntara, porque não quisera nem pensar nisso, era onde Anluan pretendia estar quando o primeiro grupo surgisse bem no meio do acampamento normando. Para mantê-los fortes, além da fronteira, ele precisava estar ao lado deles e liderá-los. Eles eram espectrais por natureza e não podiam ser mortos. Mas Anluan era um ser vivo.

— Está frio aqui fora — comentou Orna, falando para preencher o silêncio nervoso.

Lembrei que, ao mudar de roupa, havia deixado o manto de Gearróg jogado num banco. Apanhei o manto e ia levá-lo para o guerreiro, quando percebi que havia alguma coisa no bolso: era o livrinho que eu pegara no esconderijo de Muirne. Tirei-o.

— O que é isso? — perguntou Orna. E, como eu não respondi: — Caitrin?

Fiquei parada, imóvel, com o livrinho na mão, a capa entreaberta deixando entrever, escrito em uma grafia minúscula bem traçada, o nome *Aislinn*.

— Ela usava uma pena de corvo — sussurrei, sem prestar atenção, virando a primeira página com os dedos trêmulos. — Orna, eu preciso ler isto aqui. Você pode, por favor, levar o manto para Gearróg?

Depus o livro na mesa, ao lado do caderno de Irial. Entendia bem por que o livro menor fora escondido: não apenas ele revelava a verdadeira identidade de Muirne, como também, pelo que eu via num primeiro olhar, porque suas páginas traziam notas pessoais, fórmulas, diagramas, sugerindo que aquele era o mesmíssimo livro no qual ela escrevia quando eu a vira pela primeira vez no espelho de obsidiana. Um diário de crueldade, de feitiçaria, de uma enorme ambição que dera horrivelmente errado. Mas por que ela colocara o caderno de Irial junto dele? Aquele era um entre vários. Ela podia querer evitar que eu achasse o antídoto, mas aquele caderno estava desaparecido desde que eu começara a ler as anotações de Irial: muito antes que o ciúme a levasse a agir com maldade, assim como fizera hoje. Será que havia outras evidências de malfeitos no caderno de Irial? Folheei as páginas, procurando por alguma coisa estranha, e dei com um enunciado: *Para a preparação da tinta de sangue-do-coração.* Os componentes e o método estavam descritos logo abaixo. Não senti nem um pingo de emoção, apenas a frustração em ver mais uma página que não me seria útil, que não trazia nenhuma pista, nenhum esclarecimento.

No entanto, um momento. Havia, *sim*, uma diferença aqui, algo que diferenciava este volume dos demais cadernos de Irial. Voltei ao começo e tornei a folhear o caderno até o meio; examinei as últimas páginas. Não havia anotações nas margens, nenhum registro do longo tempo de dor de Irial. E, na primeira página, em irlandês, não em latim, o pai de Anluan tinha escrito o seguinte:

Adeus, meu luar e meu sol, minha doce rosa, meu amor. Seiscentos dias se passaram desde que a perdi, e não derramarei mais lágrimas, embora meu coração vá pranteá-la até nos encontrarmos no lugar além da morte. Nosso filho está vivo e crescendo. Enquanto estive tão imerso na dor do luto que mal me reconhecia, Magnus cuidou dele com tanta sabedoria e ternura que era como se fosse um segundo pai. Em nosso menino, eu vejo todas as suas qualidades, Emer: coragem, humor, firmeza, esperança. Hoje, no jardim, Anluan caiu e machucou o braço. E não foi para mim que ele correu, foi para Magnus. Devo começar do nada. Preciso fechar os ouvidos à voz da tristeza e do desespero, se quiser ajudar nosso filho a crescer e se tornar um homem. Embora eu já não escreva sobre a minha dor, jamais acredite que eu a esqueci, minha amada. Todos os dias, você continua viva, através dele.

Mãe de Deus. Que crueldade, que crueldade horrível esconder o livro de forma que Anluan nunca ficasse sabendo o quanto o pai o amava; escondê-lo de Magnus, que carregava uma culpa por não ter percebido a profundeza do desespero do amigo. Aqueles não eram os pensamentos de um homem prestes a se matar por causa do sofrimento. Em minha mente, eu podia ver Muirne ao lado do Irial sofredor, o homem cujo jardim ela assombrava, o homem de cuja oficina ela se apoderara, e de cujo espaço fizera seu local secreto. Podia vê-la observando Irial com Emer; via seu olhar, idêntico àquele que às vezes ela me direcionava. Via Muirne acendendo o fogo que tiraria a vida de sua rival; não tinha dúvidas de que ela fora capaz de envenenar seu amado Irial, pela simples razão de que ele amava demais Emer e o filho, nada restando para ela. Muirne acreditara que, com a morte de Emer, Irial seria seu. Mas ela estava errada. E assim também o matou. E hoje quase matara o filho dele.

Com as mãos trêmulas, abri o pequeno livro de Aislinn. Ela estava aqui dentro de casa, em algum lugar. Ia voltar e, quando o fizesse, eu deveria estar pronta. O que fazer — ler do início ao fim, o que me tomaria muito tempo, já que havia latim e também irlandês, ou folhear o livro rapidamente? Comecei a virar as páginas, vendo números e figuras que não significavam muito para mim, um pentagrama dentro de um círculo perfeito, este último desenhado na forma de uma serpente engolindo o próprio rabo. Uma lista de ervas estranhas, com anotações precisas sobre cada uma devia ser colhida. Madeira dourada só devia ser cortada no sexto dia da fase da lua, e com uma lasca de osso; e o material colhido não podia entrar em contato com o solo, mas ser levado com todo o cuidado para o local de preparação. Preparação para quê? Aqui e ali, havia observações sem qualquer relação com o trabalho dela: *Nechtan é um diamante perfeito em matéria de aprendizado e coragem. Nunca poderei me igualar a ele.* E algumas páginas depois:

Ele me observa quando pensa que não estou vendo. Ele confia a mim seus maiores segredos. Ele me ama. Estou repleta de felicidade.

Aquilo me dava arrepios, mas, apesar disso, eu tinha pena dela, lembrando-me de Nechtan no espelho de obsidiana e de como ele facilmente deixava de lado seu desejo pela moça em função do interesse pelo trabalho que tinha à frente. Amor? Nunca. Essa ideia só existia na mente de Aislinn.

Apenas três dias até a noite do Dia das Bruxas. Meu vestido está quase pronto. Vou tecer a guirlanda no último dia, para que fique bem fresca. Mal posso acreditar que ele confiou a mim a mais alta tarefa. Quando ele tiver riscado o desenho secreto, eu é que ficaria no centro. Quando ele pronunciar as palavras da invocação, as criaturas surgirão, trazidas pela minha essência. O exército se formará em torno de mim, entre os pontos do pentagrama. Sei as palavras mágicas: ele as ensaia sem cessar, murmurando-as para si mesmo enquanto se dedica às preparações. Pedi a ele que me descrevesse exatamente como a coisa funciona, mas Nechtan não quis. Saber demais é perigoso, Aislinn, dissera ele, e não quero colocá-la em risco, minha querida. Ele diz que serei como uma sacerdotisa; como uma rainha.

E, em outra página:

Ele ainda não me tocou. Mas me olha, ah, como me olha. Não diz nada acerca de como será depois, mas vejo uma promessa em seus olhos. Quando tudo terminar, e Mella já não estiver mais aqui, nós ficaremos juntos

E então, no pé de uma página toda amassada, na qual várias palavras sem sentido — *erappa, sinigilac, egruser* — tinham sido escritas, riscadas e combinadas de várias formas, como se ela estivesse resolvendo um problema, Aislinn escreveu:

Finalmente consegui. O segredo. A chave. Eu a tenho. É tão simples, simples demais para uma mente como a dele, que sempre escrutina as alturas, buscando desafios acima dos limites do homem comum. Ele debocha da mera ideia de que algum dia poderemos precisar disso; e talvez esteja certo. Depois que o grande trabalho tiver sido feito, eu lhe contarei que descobri aquilo que ele não conseguiu. Mal posso esperar para ver sua cara de orgulho.

— O que é isso? — Orna estava olhando para mim. — O que é que você está lendo?

— *Singilac oigel* — murmurei, passando as páginas nervosamente. — *Legio caliginis...* exército da escuridão...

Fiquei de pé em um pulo, com o livro de Aislinn na mão. As outras mulheres ficaram me olhando.

— Preciso ir até a biblioteca — falei. — Agora. Preciso do espelho de obsidiana, Gearróg!

Ele entrou correndo, então parou de repente, com a mão a ponto de puxar a espada.

— Vamos até a biblioteca. Traga a luz.

Meus olhos pousaram nos dois rapazes que guardavam a porta interna, os dois parecendo meio sonolentos. Eles teriam problemas defendendo qualquer coisa maior do que um cachorro vadio.

— Vou também — disse Orna, pegando a lanterna de um gancho e também seu xale quentinho.

Eu estaria mais segura com ela e sua faca de cozinha perto de mim, do que com aqueles dois meninos tentando ser homens.

— Sionnach, fique de olho na porta. E, vocês todos, estejam prontos para pegar um daqueles ferros da lareira e usá-los caso seja preciso. Vá na frente, Gearróg.

Fomos correndo, nós três, pela casa adentro até chegar à porta da biblioteca, que não tinha guarda agora, uma vez que Broc deixara seu posto para descer a montanha com o resto do exército. Tremendo da cabeça aos pés, fui até a mesa onde passara tantas horas tentando, com pena e tinta, restabelecer a ordem no caos da coleção de Anluan. Respirei fundo, abaixei-me e peguei o baú que guardava os papéis pessoais de Nechtan. Tirei de lá de dentro o objeto embrulhado num pano; coloquei-o sobre a mesa; e desembrulhei o espelho de obsidiana. Gearróg estava parado ao lado da porta que dava para o jardim de Irial, alerta a qualquer perigo. Depois de pendurar a lanterna para mim, Orna fora até a outra porta e lá estava, de pé. Apesar da palidez, sua expressão era sombria e determinada, e entendi que eu estava em dívida com ela, por sua coragem.

Abri o caderno de Aislinn na página em que ela começava a descrever o ritual: a fórmula secreta, a invocação, seu papel como uma espécie de condutora dos espíritos. Havia uma chance, pequena mas real, de que aquilo que funcionara com os escritos de Nechtan também funcionasse com os de sua assistente. Mas eu precisava, ao menos, tentar. Um terror me tomava inteira, uma premonição sombria. Queria muito estar errada. Parece que Aislinn tinha achado que seu latim canhestro era uma fórmula de poder. Um contrafeitiço: ela deve ter acreditado nisso, caso contrário por que ela inverteria as palavras ao fazer a invocação — *guerreiros da escuridão, venham* —, a não ser com o propósito de mandar aqueles demônios de volta para o lugar de onde tinham vindo?

Aislinn provavelmente se enganara. De fato, parecia simples demais, algo que Nechtan sem dúvida já devia ter tentado, assim que percebeu que não conseguia fazer a horda obedecer. Ainda assim, meu coração disparou, com medo e ansiedade. Se o que ela tinha escrito no livro era mesmo o contrafeitiço, então Anluan possuía os meios de mandar a horda embora. Ele poderia desfazer a maldição da família e acabar com cem anos de sofrimento. Eu precisava saber mais; tinha de assistir ao ritual para descobrir como eles tinham feito, e o que nele dera errado. Aquilo devia ser mais complicado do que pronunciar algumas palavras em latim de trás para a frente.

— Mostre-me — murmurei, meu olhar se movendo do espelho para o livro e depois de volta. — Mostre-me, depressa.

Quando Muirne desse por falta do livro, viria atrás de mim para pegá-lo. Não abriria mão tão facilmente de seu tesouro escondido, a ferramenta de enorme poder que guardara para si durante tantos anos. Eu precisava descobrir como usar o feitiço antes que Muirne me encontrasse.

442 JULIET MARILLIER

O claro manuscrito de Aislinn estava diante de mim, suas linhas perfeitamente espaçadas, as letras redondas e bem-feitas, nem uma única pincelada fora de lugar. *Serei como uma sacerdotisa; como uma rainha.* A superfície do espelho de obsidiana brilhava à luz da lanterna. Através da porta aberta para o jardim de Irial, achei que dava para ouvir um clamor lá embaixo da montanha, gritos, berros, choque de armas, os relinchos agudos e histéricos dos cavalos.

— Começou — disse Gearróg. — Fiquem firmes, moças.

— Que Deus esteja com eles — murmurou Orna. — Está encontrando o que precisa, Caitrin??

Não respondi, porque a superfície começara a oscilar, a se transformar, a escurecer e clarear e a se abrir, e ali, diante de mim, estava o pátio dentro da muralha da fortaleza, não com o mato crescido como agora, mas limpo e aberto. A luz fria da lua cheia banhava o espaço central, mas sob as árvores a escuridão era total. Ao pé da escada estava Nechtan, vestido de preto. A luz que emanava de um braseiro transformava seu rosto ossudo em uma máscara de fogo e sombras.

— As ervas, Aislinn — disse ele.

— As ervas, Aislinn — diz ele, e ela entrega sua pequena colheita; folhas secas reduzidas a pó, uma mistura feita para ajudar na transição entre mundos, para abrir os portais.

Hoje, a noite de todas as noites, é quando essas portas podem estar entreabertas. No Dia das Bruxas, ela pensa, tolo é quem espera outra coisa que não o imponderável. Sente um formigamento no corpo, uma forte antecipação que a deixa inquieta enquanto está ali, esperando, sabendo que, neste momento, está mais linda do que nunca. O vestido é do mais puro linho, mais fino do que qualquer um que tenha usado antes, as extremidades bordadas com delicadas flores e folhagens. Nechtan pediu a ela que deixasse os cabelos soltos, e eles a encobrem como uma seda clara. Aislinn pode sentir cada fio contra a pele. Sente também a força do olhar de Nechtan. Seus olhos a devoram. *Mais tarde,* os olhos prometem. *Mais tarde.*

A MONTANHA DAS FERAS **443**

Ele riscou o pentagrama na areia, suas pontas tocando o círculo que o contorna, um círculo em forma de uma serpente devorando o próprio rabo. Agora, ele atira as ervas no braseiro. A fumaça perfumada começa a se espalhar pelo lugar do ritual. O que acontecerá esta noite é uma magia poderosa, mas Nechtan cuidará para que ela esteja segura. Ele a ama. Quando tudo terminar, ela será sua esposa. Mella não o merece. Não foi feita para ele. Mella nada compreende de seu trabalho, sua mente é mesquinha demais para entendê-lo. Mella nunca foi bonita.

A lua se esconde atrás de uma nuvem; uma lufada de vento varre o pátio. O braseiro se reaviva de forma estranha, com chispas dançando para o céu.

— Chegou a hora, Aislinn — diz Nechtan, a voz profunda e suave.

Ele vem em direção a ela, uma figura imponente em suas vestes rituais; e estende a mão. Aislinn a toma na sua. Ah, este toque! Ela o sente em seu íntimo, as partes mais secretas de seu corpo estremecem e pulsam. *Mais tarde... mais tarde.* Ele a conduz ao centro. Os dois ensaiaram isso até que tudo estivesse perfeito, em todos os detalhes; nem um grão de areia se move quando seus pés cautelosos ultrapassam as linhas. Agora estão no centro do desenho. Nechtan a ajuda a colocar-se, com os braços ao longo do corpo, o rosto voltado para onde ele ficará de pé para fazer a invocação, no segundo degrau que leva à entrada principal. Ele estará do lado de fora do círculo.

A casa está escura. Se Mella sabe o que está acontecendo aqui, trancou-se para não participar de nada. Talvez esteja botando compressas frias nos machucados do rosto, ou cuidando do filhinho choroso. O mais provável é que esteja deitada. Deve dormir sozinha. Desta noite em diante, ela sempre dormirá sozinha.

Nechtan se inclina para beijar Aislinn na testa, num gesto casto. Ele atravessa o círculo e vai até a escada. Ela o vê respirar fundo várias vezes, aprontando-se, tomando coragem.

Aislinn conhece as regras a que precisa obedecer nesta noite. *Mantenha-se em silêncio; não fale. Fique parada como se fosse de pedra. Sinta o que sentir, veja o que vir, continue no centro. Não tenha medo. Eu vou controlá-los; eles não lhe farão mal.* Ela vai conseguir. Vem treinando ficar absolutamente imóvel por mais tempo do que precisará esta noite; aprendeu a controlar a tontura. A quietude, esta não precisa praticar. Ela e Nechtan costumam trabalhar o dia todo, da alvorada ao anoitecer, sem trocar uma palavra, satisfeitos com a companhia silenciosa um do outro. O fato de ele a ter *escolhido*... de *ela* ter sido honrada... Isso faz seu coração quase explodir. É um milagre, um encanto, uma bênção.

Ela pensa em seu segredo, no feitiço que descobriu sozinha, sem precisar da ajuda de Nechtan. Mal pode esperar para dividi-lo com ele. Assim que tudo terminar, vai contar para ele sobre o estudo que vem fazendo em suas horas de folga, as coisas que aprendeu, ah, tantas coisas, o conhecimento secreto que adquiriu. Talvez, quando finalmente tiverem se deitado juntos, e ela o tiver satisfeito, e Nechtan esteja recostado, em relaxamento, ela possa dizer, bem casualmente, *Adivinhe o que eu descobri?*

O vento caprichoso sopra folhas secas por sobre a laje. A lua surge, uma face pálida, neutra, olhando para eles aqui embaixo. Nechtan começa a caminhar de forma solene em torno do círculo, começando pelo norte.

— Pelo eterno poder da terra, eu os chamo! — diz ele.

E caminha na direção leste.

— Pelo poder invisível do ar, eu os chamo!

Então move-se na direção do sol, já que este é um ritual de manifestação.

— Pelo poder transformador do fogo, eu os chamo!

E logo vai em direção a oeste.

— Pelo poder fluido da água, eu os chamo!

Completou o círculo inteiro e agora começa a andar pelo pentagrama com passos medidos, tomando cuidado para que os pés não apaguem o desenho.

Quando completou toda a figura, ele se põe de pé no ponto norte, perto dos degraus. Vira-se e encara o centro.

— Pelo poder onipotente do espírito, que não conhece o princípio nem o fim, eu os convoco! Venham das sombras! De dentro da escuridão eu os conclamo! — A voz dele é profunda, poderosa. Ela ressoa pelo pátio banhado pela lua, fazendo estremecer as árvores. As palavras ancestrais puxam e repuxam, ordenam e decretam, persuadem e comandam. Quem poderia resistir a tal chamado?

Um tremor percorre o corpo de Aislinn, a premonição de uma mudança, e pela primeira vez ela está ansiosa. *E se...?* Não, veja Nechtan, seus olhos escuros cintilando de confiança, sua pose triunfal. Ele é um mestre nesta arte e não pode falhar.

Agora é a magia propriamente dita, as palavras em latim, do poder. Uma, duas, três vezes, ele entona o feitiço:

— *Legio caliginis appare! Appare mihi statim! Resurge! Resurge!*

O silêncio é total. Enquanto espera, imóvel como uma estátua de mármore pálido, Aislinn mal ousa respirar.

Em torno do círculo, nos espaços entre as cinco pontas da estrela, começam a se erguer vapores. Ela olha, o coração martelando, e vê fiapos e fumaças ganhando formas, figuras de homens em roupas antigas, com armas na mão e capacetes na cabeça. Há um guerreiro gigantesco, segurando um porrete; há um jovem com a camisa toda ensanguentada, portando uma lança, o olhar saltando de um lado para o outro, como se ele estivesse espantado de se encontrar ali. Aqui, um homem de pele escura, com arco e flecha; ali, um rapaz franzino com o cinto cheio de facas... Estão meio formados, esses espíritos de guerreiros, feitos ainda mais de fluido do que de substância, suas figuras oscilando, como se inclinadas a retornar ao reino das sombras de onde vieram e desaparecer. Ainda não são suficientemente fortes...

— *Resurge!* — fala Nechtan outra vez, com um berro.

Aislinn tem uma sensação estranha nas pernas, que de repente estão dormentes, fracas, como se ela fosse desabar. Ela não pode desmaiar; não pode desapontá-lo. *Fique parada como se fosse de pedra.* Respira fundo, lutando contra a fraqueza. Mas aí há alguma coisa errada também; ela não consegue respirar direito. *Fique parada no centro.* Aislinn ofega, luta, tenta sorver o ar, mas seus pulmões não estão operando como deveriam. Seus membros estão pesados.

Agora as figuras estão mais nítidas, manifestando-se no que parece quase uma forma corpórea; há cores, o azul de um escudo ancestral, o vermelho da camisa manchada de sangue, o cabelo fino de um homem brilhando ao luar. *Fique parada... no centro...* A cabeça de Aislinn está estranha. Sorve um pouco de ar. Não pode desmaiar. Não vai desapontá-lo. Surgem outras formas espectrais, uma dúzia, vinte, cinquenta. Os espaços entre as pontas estão repletos deles, ombro com ombro, os olhos todos fixos em Nechtan, que está de pé na escada, o rosto incandescente em triunfo.

Está feito. Ele tem seu exército. Ondas de náusea percorrem o corpo de Aislinn, mas agora ela já não pode mais se mexer. A cabeça roda, ela sente como se uma tira de ferro lhe envolvesse o peito. *Não consigo respirar*, ela quer dizer, mas a voz não sai. Não é apenas a falta de ar, é algo mais. A forte paralisia sobe por seu corpo, ela não consegue mover nem um dedo sequer. Tenta falar mais uma vez, mas sua língua está congelada; o maxilar, imóvel; a garganta, rígida. Ela tenta desesperadamente mostrar a Nechtan, com o olhar, que alguma coisa deu errado. *Socorro, Nechtan, me ajude.*

Os olhos de Nechtan enfim encontram os dela. Graças a Deus, agora ele vai desfazer seja lá qual for o feitiço terrível que recaiu sobre ela, e salvá-la. *Socorro. Socorro.*

Nechtan olha para ela, e seu rosto exibe apenas o triunfo do experimento, o grande plano executado sem falhas, a ferramenta para seu futuro grandioso agora em suas mãos. De súbito, com um arrepio, Aislinn entende tudo. *Sua essência irá trazê-los*, ele lhe disse. Sua essência... sua vida... este é o preço do poder que ele almeja. A vítima do sacrifício, uma mulher jovem, bela, pura. Com o corpo como se ainda encerrado em pedra, a respiração difícil raspando-lhe o peito, Aislinn olha nos olhos de Nechtan e vê a verdade terrível. Ele sempre soube que ela ia morrer, e não se importa. Ele a usou, e agora há de descartá-la sem titubear.

Mas espere, o feitiço, o contrafeitiço... ela o tem, ela o conhece, só o que precisa é pronunciar as palavras e ele poderá ser desfeito... Através da névoa que toma conta de sua mente, Aislinn luta para encontrar o que precisa, para sussurrar, com a respiração entrecortada, as palavras que poderão salvá-la... *sinigil... mitat...* Ela está quase lá...

sigilin... oileg... Os guerreiros caídos estão ficando mais brilhantes, mais consistentes, mais sólidos: um exército formidável. Eles se alongam, observam os próprios membros, olham-se uns aos outros, perplexos. *Erap... sinigla... egur... egrus...* Tarde demais. O feitiço lhe escapou. Fixando os olhos moribundos no homem que amou, o homem a quem idolatrou com cada fibra de seu ser, Aislinn fala mentalmente as palavras que seus lábios já não podem formar: *Maldito seja! Que cem anos de desgraças caiam sobre você, cem anos de sofrimento, cem anos de fracassos! Você pensa em me descartar como se eu fosse entulho, mas não vai se livrar de mim. Hei de assombrá-lo. Hei de seguir seus passos como uma sombra, os seus e os daqueles que você ama. Vou atormentar sua família por gerações e gerações. E que o exército por você tão desejado seja um fardo e uma miséria, tanto para você quanto para os seus! Com meu último suspiro, eu o amaldiçoo!*

À medida que tudo se esvai e desaparece à sua volta, e que as últimas luzes se apagam em sua mente, Aislinn ainda vê a expressão de Nechtan se modificar, seu transcendente triunfo se transformar, com um primeiro traço de dúvida. *Alguma coisa... alguma coisa deu errado...*

Um grito, um estrondo, e eu voltei a mim. Tirei os olhos do espelho, ergui a cabeça, e olhei direto nos olhos dela. Ela estava ali, olhando para mim, do outro lado da mesa, o véu ligeiramente torto, o vestido só um pouco menos imaculado.

— Devolva meu livro! — A voz dela era clara e precisa; cada palavra soando como um alarme de advertência.

Gearróg. Orna. Onde estavam eles? O que acontecera enquanto eu estava absorta na visão? O aposento estava iluminado pela claridade da manhã. Quanto tempo eu ficara ali sentada, olhando para o espelho, enquanto no sopé da montanha a batalha se travava?

Um gemido vindo de perto da porta. Com o canto dos olhos, vi Gearróg encolhido no chão, com os braços apertando a cabeça. Exatamente como da outra vez; exatamente como no dia em que Anluan saíra da montanha e a horda tinha enlouquecido e eu quase morrera. Olhei na outra direção, e lá estava Orna, caída imóvel no chão de lajota, perto da porta interna, um dos braços estendido, os dedos largados. Cheia de terror, por nós três e também pelo exército de Anluan, que estava além da fronteira segura, eu me levantei, apertando o pequeno livro contra o peito.

— *Devolva meu livro!*

Como não respondi, Muirne se virou em direção a Gearróg, caído, e ergueu a mão, apontando-a para ele. Todo o corpo do guerreiro se esticou, e um tremor febril o tomou inteiro.

— Você os matou — disse ela. Tão diferente estava sua voz que aquilo poderia ter sido dito por outra pessoa, pois o tom era de uma feiticeira pronunciando um malefício. — Sua mulher, seus filhos, você os matou a todos, num ataque de ciúme, todos se foram, todos afogados, seu menininho, seu bebê, todos debaixo d'água...

— Nããããoo! — gemeu Gearróg. — É mentira, é tudo mentira!

— Matou, sim — disse Muirne, calma e gelada. — Por que você acha que está aqui, junto com os outros? A marca estará em você para sempre. Você nunca...

— Pare! — falei, reunindo coragem. — Deixe-o em paz!

Um instante depois, o verdadeiro significado do que eu acabara de testemunhar penetrou em mim, e fiquei sem fala, em choque.

— É você — sussurrei. — Tudo o que acontece, tudo, o frenesi... Você usou o que ele lhe ensinou, e eles... Aislinn, isso é diabólico!

— Devolva meu livro ou vou inutilizar a horda, como inutilizei seu guarda aqui. Vou pulverizar a mente deles! Eu posso fazer isso! Devolva meu livro ou me certificarei de que seu precioso Anluan nunca mais subirá esta montanha. Ele será trazido numa maca, tão morto quanto aquela mulher ali no chão.

Meu coração gelou. Orna tinha morrido, pela simples infelicidade de ter enfrentado esse espírito do mal?

— Você ama Anluan — falei. — Por que iria querer matá-lo? Por que assassinar Irial? Será que cem anos de maldição não são suficientes para você, Aislinn?

Ela estreitou os olhos.

— Devolva o que é meu, Caitrin — disse. — Você é uma tola em duvidar de mim. Posso lançar o descontrole total sobre a horda. Já fiz isso antes. Como você é uma leitora esperta, já devia saber isso.

Embora eu continuasse congelada no lugar, minha mente começava a trabalhar depressa. Com Gearróg encolhido no chão e fora de combate, por que ela não vinha e tomava o livro de minhas mãos? *Ganhe tempo,* disse a voz do bom senso. *Faça-a falar.* Eu precisava distraí-la, retardar o momento em que ela iria disparar o frenesi na horda. Anluan precisava vencer a batalha. Isso não poderia terminar, mais uma vez, em carnificina, caos, fuga, fracasso. Assim que Anluan voltasse para dentro da fronteira de Tor, ela perderia a habilidade de iniciar a destruição. Nos escritos de Nechtan, e nos de Conan, esse sempre fora o padrão.

— Como é que você consegue? — perguntei, com a voz trêmula. — Esse... frenesi, essa voz? Como consegue controlar tantos deles ao mesmo tempo? Foi obra sua toda vez que a horda desobedeceu às ordens de Nechtan, toda vez que eles saíram feito uns loucos, sob o comando de Conan? Como foi que você conseguiu se tornar tão poderosa, Aislinn?

Aquele sorrisinho passou pelos lábios dela, o sorriso de superioridade, de poder.

— Eu tive muito tempo para me aperfeiçoar no meu ofício — disse ela, e percebi que escolhera a maneira certa de mudar de assunto e fazê-la continuar falando. — Sempre fui capaz, rápida, inteligente. Ele me amava por isso. — O sorriso desapareceu. — Mas não me amava tanto quanto deveria.

— Mas como você consegue falar com todos eles ao mesmo tempo, dizendo uma coisa diferente para cada um? Você parece saber exatamente quais são as lembranças que mais vão atormentá-los. Até eu me senti envolvida, e eu sou uma mulher viva. — Eu escolhia as palavras com todo o cuidado. — Parece-me que você é tão poderosa quanto Nechtan foi.

Os lábios dela se curvaram de novo.

— Mais poderosa. Acredite, Caitrin, há uma forma de penetrar qualquer mente, se você souber como procurar. Aqui em Tor, todos estão subjugados à minha vontade.

Nem todos, pensei. Enquanto Anluan estava do lado de cá da fronteira e com a horda sob controle, ele tinha mais poder do que ela. Eu não tinha a menor dúvida de que, se ele não tivesse estado aqui para me manter em segurança, ela já teria há muito tempo me mandado embora, ou coisa pior. Teria me empurrado da torre, para morrer como acontecera com Líoch. Teria me deixado trancada na biblioteca, para morrer no incêndio, como ocorrera com a pobre Emer.

— Passe o meu livro, Caitrin. Não me faça esperar.

A voz dela adquirira um novo tom; ela já não estava calma e controlada. Ergueu uma das mãos e, nela, trazia a faca de cozinha de Orna.

Meu coração bateu em pânico. Em pensamento, relembrei as palavras da invocação de Nechtan: *Legio caliginis appare! Appare mihi statim! Resurge!* Tinha certeza de que as lembrava bem. Conhecia a imagem do pentagrama dentro do círculo formado pela serpente. Conseguia relembrar as palavras que Nechtan usara no início, dirigidas aos espíritos elementares. Mesmo sem o livro, eu poderia dar a Anluan o que ele precisava para acabar com isso. Se conseguisse me manter viva.

— Não entendo por que você tentou matar Anluan — falei. — Mas sei muito bem que poderia ter sido eu a beber o veneno primeiro. Se eu estivesse lá, caída, sem poder falar, não haveria ninguém para encontrar o caderno de Irial e ler o antídoto. Não posso lhe devolver o livro sem que você me faça uma promessa de boa-fé.

Dei um passo atrás, afastando-me da mesa que estava entre nós, mas não podia ir muito longe, porque havia várias prateleiras me cercando. Havia a chance de que ela me enfiasse a faca mesmo que eu lhe devolvesse o tesouro. O que fazer, com Orna ali caída, talvez morta, talvez precisando de ajuda, e Gearróg agora num silêncio ameaçador? Do sopé da montanha, ainda chegavam sons aos meus ouvidos, um enorme troar de inúmeras vozes soltando um grito de guerra ou talvez uma canção; o ruído dos cascos.

— Whistling Tor! — gritou alguém.

E *Whistling Tor! Whistling Tor!* gritaram cem vozes em resposta. Era uma voz de comando ou ordem de retirada; eu não sabia dizer qual.

Mantive os olhos de Aislinn presos aos meus, falando com a maior calma que o martelar do coração permitia. Precisava manter a atenção dela longe da horda.

— Você foi cruelmente enganada, acabei de ver no espelho. Nechtan fracassou ao não reconhecer sua força, sua habilidade, seu potencial. Entendo por que você quis puni-lo. Mas Irial... ele era um homem bom. Nunca pensou em usar a horda para o mal, e não creio que tenha sido hostil a você. Por que matá-lo? Por que matar Anluan, que só quer o melhor para Whistling Tor? Eu pensei que você o amava.

— Amor, ódio — disse Aislinn, e deu a volta na mesa, em minha direção, a faca na mão, os olhos presos aos meus. — O que separa um do outro é muito pouco. Os herdeiros de Nechtan são frágeis. Não estão à altura de suas altas aspirações, de seu gênio, de sua... de sua beleza.

Sagrado São Patrício, depois de tudo, depois da traição insensível, depois de tanto tempo de sofrimento, ela ainda se encantava por ele. Enquanto trabalhava para perpetrar a maldição que jogara sobre ele e os dele, ainda assim ela gostava do homem. Era uma ideia de amor tão distorcida que me dava náusea, e não consegui encontrar nada para dizer.

— Eu tinha esperança em Irial — contou Aislinn, dando mais um passo em minha direção. A ponta da faca estava a um braço de distância do meu coração, e tremia. Aquela calma gelada a abandonava. — Aprendi muito com ele, e lhe ensinei muito também... Não se espante assim, Caitrin. Conheço mais sobre a ciência das ervas do que alguém seria capaz de aprender ao longo de uma vida. Mas, no fim, Irial me desapontou. Ele amava de forma irracional. Ele ousava ser feliz. Irial queria um futuro para Whistling Tor que era... intolerável. Quanto a Anluan... — disse ela, e seus olhos se abrandaram, mas logo tornaram a faiscar. — Você selou o destino dele quando lhe abriu a mente para a esperança. A maldição proíbe isso. Ele vai perder a batalha. Vai conhecer outra vez o desespero. Quanto a você, escriba enxerida, pensou que podia modificar aquilo que fora estabelecido com o último suspiro de uma moribunda. Mas por que você iria sobreviver?

Um som mínimo vindo da porta do jardim. Olhei por trás de Aislinn e vi a criança-fantasma parada ali, o cabelo de cardo claro banhado pelo sol que vinha de trás. Os olhos dela estavam arregalados pelo medo, enquanto saltavam de mim para Aislinn e para Gearróg, caído de bruços. Segurava seu pequeno embrulho com as duas mãos.

— Catty? — Sua vozinha falhou, incerta. Aislinn se virou para a criança. Vi-a ficar imóvel.

— *Onde foi que você conseguiu isso?*

Havia tal veneno em sua voz que eu dei um passo para trás, como se atingida por um soco. Era o lenço bordado que provocara aquilo, um de seus troféus, tirado do lugar secreto. A dedução lógica foi num segundo.

— Você, sua vagabunda insignificante, sua abominação, foi você que contou para ela onde estava! Você vai se arrepender...

— Tome seu livro — falei, e atirei-o na cabeça dela.

O livro se espatifou no chão de lajotas, perto do canto de Irial. A criança tinha desaparecido num segundo, em direção ao jardim. Enquanto Aislinn se mexia para recuperar seu tesouro, uma figura surgiu atrás dela, com seus músculos e olhos furiosos. A faca foi ao chão. Os dois caíram juntos, ela, furiosa, selvagem, sendo imobilizada pelos braços fortes de Gearróg. Eles podiam ser espectros, mas a luta foi violenta e real, o desespero de um contra a força do outro.

— Você os matou! — gritou Aislinn, a voz agora rouca de ódio. — Seu menininho, o bebê...

— Cale essa boca imunda! — Gearróg tinha uma das mãos na garganta dela e com a outra lhe segurava o braço acima da cabeça, enquanto se ajoelhava sobre o corpo em luta. — Foi um acidente! Um acidente! Não despeje seu veneno em meus ouvidos!

— Mande-o parar — disse Aislinn, a voz estrangulada, rolando os olhos em minha direção. — Chame seu monstro ou vou fazer com que os normandos subam a montanha com mais facilidade do que aquele seu cavalheiro, aquele com o qual você não teve a sensibilidade de ir embora! Fiz isso antes, e posso voltar a fazê-lo agora. Só preciso de uma palavra, um estalar de dedos... Tire suas mãos imundas de cima de mim, seu porco! Não fique aí parada, olhando, Caitrin!

Talvez eu estivesse olhando. O véu dela tinha caído enquanto Gearróg a imobilizava, e o cabelo se soltara, espalhando-se pelo chão da biblioteca, longo, cintilante, com o matiz do trigo maduro sob o sol. Lembrei-me, incomodada, de como Nechtan desejara tocá-lo.

— Foi um acidente — repetiu Gearróg, e num tom tão diferente que meu coração quase parou. — Não fui eu. Foi um acidente.

O que antes era uma negativa furiosa agora se transformava em atordoada admissão. Agora ele se lembrava, e sabia que era essa a verdade. Alguma coisa se transformara aqui, uma modificação profunda.

Novas figuras surgiram na porta; a mulher sábia da horda, e atrás dela as outras duas que tinham ido com ela para esperar no jardim. Elas cruzaram a biblioteca e se ajoelharam ao lado de Orna. Enquanto Aislinn se aquietava, manietada por Gearróg, mais e mais pessoas se juntaram em torno de nós, observando, expectantes. Não havia mais dúvida, agora, de que o que ouvíamos subir lá do pé da montanha era uma canção. Soava através do céu claro da manhã, forte, jubilante, não tanto em uníssono: *"Bradai vossas espadas com orgulho, As cabeças erguidas, Irmãos como um só, vivos ou mortos!".*

— *Lorde Anluan!* — gritou alguém.

Ao que muitas vozes responderam:

— *Lorde Anluan! Whistling Tor!*

— Acabou.

Era como se Gearróg estivesse testemunhando um milagre, tamanho era o encantamento em sua voz.

— Eles conseguiram.

No mesmo instante, a mulher sábia falou:

— Sinto muito. Já não podemos ajudá-la.

Ela arriou a forma inerte de Orna e se ergueu para me encarar.

— O pescoço foi quebrado. Uma morte rápida, e muito valente.

Aquilo era demais. A batalha vencida, Orna morta. Talvez, quando os homens chegassem ao topo da montanha, ficássemos sabendo de mais perdas, de outras almas corajosas que tinham dado a vida para que Anluan pudesse reaver sua terra, que também era deles. E o mais estranho era Aislinn, quieta no chão da biblioteca, não mais cuspindo insultos, não mais lutando.

— Hoje é Dia das Bruxas — disse a mulher sábia. — Há cem anos, o amaldiçoado chefe de Whistling Tor nos chamou pela primeira vez.

Ela se virou para mim com seu olhar astuto.

— Você achou o que estava procurando?

— Está no livro dela — falei e, ao falar, Aislinn de repente começou a se mexer, contorcendo-se como uma enguia, escapando das mãos de Gearróg, rastejando pela biblioteca para pegar seu diário. Pôs-se de pé, os olhos selvagens, com o livro apertado nas mãos. Seu cabelo dourado estava todo desfeito, a roupa em desordem. Gearróg foi na direção dela.

— Não! — falei, obedecendo a um impulso que mal compreendia, e ele parou no mesmo instante.

— Mas... — protestou Gearróg, enquanto Aislinn abria o livro e começava a arrancar todas as páginas, como uma força febril, rasgando-as e atirando-as no chão de lajotas.

— Deixe-a, Gearróg.

Eu quase podia adivinhar os pensamentos dela. Embora seu rosto fosse uma máscara de pedra, eles se espelhavam em seus olhos, enquanto ela destruía aquilo que guardara por cem anos, o cultuado repositório de seu conhecimento secreto. *Como você ousa me desprezar? Como ousa falar como se eu fosse invisível? Sou uma feiticeira. Tenho poder. Vou destruir você. Vou destruir todos vocês.* Ao mesmo tempo, havia a voz de uma garota que mal se tornara mulher, uma voz pedinte, que ansiava e prometia: *Olhem para mim. Vejam-me. Amem-me.* A mim parecia que ela tinha sido presa em sua própria maldição: ela amara, odiara e, ao final, perdera as duas coisas.

Fragmentos de pergaminho, aqui duas palavras, aqui apenas uma... Lá estavam, em torno dela, espalhados como as folhas ao primeiro vento de outono. Aislinn pegou as capas vazias do livro e rasgou-as ao meio.

— Agora ele não pode fazer mais — disse ela, com os olhos fixos em mim. — Não há como banir a horda sem o feitiço. Você não vai acabar com isso tão facilmente.

E assim ela se virou, saindo pelo jardim de Irial. As pessoas que estavam por ali se afastaram para lhe dar passagem.

Fiquei paralisada, olhando-a se afastar. Gearróg abria e fechava as mãos, como se quisesse tomar alguma providência com elas.

— Você está bem? — perguntei a ele.

— Sim. Não. A senhora vai deixar que ela vá embora assim?

— Por enquanto, vou.

Ao que parecia, Anluan tinha vencido a batalha. Assim que estivesse de volta ao alto da montanha e conhecesse a verdade, ele tomaria as providências a respeito dela. E era véspera do Dia das Bruxas.

— Ela está enganada — falei. Encarei a mulher sábia, e ela me olhou de volta, com toda a calma. — Não importa que ela tenha rasgado o livro. Acho que Anluan pode agir sem precisar dele.

Gearróg arregalou os olhos.

— Você quer dizer...

— Se o que ela escreveu no livro é mesmo o contrafeitiço, Anluan tem como usá-lo. Acho que ele poderá libertar todos vocês.

Ele se encolheu todo, com a cabeça entre as mãos.

Eu me ajoelhei ao lado dele.

— Você vai reencontrá-los, Gearróg — falei, de mansinho, colocando a mão em seu ombro. — Aqueles que você amava; aqueles que você perdeu. Acredito nisso. Agora, venha. Tenho outra tarefa para você.

Não retornamos pela porta interna, mas fizemos uma procissão solene através do jardim de Irial. As mulheres da horda à frente, em seguida Gearróg com Orna nos braços. Eu fui mais rápido. Não sozinha: a criança-fantasma tinha surgido de um dos cantos do jardim, com a trouxinha bordada na mão, e seguiu ao meu lado, colada à saia do meu vestido emprestado. De repente, senti o peso de tudo aquilo. Se o contrafeitiço funcionasse, nós teríamos de dizer adeus a todos eles. Catháir. Gearróg. À garotinha. Eichri. Rioghan. Um mar de lágrimas

Quando atravessamos a arcada, alguma coisa me fez virar para trás e olhar para o jardim vazio. O sol frio de outono banhava as folhas soltas, a bacia dos pássaros vazia, a cobertura de musgo recobrindo o banco de pedra. Um pássaro solitário cantava nos galhos nus da bétula.

E mais além, na casinha de ferramentas, algo se modificava e oscilava. Eu não via nada se movendo, mas tinha a impressão de que alguém recuara, soltando um fardo. Esse jardim sempre parecera um lugar seguro. Ocorreu-me que talvez alguém sempre tivesse velado por ele, alguém que amara tudo o que ali crescera. Ele se mantivera além de seu tempo, sabendo que tinha um dever a ser cumprido, algo a guardar; afinal de contas, ele tinha conseguido ver o filho se tornar um homem. O décimo invisível do círculo; a presença impalpável reverenciada por todos nós. Ficara aqui não pela compulsão de um feitiço maldito, mas por sua própria vontade incorpórea. Ele fora um homem bom, que merecia o descanso eterno, mas o amor o mantivera aqui até ter certeza de que o filho estaria bem. Fixei os olhos no lugar onde um ancinho estava encostado na parede do quartinho, com um chapéu por cima, coisa que com certeza não estava lá quando entrei no jardim pela primeira vez.

— Adeus, Irial — sussurrei. — Vá para casa, para sua Emer. Deixe que eu tome conta dele agora.

15

FOI UM DIA DE TRIUNFO E PERDA, DE JÚBILO E LUTO, UM dia que daria combustível para histórias a serem contadas junto a lareiras pelos próximos cem anos. Anluan conduziu seu exército mambembe montanha acima e entrou no pátio de cabeça erguida. Os homens da aldeia marchavam atrás dele, levantando seus escudos com orgulho, segurando as armas com aquelas mãos mais acostumadas a lidar com ancinhos de feno, foices e redes de pescar do que com arcos e lanças. Os homens da horda vinham a seguir, com nova luz em seus olhos sombrios. Tinham resistido; tinham ficado lado a lado com seus companheiros. Tinham obedecido às ordens e se mantido fiéis ao plano. Rioghan parecia espantado. Talvez não tivesse ousado acreditar que, daquela vez, sua estratégia audaciosa traria a vitória, e faria com que seu lorde pudesse voltar para casa em segurança.

A enfermaria improvisada ficou cheia. A incrível vitória não fora obtida sem feridos, e os monges espectrais andavam de um lado para o outro com suas bacias e bandagens, suas talas e poções, atendendo tanto os feridos do vilarejo quanto os do exército trazido por Magnus para o ataque-surpresa.

Mal tive tempo de cumprimentar Anluan, e logo ele estava rodeado por pessoas em estado de grande excitação. Enquanto eu cruzava o pátio, fui ouvindo a história em fragmentos. Por todo Tor as pessoas falavam e falavam, tentando juntar as peças. Os chefes de Whiteshore e Silverlake, com suas tropas remanescentes, ainda continuavam lutando com o que restava do exército normando. Fazendo a limpeza, ouvi alguém dizer. Capturados os cavalos, o inimigo estava fugindo a pé, em aterrorizada desordem. Sem dúvida Stephen de Courcy ouvira falar nas histórias de Whistling Tor antes de decidir cercar o território. Mas aquilo não era a mesma coisa que acordar e ver-se numa batalha com um exército como o de Anluan. Magnus acreditava que Lorde Stephen já devia ter decidido não mais tomar a montanha. Mas, em todo caso, os homens de Brión de Whiteshore e os de Fergal de Silverlake estavam lá para relembrá-lo de que essa decisão seria a mais sábia.

A primeira divisão de Anluan, liderada por Catháir e composta inteiramente de guerreiros espectrais, tinha entrado no acampamento dos normandos quando estes ainda dormiam, e sua aparição foi repentina, apavorando os cavalos e causando um verdadeiro pandemônio. Embora os normandos estivessem em muito maior número que os atacantes, eles não tiveram tempo de entrar em formação para a luta, nem de estabelecer uma ordem que os deixasse em condição de contra-atacar de forma efetiva. Enquanto a horda espalhava o caos entre eles, as forças mais materiais, conduzidas por Brión e Fergal, fizeram seu ataque-surpresa, obrigando o inimigo a fugir em direção à montanha. Lá, a segunda divisão de Anluan, comandada pessoalmente por ele, saltara sobre os normandos gritando e uivando, surgindo e desaparecendo, com truques e surpresas, para não falar no uso tradicional de armas — afinal, os guerreiros da horda estavam usando seus conhecimentos de combate. Os homens da aldeia tinham feito a parte deles com bravura. Lutar ao lado daqueles que tinham sido a razão de seus piores pesadelos fora um enorme desafio, mas o tempo passado na montanha os tinha preparado para isso, e eles ficaram orgulhosos do próprio esforço. Ouvi vários homens perguntando quanto tempo teriam de esperar até descerem para a aldeia e ver o que sobrara de suas casas e pertences. Quatro deles tinham sido mortos, e uma das vítimas era Tomas, o estalajadeiro. Iríamos enterrá-lo, a ele e a Orna, lado a lado.

A expressão de Olcan me preveniu para mais uma perda. Suas faces coradas estavam da cor das cinzas, e seu sorriso bem-humorado desaparecera. Quatro homens da horda carregavam Fianchu em cima de uma velha porta. A respiração do cachorro lhe raspava a garganta. Ele estava imóvel, exceto pelo peito, que subia e descia, com dificuldade.

— O que aconteceu? — perguntei, indo até lá e pondo a mão no pescoço de Fianchu. Ainda havia um resto de vida nos olhos miúdos, mas pareceu-me que eles ficavam enevoados, apagando pouco a pouco.

— Ele salvou a vida do Lorde Anluan — disse um dos homens que o carregavam. — Deu um salto quando um maldito camisa-cinza ergueu a espada, e levou uma pancada forte nas costas. Para onde devemos levá-lo?

Essa última pergunta foi dirigida a Olcan, que apontou na direção da casa. Eu estava estupefata. Achava que tanto Olcan quanto Fianchu viveriam para sempre. De algum modo, não imaginava que uma morte tão comum assim pudesse atingir os dois — eles tinham vivido em Tor desde sempre, ou pelo menos era no que eu acreditava. Observei Olcan seguindo seu amigo moribundo até a porta principal, e entrando. O pátio estava repleto de gente, todos falando, uma cacofonia; o homem da floresta se movia por entre os demais como se estivesse só. Anluan e Rioghan estavam cercados de pessoas da aldeia. Eichri se encontrava concentrado numa conversa com outro monge, não um de seus colegas espectrais, mas um clérigo de carne e osso que devia ter acompanhado os feridos montanha acima. Hesitei, pensando em Aislinn e nas notícias que precisava dar a Anluan assim que pudesse arrancá-lo do meio da multidão. Olcan não tinha como fazer sua derradeira vigília sem amigos ao seu lado.

460 JULIET MARILLIER

Magnus veio para perto de mim. Estava todo vestido com roupas de batalha, cheio de manchas que contavam a história de uma luta encarniçada, o cabelo escuro de suor onde antes fora coberto pelo capacete, e os olhos cinzentos muito calmos.

— Pobre e velho Fianchu — disse.

Segurei as lágrimas. A mulher de um chefe precisava ser forte em certas horas, e, embora eu ainda não fosse casada com Anluan, em breve seria.

— Vou entrar e fazer companhia a Olcan — falei. — Mas preciso falar com você, e também com Anluan, e Rioghan e Eichri, o mais rápido possível. É urgente. Mesmo com Fianchu à beira da morte, isso não pode esperar.

Magnus olhou na direção dos degraus, onde o chefe de Whistling Tor encarava um novo tipo de cerco, um composto de pessoas que finalmente se davam conta de que ali de fato estava um líder, o qual poderia ajudá-las, e agora faziam todo tipo de perguntas que por muitos anos foram deixadas de ser feitas. Ao lado dele, Rioghan tentava manter o controle, enquanto Cathaír se mantinha de guarda, atrás.

— Podemos ter problemas se sairmos daqui — disse ele.

— Diga a ele que é sobre o contrafeitiço.

— Sério? — disse ele, arqueando as sobrancelhas. — Então eu vou. Por falar nisso, bem-vinda de volta.

— Você também. Você conseguiu realizar coisas incríveis por aqui enquanto estive fora. Mal posso acreditar. Magnus, preciso adverti-lo a respeito de Muirne. Talvez seja difícil para você acreditar, mas ela tentou envenenar Anluan. Algumas coisas aconteceram enquanto a batalha se desenrolava, e é isso que quero explicar para todos vocês.

Na verdade, a notícia do que eu descobrira se espalhava por entre as pessoas da horda como se fosse um incêndio, porque Gearróg não fora capaz de se manter calado. Eu os ouvia murmurando uns com os outros enquanto cruzava o pátio com Magnus ao meu lado — *ela encontrou, talvez hoje à noite, ela acha que nós todos podemos, finalmente, enfim* —, e mentalmente eu repetia as palavras em latim do feitiço de Nechtan, do qual tudo dependia. Perguntava-me por que motivo Aislinn se arriscara, mantendo escrito qualquer trecho da resposta. Ela era esperta; deve ter imaginado que mesmo aqueles rabiscos fragmentados poderiam permitir que um estudioso, alguém que conhecesse latim, encontrasse a resposta para o quebra-cabeça e anulasse a maldição que pesava sobre Whistling Tor. Teria sido muito mais seguro guardar tudo de memória, onde apenas ela poderia buscar.

Mas não. Lembrei-me daquele momento terrível, na visão, em que ela tentara pronunciar as palavras que a livrariam do feitiço de Nechtan. Morrendo e sem poder se lembrar. Morrendo e sem conseguir salvar a si mesma, apesar de ter descoberto a fórmula sem a ajuda de seu mentor. Quando, depois da morte, ela se viu presa na própria maldição e ligada a todos os chefes de Whistling Tor que se sucediam, talvez já não confiasse mais na própria memória. E então, em vez de destruir o livro que guardava as anotações apressadas daquela pessoa que ela fora, aquela que, acima de tudo, queria impressionar o homem que idealizava, Muirne o escondeu, trancando-o no lugar especial onde achava que ninguém iria procurar. Ela era esperta, sem dúvida. Eu esperava que não tivesse mais truques a nos apresentar.

Encontramos Gearróg e o incumbimos de se certificar de que a mensagem seria entregue a Anluan o mais rápido possível. Em seguida, Magnus e eu nos dirigimos à cozinha, onde, como eu esperava, Fianchu fora colocado em seu canto favorito, perto da lareira. Havia uma manta sobre ele, e Olcan estava sentado ao lado do cachorro, de pernas cruzadas, murmurando. Em seu tom baixo e delicado, ouvi uma lista das boas ações de Fianchu, seus muitos atos de gentileza, força e lealdade. Ajeitei-me ao lado do homem da floresta, com lágrimas correndo dos olhos. Magnus, prático como sempre, ocupou-se em pegar a chaleira e limpar a mesa, sem nada dizer. As mulheres do vilarejo tinham saído para arrumar suas coisas e voltar para casa, o que seria feito assim que Fergal e Brión mandassem uma mensagem dizendo que já era seguro sair de Tor.

Ficamos ali por um tempo. A voz de Olcan fazia um contínuo contraponto com o som da respiração arrastada de Fianchu, cada subida e descida do peito, uma montanha mais difícil de escalar. Cada vez mais devagar, cada vez mais fraca...

Os outros foram entrando, um por um. Eichri foi o primeiro. Ele se ajoelhou e pôs a mão no ombro de Olcan para confortá-lo.

— Lembra-se daquela vez em que ele conseguiu espantar uma matilha inteira de lobos? — relembrou o monge, com um risinho. — Eles não sabiam direito para que lado era a subida e para que lado era a descida. Você tem um coração de ouro, Fianchu.

O cão estava largado sob a coberta; na certa ele já não ouvia nada, mas Olcan continuava murmurando para ele, e afagando seu pescoço.

— Bravo rapaz. Meu querido amigo. O melhor cão do mundo. Agora você vai descansar... é isto.

Magnus se aproximou e me passou um lenço. Enxuguei o rosto e assoei o nariz. Esperamos.

Não demorou muito. Contra todas as expectativas, Fianchu ergueu a cabeça por um instante, e Olcan se inclinou para cochichar alguma coisa em seu ouvido, tão baixinho que não consegui ouvir o que ele disse. Fianchu tornou a baixar a cabeça, relaxando na coberta, e Olcan se inclinou de novo. Houve um som tremido, raspado, e a respiração do cachorro falhou. E então silêncio.

— Ele se foi — disse Eichri. — Que descanse em paz; é o que merece. Um valoroso mastim, bravo e leal.

— Sinto muito, Olcan — consegui dizer. — Ele era um amigo maravilhoso para todos nós, tão gentil quando precisava ser, e tão forte e feroz a ponto de fazer sua parte na batalha... Tenho certeza de que jamais haverá outro como ele.

Olcan sussurrou seu agradecimento. Ele mudara de lugar, e a cabeça de Fianchu estava sobre seus joelhos. O cão jazia imóvel, a ponta da língua saindo da boca. A mão de Olcan continuava se movendo com gentileza no pescoço do animal, mas agora ele estava silencioso.

Anluan e Rioghan chegaram pouco depois. Anluan parecia quase morto. Seu rosto era uma máscara de exaustão, os ossos pontiagudos, os olhos brilhantes demais. Ele sequer tivera a chance de trocar de roupa. Eu queria me atirar em seus braços, chorar em seu ombro, dizer-lhe várias vezes como estava orgulhosa, aliviada e feliz. Mas não era o momento para isso. Limitei-me a olhá-lo, com todo o amor que tinha em mim.

Anluan pôs a mão sobre o colete de couro, na altura do coração, e sorriu seu sorriso torto. Os olhos cansados se amansaram; eu jamais vira tamanha mistura de orgulho e ternura. Em seguida, ele se dirigiu para Olcan e Fianchu, agachando-se ao lado deles.

— Sei que há assuntos a serem discutidos — disse Olcan. — Vá, não se importe comigo. Só quero ficar um pouco aqui, sentado.

— Você próprio também lutou bravamente lá embaixo, Olcan — disse Rioghan — Mão esperta com o machado.

— Eu fiz o que pude. Gostaria de ter podido salvá-lo.

— Fianchu foi um exemplo de coragem — apontou Anluan. — Ele foi um grande amigo para todos nós. Devo a ele minha vida. Tenho, para com vocês dois, uma dívida de gratidão que jamais poderá ser paga. Esta não é uma luta sua.

— Ah, obrigado — disse Olcan, aceitando a caneca de cerveja oferecida por Magnus. — Talvez não seja, mas hoje me sinto parte de sua família, assim como ele. Ele era um bom cão, o Fianchu.

Tendo falado seu simples epitáfio, Olcan ergueu a caneca, bebeu e tornou a se sentar.

— Bem-vinda ao lar, Caitrin. Não pude falar antes. É bom ver você de novo.

— Gearróg disse que você tinha notícias urgentes para nós, Caitrin — disse Anluan. — Ele está de guarda ali na porta, e mandamos Catháir dar a volta e ficar do outro lado. Assim, seremos avisados se alguém chegar. Conte-nos o que aconteceu.

Sentamo-nos todos à mesa, apenas Olcan continuou no chão. Contei para eles a história do experimento de Nechtan, quase bem-sucedido, mas que foi sabotado pela garota que não queria dar a vida em troca do exército assombrado de seu mentor; falei da descoberta dela do contrafeitiço, de como se regozijara da própria esperteza, de seu desespero ao não conseguir usar as palavras para se salvar. A maldição pronunciada em silêncio, a fórmula da maldição, que eu conhecia, já que o espelho de obsidiana me permitia mergulhar na mente de quem quer tivesse escrito o texto ali ao lado dele. Cem anos de desgraças; cem anos de dor; cem anos de fracassos.

— E ela tinha o poder de fazê-la funcionar — falei, enquanto todos à minha volta ouviam silenciosos e imóveis. — Talvez ela aprendera com Nechtan muito mais do que ele podia imaginar; tinha tanto poder de lançar feitiços quanto ele. *Hei de assombrá-lo. Hei de seguir seus passos como uma sombra, os seus e os daqueles que você ama,* era um dos trechos. Foi o que ela fizera por quatro gerações, levantando a horda e sussurrando palavras de desespero para cada um dos chefes. Usara seus conhecimentos em feitiçaria para aprofundar o caos.

— Mas... — disse Anluan e seu braço, junto ao meu, estava tenso. — Como foi que eu não vi isso? Como não reconheci? Você está falando que tudo isso, a voz que eles tanto temem, o frenesi que os faz perder a cabeça e atacar a torto e a direito, tudo foi obra dela?

— Acredito que sim — respondi.

— Deus do céu, Caitrin! — exclamou Anluan. — Se qualquer outra pessoa que não você me dissesse uma coisa dessas, eu encararia como mera fantasia. Sussurrando palavras de desespero. Isso parece verdadeiro. Sempre me dispus a acreditar neles. Pensava que vinha de mim. Devia estar cego.

— Suponho — continuei — que parte da esperteza dela talvez esteja em parecer aos outros completamente inofensiva. — Ela não fora excessivamente dura comigo; sua inimizade estava clara desde o início. Contudo, eu levara muito tempo, talvez tempo demais, para me dar conta da extensão de seu poder e malícia. — Parece que seu pai passou muito tempo com ela, talvez mesmo buscando ajuda para seu trabalho de botânica e gostando da companhia, depois da morte de sua mãe. Mas... eu descobri uma coisa que acho que agora você precisa ler. Estava escondido junto com os pertences de Muirne.

Peguei do cinto o último caderno de anotações de Irial, abri-o na primeira página e dei-o para ele.

No silêncio que se seguiu, Magnus levantou-se e avivou o fogo. Eu reenchi as canecas, enquanto Olcan continuava sentado quieto ao lado de seu velho amigo. Rioghan e Eichri entreolharam-se através da mesa, a sombra de um próximo adeus eliminando qualquer traço do velho humor sardônico. Quando Anluan terminou de ler, sentou-se em silêncio por um instante. Em seguida, disse, simplesmente:

— Ela o matou. Ele queria viver, e ela o matou.

— Creio que sim. Seu pai morreu do mesmo veneno que ela usou contra você.

Olhei para Magnus, cujos olhos estavam arregalados.

— Nessa carta, Irial fala da decisão de superar o luto; fala com a sombra de Emer, diz que jamais vai esquecê-la, mas que a verá viver em Anluan. Não é a mensagem de um homem que está prestes a se matar de desespero. Aislinn... Muirne... escolheu esconder isso de Anluan, e de você, Magnus. Ela o amava, e queria que tudo aqui em Whistling Tor fosse do jeito que ela achava certo. O problema é que Irial amou Emer de um jeito como jamais amaria Aislinn. Quando ele quis trazer esperança para Tor e para as pessoas que vivem aqui, quando quis dar ao filho uma vida melhor do que ele próprio tivera, Aislinn talvez tenha visto isso como uma traição. Ela não pôde aguentar. E então acabou com tudo. Acho que ela também foi responsável pela morte de sua mãe, Anluan. Isso jamais poderá ser provado, claro.

Não falei nada de Conan e Líoch. Aquilo já era mais do que suficiente.

— Nossa Mãe do Céu — murmurou Magnus. — O fogo sobrenatural; a maneira como as pessoas não viram nada até que fosse tarde demais...

— Fogo sem fumaça; fumaça sem fogo. O método está em um dos livros de magia. Como eu disse, ela era... era, não, é... uma praticante de feitiçaria eficiente.

Anluan tinha transformado a mão boa em um punho fechado. Seus olhos estavam frios como gelo.

— Não tenho dúvida de que Nechtan a enganou — disse. — Mas essa é mesmo uma longa e amarga vingança. Onde ela está agora?

Vendo a fúria em seu rosto, alarmante apesar do óbvio controle que ele impunha a si mesmo, fiquei feliz em não ter mencionado que Aislinn me ameaçara com uma faca de cozinha.

— Não sei — falei. — Mas ela deve estar alerta. Precisamos ter cuidado até que as palavras do contrafeitiço sejam pronunciadas. Ela não gosta quando as coisas não saem como planejou. Vai lutar para manter a maldição, embora eu ache que isso só tenha trazido desgraça para ela. Aislinn tentou me obrigar a lhe devolver o livro, atormentando Gearróg, e depois ferindo a menininha. No fim, consegui escapulir e ela o rasgou. — Um silêncio; cinco pares de olhos virados para mim, interrogativos. — Por isso, ela acredita que não poderemos fazer nada — falei. — Ela me viu usando o espelho de obsidiana com o livro aberto; deve saber, ou imaginar, que eu vi o ritual. Mas, pelo que falou, está claro que não me acha sagaz o suficiente para ter decorado as palavras da invocação de Nechtan, depois de ouvi-las apenas uma vez e de ter dado só uma espiada no livro. O contrafeitiço é muito simples: o chefe precisa falar a invocação em latim, de trás para a frente. Imagino que os outros elementos do ritual deveriam ser os mesmos, como o pentagrama, o círculo em forma de serpente, as ervas e por aí em diante. Há uma mulher da horda que poderia nos ajudar com isso.

Anluan continuava olhando para mim.

— Você conseguiu decorar? A fórmula toda?

Aquiesci.

— E agora você precisa fazer a mesma coisa — falei. — Sozinho, fechado num aposento e com guardas nas portas. Aislinn não vai querer que façamos isso. Se ela pensar que é só uma tentativa, baseada em pouco mais do que trabalho de adivinhação, poderemos concluí-la.

— Tem certeza de que isso vai funcionar, Caitrin? — Era a voz trêmula de Eichri.

— Certeza, não. Mas sei que estou com as palavras corretas, e também sei como é o ritual. O que ainda precisa ser testada é a convicção de Aislinn de que o contrafeitiço é algo tão óbvio. É surpreendente que Nechtan não tenha tentado isso antes.

— Talvez ele não quisesse — disse Magnus. — Talvez nunca tenha desistido da ideia de que um dia conseguiria transformar a horda naquele grande exército que queria. E, se era assim que pensava, talvez nunca tenha contado a Conan as palavras da invocação original. Por que o faria? O mais provável é que não houvesse nenhum registro escrito além das anotações de Aislinn. Claro que havia o livro de onde Nechtan tirou tudo, mas talvez Conan não soubesse nada a respeito.

— Além disso — falei —, ela não pronunciou a maldição, os cem anos de sofrimento e tudo o mais, e talvez o contrafeitiço nem tivesse funcionado antes da hora.

— Que é hoje à noite — observou Olcan, de seu canto. — Hoje é véspera do Dia das Bruxas.

— Se Muirne, ou Aislinn, for tão esperta quanto você diz — disse Eichri —, ela deve saber disso. Então por que está indo contra?

Eu não sabia como pôr aquilo em palavras; minha convicção era a de que Aislinn estava presa no próprio feitiço, de que seu desejo de punir cada chefe de Whistling Tor caminhava ao lado de seu amor por eles. Eu a imaginava pingando as gotas de veneno na jarra, enquanto as lágrimas lhe escorriam pelo rosto.

— Aislinn não faz parte da horda — lembrou Eichri. — O contrafeitiço talvez não funcione com ela. Aislinn pode ficar vagando para sempre, rogando praga em Tor e em todos que aqui vivem. Não me olhe assim, Caitrin.

— Ela terá ido embora daqui antes que o sol se levante de novo — disse Anluan, com uma voz de ferro. — Quanto à ameaça de hoje, enquanto eu estiver em Tor, Muirne tem de obedecer à minha vontade. Precisamos nos preparar para fazer o ritual e, quando ela for necessária, mandaremos buscá-la.

Ele olhou para os outros, um de cada vez, os olhos se prendendo mais tempo nos de Eichri e Rioghan.

— Vocês entendem que eu preciso fazer isso — disse.

— Bem, sim — disse Eichri, tentando parecer que não estava ligando. — Acho melhor cobrar logo aquela última aposta, conselheiro. Vamos, pague!

Rioghan meteu a mão na veste e tirou uma brilhante moeda de prata. Ela rolou pela mesa até as mãos de seu velho amigo.

— Que aposta foi essa? — perguntei, piscando os olhos e espantando as lágrimas.

— Se você voltaria antes ou depois de Anluan vencer a batalha. Olhei para eles.

— Vocês todos acreditavam que eu ia voltar?

— Você pertence a este lugar.

Os dedos de Anluan apertaram os meus.

— Mandar você embora foi o maior erro que cometi na vida, como relembraram-me meus amigos aqui todos os dias, desde que você partiu. Eu não contava com isso, mas, ao perder você, nós perdemos nosso coração.

— Foi certo eu ter ido embora. E foi certo eu ter voltado.

— Você encontrou sua irmã? — perguntou Magnus. — Eu gostava de ouvir falar dela.

— É uma longa história, parte triste, parte feliz, parte mais ou menos. Quando tivermos tempo, vou lhes contar. — Então olhei para Anluan. — Preciso lhe ensinar o feitiço. É em latim, e você terá de pronunciá-lo de trás para a frente.

— Que Santa Brígida me salve. Vamos começar agora mesmo. — Anluan se levantou. — Ou quase agora mesmo. Preciso me lavar e trocar de roupa, pelo menos. Olcan, você vai precisar de ajuda...?

— Eu vou ajudá-lo — voluntariou-se Magnus. — Vocês têm muito o que fazer. Foi uma luta corajosa. Em minha opinião, você mostrou que é um líder.

Anluan baixou a cabeça em agradecimento, as faces vermelhas. As palavras de Magnus se assemelhavam ao reconhecimento de um pai, vendo que seu filho se tornara um homem.

— Vamos precisar receber Brión e Fergal aqui em cima mais tarde — disse Rioghan. — O que se diz é que eles virão pessoalmente nos dar um relato, assim que os normandos tiverem sido expulsos para além das fronteiras. Como você estará ocupado, Magnus, vou eu próprio tomar as providências; o melhor hidromel, por exemplo.

— Muito obrigado — disse Anluan. — Caitrin, vou mandar Cathaír buscá-la assim que eu estiver pronto. Quero que você mantenha Gearróg ao seu lado o tempo todo. Chame-o já; e fique sempre à vista dele.

Ele foi então para seus aposentos, e Eichri saiu em busca do hidromel e de outros suprimentos dignos de uma visita de chefes. Depois de falar com toda a gentileza com Olcan, Magnus chamou dois homens corpulentos da horda para ajudar a erguer Fianchu. Eu dei no animal um beijinho no focinho, enquanto Rioghan segurava Olcan pelo braço, dizendo:

— Uma triste perda, meu amigo. Você tem de ser forte.

E assim eles levaram o animal para ser enterrado.

Rioghan e eu ficamos sozinhos na cozinha, exceto pela presença de Gearróg, fazendo guarda do lado de dentro da porta dos fundos. Eu precisava fazer alguma coisa, manter as mãos ocupadas, por isso achei um pano e comecei a limpar a mesa, pensando que, se Orna não tivesse se oferecido para vir comigo na noite anterior, ela ainda poderia estar aqui, mexendo uma panela ou dando ordens aos ajudantes. Eu esperava que essas perdas não pesassem demais sobre a gente da aldeia. Seria importante manter a extraordinária confiança que eles pareciam ter desenvolvido durante a ameaça normanda. Anluan ficaria mesmo muito ocupado, e imaginava que eu também.

— Caitrin — disse Rioghan, tendo se sentado outra vez à mesa, com as mãos compridas entrelaçadas à frente. Ele parecia estranhamente cauteloso.

— Sim?

— Você acha mesmo que essa coisa vai funcionar? O contrafeitiço?

— Espero que sim — falei. — Como eu disse, não há certeza sobre nada. Mas acho que devemos tentar.

O silêncio se estendeu. Virei-me para olhar para ele, e flagrei uma expressão estranha em seu rosto pálido. Sua aparência era a de quem acabou de encontrar um tesouro há muito procurado, mas que ao mesmo tempo se vê a ponto de perder aquilo que mais ama no mundo.

— Você ajudou Anluan a alcançar um feito realmente extraordinário hoje — falei. — Aos olhos do mundo exterior, ele ganhar essa batalha parece algo que pertence a um sonho impossível.

Durante um longo tempo, Rioghan não disse nada. E então falou:

470 JULIET MARILLIER

— Vou sentir falta dele. Vou sentir falta até daquela imitação de monge. Eu pensava que, se o contrafeitiço fosse descoberto, eu lutaria por ele com todas as forças. Mas... acho que talvez eu esteja pronto para partir. Hoje o sucesso foi incrível. Meu plano funcionou com perfeição. Mas não sinto júbilo. Não me sinto vingado. Sinto-me apenas cansado.

— Se der certo, você poderá vê-lo de novo — falei, de mansinho. — Seu lorde, Breacán. Com certeza, você não voltará para aquele limbo entre dois lugares. Não depois disto.

— Acha que não? — Seu sorriso era de dúvida.

Sentei-me à sua frente, estendi as mãos e peguei as dele.

— Já percebi a pessoa boa que você é, Rioghan. Leal, corajoso, gentil... Você foi forte em seu apoio a Anluan. Acredito de verdade que seu erro no passado não vai mais assombrá-lo. — E depois de um instante acrescentei: — Este lugar não será o mesmo sem você.

— Ah, bem. — Ele sacudiu a cabeça, como se quisesse se livrar das dúvidas. — O que eu posso dizer é graças a Deus que você está aqui, Caitrin, para fazer companhia ao nosso rapaz. Quanto ao resto de nós, será mesmo melhor nos esquecer.

— Nem pense nisso — falei, com um nó na garganta. — Se ninguém mais escrever suas histórias, eu o farei, com certeza. Você é parte da história de Tor. E agora pare com isso, senão eu vou chorar tanto que não vou poder agir como uma senhora quando os cavalheiros chegarem aqui. E preciso causar uma boa impressão.

Anluan e eu passamos as seguintes uma ou duas horas trancados no quarto dele, juntos. Sem dúvida, as pessoas da aldeia tinham ideias próprias acerca do que estávamos fazendo. Não saímos de lá até que Anluan tinha memorizado a forma e as palavras do ritual, embora ele não tenha ensaiado o contrafeitiço pronunciando-o em voz alta. Só faria isso à noite, quando tudo estivesse pronto. Por fim, falamos do que precisava ser feito e chegamos a uma conclusão. Podíamos reproduzir todos os aspectos do ritual da forma mais próxima possível ao que fora feito da última vez, mas não tínhamos como saber se o resultado seria o esperado. De qualquer maneira, precisávamos tentar.

Havia muito a ser feito. Os feridos ainda jaziam no local onde um dia fora a capela, e precisavam de atenção. As pessoas da aldeia se aprontavam para voltar para casa, levando consigo seus mortos. E o material para o ritual tinha de ser preparado. Fianchu fora sepultado na fazenda e agora, tanto Magnus quanto Olcan, com seus olhos vermelhos, concentravam-se em ajudar nos preparativos. Magnus colheu as ervas de que precisávamos. Eu só lembrava do nome de duas ou três delas, mas a mulher sábia ajudou, aconselhando, com gravidade, o uso das que ajudariam na transição entre dois mundos. Olcan conseguiu areia limpa, que estava estocada na fazenda. Seguindo minhas instruções, ele desenhou o pentagrama e o círculo fechado em forma de serpente. A mulher sábia saiu à cata da erva chamada madeira dourada. Não importava, segundo ela, que não fosse o sexto dia da fase da lua — desde que fosse colhida pronunciando as palavras certas, a erva funcionaria do mesmo jeito. Ela ficou fora por um tempo, depois surgiu da floresta com o pequeno ramo disposto sobre as mãos estendidas.

Essas atividades foram temporariamente interrompidas quando Brión de Whiteshore e Fergal de Silverlake subiram a Tor para cumprimentar Anluan e comunicar-lhe de que as forças de Lorde Stephen tinham deixado todos os três territórios. Os dois chefes provaram do nosso hidromel e falaram sobre o futuro. Se ainda havia algum constrangimento em seu modo de agir, estava bem disfarçado, e o jeito com que trataram Anluan era tanto cortês quanto respeitoso. Anluan concordou que um conselho deveria ser convocado antes que o inverno chegasse e tornasse os deslocamentos muito difíceis. Stephen de Courcy certamente era apenas o primeiro de vários estrangeiros interessados em tomar um naco da boa terra de Connacht. Ruaridh Uí Conchubhair foi mencionado, e comentou-se que as coisas seriam diferentes se um de seus filhos tomasse seu lugar como rei supremo. Os líderes locais deviam se manter fortes e unidos até que isso acontecesse. Eu ouvia tudo com atenção enquanto sorria e servia o hidromel, mas minha mente estava concentrada no que viria à noite, no ritual, em Aislinn. Onde estaria ela? Será que ainda tinha poderes para neutralizar nossos esforços?

Os chefes visitantes não ficaram muito tempo. Cada um estava ansioso para voltar para casa com seu exército, agora que a batalha estava concluída. Anluan lhes agradeceu pelo apoio e expressou seus profundos sentimentos pelas perdas que tiveram. Brión deixou conosco dois curandeiros que acompanhavam o exército, sabendo que nossa fortaleza era pequena e teria dificuldade em providenciar o atendimento necessário para os feridos. Quando os visitantes se foram, nós nos despedimos das pessoas da aldeia, que estavam prontas para deixar Tor. No dia seguinte, Anluan falou, nós desceríamos para participar das exéquias por seus mortos. Passado o momento do luto, ele teria de conversar com eles sobre o futuro. Percebi que novos líderes estavam surgindo, para tomar o lugar de Tomas e Orna. Duald, que um dia tivera tanto medo de uma escriba perdida, era um deles, assim como Sionnach, amiga de Orna, que parecia falar em nome das mulheres. Havia caminhos à frente, para todos nós. Se o contrafeitiço funcionasse; se Aislinn tivesse razão sobre a fórmula. Se eu tivesse decorado certo. Se nada mais atrapalhasse. Vendo a esperança nos olhos de Gearróg e Cathaír, e nos dos outros, eu rezava para que não tivesse cometido um erro terrível.

Quando a noite caiu, a horda começou a se reunir no pátio; homens, mulheres e crianças, em pequenos grupos ou sozinhos, à espera. O zum-zum-zum de excitação e conversa que se ouvira mais cedo já não existia, tendo sido substituído por um silêncio de antecipação. Anluan me dissera que queria falar com a horda antes que o ritual começasse, e era o que fazia agora. Não era aquele tipo de discurso grandioso que se espera de um chefe que venceu a batalha e voltou para casa. Em vez disso, ele caminhava entre as pessoas, aquela figura alta, vestida de preto, dedicando a cada uma o tempo possível, escutando todas, dizendo-lhes como lamentava que o malefício de seu ancestral os tivesse condenado a cem anos de sofrimento. De onde estava, perto do círculo e ao lado de Magnus, fiquei olhando para aqueles rostos. Não via neles nenhuma raiva, nem tristeza, apenas respeito, reconhecimento e uma ponta de esperança. É hoje. Hoje à noite poderemos descansar.

— Isso precisa funcionar — murmurei. — Precisa...

— E se Muirne não aparecer? — perguntou Magnus, baixinho. — Parece que pode não funcionar se ela não estiver aqui.

Eu discutira essa questão com Anluan, numa certa altura: qual seria a participação de Aislinn, se ela teria de ficar outra vez no centro do círculo e o que aconteceria com ela se o fizesse. Ela não ia querer. Teria de ser coagida a tomar seu lugar, e aquilo me parecia errado.

— Ela o fará, se eu mandar — dissera Anluan. — Caitrin, ela é uma assassina em série. Precisa ser banida com os demais. Se o feitiço de Nechtan para chamar a horda exigiu que ela ficasse de pé no meio do pentagrama, então precisamos fazer isso de novo.

— Acho que ela virá, se Anluan chamar — falei, agora. — Ela sempre o obedece.

Ainda assim, no fundo da minha mente, eu me perguntava se aquilo era certo. Anluan não vira aquela última visão no espelho de obsidiana. Não sentira o terror abjeto experimentado por Aislinn ao se dar conta de que Nechtan não a salvaria, que ele não queria salvá-la, que sua vida era o preço a pagar pelo sucesso dele. Sim, ela cometera atos terríveis; ela era uma assassina. Mas, apesar de tudo, eu sabia que, se dependesse de eu obrigá-la a entrar naquele círculo, eu não seria capaz de fazê-lo.

Enquanto o crepúsculo se transformava em noite, fiz minhas despedidas. A luz fria da lua banhou o pátio, iluminando as faces pálidas da horda. A mulher sábia; eu lhe agradeci por sua ajuda e sua calma, e ela fez um gesto com a cabeça, em reconhecimento. Por que uma criatura com tamanho autocontrole, tão serena, fazia parte da horda de Nechtan, era algo que eu não conseguia entender. Agradeci aos monges, que agora deixavam a capela para se juntarem aos demais, pelo tratamento dado aos feridos.

— E pela cantoria — acrescentei. — Quando ouvi os cânticos, pareceu-me que Deus estava presente mesmo aqui, neste lugar que as pessoas chamam de amaldiçoado. E lembrei-me de que, quando nos desviamos, Ele nos leva para casa.

— Deus lhe abençoe, minha criança — disse um deles.

E os outros completaram:

— Amém.

Anluan conversava com Eichri agora, com a mão num dos ombros do clérigo. Rioghan estava de pé, sozinho, seu manto vermelho brilhando sob o luar. Fui até ele, pensando no dia em que os dois tinham me encontrado na estrada, e me mostrado o caminho.

— Rioghan.

Ele nunca fora dado a sorrisos, e não sorriu desta vez, mas havia uma doçura em seus olhos escuros.

— Caitrin, minha adorável senhora. Você trouxe muita alegria para nosso rapaz. Seja feliz você também, minha querida. Viva uma vida boa.

— Farei isso, Rioghan. Você foi um amigo maravilhoso. Gostaria de lhe agradecer por sua lealdade para com Anluan.

Maldição, eu achava que era forte suficiente para não chorar; haveria muito tempo para as lágrimas depois, quando tudo estivesse terminado.

— Eu gostaria que você pudesse continuar conosco. Tenho esperança de que conseguirá encontrar aquilo que mais deseja. Sem dúvida, a essa altura, você é merecedor.

— Você tem dentro de si uma enorme delicadeza, Caitrin. Que o mundo a trate com igual gentileza. Quanto ao que me espera, a mim, àquele safado daquele monge — e o olhar que ele lançou a Eichri foi cheio de ternura — e ao resto desse bando tão díspar, como saber? Um fim diferente para cada um, talvez. Você tem razão em usar a palavra esperança. É só o que temos.

Um arrepio o percorreu, e ele apertou o manto em torno de si.

A seguir, Catháir. Ele se transformara desde o dia em que eu fugira de Tor para enfrentar meus próprios demônios. Os olhos ainda oscilavam; ele não parava quieto, o peso do corpo passando de um pé para o outro. Mas havia uma decisão em seu semblante, uma força e uma calma em seus contornos. Ele estivera na frente de batalha mais cedo, liderando guerreiros em direção ao coração do acampamento inimigo. Desempenhara um papel vital na vitória. Eu via a confiança em seu olhar, e um novo respeito por si próprio. A confiança de Anluan o modificara.

— Você vai ficar feliz em partir, Cathaír — falei.

— Há muito que espero o momento de descansar, senhora. Sim, irei alegre para a terra que fica além da névoa. Mas, sem o dia de hoje, não seria assim. Esses últimos dias. Assistir ao renascimento de Tor; cantar a canção da batalha... — E ele caiu de joelhos diante de mim. — Lorde Anluan é um líder de verdade. Servi-lo foi uma honra para mim. Mas a senhora... — E a voz dele falhou. Mas depois se tornou forte de novo:— A senhora chegou aqui com amor no coração. Desde o primeiro dia, fomos reais para a senhora, tão reais quanto no tempo em que éramos de carne e osso em nossos corpos humanos. A senhora não nos julgou ao nos ver, mas nos mirou com compaixão. Isso nos deu esperança.

Agora minhas lágrimas rolavam. Pus a mão no ombro dele.

— Você é um bom homem, Cathaír — falei. — Você serviu ao seu chefe com grande coragem. Eu lhe desejo paz.

Aquilo se tornava cada vez mais difícil. Fui até Eichri e, deixando de lado a conduta de esposa do chefe, joguei-me em seus braços. Foi um abraço gelado, mas meu coração só sentia calor.

— Meu querido Eichri, sentirei sua falta todos os dias. Sinto tanto que você tenha de ir, você e Rioghan.

Dei um passo atrás, as mãos sobre os ombros dele. Imediatamente notei que algo estava diferente. O estranho colar, com seus pingentes de ossos e de outros materiais inidentificáveis e murchos, tinha desaparecido. Em seu lugar, meu amigo usava uma tira de couro, à qual estava pendurado um crucifixo.

Eichri me viu olhando, e sorriu.

— Nunca pensou que esse dia chegaria, não é, Caitrin? Tenho certeza de que a convenci de que seria para sempre um pecador sem arrependimento. Quase convenci a mim mesmo...

— Como foi que você...? — Eu não sabia como fazer aquela pergunta tão delicada.

— Brión de Whiteshore trouxe com ele um padre, para confortar os feridos e rezar pelos mortos. Nós conversamos. Eu vinha me fazendo algumas perguntas, já faz um tempo, Caitrin; analisando meus erros passados. Somos ensinados que Deus perdoa os pecadores. Eu me perguntava se um pecador como eu seria um dia merecedor de tal misericórdia. No passado, nem sequer tinha certeza se queria isso. Mas algo se transformou em mim enquanto você estava fora. Talvez tenha sido o padrão de bondade que você trouxe para nós. Ou o renascimento da esperança em Tor. Seja como for, eu conversei com o Irmão Oisín a respeito do meu passado. Ele ouviu, e emitiu uma opinião, de que eu estava errado a respeito da misericórdia divina. E, assim, estou trabalhando o arrependimento. Ao mesmo tempo, com o ocorrido, rezo para que esse ritual não me condene a mais cem anos naquele lugar cinzento entre mundos. Mais do que o fogo do inferno, o que eu temo é o tédio. — Ele me olhou, sério, depois exibiu os dentes grandes em mais um sorriso. — E não, não perguntei ao Irmão Oisín sobre uma certa biblioteca secreta. Ele parece o tipo de homem que se chocaria com uma ideia dessas.

— Anluan não vai procurá-la nunca — falei, espiando para o lugar onde o chefe de Whistling Tor dava agora o seu adeus a Rioghan. — Ele vai conduzir o ritual desta noite porque precisa; ninguém mais poderia fazê-lo. Acredito que, depois disso, vai banir qualquer coisa que tenha a ver com magia. Anluan teme se tornar como o bisavô. Acho que ele vai destruir os livros de feitiçaria.

— Hum... — Os olhos sombrios de Eichri refletiram uma especulação. — Este lugar está cheio de magia, Caitrin. Whistling Tor já era um território de histórias sobrenaturais muito antes de Nechtan surgir para se meter com feitiçaria. Um manto de contos assombrados tão longo como este não pode ser afastado tão depressa assim. Anluan deve guardar os livros, para o caso de precisar deles. É minha opinião. Adeus, minha querida. Cuide bem desse seu belo homem.

— Farei isso. — Em seguida, esfreguei o rosto com as mãos.

— Está na hora. — Era a voz grave de Anluan atravessando o pátio escuro; e um silêncio se fez.

Magnus acendeu uma tocha no pequeno braseiro e subiu os degraus para colocá-la num suporte, perto da porta da casa. A luz vermelha, bruxuleante, estendeu a sombra de Anluan sobre o círculo do ritual, até o espaço vazio no centro. As pessoas da horda começaram a se juntar, entre a serpente e a estrela, cinco grupos silenciosos de homens, mulheres e crianças. Eu me perguntara como os espaços desenhados por Olcan poderiam acomodar tanta gente, mas estavam todos dentro das linhas na areia, uma multidão sorumbática, sombria. Rioghan tirou seu manto vermelho, deixando-o cair no chão de pedras, onde ficou espalhado, como uma poça de sangue escuro. Eichri aguardava ali perto. Os dois velhos amigos se abraçaram, olhando-se nos olhos.

— Aposto duas moedas de prata que nós dois vamos acabar juntos de novo, conselheiro — disse Eichri.

Ao que Rioghan respondeu:

— Fechado, irmão!

Mas o que eles trocaram foi só um sorriso. Os companheiros de Eichri estavam formando uma pequena procissão, os lábios se movendo em silenciosa prece. Ele atravessou a linha, e caminharam para o círculo como se adentrassem em uma capela. Rioghan se colocou ao lado dos guerreiros, que lhe apertaram a mão um de cada vez, em sinal de cumprimento e despedida.

Gearróg estava ao pé da escada, guardando Anluan até o último instante. Fui ficar de pé ao lado dele.

— Obrigada, Gearróg — falei. — Por tomar conta de Anluan por mim; pela coragem que vai além do dever. Por ser quem você é. Espero que encontre seus entes queridos em breve. E lhe desejo felicidades, meu querido amigo.

Se ele pudesse falar, naquele momento, teria falado. Vi que havia coisas demais em seu coração para serem expressas em palavras. Ele fez um gesto com a cabeça, e em seguida se afastou, para tomar seu lugar junto à horda.

No degrau de baixo, perto de mim, uma figurinha estava abaixada, de cabeça baixa, os ombros curvados, com uma trouxa nas mãos. Tentando passar despercebida; tentando ser invisível.

— Está na hora, Caitrin — disse Anluan, olhando para a criança, e depois para mim.

Eu me sentei no degrau junto dela, pondo o braço em torno de seus ombros. Era como mergulhar o braço em água gelada.

— Meu bem — sussurrei —, agora você tem de ir. Precisa entrar naquele círculo junto com os outros. É hora de dizer adeus.

O rosto de gelo ergueu-se e me olhou; olhos sombrios fixos nos meus.

— E ir para onde? — perguntou.

— Um lugar bom — falei para ela, sentindo-me uma mentirosa, traidora. — Talvez você vá ver sua mamãe de novo. Talvez.

— Quero ficar com você — disse a criança-fantasma, a vozinha clara e sincera. — Você pode ser minha mamãe.

Uma estocada no coração. Eu não conseguia achar o que responder, pois nenhuma resposta seria a certa.

— Vamos, pequenina. — Era a mulher sábia, que estendia a mão. — Venha comigo. Cuidado para não pisar na areia; levante bem o pé, como se estivesse dançando.

A criança não olhou mais para mim. Atravessou o círculo, pisando com cuidado, enquanto carregava o lenço bordado de minha mãe e os últimos fragmentos de Roíse, uma lembrança do amor de minha irmã. Ficou de pé ao lado da mulher sábia, entre duas pontas da estrela. Olhos perdidos à frente.

— Estamos prontos para começar — disse Anluan, com a voz calma.

Magnus ficou de pé à sua esquerda. Enxuguei os olhos na manga, e em seguida tomei posição do seu lado direito. Olcan estava perto do braseiro.

— Vou chamá-la — falei.

Mas não foi necessário. Através da arcada que dava para o jardim de Irial, surgiu Muirne. Já não mais usava o vestido arrumado, seu disfarce, nem o véu. Vestia um traje antigo, que um dia fora branco, um vestido de cintura alta, debruado de bordados. Quando se aproximou, a saia rodada flutuava em torno dela. O cabelo estava solto, uma cachoeira cintilante. Uma pequena grinalda de folhagens coroava sua cabeça. Os olhos brilhavam sob a lua.

A MONTANHA DAS FERAS **479**

— Aqui estou, meu senhor — disse.

Fiquei toda arrepiada. Aislinn viera por vontade própria para nos ajudar? Aislinn, já vestida em seu traje do ritual, calma e obediente? Tínhamos certeza de que Anluan ia precisar mandar agarrá-la, e de que ela teria de ser obrigada a fazer sua parte. Imaginávamos relutância, fúria, talvez medo. Não isso.

— Há muitas coisas que eu poderia lhe dizer, Muirne — falou Anluan, mantendo o tom calmo; não havia qualquer traço da fúria amarga que eu sabia que ele sentia contra ela, pela morte de seus pais, por atentar contra minha vida, pelos longos anos de sofrimento. — Mas vou dizer apenas isto: lamento pelo mal que meu bisavô fez a você. Pelo mal que você fez a mim e ao meu povo, Deus irá julgá-la.

Ela o olhava calmamente, nem uma centelha de emoção no rosto.

— Hoje é véspera do Dia das Bruxas — disse Anluan. — Cem anos se passaram desde que você amaldiçoou a família de Whistling Tor, e chegou a hora de acabar com o feitiço que você jogou contra nós.

— Você não é nenhum Nechtan — disse Aislinn. — Pode tentar. Tentar e fracassar. Você é tão bom nisso.

Anluan respirou fundo, prendeu o ar, depois o soltou devagar.

— Tome seu lugar no centro, Muirne. Infelizmente, parece que precisamos de sua ajuda.

— É o que parece — disse ela, virando-se para se encaminhar, erguendo a saia para que não desmanchasse as marcas do ritual.

As pessoas da horda se encolhiam quando ela passava por eles, e alguém assobiou. Bem no centro do pentagrama, Aislinn parou e ficou de pé, de frente para nós, as mãos cruzadas na frente, recatada.

— Estou pronta — disse, com toda a calma. — Pode tentar fazer seu pequeno feitiço.

Anluan fixou os olhos nela.

— Fique em silêncio — disse, e ela obedeceu.

O sorrisinho que ficou em seus lábios me preocupou; era um sorriso de deboche, como suas palavras. Se ela estava disposta a ficar em pé ali, no mesmo ponto em que sofrera traição e morte, é porque tinha certeza de que falharíamos.

Olcan tinha fervido as ervas rituais no braseiro, e o ar estava cheio do aroma delas, pungente, atraente, levando as mentes a um estado de alerta. Anluan começou a caminhar devagar em torno do círculo, parando a cada quarto de volta. Eu sabia, pelos livros de magia, que, para um feitiço de banimento, o círculo deveria ser percorrido ao inverso. Por isso, ele caminhava no sentido contrário ao do sol, e a forma das palavras que tínhamos escolhido também era diferente.

— Espírito místico das águas, nós vos honramos!

E Anluan passou pela criança-fantasma, que estava ao lado da mulher sábia na parte oeste do círculo. A garotinha havia baixado a cabeça, e olhava para o chão.

— Espírito purificador do fogo, nós vos honramos!

E ele passou pelos guerreiros, todos de pé, orgulhosos das conquistas de hoje.

— Espírito do ar, que dá a vida, nós vos honramos!

E ele passou junto aos monges, que se ajoelharam, as mãos postas em prece. Várias mulheres-fantasma se apoiavam umas nas outras, de mãos e braços dados; seus olhos seguiam os passos de Anluan.

— Espírito da terra, que nutre, nós vos honramos!

Anluan tinha completado o círculo e agora começava a caminhar pelas linhas do pentagrama, andando com cuidado para não remexer a areia. Seguindo o ritual de Nechtan, ninguém estava de pé no lado interior das pontas da estrela, todos se comprimiam no espaço entre elas. A exceção era Aislinn, sozinha no centro, parecendo uma princesa invernal de um conto antigo, toda de branco e dourado.

O lento caminhar de Anluan tinha terminado. No final, ele se virou, ficando de pé no ponto em que as linhas se juntavam, ao norte. Ergueu os braços e abriu-os bem.

— Divina essência da alma, fonte de toda bondade e sabedoria, nós vos honramos!

Fez uma pausa, respirou fundo. Era a hora do contrafeitiço. A voz dele ganhou uma nova força, profunda, hipnótica:

— *Erappa sinigilac oigel! Mitats ihim erappa!*

Um arrepio percorreu a todos da horda, a sombra de uma memória. As palavras tinham poder. Ficaram ecoando no ar, chamando o desconhecido.

— *Egruser!* — gritou Anluan. — *Egruser!*

Ele esperou um pouco, e o ar foi ficando mais frio à nossa volta. Anluan pronunciou de novo as palavras do banimento. Percebi que escurecia, embora nenhuma nuvem tivesse encoberto a lua. Assim que Anluan abriu a boca para falar a palavra pela terceira vez, pareceu-me que alguma coisa repuxava na direção do círculo, como se quisesse carregar todos nós para aquele mundo além da morte. Meus maxilares estavam trancados; meu coração martelava. Agora... agora...

— *Egruser!* — gritou Anluan, e o feitiço do banimento estava completo.

Silêncio. Nada se mexia. Nada mudou, embora o ar de gelar os ossos continuasse sobre nós. Então Aislinn soltou uma gargalhada, como repicar de sinos.

— O que foi que eu disse?

O olhar que lançou para Anluan foi de quase ternura, como o de uma esposa zombando da falta de jeito do marido.

— Caitrin guardou errado. Você fez errado. Você não é um feiticeiro.

Sem sair do lugar, ela se virou para o povo da horda, observando-os, aquelas pessoas que tinham acabado de ver seu maior sonho desfeito.

— Ele falhou com vocês — disse ela. — Vocês foram tolos em esperar outra coisa.

— Cale essa boca venenosa! — gritou Gearróg, dando um passo na direção dela, com as mãos estendidas como se fosse agarrá-la pelo pescoço e estrangulá-la.

Outros se mexeram também, Broc, o guerreiro mais velho, um ou dois entre os mais jovens.

— Quietos! — gritou Anluan, e todos pararam. — Não remexam o desenho!

— Acabou, Anluan — disse Aislinn. — Você não consegue. Admita. Aquela sua tola mulher ali fez uma promessa que você é incapaz de cumprir. Isso não termina assim tão fácil.

— Silêncio — rosnou Anluan.

Lá fora, no círculo, a criança-fantasma começou a chorar, um som fraco, de lamento.

— O que vamos fazer agora? — sussurrou Magnus.

Pense, Caitrin. As palavras em latim estavam certas, isso eu sabia. O padrão do desenho, também. As ervas eram o mais próximo que tínhamos podido arranjar. As saudações elementares tinham sido pronunciadas com cuidado — a relutância de Anluan em trilhar o caminho da magia tornara aquilo fundamental. Era o lugar certo, o momento certo... Olhei através do círculo, buscando de forma desesperada por uma resposta, e encontrei os olhos límpidos de Aislinn. Lembrei-me do desejo de Nechtan por ela, a maneira como via cada movimento seu como um convite. Ela fora jovem, bonita, desejável... para ele, talvez mais desejável por ser tão inteligente. Aquela garota, na primeira visão, tinha começado a perder o caráter, mas ainda estava longe de ser a criatura maléfica que estava entre nós agora. Nechtan a desejara. Escolhera não se deitar com ela. Sabia que, se o fizesse, arruinaria seu grande trabalho de magia.

E aquela era a resposta. Só havia uma coisa errada ali, e não eram as palavras do banimento.

— Anluan — falei. — Precisamos fazer de novo.

Ele me olhou, o rosto de um cinza-pálido sob a lua, as irregularidades de suas feições ainda mais pronunciadas.

— Mas não com Aislinn no centro — falei. — É por isso que ela concordou tão rápido, porque sabia que estava errado. Quando Nechtan se preparava para o ritual, ele precisava dela como uma jovem inocente, intocada... Ele resistiu à tentação para preservá-la assim. Isso era, na certa, um fundamento do feitiço. Depois de todo o mal que ela lançou sobre este lugar nos últimos cem anos, Aislinn já não pode fazer esse papel. Outra pessoa precisa ficar de pé ali: uma moça jovem, intocada pelo pecado.

Um sussurro de inquietação percorreu a horda. Houve uma movimentação entre as fileiras, e a menina-fantasma foi empurrada, com gentileza, para a frente.

— Não! — gritei, sentindo o ar me faltar.

Não aquela pequena, tão frágil, tão doce. Ela confiara em mim, murmurara para mim seu sofrimento, refugiara-se em minha cama. Ela me pedira... Meu coração quase parou. Deus do céu, aquilo era o que se tinha a fazer. Algo, que parecia tão errado, era a maneira de realizar o contrafeitiço. Era o oposto do que ocorrera da primeira vez. Ali não estava uma menina viva, mas um espírito. Se ela ficasse no centro, seria deixada para trás, ficaria neste mundo enquanto todos os outros partiriam. E aquilo era exatamente o que ela queria.

— Anluan — falei. — Acho que isso é o certo. Mas antes precisamos fazer uma promessa à criança.

Os olhos dele estavam em Aislinn, e quando segui seu olhar vi o terror surgindo aos poucos no rosto dela.

— Tenho certeza de que é o certo — repeti, mais baixo.

Aislinn se moveu, rápida como um raio, pulando para fora do centro sem se importar com o desenho no chão. A areia se espalhou. Antes que pudesse escapar, pessoas da horda, dois pares de braços fortes, a agarraram: Catháir de um lado, Gearróg do outro.

— Promessa? — perguntou Anluan. — Que promessa?

— A de que, caso a menina fique, nós seremos como pai e mãe para ela.

Pensei nos longos anos à frente, ao lado de uma menina que jamais poderia se aquecer, que continuaria a ser como era, sempre com cinco anos, enquanto eu e Anluan envelheceríamos e ficaríamos cansados. Ela era um espírito; como poderia ser de outra forma?

— Homens, segurem Muirne! — ordenou Anluan. — Olcan, por favor, entre no círculo e refaça o desenho para nós. — O tom autoritário foi substituído por um mais gentil.

Ele desceu os degraus, parou do lado de fora do desenho, e se abaixou.

— Minha pequena — disse. — Venha cá.

A menina se aproximou, andando com cuidado para não pisar nos desenhos de areia. Não chegou muito perto; não tinha muita certeza do que viria.

— Precisamos que você nos ajude — disse Anluan. — Você terá de ser muito corajosa; tão corajosa quanto o cão enorme de Olcan, que hoje me salvou. Você consegue?

Um balanço da cabecinha branca.

— Os outros irão embora — explicou ele, com todo o cuidado. — Cathaír e Gearróg, Rioghan e Eichri, e todas essas pessoas. Eles vão para outro lugar. Se você quiser, poderá ficar com Caitrin e comigo. Pode continuar aqui. Nós seremos seu pai e sua mãe. É isso que você quer?

— Não! — O grito de Aislinn cortou o ar, como se fosse o mais fino vidro. — Você não pode fazer isso!

Imobilizada pelos dois homens, ela se debatia e lutava, os cabelos esvoaçando.

— Quieta, Muirne! Cale-se!

Ela obedeceu. Anluan sempre fora capaz de lhe dar ordens em Whistling Tor, e ele ainda tinha o controle, apesar do olhar desesperado da mulher.

— Não tenha medo — falou para a menininha. — Apenas diga baixinho para mim, sim ou não. Você vai nos ajudar? Você gostaria de ficar aqui?

A menina aquiesceu, seu olhar solene fixo no rosto pálido de Anluan. Ela sussurrou alguma coisa, mas foi apenas para os ouvidos dele.

— Muito bem — disse ele, erguendo-se. — Você precisa ir até ali, no meio dessa grande estrela, e ficar bem quieta até que eu diga que você já pode se mexer. Você consegue fazer isso?

Os lábios de Aislinn se moviam, embora ela não emitisse qualquer som. Imaginei suas palavras: *Não me mande embora, por favor, por favor! Eu amo você!* Mas Anluan olhava para a menina, enquanto esta saltava as linhas de areia.

A menina se colocou no centro, com os pés juntinhos, a trouxa bem apertada contra o peito. O luar brilhava em seu cabelo da cor das teias de aranha. Olcan tinha varrido a areia para o lugar certo, voltando depois para perto do braseiro; o padrão fora refeito. Anluan retornou à escada, virou-se e ergueu os braços. As pessoas da horda estavam prontas, outra vez.

— *Erappa sinigilac oigel! Mitats ihim erappa!*

Houve um ondular, um rodamoinho em torno de todo o círculo. O frio se tornou tão forte quanto nos dias mais congelantes do inverno. O tempo pareceu impreciso em seu caminhar; nuvens repentinas encobriram a lua. A criança soltou um grito de terror, deixando cair o lenço bordado. Um sopro sobrenatural varreu a pequena trouxa, arrastando-a para um dos cantos do pentagrama, perto do ponto em que os dois guerreiros seguravam Aislinn. Num gesto súbito, o pé de Aislinn passou por cima da linha, para chutar a trouxa e deixá-la fora do alcance da menina.

— Minha bebê! — gritou a menina. — Eu quero minha bebê!

— Então venha pegá-la — disse Aislinn, a voz esganiçada e falhando, como se ela tivesse dificuldade em desobedecer a Anluan. — Vamos, você não tem de ser corajosa, sua pequena espiã? Corra até aqui e venha pegar sua preciosa bebê. Você não cuidou dela muito bem, não é? Ela agora é só um monte de trapos.

A garotinha continuava de pé, tremendo, louca para sair correndo e pegar de volta sua querida boneca, mas sem querer fazer isso, porque tinha prometido. Ao meu lado, Anluan deu uma inspiração trêmula. Tudo estava como no fio da navalha. Uma palavra errada, um gesto fora de lugar, e fracassaríamos de novo. Não podíamos pedir à criança para fazer aquilo de novo. Havia uma nota do terror mais abjeto em sua voz.

Gearróg cochichou alguma coisa e soltou Aislinn. Cathaír continuou segurando firme. Gearróg se abaixou para pegar a trouxa, foi até o centro do pentagrama, ajoelhou-se e pôs o lenço bordado na mão da criança. Ela soluçava de pavor. O guerreiro a pegou no colo; encaixou-a na cintura.

— Está tudo bem agora, pequenina — disse. — Vamos fazer isso juntos, você e eu. Um jogo de faz de conta. Vamos fingir que somos bravos cães de guarda, como Fianchu.

Ele olhou para Anluan e fez um gesto com a cabeça, como se dissesse: "Pode ir em frente".

Não havia volta. Desse instante em diante, não havia como pensar.

— *Egruser!* — exclamou Anluan. — *Egruser!*

E, assim que pronunciou as palavras do ritual, um grito percorreu o círculo, um uivo de angústia desesperada: *Nãããããooooo!* Mesmo lutando contra o feitiço, Aislinn desaparecia. As sombras dançavam. A tocha se apagou, deixando o círculo em quase total escuridão. O vento tornou a soprar. As folhas se agitavam nas árvores; o desenho de areia se espalhou sobre as pedras, num assobio.

Num abrir e fechar de olhos, a horda desapareceu. Entre os pontos da estrela do ritual, os espaços estavam vazios. No centro, uma figura imponente, com os pés bem plantados no chão e a cabeça erguida, trazia nos braços alguém menor, cujo cabelo já não era mais branco como os fios de uma teia, e sim escuro como o tronco do carvalho.

— Magnus, acenda de novo a tocha — disse Anluan, numa voz que não parecia a dele.

— Gearróg? — falei, descendo os degraus, sem ter certeza do que estava vendo, mas ciente de que acabara de assistir a tamanho gesto de coragem e desprendimento que estava sem ar.

A luz voltou quando Magnus levou a tocha até o braseiro e ergueu-a bem alto.

— Por todos os santos! — exclamou ele.

Gearróg pôs a menina no chão e ela correu para mim. O cabelo dela cintilava, de um castanho brilhante, sob a luz da tocha; suas faces estavam rosadas. Quando a peguei no colo, senti seu calor, era real. Gearróg examinava as próprias mãos, mexendo os pés, tocando o próprio rosto, sem poder acreditar que ainda estava ali.

— Eu estou... — disse ele, descrente. — Eu posso...

Sem nada dizer, Anluan se adiantou e deu um abraço apertado no guarda. Olcan pegou outra tocha, e ficou claro que algo realmente incrível estava acontecendo. Ali, diante de nós, havia dois seres viventes: a menininha de cinco anos e um homem grandalhão, na casa de seus trinta e cinco. Sangue corria em suas veias. Seus corpos eram feitos de carne e osso. Gearróg pôs a mão no peito.

— Batendo como um tambor — disse, encantado. — Meu doce Jesus, meu senhor, o senhor operou um milagre.

— Se isso é um milagre — disse Anluan, com a mão no ombro de Gearróg —, não fui eu que fiz. Eu não consigo acreditar que uma mudança tão incrível possa ter sido feita com as palavras de um feitiço, cuja origem está num trabalho de magia obscura. Isso... Essa transformação não foi resultado da minha tentativa de reverter o feitiço de Nechtan, mas sim do seu ato de desprendimento, Gearróg, e da confiança e do amor dessa criança.

Ele olhou para mim e para a menina em meus braços. Vi que, depois de um dia tão longo e tão pleno de desafios, ele estava à beira das lágrimas.

— Precisamos achar um nome para você — disse. — Não podemos ter uma filha sem nome.

— Está tarde — falei, agarrando-me ao mundo real, com seus desafios práticos e sua rotina reconfortante. — Ela já devia estar na cama.

Emer, pensei, enquanto carregava para dentro nossa nova filha. Se Anluan concordasse, daríamos a ela o nome de sua mãe.

Ninguém tinha muito a dizer. A imensidade do que ocorrera deixara a nós todos em choque. Estávamos espantados demais para sentir alegria pelo sucesso, atônitos demais para absorver as consequências daquela noite de profundas transformações. Cada um de nós se refugiou em coisas corriqueiras, as pequenas ações que nos ajudam a lidar com aquilo que é por demais grandioso para nossa compreensão. Gearróg carregou a criança até os aposentos de Anluan, enquanto Magnus buscava um pequeno colchão de palha e uma ou duas cobertas. Ela adormecera antes mesmo de a deitarmos na cama improvisada. Ajeitei a trouxa bordada ao seu lado. Anluan foi até a capela ver se estava tudo bem com os feridos e seus atendentes, e voltou dizendo que mesmo os mais graves estavam resistindo. Gearróg se ofereceu para ficar de guarda durante a noite, enquanto dormíssemos. Anluan agradeceu, mas disse a ele que nem pensasse nisso. Se Gearróg estava preocupado com nossa segurança, nós prometíamos trancar a porta até o dia amanhecer.

— Você também precisa dormir — falou.

— Dormir — murmurou Gearróg, espantado. — Eu não durmo há cem anos.

E soltou um gigantesco bocejo.

— Vamos, então — disse Magnus, da porta onde estava, ao lado de Olcan. — Melhor arrumarmos uma cama para você. Que tal se antes nós três tomássemos uma jarra de cerveja, hein?

Anluan fechou a porta, passou a tranca e ficou de pé, muito quieto, antes de se virar.

— Você está bem? — perguntei.

Magnus tinha nos trazido uma vela. A luz bruxuleante fazia as sombras dançarem em torno do quarto. Alguém arrumara o aposento, esticando os lençóis e removendo os sinais do esforço desesperado para salvar a vida de Anluan. A memória daqueles momentos ficaria comigo para sempre.

— Acho que sim, Caitrin. Tanta coisa aconteceu hoje. Posso passar o resto da vida tentando analisar tudo. Uma mudança tão gigantesca. Sinto como se tivesse sido virado do avesso e ficado pendurado de cabeça para baixo. E no entanto... — Sentei-me na beirada da cama e comecei a desenlaçar meu corpete. — E, no entanto, sinto-me apto a pensar que perderia uma grande oportunidade esta noite, se estivesse cansado demais e me limitasse a pular na cama, entrar embaixo das cobertas, abraçá-la e, então, adormecer.

Anluan sentou-se ao meu lado e se inclinou para arrancar as botas.

— Nós sempre teremos o amanhã — falei. — Deixe-me ajudá-lo com isso.

O VERÃO

JARDIM DE IRIAL ESTÁ REPLETO DE CORES: A madressilva cobre as aleias, os canteiros de lavanda estão vibrantes, cheios de abelhas, a folhagem verde-acinzentada do confrei gigante abriga nosso pé de sangue-do-coração, em que, nesta estação, surgiram cinco brotos. O bebedouro dos pássaros abriga um bando de pardais agitados. Streak, o terrier, corre feito um louco pelos caminhos, perseguido por Emer, toda suja de terra. Nossa filha está crescendo depressa; o cabelo já está grande a ponto de se fazer tranças, e ela perdeu dois dentes de leite. O Dia das Bruxas de Nechtan levou Aislinn à morte. O Dia das Bruxas de Anluan trouxe a vida para nossa filha e seu protetor.

Eu os vejo através da janela da biblioteca. Mais de um ano se passou desde o dia em que subi pela primeira vez a colina de Whistling Tor e encontrei um homem de cabelo de fogo e pele de neve, um homem aleijado que gritou comigo e quase me fez fugir correndo. Agora, aqui estou. Aquele homem aleijado é meu amado marido. Temos nossa filha, e outro bebê está a caminho. E eu tenho minha primeira encomenda, copiando um livro de versos clássicos para Fergal de Silverlake. Fergal quer capitulares decoradas, bordas ornadas e um toque de folha de ouro, e vai pagar bem por isso. O trabalho está indo bem. É uma alegria retomar meu ofício depois de tanto tempo, deixar-me levar pelos intrincados desenhos e ver o toque de beleza das flores surgir na página em branco, diante dos meus olhos. Tive de expulsar Emer da biblioteca. Com a melhor das intenções, ela adentra em qualquer aposento como se fosse um pequeno tufão, geralmente com Streak atrás, e aqui existem itens preciosos, os cadernos de Irial, meu material de escrita, e outros documentos agora guardados em caixas. A terrível história da família de Anluan ficou para trás, mas jamais a esqueceremos.

Gearróg está no jardim agora, com uma cesta embaixo do braço. Emer gosta de colher ovos. Olcan, que hoje de manhã vai trabalhar na fazenda, adora ficar olhando tanto a menina quanto o cachorrinho, porque ainda sente falta de Fianchu. Gearróg pega Emer pela mão e, juntos, atravessam a arcada com Streak correndo em torno deles.

Ah, Gearróg! Somente uma vez ele conversou comigo sobre aquela noite, e sobre o que sentiu ao abrir mão da chance de reencontrar seus entes queridos no lugar que Cathaír chamava de *a terra além da névoa*. Era o que ele tanto queria. Ainda lembro-me de como ele se agachou, com a mão cobrindo o rosto, ao saber que isso seria possível. Mas Gearróg é o tipo de homem prático. Ele sabe que há um lugar para ele aqui. Anluan o pôs a cargo da defesa da fortaleza. Os normandos podem ter perdido o interesse em Whistling Tor, mas isso não significa que a ameaça ao nosso território em Connacht acabou.

Além disso, Gearróg acrescentou, ao tocar no assunto, que nossa casa tem poucos empregados para fazer quase tudo, e que ele pode ajudar ordenhando vacas, ou levando mensagens ou cavando os canteiros de vegetais. Quanto à família, ele vai encontrá-la um dia. Talvez

Deus queira que assim seja. Talvez ele deva viver o resto de sua vida, para compensar os erros do passado.

O tempo bom está trazendo todo mundo para o jardim de Irial hoje. Aqui está Maraid, com um chapéu de aba larga, e uma cesta de costura; atrás dela vem Etain, que mal aprendeu a andar, as mãozinhas agarradas às mãos enormes de Magnus. Orgulhosa de seu feito, a bebê irradia alegria enquanto oscila e tropeça pelo caminho afora, e o sorriso de Magnus é quase tão grande quanto o dela. Maraid fala com ele, virando a cabeça e, se ela não consegue ver o que há nos olhos dele ao responder, eu sem dúvida consigo. Minha irmã veio na primavera, para o nosso casamento, e ficou mais tempo do que tencionava. Ela ainda chora por Shea. Mas o tempo aos poucos vai curando a ferida, o tempo e o amor que cercam ela e a filha, aqui em Whistling Tor. Magnus é um homem paciente. Ela já gosta muito dele; sua força e gentileza são exatamente aquilo de que ela precisa. Com o tempo, acredito que ela acabará amando-o.

— Acabou com o serviço da manhã?

É Anluan, de pé na porta interna, com uma das mãos no portal. Eu me pergunto há quanto tempo ele está ali, espiando-me, sem emitir um ruído.

Levanto e atravesso a biblioteca, e ele estende os braços para me receber. Parece cansado, mas é um cansaço bom, provocado por longos dias de trabalho, refazendo nossos laços com a comunidade além de Tor. De todos nós, foi ele quem suportou o fardo mais pesado; e continua suportando. A horda pode ter ido embora, mas há novos desafios, todos esses chefes com cara de Erin, nesses tempos conturbados. Encostando-me nele, aquecida por seu abraço, digo:

— Emer me disse que tornou a escutar o cavalo ontem à noite. Um som de relincho e um chacoalhar de ossos.

— Deve estar sentindo falta de Eichri, sem dúvida. Eu também sinto, mais do que consigo expressar. E de Rioghan. Não tinha me dado conta do quanto me apoiava na amizade dele, e em seus conselhos sábios. Espero que estejam bem, onde quer que estejam.

— Devem estar sentados, um em frente ao outro, contando piadas e fazendo apostas nesse lugar além da morte. É o que espero. — Não era fácil conseguir sorrir, mas fiz isso, pelo bem de Anluan. — Venha, vamos nos juntar aos outros um pouco, antes de você e Magnus irem para a reunião. Sabia que o sangue-do-coração já está dando brotos?

Maraid me disse que vai tentar fabricar a tinta quando as flores tiverem desabrochado. Isso me agrada, pois significa que ela vai ficar pelo menos até o outono.

— Anluan — chamo-o, quando chegamos à porta.

— Hum?

— Eles ficariam orgulhosos se o vissem agora. Irial e Emer, quero dizer. Nossos filhos vão ter o futuro que seu pai queria para você.

— Acredito que eles velam por nós — diz Anluan, o que me surpreende. — Nossos espíritos bons, as almas daqueles que partiram. Percebo a presença de meu pai no jardim. Ele deve ficar contente em ouvir vozes de crianças aqui, as pessoas ocupadas em alguma coisa, em saber que a maldição que assombrou Whistling Tor por tanto tempo não existe mais.

Um gemido vem do jardim, foi Etain que levou um tombo. Magnus pega a menina e a aconchega no peito, como se ser pai fosse para ele tão fácil quanto assar uma torta. Para ele talvez seja. Nos braços dele, a bebê já se calou.

— Venha aqui para fora, Caitrin! — chama minha irmã. — Magnus e eu estamos discordando sobre a melhor maneira de preservar os ovos, e precisamos de você para desempatar.

Anluan então me pega pela mão, e nós saímos para o jardim de Irial.

JULIET MARILLIER

é escritora em tempo integral há mais de vinte anos, após trabalhar como professora de música e ser servidora pública. Ela nasceu e estudou em Dunedin, Nova Zelândia — a cidade mais escocesa fora da própria Escócia —, mas agora vive na Austrália Ocidental.

A obra de Juliet combina ficção histórica, fantasia folclórica, romance e drama familiar. Os fortes elementos de história e folclore em sua literatura refletem seu duradouro interesse por ambos. No entanto, suas narrativas focam, acima de tudo, nas relações humanas e nas jornadas pessoais dos personagens.

Ganhou diversos prêmios por sua escrita, incluindo cinco Prêmios Aurealis e quatro Prêmios Sir Julius Vogel, assim como os prêmios Alex da American Library Association e o Prix Imaginales. Em 2019, ela ganhou o prêmio Sara Douglass pela série *Blackthorn & Grim*.

Ela é ativa em sua comunidade de escrita local, mentorando aspirantes a escritores e ministrando oficinas. É também colunista recorrente na seção de escrita de ficção de gênero no blog *Writer Unboxed*.

Juliet é membro da ordem druida OBOD (*The Order of Bards, Ovates and Druids*) e seus valores espirituais frequentemente refletem em sua obra — a relação dos personagens humanos com o mundo natural representa uma parte importante, assim como o poder da contação de histórias para ensinar e curar.

Quando não está escrevendo, Juliet se mantém ocupada com sua pequena matilha de cães resgatados. Ela tem quatro filhos adultos e nove netos.

AGRADECIMENTOS

Ah, leitores! Compartilhar a publicação de *A Montanha das Feras* com vocês é realmente como viver em um universo mágico!

Esta obra foi financiada coletivamente por mais de 1800 apaixonados por romantasia. O processo que permitiu sua publicação começou há décadas, quando a autora, Juliet Marillier, iniciou suas pesquisas pelos costumes gaélicos e pela arte da escrita. Em 2009, sua primeira edição fora publicada com o título *Heart's Blood*, e conquistou milhares de leitores em todo o mundo. Inédito no Brasil, as animadas negociações para a edição Wish iniciaram em 2021 e, desde então, tivemos carinho e cuidado em cada etapa, desde a capa e projeto gráfico, até a tradução, serviços de texto e impressão. Tudo para que, honrando o excelente trabalho de Marillier, seus leitores pudessem receber uma obra que lembrasse um tesouro de outras épocas, outros mundos.

Esperamos que tenha gostado da leitura. É um privilégio ser a editora que publicou *A Montanha das Feras* e uma edição em capa dura de *A Dança da Floresta* no Brasil. Muito obrigada por fazer parte desta história!

UM ABRAÇO DAS FADAS (E DAS FERAS)!

APOIADORES

A | B | C

Aciclea Annucari Garcia Vieira, Adalberto Marinho da Silva Júnior, Adélia Carla Santos Ornelas, Adelita Tereza Lopes de Sousa, Adelle Voller, Adienny Silva, Adriana Aparecida dos Santos, Adriana Aparecida Montanholi, Adriana de Godoy, Adriana Ferreira Braga, Adriana Ferreira de Almeida, Adriana Garcia Sampaio Silva, Adriana Portela Pereira, Adriana Santana Vieira dos Santos, Adriana Satie Ueda, Adriana Souza, Adriana Teodoro da Cruz Silva, Adriana Terto, Adriana Vicente Cardozo da Silva, Adriane Cristine S. Freitas, Adriane Cristini de Paula Araújo, Adriane Ribeiro Lima, Adrielle Cristina dos Reis, Aelita Lear, Ágatha B. Meusburger, Agatha Elena Zago, Agda Tamy, Airles da Silva Ximenes, Alana Ribeiro, Alana Soares, Alana Stascheck, Alba R. A. Mendes, Aldevany Hugo Pereira Filho, Alejandro e Kívia Ramos, Alessandra Arruda, Alessandra Cordeiro, Alessandra Cristina da Silva, Alessandra de Moraes Herr, Alessandra Leire Silva, Alessandra Simoes, Alessandra Teixeira, Alex André (Xandy Xandy), Alexandra Casallo, Alexandra de Moura Vieira, Alexandre Nóbrega, Alexandre Rittes Medeiros, Alexandre Sobreiro, Alexia Bittencourt Ávila, Alice C., Alice Coelho Corrêa e Castro, Alice Zagonel, Alícia Almeida, Alícia Beatriz, Alícia Sciammarella, Aline Almeida da Silva, Aline Andrade, Aline Aparecida Matias, Aline Bosco, Aline Cardoso, Aline Cristina Moreira de Oliveira, Aline de Campos, Aline Farias, Aline Fiorio Viaboni, Aline Lúcia Nogueira Medeiros, Aline Maia Borges, Aline Neris, Aline Rocha de Souza, Aline Rodrigues, Aline S Souza, Aline Salerno Gomes de Lima, Aline Soares Silveira, Aline Veloso dos Passos, Allana Império, Allannys Rodrigues Dias de Oliveira, Alline Rodrigues de Souza, Allyson Kovacs, Alvim, Amanda A- Eloi, Amanda Antônia, Amanda Biondo, Amanda Cândido, Amanda Caniatto de Souza, Amanda Carla, Amanda Caroline Ferreira, Amanda Carvalho Monteiro, Amanda Cavalheiro, Amanda Costa Nunes, Amanda Cristina Amaral Nóbrega Ferreira, Amanda de Oliveira Carneiro Leão, Amanda de Oliveira Carvalho, Amanda de Oliveira Costa, Amanda Diva de Freitas, Amanda Favaretto Machado, Amanda Fernandes Vidal da Silva, Amanda Gabrielly Silva de Oliveira, Amanda Martinez, Amanda Nemer, Amanda Nobre Gouvêa, Amanda Pampaloni Pizzi, Amanda Patricia, Amanda Pessôa, Amanda Veríssimo, Amanda Vieira Rodrigues, Amanda Villa Correia, Ana Alice Roque,

AGRADECIMENTOS **I**

Ana Beatriz Fernandes Fangueiro, Ana Beatryz Ávila, Ana Breyner, Ana C. F. Moraes, Ana Carenina, Ana Carolina, Ana Carolina A Giffoni, Ana Carolina Cavalcanti Moraes, Ana Carolina Cundari, Ana Carolina de Oliveira Schmitz, Ana Carolina Junkes de Oliveira, Ana Carolina Lopes Vieira, Ana Carolina Marcelo da Silva, Ana Carolina Martins, Ana Carolina Silva Chuery, Ana Carolina Ventura de Santana de Jesus, Ana Carolina Vieira Xavier, Ana Caroline Duarte Ferreira, Ana Caroline Ferreira, Ana Caroline Hunzicker Ferreira, Ana Cecilia Penna Schinke, Ana Celeste, Ana Clara Bustamante Bíscaro de Castro Luz, Ana Clara Galli, Ana Clara Miranda, Ana Clara R. Novaes Santos, Ana Claudia Lima Gonçalves, Ana Cristina Patricio Rebouças, Ana Elisa Spereta, Ana Está Lendo, Ana Flávia Vieira de França, Ana Heloísa Cestaro, Ana Julia Geremias Santos, Ana Karolina Pires da Cruz, Ana Karolina Soares Frank, Ana Karolina Teixeira Fernandes, Ana Karolinne Pedroza, Ana Laura Brito da Silva, Ana Laura Oliveira de Paula, Ana Laura Sales Gagliotti, Ana Lethicia Barbosa, Ana Leticia Linn, Ana Letícia Oliveira Cadena, Ana Lígia Martins Fernandes, Ana Luisa Almeida Soares, Ana Luísa Piceli, Ana Luisa Soares, Ana Luiza Mendes Mendonça, Ana Luiza Poche, Ana Paula Fernandes da Silva, Ana Paula Ferreira dos Santos, Ana Paula Mariz Medeiros, Ana Paula Nogueira Saliba, Ana Paula Silva de Andrade, Ana Paula Winck Pires, Ana Rossetto, Ana Silvia Mendes, Ana Tereza Zigler de Freitas, Anael Sobral Falcão, Ananda Albrecht, Ananda Azevedo Almeida Santos, Ananda Lima, Ananssa Silva, Anatalia Damasceno, André Maia Soares, André Sefrin Nascimento Pinto, Andrea Carreiro, Andréa Cristina Martins de Almeida, Andrea Gentili Panzenhagen, Andrea Mattos, Andréa Morais, Andréia Noeme Andrade Bezerra, Andresa Klabunde, Andressa Barbosa Panassollo, Andressa Farias, Andressa Marques, Andressa Popim, Andressa Silva, Andrezza S de Carvalho, Andrielle Gomes Macedo, Angela Cristina Martoszat, Angela Loregian, Angelica Giovanella Botelho Pereira, Angélica Vanci da Silva, Ani Karine Gbur, Anielly Andrade de Souza, Anna Carolina Alencar Santos, Anna Caroline da S. Varmes Oliveira, Anna Formigoni, Cidinha Formigoni, Anna Luisa Barbosa Dias de Carvalho, Anna Luiza Resende Brito, Anna Paula Martins, Anna Raphaella Bueno Rot Ferreira, Anna Ravaglio, Anne Jéssica da Silva Melo, Anne Liberton, Anne Louise de Almeida, Antonio Araujo, Antônio Reino, Ariadne Erica Mendes Moreira, Ariana Gonçalves Barbosa, Ariane Araújo Ássimos, Ariela Lopes, Ariela Souza, Arnaldo Henrique Souza Torres, Arthur Pinto de Andrade, Artur Da Silva Ferreira, Aryane Rabelo de Amorim, Atália Ester Fernandes de Medeiros, Aurora Cristina, Aurora karoliny Vieira Morais, Ayesha Oliveira, Bárbara Abreu, Bárbara Aparecida Gumiero, Bárbara Bailey, Bárbara Barbosa, Barbara Buzinari de Souza Viana, Barbara Cabral Parente, Barbara Cadalço Swoboda Barreto, Bárbara de Lima, Bárbara Dias de Sena, Barbara Fernandes Correa, Bárbara Góes, Bárbara J. Nogueira,

Bárbara Lima, Bárbara Martins, Bárbara Oliveira, Barbara Silva Haro, Beathriz Tangioni, Beatrice Mascarenhas, Beatriz Aguiar Volpato, Beatriz Alencar, Beatriz Alves Nascimento da Costa, Beatriz Castilho, Beatriz Cecilia Benatti, Beatriz Coutrin, Beatriz Felicio Rodrigues, Beatriz Gabrielli-Weber, Beatriz Galindo Rodrigues, Beatriz Kath da Silva Ribeiro, Beatriz Leonor de Mello, Beatriz Lucena de Farias Guimarães, Beatriz Rebêlo Rocha, Beatriz Reis Silva, Beatriz Scotti, Beatriz Teixeira de Oliveira, Beatriz Toreta Pereira, Beatriz Viana Marques, beayeol, Becca Martins, Bee, Bela Lima, Berenice Thais Mello Ribeiro dos Santos, Bernardo Cordeiro Guimarães, Bert, Bethânia M da Ponte, Bia Caroline Pereira, Bianca Alves Custódio, Bianca Beatrice Mancio, Bianca Campanhã Lopes, Bianca Capizani, Bianca Carvalho, Bianca de Carvalho Ameno, Bianca Elena Wiltuschnig, Bianca Gomes Barros, Bianca Isis Ribeiro, Bianca Lopes Ribeiro, Bianca Machado Cardoso, Bianca Morais, Bianca Pereira, Bianca Pires David, Bianca Ximenes, Bianca Zanona Espinoza, Bibiana Leizer Walcher, Blume, Bratja, Brenda Brito de Morais, Brenda Rezende Pinheiro, Brenda Schwab Cachiete, Brisa Silva Ribeiro Palma, Bruna A. Gomes, Bruna Andressa Rezende Souza, Bruna Bolani, Bruna de Lima Dias, Bruna Gonçalves de Melo, Bruna Grazieli Proencio, Bruna Kobayachi, Bruna Mathias Broca Chaves, Bruna Mendes Amstalden, Bruna Mendes da Silva, Bruna Miranda Barbosa, Bruna Miranda Gonçalves, Bruna Moreti Pires Palmeira, Bruna Moura Barbosa, Bruna Pontara, Bruna Regina Pellizzari, Bruna Renata Rodrigues, Bruna Rezende, Bruna Santana Alencar Correia, Bruna Tiery Teruya, Brune Sequeire, Brunno Marcos De Conci Ramírez, Bruno de Oliveira, Bruno Fiuza Franco, Bruno Halliwell, Caio César Ribeiro Baraúna, Caio Henrique Toncovic Silva, Calebe Borges Romao, Camila, Camila A. S. Marciano, Camila Atan Morgado Dias, Camila Bonezi, Camila Campos de Souza, Camila Censi, Camila de Moura Guimarães, Camila de Souza Pereira, Camila Gabriele Mannrich, Camila Gigliotti, Camila Goos Damm, Camila Kahn, Camila Lemes, Camila Lescano Osório, Camila Maria Campos da Silva, Camila Marques, Camila Moraes Bittar, Camila Nascimento, Camila Oliveira Schmoller, Camila Rolim da Silva, Camila S. Macedo, Camila Schwarz Pauli, Camila Soares Marreiros Martins, Camila Soares Souza, Camila Valença Silva, Camila Villalba, Camile Cavalaro de Oliveira, Camile Mocelin, Camilla Cavalcante Tavares, Camilla Ferreira Velloso Sarzedas, Camilla Sá, Camille Cardoso de Faria Brito, Camille Pezzino, Carla B. Neves, Carla Barros Moreira, Carla Francili, Carla Furtuoso, Carla Heloise Campos, Carla Kesley Malavazzi, Carla Patrícia Santos Ferreira, Carla Paula Moreira Soares, Carla Praes, Carla Spina, Carlos Eduardo de Almeida Costa, Carlos Eduardo dos Santos "Ceds", Carlos Roberto Cazini Junior, Carol Lancelloti, Carol Maia, Carolina Amaral Gabrielli, Carolina cavalheiro marocchio, Carolina Dantas Nogueira, Carolina Dias,

Carolina Felicia Meloni, Carolina Fontes Lima Tenório, Carolina Garcia da Silva, Carolina Latado Braga, Carolina Oliveira Canaan, Carolina Paiva, Carolina Parzzanini Mariano Silva, Carolina Roberto Carrieri, Carolina S. Ferreira, Caroline Brites, Caroline Buselli Dalla Vecchia, Caroline da Cruz Alias, Caroline Fischer, Caroline Garcia de Mattos, Caroline Novais de Freitas, Caroline Pinto Duarte, Caroline Valentim, Caroline Weirich Minto, Caroll Alex, Carollzinha Souza, Cássia Regina da Silva, Cássia Regina Vannucchi Vicentin, Cassia Sousa Ataide, Catarina S. Wilhelms, Catharina Alexandra Ribarić, Cecília Kayser, Cecilia Morgado Corelli, Celia Aragão, Celine Fonseca C Soeiro, Celso Luís Dornellas, Cesar Lopes Aguiar, Chelsea Milbratz Boeira, Cherokeeromes, Christian Douglas, Chrystiane Perazzi, Ciaran Justel, Cibele Louise Pruner Frahm, Cibelle de Almeida Paiva Ribeiro, Cindy Alanis, Cindy Cristini Sanches, Cinthia Nascimento, Cinthia Torres Aranha, Cintia A. de Aquino Daflon, Cintia Aparecida da Silva Barros, Cíntia Cristina Rodrigues Ferreira, Cirlleni Condados, Clara Ramos Zampieri Crivelli, Clarissa Amorim, Clarissa Bertocco Garcia, Clarissa Maia Batista, Clarissa Reis Guimarães, Cláudia Aline Pimentel Gouvêa, Claudia de Araújo Camilo Oliveira Rosa, Claudia de Araújo Lima, Claudia Del Santo, Cláudia G Cunha, Cláudio Augusto Ferreira, Clayton Aparecido da Silva Ribeiro, Clébia Miranda, Cleide de Barros Doroteu, Cleiton Almeida Carneiro, Clícia Maria do Monte Batista, Creicy Kelly Martins de Medeiros, Creuzimar da Silva Rodrigues, Cris R. O., Cris Schneider, Cris-Laila Rangel, Cristiane Ceruti Franceschina, Cristiane de Moraes Bueno Rocumback, Cristiane de Oliveira Lucas, Cristiane Lopes de Oliveira Alves, Cristiane Morinaga, Cristiane Weber, Cristiene G.C., Cristina Alves, Cristina Glória de Freitas Araujo, Cristina Maria Busarello, Cristina Vitor de Lima, Cristine Müller, Cynara Santos, Cynthia Vasconcelos, Cyntia Simões.

D | E | F | G

Daiana Gonçalves da Silva, Daiane Gallas, Daiane Sartana, Daiele Rosa, Daisy Kristhyne Damasia de Oliveira, Dalila Azevedo, Dalila Pereira Lima, Damaris Silva Melo, Daniel Vila Nova Rodrigues, Daniela Almeida, Daniela Aparecida da Silva, Daniela Bernardes de Aguiar, Daniela Honório Souza, Daniela Nascimento da Silva, Daniela Ramos Ribeiro, Daniela Ribeiro Laoz, Daniela Rocha Furtado de Oliveira, Daniele Cristine Almeida de Moraes, Daniele Franco Dos Santos Teixeira, Daniele Napoli, Daniele Rocha De Souza, Daniella Alves Araújo, Daniella Bulow, Danielle Campos Maia Rodrigues, Danielle da Cunha Sebba, Danielle Martorelli, Danielle Pinho, Danielly Lima Oliveira, Danielly Monteiro de Vasconcelos, Danilo Alves,

Danilo Barbosa, Danilo Pereira Kamada, Danyelle Ferreira Gardiano, Dara Cristina Fernandes, Dara J F Silva, Darlene Maciel de Souza, Dea Chaves, Débora Beatriz Messias dos Santos, Débora Dalmolin, Débora de Arruda Oliveira, Debora Faleiro Martins, Débora J. Guerra, Débora Maria Gomes Lopes da Silva, Débora Nishi Machado, Débora Nunes de Oliveira, Débora RC, Débora Reis Ferreira, Débora Spanamberg Wink, Déborah Araújo, Déborah Brand Tinoco, Deborah Carvalho, Deborah Cristina Nascimento Santana, Deborah Mundin, Deborah Xavier, Deigma Natália F de Moraes, Deivid Fratta, Denise Amorim, Denise Crivelli Nascimento, Denise Dickel, Desirée Maria Fontineles Filgueira, Di Acordi, Diana Godoy, Diandra Lara França, Diane Maria dos Santos, Dianne Ramos, Diego de Oliveira Martinez, Diego José Ribeiro, Diego P. Soares, Diego Villas, Diego Void, Dinei Júnior Rocha Do Nascimento, Diogo Gomes, Dora Carvalho, Douglas Santos Rocha, Drieli Avelino, Duliane C. Gomes, Dyuli Oliveira, Eddie Carlos Saraiva da Silva, Edilene Dee Almeida, Editora Wish, Edriene Aguiar Oliveira, Edson Diego Silva Barbosa, Eduarda de Castro Resende, Eduarda Ebling, Eduarda Lemos, Eduarda Luppi Crozariol, Eduarda Martinelli de Mello, Eduarda Obeid, Eduarda Trindade, Eduardo Augusto Botelho, Eduardo de Oliveira Prestes, Eduardo Fabro, Eduardo H A Guimarães, Elaine Andrea dos Santos, Elaine Kaori Samejima, Elaine Souza, Elayne Stelmastchuk, Elda dos Santos Fonsêca, Elen Faustino Garcias, Eleonor Hertzog, Eliana Bremm Smiderle, Eliana Maria de Oliveira, Eliane Barros de Oliveira, Eliane Bernardes Pinto, Eliane Mendes de Souza, Eliane Zachert, Elis Mainardi, Elisa Motta, Elise Amin, Elizabeth Ricardo, Ellen Júlia, Ellen Luiza Bravati Rueda, Elora Mota, Eluar Fernanda Tavares Sousa de Oliveira, Elvisley Araújo, Emanoela Guimarães de Castro, Emanuel Victor Barroso Leite, Emanuela V. S. Botelho, Emanuele Xavier Peixoto, Emili Santos, Emília Carolina A. Silva, Emilly Fernandes, Emily Oliveira Lasneau, Emmanuelle Pitanga, Érica Aparecida de Santana, Erica Bessauer Denardi, Érica Mendes Dantas Belmont, Erica Miyazono, Erica Timiro, Eridiana Rodrigues, Érika Costa Bretones Mora, Erika Kazue Yamamoto, Erika Lafera, Erika M Galhasso, Érika Mentzingen Cardoso e Silva, Estela Carabette, Estela Maricato de André, Estela Maris Ferreira, Estephanie Gonçalves Brum, Ester Da Silva Bastos, Ester Mattiuzzi Pereira Alves, Esther Dufloth Ribeiro, Evans Hutcherson, Evelym Samlla Pereira de Brito, Evelyn Cieszynski, Evelyn Teixeira Pires, Evora Marques de Souza, Fabia dos Santos Alves Scopel, Fabiana Alencar da Cruz, Fabiana Barboza de Moraes, Fabiana Bastos Rezende, Fabiana de Fátima Barbosa, Fabiana Ferraz Nogueira, Fabiana Martins Souza, Fábio, Fabio Correa, Fabio Di Pietro, Fábio Gardenal Inácio, Fabiola Paiva, Fabricia Ranzani, Fadia Samra, Faerie Queene, Fagner Jorge da Veiga Cunha, Fall Fallon, Felipe Moura, Felipe Rio, Fen Virvatuli,

Fernanda Alberico Resende, Fernanda Alexandrino Galo, Fernanda Antonina Rocha, Fernanda Caroline Leite Honorato, Fernanda Charletto Aguilera, Fernanda Correia, Fernanda da Conceição Felizardo, Fernanda da Silva Lira, Fernanda Furtado, Fernanda Garcia, Fernanda Gonçalves, Fernanda Leoncio de Sousa, Fernanda Marcelle Nogarotto, Fernanda Mengarda, Fernanda Morsch Maia, Fernanda Oliveira, Fernanda Oliveira Pereira, Fernanda Pascoto, Fernanda Penna, Fernanda Reis, Fernanda Santibanez, Fernanda Santos, Fernanda strozack, Fernanda Tavares da Silva, Fernando Cavada da Silveira, Fernando da Silveira Couto, Fernando Ken Otsuka, Fernando Lucas Nogueira Santos, Filipe H C Alves, Flávia de Araújo Barros - F.a.B~°, Flávia Gomes, Flávia Leticia Santiago Brandão, Flávia Pires dos Santos, Flávia Silvestrin Jurado, Flavia Vieira Pozzatti, Francine Bernardes, Francisco De Castro Bonafini, Francisco de Sales Ferreira Júnior, Francisco Wesley, Frank Gonzalez Del Rio, Gabriel Barbosa Souza, Gabriel Carballo Martinez, Gabriel de Noronha Lima, Gabriel Farias Lima, Gabriel Jurado de Oliveira, Gabriel Oliveira Loiola Benigno, Gabriel Porto Coelho, Gabriel Tavares Florentino, Gabriela Maia, Gabriela A. Morgante, Gabriela Andrade, Gabriela Barbosa Meurer, Gabriela Bittencourt, Gabriela de Pinho, Gabriela Drigo, Gabriela Folador Gionbelli, Gabriela Garcez Monteiro, Gabriela Liie, Gabriela Lucena de Farias Guimarães, Gabriela Luiz Scapini, Gabriela Machado Dias, Gabriela Mafra Lima, Gabriela Maia, Gabriela Neres de Oliveira e Silva, Gabriela Reis Tortora, Gabriela Sant'Ana Lima, Gabriela Stall, Gabriela Vicente, Gabriele Mocelin, Gabrieli Ferron Sartori, Gabrielle Cristine da Silveira, Gabrielle De Lima Fiori, Gabrielle Poczekwa Maciel Pereira Paredes, Gabrielle Sansao, Gabrielle Siffoni Galhakas, Gabrielly Lima, Gabryela Nagazawa Hayashi, Gabryelle Bárbara S Freitas, Geovana Alves da Luz, Geovana Vitória da Silva Ribeiro, Geovanna Gaby Araújo Guimarães, Géssica Ferreira, Gianieily Alves, Gianne Piovesan Vieira, Giovana Alves D'Olivo, Giovana Cristina Pomin, Giovana Lopes de Paula, Giovana Rudolph Rosa, Giovana Sallum Seno, Giovana Souza dos Santos, Giovanna Alves de Lima, Giovanna Alves Martins de Souza, Giovanna Dowe, Giovanna e Giulianna, Giovanna Frias dos Santos, Giovanna Lusvarghi, Giovanna Mallmann, Giovanna Nanni, Giovanna P. Prates, Giovanna Ramos Lopes, Giovanna Romiti, Giovanna Topan, Gisele de Moraes Veiga, Gisele Silva Lanatovitz, Giselle de Oliveira Araújo, Giselle Linhares, Gislaine do Carmo Souza, Giulia Calcara, Giulia Daflon Guida, Giulia Flores Lino, Giulia Lima, Giulia Marinho, Giulia Piquera, Giuliana Careli Moreira, Glaucea Vaccari, Glaucia, Glauco Henrique Santos Fernandes, Gleice Bittencourt Reis, Gleicy Pimentel Gonçalves, Gm, Gofredo Bonadies, Graziela Nascimento Ferreira Gomes, Graziele Conceição Barbosa, Graziella Cardoso Fagundes, Greyce Kelly Marques de Mattos, Guilherme Cardamoni, Guilherme de Oliveira Raminho.

H | I | J | K

Haída Coelho, Haphiza Delasnieve, Hayanna Karla Felipe Santos, Heitor, Helen Chiapetti, Helena Hallage Varella Guimarães, Helena Lucca de Araujo, Helga Ding Cheung, Hellen Hayashida, Hellen Lipienski, Hellen Ribeiro Cardoso, Hellen Tolomeotti, Heloá, Heloísa Ferreira, Heloísa Linzmayer Gryzinski, Heloísa Ramalho, Heloyne Rodrigues de Souza, Helton Fernandes Ferreira, Heniane Passos Aleixo, Henrique Botin Moraes, Henrique Carvalho Fontes do Amaral, Henys Silva de Paula Filho, Hércules De Souza Xavier, Higor Peleja de Sousa Felizardo, Hugo, Hugo de Jesus, Humberto Rocha, Iago Duarte de Aguiar, Ialy Cintra Ferreira, Ialy Ferreira de Freitas, Iana Catapano Xavier, Ianaê Katiucia C. da S., Ianca Polizelo, Ianne Catarina Almeida Cavalcante, Iany Heloiza, Iara Ester de Souza, Ícaro Barboza, Igor Chacon, Illyana Barbosa de Oliveira, Ingrid Kymberly, Ingrid Souza, Ingride Ferreira, Ingridi Milena Pacheco da Silva, Iolanda Maria Bins Perin, Iracema Lauer, Irene Bogado Diniz, Íris Milena de Souza e Santana, Isabel A A Lima, Isabel Marques, Isabel Pontes, Isabela Brescia Soares de Souza, Isabela Carvalho de Oliveira, Isabela De Lima, Isabela Dirk, Isabela Duarte Gervásio, Isabela Ferraz, Isabela Ferraz Flôr, Isabela Pinheiro, Isabela Resende Lourenço, Isabele da Silva Pereira, Isabella Andrade Souza, Isabella Carolina de Oliveira, Isabella Codognotto, Isabella Czamanski, Isabella de Sousa Lima Figueira Sopas, Isabella Gimenez, Isabella Porto Chemello D'Aflita, Isabella Ribeiro, IsabellaCristina, Isabelle Bianca da Luz Moreira Diniz, Isabelle Vitorino, Isabelly Alencar Macena, Isabelly Sousa Liberato, Isadora A, Isadora Almeida Oliveira, Isadora Emi Iwahashi, Isadora Loyola, Isadora Serafim Araújo, Ísis da Costa Donegá, Itaiara de Rezende Silveira, Italo Natã de Oliveira Azevedo, Italo Piva Moretto, Ivan G. Pinheiro, Ivanuze Gomes, Ivelyne Viana, Ivni Oliveira, Ivy Silveira Thesari, Ix., Izabela Lodi, Izadora Graciele, Jackeline Brumatti, Jackieclou, Jacque Ferrara, Jacqueline Freitas, Jacqueline Plensack Viana, Jader Viana Massena, Jady Cutulo Lira, Jady Teixeira Carvalho, Jaine Aparecida do Nascimento, Jaíne Oliveira, Jakeline Amaral de Medeiros, Jamilly C Meireles, Janaína Lopes da Costa, Jaqueline Cantaruti da Cunha, Jaqueline Fernandes Siqueira, Jaqueline Matsuoka, Jaqueline Rezende da Silva, Jaqueline S. Fernandes, Jaquelini Steinhauser, Jaquelline Ribeiro Monteiro, Jasmim Klopffleisch, Jasmine Moreira, Jayza Sayeg, Jenifer Taila Borchardt, Jennifer Cruz, Jennifer Mayara de Paiva Goberski, Jessica Abreu, Jéssica Almeida, jessica Bocatti, Jessica Bohusch Oliseski, Jessica Brustolim, Jéssica da Vitória Silva, jessica larissa, Jessica Maciel de Carvalho, Jessica Maria da Silva Queiroz, Jessica Martins Macedo, Jéssica Monteiro da Costa, Jéssica Moura, Jéssica Penha de Almeida, Jéssica Pereira de Oliveira, Jéssica Priscila, Jessica R. Carlesso, Jessyca Costa Faustino, Jeu Eckert, Jheyscilane Cavalcante Sousa,

Jmelo, Joana Canário, Joana Cavalheiro, Joana de Moraes Ferraz, Joana Marta Santos, Joana Peixoto Veludo, Joana Sueveny, Joana Victoria Fernandes de Souza, Joane Gonçalves da Silva, Joanna Késia Rios da Silva, João Felipe da Costa, João Francisco da Silveira, João Lucas Boeira, João Paulo, João Pedro Hernandes Rodrigues Schebek, João Vítor de Lanna Souza, Joelcida Guilherme da Silva, Joice Mariana Mendes da Silva, Joice Marques de Souza Torres, Jóice Rosa Escher, Jônatas Rafael G. Pinheiro, Jordana Batista Guedes, Jorgelina Liz angelini ocaranza, José Antonio Assis, José Eduardo Puertas Guiné, Joseane Baratto, Joselia Antonia Sousa Amancio dos Santos, Josette Romanov, Josiane Santiago Rodrigues Marçal, Josiani Cardoso dos Reis, Josimari Zaghetti Fabri, Joy Assis, Joyce Carine Gama Velozo, Joyce Mendonça Ribeiro, Joyce Roberta, Joyce Rutyelle da Serra, Ju Vogel, Juju Bells, Júlia Aparecida Rodrigues da Silva, Julia Beatriz de Souza Ferreira, Julia Casella, Júlia Catarina Silva Motta, Júlia Cláudia de Assis Torres, Julia Cristina Palombo Siqueira, Julia da Silva Dantas, Julia da Silva Menezes, Julia de Oliveira Schurck, Julia de Oliveira Silva, Julia Delfino da Silva, Julia Dian Lucilio, Julia Gallo Rezende e Marina Gallo Avellar de Lemos, Júlia Kohlrausch da Rosa, Júlia Paiva de Oliveira, Julia Roberta da Silva, Júlia Roesberg, Julia Valentina da S Ribeiro, Juliana Akemi Nakahara, Juliana Angélika Cavalcanti Melo, Juliana Basilio, Juliana Cavalcante Liarth, Juliana Cunha Carvalho, Juliana da C. Wannzeller Martins, Juliana d'Arêde, Juliana de Freitas Martins, Juliana Ferraz, Juliana Guedes, Juliana Harue, Juliana Jesus, Juliana Lemos Santos, Juliana M S Vieira, Juliana Messina Lopes, Juliana Miriane Stürmer, Juliana Monique, Juliana Renata Infanti, Juliana Ruiz B. Marcondes, Juliana Sales Losaro, Juliana Salmont Fossa, Juliana Silvestri Maciel, Juliane Millani, Juliane Nunes do Nascimento, Juliano F. B. Minetto, Julie Claro de Oliveira, Julyane Polycarpo, June Alves de Arruda, Júnia Porto, Jussara Aparecida da Cruz, Jussara freitas, Jussara Lopes, Kabrine Vargas, Kaio Henrique Pereira Santos e Gabriella Pereira dos Santos, Kaliany Simoes Caldeira, Kállyta Rodrigues Rocha, Kalyne Lauren Martins Campos Valenzuela, Kamila Cavalcante Marinho, Kamylla Silva Portela, Karen Barcelos, Karen Käercher, Karen Lethicia Bezerra Pereira, Karen Ribeiro Vida, Karin Shauana, Karina Araújo Carleto, Karina Beline, Karina Cabral, Karina Guarnieri, Karina Kanamaru, Karina Rios Martins, Karina Serqueira, Karina Silva Herbsthofer, Karine M. Lima, Karine S de Melo, Karine Sutil Santos, Karinne Melo de Souza Dias, Karla Regina M. Lima da Conceição, Karoline Rodrigues, Karynna Mell Vale Fontes, Kássio Alexandre Paiva Rosa, Katherine Soares Costa Monteiro, Kathleen C. A. Campos, Kátia Cristina Ferreira dos Santos, Katia Leite Borges, Kátia Miziara de Brito, Katia Regina Machado, katiana araujo, Katielle Borba, Katiuscia Carvalho, Kawann S.M., Keila Macedo da Silva, Keite A Duarte, Keize Nagamati Junior,

Kelen Tonet, Keli Daiane Weber, Kelly Duarte, Keni Tonezer de Oliveira, Kethlen Lima Willmersdorf, Keyla Ferreira, Kymhy Mattjie Amaral.

L | M | N

Laeny Soares, Laeticia Maris, Laeticia Monteiro, Laís, Laís Aranda de Souza, Laís Carvalho Feitosa, Laís Carvalho Ferreira, Laís Cristini de Souza, Laís Emanuele Alves da Costa, Laís Felix Cirino dos Santos, Laís Felix Lopes, Laís Manzi, Laís Maria Alvaroni de Brito Martins, Lais Marson, Lais Pitta Guardia, Laís Ramos, Laisa Cristina de Campos, Lara Daniely Prado, Lara dos Santos, Lara Loures, Lara Novis Lemos Machado Pereira Cardoso, Larissa A. Rocha, Larissa Alves de Pinho, Larissa Avelar Ciunek, Larissa Barbosa de Carvalho, Larissa Bastos Braga Oliveira, Larissa Chezanoski Rivabem, Larissa D'Assumpção Ballaminut, Larissa de Paiva, Larissa De Souza, Larissa e Samantha Negris, Larissa Elias, Larissa Leite Barboza, Larissa Maria de Araújo Bezerra, Larissa Pereira Ramos, Larissa Pinheiro, Larissa Raduam Junqueira, Larissa Regina Diniz, Larissa Santana, Larissa Venturi Vieira, Laryssa Archipowicz Faria Ribeiro, Laryssa de Souza Lúcio, Laryssa Ktlyn, Laudelino Neto, Laura Goebel, Laura Laatsch, Laura Lavinia de A. de Sousa, Laura Maria Constante Schubert, Laura Nolasco, Laura Rocha dos Anjos, Laura Tomadon, Laura Treba da Fonseca, Lawrenzy Angenny Rocha, Lays Bender de Oliveira, Lays Santos, Leila Camblor, Leila Maciel da Silva, Leonardo Baldo Dias, Leonardo Francisco Rolim Costa, Leonor Benfica Wink, Lethícia Roqueto Militão, Letícia Bittes Reino, Leticia Cattani Perroni, Letícia dos Reis Rama Monteiro, Letícia Gabriela Lopes do Nascimento, Letícia Gomes de Almeida, Letícia Guilheiro, Leticia Maria de Sena Zaneli, Letícia Pacheco Figueiredo, Letícia Pereira Castro, Leticia Peron, Leticia Pinheiro, Letícia Prata Juliano Dimatteu Telles, Letícia Rosa Sant'Anna, Letícia Soares de Albuquerque Pereira, Leticia Tres Dal'Puppo, Leticia Yumi, Lia Cavaliera, Lia Marina Poleto, Liesle Rebouças, Lígia Ogeda, Lilian Caroline, Lilian Domingos Brizola, Lilian Laudares, Liliane Cristina Coelho, Liliane Cristine Basilio, Lina Machado, Lisandra Maria de Paula Freitas, Lissa G. Silva, Lívia Braz de Oliveira Amantéa, Lívia C V V Vitonis, Livia Cordeiro Cavicchioni, Lívia Tavares Luiz, Loara D'Ambrosi Farion, Lora Avlis, Lorena da Silva Domingues, Lorena de Faro dos Xavier de Almeida, Lorena Nunes, Lorena Oliveira, Lorena Ricardo Justino de Moura, Lorena Stephane de Matos, Lorenna Silva Arcanjo Soares, Lorraine Paes Mendes, Louise Carla de Abreu, Louise Moulin, Louise Vieira, Loyse Ferreira, Luana Baldivia Gomes, Luana Caetano de Souza, Luana Canabarro, Luana de Paula Braga, Luana de Souza, Luana Evelin Fossile Santos, Luana F Wenceslau, Luana Feitosa de Oliveira,

Luana Muzy, Luana Pimentel da Silva, Luane da Silva Lavinas, Lucas Antônio Pinto, Lucas de Souza, Lucas Gabriel Rodrigues Corrêa, Lucas Mendonça Lobato Alves, Lucas Pavlopoulos Spaolonzi Sacchi, Lucas Rafael Dacanal, Lucas Wenning do Nascimento, Lúcia Helena, Lúcia Ivanilson Sales, Luciana Antonella Grazzi Bertini, Luciana Argentino, Luciana Barreto de Almeida, Luciana Cobra, Luciana de Fátima Vieira Fernandes, Luciana Liscano Rech, Luciana M. Y. Harada, Luciana Maria da Costa Silva, Luciana Marques Colares Araujo Pontes, Luciana Pandini Fonseca, Luciana Schuck e Renato Santiago, Luciana Vieira da Silva, Luciane Rangel, Luciano Vairoletti, Luciene K Goya, Luciene Santos, Lucile Da Rosa Pereira, Lucilene Canilha Ribeiro, Lucio Pozzobon de Moraes, Ludmila Beatriz de Freitas Santos, Luena Cella, Luís Guilherme B. G. Ruas, Luis Henrique Ribeiro de Morais, Luísa Druzik, Luisa Gonzalez, Luísa Helena Kraeft, Luisa Mesquita, Luisa Moderno Rodrigues, Luísa Vaz, Luíse Gauer Schulte, Luiz Antonio Galhardi, Luiz Felipe Benjamim Cordeiro de Oliveira, Luiz Fernando Cardoso, Luiza Beatriz Saccol da Silva, Luiza de Souza Martins, Luiza Fisch - Bruxa Literária, Luiza Helena Gomes Laier, Luiza Mattos, Luiza Melo Araújo, Luiza Pimentel de Freitas, Luiza Thereza Silva, Lygia Beatriz Zagordi Ambrosio, Lygia Ramos Netto, Lys & Amauri, Mª V C Holanda, Macelle Machado Leitao, Madaleine Silva Santos, Magaly Nunes Carvalho, Magda Marianna Cavalheiro Korber, Mahatma José Lins Duarte, Maiara Bolsson, Maiara Brandão, Maiara Macedo, Maiara Rodrigues, Maira Malfatti, Maize Daniela, Manuela Alves Jordão, Manuela Brena Ferreira Bandeira, Manuela Cavalcanti Bezerra, Manuela Furtado de Almeida, Manuella Carnaval, Máquina de Escrever Editora e Produção Cultural, Mara Ferreira Ventura e Silva, Mara Sop, Marcela P S Alves, Marcela Yukie, Marcele Pinho, Marcella Elisa Costa Franchi, Marcelo Medeiros, Márcia Adriane Corrocher Santos, Marcia Ap Jaymes Guarezi, Marcia Avila, Marcia Baptista Marques Cardoso, Marcia De Moraes Cardoso, Marcia Renata J. T., Marcia Rizatto, Marcia Ventura Dias, Marcio Quara, Marco Antonio Bonamichi Junior, Marco Antonio da Costa, Marco Toledo, Marcos Antonio Morando Junior, Marcos Coelho Cavalcante, Marcos Nogas, Margareti C. Aranda Santa Rosa, Mari Inoue, Mari Morgan, Maria Alice Brandão, Maria Anne Bollmann, Maria Batista, Maria Beatriz Abreu da Silva, Maria Clara de Melo, Maria Clara Freitas, Maria Clara Inacio, Maria Clara Luna Alves, Maria Clara Ornellas dos Santos, Maria Clara Venâncio Braz, Maria Eduarda Caldeira Moreira, Maria Eduarda Castro Corrêa, Maria Eduarda da Costa Queiroz, Maria Eduarda Gonçalves, Maria Eduarda Kutney da Silva, Maria Eduarda Moraes Meneses, Maria Eduarda Moura Martins, Maria Eduarda Ronzani Gütschow, Maria Eduarda Soares, Maria Eduarda Suekuni, Maria Estela Riedel Resende de Araújo, Maria Ester, Maria Fabiana Silva Santos Nascimento, Maria Fernanda Fonçatti Celi, Maria Fernanda Marques,

Maria Fernanda Pontes Cunha, Maria Francielly Moreira de Souza, Maria Gonçalves, Maria Inês Farias Borne, Maria Isabel Soares, Maria Julia Martins, Maria Lígia Barbosa de Oliveira Carvalho, Maria Lins, Maria Lucélia Galdino Zuanon, Maria Lúcia Bertolin, Maria Luciana Do Nascimento, Maria Luiza Lopes Ribeiro, Maria Mariana de Barros Silva, Maria Patrícia Silva Moreira, Maria Paula Diniz Vilano, Maria Renata Eloy, Maria Renata Tavares, Maria Sônia S F Oliveira, Maria Tatianny Oliveira Vasconcelos, Maria Teresa, Maria Vitória Ribeiro de Oliveira, Mariana, Mariana Acioli do Carmo Paiva, Mariana Bonfá de Siqueira, Mariana Cardoso Menquinelli, Mariana Carolina Beraldo Inacio, Mariana Cassiara Massmann, Mariana Costa de Carvalho, Mariana da Cunha Costa, Mariana de Souza Ramalho, Mariana dos Santos, Mariana Emanuelle, Mariana Fourquet B. Camacho, Mariana Gianjope da Rocha Cabrera, Mariana Granzoto Lopes, Mariana Linhares, Mariana Lopes Ferreira, Mariana Medeiros, Mariana Mendonça Maia, Mariana Miki, Mariana Raphaelli Mármora, Mariana Rezende dos Santos, Mariana Riveira Gasquez Rufino, Mariana Rodrigues, Mariana Werkhaizer Rosa, Mariane Kaviski, Mariane Morelato Carleto, Mariane Vincenzi, Marianna de Andrade Melo, Maria-Vitória Souza Alencar, Marie Corbetta, Mariel Westphal, Marilda Marcatto De Aquino, Marília Gonçalves de Carvalho, Marilia Ramos, Marilza Silva Vanderlei, Marina Barreiros Lamim, Marina Branquinho, Marina de Abreu Gonzalez, Marina Fernandes de Figueiredo Souza Teixeira, Marina Izeppe, Marina Mafra, Marina Mendes Dantas, Marina Ofugi, Marina Rezende Gomes, Marina Viscarra Alano, Mário AC Canto, Marisol Prol, Maritsa Costa, Marjorie De Nardi Ramos, Marli Molina de Melo, Martha Ricas, Maryana Mendes Ribeiro, Marynha Dantas, Mateus Guidoni, Mateus Mendonça, Matheus Arend de Moura, Matheus Goulart, Matheus Márcio Xavier de Oliveira, Maura A. Cordeiro Ribeiro, Mauri Sanches Romann, May Tashiro, Maya Santos, Mayara C. M. de Moura, Mayara Neres, Mayara Policarpo Vallilo, Mayara Sakamoto Lopes, Mayara Silva Bezerra, Mayhara Dalsico Silva, Maytê Emilly, Meg Ferreira, Meg Mendes, Meirielle Bovió, Melissa Barth, Melissa Mendonça, Merelayne Regina Fabiani, Mériten É. Altelino da Silva, Micaelly Carolina Feliciano, Michaela Stefany Cavalcanti dos Santos Silva, Michela Delgado, Michele Caroline de Oliveira, Michelle Chaiben Lascoski, Michelle de Lima Kintopp, Michelle Niedja, Michelle Romanhol, Mickaelly Luiza de Borba da silva, Mih Lestrange, Mikaela Valdete Trentin, Mikaella dos Santos Queiroz, Miki Kiyan, Milena Jora de Oliveira, Milena Maria Silva de Souza, Milena Nones, Milene Antunes, Milene Naomi Ozawa, Milene Santos, Milka Mantoku, Miller de Oliveira Lacerda, Milton da Fonseca Barizon, Mirela Sofiatti, Miruna Genoino, Miúcha Fritsch, MonaLisa Feitosa Resende, Mônica Cristina de Brito Ferreira, Mônica Fernandes, Mônica Minski, Mônica Sousa, Monike Oliveira,

Monique Calandrin, Monique de Paula Vieira, Monique Ketelyn de Alencar Correia, Morgana Conceição da Cruz Gomes, Nádia, Nádia Medeiros Pereira da Silva, Nadia Piacesi, Nadine Assunção Magalhães Abdalla, Nadine Wegas, Nadreza Afonso, Naiara Offenbecker Guerra, Nalí Fernanda da Conceição, Nana, Nara Lima, Natalha Florência, Natália Bianca Tartari, Natália Catelan Puppin, Natália Cristina Andrade, Natalia de Assis Micheletti, Natália Dias, Natália Do Reis Farias, Natalia Fernanda de Almeida, Natalia Garcia de Abreu, Natália Guimarães Bessa, Natália Inês Martins Ferreira, Natalia Luchesi, Natália Luiza Barnabé, Natália M. Pesch, Natália Maria Freitas Eduardo, Natália Oliveira Lopes, Natália Rodrigues, Natalia Zimichut Vieira, Natalie Kienolt, Natascha Höhne Engel, Natasha, Natasha Sanches Bonifácio, Natércia Matos Pinto, Nathalia Borghi Tourino Marins, Nathalia Costa Val Vieira, Nathalia de Lima Santa Rosa, Nathália Guimarães, Nathalia Matsumoto, Nathália Medeiros Guimarães, Nathália Oliveira Lima, Nathalia Olmedo, Nathalia Rodrigues dos Reis, Nathália Silva, Nathalia Stefany de Araújo Uchôa, Nathália Torrente Moreira, Nathalia Verçosa Perez Gorte, Nathalie Baldessin, Nathalie Braconnot, Nathani Di Mônaco, Nati Siguemoto, Nayara Oliveira de Almeida, Nayara Yanne, Nehama Sheyla Hershkoviz, Neide Pelissoni Silva Pelissoni, Nícolas Cauê de Brito, Nicole Canto, Nicole Führ, Nicole Maciel Gomes, Nicole Roth, Nicole Sayuri Tanaka Neves, nicoly campos, Nicoly Mafra, Nietzscha Jundi Dubieux de Queiroz Neves, Nina, Nina Ramos, Nina Santiago, Nizia S. Dantas, Núbia Barbosa da Cruz.

O | P | Q | R

'hará Silva Nascimento, Odileia Sena, Ohana Fiori, Olivia Avila de Jesus, Otto Soares, Pábllo Eduardo, Paloma Hoover, Paloma Kochhann Ruwer, Paloma Morais de Andrade, Pâmela Boato Soares, Pâmela Felix Soriano Lima, Pâmela Frederico, Pamella Karine Karling, Paola Borba Mariz de Oliveira, Para Mandy com amor, Patricia Ana Tremarin, Patricia Azevedo, Patrícia dos Santos Rovati, Patrícia Duarte Henrique, Patrícia Harumi Suzuki, Patricia Lima, Patricia Putz, Patrick Wecchi, Paty Silveira, Paula Brito, Paula Costi, Paula Gracielle Dos Santos, Paula Martins, Paula Santiago Soares, Paula Sayuri T. Nishijima, Paulo Ailton Ferreira da Rosa Junior, Paulo Henrique Santos Matos, Paulo Vinicius Figueiredo dos Santos, Pedro Carneiro, Pedro Coutinho, Poliana Belmiro Fadini, Polly Caria Lima, Polyana Maria Santos Machado, Pri Baeta, Priscila Barros, Priscila Bertramelo, Priscila Prado, Priscilla Fontenele, Priscilla Madrigal, Priss Primrose, Queila Noemi, R. Matos, Rafael Alvares Bianchi, Rafael Alves de Melo, Rafael Leite Mora, Rafael Miritz Soares, Rafaela, Rafaela Barcelos dos Santos, Rafaela Batista da Silva, Rafaela da Silva Franco,

Rafaela Dal Santo, Rafaela de Fátima Araújo, Rafaela de souza costa, Rafaela Fernandes Marquez, Rafaela Fonseca Ferrarezi, Rafaela Nunes Daudt, Rafaela Silva Pereira, Rafaeli, Rafaella Borges, Rafaella Kelly Gomes Costa, Rafaella Leonarda dos Santos Luppi, Rafaella Ottolini Freitas, Raiane Beatriz dos Santos, Raíssa Fim Almeida, Raissa Gabrielle da Cunha Andrade, Raonny Bryan Metzker, Raphael Vinicius Nunes Ramos, Raphaela Gomes Martins Fernandes, Raphaela Valente, Raquel dos Santos Alves, Raquel Gomes da Silva, Raquel Grassi Amemiya, Raquel Hatori, Raquel L Souza, Raquel Leites de Souza, Raquel Menezes Nunes Machado, Raquel Oliveira Nascimento, Raquel Rezende Quilião, Raquel Ribeiro da Silva, Raquel Ribeiro dos Santos, Raquel Santos Tonin, Raquel Vasconcellos Lopes de Azevedo, Raquel Zichelle, Rayane Sousa, Rayanne Costa, Rayssa Albuquerque Cruz Abreu, Rebeca Cavalcante, Rebeca Emanuele Arruda de Sousa Albuquerque, Rebecka Cerqueira dos Santos, Regiane Aparecida Ferreira Silva, Regiane da Silva Costa, Regina Andrade de Souza, Regina Coelli Araújo da Silva Costa, Régis Dantas, Renan A. F. de Moraes, Renata Alexopoulos, Renata Asche Rodrigues, Renata Bertagnoni Miura, Renata Cabral Sampaio, Renata De Araújo Valter Capello, Renata De Lima Neves, Renata Dias Borges, Renata Maciel Camillo, Renata Pereira da Silva, Renata Santos, Renata Santos Costa, Renata Vidal da Cunha, Renato Drummond Tapioca Neto, Rhaira Carvalho, Ricardo Poeira e Débora Mini, Rita de Cássia de Carvalho Miranda Neto, Roberlene Maria Mendonça de Brito, Roberta Carvalho Rocha, Roberta Danielle Furtado, Roberta DElboux Bassi, Roberta Dias, Roberta Elicker Michelon, Roberta Fonseca, Roberta Gabbardo, Roberta Moreira Câmara Fernandes, Robiériem Takushi, Robson Muniz de Souza - escritor, Robson Santos Silva (Robson Mistersilva), Rodney Georgio Gonçalves, Rodolfo Gomes Alcântara, Rodrigo Bobrowski - GoTyK, Rodrigo Mendes Martins, Rogers da Silva Bezerra, Romário Santos Santana, Ronald Robert da Silva Macêdo, Roni Tomazelli, Rosana Cristina Borges Silva, Rosana Ferreira, Rosana Kazumi, Rosâne Mello, Rosane Pires Alteneter Monticelli, Rosea Bellator, Rosineide Rebouças, Rosita Lima, Ruan Oliveira, Ruth Danielle Freire Barbosa Bezerra.

S | T | U | V | W | X | Y | Z

Sabrina Araújo Dantas, Sabrina Cássia Carneiro, Sabrina de Lucena Roque Pereira, Sabrina dos Santos C., Sabrina Melo, Sabrina Parenza, Sabrina Saimi, Sabrina Vidigal, Sabrina Zilli, Salete, Sam Lima, Samanta Ascenço Ferreira, Samanta Domingos, Samanta Moretto Martins, Samara Julia Campos de Melo, Samara Maia Mattos, Samara Silva Alencar Amorim, Samarina Gonçalves de Moraes e Sara Gonçalves de Moraes, Samyle F. de S. Ribeiro, Sand Catly Souza Araújo,

Sandra Dias de Oliveira dos Santos, Sandra Marques Fernandes, Sandra R O Bandinha, Sandra Spiegel, Sara Costa Sena, Sara Gusella, Sara Marie N. R., Sarah Carolina Amorim de Lima, Sarah Carvalho, Sarah Ellen de Souza Paiva Moraes, Sarah Nascimento Afif, Sarah Rezende Vaz, Sasha Vivani Cavalcanti, Savanah (Caroline Áquila), Savena Soir, Sheila Cristina Danucalov Barrancos, Sheila Mendes de Souza Menezes, Shenia Schubert, Sheron Alencar, Silmara Helena Damasceno, Silmara Oliveira, Silmara Santos, Silvana Crepaldi, Silvana Cruz, Silvia Cobelo, Simone Di Pietro, Simone Serra Faria, Simone Teixeira de Souza, Simplesmente Thais, Sinara Marques dos Santos, Sofia Frahlich Cavalleiro, Sofia Kerr, Sofia Ramos, Sofia Sanches Sacoman, Solange Burgardt, Solange Canton de Araújo, Sophia Ribeiro Guimarães, Soren Francis, Sr. DN, Stéfane Benetti, Stefani Ferreira, Stefânia Dallas, Stefania Goulart, Stella Cruz Ruiz, Stella Ivanovski Souza Longo & Bruno Longo, Stella Michaella Stephan de Pontes, Stella Noschese Teixeira, Stephanie de Brito Leal, Stephanie Rosa Silva Pereira, Stephanny Toledo e Artemis, Sthefanny Fernandes Chacara Nascimento, Stiphany Cabral, Sueli Yoshiko Saito, Suellen Gonçalves, Suellen Sena de Souza, Susana Fabiano Sambiase, Susana Moreno de Sanchez Von Zeidler, Susana Selvatici, Susanna D'Amico Borin, Suzana Dias Vieira, Suzana Uhr, Tábata Shialmey Wang, Tábata Torres, Taciana Souza, Tácio Rodrigues Côrtes Correia, Taiana Vasconcelos, Tailine Souza Diniz Alves, Taílla Portela, Tainá Alexandra, Taís Castellini, Tais Luana Mendes Azzaline de Angelo, Taisa Regina Goi Fydryszeski, Talisa Cristine, Talissa Lunara de Melo Azevedo, Talita Chahine, Talita Mônica Jacon, Talles dos Santos Neves, Tamiles Neves, Tamires Magnus, Tamires Regina Zortéa, Tânia Maria Florencio, Tathi Cass, Tatiana, Tatiana Almeida, Tatiana Catecati, Tatiana Fabiana de Mendonça, Tatiana Lagun Costa, Tatiana Paiva de Oliveira, Tatiane de Araújo Silva, Tatiane de Araújo Travassos, Tatiane Pacheco, Tatiane Pinheiro, Tatianne Karla Dantas Vila Nova, Taynara Ferreira Sales, Tayse Magagnin, Teca Machado, Tereza Cristina Santos Machado, Terezinha de Jesus Monteiro Lobato, Thabata Santana, Thabata Souza Alves, Thainá Teixeira Mota, Thainara Cristina Moreira Ferreira, Thairine Rabaquim, Thairiny Alves, Thais Bertaglia, Thaís Brito, Thais Carneiro, Thaís Costa, Thaís Cristina Micheletto Pereira dos Santos, Thais de Souza Oliveira, Thais Fernanda Luiza, Thais Leite da Gama Oliveira, Thaís Neves Macedo da Fonseca, Thaís Olivastro, Thais Pires Barbosa, Thaís Ramos de Almeida, Thais Rossetto, Thais Saori Marques, Thais Terzi de Moura, Thaís Toninatto, Thaís Wounnsoscky de Campos, Thaisa da Silveira Surcin, Thaisi Fernandes Macedo, Thaiz Castro, Thales Leonardo Machado Mendes, Thalia Felix de Meneses, Thalita Alves de Lima (Littha), Thalita de Oliveira, Thalita Valcarenghi Carvalho, Thamara Gonçalves Reis, Thamires Fassura, Thamires Santos, Thammy Luciana e Renato Detimermane, Thamyres Cavaleiro de Macedo Alves e Silva, Thamyris Medeiros, Thayane,

Thayná Stvanini, Thaynara Albuquerque Leão, Thiago Massimino Suarez, Thiago Oliveira, Thiago Sirius F Almeida, Thiely Hungria, Tiago Batista Bach, Tiago Queiroz de Araújo, Tiago Troian Trevisan, Tífani Souto Alves, Tricia Kersting dos Santos, Tuísa Machado Sampaio, Uêdija Dias, Ulisses Junior Gomes, Úrsula Lopes Vaz, Val Lima, Valdo Alves, Valeri Preto Ramos, Valéria Marques, Valesck de Fátima C. S. Medeiros, Valeska Ramalho Arruda Machado, Valquíria Vlad, Valter Costa Filho, Vanádio José Rezende da Silva Vidal, Vandressa Alves, Vanessa Akemi Kurosaki (Grace), Vanessa Coimbra da Costa, Vanessa Luana Wisniewsky, Vanessa Paulo, Vanessa Pereira, Vanessa Petermann Bonatto, Vanessa Rodrigues Thiago, Vanessa Vargas Borges, Vania Dilma Bosco, Vânia Maria Vero, Vanuza Ferreira, Verona Aguiar, Verônica Cocucci Inamonico, Verônica Coutinho Gomes, Verônica Michetti, Verônica Rovigatti, Veronica Vizotto, Vickk840, Victor Lazanha Costa, Victor Rohr Justen, Victória Albuquerque Silva, Victória Alves, Victória Carmello, Victória Correia do Monte, Victória Dâmaris, Victoria de Arruda Jorge, Victoria Gonçalves Cassarro, Victoria Sanches Siqueira, Victtória Rodrigues Mancusi, virginia de Oliveira Hahn, Vitor Costa, Vitor Guilherme Ribeiro Vieira Batista, Vitor Medeiros, Vitória Adriano, Vitória Damaceno de Almeida, Vitória Regina de Araújo Souza, Vivian Kian, Vivian Kimie Isawa, Vivian Ramos Bocaletto, Viviane da Silva Aragão, Viviane Maria Silva Da Mata, Viviane Ventura e Silva Juwer, Viviani Hellwald Barini, Volia Simoes, vuikku vitoria, Walderlania Silva Santos, Waleska Cecília Pinto, Washington Francisco Leandro, Washington Rodrigues Jorge Costa, Wenceslau Teodoro Coral, Weslianny Duarte, Weverton Oliveira, Willames J de Souza, Yakara Santos, Yanna P. A. Silva, Yara Andrade Santos, Yara Santos Oliveira, Yara Teixeira Da Silva Santos, Yasmim Longatti Fabozzi, Yasmin Cavalcanti Donato Barbosa, Yasmin Dias, Yasmin Gomes de Oliveira, Yasmin Medeiros Guimarães, Yasmin Regina Pereira Gomes, Yasmine Sant'Anna, Yeda S Araujo, Yonanda Mallman Casagranda, Yuri Takano.

Agradecemos também aos profissionais que trabalharam neste livro, a toda a equipe envolvida, aos influenciadores que auxiliaram com sua divulgação e aos nossos amigos e familiares que incentivaram e compreenderam nosso trabalho em prol desta publicação.

Da mesma autora:
Conheça **A Dança da Floresta**,
uma fantasia vencedora de prêmios

PUBLICAMOS TESOUROS LITERÁRIOS PARA VOCÊ

editorawish.com.br

Este livro foi impresso na fonte
Source Serif pela gráfica Ipsis.

Os papéis utilizados nesta edição provêm de origens renováveis. Nossas florestas também merecem proteção.